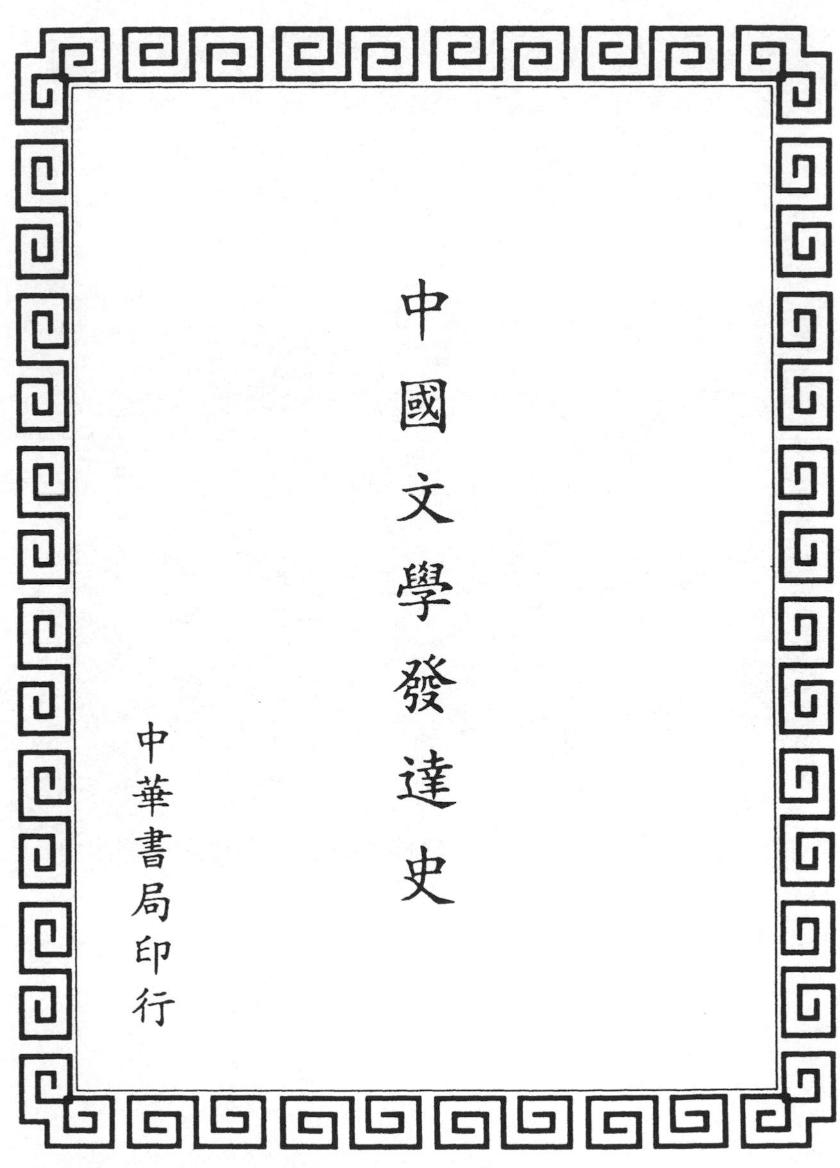

中國文學發達史

中華書局印行

著作權執照

茲據中華書局代理姚春宗 聲請註冊
中國文學發達史 經依法審
查應准註冊合行發給台內著
字第陸零捌號執照

計開

著作物名稱	中國文學發達史	冊數	全壹冊
著作人	[illegible]	[illegible]	[illegible]
[illegible]	[illegible]	[illegible]	[illegible]
發行人	姚春宗	[illegible]	[illegible]

右給台灣中華書局代理人姚春宗 收執

內政部長

中華民國 [illegible] 日

中國文學發達史目錄

第十五章 社會詩的興衰與唯美詩的復活……四三九

第十六章 晚唐五代的詞……四九二

下篇

第三十章　清代的小說……一〇五八

中國文學發達史

第一章　殷商社會與巫術文學

一　卜辭中的古代社會與原始文學的狀況

中國的歷史，史記開始於黃帝；尚書開始於堯舜。照這史事的記載，我國在五千多年前，就呈現着光輝燦爛的文化了。近數十年來，經考古學者古史學者之研究，我國最初有文字記錄的時代，是商朝。這些最古的文字，就是四十年前發現的寫刻在龜甲同牛骨上的卜辭。

卜辭的發現，完全出於偶然。一八九八——九年間，河南安陽縣小屯村的農民在耕地的時候，無意中在土下發掘了無數的龜甲和獸骨，上面都刻着極原始的文字。開始由於古董商的收集，後來漸漸爲考古學者所注意，於是搜羅研究的傳佈，在中國近代的讀書界，引起了大大的注意。就是日本歐美的學者，也都在研究搜羅。日本的林泰輔（曾編印龜甲獸骨文字二卷，）歐美的戈林(S. Conling)、查耳芳(F. H. Chalfant)、何普金(L. C. Hopkins)諸氏，都是這方面的有名人物。何普金曾著有骨上所雕的一首葬歌和一家系圖一文，戈林曾寫過一篇河南所出之奇骨。他說他專門爲採辦甲骨，前後到中國來過三次。可見海外學者對於這些骨片的興趣了。

在中國，前有劉鐵雲、羅振玉的搜羅，後有中央研究院大規模的發掘，（民國十七年），於是出土的材料，更加豐富，研究的人更是一天天多起來了。在這方面成績最優良的，我們不得不推舉羅振玉、王國維、董作賓諸人。他們都是努力於文字內容以及殷商制度的考釋，而獲得不少成就。近些年來，也有人利用這些古代文字的材料，去探討我國古代社會的物質文化與精神文化。他們在這方面都得到了良好的成績。

經許多學者的考證研究，斷定這些在龜甲獸骨上刻的古體文字，大部份是殷商王朝用爲占卜的文辭，其時代大約是從盤庚到帝乙，（約當西曆紀元前一四〇一年至前一一五五年）正是商朝後期的重要文獻。由於這些文獻的考察，我們對於商代的社會組織經濟情形以及精神文化各方面，可以得到下面那樣粗淺的認識。

一、經濟狀況　因爲龜甲獸骨上的刻字，不是石器所能行的，並且在殷墟中，還發現了雕鏤的象牙，這都證明商朝是到了青銅器時代。如果前人所發現的那些商代的鐘鼎彝器有幾樣可靠的話，那更無須辯證了。但在甲骨文字內，到現在還沒有發現鐵的痕跡。鐵的使用，是由青銅器進步，到了周朝才出現的。因此我們可以說商代的生產工具是青銅器，但同時也還使用石器，因爲在殷墟的古物中，還有石器的遺留。據古史的記載，商朝自契至盤庚前後遷都多次，盤庚以後遷徙的事就少了。可知盤庚以前正過着遊牧民族的生活，逐水草而居，爲了生活上的要求，不得不時常遷動。所以盤庚遷都的時候，曾對人民說：『先王有服，恪謹天命。茲猶不常寧，不常厥邑，於今五邦。』所謂不常寧，不常厥邑，這正說明遷徙的原因，多半是出於經濟生活的關係。到了盤庚時代，農業漸漸發達，生產的形式有所改變，生活比較固定，自那時以後，就不必像從前那樣東遷西徙了。在卜辭內有禾黍桑絲農穡疇畯等字。並且占卜風雨和豐年的事體也很多，（據羅振玉所輯卜辭一一六九條，卜風雨者一一二，卜年者三四。）這都是說明農業在當日已經發達，一般人民對於農事是很關心的了。關於畜牧，在商朝已到了極蕃盛的時代，在卜辭中，知道馬牛羊鷄犬豕已成爲家畜，並且都作爲犧牲之用，可知畜牧在當日盛行的狀況。因此我們可以說，商代的生產是由畜牧經濟而入於農業經濟的。

二、社會組織　商朝的社會組織，似乎還沒有達到完全國家的形式，主要是以氏族爲單位。各族都有其獨立的組織，由各族的大聯合，而成爲一個部族的集團。卜辭中的王，便是這集團的領袖。商族在當時的各族中，力量最大，成爲部族集團的首腦。考察古史記載，知道商朝王室對於各諸侯只是聯盟的關係，還沒有達到中央集權的統治關係。王國維說：『自殷以前，天子諸侯君臣之分未定也。故當夏后之世，而殷之王亥、王恆，累葉稱王。……蓋諸侯之於天子，猶後世諸侯之於盟主，未有君臣之分也。』（殷商制度論）未有君臣之分，這正表示國家制度還沒有完全形成。王氏又說：『周之滅殷，滅國五十；又其遺民，或遷之雒邑，或分之魯衞諸國。』（殷商制度論）這種事實在左傳及史記殷本紀中都記載得很清楚。有事是整族擔任，國亡全族都變爲亡民，這種滅國遷民的事實，正是殷人的社會尚爲氏族組織的證明。但是在商朝，特別是盤庚以後的社會狀況，因農業經濟的發展，氏族的組織漸趨於分解，而有變爲家族的傾向，私有財產制度，也就在這時候開始發生。卜辭中已有『錫貝』的記事，當時的王侯，旣能以貨貝物品賜予其臣下，那麼氏族的公物已成爲王侯的私產，臣民也已經得有私產的權利了。同時因產業生產發達的結果，種族間的爭奪交涉必趨於頻繁，於是乎王侯的權力也必日益強大。當時的社會組織這樣分化發展到最高度的時候，於是氏族社會的原始民主制，變爲氏族首領的專權獨裁了。由王國維氏研究的結果，商朝的帝系，還沒有完全的嫡庶制。他說：『商之繼統法，以弟及爲主，而以子繼輔之，無弟然後傳子。自湯至於帝辛，三十帝中，以弟繼兄者，凡十四帝。其傳子者，多爲弟之子，而罕傳兄之子。蓋嫡庶長幼之制，商無有也。』兄終弟及，無弟傳子，正說明由氏族制度轉變到家族制度的情形。同時由這種世襲制度的實行，足知當日最高領袖，已有強大的權力，國家的形式已開始萌芽。因此，我們可以說，商朝的社會，是由氏族社會走到國家形態的過渡時代。正式的國家規模，是到了次代的周朝，才建立起來的。

三、精神文化　講到商代的精神文化，首先得注意宗教。當日的宗教觀念，還完全在巫術與迷信的時代。至於宗法倫理觀念的反映於宗教，是到了周朝才產生的。所謂庶物崇拜的多神思想，正是當時人民的信仰。因爲尙鬼敬神，所以無論大小的事，都須取決於占卜。『殷人尊神，率民以事神，先鬼而後禮，周人尊禮尙施，事鬼敬神而遠之。』（禮記表記篇）這種宗教觀念的進展，是表現得非常顯明的。宇宙萬物的種種現象，對於初民實在無往而不神秘。所謂天神地祇人鬼，無非都是因於懷疑恐懼敬仰而生出來的一種精神狀態。因爲敬畏，自然就會生出祭祀祈禱的事情來，這樣，疑難旣可得着解決，心靈也可得着慰安。在這種狀態下，溝通神鬼人事的巫祝占卜的專門人才便出現了。這種人在當時的社會內，是最高的智識階級，是精神文化的權威，是教育藝術的掌管和經營的代表。國語楚語中說：『古者民神不雜。民之精爽不攜貳者，而又能齊肅衷正，其知能上下比義，其聖能光遠宣朗，其明能光照之，其聰能聽徹之，如是則明神降之。在男曰覡，在女曰巫。』韋昭注云：「覡見鬼者也。』說文云：『巫祝也，女能事無形以舞降神者也。』男覡女巫是擔任溝通人神意志的職務，他們的地位很高，有支配人事的權力。在初民社會內，這些見鬼事神的術士，同時，就是政治上的領袖，後來社會的組織發生變化，神權思想的衰落與人權思想的興起，於是術士漸漸地變爲帝王的附庸了。人們以爲帝王是極其尊嚴，術士是極其卑賤，其實術士正是野蠻時代的帝王，帝王也只是文明時代的術士而已。在完全屈服於神鬼的恐懼下的上古人民的心目中，對於祭祀祈禱一類的事，自然看作是無上的莊嚴與重要的。在一一六九條的卜辭內，關於祭祀的有五三八條之多，巫史二字也見於卜辭，並且在商朝的臣僚中，有巫咸巫賢這一類的名字。由於這些，我們便可推想所謂巫史卜筮之類，在當時是占着多麼重要的地位。因爲祭祀祈禱以及獻媚神鬼的種種儀式的舉行，於是音樂唱歌跳舞的各種藝術，都帶着實用的功能，在祭壇下面發展起來了。

宗教思想以外，我們要注意的是商朝的文字，究竟發達到了什麼階段。我國文字創始的傳說，戰國間人一致承認是倉頡。荀子解蔽篇，韓非子五蠹篇和呂氏春秋的君守篇，都有倉頡作書的記載。倉頡究竟是什麼時候人，他們都沒有說，可知這只是一種傳說。我們要知道文字是起源於圖畫，日積月累地進化，以至於完成，決非一人的才力所能創造。最初的形式，文字與圖畫不能分開，漸漸進化，於是作爲記載的符號的文字與純粹成爲美術的繪畫，各自獨立。可知文字的形成，是需要一個長久的時期。上古各時代中的文化的高低，可由其文字發展的階段表現出來。商朝雖有了文字，但還沒有達到完成的地步。甲骨上所刻的，據商承祚的殷虛文字類編，可識的有七百八十九字，及最近孫海波的甲骨文編出，可識的有一千零六字。合着不可識的，大約共有二千之譜。但在這些字裏，十之七八是圖畫形式的象形文字。許愼說：『依類象形謂之文，形聲相益謂之字。』那末甲骨文字大半都是依類象形的文。同時一字有數種或多至數十種的寫法。字體的構成，或倒或橫或左或右或正或反。文句的構成，或橫行直行，或左讀右讀，沒有規律固定的形式。可知商代的文字，尙在創造形成的途中。至於卜辭上的記載，都非常簡略拙劣，辭藻的修飾，更是談不上的。

由於上面這些敍述，我們知道商朝是一個由畜牧經濟轉到農業經濟的石銅器併用時代。社會組織是氏族社會的末期，而私有財產及國家制度都已開始萌芽。文字尙在形成的途中，宗敎思想正爲庶物崇拜的巫術所統治。因此，我們可以得一個結論，中國的信史，是應該從商朝開始的。我國的文學史也應該從這時候，開始他的第一章。

我們要明瞭了商代的社會基礎和文化思想的眞實情形以後，才有充分的權利來否認中國古籍上所記載的商代的和它以前的文獻的眞實性。不要說黃帝時代的素問陰符，就是堯典禹貢以及商書商頌。也都是殷商以後的著述，我們只要從思想文字以及經濟生產各方面去考察，便可得着眞確的證明，像那些煩瑣的辯證，實在是多餘的了。我們試想，商朝末期的社會組織與精神生產都還是那麼幼稚，如何在它的前面，能產生像堯典禹貢那種表現着宗法的倫理觀念與完整的國家形式的文明社會呢？卜辭上面的文字還在形成的途中，記載的文句是那麼的粗劣，在殷商以前如何能產生像堯典禹貢那麼典雅的散文，又如何能產生像擊壤，康衢，卿雲，南風那樣的詩歌呢？古代的散文，尙書內雖有虞夏商書，單篇的嚴可均也輯了不少。古代的韻文，詩經內有商頌，馮惟訥詩紀中所輯的古詩，數目也很多。但這些多是不可靠的材料。我們可以大膽地說，在殷商時代，還沒有成文的文學。上面所列舉的文獻，都是周代或是周代以後的作品。到現在還只能依着卜辭，去推測殷商時代的文學狀況。

文學的創始，無論誰都知道是歌謠。但歌謠最初的形式，是同音樂跳舞混合在一起，不容易分開。蟲鳴鳥語，可以說是音樂，也可以說是歌謠。漸漸的進化，較爲完備的樂器與文字出現以後，於是音樂與詩歌才分成爲獨立的藝術，由於跳舞，而演化爲戲曲。我們可以這樣說：藝術最古的形態，是跳舞，音樂與詩歌。這三種東西是互相溶合在一塊的。就我國的古籍，可以證明，每提到詩歌時，也都是把詩樂舞三者合着來說明。在那裏形成着不可分離的聯繫。

『人喜則斯陶，陶斯咏，咏斯猶，猶斯舞矣。』（檀弓）

『詩言其志也，歌詠其聲也，舞動其容也，三者本於心，然後樂器從之。』（樂記）

『詩者志之所之也。在心爲志，發言爲詩，情動於中而形於言，言之不足故嗟歎之，嗟歎之不足故咏歌之，咏歌之不足，不知手之舞之足之蹈之也。情發於聲，聲成文，謂之音。』（毛詩序）

這些裏面所講的，雖有偏重心理的發展忽略社會的根源的缺點，但將詩歌音樂舞蹈三者連合起來的事，是相當正確的。呂氏春秋古樂篇說：『昔葛天氏之樂，三人操牛尾投足以歌八闋。』這雖是一種傳說，然初民藝術的形態，確是這種樣子。那種一面唱歌一面操着牛尾跳舞的神情和姿態，正合着初民的風味。

藝術的起源，有其歷史和理論的根據，就歷史而言，主要的有宗教說和功利說。主宗教說的，以爲藝術起源於古代人民祭神的器物和歌舞。主功利說的，以爲藝術發源於古代人民製造的生活用具。就理論而言，主要的有遊戲說、表現說、模倣說和實用說等。主遊戲說的，認爲藝術發之於人類遊戲的心理。主表現和模倣說的，認爲藝術出於人類表現和模倣的本能，即謂人類先天具有藝術活動的禀賦。主實用說的，認爲藝術是由實用目的而產生。這些說法，各有其論點。此外，尚有學者主張藝術的起源，純由於勞動。如德國人畢海爾（Bücher）對於音樂詩歌與勞動的關係，他這樣說：『在那發達的最初階段上，勞動、音樂、詩歌是緊密的相結合着的。然而這三位一體的基礎要素，却是勞動，其餘的兩要素，僅有從屬的意義。』其所持的意見，認爲藝術純起源於勞動，似未免偏頗。

文字詩歌的發生雖是較遲，口頭的歌辭是與音樂跳舞同時起來的。孔穎達在毛詩正義內，也說過音樂起源便是詩歌起源的話。我們以此爲根據，來看看卜辭。卜辭中雖無詩字，但樂舞之字却很多，樂器已有鼓磬與龠，還有小笙之和與大簫之言。這些東西，都是用於祭祀。可知商代的樂舞已經到了相當高的程度。在這種情況下，因此我們可以斷定在殷商時代，一定有不少的祭祀祈禱的口頭歌辭。只因當代文字的不完備，無法記載下來，就都這樣失傳了。卜辭以外，也有人將商末的鐘鼎彝器上的文字，來作爲研究原始文學的材料的。但這些金屬器物的眞實性，有的還成問題，暫置不論。

二　周易與巫術文學

卜辭以後，我們要作爲上古文學的重要資料的，便是周易。古代雖有伏犧畫卦，文王作卦辭，周公作爻辭的傳說，這自然是靠不住的。關於周易的時代，經近人的種種考證，一致證明是商末周初。至於作者問題，我們知道他是一本卜筮的書，決非一人所作，大概是日積月累，由那些巫卜之流編纂而成。周易與卜辭，在其社會的意義上，在其本身的性質上，是相同的。即其體例，亦有許多相似之處。所不同者，周易無論在方法組織方面，在意識文字方面，是帶着進步的姿態而出現的。至於周易中所表現的社會文化的狀態，也較在卜辭中所表現的大爲進步。

一、父系家族制度的完成　在卜辭中已有父系家族制度的萌芽的徵象，到了周易，這情形大爲進步。由『納婦吉』，（蒙九二）『得妾以其子』，（鼎初六）『歸妹以娣』（歸妹初九）『子克家』，（蒙九二）這些文句看來，知道當日男子可以娶妻蓄妾，女子可以出嫁，兒子可以承家了。這都是父系家族制度的有力的證明。可知周易時代，母系制度已經衰落了。

二、國家的形式較爲完備　在周易內，已經有天子國君王公諸侯武人巫史種種的名稱。如『公用享於天子』，（大有九三）『大君有令，開國承家。』，（師上六）『觀國之光，利用賓於王』，（觀六四）『武人爲於大君』（履九二）等等，都是有力的例證。可知當時的政治組織相當完備，確具有正式國家的初步規模。這時候比起由氏族社會的末期移轉於國家雛形的卜辭時代來，是大爲進步了。

三、農業工商方面　在周易中所表現的，也較卜辭中所表現的大爲進展。周易中雖關於農事的材料不甚多見，但由工商業方面的進步，是可作爲農業發達的暗示的。工藝方面，有大車，有精美的獵器酒器和祭器。商人也有了，有貨物交易了，可知在商代已萌芽的私有財產制度，在當時已完全成立了。

四、宗教思想　在周易中也有了顯明的進化。庶物崇拜的痕跡雖仍是殘存着，由『自天之佑，吉无不利』，（大有上九）『用亨於帝』（益六二）這些句子看來，至尊的天帝觀念是已經有了。祖先崇拜是跟着父系家長制與私有財產制起來的。如『王假有廟』，這正好作爲祖先崇拜的說明。其他如音樂跳舞文字方面，比起卜辭時代，都有很大的進步。不過這些藝術，無一不是適應當代的物質生產而與時代生活是發生密切的關係的。無論樂歌舞蹈，大都是用於祭祀祈禱和祝捷。這與以魔術迷信和戰爭爲生活基調的當代社會正相適合。這時代的藝術的社會機能，還正在履行他的巫術的使命。

我們不能說周易是一部迷信的卜筮書，就放棄了他在文學史上的價值。他實在是卜辭時代走到詩經時代的唯一橋梁。由那樣拙劣的卜辭文字，如何能一步便跳到那樣成熟的詩經？無論在思想與文字的進化上，我們覺得周易實在是這過渡時代最適當的產物。一部迷信的卜筮書，表面上似乎沒有文學上的價值，但我們要知道，那時代的藝術，正是用作迷信魔術的宣傳工具，在他的成就上，只能做到這一點。在那裏面，自然談不到倫理教養的意識與純粹唯美的藝術，便是高尚的宗教觀念，也還沒有。佛理采在他的名著藝術社會學第二章內，說明藝術的社會機能時，他將藝術的發展，分爲巫術的宗教的教育的純粹藝術的四個階段的事，實在是非常正確的。明白了這一點，我們如果說周易是巫術文學的代表，也就沒有什麼可怪了。

卜辭中的文句，雖偶有較長的記載，大半都是下面那種簡樸的形式。

一　癸亥卜貞王旬亡畎在五月彡日小甲。

二　癸未子卜貞我不吉出。

三　戊寅子卜有它戊寅子卜亡它。

四　其獲其獲。

上面隨便列舉幾條作一個例，使我們知道卜辭上的文句的構造是這麼的幼稚。但是到了周易，文字的進步是極大的。爻辭中已經有許多很有詩意的韻文了。

——屯如邅如，
　乘馬班如。
匪寇，婚媾。（屯六二）

——賁如皤如，
白馬翰如。
匪寇，婚媾。（賁六四）

乘馬班如，

泣血漣如。（屯上六）

無論在描寫上，在音節上，都不能不算是好的小詩。同時在這些文字裏，當代的社會生活，也表現得活躍如畫。男子威風凜凜地騎着白馬，跑到女人家裏去，人家以爲他是强盜，等到女人被他搶去了，才明白他是爲婚姻問題而來的。女的被挾在馬上，還泣血漣如地傷心地哭着，把那一幕搶婚的情景，活活地呈現在我們的眼前，這種情形，正是周易時代男娶女嫁的家庭制度形成以後的一種普遍現象。就是到了現在，許多野蠻民族內，還能見到這種掠奪婚姻的事實。

女承筐，无實。

士刲羊，无血。（歸妹上六）

這是一首有情有景的牧歌。在廣大的牧場上，一男一女快樂地作着工。男的剪羊毛，女的用籃子盛着，用十個字把那情景表現得活躍如畫，那手法是多麼經濟，那情景是多麼美麗。

鳴鶴在陰，其子和之。

吾有好爵，吾與爾靡之（中孚九二）

這完全是一首比興的抒情詩歌了。聽着一對雌雄的鶴的唱和，因而起興，於是這一對男女也說出『我有好酒來共醉一下罷』的情話了。在藝術的成就上，就是放到詩經的國風裏去，也是毫無愧色的。

——明夷于飛，垂其翼。

君子于行，三日不食。（明夷初九）

這也是一首比興的詩歌。詩中所表現的，似乎是描寫一個旅客在途中所受的飢餓的艱苦。見着天空垂翼不停的飛鳥，自己已經有三天沒吃東西，自然是會感着一種悲傷的。『浮雲遊子意，落日故人情，』上面那位君子，是帶着這樣的情感的罷。明夷兩字，前人雖有種種解釋，我想在這種地方，把他看作是一種鳥，無論如何是正確的。像上面這些例子，雖說把他們放在卜筮的書裏，作為巫術迷信的裝飾，還沒有得到獨立的文學生命，但我們從其形式修辭和情感上看起來，實在都成為很好的詩歌了。由這時代再走到詩經，在詩歌進化的過程上，無論從那一點看來，都是非常合理的。如果一步由卜辭就跳到詩經，那發展就過於突進了。

由上面的敍述，我們可以得到下面那樣的結論：

一、文學正與其他的藝術一樣，都是由於人類的需要而產生。決不能離開當日的社會生活而獨立存在與發展。這種狀態，在文學的原始時代，表現得更是明顯，所以藝術是生活的附庸，無論他的社會使命，是巫術的、宗教的、或是教育的，總是脫不了實用的功能。

二、由於卜辭對於商代的社會基礎與精神文化的考察，知道中國的有文字時代，應從商代開始。詩歌與音樂跳舞在最初的階段，是一種混合的藝術。由於卜辭中的音樂跳舞之盛，我們可以斷定商代一定有很多的口頭歌辭，只因為文字不完備，沒有記載下來。至於古籍中載錄的那些殷商的和他以前的典雅的散文和韻文，自然都是尚待研究的材料了。

三、周易雖是一本迷信的卜筮書，因爲當代的藝術，正在巫術的統治時代，所以他在中國的文學史上，是要作爲卜辭與詩經的過渡時代的重要文獻來考察的。

四、卜辭的記載，雖是那麼拙劣，在那裏確已呈現着原始散文的雛形。到了周易，文句較爲進步了，於是由此便走到了尚書。

第二章　周詩發展的趨勢

一　詩經時代的社會形態

農業經濟在殷商時代的中葉，雖已開始其發展，然作爲社會生產的主業，則始於西周。我們由大雅中的生民公劉綿綿瓜瓞諸敍事詩看來，周民族似乎是農業的發明者，同時也暗示着他們是靠着農業而興盛起來的民族。生民篇中所表現后稷的出生是那麼神奇，從小就懂得各種農產物的種植，這大概是一位農神，而後來周民族作爲自己的祖先的罷。再如公劉的居豳，古公亶父的居岐山，都因爲從事農業而得到發展進步的事，大概是可靠的。到了文王時代，農業更加發達，財力日益豐富。史記周本紀上說文王『遵后稷公劉之業，則古公王季之法，而教化大行，』這正是農業經濟助長社會發展的說明。他於是先把四周的犬戎密須耆國崇侯虎諸部落征服，進一步向中原發展，由岐山遷於豐邑，實行翦商了。這種事業到他的兒子武王，便得到了成功，而建立了周代的天下。

由上述的史事看來，知道周代的農業，並非滅商以後，由商代承襲過來而呈現着突然的發展的。在文王以前，他們的祖先，在關中一帶的肥地，便從事農業的生產。因爲有那種好的地理環境，所以農業的進步是比較快的。史記貨殖列傳云：『關中膏壤，沃野千里。自虞夏之貢，以爲上田。而公劉適邠，大王王季在岐，文王作豐，武王治鎬，故其民猶有先王之遺風，好稼穡，植五穀。』這裏所講的虞夏之貢，雖不可信，但那些地方宜於農業，却是實情。由此我們可以知道周代初期的農業，一面是憑着祖先的經驗，與好的地理環境，一面再從那些和他們發生交涉的部族學習農耕的方法，到後來再加以被征服的民族的勞力的輔助，於是到了豐鎬時代，農業便達到了高度發展的形態。國家的規模因以形成，財力因以豐富，進一步開始翦商的重大任務了。因爲發展農業得到了這種好處，所以周公在周書無逸篇內，一面是贊頌祖先們重農的功業，同時又告誡子弟要知道稼穡的艱難，努力求進步，不要荒廢了這門業務。在周詩內的七月，南山，楚茨，甫田，大田，豐年，良耜；周書內的金縢，梓材，康誥，洛誥，無逸諸篇裏，都有農事的記載。或記農民的生活，或記農民的祭祀，或說明農業與國家的關係。比起卜辭周易時代的情形來，這時候眞可算是農業的茂盛時代。隨着農業的發展，工藝和商業自然也跟着走上繁昌之途了。

由於周人的不斷努力，形成了周朝精神的、物質的、社會的種種文化，而爲中國文化建立了一個完美的基礎。貴族政治，父權的家族制度，土地的私有與封賜，貴族地主與農民階層的形成，都是這時候政治社會上的特徵。作爲擁護天子地位的天神教，鞏固父權地位的祖先教，帶着倫理的政治的觀念，在宗教思想中出現了。比起卜辭時代那種庶物崇拜的巫術迷信的觀念來，這時候的宗教思想，已經走入人本的禮治的進步的階段了。禮記祭義篇中，將這種思想的進化，說得很正確。

『宰我曰：聞鬼神之名，不知其所謂。子曰：氣也者神之盛也，魄也者鬼之盛也。合鬼與神，教之至也。……明命鬼神，以爲黔首，則百衆以畏，萬民以服。聖人以是爲未足也；築爲宮室，設爲宗祧，以別親疏遠邇。教民反古復始，不忘其所由生也。衆之服自此，故聽且速也。』

一樣稱爲宗教，一樣是敬神畏鬼，因爲時代社會的關係，其中所表現的思想觀念，却有明顯的差別。在宗教發展的最初階段，因人民對於自然界的神秘現象與死者靈魂的恐怖，因而發生神鬼的觀念，當日的祭祀，不過是享鬼敬神，藉以減少畏懼之情。到了後來，聰明的政治家，利用這種迷信去畏服黔首，統治家族，更進一步而發生反古復始的高尚的感情。到這時候，宗教是漸漸地脫離了巫術的迷信，而披上了倫理的政治的衣裳，出現於文化的舞台了。周公在周書君奭篇中所說的『天不可信，我道惟寧王德延，』這正是聰明政治家利用宗教統治的明白的口供。禮記表記上說：『殷人尊神，率民以事神，先鬼而後禮。……周人尊禮尚施，事鬼敬神而遠之。』一個是先鬼而後禮，一個是事鬼敬神而遠之，那種宗教思想進化的形跡，眞是一語道破了。

我們如果依照美國考古學者莫爾干(Morgan)對於古代社會分期的意見，把殷商時代看作是野蠻時代的末期，那末西周時代在中國歷史上，確是文明的時代了。王國維氏在殷商制度論中說：『中國政治與文化之變革，莫劇於殷周之際。殷周間之大變革，自其表面而言之，不過一家一姓之興亡，與都邑之移轉。自其裏言之，則舊制度廢而新制度興，舊文化廢而新文化興。……欲觀周之所以定天下，必自其制度始矣。周人制度之大異於商者，一曰立子立嫡之制，由是而生宗法及喪服之制，並由是而有封建子弟之制，君天子臣諸侯之制。二曰廟數之制。三曰同姓不婚之制。此數者皆周之所以綱紀天下，其旨則在納上下於道德，而合天子諸侯卿大夫士庶民以成一道德團體。』（觀堂集林卷十）

他在這裏所指出的與殷商不同的如國家家族以及宗教男女間的種種制度，正是西周時代的文明。社會基礎進展到了這種階段，人民的生活情感，自然是日趨於豐富繁雜，思辨的智力，也發達起來了。在這種情況之下，自然產生足以代表那個時代，同時，足以表現那個時代的文學作品，就是到現在還保存着的那三百零五篇的詩經。詩經這部書，整個表現了周朝的政治、經濟、社會、宗教、道德、思想、教育、愛情，簡直是一部研究古代史的最好資料。

詩經本爲三百十一篇，其中南陔，白華，華黍，由庚，崇丘，由儀六篇爲笙詩，有聲無辭，故現存的詩只有三百零五篇了。這些詩我們雖無法考證每篇的時代，但就其全體而言，約起於周初（西元前一一二二年）止於春秋中期，（西元前五七〇年）這三百多篇詩，是前後代表着五百多年的長時代。在這其中有成康時代的宗教詩，有厲平時代的敍事詩社會詩，有宮庭的宴獵詩，有民間的情歌舞曲。在這一個長的時期中，政治上起伏變化的事實是很多的。成康兩代，天下安定，史稱刑措不用者四十年，可稱爲周代的黃金時代。昭穆以後，國勢漸衰。厲王的被逐，幽王的被殺，平王的東遷，都是有名的史事。東遷以後，王朝的威望日弱，諸侯吞併，夷狄交侵，社會上呈現出一個極度紊亂的局面。由平王四十九年起，而入於春秋時期。這些興亡治亂之跡，在三百多篇詩裏，反映着非常明顯的影子。在思想方面，我們也可看出一種進化的痕跡。周初去古未遠，神鬼的至尊觀念，還能堅固地統治人們的心靈。當時的文學，正是那些爲宗教服務的舞歌。那代表的便是周頌。後來社會進化，人事日繁，產業發達與政治權力的進展，那些支配的貴族，在生活滿足之外，便逐漸想到那些聲色的娛樂。於是文學便由宗教的領域，走進人事的領域。大小雅中的那些宴會詩田獵詩便是極好的代表。再如那些記載民族英雄的敍事詩，也是屬於這一類的作品，厲幽以後，國勢日非。戰亂財窮，人心怨亂，昔日尊嚴的宗教觀念，在人心中起了動搖，無論對於天神或是人主，都發出怨恨的呼聲了。古人稱爲變風變雅的那些作品，正好作爲這種呼聲的代表。在這些呼聲中，表現了神權的衰落與人性的覺醒。我們研究詩經的時候，必得要留意這種思想進展的過程。不用說，在這種進程中，文學的藝術，也是跟着進化的。

二　詩經與樂舞的關係

我們現在都知道詩經是我國最古的優秀的文學作品，但它們在當日的社會機能，大部分却是音樂與跳舞的附庸，還沒有得到獨立的文學的生命。孔子說：『吾自衞反魯，然後樂正，雅頌各得其所。』（論語子罕篇），墨子也說過『儒者誦詩三百，絃詩三百，歌詩三百，舞詩三百』的話。（公孟篇），他又在非儒篇內，把『弦歌鼓舞以聚徒，務趨翔之節以觀衆』的事，當作孔子的罪名。史記孔子世家云：『三百五篇，孔子皆絃歌之，以求合韶武雅頌之音。』詩之可籥，見於周官，詩之可管，見於二禮，詩之可簫，見於國語。由此可知詩經在古代與音樂跳舞的關係的密切了。因此有許多人把詩經便看是古代的樂經。明代的劉濂在樂經元義中說：『六經缺樂經，古今有是論矣。愚謂樂經不缺，三百篇者樂經也，世儒未之深考耳』。（律呂精義內篇五引）鄭樵在樂府總序中說：

『古之達禮三，一曰燕，二曰享，三曰祀。所謂吉凶軍賓嘉，皆主此三者以成禮。古之達樂三，一曰風，二曰雅，三曰頌。所謂金石絲竹匏土革木，皆主此三者以成樂。禮樂相須以爲用，禮非樂不行，樂非禮不舉。自后夔以來，樂以詩爲本，詩以聲爲用，八音六律爲之羽翼耳。仲尼編詩，爲燕享祀之時用以歌，而非用以說義也。古之詩今之辭曲也。若不能歌之，但能誦其文而說其義可乎？不幸腐儒之說起，齊魯韓毛各爲序訓而以說相高，漢朝又立之學官，以義理相授，遂使聲歌之音，湮沒無聞。然當漢之初，去三代未遠，雖經生學者不識詩，而太樂氏以聲歌肄業，往往仲尼三百篇，瞽吏之徒例能歌也。奈義理之說既勝，則聲歌之學日微。』（通志樂略）

鄭樵這段話，自然是極有見識的。他能認識詩經在當日只有樂舞的地位，與享燕祭祀的功能。應該從聲歌上去研究詩，不應該從義理上去研究詩。義理之說勝，聲歌之學日微，於是三百篇的眞面目便湮沒了。詩經只是一些附庸於樂譜與舞蹈的辭曲，雖說不能從那裏面去追求倫理的道德，然其中所表現的時代影子却是很顯明的。但是他那麼狠狠地責備那些以義訓相高的腐儒，却又過於拘泥。因爲藝術本身的發展，是隨着社會生活而進化，同時藝術對於社會人類的功用及其意義的解釋，也是跟着每一個時代的代表思想爲其標準的。在儒家思想獨尊的漢代，詩經是必得脫離樂舞的領域而入於義理的領域的。然而也就因爲這樣，使它的地位提高了，得以保持了他的生命，使許多古代民間的情歌豔曲，作了中國聖賢的傳道書。

詩樂的關係這麼密切，在這裏就引起了一個爲詩合樂還是爲樂作詩的問題。據我們現在的推測，時代愈是古遠的作品，他與樂舞的關係愈是密切。如頌以及雅中的一部，大都是當代的樂官與貴族界的知識份子爲樂而作的歌辭。南風諸作，時代較遲，則爲民間的歌謠，採集以後經樂官再來配樂，或者有些在民間已有樂譜再經樂官們加以審定的。元朝的吳澂，也有近似的意見。他在校定詩經序中說：

『國風乃國中男女道其情思之辭，人心自然之樂也。故先王采以入樂，而被之絃歌。朝庭之樂歌曰雅，宗廟之樂曰頌，於燕饗焉用之，於朝會焉用之，於享祀焉用之，因是樂之施於是事而作爲辭也。然則風因詩而爲樂，雅頌因樂而爲詩，詩之先後於樂不同，其爲歌辭一也。』

他這種意見，在大體上我們是贊同的。風因詩而爲樂，雅頌因樂而爲詩，無論從那些作品的性質上看，或從其實用的功能上看，都是極正確的結論。不過我們在這裏要附加一句，二雅中一部份的諷刺詩，未必是因樂而爲詩的朝庭樂歌。關於這一點，古人曾提出過詩經有入樂與不入樂之分的意見。宋程大昌在詩論中曾推論二南雅頌爲樂詩，國風爲徒詩。顧炎武在日知錄內，對於這問題，也發表過很好的意見。他說：

『鐘鼓之詩曰：以雅以南。子曰：雅頌各得其所。夫二南也，豳之七月也，小雅正十六篇，大雅正十八篇，頌也，詩之入樂者也。邶以下十二國之附於二南之後，而謂之風，鴟鴞以下六篇之附於豳而亦謂之豳，六月以下五十八篇之附於小雅，民勞以下十三篇之附於大雅而謂之變雅，詩之不入樂者也。』（論詩）

說變風不入樂，雖近乎武斷。但變雅的入樂，確是可疑的。那些諷刺朝政表現怨恨社會心理的社會詩，在音樂的效用上，是要失去其功利的性質的。如何能同那些莊嚴典雅的祭祀燕饗的作品同列於朝庭的樂章呢？我們大膽地推測，這些詩篇確已脫離了樂舞的關係，是那些沒落的貴族或朝廷中的憂國傷時的知識份子所創作的一些感傷雜亂的作品。這些作品，帶着很濃厚的從宗教觀念中解脫出來的個人性與社會性。與其放在雅內，是不如放在風裏還較爲妥當的。至於顧氏所說國風不能入樂的意見，我們也不能苟同。其中或有一部份是如此，但那內面許多美麗的新婚歌祝賀歌農歌祭歌等，經採集以後，配合着樂譜來歌唱的事，是無疑的罷。由上面那些敍述看來，我們可以知道古代的詩經，因爲與音樂跳舞緊緊地接合着，發生實用的效果，而保持其生命。到了後來，樂譜的亡失以及音樂跳舞的進化與分離，使得那些歌辭單獨地存在，得到了文學的價值，落到儒家的手裏，又成爲聖賢們傳道的經典，青年們的倫理教科書了。

三　宗教詩的產生

宗教詩以周頌爲代表，雅中的祭祀詩，也屬於這一類。周頌是詩經中最古的一部份，他在藝術的形態上，還沒有脫離歌辭音樂跳舞的混合形式。在藝術的功用上，正履行着宗教的使命。詩大序說：『頌者美盛德之形容，以其成功告於神明者也。』鄭樵說：『陳三頌之音，所以侑祭也。』（通志樂略）又說：『宗廟之音曰頌。』（昆蟲草木略序）他們這些話，都是從宗教的功利的觀點，去說明頌詩的內容與性質。就形態言者，則有阮元的釋頌，爲精當的意見。

『頌之訓爲美德者，餘義也，頌之訓爲形容者本義也。且頌字卽容字也。……所謂周頌，若曰周之樣子，無深義也。何以三頌有樣，而風雅無樣也？風雅但絃歌笙間，賓主及歌者皆不必因此而爲舞容。惟三頌各章皆有舞容，故稱爲頌。若元以後戲曲，歌者舞者與樂器全動作也。風雅則但若南宋人之歌詞彈詞而已，不必鼓舞應鏗鏘之節也。』（揅經堂集）

他在這裏，從體製上形態上來說明頌只是一種樂舞歌辭混合起來的舞歌，實在是一種過人之見。這些作品，從其性質上講，與其說是詩，還不如說他是戲曲。如維清，酌，桓，賚，般諸篇，都是象舞武舞的歌辭。表演的時候，在奏樂歌唱之中，跳舞一定是占着很重要的部份。此外如淸廟，維天之命諸篇，祀農的詩如豐年載芟諸篇，想必都是那一類的舞歌。除音樂以外，一定還得伴着跳舞的。這些載歌載舞的情形，在小雅國風裏，也還保留着一些影子。

『有酒湑我，無酒酤我。坎坎鼓我，蹲蹲舞我。』（小雅伐木）

『籥舞笙歌，樂旣和奏。……舍其坐遷，屢舞僊僊。』（小雅賓之初筵）

『坎其擊鼓，宛丘之下。無冬無夏，値其鷺羽。』（陳風宛丘）

『子仲之子，婆娑其下。……不績其麻，市也婆娑。』（陳風東門之枌）

這裏所表現的，或是朋友的宴會，我是男女的團聚，那種笙歌伴奏婆娑起舞的情形，活躍地呈現在我們的眼前。可知除了頌詩以外，就是在風雅中，也還殘存樂舞混合的形態。不過，所謂頌詩那種東西，是以舞容爲其主要的條件的。前章說到過，藝術最初的形態，是詩歌音樂跳舞三者互相溶合在一塊的話；在這裏是得着證明了。因此，頌這種作品，在文學史上是要看作中國的詩歌與戲曲的共同源流了。

周頌的年代，正代表着武成康昭的西周盛世。鄭樵說：『周頌者其作在周公攝政，成王卽位之初非也。頌有在武王時作者，有在昭王時作者。必以此拘詩，所以多滯也。』這話是對的。最早的如淸廟維淸諸篇，成於武王時，最遲者如執競爲昭王時作。可見周頌的時期，前後有一百餘年，正當西紀元前十二世紀末至十一世紀末的時代。在這一個時期中，貴族地主與農民的交涉，似乎還建築在比較和平的基礎上，衝突的程度，還不十分利害，因此那時候的民衆社會生活，也還比較安定。那種理想的井田制度，我們雖不敢相信。但由『雨我公田，逡及我私，』（大田）和『倬彼甫田，歲取十千，』（甫田）這些文句看來，還可想見當日地主農民的合作關係，農民的生活，並不十分困苦。所以周頌內的一些農詩，都還充滿着和平的互助的情味。

『噫嘻成王。旣昭假爾。率時農夫。播厥百穀。駿發爾私。終三十里。亦服爾耕。十千維耦。』（周頌噫嘻）

『豐年多黍多稌。亦有高廩。萬億及秭。爲酒爲醴，烝畀祖妣。以洽百禮。降福孔皆。』（周頌豐年）

在這些酬農神祭社稷的詩裏，當日的農民生活，我們還可窺見其餘影。再如臣工，載芟，良耜諸篇，更是活躍地反映着農民耕作的姿態，及其和平快樂的生活。史書上稱這個時代爲周之盛世，大概是要從這種經濟方面來解釋的。封建的君主政治與父權的家族制度出現以後，於是萬物本乎天人本乎祖的尊祖敬天的宗教觀念因以確立，天上最尊嚴的是上帝，地上最尊嚴的是天子。陰間最有權力的是祖先，陽間最有權力的是家長。這兩種觀念互相結合推演，祖先也可以配天，於是形成一種上帝祖先的混合宗教，家庭組織便成爲政治上的主要原素，宗法精神遂成爲國家政治上的主要精神了。中庸上說：『明乎郊社之禮，禘嘗之義，治國其如示諸掌乎！』孟子中也說：『天下之本在國，國之本在家，』眞可以道出此中的內幕了。在這種宗教思想統治全部人心的時代，祭祀祈禱那一類的事，自然都帶着嚴肅的意義，而日趨於進步之途，無論藝術哲學，都得屈服於宗教意識之下，在祭壇下面得着其發展的生命了。

『思文后稷。克配彼天。立我蒸民。莫匪爾極。貽我來牟。帝命率育。無此疆爾界。陳常于時夏。』（周頌思文）

『維天之命。於穆不已。於乎不顯。文王之德之純。假以溢我。我其收之。駿惠我文王。曾孫篤之。』（周頌、維天之命）

『昊天有成命。二后受之。成王不敢康。夙夜基命宥密。於緝熙。單厥心。肆其靖之。』（周頌天有成命）

『時邁其邦。昊天其子之。實右序有周。薄言震之。莫不震疊。懷柔百神。及河喬嶽。允王維后。明昭有周。式序在位。載戢干戈。載櫜弓矢。我求懿德。肆于時夏。允王保之。』（周

頌時邁）

『文王在上。於昭于天。周雖舊邦。其命維新。有周不顯。帝命不時。文王陟降。在帝左右。』（大雅文王）

『下武維周。世有哲王。三后在天。王配于京。王配于京。世德作求。永言配命。成王之孚。』（大雅下武）

『維此文王。小心翼翼。昭事上帝。聿懷多福。厥德不回。以受方國。天監在下。有命既集。文王初載。天作之合。在洽之陽。在渭之涘。文王嘉止。大邦有子。』（大雅大明）

說來說去，自然就只是這一套。然而對於上帝的敬畏，對於祖先的贊頌，在當日的人心中，是呈現着虔誠的宗教的感情的。這種簡樸無華，乾枯無味的文句，在現在看來，當然沒有什麼文學藝術的價值，然而在文學史的發展上，任何國的文學，都要經過這一個重要的宗教階段。因爲這一類作品，正履行着他的社會使命，而適合於當代的社會生活與意識。正如佛理采所說：『在封建的農業的與神權的社會組織上，藝術從巫術的行動，變爲宗教的儀式，同時又繼續演其實用的社會的功利的任務了。』（藝術社會學）我們如果把周易看作是巫術文學，那末頌雅中的舞曲祭歌，正是從巫術的行動變爲宗教儀式的作品。無論其爲巫術的行動或是宗教的儀式，在實用的功利的任務上，同是履行着一定的社會機能。

同這種宗教詩歌的性質相同的，還有商頌與魯頌。魯頌是前七世紀的作品，這是大家都知道的事。關於商頌的時代問題，有在這裏稍稍敍述的必要。照毛詩序的意見，商頌是周代樂官保管的殷商樂章。如果這些話可靠，那末在周易以前的卜辭時代，這種作品便產生了。在文字的歷史與文學思想的發展上，這都是不可能的。在國語魯語和史記宋世家中，或是暗示，或是明說，都以商頌爲宋詩。近代魏源王國維諸人，更從地名國名以及文句的形態各方面研究，都得到了商頌是宋詩的確證。其眞確的時間，雖很難斷定，說是前八七世紀之間的作品，大體上是不錯的罷。因爲他們產生的時代，比起周頌來要遲晚那麼多，在文字的技巧上，受了風雅的影響，較之周頌，自然是較爲進步些了。由其內容與實用的功能上說，雖仍是屬於宗教的詩歌，但在文學的發展史上，已失去了周頌的時代性與重要性，那不過是周頌的擬作，同後代那些轉相摹擬的郊祀宴饗的樂章，是一類的東西了。

四　宗教詩的演進

在文學發展的過程上，經過了巫術的行動與宗教的儀式兩個階段以後，必然是要走上人事的階段的。產業發達與社會進化，致支配者的地位日趨於尊嚴，宗教觀念日益被支配者利用着而作爲政治上統治的工具了。像從前那樣，無論思想生活或是藝術各方面。全要作爲宗教的附庸的事，到這時候是不得不發生變化了。把那些祀神祭祖的事情做好了以後，自己也就漸漸地想到了聲色的娛樂。從前藝術是負着禱神媚祖的使命，現在是進於娛人的社會的任務了。這種現象，我們由二雅中許多宴會詩田獵詩，便可以得到說明。這些詩的年代，正與前期的那些宗教詩歌，是緊緊地接續着的。

毛詩序說：『雅者正也，言王政之所由廢興也。政有大小，故有小雅焉，有大雅焉。』用這種抽象的後日儒家的意見來解釋雅，自然是不合理的。大雅中所表現的未必是大政，小雅中所表現的未必就是小政，這是非常明顯的事。鄭樵所說的『宗廟之音曰頌，朝廷之音曰雅，』比起詩序的意見，要合理多了。他在這裏，正好說明了藝術的進展，是由宗教的階段進入於人事的階段的。雖說現存的雅詩中，看去不全是朝廷之音，（其中也有宗教詩社會詩），這或者由於後人編纂時，竄亂了次序，或者因爲合樂的關係，全都歸在那樂律相同的範圍了。朱子說：『正小雅燕饗之樂也，正大雅朝會之樂，受釐陳戒之詞也。及其變也，則事未必同，而各以其詩附之。』（詩集傳）他這種說明，很近情理。他所講的燕饗朝會之樂，自然是雅詩中的正宗，要這樣才能顯出宗廟與朝廷，宗教與人事的界限。

『呦呦鹿鳴，食野之苹。我有嘉賓，鼓瑟吹笙。吹笙鼓簧，承筐是將。人之好我，示我周行。

呦呦鹿鳴，食野之蒿，我有嘉賓，德音孔昭。視民不恌，君子是則是傚。我有旨酒，嘉賓式燕以敖。

呦呦鹿鳴，食野之芩。我有嘉賓，鼓瑟鼓琴，鼓瑟鼓琴，和樂且湛。我有旨酒，以燕樂嘉賓之心。』（小雅鹿鳴）

『湛湛露斯，匪陽不晞。厭厭夜飲，不醉無歸。

湛湛露斯，在彼豐草。厭厭夜飲，在宗載考。
湛湛露斯，在彼杞棘。顯允君子，莫不令德。
其桐其椅，其實離離。豈弟君子，莫不令儀。』（小雅湛露）

『我車既攻，我馬既同。四牡龐龐，駕言徂東。
田車既好，四牡孔阜。東有甫草，駕言行狩。
之子于苗，選徒囂囂。建旐設旄，搏獸于敖。
駕彼四牡，四牡奕奕。赤芾金舃，會同有繹。
決拾既佽，弓矢既調。射夫既同，助我舉柴。
四黃既駕，兩驂不猗。不失其馳，舍矢如破。
蕭蕭馬鳴，悠悠旆旌。徒御不驚，大庖不盈。
之子于征，有聞無聲。允矣君子，展也大成』（小雅車攻）

『吉日維戊，既伯既禱。田車既好，四牡孔阜。升彼大阜，從其羣醜。
吉日庚午，既差我馬。獸之所同，麀鹿麌麌。漆沮之從，天子之所。
瞻彼中原，其祁孔有。儦儦俟俟，或羣或友。悉率左右，以燕天子。
既張我弓，既挾我矢。發彼小豝，殪此大兕。以御賓客，且以酌醴。』（小雅吉日）

在這些詩裏，或詠宴會，或歌田獵，不僅他們的內容情感和那些宗教詩是完全不同，就在文字的藝術上，也是表現着明顯的進步。如『呦呦鹿鳴』的音調的和諧，『蕭蕭馬鳴』的意境的雄放，都是前一期的作品所沒有的。在這些詩中所出現的已不是上帝祖宗，只是天子君子嘉賓一類的人物。鐘鼓琴瑟已不是娛神鬼的，而成爲娛人的音樂了。再如彤弓，頍弁，菁菁者莪，常棣諸篇，都是充滿着人的生活與人的感情的作品。像伐木那篇對於宴會的情狀的描寫，那是更爲生動的。朋友聚會起來，吃肉飲酒，奏的奏樂，跳的跳舞，完全是人的世界，不是神的世界了。像靈台中所描寫的，百姓們造起亭台樓閣來，內面養着麀鹿魚鳥，安置着大鼓大鐘，那都是帝王的娛樂品，絕不是神鬼的娛樂品。不用說，那帝王不一定便是文王，是那些有權有勢的統治階層。於是就從這時候起，人從神鬼的手裏，分得了一部份享受藝術的特權。不過，無論是爲神的，或是爲人的，藝術仍是離不開他的實用的功利的任務。

兒孫們在人間做了帝王，得了無上尊嚴的權力與地位，過着幸福的生活，對於祖先們的紀念，除了帶着誠虔的宗敎情緒舉行莊嚴的祭祀以外，到這時候，漸漸地有進一步的表現了。把祖先們創造國家的功業，和種種奮鬭的歷史，交織着神話傳說的材料，有意地記述下來，一面作爲統治者的楷模，一面爲不忘記祖先的功德而傳給後代子孫們以祖先的影子，這自然是必要的。在這種要求之下，於是民族英雄的史詩，接着宗敎詩而出現了。無論從任何方面說，這是一種人的事業，而不是神的事業。很明顯的超越了宗敎的階段，而帶有濃厚的歷史觀念了。在藝術的社會機能上，這些詩自然是要和那些歌詠宴會田獵的作品同類看待的。如大雅中的生民公劉綿綿瓜瓞，皇矣大明五篇，可稱爲這種民族史詩的代表作。這五篇詩從后稷，公劉，古公亶父敍到文王武王。周朝的開國史，在這些詩中展開了一個系統的線索，而作爲後代歷史家的重要材料。

生民是敘述后稷的歷史，是一首傳說的史詩。說姜嫄禱神求子，後來因踏着上帝走過的脚步便懷孕了，生下來了后稷。大概是恐怕這孩子不吉利，或者因爲當日重女輕男的觀念，對於這孩子不歡喜，把他丟在路上，牛羊乳他，丟在冰塊上，鳥翼護他，於是得以養成。后稷生來就有種植之志，一長成人，便發明了農業，瓜果豆麥都知道耕種。後來就在有邰地方成家立業，建立周民族的基礎。而他自己便成爲周的始祖，農業之神了。這首充滿了神話傳說的詩，雖不能作爲信史，但原始社會的影子，却保存得很濃厚。在初民的母系社會裏，人民只知有母不知有父，所以這裏只提出母親的名字姜嫄來。說他父親是帝嚳，（史記周本紀）那是後人創造的事了。因爲當時是母系社會，自然有重女輕男的習俗，姜嫄既是禱神求子，生下了后稷又把他丟去，恐怕就是輕男之故。

公劉傳說是后稷的曾孫，是周民族中一位有名的英雄。在公劉篇內敘述他帶着糧食兵器開疆闢土，組織國家的歷史。開始是說他到了胥地，經營耕種，很是發達。後來又到百泉，又到豳谷。於是便在那裏定住下來了。產業人口日繁，他便做了那一個部族的領袖。建宮室，練軍隊，定田賦，成立了國家的規模。生民篇中的后稷，完全是一位農神，公劉却是一個遊牧時代的民族英雄。在那詩裏，活現着一位族長，率領着全族的人民，帶着糧食器具在外面過着流浪生活的影子。公劉這個人或許是一種傳說，但在詩人的筆下，確是表現着相當的眞實性的。

古公亶父是公劉的十世孫，文王的祖父。周民族自公劉以後，似乎有中衰之象，到古公亶父才復興起來。緜緜瓜瓞一篇，是敍述他遷居岐下一直到文王受命的歷史。我將他抄在下面，作一個例。

『緜緜瓜瓞，民之初生。自土沮漆，古公亶父。陶復陶穴，未有家室。
古公亶父，來朝走馬。率西水滸，至於岐下。爰及姜女，聿來胥宇。
周原膴膴，堇荼如飴。爰始爰謀，爰契我龜。曰止曰時，築室于茲。
迺慰迺止，迺左迺右。迺疆迺理，迺宣迺畝。自西徂東，周爰執事。
乃召司空，乃召司徒。俾立室家，其繩則直。縮版以載，作廟翼翼。
捄之陾陾，度之薨薨。築之登登，削屢馮馮。百堵皆興，鼛鼓弗勝。
迺立皐門，皐門有伉。迺立應門，應門將將。迺立冢土，戎醜攸行。
肆不殄厥慍，亦不隕厥問。柞棫拔矣，行道兌矣。混夷駾矣，維其喙矣。
虞芮質厥成，文王蹶厥生。予曰有疏附；予曰有先後。予曰有奔奏，予曰有禦侮。』（大雅緜）

在史詩中這是最好的一篇。文字的技巧、音節和結構，都是很成功的。一二章寫他從豳地遷居到岐下來，同姜女結婚。三四章寫他看見岐下這塊肥沃的土地，於是築室定居，從事農產。五六七章寫他看見情形很順利，於是大修宗廟宮室，委任官吏，打算在那裏創業了。七八章敍他建國滅夷，最後是文王受命。這樣結構謹嚴描寫生動的敍事詩，在三百篇裏是不再見的。此外如皇矣是記文王，大明是記武王，我們無須在這裏多加敘述了。小雅中也有幾篇這樣的史詩，大都是記述當日的戰事。如出車記厲王時南仲的征伐玁狁，采芑，江漢，六月，常武諸篇，大都是記述宣王時代同蠻荊淮夷玁狁淮徐諸部落戰爭的事蹟。比起大雅中那些詩來，這自然是時代較後的作品了。如果把這些史詩按照次序地排列着，那末東遷以前的周民族歷史，可以看出一個系統來。同時，在中國古代的文學史上，向來缺少敘事詩的那一頁，現在我們要用這些作品來填補了。（江漢常武見大雅，依其內容，應與采芑六月同列小雅中。）

五　社會詩的產生

古時，由於產業之發達與社會之演進，專制政治益見敗壞，貴族地主與平民間的相互關係乃趨惡化。爭城奪地的戰爭也就更頻繁了。當日的人民，對於政治上所負的義務，除了物質方面的貢租以外，（如布疋、獸皮、酒、米之類）最重要的，便是力租。力租是包括兵役與勞動。築城造園，營建宮殿，都是當日民間對於統治者所擔負的工作。農民以其擔負之過重，生活日益困苦，自不待說；並且漸漸發出對於統治者的怨恨與反抗的情感了。自厲王被逐至平王東遷，這一個時代的政治社會與思想，都起了激烈的動搖。反映着這種動搖的影子的，是那些變風變雅中的社會詩。這些詩失去了宗教詩的莊嚴，宴會田獵詩的快樂與威武，塗滿了社會雜亂的黑暗的色彩。由神鬼帝王的階段，再進一步而轉入於社會民衆的階段了。

由七月詩中所表現的農夫生活，表面上似乎是安樂和平，內面却是很苦痛的。看他們一年四季沒有休息的時候，男的耕田，女的織布。田中耕種出來的穀米，機上織出來的布帛，山林中打獵打來的獸皮，都要貢獻給公家。自己是無衣無褐地受着寒冷，吃的是一些苦菜，餓着肚皮。『我朱孔揚，爲公子裳。』『取彼狐狸，爲公子裘。』這些公子自然便是那些不事生產的貴族剝削者。『春日遲遲，采蘩祁祁。女心傷悲，殆及公子同歸。』這明明是寫那些貴族公子，在春光明媚之下，看中了年青貌美的採桑女子，就實行搶奪着回去的情形。由『何以卒歲，』『女心傷悲』這種輕描淡寫的詩句，將當日農民生活的困苦，表現得非常明白。詩序說七月爲周公陳王業之作，自然是後人的附會。這明明是一首描寫西周中葉時代的農民詩。

『彼有旨酒，又有嘉殽。洽比其鄰，婚姻孔云。念我獨兮，憂心慇慇。

『佌佌彼有屋，蔌蔌方有穀。民今之無祿，天夭是椓。哿矣富人，哀我惸獨。』(小雅正月)

『人有土田，女反有之。人有民人，女覆奪之。此宜無罪，女反收之。彼宜有罪，女覆說之。』(大雅瞻卬)

『旻天疾威，天篤降喪。瘨我飢饉，民卒流亡。』(大雅召旻)

『陟彼北山，言采其杞。偕偕士子，朝夕從事。王事靡盬，憂我父母。

溥天之下，莫非王土。率土之濱，莫非王臣。大夫不均，我從事獨賢。

四牡彭彭，王事傍傍。嘉我未老，鮮我方將。旅力方剛，經營四方。

或燕燕居息，或盡瘁事國。或悤偃在牀，或不已于行。
或不知叫號，或慘慘劬勞。或棲遲偃仰，或王事鞅掌。
或湛樂飲酒，或慘慘畏咎。或出入風議，或靡事不爲。』（小雅北山）

在這些詩句裏，當日貧富勞力不均的種種情狀，是反映得多麼明顯。坐食的貴族地主，不務正業，專事剝削農民的勞働生產，以圖自己的奢侈享樂。吃好的穿好的，同美麗的女人結婚，强奪人民和田地。這種不合理的生活，是不能長久下去的。只要一有機會，革命就隨時都會起來。厲王幽王和平王時代的種種悲慘的命運，雖也有許多政治上的關係，但民衆的叛離與反抗，却是其中一個最大的原因。

對於民衆的待遇既是那麼不平均，民衆的生活又是那麼困苦；再加以連年不斷的戰爭，强迫着人民離開家室，荒棄農事，於是民衆的生活，只有陷於破滅的絕境。對於統治者的態度就難免現出更怨恨更惡劣的情感了。現在再舉出幾首詩來：

『何草不黃！何日不行！何人不將！經營四方。
何草不玄！何日不矜！哀我征夫，獨爲匪民！
匪兕匪虎，率彼曠野。哀我征夫，朝夕不暇。
有芃者狐，率彼幽草。有棧之車，行彼周道。』（小雅、何草不黃）

『昔我往矣，黍稷方華。今我來思，雨雪載途。王事多艱，不遑啓居。豈不懷歸，畏此簡

書。』（小雅出車）

『采薇采薇，薇亦作止。曰歸曰歸，歲亦莫止。靡室靡家，玁狁之故。不遑啓居，玁狁之故。……

昔我往矣，楊柳依依。今我來思，雨雪霏霏。行道遲遲，載渴載飢。我心傷悲，莫知我哀。』（小雅采薇）

『擊鼓其鏜，踴躍用兵。土國城漕，我獨南行。

從孫子仲，平陳與宋。不我以歸，憂心有忡。

爰居爰處，爰喪其馬。于以求之？于林之下。

死生契濶，與子成說。執子之手，與子偕老。

于嗟濶兮，不我活兮。于嗟洵兮，不我信兮。』（邶風擊鼓）

『伯兮朅兮，邦之桀兮。伯也執殳，爲王前驅。

自伯之東，首如飛蓬。豈無膏沐，誰適爲容。

其雨其雨，杲杲日出。願言思伯，甘心首疾。

焉得諼草，言樹之背。願言思伯，使我心痗。』（衛風伯兮）

在這些詩裏，人民非戰的情緒，表現得非常深刻。或寫征人的怨恨與歎息，或寫少婦的悲苦與相思。用着清麗的文句，和諧的音調，歌詠那些日常生活的瑣事與細密深沉的情感，反映出民衆的强烈意識來。我們讀了以後，當日社會生活的雜亂和民間那種妻離子散的影子，都活現在我們的眼前了。

『彼黍離離，彼稷之苗。行邁靡靡，中心搖搖。知我者謂我心憂，不知我者謂我何求。悠悠蒼天，此何人哉！』（王風黍離。）

『有兎爰爰，雉離於羅。我生之初尚無爲，我生之後，逢此百罹，尙寐無吪。』（王風兎爰）

『式微式微，胡不歸？微君之故，胡爲乎中露。式微式微，胡不歸？微君子躬，胡爲乎泥中。』（邶風式微）

『東人之子，職勞不來。西人之子，粲粲衣服。舟人之子，熊羆是裘。私人之子，百僚是試。』（小雅大東）

在這種政治黑暗社會紊亂人民困窮的狀態下，自然是要走到國破家亡的地步的。有的看見禾黍，發出國破的悲吟，有的生逢亂世，發出傷時的哀感。舊的貴族漸漸沒落，新的有資產者露出頭面來了。從前的貴族，有些窮得連飯也找不着吃，暴發戶都穿上漂亮的衣服，爬上政治的舞台了。政治狀況和社會生活起了這麼大的變動，思想上自然是要跟着發生動搖的。貧窮的那樣的貧窮，富貴的那樣富貴，享樂的那麼享樂，勞苦的那麼勞苦，未必都是天帝和祖先們的意思。同樣是一個人，爲什麼待遇相差這麼遠。在這種思考之下，懷疑的思想，是必然要產生的。懷疑思想的產生，使得從前那種無上尊嚴的敬天尊祖的宗教觀念，不得不發生動搖了。宗教觀念的動搖，接着便是人性的覺醒。天帝靠不住了，祖先靠不住了，一切都靠不住了，無論什麼都得靠自己。因爲自己是一個人，人纔眞是有意志有思想有能力的動物。人權的思想就在這個懷疑時代萌芽了。於是乎文藝通過了宗教的儀式，和統治者的娛樂的階段，而爲全社會全民衆服務了。詩序派所說的美刺，並不是完全無理的，這時代的詩人，已放棄了神鬼與君主的範圍，張着兩眼，在直視着全民衆全社會的生活了。由那些詩我們可以聽出民衆心靈的呼聲，可以看出民衆狀態的影子。

『浩浩昊天，不駿其德。降喪飢饉，斬伐四國。
昊天疾威，弗慮弗圖。舍彼有罪，既伏其辜。若此無罪，淪胥以鋪。』（小雅雨無止。）
『昊天不傭，降此鞠訩。昊天不惠，降此大戾。』（小雅節南山）
『出自北門，憂心殷殷。終寠且貧，莫知我艱。已焉哉，天實爲之，謂之何哉！』（邶風北門）

從前那種尊嚴的天帝，現在在人們的心靈中，起了激烈的動搖了。接連地發生着天災人禍，使得百姓們無以爲生，可見天帝只是一個沒有意志沒有靈驗的偶像，還信仰他尊敬他畏懼他幹什麼呢？於是怨恨的怨恨，責罵的責罵，比起當初那種『臨下有赫，監視四方』的皇天上帝來，現在這種可憐的狀態，眞令人有式微之歎了。

『維桑與梓，必恭敬止。靡瞻匪父，靡依匪母。不屬於毛，不離於裏。天之生我，我辰安在。』（小雅小弁）
『父母生我，胡俾我瘉。不自我先，不自我後。好言自口，莠言自口，憂心愈愈，是以有

侮。』（小雅正月）

不僅對於上帝的信仰，起了動搖，連對於祖先的崇拜也發生懷疑了。從前把祖先看作是一個家族的保護神，所以那樣鄭重地去祭祀。一到亂世，他什麼事都不管，才知道從前是受了騙。他的本領，正如上帝一樣都是靠不住的。在宗教觀念動搖懷疑思想興起的時代中，便發現了個人的存在。『匪兕匪虎，率彼曠野。』『哀我征夫，獨爲匪民』（何草不黃）人不是老虎，也不是野牛，如何老是在曠野上供人驅遣呢？『下民之孽，匪降自天。噂沓背憎，職競由人』（十月之交）這眞是無神論者對於人權思想所發表的大胆宣言。天帝沒有權威和本領，任何事物要得到眞解決眞建設，非靠個人的力量不可。在這種狀態下，於是『天道遠人道邇，』『民爲貴君爲輕』的人權思想漸漸地滋長起來，神鬼的尊嚴，不得不趨於衰落了。孔子的不語怪力亂神的現實主義哲學，也就是在這種空氣下形成的。

文學的發展，經過了宗教的儀式與君主貴族娛樂的階段，而入於社會生活及民衆感情的表現時，這進步是極大的。並且他對於社會與人生，也擔負着更大的任務了。他已經同音樂跳舞完全離開，而得着獨立發展的機能。像這些歌詠離亂諷刺朝政反抗統治階層懷疑宗教觀念的作品，決不會配合音樂來作爲什麼朝庭之音的罷。『家父作誦，以究王訩』（大雅節南山，）『寺人孟子，作爲此詩，凡百君子，敬而聽之』（小雅巷伯）『心之憂矣，我歌且謠』（魏風園有桃）『吉甫作誦，以贈申伯』（大雅崧高，）由這些話，我們可以知道作者都是有所爲而作，或是贊美，或是諷刺，已經把作者的思想人格放進到作品裏，同從前那些專爲媚神媚鬼媚人的作品比起來，這些詩是帶了濃厚的個人性與社會性了。在藝術上，無論形式與辭藻，那進步的痕跡，也是非常顯然的。形式的整齊，音節的調和，文字的修飾，描寫的細緻，都不是前階段的作品所可比擬的了。他們本身已得到了藝術的存在性，而同時更加强了他們的社會使命與實用機能。就從這時候起，文學改變了過去作爲樂舞的附庸地位，而成爲和樂舞並行的獨立的藝術了。

六　抒情詩

抒情詩在口頭文學時代便有了的。大概男女的關係變得比較複雜的時候，這種詩的情感和文字也就變得比較美麗。在羅威(R. H. Lowie)著的『我們是文明嗎？(Are We Civilized?)』一書裏，介紹了許多野蠻民族的抒情詩。他說那種詩是和宗教詩同時發展的，他的產生，甚至還在宗教詩以前。不過因爲他們只是放在口頭歌唱，作爲男女求愛的一種媒介，與其說是詩，毋寧說是音樂。後來由社會文化與人類關係的逐漸進展，於是音樂的抒情詩逐漸變爲文字的抒情詩。他這種意見，自然是正確的。我們現在看各國的文學史，常覺得宗教詩的發展，都在抒情詩的前面，這原因便是前者充滿了宗教性的實用功能，有祭司術士和統治階層的保管和發揮。後者是個人的，缺少那種積極的功利的任務，因此不容易保存。等到口頭的抒情詩，變爲文字的抒情詩而出現的時候，那已經由神的世界進入人的世界，在文學的發展上，也已經走過宗教詩的階段了。明白了這一點，我們才可以相信國風二南中一類的抒情詩，是詩經時代最後的產品。

二南和國風中的作品，十之八九是抒情詩。他們是三百篇裏面最精采的一部分。詩序說：『上以風化下，下以風刺上。主文而譎諫，言之者無罪，聞之者足戒，故曰風。』這自然是儒家的倫理哲學興起以後的一種解釋。在國風時代，那些作品，還只含有個人主義的特徵，和履行着男女性愛的任務。在這一點，朱子的解釋，是最適當的。『凡詩之所謂風者，多同於里巷歌謠之作，所謂男女相與詠歌，各言其情者也。』（詩集傳序）他在這裏說明了兩點：一，風是民間的歌謠。二，風的內容，大都是男女言情之作。他這種解釋，使我們認清了風詩的活躍的生命，由此可知道詩序上所說的，確是後人有意披上去的一件外衣了。其次關於周南召南，古人也各有不同之見。多數人以地言南，故南詩屬於國風。另一些人如宋代王質（詩總聞）程大昌（考古編）之流，則主張南是一種樂名，可與風雅頌並列，故詩應分南風雅頌四部。這種意見雖極新奇，到了清朝如陳啓源在毛詩稽古編中，魏源在詩古微中，都發出反駁的意見。這種是非我們是無法判斷的，因爲雙方都有他的理由，好在這些問題，對於這些作品的文學價值，並無關重要。胡承琪說：

『南以地言者，乃采詩編部之名也。以音言者，又入樂時編部之名也。二者不同，而亦不相悖。』（毛詩後箋）

他這種雙方顧到的方法，可算是最取巧的了。不過無論怎樣，二南詩的產地，是在江漢一帶的南方，其內容作風與時代，同國風中的作品，是同一範圍的事，是無可懷疑的。南風中的詩篇，除了極少數的例外，全是民間的情詩。正如鄭樵所說，國風是風土之音。宗廟朝庭的作品，都是一些莊嚴典雅的文句，在創作時，受了思想束縛的限制，缺少情感的生命與活躍的人性。民歌完全是個人的自由的創作，與熱烈情感的表現。在那些作品裏，跳動着活躍的生命，充滿了血肉和種種喜怒哀樂的情緒，因此到了現在，那些詩的藝術性與感染性一點沒有損失。

『采采卷耳，不盈頃筐。嗟我懷人，寘彼周行。
陟彼崔嵬，我馬虺隤。我姑酌彼金罍，維以不永懷。
陟彼高岡，我馬玄黃。我姑酌彼兕觥，維以不永傷。
陟彼砠矣，我馬瘏矣。我僕痡矣，云何吁矣。』（周南卷耳）

『野有死麕，白茅包之。有女懷春，吉士誘之。
林有樸樕，野有死鹿。白茅純束，有女如玉。
舒而脫脫兮，無感我帨兮，無使尨也吠。』（召南野有死麕）

鷄既鳴矣，朝既盈矣。匪鷄則鳴，蒼蠅之聲。
東方明矣，朝既昌矣。匪東方則明，月出之光。
蟲飛薨薨，甘與子同夢。會且歸矣，無庶予子憎。』（齊風鷄鳴）

『彼狡童兮，不與我言兮。維子之故，使我不能餐兮。
彼狡童兮，不與我食兮。維子之故，使我不能息兮。』（鄭風狡童）

『青青子衿，悠悠我心，縱我不往，子寧不嗣音。

青青子佩，悠悠我思。縱我不往，子寧不來。

挑兮達兮，在城闕兮。一日不見，如三月兮。』（鄭風子衿）

『野有蔓草，零露漙兮。有美一人，淸揚婉兮。邂逅相遇，適我願兮。

野有蔓草，零露瀼瀼。有美一人，婉如淸揚。邂逅相遇，與子偕藏。』（鄭風野有蔓草）

這些詩的意義，雖在詩序中有種種附會的解釋，其實都是非當淺顯的。思婦懷人，吉士求愛，春宵苦短之歡，美人相思之苦，在美麗的文字和調和的音韻中，巧妙地表現出來。情感是那麼豐富，生命是那麼活躍，比起那些帶了神鬼氣味的宗廟詩，富貴氣味的朝庭詩來，這些美麗的民歌，自然更能使我們瞭解和愛好。在藝術的價值上，比起前階段的作品來，那明顯的進步，就是門外漢也是看得出來的。在三百篇中，社會詩和抒情詩，是最重要的兩部分。由社會詩可以看出當日社會生活的全影，由這些戀歌，可以體會當日浪漫的人性和男女心靈的活動，然而也就從這裏開始了社會文學與個人文學的分野。個人文學的發展，漸漸傾向於唯美的浪漫的路上去，有超越現實社會的現象。因此，文學便逐漸失去其實用的社會功能，而一步步地變爲純粹的藝術了。

七　餘論

這些浪漫性的情詩，在後代以道德哲學爲基礎的儒家的眼裏，是不能重視的。他們不能放棄文學的實用功能與教化主義而只以藝術的成就爲文學的最高目的。所以到了東漢儒家思想在學術界成了權威的時候，就產生了衞宏的詩序。後漢書儒林傳裏說：『衞宏從曼卿受學，因作毛詩之序，善得風雅之旨，於今行於世。』在這裏，把詩序的作者時代及主旨，都說得非常明白，本來是什麼問題也沒有的。而後代儒家要故意抬高詩序的地位，也就是要抬高詩經在經典中的地位，於是發生什麼大序是孔子所作，又有什麼是卜商毛亨合作的種種謬說了。到了現在，幾乎人人都知道這種騙局，連說明的必要也是沒有了的。然而在過去二千年中，詩經的價値與意義，全包含在詩序裏面，詩經本身的文學價値，却完全降爲詩序的附庸的事，我們是必得注意的。

我們要知道，在孔子時，詩經這一部書，是作爲倫理學的課本的。他們要在那內面，學習作人爲政的大道理。由當日各國外交使節的賦詩的風氣看來，在春秋時代，詩經早已失去了他本身的文學地位，而成爲一本政治上社會上最有用的百科全書了。由孔子的『思無邪』與『雅頌各得其所』兩句話，因而演成聖人刪詩之說，更進一步而演成漢儒詩序的曲解，於是所有的情詩戀歌，都變爲倫理詩諷刺詩了。關於這一點，大家都認爲是詩經的厄運，其實在文學思潮的發展上，這是一種必然的無可避免的過程。藝術的思潮，不能獨立進展，他必得和每一個時代的學術思想的主流，取着一致的步調。在那種宗教衰頹倫理哲學興起的潮流內，文學是不得不改變其原來的意義的。於是由從前的宗教歌，宴會歌，戀愛歌，都變爲人民的道德教育學了。我們要明白這種文學思潮的過程，才會知道詩序產生的必然性及其穩固的社會基礎。

我們要在這裏附帶說一句的，便是那古今不決的采詩問題。國語周語中說：『爲民者宣之使言，故天子聽政，使公卿至於列士獻詩。』禮記王制中說：『天子五年一巡守……命太師陳詩以觀民風。』漢書藝文志也說：『古有采詩之官，王者所以觀風俗知得失自考正也。』又食貨志也說：『孟春之月，羣居者將散，行人振木鐸行於路以采詩，獻之太師，比其音律，以聞於天子。』這些史料，除國語外，雖大都出於漢人，但一致都承認有采詩這件事。所說的獻詩陳詩與采詩，名詞雖有些不同，意義上是差不多的。因此二千年來，對此問題，幾乎無人懷疑。唯有淸人崔述在讀風偶識裏，對於這一點，獨持着相反的意見。他說：『余按克商以後，下逮陳靈，近五百年。何以前三百年所采殊少，後二百年所采甚多？周之諸侯千八百國，何以獨此九國有風可采，而其餘皆無之？……則此言出於後人臆度無疑也。』崔述的懷疑精神我們一向是欽佩的，但這次所持的理論，却非常薄弱。前三百年的詩少，後二百年的詩多，這正是文學發展史上進化的合理現象。他把前三百年的與後二百年的精神文化狀態看作是相等，把前三百年與後二百年的人類的創作力也看作是相等，那實在是完全缺乏常識，而發出這種幼稚的理論。至於說只有九國之風而未及一千八百國者，那更是可笑了。所謂一千八百國那個數目，是非常不可靠的。我們知道在西周時代，必然存在着不少的部落，在那些部落裏，大半都是淺化民族，還够不上成爲一個文化單位。當時文化單位的代表，自然是只限於那幾個與周朝封建政治有關係的大國。加以樂史之流，編詩正樂時，在文字的選擇，與樂章的配合上，必然要經過嚴厲的淘汰，結果只能取其幾個代表國家的作品的事，並沒有什麼可怪可疑的了。照現在詩經所代表的地域，有陝西甘肅河南山東河北湖北這麼廣濶的地帶。凡是周朝及其封建國家權力所及的地方，都包括在內面。在交通不便的古代，若沒有專人如樂史之流辦理這種事體，很難得把各地的詩歌集成一本書來。如宗廟朝庭之樂的雅頌大半是樂官貴族文士的製作，但國風中那些歌謠，恐怕是非靠采集不可了。不過在采集的動機上，似乎是屬於音樂的關係，與政治無關。至於那些借此觀民風知得失的高調理論，把詩歌和政治緊緊結合起來的事，那一定是後代儒家的增飾。我們用這種觀點來解釋采詩，是比較合乎情理的。就是後來春秋末年以及戰國時代詩歌的中絕的那一個問題，也只好從這一方面來求解答了。

詩經所代表的，是一個五百多年的長時代，那些作品決非一人或是一個時代輯成的。由多少人由各時代慢慢地收集起來，方成爲現在這麼樣的一本集子。最古的是周頌，其次是大雅小雅，再其次是商頌魯頌國風和二南了。在那一個長期的時代中，無論政治狀態社會生活以及宗敎思想各方面的演變，在這許多詩篇裏，都留下了明顯的痕跡。在文字的藝術上，那進步的發展，也是非常明顯的。時代愈晚的作品，文字愈是美麗，描寫愈是細緻，形式愈是整齊，音調愈是和諧，社會的意識與個人的性情也愈是豐富與複雜，這些都是無須舉例來說明的了。詩經中的文句，雖是用着自二字至九字的雜言，但四言却是詩經的正格。我們可以說詩經是中國四言詩的代表。後代如韋孟仲長統曹操嵇康陶潛雖都曾努力作過四言詩，那只是尾聲餘影，在詩經以後的中國詩壇，已經沒有四言詩的地位了。由雜言進而爲四言爲五七言，這是中國詩歌在形式上發展的歷史線，在這種地方，也可看出文學進化的狀態來。後代的拜古詩人，多不明瞭這種進化的狀態，對於詩的創作或批評，總歡喜以詩經來作爲範本，連那文氣句法和形式，也照樣的摹擬着，而反於沾沾自喜，這眞是愚妄之極。

第三章　詩的衰落與散文的勃興

一　散文興起的原因

春秋戰國在中國歷史上，是一個大大的轉變時代。無論經濟狀況政治制度和社會組織，都起了激烈的動搖。在這動盪的大時代中，文化思想，却呈現了活躍進步的現象。在文學的發展史上，有一個明顯的事實，那便是詩的衰頹與散文的勃興。記載歷史事實的和表現哲學思想的散文，代替了詩歌的地位。由那些歷史的哲學的文字，建立了中國散文的典型。

這種現象的產生，並不是偶然的，他有他的社會演變的背景，和文學本身發展的必然性。這種必然性，正是文學給予人類社會的一種實用的功能的表現。在文學的工作還未脫離實用的功能完全走向藝術的個人的階段的古代，這種表現也就更加明顯。因此許多人研究中國文學史的時候，在這一時期只集中注意力於韻文的詩騷，而把這時代發展起來的散文，只看作是歷史哲學的材料，從文學史上強暴地割去的事，實在是大膽之極。

要知道每一種文學的產生，都有它的社會根源。所謂社會的根源是政治、經濟、道德、宗教、思想、教育、血統等等因素所組成的複雜體。我們研究文學的人，一定要把這種社會根源淸淸楚楚地追究出來，才能知道每一種文學的產生，都是必然的，而不是偶然的。一般的文學研究者，只注意文學的形式，而忽略了文學的所以根源，產生了偏見。假如我們把文學內所表現的政治、經濟、道德、宗教、思想、教育等因素去掉，所謂文學，也就不知道剩些什麼了。然這些因素，非常複雜，彼此的影響，也非常微妙，如不細心追尋，你就無法發現它們的根源。就拿生產工具來說，這好像是一種微微不足道的因素，但如果我們切實追究一下，就可以發現它的影響，例如鐵器的使用，就可以影響人類的生活。

「一農之事必有一耜一銚一鎌一鎒一椎一銍，然後成爲農。一車必有一斤一鋸一釭一鑽一鑿一銶一軻，然後成爲車。一女必有一刀一錐一箴一鉥，然後成爲女。」（管子輕重乙篇）

「許子以釜甑爨，以鐵耕乎？」（孟子）

「楚人宛鉅鐵鉇，慘如蠭蠆」（荀子議兵篇）

「夫矢來有鄉，則積鐵以備一鄉。矢來無鄉，則爲鐵室以盡備之。」（韓非子內儲說上七術篇）

管子是僞書，他所說的鐵器在春秋時代，已在社會上普遍應用，並且設有鐵官的事，自不可靠，但看作戰國時代的事實是極可能的。我們知道戰國末年，鐵器不僅製成了各種農業工藝的器具，並且擴充到兵器了。江淹在銅劍讚序中說：「古者以銅爲兵，春秋迄於戰國，戰國迄於秦時，攻爭紛亂，兵革互興，銅既不克給，故以鐵足之。鑄銅甚難，求鐵甚易，故銅兵轉少，鐵兵轉多。」他這些話是極可靠的事實。因鐵器的普遍使用，直接是促進農業生產以及手工業的發達，間接是促進商業的進展與都市的繁榮。出產品大量的增加，商業自然是跟着興盛，從前的城市，不過是封建諸侯防禦侵略的堡壘，到了春秋戰國時代，都變爲工商業的集中地，和文化交通的中心點了。如河南的大梁，陝西的咸陽，直隸的邯鄲，山東的臨淄，都是當日有名的都市。

『臨淄之中七萬戶……甚富而實。其民無不吹竽鼓瑟彈琴擊筑鬪鷄狗博蹋鞠者。臨淄之途，車轂擊，人肩摩，連衽成帷，舉袂成幕，揮汗成雨。家給人足，志高氣揚。』（戰國策）

『齊宣王喜文學遊說之士，……七十六人皆賜列士如上大夫，不治而議論。是以齊稷下學士復盛，且數百千人。』（史記田敬仲世家）

像這種百業匯集文化集中的都市，決不是西周時代所能產生的。我們再讀一讀史記的貨殖傳，更可知道當日都會發達的眞實情況。商業一發達，新興的富商巨賈，與貨幣制度便應運而生。如陶朱猗頓子貢之流，都是以經商致富的大財王。再如鄭弦高的退秦兵，呂不韋的奪政權，都證明商人勢力在政治地位上的抬頭。就是當時的君主，也知道商業有利可圖，尤其是注意人人必用的鹽鐵。漢書食貨志說：「秦用商鞅之法，……鹽鐵之利，二十倍於古。」由這些史料，知道當日商業經濟發展的重要性。而商人的勢力也因此一天天的擴張起來。

因爲商業的發達，這種新的因素，又使中國文化上發生了很大的變化。因爲農業生產力的進展，增加了土地的利潤，於是有錢有勢的人，都注意到這方面去。因此便形成武力掠奪土地金錢收買土地的狂熱現象。春秋時代尙有一百餘國，到戰國時只有七國了，這都是當日掠奪土地的戰爭的結果。孟子說：「今之事君者曰，我能爲君辟土地，充府庫，今之所謂良臣，古之所謂民賊也。」不管是良臣或是民賊，總之掠奪土地確是當日的戰爭的根源。孟子說：「春秋無義戰」，眞是一針見血了。土地掠奪與公田制度的破壞，引起私人大地主的產生。商業資本的興起，使得商人階級在政治上抬頭。前漢書食貨志說：「商鞅壞井田，開阡陌……王制遂滅，僭差無度，庶人之富者鉅萬。」又貨殖傳說：「及周室衰，禮法墮，……稼穡之民少，商旅之民多。穀不足而貨有餘。於是商通難得之貨，工作無用之器，士設反道之行，以追時好而取世資。……禮義不足以拘君子，刑戮不足以威小人。富者土木被文錦，犬馬餘肉粟。而貧者短褐不完，唅菽飲水。其爲編戶齊民，同列以財力相君。雖爲僕虜，猶亡慍色。」這裏所說的，便是因當日經濟制度的變動，促進封建政治的崩潰，舊貴族的衰落，以及新的官僚政治的形成。同時是說明在商業資本的發展下，農民所受的痛苦。

我們只要看左傳國語國策這些史書，便可知當日政界人物的興替，比起西周時代的封建狀況，是完全改觀了。卿相降爲皁隸者有之，布衣執政者有之。富商大賈雞鳴狗盜之徒都擠上政治舞臺，於是舊日的貴族王孫，不得不作式微之歎了。從前的學術文化，原爲貴族們所專有，因當日兼併爭亂之結果，平民階層中，加入了不少的沒落貴族。當時的孔子，也只好教書餬口，於是學問得到傳播普及的機會。加之商業繁榮大都市的產生，於是交通日趨便利，而那些都市便成爲會集文人的淵藪，各方人士可以互相交換智識，而促進文化思想的興隆。這些現象，我們在古史裏，都可以找到豐富的例證。

在當日經濟政治制度以及社會組織起了空前的崩壞的過程中，社會上各種人們，面對着那種動搖不定的現實，自然會生出來各種不同的思想。有守舊的，有趨新的，有調和折衷的，於是產生了偉大的諸子哲學時代。孟子說：「聖王不作，諸侯放恣，處士橫議。」莊子天下篇說：「天下大亂，聖賢不明，道德不一，天下多得一察焉以自好。譬如耳目鼻口，皆有所明，不能相通，猶百家衆技也，皆有所長，時有所用。雖然，不該不徧，一曲之士也，判天地之美，析萬物之理，察古人之全，寡能備於天地之美，稱神明之容，是故內聖外王之道，闇而不明，鬱而不發。天下之人，各爲其所欲焉，以自爲方。」他們雖一致說着「聖王不作」「賢聖不明」的話，但當日學術思想的發達，却是實在的事情。這一些思想家，每個人都要盡力的發表他心中的意見，並且這些意見，已經不是過去封建時代那種神權政治的簡單的理論，而是一種複雜的人本的現實主義的哲學。這種哲學，想用詩歌的形式表現，是不可能的，非得借用宜於說理的散文不可。於是散文代替詩歌的地位，而走上勃興之途了。

其次，春秋戰國時代，國與國的吞併，人與人的殺戮，舊貴族的沒落，新人物的興起，這種種興亡盛衰的事蹟，在政治史上，都演着劇烈的變化。所謂「臣弒其君者有之，子弒其父者有之」，這都是實在的事。於是有些人，從道德的或是從歷史的立場，對於那些興亡盛衰的人類史蹟，都記載下來了。要做這繁雜的工作，也不是詩歌的形式所能擔任的，因此記事的歷史散文，同哲學家的散文一樣，侵奪了詩歌的地位。在這種情形下，在過去曾盛極一時的詩歌，不得不走上衰落之途了。「詩亡而後春秋作」這句話，雖是代表着美刺的道義的意味，其實在由詩歌走到散文的文學發展史上，確實是有幾分合理的。佛理采（Y. M. Friche）在歐洲文學發展史中論意大利小說說：『意大利的有產文化漸次發達及確立起來，中世紀的詩歌的型態和樣式，都不得不隨之而消滅。在商業都市的環境中，詩歌已把位置讓與散文小說了。中世紀的詩歌的特質，是唯心的象徵主義，連詩歌的主題也離不了宗教。但到了現在，作家們已成了現實主義者，他們所描寫的，乃是不含寓言意味的現實的事件及現實的人物了。』他這裏所講的是小說，但從詩歌的形式變爲散文的形式，從宗教的象徵主義變爲人本的現實主義，却完全是相同的。因此，我們考察中國古代的文學發展時，對於這種重要變遷的過程，萬不可忽視，尤其要注意的，是造成那種變遷的各種因素。春秋戰國時代散文的興盛與完成，在中國文學史上，確實是一件重大的事。

二 歷史散文

尙書是中國最古的歷史，也是中國最古的散文。他雖說一向被稱爲經，論其本質，正如春秋一樣，實實在在是一本歷史。所謂左史記言，右史記事，言爲尙書，事爲春秋，正說明了這兩本書的本質。現存的尙書，包括虞夏商周四時代，其來源有今古文之分。古文尙書之僞，經古今學者的努力證明，我們自然是不相信了。但是今文尙書的二十八篇，也有許多問題。在本書的首章裏，我們早已從經濟政治文化思想的基礎上，證明一切託名虞夏的文籍，都是後人的僞造，所以堯典皋陶謨禹貢，自然是靠不住的了。就是商書也和商頌一樣，或許也是宋人的作品。因此我們可以推斷，尙書裏面沒有西周以前的作品。要這樣，我們才可以看出中國的散文，由卜辭金石文走到尙書的發展的合理性。

尚書中最早的作品，不得不推周誥。正如周頌是周初的詩歌代表一樣，周誥正是周初的散文代表。現在人讀起來，佶屈聱牙，不容易懂，其實並非此中有奧妙的道理，也並非作者的文章特別高深。原因是周誥中的文辭，全是用當時的口語記錄的文告和講演。記錄以後，一直沒有什麼變動，於是那種言語漸漸隨時代而殭化了。周頌中的詩篇，雖說時代差不多，那些究竟是可歌可唱的東西，隨時變遷，寫定較遲，所以也就比較容易懂了，傅孟眞氏對於這一點，曾有很好的意見。他說：

「周誥最難懂，不是因爲他格外的文，恰恰反面，周頌是很白話的。又不必一定因爲他是格外的古，周頌有一部分比周誥後不很多，竟比較容易懂些了。乃是因爲春秋戰國以來演進成的文言，一直經秦漢傳下來者，不和尚書接氣。故後人自少誦習春秋戰國以來書者，感覺這個前段之在外。周誥既是當時的白話，也應是當時宗周上級社會的標準語。照理詩經中的雅頌，應當和他沒大分別，然而頗不然者，固然也許西周的詩流傳到東周，字句有通俗化的變遷。不過從周誥周詩看來，大約不在一個方言系統之中。周誥或者是周人初葉的語言，周詩之中已用成周列國的通語。宗周謂周室舊都，成周謂新營之洛邑，此分別在春秋戰國時尚清楚。」

他這些意見，我們是贊同的。我們要知道，像周誥那種佈告和講演的文辭是有時間性的，記錄下來以後，就漸漸地殭化了。詩歌是口耳相傳的東西，他能夠因人因地流傳下去，可以由宗周的語言，變爲成周列國的通語，因此他比較能保存着活的生命。這一點想是無可懷疑的了。至於堯典禹貢以及商書諸篇，無論從其文字的藝術，和那裏面所表現的經濟狀況與倫理思想看來，都出自周誥以後，在這裏不必再說。

「王若曰。猷。大誥爾多邦。越爾御事。弗弔。天降割於我家。不少延。洪惟我幼冲人。嗣無疆大歷服。弗造哲，迪民康。矧曰其有能格知天命。已。予惟小子。若涉淵水。予惟往，求朕攸濟。敷賁。敷前人受命。茲不忘大功。予不敢閉于天降威用。寧王遺我大寶龜。紹天明。即命曰。有大艱于西土。西土人亦不靜。越茲蠢。殷小腆，誕敢紀其敍。天降威。知我國有疵。民不康。曰。予復反鄙我周邦……」

這是大誥中的一段，是武庚叛變周公東征時的一篇文告。全篇中天命吉卜寶龜之言，層見叠出，正反映出周初時代的神權思想。現在看來，這些文字已經沒有什麽意義，但從卜辭進展到這地步，也還是需要相當的時候。這種文字作爲周時初葉的散文出現，在發展史上自然是合理的。明乎此更可相信虞夏商書是晚出之作。

在歷史上進一步的表現，成爲有系統的編年體的，便是那有名的春秋。春秋也同尙書一樣，被稱爲經的，尤其成爲今經文家重視的古籍。孟子說：「世衰道微，邪說暴行有作。臣弒其君者有之，子弒其父者有之。孔子懼，作春秋。春秋天子之事也。是故孔子曰，知我者其惟春秋乎，罪我者其惟春秋乎！」因爲春秋是出于孔子，因此後代人都把他看作是一本含有微言大義的思想書或是道德書，把他看作是定名分制法度的工具。莊子天下篇說的「春秋以道名分」，便是這個意思。於是許多經師賢哲，都在那裏面去研討微言大義，倒把列國的史事不予重視了。

春秋的文句雖是簡短，前人竟有譏爲斷爛朝報者，但在文字的技術及史事的編排上，比起尚書來，都有明顯的進步。使我們讀了，對於當代諸國的事實，得到一個系統的印象。在造句用字上，都從尚書的文體中演變進化出來，日趨于簡練平淺，建立了新散文的基礎。

「二年春，王正月，戊申。宋督弑其君與夷，及其大夫孔父。滕子來朝。三月，公會齊侯陳侯鄭伯于稷，以成宋亂。夏四月，取郜大鼎于宋。戊申，納于大廟。秋七月，紀侯來朝。蔡侯鄭伯會于鄧。九月入杞。公及戎盟丁唐。冬公至自唐。」（桓公）

一年的史事，包括在這八十五個字裏，簡短極了，這只能算是一個歷史的大綱。但在當日貧弱的物質文化的環境之下，這種大綱式的歷史，却是帶着最進步的姿態而出現的。因爲這種官書，無論從當日的歷史觀念或是社會生活看來，都表現一種最適合環境的樣式。從文字的技術上講，比起尚書來，那進步是顯然的：一個是殭化的語句，一個是平淺而有生命的新興散文。

到了戰國時代，隨着社會文化與文學觀念的發展，歷史的散文，呈現着高度的進步。如國語左傳戰國策諸書，都是當日歷史散文中最優秀的作品。左傳與國策，更爲後代散文家所重視，幾乎成爲學習散文的教科書。

關於左傳的著作及其本身的眞僞問題，我們無法在這裏作較詳的敍述。古說左傳爲孔子弟子魯人左丘明解經之作，此說雖不可靠，但近代疑古學者說左傳全爲劉歆僞造，也難成立。前者見於史記十二諸侯年表及漢書藝文志，後者則以康有爲氏爲最有力的代表。我們放棄今古文家的成見，平心而論，左傳的作者，是一位戰國時代最優秀的散文家，他決計不是孔子的弟子。他寫這本書的目的，並不是爲解經而作，是純從歷史家的立場，採取春秋的大綱，再參考當時的史籍，而成就了這本偉大的作品。因此裏面有合經者，有不合經者。這正是當日史學觀念的進步，表示不能滿意於春秋式的史書，而不得不另有所表現了。到了漢朝，在劉歆的手中，在史事方面或有所增減的事，想也是免不了的。但這不能便說是完全出于劉歆的僞造。無論如何，我們必得承認左傳的時代是戰國，作者是失名了。他在歷史散文的地位上，是成爲上承尚書春秋，而下開國策史記的重要橋梁。而是戰國時代無可否認的最優秀的散文作品。

左傳無論在記言記事方面，都表現了極高的成績。用着平淺流利的文句，把當日複雜的事蹟，巧妙的言語，活躍地記載或表現出來。使我們現在讀了，還能親切地感着到當日政治舞臺的狀況，和舞臺人物的種種面貌動作和性情。一直到現在，他還保持着他活躍的散文的生命。如「呂相絕秦」，「燭之武退秦師」，「臧孫諫君納鼎」，「僖伯諫君觀魚」，「季札觀樂」，「王孫論鼎」，都能用委婉曲折的文章，表達當日巧妙的詞令。再如城濮之戰，殽之戰，邲之戰，鄢陵之戰，都是用最簡練的文句，記敘繁複的史事，而成爲敘事文中的傑作。劉知幾說：「左氏之敘事也。述行師則簿領盈視，哤聒沸騰。論備火則區分在目，修飾峻整。言勝捷則收穫都盡，記奔放則披靡横前，申盟誓則慷慨有餘，稱譎詐則欺誣可見，談恩惠則煦如春日，紀嚴切則凛若秋霜，敘興邦則滋味無量，陳亡國則淒涼可憫。或腴辭潤簡牘，或美句入詠歌。跌宕而不羣，縱横而自得。若斯才者，殆將工侔造化，思涉鬼神，著述罕聞，古今卓絕。」（史通雜說上）他這種純粹從文學的立場上來估量左傳的價値，確是很有見解的。我們必得承認：左傳除了歷史的價値以外，他在中國散文史上，還有其堅固的地位。

『九月甲午，晉侯秦伯圍鄭，以其無禮于晉，且貳于楚也。晉軍函陵，秦軍氾南。佚之狐言于鄭伯曰：「國危矣，若使燭之武見秦君，師必退。」公從之，辭曰：「臣之壯也，猶不如人，今老矣，無能爲也已。」公曰：「吾不能早用子，今急而求子，是寡人之過也。然鄭亡，子亦有不利焉。」許之。夜縋而出，見秦伯曰：「秦晉圍鄭，鄭既知亡矣。若亡鄭而有益于君，敢以煩執事？越國以鄙遠，君知其難也。焉用亡鄭以陪鄰？鄰之厚，君之薄也。若舍鄭以爲東道主，行李之往來，共其乏困，君亦無所害。且君嘗爲晉君賜矣，許君焦瑕，朝濟而夕設版焉，君之所知也。夫晉，何厭之有，既東封鄭，又欲肆其西封。若不闕秦，將焉取之？闕秦以利晉，唯君圖之。」秦伯說，與鄭人盟。』（燭之武退秦師）

這可作歷史讀，尤可作美妙的小品文讀。用字造句是多麼簡練，又是多麼生動。後人每以左傳的文字失之浮誇，有文勝于質的弊病，這都是那些死守六經爲文章的正統的迷古派的胡言。不知道他們所說的浮誇與文勝於質，正是中國散文的藝術的進步。一定要佶屈聱牙的尙書，簡略斷爛的春秋，才是蒼老，才是質勝于文，這是多麼退化的觀念呢？像左傳這樣的文字，不正是適合於戰國時代的環境嗎？由尙書春秋到左傳，那散文發展的痕跡，不是極明顯極合理的嗎？

左傳以外，我們得注意的，便是那表現縱橫捭闔之術的國策。漢志有戰國策三十三篇，今有三十三卷，無作者名氏，爲劉向裒合排比而成。劉氏序云：「戰國之時，君德淺薄，爲之謀策者，不得不因勢而爲資，據時而爲畫。故其謀扶急持傾，爲一切之權，雖不可以臨國教，化兵革，亦救急之勢也。皆高才秀士，度時君之所能行，出奇筴異智，轉危爲安，運亡爲存，亦可喜，皆可觀。」他在這裏說明了當日時代性的特質，同時也就說明了國策文字的特質。蘇秦合縱，張儀連橫，范雎相秦，魯連解紛，鄒忌的幽默，淳于髡的諷刺，眞可謂盡鼓舌搖脣之能事，極縱橫辯說的大觀了。而其文字無不委曲達情，微婉盡意。章學誠說：「戰國者縱橫之世也。縱橫之學，本于古者行人之官。觀春秋之辭命，列國大夫，聘問諸侯，出使專對，蓋欲文其言以達旨而已。至戰國而抵掌揣摩，騰說以取富貴，其辭敷張而揚厲，變其本而加恢奇焉，不可謂非行辭命之極也。孔子曰：誦詩三百，授之以政，不達，使于四方，不能專對，雖多亦奚以爲。是則比興之旨，諷諭之義，固行人之所肄也。縱橫者流，推而衍之，是以能委折而入情，微婉而善諷也。九流之學，承官曲于六典，雖或原于書易春秋，其質多本于禮教，爲其體之有所該也。及其出而用世，必兼縱橫，所以文其質也。古之文質合于一，至戰國而各具之，質當其用也。必兼縱橫之辭以文之，周衰文弊之效也。故曰，戰國者縱橫之世也。」（詩教上）他在這裏說明了在縱橫的戰國時代，隨着言語辭令的需要與進步，文字必然要發展到文質各具的階段去。所謂文質各具，便是說文章除其內容以外，文字本身的藝術，已達到獨立存在的階段了。因此我們到現在，覺得那裏面所說的道理，都淺薄無聊，然因其文字的美妙流利，引人入勝，仍是歡喜讀他。章氏雖說是周衰文弊之效，然而在散文的發展史上，這自然是進步的現象，是文盛的現象。宋李格非說：『戰國策所載，大抵皆從橫捭闔譎誑相軋傾奪之說也。其事淺陋不足道，然而人讀之，則必尙其說之工，而忘其事之陋者，文辭之勝移之而已。』他這種議論，眞是再確切也沒有了。這種文字對於後代散文家發生很大的影響，自不用說，便是漢代的賦家，也深深地感染着他的影響。

『鄒忌修八尺有餘，而形貌昳麗，朝服衣冠，窺鏡，謂其妻曰：「我孰與城北徐公美？」其妻曰：「君美甚，徐公何能及君也。」城北徐公，齊國之美麗者也。忌不自信，而復問其妾曰：「吾孰與徐公美？」妾曰：「徐公何能及君也。」旦日，客從外來，與坐談，問之客曰：「吾與徐公孰美？」客曰：「徐公不若君之美也。」明日徐公來，孰視之，自以爲不如，窺鏡而自視，又弗如遠甚。暮寢而思之，曰：「吾妻之美我者，私我也。妾之美我者，畏我也。客之美我者，欲有求於我也。」』

這種幽默諷刺的文字，現在讀起來，也是覺得津津有味的。無論對於大小問題，或是旁述，或是直敍，總使讀者如置身會談的座中，言語形貌，全都感到親切有味。其結論雖有時令人感到淺薄，但其文字無不羽毛豐滿，氣勢縱橫，引人入勝。這是文字藝術的進步，也就是文字力量的動人。歷史的散文，到了左傳國策，確是達到極高的成就了。

三 哲理散文

我國古代的哲理散文，當以老子論語爲最早。此二書出，在中國的文化界，才有所謂私人著述的作品。不用說，老子與論語不是老子孔子手寫的，只是他們的門徒記下來的一種語錄。這種簡約的語錄，在我國哲理散文史上，却有極重要的地位。老子的時代問題，在近年來，發生了劇烈的動搖。如老聃，李耳，老彭，太史儋，老萊子諸人，究竟是一是二，也是議論紛紛，無法斷定。我們在這裏不得不避去那些乾枯的敍述與考證。平心而論，現存的老子這本書，究其思想的複雜矛盾，一定是完成于戰國道法家的增益。就其文字的體裁看來，許多韻文的部份，似乎也是受了騷體的影響，好像是戰國末葉的作品。因此引起許多學者對於老子本人的懷疑。但我們客觀的推測，覺得老子確爲春秋時代的人物，在其時並還有原本老子的存在。現存的老子，是由原本增補而成，老子原有的思想一部分被保存着，其他如陰陽家法術家之言，後來也都混雜進去，所以無論思想或是文體，都形成現在那種矛盾複雜的樣子了。我們如果肯承認這一個論點，那末在論語之前，是有過老子那末一本書的。

『老聃曰：知其雄，守其雌，爲天下谿。知其白，守其辱，爲天下谷。人皆取先，己獨取後。曰：受天下之垢，人皆取實，己獨取虛。無藏也，故有餘巋然而有餘。其行身也徐而不費，無爲也而笑巧。人皆求福，己獨求全。曰：苟免于咎，以深爲根，以約爲紀。曰：堅則毀矣，銳則挫矣，常寬容于物，不削于人，可謂至極。』（莊子天下篇）

莊子天下篇內所引的各家之言，一向爲學者認爲比較可靠。但這裏所引的老子，和現今的老子，不甚一致。因此，我們很可相信這些文句是出于老子的原本，而現存的老子是改本了。在這些文句裏，正表現了純正的道家思想，並且與論語式的簡約的文體，也正相適合。

論語是古代初期的哲理散文中一部最可靠的書。其中的一部分，（如堯曰等）雖也有可疑之處，但對於他本身的眞實性，却毫無損傷。書中的文句，都是三言兩語，各自獨立，不相連貫。這正與春秋的文字，有些相像。因爲當時的物質條件的貧弱，無論在歷史或是哲學上的表現，都只能做到大綱的形式。詳細情形，一切都待於口語的解說。因此，我們讀論語的時候，時常有一種突然而來忽然而止的感覺。這固然是因爲散文尚在發展的途中，但最大的原因，還是在當日人類生活的簡單，和文書工具的貧弱，關於這一點，由春秋的歷史文，老子論語的哲理文，都是簡約的文句，節段的形式，還沒有達到單篇的式樣看來，這是很可證明的。

老孔時代，正是中國哲學思想發育的初期，還沒有走到諸子爭鳴彼此辯論的時代。因此在他們的文字裏，多是說明文的形式，而不是論辯文的形式。他們所講的一言一語，雖俱有可論辯之處，然而在當日思想發動的初期，所謂理論的鬪爭，還沒有產生。只要用那種平鋪直敍的說明文字，便够表明他們的思想。到了戰國的諸子爭鳴時代，思想的宣傳與鬪爭，蓬勃地發展起來，任何派的思想家要發表文字，非帶着爭鬪的論辯的形式不可了。因爲思想的發展，文字也跟着發展起來，於是第二期的哲學散文，帶着長篇大論的姿態，諷寓犀利的辭句而出現了。在墨子孟子莊子荀子韓非諸書的文字裏，文章的氣勢格調雖各有不同，所表現的思想雖各不同，然都帶着論辯的爭鬪的形式的事，却是一致的。

論辯的散文，是由墨子而開始的。我們在這裏，沒有時候討論他的哲學思想，但在中國散文的發展史上，墨子却有重要的地位。這並不是說墨子中的文字，有多麼美妙，有了不得的藝術的成就。其重要處，是中國議論辯證的文體，由他開始，並且他對於論辯文的方法的要旨，發表了許多重要的意見。我們讀過他的非攻非命明鬼尙同諸篇，知道他是一個條理謹嚴的議論家，這些文字都是最謹嚴最明快的論辯文。後世的論辯文，幾乎都逃不出他的式樣與方法。墨子的籍貫與時代，一直到現在，還不能得着確切的解答。有說他是宋人楚人或是魯人，這個問題，恐怕永遠是一個問題。我們從各種古書上所載的事蹟看來，說墨子是孔孟之間的人，大概是可靠的。

我們知道墨子是一個苦行的富有同情心的宗教家。所以他講兼愛非攻，信鬼神信天志。同時他又是澈底的功利主義者，因此他主張薄葬非樂。這些思想反映到文學上，變成了尙質與實用的文學觀。他的文字雖不華美，然而無不條理謹嚴說理明暢。在我國古代學術界中，墨學最講究方法，開名學之先導。較之歐洲的邏輯，印度之因明，雖無其精深細密，然却有些近似，故其學說之立論，都是採取首尾一貫的論理形式。因此，他的文字，也就成爲最謹嚴最有條理的論辯文了。他說：

『凡出言談，則不可不先立儀而言，若不先立儀而言，譬之猶運鈞之上而立朝夕者也。我以爲雖有朝夕之辯，必將終未可得而從定也。是故言有三法。何謂三法？曰有考之者，有原之者，有用之者。惡乎考之？考先聖大王之事。惡乎原之？察衆之耳目之請。惡乎用之？發而爲政乎國，察萬民而觀之。此謂三法也。』（非命下）

所謂立儀，便是說要有一種準則和一個要旨。如非命非攻，那便是一篇的準則和要旨，令人看了一目瞭然。所謂三表法，便是一種層次分明的論理方法，考之者是說要求證于古事，原之者是說要求證于現實，用之者是說要求證于實際的應用。他所講的雖是一種講學立論的方法，同時也就是做論辯文的方法。用這方法作論辯文，是有條有理，決沒有前後矛盾層次紊亂的弊病。在墨子許多篇中，都是這種方法的應用，而得到了很好的成績。我們讀讀非命明鬼，就可以知道了。

小取篇是出于墨子還是出于別墨，現在雖是問題，在那裏面所講的論辯方法，比上述的三表，發揮得更為詳盡。所謂「辟，侔，援，推，」固然是講學立論的重要方法，同時在修辭學的理論上，也有極重要的貢獻。小取篇說：

『辟也者舉也物而以明之也。侔也者比辭而俱行也。援也者，曰子然，我奚獨不可以然也。推也者，以其所不取之同，于其所取予之也。是猶謂也者同也，吾豈謂也者異也。』

辟是譬喻，是一種舉他物以明此物的譬喻法。侔是辭義齊等之意，是一種用他辭襯托此辭的比辭法。援是援例的推論，推是歸納的論斷。他這種論辯的方法，實有科學的精神。因此在古代哲學的方法論中，實以墨家為最完密。後來如惠施公孫龍這一派的辯者，都是承繼這一個系統而發揚光大起來，就是其餘各派的哲學家，也莫不接受這種方法論的影響。如孟子莊子荀子雖口口聲聲反對墨派，然無一不顯出墨派名學的影響的事，是非常明顯的。這種名學的方法，用之於講學立論，固然是極有好處，用之於論辯文，其結果是更好的。像非攻那樣有力的文章，其層次條理，都是辟侔援推各種方法的應用而已。以後如莊孟韓荀以及後來各家的議論文字，都在採取這些方法。因此，我們不能以墨子書中的樸質文字缺少文采，而忽視他們在中國散文史上的地位。至於由老子論語的片段的說明文，變爲墨子的長篇的論辯文，其發展的過程，也是極合理的。

在當代的儒家裏面，以孟子爲最有文采。孟子雖是倡仁義，法先王，拒楊墨，反縱橫，然而他自己却也逃不出當日流行的縱橫家的風氣。其門人公都子對他說：「外人皆稱夫子好辯。」他回答說：「予豈好辯哉，不得已也。」可知孟子也是一個論辯家。在那個諸子爭鳴縱橫捭闔的時代，各種學術思想如春潮般的湧起，你如果有所主張，自然非對四圍的論敵加以排擊不可。「豈好辯哉？不得已也。」這兩句話，却是孟子的實情。因此，在當代的學術思想界中任何學派，無論寫文講話，都採取鬬爭論辯的形式了。

孟子的文章不僅文采華瞻，尤以氣勝。他自己曾說：「我善養吾浩然之氣。」這裏所說的氣，似乎與文章沒有什麼關係。但孟子却能在立論行文時，注重文章的氣勢，增加文章的力量。關於這一點，成爲後人論文的一種標準。文章的氣勢好，就是理論稍稍薄弱，也還能引人入勝，先聲奪人。我們現在讀孟子的文章，就有這種感覺。不待細細思考他的內容，便已爲那種一瀉不止的滔滔雄辯的文氣吸引住了。可知氣勢對於文章確是很重要的。後代如賈誼蘇東坡的議論文字，也都是以氣勢見長。韓愈說：

「氣，水也。言，浮物也。水大而物之浮者大小畢浮。氣之與言猶是也。氣盛則言之短長與

聲之高下者皆宜。」（答李翊書）

蘇轍也說：

『孟子曰：「我善養吾浩然之氣。」今觀其文章，寬厚弘博，充乎天地之間，稱其氣之小大。太史公行天下，周覽四海名山大川，與燕趙間豪俊交遊，故其文疎蕩頗有奇氣。此二子者豈嘗執筆學如此之文哉。其氣充乎其中，而溢乎其貌，動乎其言，而見乎其文而不自知也。』（上樞密韓太尉書）

可知後代的論文家都歡喜講氣勢。在曹丕的典論論文裏，他以氣作爲論文的標準的事，是大家都知道的。文心雕龍裏，也有養氣的專篇。到了桐城派所講的陰陽剛柔，那就更是精密完備了。

其次是孟子所講的「知言。」他說：「詖辭知其所蔽，淫辭知其所陷，邪辭知其所離，遁辭知其所窮。」（公孫丑章）這裏所說的是一種知人之言而知人之情的體會。既然能知人之言自然也能知己之言。這種本領，用之於批評固然是重要，用之於創作，也同樣的重要。眞是知言之人，在自己立論造文的時候，才會對於文辭得到巧妙的選擇與應用。墨子告訴我們論辯的方法，是偏於外表的形式。孟子所講的養氣和知言，是屬於內在的修練。在孟子的文字裏，許多地方也採用墨子中的「辟侔援推的方法」，但因其氣勢辭藻的長處，所以我們總覺得讀墨子的文有些乾枯晦澀，不能如孟子中的文字能那樣給我們波瀾反覆辭鋒犀利的趣味。如梁惠王的言仁義，滕文公的闢楊墨，告子的辨性善，離婁的法先王，都是氣勢縱橫文采美麗的絕妙文字。他行文的主旨，雖都很嚴正，然而偶爾舉例取譬之時，時時露出一種幽默，使人得到輕鬆的歡樂與會心的微笑。如牽牛過堂，齊人妻妾諸段，實在是巧妙，然而又是無上的滑稽與諷刺。這也可以說是戰國文體的一般特色。歷史散文中如左傳國策，哲學散文中如墨子莊子，也常可找出這種例子。蘇洵在上歐陽內翰書中說：「孟子之文，語約而意盡，不爲巉刻斬絕之言，而其鋒不可犯。」這眞可說是知人之論。

莊子是戰國時代的大思想家，同時也是最優秀的散文家。他有絕出的天才，超人的想像，高尙的人格與浪漫的感情。文字到了他的手裏，成了活動的玩具，顚來倒去，離奇曲折，創造了一種特有的文體。這樣的文體，在中國有了二千多年，從沒有一個人能够模擬能够學得像樣。他的文章也採取各種論辯的方法，然又氣勢縱橫，辭藻華麗，一點也不板滯。同時他又不顧一切的規矩，使用豐富的字彙，倒裝重叠的句法，奇怪的字眼，巧妙的寓言，使他的文字，格外靈活，格外新奇，格外有力量。墨子的文失之沉滯，孟子的文失之顯露，莊子的文却沒有這種弊病。偶爾翻閱，自然覺得有些艱苦，但當你字義和意思瞭解以後，反覆熟讀，你自然會感到一種驚奇，一種愉悅。爲什麼一樣的文字，到了他的筆下，能够組織得那麼新奇，表現得那麼聰明。眞是汪洋恣肆，機趣橫生，信手拈來，都成妙語。

『以謬悠之說，荒唐之言，無端崖之辭，時恣肆而不儻，不以觭見之也。以天下爲沈濁，不可與莊語，以卮言爲曼衍，以重言爲眞，以寓言爲廣。獨與天地精神往來，而不敖倪于萬物，不譴是非，以與世俗處。其書雖瓌瑋，而連犿無傷也；其辭雖參差，而諔詭可觀。彼其充實不可以已。上與造物者遊，而下與外死生無終始者爲友。其於本也，宏大而辟，深閎而肆。其於宗也，可謂調適而上遂矣。雖然，其應於化而解於物也，其理不竭，其來不蛻，芒乎昧乎，未之盡者。』（天下篇）

這一段評論莊子的哲學思想與人生態度，固然是極其精當，然而看作他的文學的批評，也是非常確切的。要懂得他的人生態度，才能懂得他的文章，才能瞭解他爲什麼不歡喜用那種辭嚴義正的莊語，偏要採用那種寓言巵言等類的荒唐謬悠的言語。也就因爲這些言語，使他的文字格外顯得新奇有味輕飄無痕。「依乎天理，因其固然。」是他說明庖丁解牛的秘訣，也就是他的人生哲學的根底。同時，也就是他的文字藝術的精義。他的文字的雄奇與奔躍，後代無人能比得上他。只有李太白的古詩，差可比擬而已。正如太白的詩不可模擬與學習一樣，莊子的散文也是不許旁人模擬學習的。我們只要讀讀逍遙齊物諸篇，便會知道他散文技術的高妙，而不得不承認他在散文史上創立了一種特殊的文體。並且這一種特殊的文體，成了他的私有物，一直沒有在任何人的筆底下出現過。史記說：「莊子者蒙人也，名周。周嘗爲蒙漆園吏。與梁惠王齊宣王同時，其學無所不闚。然其要本歸於老子之言，故其著書十餘萬言，大抵率寓言也。作漁父，盜跖，胠篋，以詆訾孔子之徒，以明老子之術。畏累虛，亢桑子之屬，皆空語無事實。然善屬書離辭，指事類情，用剽剝儒墨，雖當世宿學，不能自解免也。其言洸洋自恣以適己，故自王公大人，不能器之。」（莊子列傳）他對於莊子的哲學思想及其文字的內容，雖稍有微辭，但對於他的文章藝術的贊揚，却是極精當的論見。

其次如荀子文的樸質簡約，韓非文的深刻明切，雖各有其特色，但終不能創出一個特殊的範疇。他們在思想史上，自有其堅固不拔的地位，在散文史上，無論就文體的形式，文字的辭藻，都只是承流，而沒有什麼開創的發展了。話雖如此，然荀子的勸學，性惡，禮論，樂論，非十二子，韓非的孤憤，說難，顯學，五蠹諸篇，在他們的作品中，都是帶着鬬爭論辯的形式，深刻鋒利的筆鋒而出現的有力的文字。司馬遷說韓非口吃不善言談而善於寫文，這話想是不錯的。至於荀子的賦以及他與中國辭賦的關係，要留在後面再說。

春秋戰國時代散文發展的過程，同着當代的物質文化與精神文化的發展，是取着一致的步調。由古代的尙書到春秋以至於國語左傳和國策，這是一條分明的歷史散文發展的路線。由老子，論語到墨子，孟子，莊子以及荀，韓諸子，這又是一條分明的哲學散文發展的路線。隨着物質文化與精神文化的進步，文章的質與量，形式與內容，修辭與佈局，也都跟着進步。可知文字的藝術，雖稱爲精神的高貴產物，然欲求其脫離時代意識與物質條件的基礎，實在是不可能的。我們試看在西周春秋和戰國的文字中，無論是歷史的或是哲學的，其形式和技巧，不都是有一個共同的特質嗎？這一種稱爲時代性的共同的特質，是一般研究文學史的人們不得不注意的。

戰國時代的散文，由歷史的左傳國策與哲學的墨孟莊韓諸子的出現，已達到成熟的地步，而完成了中國古代散文的典型。在這些作品中，已埋藏着各種文體的種子等待後人去培植創造。關於這一點，史學家章學誠氏是早已說過了。

『周衰文弊，六藝道息，而諸子爭鳴。蓋至戰國而文章之變盡，至戰國而著述之事專，至戰國而後世之文體備。故論文於戰國，而升降盛衰之故可知也。……後世之文，其體皆備於戰國，何謂也？曰：子史衰而文集之體盛，著作衰而辭章之學興。文集者辭章不專家，而萃聚文墨以為蛇龍之菹也。後賢承而不廢者，江河導而其勢不容復遏也。經學不專家，而文集有經義，史學不專家，而文集有傳記。立言不專家，而文集有論辯。後世之文集，舍經義與傳記論辯之三體，其餘莫非辭章之屬也。而辭章實備於戰國，承其流而代變其體製焉。學者不知而溯摯虞所哀之流別，甚且以蕭梁文選舉為辭章之祖也，其亦不知古今流別之義矣。今即文選諸體，以徵戰國之賅備。京都諸賦，蘇張縱橫六國，侈陳形勢之遺也。上林羽獵，安陵之從田，龍陽之同釣也。客難解嘲，屈原之漁夫卜居，莊周之惠施問難也。韓非儲說，比事徵偶，連珠之所肇也。而或以為始於傅毅之徒，非其質矣。孟子問齊王之大欲，歷舉輕煖肥甘聲音采色。七林之所啓也。而或以為創之枚乘，忘其祖矣。鄒陽辨謗于梁王，江淹陳辭於建平，蘇秦之自解忠信而獲罪也。過秦，王命，六代，辨亡諸論，抑揚往復，詩人諷諭之旨，孟荀所以稱述先王儆時君也。淮南賓客，梁苑辭人，原嘗申陵之盛舉也。東方司馬侍從於西京，徐陳應劉徵逐於鄴下，談天雕龍之奇觀也。遇有深沉，時有得失，畸才彙於末世，利祿萃其性靈，廊廟山林，江湖魏闕，曠世而相感，不知悲喜之何從，文人情深於詩騷，古今一也。』（詩教上）

詩教是一篇有見解有力量的大文章，他的短處，是缺少文學進化的觀念，未能將戰國文章與盛的原因說明，其長處在他能够拋棄六經諸子的思想系統，純粹從文體上說明文章的淵源流變，實是高人一等。前人死守着經子的藩籬，不敢跨過半步，而只以文選爲辭章之祖，這實在是違反文學發展史的錯誤觀念。他說『辭章實備於戰國，承其流而代變其體製焉，』眞可謂知古今流別之義矣。還有一些新人死守着純文學的範圍，只論着詩經離騷一類的韻文，敍述當代文學的時候，把這些歷史哲學的散文，毫不顧惜地全部一刀割去，這在中國文學整體的發展史上，眞是造成了無可補救的缺陷。

第四章　南方的新興文學

一　楚辭的產生及其特質

南方的新興文學是楚辭，楚辭是楚地的詩歌，是戰國時代南方文學的總集。宋黃伯思翼騷序云：『屈宋諸騷，皆書楚語，作楚聲，紀楚地，名楚物，故謂之楚辭。若『些只羌誶，蹇紛侘傺，』者楚語也。悲壯頓挫，或韻或否者，楚聲也。沅湘江澧修門夏首者，楚地也。蘭茝荃藥蕙若芷蘅者，楚物也。』（見陳振孫直齋書錄解題引）他這種從詩歌的風格內容言語以及地域各方面來解釋楚辭的意義是極其精當的。所以我們可以說楚辭是楚地的詩歌，正如詩經是北方韻文的代表一樣，他恰好是南方韻文的代表。

『楚辭』這名稱，在西漢武宣時代，便已流行。漢書朱買臣傳說：『會邑子嚴助貴幸，薦買臣，召見說春秋，言楚辭，帝甚悅之。』又王褒傳說：『宣帝時修武帝故事，講論六藝羣書，博盡奇異之好。徵能爲楚辭九江被公，召見誦讀。』可知在西漢時代，楚辭已爲一種專門學問，與六藝並列，同爲帝王所愛重，士大夫善此者，可以干祿見用。他們那時所指的楚辭，一定是限於戰國時代屈宋的作品。但到了劉向，便把那範圍擴大了，只以體裁相同爲標準，除屈宋以外，再加上東方朔莊忌淮南小山王褒諸人和他自己的作品，合爲一集，名爲楚辭。現在劉向的原書是失傳了，可以看到的只有王逸的楚辭章句。王本或是根據劉本，再又把自己的九思加了進去。到了朱熹的楚辭集注，唐宋人的模擬作品也入了選，於是楚辭的範圍，更是廣大了，楚辭的眞面目眞精神都破壞無餘了。我們今天要討論的楚辭範圍，是那種眞能代表戰國時代南方文學的楚辭，漢以下的作品，都得一概割愛。

我們決定了楚辭的範圍，進一步要討論的，便是楚辭這種文學，究竟同北方的中原文化，有沒有發生過什麼淵源的關係。換一句話說，南方的楚辭，是獨立生成的呢？還是受過北方詩經的影響。要解答這一個問題，我們得先知道楚國在政治文化上，同北方的中原，發生過什麼交涉。楚國的祖先，據說是黃帝的後裔，鬻熊是文王之師，熊繹在成王時代，封於楚蠻。這些話，恐怕只是一種傳說，若眞是事實，我們也可想到熊繹一家人到南方以後，一定也是蠻化了的。正如吳太伯仲雍之流奔到荆蠻，便斷髮文身，同蠻人完全同化了。因此在北方的君主諸侯看來，楚國只是南方的野蠻民族。如小雅采芑說『蠢爾蠻荆，大邦爲讐。……顯允方叔，征伐玁狁，蠻荆來威。』這是周宣王南征楚國的敍事詩。荆上加一蠻字，同北方的野族玁狁對舉，很可知道北方漢族對於楚人的輕視態度。再如魯頌閟宮，說：『戎狄是膺，荆舒是懲。』北方的戎狄，南方的荆舒，一概看作野蠻民族，而加以膺懲的事，這口氣是更大的。不僅中原人的態度是如此，就是楚國人自己，也承認自己是蠻夷。如史記楚世家說：『熊渠曰：我蠻夷也，不與中國之號謚。……楚伐隨，隨曰：「我無罪。」楚曰：我蠻夷也。今諸侯皆爲叛，相侵或相殺，我有敝甲，欲以觀中國之政，請王室尊吾號。』自己稱蠻夷，對方稱中國，這更可證明楚國在南方是一種獨立的民族，與周民族無關。在中國古代的民族中，商周秦楚是四個異族的代表。

楚國在江淮流域一帶，與西周時代直接保存殷商文化的宋國很相接近，於是殷文化由宋傳染到楚國來的事是極可能的。殷商滅亡以後，他的文化分爲兩個支流，一支在北方周人的手下溶和發展，另一支則在宋楚的南方保存。由此，我們可以說，楚國雖被稱爲蠻夷，其文化的來源，是與周民族同源於殷商，並非全由於周化，但是後來因爲中原經濟政治的進步，北方的中原文化呈現着高度的發展，而成爲中國古代文化界的中心與正統。無論從那方面講，南方文化是較爲落後的。

楚國在西周時代，努力的擴展地盤，到了春秋，軍事政治都有了進步，於是開始向北方進攻了。楚莊王是五霸之一，觀兵問鼎，聲威赫赫，昔日稱爲荆蠻的楚人，也在中原的政治舞臺上露了頭角，而握着操縱政治的大權了。當時長江一帶的大小國家，都先後合併於楚。所謂『周之子孫封於江漢之間者，楚盡滅之。』『漢陽諸姬，楚實盡之。』都是眞實的情形。這樣一來，楚的版圖擴大了幾倍，自不必說，最要緊的是在文化方面增進了許多新原素新份子新力量，促進南北文化的調和與發展。稱雄爭霸，遠交近攻，於是南北諸侯的交涉日趨頻繁，會盟聘問的事也日益加多了。中原較高的文物制度思想文化，自然會爲南方的民族大量吸收。到了戰國，這種南北文化匯流的現象更是明顯。許多南方學者，到北方去留學，北方的人士，也都到南方來遊歷。在思想的系統上，雖不免偶有衝突之處，但南北文化的互相溝通互相溶合的事，是無可否認的。一部詩經，在春秋時代是私塾的課本，是列國使臣的教科書，我們只要看看當日外交界的賦詩歌詩事件的流行，便可明瞭。但在那時候，楚國君臣上下，很多人都能引用詩經來談話了。

——左傳宣公十二年，孫叔引小雅六月，楚子引周頌時邁。
成公二年，子重引大雅文王。
襄公二十七年，楚薳罷賦旣醉。
昭公三年，楚子賦吉日。
昭公七年，芋尹無宇引小雅北山。
昭公十二年，子華引逸詩祈招。
昭公二十三年，沈尹戌引大雅文王。
昭公二十四年，沈尹戌引大雅桑柔。

或是談話引詩，或是盟會賦詩，君臣上下，成了一種風氣。可知一部詩經在春秋後期就從北方移植到南方來了。這種移植，開始是應用於實際的外交辭令方面，但詩經究竟是一部詩歌，是一部北方文學的代表，其結果是要影響於南方文學的事，自然是無可疑的。在這種環境之下，說楚辭那種文學完全與詩經沒有發生過關係，實在是過於武斷。

再在文字的組織上，我們也可看出詩經楚辭的淵源關係。一些人以爲『兮』『些』『也』等助詞的使用，成爲楚辭的特質，而使他變成一種獨特新奇的體裁，其實這見解是不妥當的。這些助詞，在詩經裏全都用過了。『兮』這個字，是楚辭中用得最多的。然而在詩經中也最常見。周南召南是江漢一帶的南方詩，我們不必講他，就在其餘的十三國風裏，也是普遍地使用着。如邶風的日月，綠衣，旄丘和擊鼓，鄘風中的君子偕老，衞風中的伯兮與淇奧，王風中的釆葛，鄭風中的緇衣，齊風中的還，甫田，東方之日和猗嗟；魏風中的十畝之間，伐檀和陟岵；唐風中的綢繆，無衣和葛生；秦風中的黃鳥；陳風中的月出和宛丘；檜風中的匪風和素冠；曹風中的鳲鳩和候人；豳風中的九罭。在這些詩裏，全都使用着『兮』字。有每句用者，有隔句或隔二三句不等而用者。有用於字尾者，也有用於句中者，眞是五花八門各式全備了。可知兮字的使用，在古代的韻文方面是普遍於全國，無分於南北的界限。不過到了楚辭，用得較爲廣泛較爲整齊而已。然而我們不能因這種廣泛化與整齊化，便目爲楚辭獨創的新文體，這只是一種韻文進展的必然現象。

『也』字，在詩經裏也是到處用着，一點也不新奇，到了戰國，散文家用得更是普遍，這是無須舉例的了。『些』字雖在詩經裏找不出，但他在意義上，正如『兮』『思』一樣，是一個虛助詞。所以我們可以確信，楚辭的『些』字和周頌賚與周南漢廣的『思』字是一個系統。

『文王既勤止，我應受之，敷時繹思。

我徂維求定，時周之命，於繹思。』（賚）

南有喬木，不可休思，漢有遊女，不可求思。

漢之廣矣，不可泳思。江之永矣，不可方思。』（漢廣）

這樣排列的讀着，便知道招魂的體裁和這完全相似。『些』『思』二字的用法，也完全是一樣了。

從這些地方看來，楚辭確是受着詩經的影響。在中國古代詩歌的發展史上，說楚辭是承繼着詩經的系統的事，也是合理的了。

話雖如此，詩經和楚辭在作風上却有明顯的差異。因爲這種差異，劃明了南北文學的界限。其差異的重要性，並不在於篇章的長短與語句的參差，而在於由人事的社會的寫實文學轉變到象徵的個人的浪漫文學。浪漫的色彩，在詩經裏並不是完全沒有。如陳風二南中的小詩，也孕育着熱烈的感情，但究竟缺少那種象徵和幻想的質素，終於不能使人感到浪漫文學那種特有的神秘情味。在楚辭裏，這情形完全是兩樣的。表現個人的歷史和情感不用說，就是一切的神鬼巫覡，也都披着美麗的衣裳帶着浪漫的情緒而出現了。我們讀完了詩經，再讀讀楚辭，你立刻會感到置身於兩個完全不同的世界。一個是我們日常接觸的現實社會，一個是富於幻想的神秘森林，不僅人的思想情感是如此，神的思想情感也是如此。至如雙方所用的文字無論形式修辭以及音調各方面，都非常適合於這兩個不同的世界的表現，使這兩個世界的色彩格外分明。

我們要說明楚辭這種特異性的成因，若僅賴於作者的天才與個性這類抽象的解釋是不够的。我們必得要從地域宗教和音樂各方面，去追求根源，才可得到圓滿的解答。

一、地域的　地方性對於藝術的關係，在交通便利文化接觸頻繁的現代，其重要性自然是減輕了，但在交通阻隔的古代，這種關係我們却是不能忽視的。地域對於藝術的影響，有兩個重要的方面。一個是因地方的風土氣候及經濟狀況不同，影響到作家的氣質情感與思想而使作品現出不同的顏色。其次因自然界各種的山水花木的情狀與種類的不同，影響到作家所選用的材料，而使作品的情調全異其趣。一首或是一幅描寫塞北的雪景和描寫着細柳新桃的江南風景的詩畫對比的時候，任何沒有藝術修養的人，都能辨別那種不同的情調。在中國的古代，無論哲學，文藝都有南宗北派之分，並不是無理的事。楚國在江淮一帶的南方，是一塊得天獨厚的地帶。土壤肥沃，物產豐饒，雨水便利，風景清秀，處處都與北方不同。物質生活，處境較優，精神方面，容易離開實際與質樸，而趨於玄虛與愛美。這種現象反映到哲學或是文藝方面，都可得到同樣的影響。劉師培說：『大抵北方之地，土厚水深，其間多尚實際。南方之地，水勢浩洋，民生其地，多尚虛無。民崇實際，故所作之文，不外記事析理二端。民尚虛無，故所作之文，多爲言志抒情之作。』不用說，北方也有言志抒情之作，南方也有記事析理之文，其中的色彩，畢竟是兩樣。試把墨莊並讀，詩騷對比，雖同樣是文，同樣是詩，那情調的差異，不是顯然的嗎？我們再看在楚辭裏出現的那些名山大川，奇花香草，都是那地帶特有的產品，供給當地作家許多美麗的材料，在那作品的畫面，染上了種種新奇的顏色。劉勰說：『山林皐壤，實文思之奧府。屈平所以能洞鑒風騷之情者，抑亦江山之助乎？』（物色）王夫之也說：『楚，澤國也。其南沅湘之交，抑山國也。疊波曠宇，以蕩遙情，而迫之以崟嶔戍削之幽菀，故推岩無涯，而天采矗發，江山光怪之氣莫能掩抑。』（楚辭通釋序例）可知文學與自然界的關係是很大的。在交通阻隔的古代，那自然界的地方性的界限，更覺得鮮明。

二、宗教的 初期的文學，本是宗教的附庸，他與音樂跳舞混爲一體，替宗教服務，後來隨着時代的進展，漸漸與宗教脫離，成爲一種獨立的藝術。他們彼此間的關係與影響，在第一章裏已敍述過了。任何民族初期的宗教，只是一種巫術，一種迷信。在我們現在看來，那種不成爲宗教的巫術與迷信裏，却蘊藏着眞誠的宗教的感情。愈是野蠻的民族，迷信的風氣愈是利害。從卜辭上考察起來，殷人除了天帝祖宗之外，把日月風雲山水都視爲神靈，一切大小事件，都要用龜卜來請命於神鬼。到了西周，宗教的觀念進步了。由庶物崇拜到天帝至尊，由先鬼而後禮到事鬼神而遠之，這中間確是隔着相當的路程的。到了春秋戰國，經了儒家的人本主義與道家的自然主義的思想的衝洗，在當日的學術思想界中，除了墨家之外，神鬼的信仰是非常的淡薄了。但在中原諸侯視爲文化落後的蠻族的楚國，巫術迷信的宗教風氣，却是非常的流行。一方面固然是導源於殷商文化的移植，同時也因爲楚國文化的低落和那種高山大澤雲煙變幻的自然環境，以及那些富於超越現實思想的人民，宜於那種神鬼思想與迷信習慣的發育與成長。漢書地理志說『楚人信巫鬼而重淫祀。』王逸也說：『昔楚國南郢之邑，沅湘之間，其俗信鬼而好祠。其祠必作歌樂鼓舞以樂諸神。』（九歌序）可知信神鬼，重祭祀，是楚國人民一般的信念。所謂男覡女巫，一面是神靈的代表，傳達神靈的意志，同時又是人民的代表，藉歌舞以媚神，替人們祈禱，以免災凶。這自然是一種低級宗教性的巫術與庶物崇拜的迷信。然而在這種巫術與迷信中，却孕育着無限的神話與傳說，以及種種神奇的故事，養成着超現實的玄想與象徵，成長着美麗的歌辭，與悅耳的音樂。這一些都成了楚辭文學中的特徵，正是楚辭能成爲浪漫文學的重要基礎。九歌中的巫靈，離騷中的天堂，招魂中的地獄，天問中的玄想，都是明顯的標記。對於這些美麗的詩篇，我們必得在宗教性質的基礎上，才可尋出他們的根柢。

三、音樂的　上古時代，詩歌音樂是分不開的。唱奏的時候是音樂，把那些辭句寫下來便是詩歌。在樂歌發展的初期，大概都是以詩合樂，後來便發生先有了詩再來合樂的事了。如頌詩與國風便是明顯的例。不過無論以詩合樂或是以樂合詩，詩總要受音樂的束縛，故每每在詩的字句上，可以找出有增補的痕跡。所謂『詩言志，歌永言，聲依永，律和聲』這話便是說明詩樂不能分離的關係。季札觀樂的時候，由他發表的那些議論看來，在他的腦子裏，詩經除了音樂的地位以外，是沒有半點文學的地位的，到了戰國中葉，因樂器的進步，散文的興盛，詩歌形於衰落，音樂獨立發展起來了。楚國本是一個文化落後的民族，一切的發展都比較遲緩，當北方的儒墨哲學大爲流行的時候，南方人的頭腦還正被一種巫風迷信統治着。敬神祭鬼的事體多，文學樂舞還在密切合作的階段。楚國沒有周代朝庭那種莊嚴典麗的雅樂，他們的音樂，只是他們本國的土樂。左傳成公九年傳云：『晉侯觀於軍府，見鍾儀，問之曰：南冠而縶者誰也？有司對曰：鄭人所獻楚囚也。使與之琴，操南音。……文子曰：楚囚，君子也。樂操土風，不忘舊也。』南音就是楚調，是與北樂不同而自有其情調的一種俗樂。呂氏春秋云：『禹行水，見塗山之女。禹未之遇，而巡省南土。塗山氏之女乃命其妾候禹於塗山之陽。女乃作歌曰：「候人兮猗。」實始作爲南音，周公及召公取風焉，以爲周南召南。』（音初篇）這自然是後人僞造的一種傳說，但是由此，至少可以看出南音北音是有分明不同的情味。我們要說明楚調的特徵，那便是呂氏春秋侈樂篇所說的「楚之衰也，作爲巫音」的巫音。他說巫音起於楚的衰落，這種觀念是錯誤的，正如古人說左傳國策是亂世衰世之文一樣。其實巫音是楚國樂歌最初的根柢，也是他最大的特色。巫音是一種富於神秘性與想像力的音樂，是一種雖沒有雅樂的莊嚴典重而却是變化曲折悅耳動聽的音樂。這種音樂，對於楚國詩歌，發生極大的影響。九歌諸篇，便是當時巫歌的辭句，他們最初的生命，是依附於音樂舞蹈，還沒有完全達於獨立的形態。至如屈宋的作品，雖不一定可歌，但是深深地染受着巫歌的影響的。

二 九歌

二南我們雖不能說一定就是楚風，但那些作品的生產地帶，是接近於江漢一帶的南方，是無可疑的事。在這種意義上，我們要把二南看作是楚辭的先聲也是可以的。詩經的年代，是起自前十一世紀初止於前六世紀初年，楚辭的出現是在前四三世紀之間。二南是平王東遷以後的詩，那末從二南到楚辭中間還隔着一個相當長的時期。在這個時期中，楚詩一定是有不少的，想都失傳了。現在保存在古籍中的一些南方歌謠，大半不可靠，如說苑至公篇的子文歌，正諫篇的楚人歌，史記滑稽傳的優孟歌，風土記的越歌謠，吳越春秋的漁夫歌，或在文字上，或在內容上，都有可疑之處，我們不能拿來做眞實的史料。現在把幾首比較可靠的寫在後面，也可以看出楚辭以前的南方詩歌發展的痕跡。

一 越人歌 （前六世紀中期）

『今夕何夕兮，中搴洲流。今日何日兮，得與王子同舟。蒙羞被好兮，不訾羞恥。

心幾煩而不絕兮，得知王子。山有木兮木有枝，心悅君兮君不知。』（說苑善說篇）

這是中國第一首譯詩。鄂君子晳泛舟河中，打槳的越人用越語三十一個字所唱的歌辭，因爲鄂君聽不懂，請人用楚語譯出，成爲一首這麼美麗的情詩。這首詩雖也出於說苑，但由其附錄着原文的事體看來，似乎是可靠的。

二　徐人歌　（前六世紀下半期）

延陵季子兮不忘故，脫千金之劍兮帶丘墓。（新序節士篇）

雖說只有短短的兩句，却是一首極好的民歌。延陵季子北遊時，路過徐國，徐君很愛慕他身上帶的那一把寶劍，季子看出徐君的心思，預備南反時再送給他，誰知他回家時，徐君已死於楚，於是季子把那劍掛在死者墓地的樹上而走了。這一首小詩，便是徐人感着季子的情義而發出來的眞情流露的歌謠。

三　接輿歌　（前五世紀初期）

鳳兮鳳兮，何德之衰。往者不可諫，來者猶可追。已而已而，今之從政者殆而。』（論語微子）

四　孺子歌　（同上）

『滄浪之水淸兮，可以濯我纓。滄浪之水濁兮，可以濯我足。』（孟子離婁）

這兩篇一見於論語，一見於孟子。不僅詩歌的格調近於南方，其中所表現的思想，也正是南方道家自然主義的思想。在莊子的人間世篇裏，也引過接輿歌，雖文字有些不同，大概他用文言來修改過，因此喪失了民歌的特色。論語中的接輿歌一定是原作那是無可疑的。孺子歌雖見於孟子，但由孟子引孔子「淸斯濯纓，濁斯濯足」的話看來，這歌一定也是孔子聽見的。所以這篇是與接輿歌同時的作品。

雖說只有幾首短短的民歌，然因此也可看出楚辭以前的南方文學的情況。他們都漸漸的脫離了詩經的形式，無論其風格或其中表現的思想，都成爲南方特有的情調了。這些作品，我們可以看作是楚辭的先聲。等到九歌的出現，楚辭便正式成立了。九歌是屈原以前的作品，他是楚國宮庭的宗敎舞歌，也就是一種樂歌舞蹈混成的歌劇。他的年代，大概是前五世紀，或許還要遲一點。

古人都以九歌爲屈原所作，始見於王逸的楚辭章句。他說：『九歌者屈原之所作也。昔楚國南郢之邑，沅湘之間，其俗信鬼而好祠，其祠必作歌樂鼓舞以樂諸神。屈原放逐竄伏其域，懷憂苦毒，愁思沸鬱，出見俗人祭祀之禮，歌舞之樂，其詞鄙陋，因爲作九歌。』他這種意見，後人沒有懷疑過，到了朱熹，才提出來一點修正。他在楚辭集注中說：『荆蠻陋俗，詞旣鄙俚，而其陰陽人鬼之間，又不能無褻慢荒淫之雜。原旣放逐，見而感之，故頗爲更定其詞，去其泰甚。而又因彼事神之心，以寄吾忠君愛國眷戀不忘之意。』他在這裏承認原來本有九歌，因辭句有褻慢荒淫之病，屈原因此將他修改過一遍。這算是把九歌的主權開放了一半，他這種意見，較之王逸是合理多了。但是他那種忠君愛國的消極觀念，却又把九歌的生命壓死了。一直到近人胡適之氏，才把九歌的主權與生命完全開放出來。他在讀楚辭裏說『九歌與屈原的傳說絕無關係，細看內容，這幾篇大概是最古之作，是當時湘江民族的宗教歌舞。』這雖是一種永遠不能證實的論見，（正如王逸說是屈原所作無法證實一樣）却是合情近理，令人相信。我們對於古代無法考證的文獻，也只能採取那種合情近理的論見，來作爲敍述時的標準。我們可以這樣想：屈原的眞實作品，無不是以他個人爲中心，所表現的全是那一個人的憂鬱苦悶懷疑與幻滅。這種情緒在他的作品裏是一貫的，因此造成他那種特有的個人主義的感傷情調。九歌完全是一種宗教作品，雖說其中充滿了浪漫的成分，究竟是非個人的而是實用的社會的。九歌與屈原的作品，其體裁雖是相同，但細究其內容與情調，却有明顯的差異。如果這兩種全異其趣的作品，定要說是一人所作，那確實是一種不合情理的事。

近人都說九歌是民間的祭歌，又因爲其中有許多言情言愛的話，把他分成兩組：一組爲祭歌，一組爲戀歌，這種意見也不圓滿，難得使人相信。我們要知道：在兩千五百年前文化落後的楚國平民，有沒有程度寫出這種美麗的詩歌來。這種可能性無論如何是沒有的。至於說祭歌裏不應該雜有情愛相思的言語，那是忽視了楚國當日的浪漫性的宗教與民俗的習慣。同時犯了用今日的文化眼光去批評古代事實的錯誤觀念。先明白了這兩點，對於九歌，我們才可眞實的了解。

九歌是楚國的宮廷舞曲，是一套完整的歌劇。他在楚國的地位正如周頌在周朝的地位。九歌是樂曲名，不是數目名。離騷上說：『啓九辯與九歌兮，夏康娛以自縱。』天問篇說：『啓棘賓帝，九辯九歌。』可知九辯九歌都是一種古代的樂名，解作數目字如什麼九功九德一類的話，都是後人的意思。

明乎此，九歌的篇目完全不成問題，古人種種紛歧的意見，都可在此地一筆勾銷了。楚的宗教迷信，比起周來，是全異其趣的。他充滿了浪漫神秘的成分，敬奉的神鬼，是各樣各色都有，因爲神鬼的類別不同，他們的性質也就生出了差異。天神日神是比較莊嚴，追悼死亡的戰士是較爲悲壯。女神（或是愛神）自然是要艷麗柔情了。湘君湘夫人不管他們是不是舜帝的妃子，或是湘江的女神，總之在傳說中，他們的本身就充滿了紅情綠意的浪漫史。或者他們在當日人們的心眼裏便成爲愛神也說不定。對於這種神的措辭和表演，說一點情愛，加一點香豔的色彩，自然是極合理的事。山鬼河伯恐怕就是我們湖南鄉下所迷信的山妖與水妖。妖就是妖精，他能變男變女，美男美女都要受他的害。一直到現在，鄉下的愚夫愚婦，還是迷信着，少女一有異狀，父母就疑心是山妖或是水妖迷了，請道士登壇使法，什麽桃枝，什麽狗血，鬧得熱鬧非凡，口裏唸的都是一些淫辭浪語，好像這樣做了，那些妖精就會逃開似的。二千五百年後的今天，還是如此，我們就可想像當日楚國的宮廷要替婦女們除災免禍，祭祀山妖水怪的事，自然也是一個重要的節目了。在九歌裏，湘君，湘夫人，河伯，山鬼四篇的浪漫的氣氛最濃厚，我想只有這樣解釋才是較爲圓滿的。

九歌是一套完整的宗教歌劇。在那裏面有各種樂器，有跳舞，有唱辭，有佈景，有各種各樣活動的巫覡，場面非常熱鬧，範圍非常廣泛。大概在一個什麽重要典禮的紀念日，才表演這偉大的歌劇。第一場是尊貴的天神，（東皇太一）其次是雲神，（雲中君）這兩場較爲莊重，於是接着來兩個戀愛故事的場面。（湘君，湘夫人）下面又是較爲莊重的命神與日神，（大司命，少司命，東君）接着又是兩個香豔的場面。（河伯，山鬼）最後一場，是追悼陣亡將士的靈魂，那是一個最悲壯的收場。（國殤）禮魂是全劇的尾聲，是用着合樂合舞合唱的熱鬧的空氣收場的。『成禮兮會鼓，傳芭兮代舞，姱女倡兮容與，』在這三句裏我們可以想像到那合樂合歌合舞的最後一節，是多麼的熱鬧。像這種大規模的典禮，大規模的表演，決非民間所能有，一定是屬於宮廷的。因爲是屬於宮廷，才能那麼完整的保留下來。若是民間各地的巫歌，恐怕早已失傳了。

九歌雖是一套歌劇，但是除去其音樂跳舞的成分，剩下來的歌辭，就成爲代表南方文學的美麗的詩篇，屈原作品的先導了。文字的美麗，音調的和諧，神秘的色彩，豐富的想像，奠定了南方浪漫文學的基礎。

『橫流涕兮潺湲，隱思君兮悱惻。桂櫂兮蘭枻，斲冰兮積雪。采薜荔兮水中，搴芙蓉兮木末。心不同兮媒勞，恩不甚兮輕絕。』（湘君）

『帝子降兮北渚，目眇眇兮愁予。嫋嫋兮秋風，洞庭波兮木葉下。登白蘋兮騁望，與佳期兮夕張。鳥何萃兮蘋中，罾何爲兮木上，沅有芷兮澧有蘭，思公子兮未敢言。』（湘夫人）

『秋蘭兮青青，綠葉兮紫莖。滿堂兮美人，忽獨與予兮目成。入不言兮出不辭，乘回風兮載雲旗。悲莫悲兮生別離，樂莫樂兮新相知。』（少司命）

『操吳戈兮被犀甲，車錯轂兮短兵接。旌蔽日兮敵若雲，矢交墜兮士爭先。凌余陣兮躐余行，左驂殪兮右刃傷，……山不入兮往不反，平原忽兮路超遠。帶長劍兮挾秦弓，首雖離兮

心不懲。（國殤）

或敍戰事，或寫風景，或言相思，或道離別，然無不委婉曲折，體貼入微。他這種藝術的價值，一直到現在還保持着活躍的高貴的生命。像這樣辭句秀美理想高潔的作品，自然是出於當日最有學問最有天才的貴族作家之手，可惜他們的名姓失傳了。如果說他們一定是民間的歌謠，那實在是過於違反情理了。朱子畢竟是聰明人，他看到了這一點，只好說原來是民間的歌謠，後來經屈原修改過的，這麼輕輕一句，就把這漏洞塡滿了。

三　屈原及其作品

屈原（西曆紀元前三四三——前二八五年？）是中國文學史上一位偉大的詩人。他是楚國的貴族，有廣博的學問，豐富的想像與情感，南方特有的浪漫神秘的氣質以及傑出的創作天才。因爲古史的記載不詳；他的生死年月，很難確定，到現在還是人各一說。但我們可以說，屈原是前四世紀後期到前三世紀初期的人物。這時代正是戰國的末年，離秦帝國的統一，不過五六十年了。這時候是中國學術思想界蓬勃發展光華燦爛的時代，也是各國軍事政治爭鬬最利害縱橫風氣最流行的時代。當代有名的學者，稍前於屈原的有商鞅，申不害，宋鈃，孟軻，惠施，莊周，陳良，許行諸人，比他稍後的有鄒衍，公孫龍荀况和韓非。那稱爲縱橫家的雙璧的蘇秦與張儀，更和他的一生有密切的關係。他這時候沒有走上哲學的路，將政治工作失敗以後的全部精神，貢獻於文學，我想這原因大半在他的性格方面。他是一個多疑善感的殉情者，缺少道家的曠達，墨家的刻苦，和孔孟的行爲哲學的奮鬪精神。加以他少年得志，一旦遭受着重大的打擊，就不容易自拔，於是牢騷鬱積，發洩於詩歌，而成爲千古的文人了。班固說他露才揚己，想就是從這方面着眼的。然而也就從他起，中國的純文學才脫離了一切的羈絆，而步入了獨立發展的機運。

屈原的家世，我們不淸楚。他自己說他老子是伯庸，大概是可靠的。至於離騷中的女嬃，有說是他的姊妹，有說是他的妻妾，這都是想像之詞，無法證實。據水經注引宜都記云：『秭歸蓋楚子熊繹之始國，而屈原之鄉里也。原田宅於今具存。』秭歸是巫峽鄰近居山傍水的一個小縣，走過三峽的人，總會知道那地方的風景絕美，壯麗中有淸秀，雄偉中有情趣。山聲水影，都是自然界絕妙的音樂和圖畫。這種音樂和圖畫，對於屈原的文學成就，自然會有一種影響。他在二十五六歲，便做了懷王的左徒，那是他一生最得意的時候。年紀靑，權位高，懷王又寵信他。正如史記本傳所說：『入則與王圖議國事，以出號令，出則接遇賓客，應對諸侯。』這樣年少得志，自然就有人妒忌他陷害他，從此以後，懷王對他不大相信，漸漸和他疏遠了。後來雖還到齊國去辦過外交，做過三閭大夫，懷王末年曾一度放逐他於漢北，想是可靠的。頃襄王初年，他又召囘在朝，不久因政見不合，又被放逐到江南，他知道前途絕望，東飄西蕩不少年月，最後下了死的決心，投在離長沙不遠的汨羅江自殺了。他那時候是一個六十左右的老人。

我們要瞭解屈原的作品，必先知道他的政治地位的變遷對於他的生活情感所發生的關係。屈原時代，當時雖號稱七國，但實際上最有力量的只有秦楚齊三強。這三强各以地勢的優越，都想爭雄稱霸，一統天下。在這種局面下，楚國的外交政策，形成兩條最明顯的路線。一條是親齊線，屈原，陳軫，昭睢主之。另一條是親秦線，上官大夫靳尚，令尹子蘭主之，再加以懷王的寵姬鄭袖，也站在靳尚子蘭一邊，因此親秦的勢力，遠在親齊之上。兼之懷王貪懦無能，毫無見識，老是聽兒子寵姬的話，弄得國事日非，結果把自己一條命也送了。屈原在政治地位上的升沉得失，全起伏於那兩個勢力消長之間。我試列一個最簡單的屈原年表如下：

懷王十一年　楚爲從約長，時屈原爲左徒，年約二十六歲。

一三至一五年　屈原因草憲令事，被讒去左徒職，仍在朝廷。

十六年　秦許楚地，楚絕齊。屈原此時已去職，無法進諫。史記本傳亦未載進諫之事。近人陸侃如氏疑此時屈原因諫放逐，不確。

十七年　秦大敗楚，懷王復用屈原使齊。

十八年　使齊返，諫釋張儀。本傳云：『不復在位，使齊。』言屈原不復在左徒之位，正在出使之時也。此次進諫，深得懷王信任，大約任三閭大夫在此時。

二四年　楚秦聯婚，屈原未諫，本傳亦未載進諫之事。近人游國恩氏疑其必諫，遂斷定屈原放逐於是年，不確。

三十年　懷王將入秦，屈原諫不聽，放逐於漢北。作抽思離騷天問諸篇。

頃襄王三年或四年　秦楚絕交，屈原歸朝。

六年或七年　秦楚復交，屈原再放江南。招魂，思美人，哀郢，涉江，懷沙諸篇，俱爲放逐以後的作品，約卒於頃襄王十四年左右。

上面這個表雖是簡略，但事實却很清楚，屈原一生被放逐兩次，這是可靠的。其要點便是放逐的時間。懷王十六年與二十四年兩說，都是想當然的，不能令人相信。第一次的放逐於漢北，應當在懷王三十年。三十年以前，屈原與懷王的關係，只是疏遠而不見重用。本傳所說的『王怒而疏屈平，』『屈平既絀，』『屈平既疏，』都是暗示着這種事實。就是使齊與任三閭大夫，也都是不能看作是重用的。屈原的進諫，本傳上只載着兩次，一次是諫釋張儀，一次是諫懷王入秦。前者懷王信任了他，自然不會放逐。後者是一件比失地更重要的事，是關係動搖國本的重大問題。當時親齊親秦兩派，一定起了激烈的鬬爭。楚世家中有昭睢的諫，本傳中有屈原的諫。結果是親秦派勝利，屈原就在這時候，放逐到漢北去了。關於這一點，本傳上有一段話很可注意。『懷王欲行。屈平曰：秦虎狼之國，不可信，不如無行。……懷王卒行。……竟死於秦而歸葬。長子頃襄王立，以其弟子蘭爲令尹。楚人既咎子蘭以勸懷王入秦而不返也。屈平既嫉之，雖放流，睠顧楚國，繫心懷王，不忘欲反。……其存君興國而欲覆之，一篇之中三致意焉。』在這一段話裏，暗示着我們三件最重要的事。第一懷王客死秦國時，屈原正在放逐之中。『雖放流』即是雖在放流之間，亦無日不恨子蘭而睠念楚國也。這一短句是重要關鍵。可知屈原第一次放逐，必在懷王三十年間。其次『一篇之中三致意焉，』是指的離騷，這明明告訴我們離騷是第一次放逐漢北之作。抽思有漢北懷南之句，也可斷定是同時作品。其三，我們細讀屈原列傳，作者敍到懷王歸葬頃襄王繼立時，接着下了一大段批評，他在那裏把懷王的事體，和懷王與屈原的關係，告了一個段落。到後面接着敍述頃襄王放逐屈原於江南的事，那層次是很分明的。可知屈原的被放，一在懷王末年，一在頃襄王初年，是較爲可信的了。大概懷王客死秦國以後，親秦派受了全國人民的非難，有組織各黨政治內閣的必要，屈原想就在這機運中召了囘來。等到後來親秦政策復活，於是他又失勢而被逐了。這種情形在楚世家裏有一段文字，給我們重要的暗示。『懷王卒於秦，秦歸其喪於楚，楚人皆憐之，如悲親戚。諸侯由是不直秦，秦楚絕。六年……楚乃謀復與秦平。七年楚迎婦於秦，秦楚復平。』所謂『秦楚絕』的那幾年，是屈原被召囘朝的時候。六年或七年，秦楚復平，是他放逐江南的時候，這樣解釋，我想是相當合理的。

關於屈原作品眞僞的考證，實在是一件艱難而又危險的事。因一字之疑一句之失，就斷定某篇非某人所作，難免有武斷之嫌。我們只好取其可信者論之，可疑者缺之的態度，比較安心。屈原列傳中所說的離騷，天問，招魂，哀郢和懷沙五篇，我們可以不必去懷疑，再如抽思，涉江，思美人三篇，都有作者放逐時路程地點的記載，想非後人所僞託。其如九歌已在上文敍述過，不必再論。再如惜誓，橘誦，悲囘風，惜往日諸篇，都在可疑之列。遠遊模倣離騷，其中所表現的遊仙思想，似乎要到漢代才有那麼成熟。卜居漁父，開篇都有『屈原既放』一句，非屈原自作之語氣，其文體已是漢代的散文賦，決非出自屈原。大招模倣招魂，想係後人作着弔屈原的。這幾篇作品的年代，最早的也在戰國初秦之際，遲的恐怕已經到漢朝了。

抽思，離騷，天問是屈原第一次放逐漢北的作品。

『有鳥自南兮，來集漢北。好姱佳麗兮，牉獨處此異域。既惸獨而不羣兮，又無良媒在其側。道卓遠而日忘兮，願自申而不得。望北山而流涕兮，臨流水而太息。望孟夏而短夜兮，何晦明之若歲。』

這是抽思中的一節。前六句是寫他自己放逐異域孤苦零仃的生活心境，後六句是寫懷王北上以後，表示自己眷戀不忘的情感。道遠者懷土之道，望北山者望君也。他一面眷念着北上的君王，同時又懷戀着南方的故都。『惟郢都之遼遠兮，魂一夕而九逝。曾不知路之曲直兮，南指月與列星。』這些都是夢寐哀思的好句子。因爲他心中積壓着鄉愁國恨，和種種痛苦的感情，所以發生這抽思的哀怨了。

離騷就是牢騷，是屈原作品中最偉大的一篇。描寫一個苦悶的靈魂的追求與毀滅。上天下地，入水登山，極其浪漫之能事。篇幅之長，文字之美，幻想的豐富，象徵的美麗，懷鄉愛國之情，生死離別之感，再加以神話奇聞，夾雜敍述，成爲中國浪漫詩歌中的傑作。離騷的精神，大體上有一點像哥德的浮士德。不過浮士德中的前途是光明的，離騷是幻滅而已。

『紛吾既有此內美兮，又重之以脩能。扈江離與辟芷兮，紉秋蘭以爲佩。汨余若將不及兮，恐年歲之不吾與。朝搴阰之木蘭兮，夕攬洲之宿莽。日月忽其不淹兮，春與秋其代序。惟草木之零落兮，恐美人之遲暮。……余既滋蘭之九畹兮，又樹蕙之百畝。畦留夷與揭車兮，雜杜衡與芳芷。冀枝葉之峻茂兮，願竢時乎吾將刈。雖萎絕其亦何傷兮，哀衆芳之蕪穢。衆皆競進以貪婪兮，憑不厭乎求索。羌內恕己以量人兮，各興心而嫉妒。忽馳騖以追逐兮，非余心之所急。老冉冉其將至兮，恐修名之不立。朝飲木蘭之墜露兮，夕餐秋菊之落英。苟余情其信姱以練要兮，長顑頷亦何傷。擥木根以結茝兮，貫薜荔之落蘂。矯菌桂以紉蘭兮，索胡繩之纚纚。謇吾法乎前修兮，非世俗之所服。雖不周於今之人兮，願依彭咸之遺則。哀民生之多艱兮，長太息以掩涕。余雖好修姱以鞿羈兮，謇朝誶而夕替。既替余以蕙纕兮，又申之以擥茝。亦余心之所善兮，雖九死其猶未悔。怨靈脩之浩蕩兮，終不察夫民心。衆女嫉余之蛾眉兮，謠諑謂余以善淫。因時俗之工巧兮，偭規矩而改錯。背繩墨以追曲兮，競周容以爲度。……』

這些都是離騷中最美麗或是最沉痛的句子。在這些句子裏，充分地表現出屈原偉大的人格和高潔的感情。他那種憂國傷民的救世心，嫉俗厭世的正義感，都是出自眞情，絕非那些身在江湖心懷魏闕滿口忠君愛國的僞善者所可比擬。近人因其中有『濟湘沅以南征兮』一句，疑此篇爲屈原放逐江南時所作，此說不可信。離騷後半篇，全是作者想像雲遊之詞，故所舉事實，多爲神話古事。湘沅南征就舜陳辭之句，正與朝發蒼梧，夕至縣圃，飲馬咸池，總轡扶桑諸事，是同樣性質。明乎此，問題便沒有了。

天問是屈原作品中最奇怪的一篇。無論內容形式與情調，都與屈原其他的作品不同。但這篇文章，却給我們兩個暗示。其一，作者一定是富於懷疑精神而心靈又有無限苦痛的人。其次，作者一定是一個博聞强記的學者。他腦袋裏蘊藏着許多天文地理的自然知識，遠古的史事神話，以及北方儒家所傳說的歷史人物。屈原恰好有這兩種資格，史記又說天問是他所作，想是可靠的了。這篇文字在漢代已爲讀書人士所難瞭解。王逸在天問序中說：『屈原放逐，憂心愁悴，彷徨山澤，經歷陵陸，嗟號旻昊，仰天歎息。見楚有先王之廟及公卿祠堂，圖畫天地山川神靈，琦瑋僪佹，及古賢聖怪物行事。周流罷倦，休息其下，仰見圖畫，因書其壁，呵而問之，以洩憤懣，舒寫愁思。楚人哀惜屈原，因共論述，故其文義不次序云爾。』他對於屈原作天問的心境的表白是對的，但那種事實，很不可靠。先王廟宇公卿祠堂，何至於在江南放逐之野外，廟壁祠牆，又何能任意塗寫。衡之情理，極不可信。我想這篇怪文，一定是屈原放逐以後，憂鬱彷徨，精神上起了激烈的動搖，舊信仰完全崩潰，因此對於自然界的現象，古代的歷史政跡，宗教的信仰，以及自己的人生觀念，都起了懷疑，而發出來種種的問題了。正是司馬遷所說的苦極呼天人窮反本的意思。篇中雖無放逐之言，流竄之苦，但全文中却表現一個正陷於懷疑破滅途中的最苦悶的靈魂。這一個靈魂，恰好是屈原的靈魂。天問難讀，自古已然，其難並不在文字的艱深，而在於我們缺少古史的知識。近年因卜辭的出現，彼此參證，已偶有所發現了。在純文學的立場上看來，天問的價值是低的，但在古史的研究上，他却有較高的地位。篇中保藏着無數的古代史料和神話傳說，我想將來總有完全開發的一天。

『招魂，思美人，哀郢，涉江，懷沙是屈原再放江南的作品。』

招魂，王逸說是宋玉所作，古人多從之。王說：『招魂者宋玉之所作也。……宋玉憐哀屈原忠而斥棄，愁懣山澤，魂魄放佚，厥命將落，故作招魂，欲以復其精神，延其年壽。……』因爲這種意見，頗近情理，故古人棄史記屈作之說而從王說了。到了林雲銘才以屈原自招的議論，推倒王逸的意見。他說：『是篇自千數百年來，皆以宋玉所作。王逸茫然無考據，遂序於其端。……後世相沿不改，無非以世俗招魂，皆出他人之口。不知古人以文滑稽，無所不可，且有生而自祭者。則原被放之後，苦無可宣洩，借題寄意，亦不嫌其爲自招也，……玩篇首自敍，篇末亂辭，皆不用君字而用朕字吾字，斷非出於他人口吻。……故余決其爲原自作者，以首尾自敍、亂辭及太史公傳贊之語，確有可據也。』（楚辭燈）這兩說雖各有理由，但俱不能全信。我覺得這一篇，應當是屈原放逐江南爲招懷王之魂而作的。細味全文，首節與亂辭中的朕吾是指作者自述之辭，其他的或君或王，是指的死者。觀中間一大段招詞，是作者託巫陽之口所表現的招魂的本意。那中間所稱的君，也都是指懷王而言。若看作是屈原的自其言宮室之偉，陳設之美，女樂的富麗，肴饌之珍奇，這些都合於國王的身分。若看作是屈原的自招，他的生活身世，同這些物質環境是缺少統一性的。並且他再放江南時，懷王客死異域，後雖歸葬楚國。但恐其魂流落國外，故有招魂之作。這種事實，比起自招來也較爲合理。這篇作品，我想是應當這樣解釋的。

思美人亦爲紀念懷王之作，作抽思時懷王尚未死，故有惸獨無羣無媒在側之歎。到了思美人，懷王已死，始有媒絕路阻之語。欲抒哀情，只好寄言於浮雲，致辭於歸鳥了。幽明的懸隔，文字的輕重，都有痕跡可尋。如『吾將蕩志而愉樂兮，遵江夏以娛憂。』『吾且儃佪以娛憂兮，觀南人之變態，』『獨煢煢而南行兮，思彭咸之故也。』在這些句子裏，明明是說他到了江南。所謂南人之變態，是洞庭湖濱野蠻的南人。前人謂此篇作於漢北，南人變態是指郢都朝庭之士，這全是一種誤解。

哀郢，涉江在屈原生活史的研究上，是兩篇極重要的文字。在這裏面，他告訴了我們放逐江南的地點和流浪的路程。那些地點和路程，都合於實際的事實，決非雲遊想像之詞，所以更覺可貴。在涉江裏，他說他離開了郢都，順江東下，先到現在華容附近的夏首，過洞庭而到漢口。（夏浦）或者更東行，到過江西的陵陽。他在漢口住了很久，爲紀念他這次的流浪生活，在回憶中寫成了哀郢。

『皇天之不純命兮，何百姓之震愆。民離散而相失兮，方仲春而東遷。去故鄉而就遠兮，遵江夏以流亡。……過夏首而西浮兮，顧龍門而不見。……將運舟而下浮兮，上洞庭而下江。去終古之所居兮，今逍遙而來東。羌靈魂之欲歸兮，何須臾而忘返。背夏浦而西思兮，哀故都之日遠！』

這路線很分明，時令也很清楚。春天離開郢都，經過夏首洞庭而至夏浦。路程日遠，鄉愁日深，所表現出來的情緒也更憂鬱。在夏浦是否眞的住了九年，（中有『至今九年何不復』之句）但滯留了一個長的時期是可信的。他在那裏總期待着一個召回故都的機會，終於是絕望了。亂曰：『曼余目以流觀兮，冀壹反之何時。鳥飛返故鄉，狐死必首丘。信非吾罪而棄逐兮，何日夜而忘之。』這是他表明就是要死也願意死在故鄉的痛苦的希望。他現在的情感遠不如往日的勇壯，是日趨於哀傷與悲苦了。

涉江是敍他從湖北入湖南的經歷。先由武昌（鄂渚）動身，入洞庭，濟沅水，經枉陼辰陽而至溆浦。這路程確是相當遼遠的。所以一時乘舟，一時騎馬，精神物質方面受痛苦的事，自不待說了。『哀南夷之莫吾知兮，且余將濟乎江湘。乘鄂渚而反顧兮，款秋冬之緒風。步余馬兮上臯，邸余車兮方林。乘舲船於上沅兮，齊吳榜而擊汰。船容與而不進兮，回水而凝滯。朝發枉陼兮，夕宿辰陽。苟余心之端直兮，雖僻遠其何傷。入溆浦余儃佪兮，迷不知吾所如。』這旅途生活的描寫非常生動，其情其景，如在目前。大概因經過多年的放逐與打擊，心地比較空虛，憂怨的情感也淡薄了。所以這篇文字表現得比較曠達，說出『苟余心之端直兮，雖僻遠其何傷』的自寬自解的論調。

懷沙是敍他從西南的溆浦到東北的汨羅的作品，大概是他的絕命詞了。滿紙憤慨怨恨，比任何篇都要激烈。如『變白以爲黑兮，倒上以爲下。鳳凰在笯兮，鷄鶩翔舞。』『邑犬羣吠兮，吠所怪也。非俊疑傑兮，固庸態也』諸句，已經由憤慨而入於謾罵了。他知道他召回故都的事已完全絕望，無須再留餘地，索性痛快地發出這激烈的言論，把那般得志的小人，一齊罵倒了。他在前面幾篇裏，也時常說出追踪彭咸的話，那只是一種打算，或許還有讓避之路，到了懷沙才眞的下了死的決心。『知死不可讓，願勿愛兮。明告君子，吾將以爲類兮。』這是他下了死的決心以後，向世人告別的詞，文句雖是簡短迫切，而其表現的感情，實在是沉痛已極。

屈原在政治上是失敗的，這種失敗的命運，成就了他偉大的文學作品。他有富厚的北方學術的根秖；古代的神話傳說，堯舜禹湯文武的政治功績，他都很熟習。儒家的忠義哲學，道家那種求解脫的自由精神，在他的腦裏，也曾播下或深或淺的種子。再加以南方特有的自然環境與宗教迷信，才成就了這千古特出的詩人，成就了這個人主義的浪漫文學。有了他，建立了中國純文學獨立發展的基礎。後代的才人，都從他的作品中，取得了豐富的雨露，去創造或是營養他們自己的作品。劉勰在辨騷中說：『其敍情怨，則鬱伊而易感，述離居則愴快而難懷，論山水則循聲而得貌，言節候則披衣而見時。是以枚賈追風以入麗，馬揚沿波而得奇。其衣被詞人，非一代也。故才高者菀其鴻裁。中巧者獵其豔詞，吟諷者銜其山川，童蒙者拾其香草。若能憑軾以倚雅頌，懸轡以御楚篇，酌奇而不失其眞，翫華而不墜其實，則顧盼可以驅詞力，欬唾可以窮文致，亦不復乞靈於長卿，假寵於子淵矣。』他這一段，可算是知人之論。

屈原在文學上最大的功績，一是詩律的解放，一是詩風的轉變。詩經的句子雖是長短不齊，大體上是以四言爲正格，二雅中雖有較長之篇，畢竟是少數。到了南方的九歌，詩體的解放開了端，等到屈原出來，才正式成就了詩體的新型式。他運用着楚國的方言白話與南方歌謠中的自然韻律，寫成了許多的雄大詩篇。這種新體裁，後人或稱爲騷，或稱爲賦，那都是多此一舉，其實他們都是自由體的新詩。其次是詩風的轉變。是由寫實的詩風，變到浪漫的詩風。屈原把幻想情感象徵神秘種種要素，儘量灌注到詩歌內去，使詩歌的生命格外豐富美麗，格外有情趣。在班固那般人看來，覺得他有離經背史之處，其實這正是他的文學的特色。劉勰謂屈原的作品，有詭異譎怪狷狹荒淫四事異於經典，

（見辨騷。）不知這四點，却正是他的浪漫文學的生命。

湯姆生（J. A. Thomson）在他的科學概論首章裏，曾把人類分爲行動的感情的思考的三個主要的類型。在這三種類型裏，可以看出三種不同的心性，便是適於實踐的，適於感情活動的，和適於理智探討的三種心性。這樣看來，屈原恰好是第二種類型的代表。因爲他那種多感的心性將一切事件的發展，都委之於感情，一旦遇了挫折，便無法自拔，愈走愈迷，最後完全陷於絕望與幻滅，只好投入死的懷抱了。梁啓超氏說：『屈原一身，同時含有矛盾兩極之思想，彼對於現社會極端的戀愛，又極端厭惡。他有冰冷的頭腦，能剖析哲理，又有滾熱的感情，終日自煎自焚。彼絕不肯同化於惡社會，其力又不能感化惡社會，故終其身與惡社會鬬，最後力竭而自殺。彼兩種矛盾性日日交戰於胸中，結果所產煩悶爲自身所不能擔荷而自殺，彼之自殺，實其個性最猛烈最純潔之全部表現。非有此奇特之個性不能產此文學，亦惟以最後一死能使其人格與文學永不死也。』（楚辭解題）這見解眞是確切極了。托爾斯泰說：『人生的殉教者，藝術的聖徒，』這兩句話，應該刻在屈原的墓碑上。

四　宋玉

屈宋並稱，自古已然。宋就是宋玉，與唐勒景差之徒，同爲屈派的南方詩人。漢書藝文志載唐勒賦四篇，但不見於楚辭章句，景差賦連藝文志中也沒有載，可知東漢時他倆的作品都已失傳了。現在可以供我們研究的，只有宋玉一人。不過我們要想弄清楚宋玉的生平歷史，簡直是一件不可能的事。

因爲古書中供給我們的材料，完全是一堆糊塗爛賬。史記上說宋玉是屈原的後輩，王逸九辯序說屈原是宋玉的先生，新序雜事第一說宋玉見過楚威王，同書雜事第五，又說他事楚襄王，北堂書鈔卷三十三宋玉集序又說他事楚懷王。威王懷王襄王是祖孫三代，時代是相當久遠的，眞令人無法相信。細看起來，只有史記上一段，較爲近情。他說：『屈原既死之後，楚有宋玉，唐勒，景差之徒者，皆好辭而以賦見稱，然皆祖屈原之從容辭令。』因此我們要勉强去推斷宋玉的生死年代，實在是一件愚笨的事。我們知道他是戰國末年的一位天才詩人，他的作風，是屈原的浪漫文學的承繼者。到了宋玉，中國的詩歌，完全脫離了社會的使命與實用的功能，而趨於澈底的個人主義與純藝術化了。

提到宋玉的作品，也是一篇糊塗賬，漢書藝文志載宋賦十六篇。現在流傳的有楚辭章句中的九辯與招魂，（招魂已見前論）文選中的風賦，高唐賦，神女賦，登徒子好色賦，與對楚王問；古文苑中的笛賦，大言賦，小言賦，釣賦，舞賦，諷賦。古文苑成書最晚，其眞實性本不可靠，文選所載各篇，其中敍事行文，多有可疑之處，最重要的是那種散文賦體，在漢初尚未完全形成，戰國更不會產生了。如此說來，宋玉的作品，可靠的只有九辯一篇。

九辯正如九歌一樣，是古代的樂名。與漢人摹倣楚辭而作的九懷，九歎的意義是不同的。取古樂名來抒寫自己的情緒，正與魏晉人用樂府古題的作品相像。因此九辯只是完整的一篇，把他分爲九章（朱子）或是十章，（洪興祖）都是多此一舉。九辯是中國第一篇無病呻吟的好文章，是一篇澈底個人主義化的唯美作品。他完全離開社會的關係，只是窮苦文人在秋風的寒冷飢餓中的哀怨。在九辯裏已經喪失了在屈原作品中所反映出來的政治社會的影子。因了這篇作品，在後代不知道產生了多少自怨自悲的濫調文章。凡是窮愁潦倒懷才不遇的文人，都自比宋玉，傷春悲秋，多愁善感，成了文人必要的條件。在九辯的前一小段裏，連用着『蕭瑟，』『憭慄，』『泬寥，』『憯悽，』『愴怳，』『懭悢，』『坎廩，』『廓落，』『惆悵，』『寂漠，』『淹留』這些哀怨的字眼。令人讀去，確是有陰寒落魄之感的。然而這些字眼，便成爲後代無病呻吟的文人的濫調。覺得亂堆着這種字眼，便能成爲哀感頑豔的妙文。這一點不僅影響後代的文風，連健全的人性，也是要發生影響的。不用說，這自然沒有責備宋玉的道理，要負責任的，還是那些後代不肖的子孫。

王逸在九辯序中說宋玉是屈原的弟子，因爲閔惜其師忠而放逐，故作此篇以述其志，這也是想像之詞。屈宋作品的動機，有全異其趣之處。關於這一點，近人陸侃如氏，有一段很精當的議論。他說：『宋玉的牢騷，與屈原絕不相同。屈原是楚之同姓，休戚相關。突然被讒而去，不得發展他的政治才能，自然是悲憤不能自已。宋玉却是一個窮鄉僻野的貧士，間關跋涉，謀個溫飽，不能如願，所以發之於詩歌。一個是失敗的政治家，一個是落魄的文人。懂得了這個分別，方能了解九辯的內容與技術。』（詩史）屈原的情感，是由理想破滅中所產出的憤激與沉痛。宋玉的感情只是一種由飢餓與自然環境所釀成的哀愁。『全家盡在寒風裏，九月衣裳未剪裁，』作九辯的宋玉，同歌詠着這些詩句的黃仲則，正是一流人物。

無論怎樣說，九辯在藝術上的進步是很顯然的。音調比前人的作品更覺和諧，用字更覺深刻，描寫更覺細緻。中國文學到了宋玉確實達到了純藝術的階段。

『悲哉秋之爲氣也。蕭瑟兮草木搖落而變衰。憭慄兮若在遠行。登山臨水送將歸。泬寥兮天高而氣清。寂寥兮收潦而水清。……坎廩兮貧士失職而志不平。廓落兮羈旅而無友生。惆悵兮而私自憐。燕翩翩其辭歸兮。蟬寂漠而無聲。雁廱廱而南遊兮。鵾雞啁哳而悲鳴。獨申旦而不寐兮，哀蟋蟀之宵征。詩亹亹而過中兮，蹇淹留而無成。』

他這一段對於秋天的描寫，確是極成功的文字。在那內面有聲音，有顏色，有情調，有感慨，從這些彩色內，襯托一個失業文人的窮苦的心境，引起讀者無限的同情。再如他在末段十四句中，連用十二次疊字，藉以增强音律美與文字美的效果，這是他在藝術上表現的特色。宋玉雖不一定是屈原的弟子，但熟讀過屈原的作品而深受其影響的事是無可疑的。在九辯中，我們可以抄出許多摹擬甚至於是抄襲屈原作品中的文句，這便是有力的證明。

第五章　秦代文學

一　秦民族文學的發展及其特性

秦和楚一樣，是周族以外的獨立民族。他的先世，史記秦本紀上說是顓頊之後裔，並且敍述得有聲有色，但觀其內容，却是神話與傳說的成分居多。他的文化是落後的，發展是很遲的。前十世紀末年周孝王時代，他們的酋長非子，還在渭水之間爲周王牧馬。到後來才封給他一塊小地，定邑於秦，奉嬴氏之祀，號曰嬴秦。這一個新興的民族，以勇武善戰的特質，在政治地位上，成就了迅速的發展。襄公時代因爲抵抗犬戎護送平王東遷有功，平王乃賜以岐西之地，封爲諸侯。於是興高采烈，用馬牛羊各三頭，大祭其天帝，組織正式的國家，同中原諸侯才發生外交上的種種交涉。不用說，從這時候起，他們可以大量的吸收中原的文化。所以到了襄公之子文公十三年，才有史以紀事。從此以後，他們在政治上的發展，是更快了。春秋時代，穆公稱霸，戰國時代，孝公爲七雄之長。經惠文武昭襄數世，蒙故業，因遺策，連敗六國之師，漢中巴蜀之地，亦入其版圖，因此國勢日益富強。到了始皇，先滅韓趙魏，次滅楚燕，最後滅齊，於是便產生了「六王畢，四海一」的秦帝國的新局面。這新局面他們曾想盡了方法來維持鞏固，不料這個費盡了氣力從六國手裏奪取來的新帝國，不到三十年，便在農民的鉏耰白梃底下消滅了。

秦國在穆公時代，雖已建立了穩固的地位，但在政治經濟上發生了革命的變更，由此而奠定統一中國的政治勢力的基礎，實起於孝公之世的商鞅變法。商鞅變法，在中國古代政治史上，或是社會經濟史上，都是驚人的事件。他因爲要適應當代政治勢力的發展，增加國庫的收入，實行君主集權的制度，於是他實行了廢井田開阡陌的土地政策，增收人口稅的財源政策以及嚴厲推行的連保的鄉黨組織與貴族人民平等的法律制度。這些新政的推行，都是秦國日趨富强的因素。鹽鐵論云：『昔商鞅相秦，外設百倍之利，收山澤之稅，國富民强，器械完飾。』這種情形自然是眞實的。商鞅無疑是秦帝國的功臣，但是因爲他的政策，不利於當日的貴族，所以孝公一死，他就遭遇着車裂的慘運了。貴族勢力畢竟成了最後的哀蟬，商君的思想與政策却是政治社會上不可挽回的趨勢。他自己雖是慘死了，他的新政仍是繼續活着的。我們試看自孝公到秦始皇，一直是法家政治，因爲這種政治，終於成就了秦帝國大一統的偉業。

法家是徹底的功利主義者，對文化界不重視。他們輕視學術，鄙棄文藝，一味講求富國强兵的道理，以圖擴充地盤，推行嚴格的刑法，以圖鞏固君權。這種法治思想，在戰國末年及秦代，溶合各派思想的傾向，而成爲學術思想界中的主流。這種思潮的興起，並非偶然的。戰國中葉以後，土地政策的改變，小農經濟的發達，商業的蓄積，人地主的產生，都日趨於激烈。因爲文化的形成是有機的，牽一髮而動全身的，一種因素的改變，往往使其他因素也行改變。當時的社會基層既然起了變動，因而政治制度也跟着變化。如貴族的崩潰，士人的抬頭，君主的集權，官僚政治的興起，學術思想的改變，都成了自然的現象。貴族失去了早日的經濟支配力，士人已握了政界的重權，於是除了一國的君主以外，官吏與人民已經沒有血統的差別。從前封建時代所奉行的『禮不下庶人，刑不上大夫』的話，現在已不能運用了。在這時候，以國法爲官民共同遵守的規律的事，便適應着需要而產生了。在這種環境之下，所以戰國末年的學者，都有趨於法治主義的傾向，這是時代的趨勢所使然。

荀子雖稱儒家的大師，他的思想却是由儒至法的橋梁。由荀子到韓非李斯，不過前進一步而已。他雖是倡說人治尊重學術，但他却又是重刑主義與思想統制的主張者。王制篇說：『聽政之大分，以善至者待之以禮，以不善至者待之以刑。兩者分別，則賢不肖不雜，是非不亂。賢不肖不雜則英傑至，是非不亂則國家治。』又正論篇說：『一物失稱，亂之端也。夫德不稱位，能不稱官，賞不當功，罰不當罪，不祥莫大焉。夫征暴誅悍，治之盛也。殺人者死，傷人者刑，是百王之所同也。刑稱罪則治，不稱罪則亂。故治則刑重，亂則刑輕。犯治之罪固重，犯亂之刑固輕也。』他這種重刑主義，雖名爲禮治的輔助，然與法家所講的嚴刑峻法，却一點也沒有分別。再看他對於思想的統制，其言論更是激烈。正名篇說：『凡邪說辟言之離正道而擅作者，無不類於三惑者矣。故明君知其分，而不與辨也。夫民易一以道，而不可與共故，故明君臨之以勢，道之以道，申之以令，章之以論，禁之以刑，故其民之化道也如神，辨勢惡用矣哉。』非十二子篇說：『一天下，財萬物，長養人民，兼利天下，通達之屬，莫不從服。六說者立息，十二子者遷化，則是聖人之得勢者，舜禹也。今夫仁人也，將何務哉。上則法舜禹之制，下則法仲尼子弓之義，以務息十二子之說，於是則天下之害除，仁人之事畢，聖王之跡著矣。』他所說的三惑是惑於用名以亂名，惑於用實以亂名，惑於用名以亂實。六說是它囂魏牟的縱慾，陳仲史鰌的高蹈，墨子宋鈃的兼愛，愼到田駢的法度，惠施鄧析的詭辯，子思孟軻的五行。他認爲這些都是思想界的異端，是離叛正道的邪說辟言，必得一概禁絕。要實行嚴格的思想統制，才能達到天下太平聖人得勢的地步。我們看了他這種極端的思想，便會瞭解他那兩位弟子韓非與李斯成爲法治思想的建立者或是實行者的事，一點沒有什麼可怪了。由荀子的禁三惑非六說到始皇時代的焚書坑儒，那思想與行動，不正是一貫的嗎？

口吃的韓非雖是死得不明不白，他的思想却完全實現在他老同學李斯的手下。始皇三四年，淳于越請封子弟功臣，李斯上書說：『古者天下散亂，莫能相一，是以諸侯並作，語皆道古以害今，飾虛言以亂實。人善其所私學，以非上所建立。今陛下並有天下，辨白黑而定一尊，而私學乃相與非法教之制。聞令下，各以其私學議之。入則心非，出則巷議，非主以爲名，異趣以爲高，率羣下以造謗。如此不禁，則主勢降乎上，黨與成於下。禁之便。臣請諸有文學詩書百家語者，蠲除去之，令到滿三十日弗去，黥爲城旦。所不去者，醫藥卜筮種樹之書。若有欲學者，以吏爲師。始皇可其議，收去詩書百家之語，以愚百姓，使天下無以古非今。明法度，定律令，同文書。』（史記李斯傳）秦始皇和李斯後人都把他們看作是罪大惡極的人，這都是受了儒家的宣傳，其實他們却是極有眼光有手腕的革命政治家，他們的思想與方法，都是維持政權統治國家的必要辦法。在戰國末年，這種政治思想，是正適合於那個時代的潮流。焚書坑儒說出來雖是似乎有點野蠻，其實這套把戲，一直被歷代的君王所採用，不過方法名義稍有不同，然其效果却沒有兩樣。就是現在最殘暴的共產集團，每天都在那裏焚書坑儒，其野蠻殘酷，有十倍於始皇時代，一般人似乎都可原諒，這情形實在可痛恨的。說穿了，也就知道李斯輩並不是什麼特別的惡人。他實行明法度定律令同文書的政策，都是非常有價值的工作，他溶合商鞅荀子韓非諸人的政治思想，作了一個具體的表現。

法家在政治上雖是收了巨大的效果，但對於妨礙學術思想的自由與純文藝的發展是要負其責任的。商君的薄六蝨，韓非的非五蠹，是大家都知道的事實。文心雕龍中云：『五蠹六蝨，嚴於秦令。』就是荀子也說過『凡言不合先王，不順禮義，謂之姦言』的激烈話。（見非相篇）一個勇武好戰完全在這種政治環境下面孕育成長出來的秦民族，欲求其在純文藝方面有多大的成就，實在是一件難事。加之秦帝國的壽命是那麼短促，自然不容易產生什麼大作家大作品來的。

詩經中的秦風十篇，可稱是秦民族最早的詩歌。大概是西東周之交的作品。因爲他們那種好戰尙武的民族性，在那些詩裏，多敍車馬田狩之事，或贊美戰士，或描寫軍容。其音節無不悲壯激昂。漢書地理志云：『安定北地上郡西河皆迫近戎狄，修習戰備，高上氣力，以射獵爲先。故秦詩曰：『王于興師，修我甲兵，與子偕行。』（無衣篇）及車鄰駟鐵小戎之篇，皆言車馬田狩之事。』再如黃鳥權輿諸篇，雖非兵戎之詩，然其音調一樣高昂悲壯，也是秦聲的本色。唯有蒹葭一篇，却是情韻纏綿音調哀婉的抒情詩，其藝術亦在上列諸章之上。『蒹葭蒼蒼，白露爲霜。所謂伊人，在水一方。溯洄從之，道阻且長。遡游從之，宛在水中央。』這是多麼美麗的句子又是多麼有情致的意境。這篇詩在秦風裏，自然是要稱爲傑作的。

尚書中的秦誓一篇，（西紀元前六二七年）可算是秦民族存在的最早的散文。秦穆公侵鄭時，爲晉師大敗於崤。穆公悔過，兼戒羣臣，作秦誓。從前的誓，都是誓師之辭，這一篇是罪己式的作品。文字通達簡練，動人聽聞。如『我心之憂，日月逾邁，若云弗來』，數句，頗饒詩意。可知東周時代，秦民族的文化程度，已相當的發達了。

石鼓文共有十篇，唐初始出土，現存北平國子監。但其時代的考證，爲古今學者所爭辯。有主周成王時者，（宋程大昌）有主周宣王時者，（唐韓愈），有主秦襄公至獻公時者，（近人馬衡）有主秦文公時者，（近人羅振玉）有主秦惠文王至始皇時者，（宋鄭樵）有主漢代者，（清武億）有主後周者，（清萬斯同。）衆說紛紜，各持己見。因此對於石鼓文的本身，反使我們起了懷疑。其內容大半敍述游獵，亦有祝頌燕飲之作。其文體頗近雅頌，但其藝術，遠比不上秦風。如果我們承認石鼓文出於秦風之後，那末他們在文學發展史上，自然是沒有什麼重要的地位。

秦代統一以後，其壽命非常短促，在文學方面，自然不會有多大的成就。但荀子的賦李斯的銘，我們却是必得注意的。荀子雖是趙人，史記上說：『趙氏之先與秦共祖』，並且史記本傳及鹽鐵論毀學篇都說李斯相秦，荀子還在世。那末荀子是死在始皇帝統一六國以後。可知無論從世系或從年代上講，荀子的文學，是可以放在秦代文學這個範圍以內的。

二　荀子的賦

荀卿名況，是北方的大儒。他的生死年代，已不可考。大約生於前四世紀末年，死於前三世紀末年，是一個活到將近百歲的老人。他曾遊學於齊，稱爲學術界的領袖，後因不得志，去楚，春申君以爲蘭陵令。春申君死而荀卿廢，嫉濁世之政，亡國亂君相屬，因發憤著書而死，葬於蘭陵。他在儒家學說的傳授上，占有重要的地位，毛魯韓詩左傳穀梁皆其所傳，猶長於禮。我們現在沒有時候敘述他的哲學思想，只要知道他是以孔學爲本，再適合當代政治社會變遷的趨勢，加以補充修正而建立了一種新儒學。

荀子雖久居楚國，楚辭並沒有給他深刻的影響。因爲他根本就是一個輕視純文藝的道統者。他說：『多言而類，聖人也。少言而法，君子也。多少無法而流湎，然雖辯，小人也。故勞力而不當民務，謂之姦事，勞知而不律先王，謂之姦心，辯說譬喻，齊給便利，而不順禮義，謂之姦說。此三姦者，聖王之所禁也。』（非十二子）他持着這種功用倫理主義的態度，像楚辭那種個人主義的浪漫文學，他當然是要看不起的。在他的作品裏，或是論文，或是詩賦，正與戰國時代的諸子一樣，完全是站在學術思想的立場上而表現出來的。換言之，他的寫文作賦，不是爲了文學的藝術，而是要宣傳他的思想。『嫉濁世之政，亡國亂君相屬』，這是他著書的最大動機。我們明乎此，便可瞭解荀子雖久居楚國，其作品並沒有染上楚辭的作風，而仍是承繼北方文學的直接系統。

漢書藝文志列孫卿賦十篇（孫卿卽荀卿，避漢宣帝諱改。）今荀子的賦篇中只有禮賦知賦雲賦蠶賦箴賦五篇和佹詩二章。又漢志列成相雜辭十一篇，無作者姓名。現荀子集中有成相三篇。那末漢志的成相雜辭中，或有荀子的作品。班固云：『大儒孫卿及楚賢臣屈原，離讒憂國，皆作賦以諷，咸有惻隱古詩之義。』可知古人是把他們兩人看作爲辭賦之祖的了。屈原的作品，楚人稱爲辭，其實就是一種新體詩。眞正以賦名篇的，則起於荀子。他的賦篇的藝術雖不甚高明，然在賦的發展史上，是占有重要的地位的事，是無可疑的了。抒情，說理，詠物，本爲文學的三大主流。屈宋的作品偏於抒情，荀子的作品，說理詠物兼而有之。對於後代賦的發展，給予以重大的影響。

『爰有大物，非絲非帛，文理成章。非日非月，爲天下明。生者以壽，死者以葬，城郭以固，三軍以强。粹而王，駁而伯，無一焉而亡。臣愚不識，敢請之王。王曰：此夫文而不采者與？簡然易知而致有理者與？君子所敬而小人所不者與？性不得則若禽獸，性得之則甚雅似者與？匹夫隆之，則爲聖人，諸侯隆之，則一四海者與？致明而約，甚順而體，請歸之禮。』（禮賦）

這種作品同離騷九辯並讀，我們便立刻體會到兩種不同的情調。禮賦是一種訴之於理智的散文賦，離騷九辯却是動人情感音韻和諧的長篇新體詩。在禮賦中，很明顯的缺少詩歌所必有的那種韻律情感和整齊的美質。他同漢代的散文賦，形式已很接近。他的問答形式，成爲漢代賦家普遍採用的形式。由他這種作品的變化發展，演成漢代的詠物賦（如王褒的洞簫賦）與說理賦（如張衡的思玄）以及那些長篇的散文賦。我們如果仔細分析漢賦的文體與品質，便知道荀子的地位，並不在屈宋之下。試看幾個漢賦的代表作家的作品，如司馬相如的子虛上林，揚雄的羽獵長楊，班固的兩都諸篇，無論其形式與作風，都是從荀賦變化發揚出來的。至於那些屈宋派的作品，大都是楚辭的模擬，我們只要讀了淮南小山的招隱士，東方朔的七諫，嚴忌的哀時令，王褒的九懷，劉向的九歎，王逸的九思諸篇，便會知道這些東西，無論內容形式以及情感文字方面，都只是楚辭的尾聲餘響，毫不能給我們一點新奇刺激之感了。因爲楚辭體的作品，在屈宋的筆下，已達到極高的成就，到了漢朝，已成爲强弩之末，沒有什麼新創的特色了。

荀子在他的賦裏，並沒有重視文學的成就。其表面雖是詠物，其內容還是說理。他主要的目的，是要把禮、智、雲、蠶、箴，這五種具體的或是抽象的物的形狀與功用加以暗示式的說明。他這種態度，正如他寫他的論文時候所取的態度一樣，是抱着不反先王之言不背禮義的要旨的。所不同者，他採取了一種詩文混合的新體裁。他在這裏，自然是一種嘗試，嘗試的目的，無非是想把自己的思想，更普遍地宣傳出去。他的成相辭也就是想把高深的思想，裝在通俗的文字裏的。如果說屈原宋玉的創作態度是文學的，荀子的態度完全是學術的教育的了。到了漢代的賦家，接受荀子嘗試過的粗具規模的新體裁，拋棄了他那種學術家教育家的態度，完全從文學的立場上來創造建築，於是號稱六義附庸的賦，變爲漢代文學界的主要部門，成就了光輝燦爛的歷史了。

成相辭是荀子一種宣傳道義賢良的通俗文學。他的體裁，非詩非賦也非散文，大概是當日流行的一種歌謠式的自由體。成相二字的意義，古今學者，各有解釋。王引之說：『相者治也，成相者成此治也。請成相者請言成治之方也。成功在相，稍爲近之。』（讀書雜志八之八）這意義雖是明顯，但似乎過於曲折。東坡志林云：『卿子書有韻語者，其言鄙近。成相者，蓋古歌謠之名也。』把成相解作是古代歌謠之名，確是一個卓見。盧文紹云：『禮記：治亂以相，相乃樂器，所謂春牘。又古者瞽必有相。審此篇音節，卽後世彈詞之祖。篇首卽稱『如瞽無相，何倀倀』，義已明矣。首句『請成相』，言請奏此曲也。漢志成相雜辭惜不傳，大約託於瞽矇誦諷之辭，亦古詩之流也。』（荀子集解）俞樾說：『此相字卽曲禮『舂不相』之相。鄭注曰：相謂送杵聲。蓋古人於勞役之事，必爲謳歌以相勸勉，亦舉大木者呼邪許之比，其樂曲卽謂之相，『請成相』者，請成此曲也。』（諸子平議十五）我們可以知道成相辭雖不能說一定就是彈詞之祖，他說他們是受了當日民間歌謠的影響，把治國爲政的人君大道，寫在通俗的文體中，要達到規箴教訓的目的，與現今的彈詞道情一類的作品大體相同的事，是絕無可疑的了。

成相辭共分五篇（首篇分爲二，『凡成相辨法方』起，另成一篇。）其中敍述的無非是尙賢勸學爲君治國的道理。在前三篇裏，敍述了不少的賢君如堯舜等人暴君如桀紂等人的史事，第四篇言世亂之因，末篇言治國之術。他是想用通俗的民歌體裁，來傳佈他的哲學。因爲那種佈教傳道的氣味過濃，在文字的技術上，較之賦篇，是更要低弱了。

『請成相，世之殃。愚闇愚闇墮賢良。人主無賢，如瞽無相何倀倀。

世之衰，讒人歸。比干見刳箕子累。武王誅之，呂尙招麾殷民懷。世之禍，惡賢士。子胥見殺百里徙。穆公任之，强配五伯六卿施。世之愚，惡大儒。逆斥不通孔子拘。展禽三絀，春申道絀基畢輸。請牧基，賢者師，堯在萬世如見之。讒人罔極，險陂傾側此之疑。基必施，辨賢能。文武之道同伏戲。由之者治，不由者亂，何疑爲？』

這完全是一種歌謠或道情式的調子。我想一定可以伴着簡單的樂器來歌唱。裏面所說的雖都是一些賢德聖道，但其中夾雜着許多歷史故事，聽者也會感着興味的。這種調子是舊有的，還是荀子新創的，我們無法知道，但他想把他的思想通俗化文章歌謠化，却是一件很明顯的事。他詩二篇，可稱是荀子的詩，然其中也雜有許多散文的調子。他的內容，正和他的賦篇和成相辭一樣，也還是表現那套國家興亡的意見。『天下不治，請陳佹詩。』由這開篇兩句，就可領悟其中的消息了。荀子本是一個帶有法家傾向的儒家，他重視正統的儒家思想與實際的功用。他說過『凡言不合先王，不順禮義，謂之姦言』的話，所以在他的作品裏，他這種思想始終是一貫的。他輕視那些重情感逞想像的浪漫文學。他把文學看作是一種敎訓宣傳的工具，不能讓他變爲那種不合先王不順禮義的姦言。由他這種觀念演變下去，就成爲後世徵聖崇經的載道文學。同時，我們更可瞭解在儒家思想一統的漢代，爲什麼抒情文學那麼消沉，賦倒是在美刺的帷幕下，大大地發達起來的原因了。

三　李斯的銘

李斯雖是一個嚴格的法治主義者，然而他却是一個富於文采的才人。大概因爲他生長於文風極盛的南方，受了那文學空氣的陶染。我們試讀他那篇有名的諫逐客書，便會知道他的文字藝術的高妙，鋪陳排比，氣勢奔放，上承縱橫之遺，下開漢賦之漸，不僅是秦代散文的傑作，同時也可看出當日散文賦化的徵象。這種徵象，到了賈誼的過秦論，是表現得更具體更成熟了。

李斯死於西元前二〇八年，生年不可考。他是一個不甘寂寞熱心富貴利祿的人，同蘇秦正是一流人物。他先從荀卿學帝王之術，後來看見楚國不足成大事，乃西入秦。辭荀卿曰：『斯聞得時無怠。今萬乘方爭時，遊者主事。今秦王欲吞天下，稱帝而治，此布衣馳騖之時，而游說者之秋也。處卑賤之位，而計不爲者，此禽鹿視肉，人面而能彊行者耳。故詬莫大於卑賤，而悲莫甚於窮困。久處卑賤之位，困苦之地，非世而惡利，自託於無爲，此非士之情也。』（史記本傳）這正是他自己的人生哲學的表白。到了秦國，先投呂不韋，爲其舍人，後來果然得了秦王的重用，步步高升，一家富貴，成爲秦朝一統的大功臣。自己有時雖也想起荀子教他的『物禁太盛』的格言，畢竟捨不得離開富貴，始皇死後，不久便慘死在趙高的手裏。臨刑時，對他兒子說：『吾欲與若復牽黃犬，俱出上蔡東門，逐狡兎，豈可得乎？』這眞是『鳥之將死，其鳴也哀』了。

漢志有秦時雜賦九篇，劉勰詮賦篇也說：『秦世不文，頗有雜賦。』這些賦是早已失傳了，連作者的姓名我們也無法知道。在這九篇裏，我想或許有些是李斯的作品，其內容和形式，大概就是荀子賦篇那一類的東西，我們看了李斯的散文的賦化，便可知道這種體裁，已成爲當日文學界的新趨勢了。他在這方面，一定有相當的成就。如果我們能發現那時的作品，那末從荀賦到漢賦的發展的狀況就更明顯了。李斯若眞有賦，那無疑是荀賦到漢賦的重要橋梁。

眞能表現君主集權的秦帝國的全面貌而作爲當日文學的代表的，是出自李斯之手的那幾篇刻石文。用着偉大的氣魄，典雅的文字，中正和平的音節，把秦帝國的政治武功，皇帝的胸懷意氣，版圖的廣大，六國的破滅，天下太平之象，都表現在那些文字裏。這些作品，自然是缺少情感與想像，在純文學的立場上看來，雖沒有多大的價值，然而這些歌功誦德的文字，却眞能代表秦帝國的特質與精神，與當日貴族文人的情感。在這些文字裏，我們認識了秦帝國的全生活與全面貌，比我們讀許多歷史，還要認識得更清楚。

李斯所作的刻石銘，以史記上所載的泰山，琅玡臺，之罘，東觀，碣石，會稽爲最可靠。劉勰在封禪篇裏說：『秦皇銘岱，文自李斯。法家辭氣，體乏泓潤，然疎而能壯，亦彼時之絕采也。』這批評是極其精當的。

『皇帝臨位，作制明法，臣下修飭。廿有六年，初幷天下，罔不賓服。親巡遠方黎民，登茲泰山，周覽東極。從臣思跡，本原事業，祗誦功德。治道運行，諸產得宜，皆有法式。大義休明，垂於後世，順承勿革。皇帝躬聖，既平天下，不懈於治。夙興夜寐，建設長利，專隆敎誨。

訓經宣達，遠近畢理，咸承聖志。貴賤分明，男女禮順，愼遵職事。昭隔內外，靡不淸淨，施於後嗣。化及無窮，遵奉遺詔，永承重戒。』（泰山刻石文）

此爲始皇二十八年東巡郡縣，封泰山所刻。爲一種三句一韻的新創體。除琅玡銘爲二句一韻外，其餘各篇都是這種體裁。篇中文字，雖沿着詩經雅頌的系統，沒有他散文中那種富麗的辭藻，然那種敷陳直敍的作風，却正是賦化的明顯的象徵。我們可知荀子李斯時代的作品，都有賦化的傾向。這是一個漢賦醞釀的重要時期。這時代雖是短促，作品雖是貧乏，在文學發展史上，實有他重要的地位。若過於重視抒情文學，而對於這時代的作品加以鄙視，那眞是犯了主觀的偏見了。

又秦始皇本紀云：『三十六年，使博士爲仙眞人詩，令樂人歌之。』劉勰以此爲本，在明詩中說：『秦皇滅典，亦造仙詩。』仙詩我們現在雖無法讀到，大概是大人賦一類的東西。做了皇帝的人一面是巡行天下，封山祭川，要誇躍自己的功德，因此有刻石之文。一面是怕短命，於是講長生愛神仙，入海求仙，入山求藥這一套把戲，自然是免不了的。皇帝有了這風尙，博士們做好仙人詩，令樂師們歌誦，皇帝聽了眉開眼笑，那意義與刻石的歌功誦德正是一樣。只有這一類的作品，才眞能代表秦帝國與秦皇帝的面目與精神。才眞是焚書坑儒思想統制時代的文獻。可惜那些詩都已失傳了。近人廖平氏疑楚辭中的作品，便是秦博士所造的仙詩，這意見雖是新奇而又大膽，但稍稍有點文學常識的人，無論從文學中所表現的內容、個性以及地方性各點看來，都會知道他這種的意見是不正確的。

第六章 漢賦的發展及其流變

一 漢賦興盛的原因

中國文學進展到了漢朝，我們可以看出一個顯明的現象。這現象便是文學同民衆生活日益隔離，而那種貴族化古典化的宮庭文學，成爲文壇的正統。作爲宮庭文學的代表的，是那有名的漢賦。在現代人的眼光中看來，漢賦自然是一種僵化了的缺乏感情的死文字，然而在當時，他却有活躍的生命，與高尚的地位。在三四百年中，多少才人志士，在那上面費去了心血。狗監的朋友司馬相如，倡優式的東方朔王褒之流，我們不用說；卽如司馬遷，劉向班固張衡禰衡們，無論從學問、思想、人品方面，都是値得我們景仰的，然而他們也都是有名的賦家。可知賦是漢代文學中的主流，正好像唐詩宋詞一樣，任何讀書人在那時代都不能不同他發生交涉。如果李白杜甫白居易蘇東坡生在漢朝，想必也都是以賦名家了。枚王司馬東方之徒，待詔作賦，世人譏爲倡優，其實李白之詠淸平，王維杜甫輩的應制詩，這行爲有甚麼兩樣？近人因拘於抒情文學的範圍，鄙棄漢賦，甚至於大膽地在文學史上，把漢賦的一頁，完全棄去不談，實在是犯了主觀的偏見，同時又違反了文學發展的歷史性。文學史與文學批評的不同，就建立在這一個重要的基點上。文學批評雖也不能違反客觀的事實，你多少還能加入個人的主觀見解。在文學史的敍述上，你必得拋棄自己的好惡偏見，依着已成的事實，加以說明。那些作家與作品，無論你如何厭惡，是如何僵化，他們在當時能那麼興隆的發展起來，自必有他發展的根原環境，存在的理由和價值。文學史的編著者，便要用冷靜的客觀的頭腦，敍述這些環境理由和價値。若只憑個人的主觀任意捨棄割裂，這態度自然是非常惡劣的。

我們要瞭解漢賦興盛發展的原因，必得要注意下列這些重要的事實。

第一、文體本身的發展　春秋戰國以來，四言詩的發展，漸漸由衰落而至於斷絕。經過孔孟的宣傳，三百篇一天天地離開了文學的範圍，而入於聖賢經典的領域了。到了漢朝，這事實更趨於堅定化與神聖化。戰國時代，接着詩經而起來的是屈宋的新體詩，（楚辭）荀子的短賦，和諸子以及歷史家的散文。漢代的散文，因史記漢書的出現而更趨於完美。但到這時代，這些作品，只能屬於歷史的範圍了。屈，宋，荀子的辭賦，自然是詩經以後的中國純文學的正統。班固在漢書藝文志中說：『古者諸侯卿大夫交接鄰國，以微言相感，當揖讓之時，必稱詩以喻其志，蓋以別賢不肖而觀盛衰焉。故孔子曰：「不學詩無以言」也。春秋之後，周道寖壞，聘問歌詠，不行於列國，學詩之士逸在布衣，而賢人失志之賦作矣。』他在這裏對於詩衰賦作的原因的說明，雖過於簡單，但那種事實是無可否認的。四言詩衰落了，五七言詩正在民間的醞釀中，楚辭的勢力如日中天地影響整個的文壇，再加以荀子賦體的初步創作，正待於後代才人的發揚光大，一到了漢朝，正接着這個潮流，於是辭賦交互影響，而形成了那個貴族化的古典文學的大運動。就文體本身的發展上，漢賦的興盛，實在是一種必然的趨勢。顧炎武所說的，『由三百篇而不得不變爲楚辭，由楚辭而不得不變爲漢賦者勢也。』他說的勢，正是文體發展的趨勢。

第二、經濟政治的關係 秦帝國的壽命不到三十年便消滅了。接着起來的，是漢帝國。中間雖有呂后王莽的波折，因其根基穩固，畢竟維持了四百年的壽命。帝國一切應有的特質，在秦代未能完成的，到了漢代算是都實踐了。文景時代，採取政治經濟的放任政策，扶助農業，減輕賦稅，人民得以安業，國庫得以充裕。史記平準書說：『漢興七十餘年，國家無事。非遇水旱之災，民則人給家足。都鄙廩庾皆滿，而府庫餘貨財。京師之錢累巨萬，貫朽而不可校。太倉之粟陳陳相因，充溢露積於外，至腐敗而不可食。衆庶街巷有馬，阡陌之間成羣，而乘家牝者擯而不得聚會。守閭閻者食粱肉，爲吏者長子孫，居官者以爲姓號。』在這裏我們很可看出當日政治經濟以及社會民生的安樂狀況。也就在這裏，建立了漢帝國的穩固基礎。武帝宣帝稱爲雄主，他們繼承着這一份豐裕的家產，自然不能不有所作爲。於是對外是用軍事勢力去擴充地盤，東平朝鮮，南平南越，開闢西南夷，北定西域平匈奴，都是歷史上的大事。他們一面是好大喜功，想作一個英雄，同時是想到遠方各地，去搜集那些珍奇的物品，供自己享受。對內是推倡學術，獎勵文藝，因此文治武功，就名利雙收了。有了錢有了勢，在物質上的享受，自然是爲所欲爲。於是酒色犬馬之樂，神仙長命之想，宮殿的建築，田獵的好尚，巡遊天下，祭望山川，這些把戲也就都來了。高祖時的長樂未央已經是富麗堂皇，武帝時代的甘泉建章上林更是雄偉壯麗得多了。據西京雜記：『未央宮周圍二十二里九十五步五尺，街道周圍七十里，臺殿四十三，其三十二在外，其十一在後宮，池十三，山六。池一山一在後宮，門闥凡九十五。』這情形便是現在人看了，也是覺得相當驚奇的。武帝時的建築，有甚麼通天臺，飛簾閣等的名目，自然是更進一步了。三輔黃圖說建章宮千門萬戶迷人眼目，那富麗的情形，我們是可以想像的。這種宮殿建築的材料，內面器物的設備，珍禽怪獸的搜羅，自然都是極其奢侈的能事。三輔黃圖說：『以木蘭爲棼橑，文杏爲梁柱。金鋪玉戶，華榱璧璫，雕楹玉碣，重軒鏤盈，青瑣丹墀，左戺右平，黃金爲壁帶，間以和氏珍玉。風至，其聲玲瓏然也。』又說：『清涼殿，夏居之則清涼也，亦曰延清室。漢書曰：淸室則中夏含霜，卽此也。董偃常臥延淸室，以畫石爲床，文如錦紫。琉璃帳，以紫玉爲盤，文如屈龍，皆用雜寶飾之。侍者于外扇偃。偃曰：玉石豈需扇而復涼耶？又以玉晶爲盤，貯水于膝前，玉晶與水相潔。』這種建築的進步，設備的富麗，必得要以手工業與商業的高度發展爲其基礎。這種情形決非先秦時代所能辦到。要在當時有了這種經濟物質的基礎，才能產生司馬相如揚雄班固張衡他們那種富麗典雅的賦。同時他們所描寫的題材，也就正是代表漢帝國的物質文明以及皇帝的生活思想最精采的部份。在那些賦裏，活躍地表現了漢帝國的財富威權與皇帝們的奢侈淫佚的生活。那些文字不是想像的浪漫的作品，却是寫實的歷史性的作品。明瞭了這一點，我們便知道當日的物質經濟的基礎，便是漢賦的基礎。漢代初年，因採取重農輕商的政策，商業一時稍受壓制，惠帝高后時，因天下初定，乃弛商賈之律，於是商業遂在統一安定的狀況下，迅速的發達起來了。商業資本的發展，造成土地集中，剝削人民，交結貴族，操縱物價的種種現象。平民的生活日趨貧困，君主豪族的生活，就口趨於淫佚奢侈了。鼂錯說：『商賈大者積貯倍息，小者坐列販賣。操其奇贏，日遊都市。乘上之急，所賣必倍。故男不耕耘，女不蠶織，衣必文采，食必粱肉。因其富厚，交通王侯，力過吏執，以利相傾，千里敖遊，冠蓋相望。乘堅策肥，履絲曳縞。此商人所以兼併農人，農人所以流亡也。』（前漢書食貨志）仲長統也說：『豪人之室，連棟數百，膏田滿野，奴婢千羣，徒附萬計。船車賈販，周於四方。廢居貯積，滿於都城。琦賂寶貨，巨室不能容，牛馬豕羊，山谷不能受。妖童美妾，塡乎綺室。倡謳妓樂，列乎課堂。』（後漢書本傳）我們在這些文字裏，可以看出當日商業資本的發展，一方面造成平民生活的窮困，他方面促成君主豪族的奢侈。建宮殿，打田獵，求神仙，溺酒色，是上層階級生活的主體。當時的賦家，恰恰是這一個階層的歌頌者與代言人。加以君主貴族飽食之餘，還要附庸風雅提倡辭章藝術，於是一般文人才士，乘機獻媚，競以最適宜於歌功誦德鋪張揚厲的賦體，來描寫那些宮殿、田獵、神仙、京都的壯麗偉大的情狀，由此襯托出帝國的富庶與天子的威嚴，皇帝以此取樂，作者以此得寵，因此這種文學，完全離開實際的人生社會而都變爲皇帝貴族的娛樂品了。漢書東方朔傳中說：『朔嘗至大中大夫，後嘗爲郎，與枚皐郭舍人俱在左右，詼啁而已。』又枚皐傳中說：『皐不通經術，爲賦頌，好嫚戲，以故得媟黷貴幸。』又王褒傳中說：『上數從褒等游獵，所幸宮館，輒爲歌誦，第其高下，以差賜帛。議者多以淫靡不急。上曰：『不有博奕者乎？爲之猶賢乎已。辭賦大者與古詩同義，小者辯麗可喜。辟如女工有綺縠，音樂有鄭衛，今世俗猶皆以此娛說耳目，辭賦比之，尙有仁義風諭，鳥獸草木多聞之觀，賢於倡優博奕者遠矣。』從這些文句的記載，把當日君主對於辭賦的態度以及文人的地位，都表現得很明白。那態度與地位雖不高尙，而辭賦却因此更滋長發育起來了。

第三、獻賦與考賦　唐以詩取士，詩人盛於唐，明清考八股，制藝盛於明清，漢代考經，經師盛於漢，這理由是非常淺顯的。班固在儒林傳贊內說：『自武帝立五經博士，開弟子員，設科射策，勸以官祿，訖於元始，百有餘年，傳業者寖盛，支葉蕃滋。一經說至百餘萬言，大師衆至千餘人，蓋祿利之路然也。』『利祿之路，』眞是說得一針見血了。世上再沒有甚麼事，比得上利祿的力量的。漢賦的發達與隆，利祿引誘的力量，也要居其大半。開始是封君貴族們的獎勵提倡，如吳王劉濞，梁孝王劉武，淮南王劉安皆折節下人，招致四方名士。一時如鄒陽嚴忌枚乘司馬相如淮南小山公孫勝韓安國之流，都出其門下。枚乘賦柳，賜絹五匹，相如賦長門，得黃金百斤，這都是有名的故事。到了武帝，他有很高的文學天才，所作的李夫人歌秋風辭，（此篇只見於漢武帝故事，不甚可靠。）都很有文學的價值。因此他更重視文人，如司馬相如東方朔枚臯諸人，都以詞賦得官了。其後如宣帝時王褒張子僑，成帝時的揚雄，章帝時的崔駰，和帝時的李尤都以辭賦而入仕途。君主提倡於上，羣臣鼎沸於下，於是獻賦考賦的事體，也就繼之而起了。班固兩都賦序說：

『至於武宣之世，乃崇禮官，考文章，內設金馬石渠之署，外興樂府協律之事，以興廢繼絕，潤色鴻業，是以衆庶悅豫，福應尤盛。白麟赤雁芝房寶鼎之歌薦於郊廟，神雀五鳳甘露黃龍之瑞以爲年紀。故言語侍從之臣，若司馬相如，虞丘壽王，東方朔，枚臯，王褒，劉向之屬，朝夕論思，日月獻納，而公卿大臣御史大夫倪寬，太常孔臧，大中大夫董中舒，太子太傅蕭望之等，時時間作，或以抒下情而通諷諭，或以宣上德而盡忠孝，雍容揄揚，著于後嗣，抑亦雅頌之亞也。故孝成之世，論而錄之，蓋奏御者千有餘篇。』

獻賦的制度，這裏沒有說明；是作者自獻，還是由什麼官收集，我們無法知道。但因這種制度，促成辭賦的發達，是極其明顯的。當時不僅言語侍從之臣，要朝夕論思，就是那些公卿太常儒家國師也都要時時間作了。又張衡論貢舉疏說：

『夫書畫辭賦，才之小者，匡理國政，未有能焉。陛下卽位之初，先訪經術，聽政餘日，觀省篇章，聊以游藝，當代博奕，非以教化取士之本。而諸生競利，作者鼎沸。其高者頗引經訓風諭之言，下則連偶俗語，有類俳優；或竊成文，虛冒名氏。臣每受詔於盛化，差次錄第，其未及者，亦復隨輩皆見拜擢，旣加之恩，難復收改，但守俸祿，於義已弘，不可復理人及任州郡。……乃若小能小善，雖有可觀，孔子以爲致遠則泥，君子故當致其大者遠者也。』（張河間集）

在這篇疏內，有兩點值得我們注意。第一，在張衡時代，政府已採用考賦取士的制度，並且不管成績好壞，一概錄取，給以俸祿，在這種情形之下，自然是諸生競利，作者鼎沸了。其次，是因爲有利祿可圖，賦也就日趨墮落。『連偶俗語，有類俳優，或竊成文，虛冒名氏。』這種卑鄙惡劣的現象，與科舉時代的八股，有甚麼差別！辭賦墮落到這種程度，就是以賦名家的張衡，他也不得不發生這激烈的反抗了。（蔡邕集中陳政要七事疏中，亦有此段文字。）

第四、學術思想的統制　漢代初期，因戰亂初平，瘡痍未復，經濟破產，人民窮困，在這種情形之下，人人需要安養休息，在政治上自不能有所作爲。所以叔孫通去找魯國的儒生出來幫忙的時候，兩生對他說：『今天下初定，死者未葬，傷者未起。又欲起禮樂，禮樂所由起，積德百年而後可興也。吾不忍爲公所爲。』（史記叔孫通傳）在這種環境之下，主張放任無爲的道家思想，自然就乘機而起了。第一個把這種思想應用於政治的，是相國曹參。『曹參相齊……聞膠西有蓋公，善治黃老言，使人厚幣請之。旣見蓋公，蓋公爲言治道，貴淸靜而民自定，推此類具言之。參於是避正堂，舍蓋公焉。其治要用黃老術。故相齊九年，齊國安集。大稱賢相。』（曹相國世家）後來蕭何一死，曹參繼爲漢相，他的政策，是『擇郡國吏木詘於文辭重厚長者，卽召除爲丞相吏。吏之言文刻深欲務聲名者，輒斥去之。』（同上）其餘都依照蕭何的成法遺制，沒有甚麼變更。他這種辦法，使得惠帝覺得奇怪，爲甚麼當宰相的人，這樣安閒靜默，不勤治國事，然而他這種無爲而治的政策，却收到很好的效果。『蕭何爲法，顜若畫一，曹參代之，守而勿失。載其淸靜，民以寧一。』（同上）這是當日民衆對他的歌誦。在政治上能作到淸靜與寧一，小百姓自然是要歌聲載道的了。

曹參以後，一直到武帝初年，道家思想成爲政治上的主潮。

『孝惠皇帝高后之時，黎民得離戰國之苦，君臣俱欲休息無爲。故惠帝垂拱，高后女主稱制，政不出房戶，天下晏然。刑罰罕用，罪人是希。民務稼穡，衣食滋殖。』（史記呂后本紀贊）

『竇太后好黃帝老子言，帝及太子諸竇，不得不讀黃帝老子，尊其術。』（史記外戚世家）

『竇太后好老子書，召轅固生問老子書。固曰：此是家人言耳。太后怒曰：安得司空城旦書

乎？乃使固入圈刺豕。』（史記儒林傳）

『太后好黃老之言而魏其武安趙綰王藏等務隆推儒術，貶道家言，是以竇太后不悅魏其等。』（史記本傳）

在這些記事裏，我們可以知道道家思想，在當時是占着壓倒一切的勢力。竇太后作了二十三年的皇后，十六年的皇太后，六年的太皇太后，先後共四十五年，在這幾十年中，是漢朝黃老思想的全盛時代。一切反對黃老的均遭排斥。因此轅固生幾乎被猪咬死，魏其失寵，田蚡免職，趙綰王藏也都逼得自殺了。政治思潮是如此，學術思想也是取着一致的步調。司馬談的論六家要旨，淮南子的宣揚道術，可看作是當日學術思想界的代表。在這種時代，描寫富貴繁華的賦，是不容易滋長的。所以司馬相如在景帝的門下，鬱鬱不得志，後來只好託病辭官，到梁國去作遊客。因爲那種賦，是寫給君主貴族們看的，若上面無人賞識，誰肯廢幾年的苦功去寫那些東西呢？所以在道家的放任自由思想盛行的漢初，倒是抒情浪漫的個人主義的屈派文學，爲一般人所愛好，在那幾十年裏，文學的發展，是繼續着楚辭的餘緒，只可算是辭的時代，而不是賦的時代。屈宋這一派的作品，是東漢的儒家們所看不起的。

竇太后一死，田蚡這一派在政治上得勢，於是儒家由此抬頭。董仲舒對策說：『今師異道，人異論，百家殊方，指意不同。是以上無以持一統，法制數變，下不知所守，臣愚以爲諸不在六藝之科，孔子之術者，皆絕其道，勿使並進。邪辟之說滅息，然後統紀可一，而法度可明，民知所從矣。』

（前漢書本傳）這意思同李斯所貢獻與秦始皇的是一樣，方法上一個是威迫，一個是利誘，因此秦朝失敗，而漢是名利雙收了。於是立博士，開弟子員，設科射策，勸以官祿，一經說至百餘萬言，大師衆至千餘人，到了東漢，大學生有三萬多了。這樣一來，儒家定於一尊，其他的思想，都在若存若亡之間，在這種文化建設的空氣之下，建立了思想統制的偉業。漢代的儒家思想，已非孔學的本來面目，我們只要拿論語同春秋繁露對比一下便會知道，但那種徵聖宗經原道的觀念在讀書人的頭腦裏，却樹立了穩固的基礎。在這種情狀下，這種觀念下，便成爲文學理論的標準，大家都以此指導文學，批評文學。抒情的浪漫文學，是無法發展的。唯有賦反帶着歌頌與諷諭的美名，古詩的遺意，一天天的滋長發育起來了。有道家思想的劉安對於屈原的作品說了幾句贊美的話，儒家的班固大不滿意，說屈原露才揚己，爲人不遜，怨恨懷王，爲臣不忠，篇中行文引事，牽涉神怪，不合經傳，有違聖教。他對於賦却認爲是有意義有價值的作品，他說：『或以抒下情而通諷諭，或以宣上德而盡忠孝，雍容揄揚，著於後嗣，抑亦雅頌之亞也。』（兩都賦序）賦既可以『抒下情而通諷諭，宣上德而盡忠孝。』這正與儒家所要求的宗經原道的文學主旨相合。劉勰也說：『夫京殿苑獵，述行序志。並體國經野，義尚光大。』（詮賦）這意義和班固說的大致相同，經他們這樣一解釋，賦的價值與地位提高了。賦是雅頌之流亞，決非那些抒情言志的個人主義的作品所可比擬。在儒家思想一統的漢代，抒情文學的消沉，賦反能發達的原因，這一點也是極其重要的。歷史家思想家經學家如司馬遷，董仲舒，劉向，班固，張衡，馬融之流，都喜歡作賦的事，是一點不覺得甚麼可怪了。在史記漢書裏，各家的賦都是整篇的保存在那裏，他們自然是把那些東西，看作是一代文化的精華，除了尊重的意念以外，是決沒有其他的惡意的。就只由這一點，也可看出漢人對於辭賦的態度與賦在漢代文壇的地位了。

一種文學的發展，因而成一個時代的主流，這決不是一種偶然的現象，自必爲種種複雜的環境所造成。我在上面所講的，也就是說明漢賦發達的複雜環境。這說明雖非盡善，然而在上述的那種情狀之下，我們可以知道，漢賦的興盛繁榮，實是一種必然的現象了。

二　漢賦的特質

在中國文學中，賦是一種最奇怪的體製。由外表看去，是非詩非文，而其內含，却又有詩有文。無論從其形式或其性質方面觀察，賦是一種半詩半文的混合體。賦本是詩中六義之一，原來的意義，是一種文學表現的態度與方法，並非一種體裁。三百篇以後，散文勃興，接着而起的是楚辭一派的新體詩。由詩經到楚辭，詩的範圍擴大了，篇幅加長了，散文形式的混合以及辭藻的注重，都帶了濃厚的賦的氣味。但畢竟因其抒情的浪漫的成份居多，所以楚辭還是一種新體詩。後人因此把屈宋一派的作品，叫爲辭或叫爲騷，免得同詩賦混淆。文心雕龍內，分爲辨騷詮賦兩篇，那界限是非常明顯的。後來由荀子的賦篇，秦時的雜賦，降而至於枚乘司馬相如的創作，於是那種鋪釆摛文體物敍事的漢賦，才正式成立。代表漢賦的，是那些子虛上林甘泉羽獵兩京兩都洞簫長笛一類的作品，而不是那些惜誓，招隱士，九歎，九懷，九思一類的作品，因爲這些文字，無論形式內容，只是楚辭的模擬，而成爲屈宋的尾聲餘響，沒有一點新奇的特質的。可知由楚辭到漢賦，是詩的成分減少，散文的成分加多，抒情的個人的成份幾乎完全消滅，而成爲敍事詠物說理的爲人的形態了。到了這種地步，不僅詩與賦完全獨立，就是辭與賦也各自分開了。

班固說：『賦者古詩之流也。』劉勰也說：『賦也者受命於詩人，拓宇於楚辭者也。』在文學發展的源流上，這意見是對的。若說到賦的性質與體製，則以下列諸說最爲精當。

『合纂組以成文，列錦繡而爲質。一經一緯，一宮一商，此賦之跡也。』（司馬相如，見西京雜記）

『賦者鋪也。鋪采摛文體物寫志也。……原夫登高之旨，蓋睹物興情。情以物興，故義必明雅；物以情觀，故詞必巧麗。麗詞雅義，符采相勝。如組織之品朱紫，畫繪之著玄黃。文雖新而有質，色雖糅而有本，此立賦之大體也。』（劉勰詮賦）

『直書其事，寓言寫物，賦也。』（鍾嶸詩品）

可知『鋪采摛文』『直書其事，』是賦的一個重要的特質，然而內面也應該有睹物興情的詩意。可是漢代賦家，都在鋪采摛文一點上用工夫，其結果是詞雖麗而乏情，文雖新而無本。這樣下去，賦便同實際的人生社會離開而成爲君王的娛樂文人的遊戲了。這是漢賦最大的缺點。『然而逐末之儔，蔑棄其本。雖讀千賦，愈惑體要。遂使繁華損枝，膏腴害骨。無貴風軌，莫益勸戒。此揚子所以追悔於雕蟲，貽誚於霧縠者也。』（詮賦）劉勰這幾句評論，眞是再精當也沒有了。漢賦中未嘗沒有幾篇好作品，然大多數都是繁華損枝，膏腴害骨的東西，因此引起世人那種輕視鄙棄的惡感。

漢書藝文志分賦爲四派。一、屈原派：賈誼，枚乘，司馬相如等人屬之。二、陸賈派：枚皐朱買臣司馬遷等人屬之。三、荀卿派：李忠張偃諸人屬之。雜賦派：不著作者姓名。班固這樣分別，他自己必有理由，可惜沒有說明。可是由現存各家的作品看來，這種分法非常不可靠。我們知道在漢代初期，各家的作品，繼承着楚辭的餘緒，但到了枚乘司馬相如的創作，賦的範圍無論形式內容都擴大了。是糅合着楚辭的辭藻，荀賦的形體，以及縱橫家的風氣而形成漢賦那種特有的典型。在這種情形之下，我們決不能用屈宋或是荀卿那種派別去限制當代的作家了。於是敍事賦詠物賦說理賦擬騷賦，都排列在各作家的集子裏了。司馬相如有子虛上林，同時又有大人，長門。王褒有九懷，同時有洞簫。揚雄有甘泉羽獵河東，同時有反騷。班固有兩都，同時有幽通。張衡有兩京，同時有思玄髑髏。在一人的集子裏，是並列着無論內容形式以及情調完全不同的作品。可知我們用某種派別來說明漢賦的作家，實在是一件不合理的事。章太炎氏在明詩篇說：『屈原言情，孫卿效物，陸賈賦不可見，有朱建嚴助朱買臣諸家，蓄縱橫家之變也。……雜賦有隱書者，傳曰『談言微中，亦可以解紛，與縱橫稍有出入，淳于髡諫長夜飮一篇純爲賦體。』（國故論衡）他這種意見，如果只看作屈荀各家個人的評論，這是很確切的，要把漢代各家一五一十分列在各派裏，那就太機械太武斷了。至於他說漢賦太半出於屈原，把那些模擬楚辭的作品，看作漢賦的代表，這見解的錯誤，是無須多說的。

由此看來，我們要說明漢賦發展的徑路以及興衰變化之跡，若徒拘於古人或是今人所採用的派別論，那是一件徒勞無功的事。因此，我們不得不避免這種惡劣的方法，而另找新的途徑了。這新的途徑，便是以時代的次序作爲敍述的標準。要這樣，對於漢賦興衰變化之跡，我們才可得到較爲明確的印象。

三　漢賦發展的趨勢

一、漢賦的形成期　這一時期起自高祖止於武帝初年，大約有六七十年光景，是政治初平經濟建設的休養時代。思想界是道家獨盛，當時挾書之律已除，學術尙未統制，在各方面都呈現着放任自由的空氣。在文學界，是完全受楚辭勢力的支配，任何作家的作品，無論內容形式，都直接受其影響。項羽的垓下歌，高祖的大風歌，完全是楚聲的正統。在這種情形下，最初出現於漢代文壇的，是那位才高命短與屈原同其命運的賈誼。（西元前二〇〇——一六八）他有豐富的學識，卓絕的政治見解，本想在社會上做番事業，無奈爲環境所迫，鬱鬱不得志地流謫到長沙。後來雖被召回，拜爲梁懷王太傅，不料梁王爲墮馬喪命，於是他就自傷爲傅無狀哭哭啼啼地死去了，賈誼的性格雖較屈原稍爲柔弱，但他的生活境遇及其憂鬱的心情，却和屈原一樣。因此南國的禽鳥，湘水的波濤，引起他對於屈原個人的同感及其作品的共鳴，弔屈原賦與惜誓二篇，無疑是屈原的苦悶的靈魂與其哀怨的情感的再現。弔屈原就是弔他自己，惜誓是哀屈原同時也就是自哀。因此在他的作品裏，還能保持着他特有的個性和眞實的感情。其作品的價值，也就遠在後人那種純出於模擬楚辭爲文造情的作品之上了。

賈誼的弔屈原與惜誓，其形式與情調雖都出於楚辭，但他的鵩鳥賦却是一篇特異的作品。

『單閼之歲，四月孟夏。庚子日斜，服集余舍。止於坐隅，貌甚閒雅。異物來崪，私怪其故。發書占之，籖言其度。曰：野鳥入室，主人將去。問於子服，余何去之？吉乎告我，凶言其災。淹速之度，語余其期。服乃太息，擧首奮翼，口不能言，請對以意。萬物變化，固亡休息。斡流而遷，或推而還。形氣轉續，變化而嬗。沕穆亡閒，胡可勝言。禍兮福所倚，福兮禍所伏。憂喜聚門，吉凶同域。彼吳强大，夫差以敗。越棲會稽，句踐伯世。斯遊遂成，卒被五刑。傅說胥靡，乃相武丁。夫禍之與福，何異糾纆。命不可測，孰知其極。水激則旱，矢激則遠。萬物回薄，震盪相轉。雲蒸雨降，糾錯相紛。大鈞播物，坱北無垠，天不可與慮，道不可與謀。遲速有命，烏識其時。且夫天地爲鑪，造化爲工。陰陽爲炭，萬物爲銅。合散消息，安有常則。千變萬化，未始有極。忽然爲人，何足控揣。化爲異物，又何足患。小智自私，賤彼貴我。達人大觀，物亡不可。貪夫徇財，列士徇名。夸者死權，品庶馮生。怵迫之徙，或趨西東。大人不曲，億變齊同。愚士繫俗，僒若囚拘。至人遺物，獨與道俱。衆人惑惑，好惡積意。眞人恬漠，獨與道息。釋智遺形，超然自喪。寥廓忽荒，與道翶翔。乘流則逝，得坎則止。縱軀委命，不私與已。其生兮若浮，其死兮若休。澹乎若深淵之靚，汎乎若不繫之舟。不以生故自寶，養空而游。德人無累，知命不憂。細故芥蔕，何足以疑。』（鵩鳥賦）

這篇文字，同楚辭一類的作品比較起來，那差異之點是非常明顯的。因爲這關係，我把他全抄在上面了。他是採用問答體的散文形式，流動的韻律，道家的人生思想，而形成一篇完全漢賦體的哲理賦了。他所缺少的是漢賦中那種瞻麗的辭藻與誇張的形勢。但他在漢賦的發展史上，却占有重要的地位。他才眞是荀子賦篇的承繼者。楚辭的轉變者，也就是漢賦的先聲。楚辭中卜居，漁夫的產生，想都在這篇之後了。哲理賦在漢代很不發達，此篇以後，作者罕見。一直到了東漢張衡才又復活起來。然而這些作品在漢賦中，是較有價值較有生命的事，是人人所承認的。

賈誼以外與漢賦最有關係的，一定是陸賈。陸賈這人本來是縱横家之流。班固將他的作品，列爲一派的領袖，想必有特殊的地方。可惜他的作品，現在完全失傳了，我們無從論斷。但以附屬他一派的司馬遷的作品看來，有一點像荀卿的賦篇。因此我們可以推想陸賈的作品，恐怕是由楚辭轉到漢賦去的重要橋梁。賈陸以後，以賦聞名者有枚乘，嚴忌（本姓莊，避明帝諱）鄒陽，路喬如公孫詭公孫乘羊勝韓安國諸人，都是吳梁二國的遊士。他們的作品，到今流傳下來的很少，就現存者看來，大都是承繼屈宋一派的作風，沒有什麼特質。如嚴忌的哀時命，及稍後一點的淮南小山的招隱，東方朔的七諫，正是這種作風的代表。但在這裏上承賈誼的鵩鳥下開司馬相如一派的作家，却是枚乘。枚乘是吳梁的詞客，景帝時做過弘農都尉。後來武帝慕他的文名，派車子去迎接他，因爲年紀太老，半路上死了。藝文志載他有賦九篇。現存者只有七發柳賦和菟園賦，後二篇前人疑爲僞作，可靠者只有七發一篇了。然而這一篇，却在漢賦的發展史上，占有極重要的地位。

七發雖未以賦名，却純粹是漢賦的體製。全篇是散文，用反復的問答體，演成爲一故事的形式。中間雖偶然雜有楚辭式的詩句，如『麥秀蔪兮雉朝飛，向虛壑兮背槁槐，依絕區兮臨迴溪』這樣的句子，這正是說明漢賦形成期楚辭勢力不能完全脫離的餘影。然而這種殘有的影子，對於那整篇的散文賦體，已不能有多少傷害了。他同鵩鳥比較起來，有兩個和漢賦更相接近的特點。第一，他的文字語氣不像鵩鳥那樣平淡實在，已趨於辭藻的華美與形式的誇張了。其次，他不是說理的，完全是敍事寫物的。無論內容形式，都離開了楚辭的羈絆，而走入漢賦的領域了。這篇文字的意義是沒有的。兩千多字的長篇是說明聲色犬馬之樂，不如聖賢之言的有益。要說到賦的風諭的功用，大概就在這一點。楚太子有疾，吳客去問病。首段鋪陳致病之由，次段鋪陳自然之美，次陳飲食之豐，次陳車馬之盛，次陳巡遊之事，次陳田獵觀濤之樂；但太子俱以病辭。最後吳客說以聖賢方術之要言妙道，於是太子據几而起，出了一身大汗，那病就好了。全篇在這裏告了一個結束，文章的藝術雖沒有什麼高妙，但他對於漢賦的發展，却有重大的影響。因爲漢賦正是這一種作法，表面好像是有什麼諷諭的大道理，其實只是一種文字的遊戲。在漢賦的醞釀期，賈誼枚乘是兩個重要的代表。並且自他有七發以後，七便成了一體。傅玄七撰序說：『昔枚乘作七發，而屬文之士，若傅毅，劉廣，崔駰，李尤，桓麟，崔琦，劉梁，桓彬之徒，承其流而作之者紛焉。七激，七興，七依，七說，七蠲，七舉之篇，于通儒大才，亦引其源而廣之。』這樣一來，於是七體，在賦史中便成爲一種專體了。由這一點，也可看出中國文人歡喜模擬的風氣。

二、漢賦的全盛期　武宣元成時代，是漢賦的全盛期。藝文志所載漢賦九百餘篇，作者六十餘人，十分之九是這時候的產品。武宣好大喜功，附庸風雅，一時文風大盛。元成二世，繼其餘緒，作者不衰。班固兩都賦序說：『言語侍從之臣，朝夕論思，日月獻納，而公卿大臣，時時間作。……故孝成之世，論而錄之，蓋奏御者，千有餘篇。』劉勰也說：『繁積於宣時，校閱於成世。進御之賦，千有餘首。』（詮賦）這盛況也就可想而知了。

在這一時期內，有名的賦家，是司馬相如，淮南羣僚，嚴助，枚皐，東方朔，朱買臣，莊葱奇，吾丘壽王，劉向，王褒，張子僑諸人。名望最大，在賦史上占着最顯著的地位的，自然是司馬相如。他是四川成都人，生於文帝初年，死於武帝元狩五年，（西元前一一七年）是一個活了六十多歲的中國式的風流才子的典型。他同韓非一樣，患着口吃的毛病，不善於講話而長於寫文。他同卓文君那幕戀愛的喜劇，成爲中國文壇上第一件有名的桃色案。結果，他是死於慢性的淋病。後來儒家總歡喜罵文人無行，鄙棄文士。我想推源禍首，司馬相如是逃不了這罪名的。

藝文志載司馬賦二十九篇，大都失傳。現存而最著者，爲子虛上林大人長門美人哀二世六賦。另有梨賦，魚葅賦，梓桐山賦諸篇，僅存篇名而已。子虛上林爲司馬氏的代表作品，亦爲漢賦的典型。從賈誼的鵩鳥，枚乘的七發；到他這時候，才完全離棄楚辭的作風，建立了純散文的漢賦體。子虛作於梁國，敍遊獵之盛。後來武帝看見了，大加賞識，恨不與此人同時。當時狗監楊得意對武帝說，他是臣的同鄉。於是武帝召了他去。他說子虛不過敍諸侯遊獵之事，不足觀，請賦天子的遊獵，遂成上林一篇。武帝讀了很高興，就命他爲郎。由這種創作的動機看來，這種文學自然是缺少高貴的情感與活躍的個性。只能用美麗的字句，盡其鋪寫誇張的能事。外表是華豔奪目，內容却空無所有。不僅作不容易，就是讀也不容易的。看他敍述一個小小的雲夢：

『其山則盤紆岪鬱，隆崇嵂崒，岑崟參差，日月蔽虧。交錯糾紛，上干青雲。罷池陂陁，下屬江河。其土則丹青赭堊，雌黃白坿，錫碧金銀。衆色炫燿，照爛龍鱗。其石則赤玉玫瑰，琳瑉昆吾。瑊玏玄厲，碝石碔砆。其東則有蕙圃衡蘭，芷若射干，芎藭菖蒲，江蘺蘪蕪，諸柘巴苴。其南則有平原廣澤，登降陁靡，案衍壇曼。緣以大江，限以巫山。其高燥則生葴菥苞荔，薛莎青薠。其卑濕則生藏莨蒹葭，東蘠雕胡。蓮藕菰蘆，菴閭軒芋。衆物居之，不可勝圖。其西則有湧泉清池，激水推移。外發芙蓉菱華，內隱鉅石白沙。其中則神龜蛟鼉，瑇瑁鼈黿。其北則有陰林巨樹，楩柟豫章。桂椒木蘭，蘗離朱楊。樝梨梬栗，橘柚芬芳。其上則有赤猿玃猱，鵷鶵孔鸞，騰遠射干。其下則有白虎玄豹，蟃蜒貙犴。』（子虛賦）

這樣一大段，只寫了一個雲夢。他的目的，是要誇張那地方的盛況，因此無論什麼珍禽怪獸，異草奇花，只要腦子裏有的，一齊排列在那裏。山水怎樣，土石怎樣，東南西北有什麼，上面下面有什麼，老是這樣鋪陳下去。摯虞在文章流別論中說：『假象過大，則與類相遠；逸辭過壯，則與事相違；辯言過理，則與義相失；麗靡過美，則與情相悖。』左思在三都賦序中說：『於辭則易爲藻飾，於義則虛而無徵。且夫玉巵無當，雖寶弗用。侈言無驗，雖麗非經。』劉勰說：『宋玉景差，夸飾始盛。相如憑風，詭濫愈甚。故上林之館，奔星與宛虹入軒，從禽之盛，飛廉與鷦鷯俱獲。』他們這些評語，都是很確切的，然而這種機械的誇張的形式，却成爲漢賦的定型。司馬以後，一直到班固張衡，都是如此，如班固在西都賦中敍述西都的形勢，『其陽則……其陰則……東郊則有……西郊則有……其中乃有……其宮室也……，』那次序體裁全是一樣的。因爲這種文字既無情感內容，只有這種寫法，才能延長篇幅，表現自己的辭章和學問，爲了要用那些奇文怪字，不得不通小學。所以當代有名的賦家，都是有名的小學家。司馬相如的凡將篇，揚雄的方言，與訓纂篇，班固的續訓纂，都是當代有名的字學書。這樣一來，作賦固不容易，讀賦也就很難。所以曹植說：『揚馬之作，趣幽旨深。讀者非師傳不能析其詞，非博學不能綜其理。匪唯才懸，抑亦字隱。』這眞可算是經驗之談了。

這種賦的組織，大都是幾人的對話，彼此誇張形勢，極言淫樂侈靡之盛事；最後，是以荒樂足以亡國，仁義可以興邦的意義作結。如上林賦的最後一節說：『若夫終日馳騁，勞神苦形。罷車馬之用，抗士卒之精，費府庫之財，而無德厚之恩。務在獨樂，不能衆庶。忘國家之政，貪雉兎之獲，則仁者不由也。』這種勸戒的方法，正是滑稽家的隱語與縱横家的辭令是一樣的。在左傳國策裏，這種故事，不知道有多少。所不同者，一個是出之於言語，一個是出之於文章而已。這種寓諷諭於歌誦的方式，皇帝看了總歸是高興的。司馬遷說：『相如雖多虛詞濫說，然其要歸，引之節儉，此與詩人之諷諫何異。』賦在儒家的眼裏，認爲不違反宗經原道的主旨，就在這一點。可是皇帝們往往只取其歌誦而忘其諷諫。武帝好神仙，相如賦大人以諷，結果使得皇帝更加飄飄然了，這例子是很有名的。所以揚雄到了晚年，知道這種諷諫是無用的，他就決心再不寫那一類的文字了。

大人賦神仙，長門爲陳皇后失寵而作，都是用楚辭的形式寫成的。其內容情調與子虛上林不同，然其創作的動機，則完全一樣。在他的作品中只有美人賦，却是一篇特異的作品。古人都懷疑這一篇爲後人所作，我相信只有這一篇才眞能代表司馬相如的個性，和他的情感。這樣的作品放在他的集子裏，是再合宜也沒有的。他一生的浪漫行爲，在這一篇中，算是眞實的留下了一點影子。

『……上宮閑館，寂寞雲虛。門閤晝掩，曖若神居。臣排其戶而造其堂，芳香芬烈，黼帳高張。有女獨處，婉然在床。奇葩逸麗，淑質豔光。覩臣遷延，微笑而言曰：上客何國之公子，所從來無乃遠乎？遂設旨酒，進鳴琴。臣遂撫絃爲幽蘭白雪之曲。女乃歌曰：獨處室兮廓無依，思佳人兮情傷悲。有美人兮來何遲，日既暮兮華色衰。敢託身兮長自私。玉釵掛臣冠，羅袖拂臣衣。時日西夕，玄陰晦冥。流風慘冽，素雪飄零。閑房寂謐，不聞人聲。於是寢具既設，服玩珍奇。金鉔薰香，黼帳低垂。裀褥重陳，角枕橫施。女乃弛其上服，表其褻衣。皓體呈露，弱骨丰肌。時來親臣，柔滑如脂。……』

這是中國第一篇色情文學。他用最細密的描寫，大膽的態度，以及淸麗潔白的文句，去表現一個色情狂的女子。先寫她的房屋面貌酒餚裝飾牀帳衣枕，一步進一步地，一直寫到她那弱骨豐肌柔滑如脂的肉體美。文字的外衣，雖是那麼淸麗潔白，而裏面却蘊藏着火一般的情慾，以及發狂一般的肉感的引誘力。這是中國最上等的誨淫文學，也是最美麗的肉感文學。他只寫到恰到好處，適可而止，不像後代的小說，專寫那種不近人情的惡劣部份，而缺少他這種美麗的情調和動人的畫面。在宋玉名下的那些高唐神女登徒好色的作品，想必都是模擬美人賦的。他的好處，是能用潔麗的文字，表現一個有生命的色情狂的裸體女人，而不令人感着厭惡和粗俗。像司馬相如那樣的風流才子，談戀愛的有名人物，來創製這類的作品，自然是勝任愉快的。像這種代表司馬相如的個性和才幹的作品，若用後人僞作的名義，輕輕地削去其著作權的事，無論如何，我們是始終反對的。

此外，司馬相如還有喻巴蜀檄難蜀父老文等篇，也是用賦體寫成的。應用文的腐化，由他開始，這一點是我們必得注意的。他的許多作品，到現在都早已僵化了，但他在賦史上，却占有最重要的地位。漢賦到了他，揉合各家的特質，建立了固定的典型。使後代作家，都追隨他，模擬他，無法越過他的藩籬。揚雄說：『長卿之賦，非自人閑來，其神化之所至耶？』又說：『如孔氏之門用賦也，則賈誼升堂，相如入室矣。』賈誼之作多模仿，而相如能由模仿而轉爲創造，便是他倆升堂入室的優劣點。

東方朔枚臯是和相如同時的名家。東方朔字曼倩，平原厭次人。因古書上許多關於他的滑稽故事，我們總覺得他是一個無品的文人。其實看他諫上林罵董偃的幾件事體，他却是一個有膽量有氣概的剛毅之士。他的七諫，無論內容形式情感都是屈原的，並且用典抄襲太多，毫無特色。非有先生論，答客難二篇，雖未以賦名，却是實在的賦體。前篇詼諧滑稽，頗能代表他的個性，尙有一讀的價値。枚臯是枚乘之子，字少儒，武帝時爲郎，同司馬相如，東方朔爲當代賦家的三劍客。他寫文很敏捷，因此作品特多，藝文志載他的賦百二十篇，可見其多產。可是到現在這些作品都不傳了。揚雄曾說：『軍旅之際，戎馬之間，飛書馳檄，則用枚皋。廊廟之下，朝庭之中，高文典册，則用相如。』這一面是說他們作文的快慢，同時也就是品評他們的優劣。

宣帝時代的代表作家是王褒。王褒字子淵，蜀人。因爲宣帝『頗作詩歌，欲興協律之事，』於是能爲楚辭的九江被公，高才的劉向，張子僑，華龍，音樂家趙定龔德之流，齊集於他的手下。王褒也就在那時候受了益州刺史王襄的奏薦，同他們一道待詔於金馬門了。王褒現有的作品，如聖主得賢臣頌甘泉宮頌九懷和金馬碧鷄文等篇，或擬楚辭，或用賦體，都無什麽特色，不必細說。我們値得一提的，是他的洞簫賦。

洞簫賦也是以楚辭的調子寫成的，但這篇文字却對於後代的文風文體發生着不小的影響。第一，他在修辭造句方面用了極大的工夫，決不是司馬相如那種堆積誇張的方法，是密巧細微，而入於纖弱淫靡的風格。篇中充滿着駢偶的句子，開魏晉六朝駢儷文學之端。自他以後，馮衍的顯志，崔駰的達旨裏，這種駢偶的文字，一天天地多起來了。第二，他又是詠物賦的完成者。荀卿的蠶雲二賦，雖爲詠物。但內多隱語，辭亦簡陋，只有詠物賦的雛形。賈誼的鵩鳥，似詠物而實說理。再如枚乘賦柳，路喬如賦鶴，鄒陽賦酒，公孫勝賦月，古人多疑爲僞作，我們不能視爲史料。眞把一件小小的物件，用長篇的文字來鋪寫他的聲音容貌本質功用等等而成爲一種新體裁的，不得不推王褒的洞簫。自他以後，詠物賦漸漸地多起來了。揚雄班固張衡王逸蔡邕的集子裏，都有這一類的作品，到了魏晉六朝，詠物賦更是觸目皆是，不勝枚舉。以至於後代的詠物詩，莫不由此開其端緒。

『朝露清冷而隕其側兮，玉液浸潤而承其根。孤雌寡鶴娛優乎其下兮，春禽羣嬉翱翔乎其顚。秋蜩不食抱樸而長吟兮，玄猿悲嘯搜索乎其間。處幽隱而奧屛兮，密漠泊以獭猭。惟詳察其素體兮，宜淸靜而弗諠。……』

這是洞簫賦中的一小段，駢偶句子的運用，（賢臣頌中這種句子也很多）描寫的精巧細密，讀起來覺得淸麗可喜，然實已開六朝時代那種纖弱淫靡的作風了。王褒雖被世人譏爲倡優式的作者，然而從上面這兩點看來，他在賦史發展上，却也有不可輕視的地位。

三、漢賦的模擬期　司馬相如王褒諸人以後，漢賦的形式格調，都成了定型。後輩的作者，無法跳出他們的範圍，因此模擬之風大盛。這風氣從西漢末年到東漢中葉，等到張衡幾篇短賦出來，才稍稍有點改變。這一時期中，如揚雄馮衍杜篤班固崔駰李尤傅毅諸人，都是有名的賦家。揚雄班固二人是合格的代表。

揚雄（西元前五三——西元一八）字子雲，成都人。同司馬相如一樣，患着口吃的毛病。他是一個學問淵博，經學小學辭章兼長的人。成帝時以文名見召，奏甘泉，羽獵數賦，除爲郎。歷事成哀平莽四朝，鬱鬱不得志，他一生著作極富，然皆出於模擬。答桓譚論賦書中說：『能讀千賦，則能爲之。諺云：習伏衆神，巧者不過習者之門。』這正表明他所主張的模仿主義的文學理論。我們現在檢查他的作品，全都是擬古之作。甘泉羽獵長楊河東四賦，是擬相如的子虛上林。廣騷畔牢愁是倣屈原的。在辭賦方面，他以屈原司馬相如爲模擬的對象，他在自序傳中說：『司馬相如作賦，甚弘麗溫雅，雄心壯之，每作賦，常擬之以爲式。又怪屈原文過相如，至不容，作離騷自投江而死，悲其文，讀之未嘗不流涕也。……乃作廣騷畔牢愁。』這是他崇拜前人因而模擬前人的自供。班固在傳贊中說：『以爲經莫大於易，故作太玄，傳莫大於論語，作法言，史篇莫善於倉頡，作訓纂，箴莫善於虞箴，作州箴，賦莫深於離騷，反而廣之，辭莫麗於相如，作四賦。皆斟酌其本，相與倣依而馳騁云。』可知他的模擬，並不限於辭賦，其他如經傳字書，都是如此。然而也就因爲他有太玄法言這一類的作品，除了他在賦史上的地位以外，在儒家的系統上，他也占有一席了。

揚雄雖專事模擬，究因其才高學博，他還能獨成一個局面，能在模擬的生活中，運用他的才學，使他得到較好的成績。當日如劉歆，范逡對他都表示敬意，桓譚以爲他的文章絕倫者，想就在此。後輩在才學方面遠不如他，仍是一味從事模倣，那文學墮落的程度，自然是每況愈下了。其結果必然要走到如張衡所說的『連偶俗語，有類俳優，或竊成文，虛冒名氏。』那種下流的現象了。

辭賦到了這種完全模擬的時代，自然是更沒有生氣沒有意義，只是照着一定的型體，堆積辭句，鋪陳形勢。外表華麗非凡，內面空洞無物。就是說到諷諫，那也只是騙人的美名，實在沒有半點效果。揚雄到了晚年，在體驗中得到一種寶貴的覺悟，知道這一種古典的宮廷文學，實在是無益於人心世道，只是一種雕蟲小技而已。於是他放棄辭賦而不爲，另寫他的哲學著作了。他在自敍傳中，坦白地說：『雄以爲賦者，將以風也。必推類而言，極麗靡之辭，閎侈鉅衍，競於使人不能加也。既乃歸之於正，然覽者已過矣。往時武帝好神仙，相如上大人賦欲以諷，帝反縹縹有凌雲之志。繇是言之，賦勸而不止明矣。又頗似俳優淳于髡優孟之徒，非法度所存，賢人君子，詩賦之正也。於是輟不復爲。』這一段是他對於漢賦最確切的批評。他這種大膽的覺悟的革命的言論，照理應該在當日的文壇發生點影響，然而畢竟成了泡沫。他又說：『詩人之賦麗以則，詞人之賦麗以淫。』雖寥寥二語，然對辭賦的優劣得失，眞是批評得恰到好處了。祝堯在古賦辨體中說：『詩人之賦，以其吟咏性情也。其情不自知而形於詞，其詞不自知而合於理。情形於詞，故麗而有則，詞合於理，故則而有法。如或失於情，尙詞而不尙意，別無興趣之妙，而於則也何有？……漢代詞賦，專取詩中賦之一義以爲賦，復取騷中贍麗之詞以爲詞，若情若理，有不暇及，故其爲麗也，異乎風騷之麗，而則之與淫遂判矣。』（吳訥文章辨體引）他在這裏把揚雄的意見，發揮得更爲透澈了。由此看來，在提倡模擬造成仿古風氣這一點上，我們對於揚雄自然不能滿意，但由他那些對於辭賦的可貴的批評理論，我們不能不承認他是漢賦作家中最有見解的一人。

班固（西曆三二——九二）是以史家兼賦家，他的漢書與司馬遷的史記，並稱爲中國歷史文學的雙璧。但他在賦史上，也有重要的地位。西漢的司馬相如，揚雄，東漢的班固張衡，稱爲漢賦中的四傑。班固字孟堅，扶風安陵人，是班彪的長子。他的兄弟是以武功著名的班超，妹妹是世人稱爲曹大家的班昭，也是史賦兼能的女作家。他們一家，都是享有盛名的人。班固最有名的作品，是兩都賦。其內容爲敍述京都，與西漢流行的游獵宮殿不同。但其形式組織，却完全是模仿子虛上林，沒有一點新氣象，再如他的幽通，是模仿屈原的離騷，典引是模仿司馬相如的封禪，答賓戲是模仿東方朔的答客難。在這種澈底模擬主義的空氣之下，要產生有新意識有新生命的作品，是不可能。然而我們要知道，模擬主義正是貴族的古典文學的重要特質，也就是浪漫文學發展的阻礙力。與班固前後同時的作家，如馮衍杜篤崔駰傅毅李尤之徒，也都在這種同樣空氣之下活躍着，因此我們也無須多說了。

四、漢賦的轉變期　東漢中葉以後，宦官外戚爭奪政權，國勢日衰。加以帝王貴族奢侈成習，橫征暴歛，社會民生，日益窮困。所謂『國王驕奢，不遵典憲。又多豪右，共爲不軌。』（張衡傳）這都是當日的實情。因此道家的思想，也就乘機的發展起來。在這種政治社會情形之下，文學家的思想意識，不能完全不感受影響。就是專以鋪采摛文爲能事的賦，也漸漸地發生變化了。迎合着這轉變的機運而卓然有成就的，是那與班固齊名的張衡，憤世嫉俗的趙壹。

張衡　（西曆七八——一三九）字平子，南陽西鄂人。他是漢代一個人格高尚學問淵博反迷信倡科學的重要思想家。他在中國文學史上，占有極重要的地位，同聲歌四愁詩成爲五七言詩創始期中最重要的文獻。漢賦的轉變，由他開其端緒，由他幾篇短賦的出世，給與漢賦以活潑的生機。不用說，張衡時代，漢賦的模擬空氣並沒有停止，他自己的兩京也就是模擬文學的代表。但他個人的代表作品，並不是那構思十年的兩京，而是那些不爲世人所注意的歸田與髑髏。他在這些短短的賦裏，一掃漢賦從前那種鋪采摛文堆積模擬的惡習，用着平淺清潔的字句，瀟洒自如的描寫着自己的胸懷，田園的生趣，人生的理想，道家的哲學，使人讀了感着親切有味。比起子虛上林甘泉羽獵那一類的古典文學來，這完全是有個性有生命有情趣有詩味的作品了。張衡的這些文字，實在是魏晉的哲理文學與田園文學的先聲。

『遊都邑以永久，無明略以佐時。徒臨川以羨魚，俟河清乎未期。感蔡子之慷慨，從唐生以決疑。諒天道之微昧，追漁父以同嬉。超埃塵以遐逝，與世事乎長辭。於是仲春令月，時和氣清。原隰鬱茂，百草滋榮。王雎鼓翼，倉庚哀鳴。交頸頡頏，關關嚶嚶。於焉逍遙，聊以娛情。爾乃龍吟方澤，虎嘯山丘。仰飛纖繳，俯釣長流。觸矢而斃，貪餌吞鈎。落雲間之逸禽，懸淵沈之魦鰡。于時曜靈俄景，繼以望舒。極盤遊之至樂，雖日夕而忘劬。感老氏之遺誡，將迴駕乎蓬廬。彈玉絃之妙指，詠周孔之圖書。揮翰墨以奮藻，陳三皇之軌模。苟縱心於域外，安知榮辱之所如。』（歸田賦）

由長篇鉅製的形式，變爲短短的篇章，由描寫京殿遊獵而只以帝王貴族爲賞玩的對象的古典作品，變爲表現個人的胸懷情趣的言志的作品了。在這種作品裏，明顯的現出了曹子建王羲之陶淵明那種個人的自然主義的作風。再如髑髏一篇，情趣既好，技巧亦佳。曹植的髑髏說，完全是模倣這篇的，張衡雖信奉儒家的禮法，保持科學的頭腦，然其人生最後理想，却歸結於道家的清靜自由。魏晉文學的玄風，實由張衡開其端緒，我們試讀他的歸田髑髏與思玄三賦，便會明瞭他這種傾向了。

與張衡同時的賦家，如崔瑗，馬融，崔琦，稍後如王逸，王延壽，蔡邕之流，雖仍沉溺於擬古的範圍而不能有所作爲，但賦的作風確已轉變了。朝政日非，民生日困，宦官外戚日益爭奪，戰禍變亂日益加多，在這種情形之下，歌功誦德誇美逞能的賦自然不會像往日那麼得勢的。於是那一個時代混亂政治腐敗的影子，也就在賦中出現了。我們只要讀了趙壹的刺世嫉邪賦和禰衡的鸚鵡賦，就會體驗到賦這一種文體，並不是歌誦美德獻媚人主的專利品，也不一定的是貴族的古典文學的專體。只要作家善於處理，同時也就是暴露醜惡攻擊統制階級的利器，也就是帶有積極性的社會文學。

『春秋時禍敗之始，戰國愈增其荼毒。秦漢無以相踰越，乃更加其怨酷。寧計生民之命，唯利己而自足。於茲迄今，情僞萬方。佞諂日熾，剛克消亡。舐痔結駟，正色徒行。嫗㛂名世，撫拍豪强。偃蹇反俗，立致咎殃。捷懾逐物，日富月昌。渾然同惑，孰溫孰涼？邪夫顯進，直士幽藏。原斯瘼之攸興，實執政之匪賢。女謁掩其視聽兮，近習秉其威權。所好則鑽皮出其毛羽，所惡則洗垢求其瘢痕。雖欲竭誠而盡忠，路絕嶮而靡緣。九重既不可啓，又羣吠之狺狺。安危亡於旦夕，肆嗜欲于目前。奚異涉海之失柂，積薪而待燃？榮納由於閃榆，孰知辨其蚩妍？故法禁屈撓於勢族，恩澤不逮於單門。寧飢寒於堯舜之荒歲兮，不飽暖於當今之豐年。乘理雖死而非亡，違義雖生而匪存。』

這是趙壹的刺世嫉邪賦中的一段。我們看他是用最積極的態度，攻擊的方式，憤激熱烈的情緒，去暴露當日政治的黑暗混亂，官吏的腐敗無恥，人情風俗的勢利與敗壞，以及人民生計的窮困和自己心情的憤恨。所謂『乘理雖死而非亡，違義雖生而匪存，』眞是一個偉大人格者的表現，一個最有節義的革命家的表現。張衡的文字，是表示着全身隱退的消極情緒，趙壹却是表示着奮鬬進取的積極的熱情。在他的作品裏，無論從內容文字以及作風各方面，比起那些描寫京殿遊獵的長篇作品來，那轉變之跡，眞如黑白一般的分明了。趙壹字元叔，漢陽西縣人。爲人狂傲不羈，屢次犯罪幾死，而終不屈服。由他這種行爲看來，也決非司馬相如，枚臯，王褒之流所可比擬的了。禰衡的境遇，是我們所熟知的。才高志大，憤世嫉俗，見辱於曹操，死於黃祖，使後代多少文人，作詩作文去紀念他。他的鸚鵡賦，看去好像是一篇詠物的小賦，然而却是一篇有寓意的好作品。由此看來，我們研究漢賦，若只集中於馬王揚班諸人，而忽略這重要的轉變期的作品，那眞是近視之極。

四 漢賦的演變

兩漢以後，代表每個時代的文學作品已經不是賦了。魏晉六朝是古詩駢文和新體詩，唐宋是詩詞，這是大家熟知的事。然而作賦的風氣並沒有全衰。尤其是魏晉六朝各作家的集子裏所收集的賦，並不少於兩漢，所要注意的是各時代的文學，有各時代的潮流，在那種潮流下，賦也不能保持他原有的面目，是隨着那潮流發生變化。我現在就想在這裏，把兩漢以後的賦的演變，作一概略的敍述，使讀者能得到一點賦史發展的概念。

一、魏晉期　魏晉是中國政治極紊亂思想最自由的時代。篡奪繼作，外患不已，民生窮困，社會不安。儒家思想的衰落，道佛思想的興起，人性的覺醒，清談的流行，因種種的原因，造成中國未曾有過的個人的浪漫主義的狂潮。在這狂潮中，哲學文學，都離開往日那種傳統觀念的束縛，得着自由獨立發展的機會。甚麼哲理文學、遊仙文學、田園文學，都在這時候蓬勃地滋長起來。在這種潮流中，賦也同當代的詩文，採取一致的步調，無論形式內容以及情調，都不是漢賦的本來面目了。在這裏我們可以舉出幾個魏晉賦的特徵來。

（一）篇幅短小　短賦在漢代張衡王逸蔡邕諸人的集子裏，雖偶然有了，但究竟不是普遍的形式，到了魏晉，短賦成爲主體了。我們試從曹丕曹植的作品看起，一直到晉末的陶潛，所作的賦幾乎全是短篇。如陸機的文賦，潘岳的西征，左思的三都，郭璞的江賦，那樣的長篇，那眞是寥寥可數，古人以此爲漢賦衰微的象徵，這見解是錯誤的。我們要知道文字的浪費，並不能增高文學的價值，文學手腕的經濟，確是技術上的進步。

（二）字句簡麗　漢賦最大的缺點，是作家要誇示自己的學問，在極小的事物上，堆積許許多多的僻字奇文，因此反而失去文學的活躍的生命。到了魏晉，在造句方面，雖日趨於駢儷排比，但在修辭上，避開堆積鋪陳的惡習，用平淺通用的字句，加以琢練的技巧，使他達到淸麗細密的成就。我們讀了，只覺得親切有味，不像讀漢賦那樣的晦澀艱苦，令人生厭。

（三）題材擴大　漢賦的題材，大都以宮殿遊獵山川京城爲主體。東漢以後，雖稍有轉變，然其範圍亦極狹小。到了魏晉，隨着詩歌的廣大範圍，賦也跟着擴展了。於是抒情，說理，詠物，敍事各種體製，登臨，憑弔，悼亡，傷別，遊仙，招隱，艷情，山水各種題材的賦都出現了。而當代最多的是詠物賦。在各家的集子裏，幾乎觸目皆是，飛禽走獸，奇花異草，天上的風雲，地下的落葉，都是他們的題材。橘子，芙蓉，夏蓮，秋菊，蝙蝠，螳螂，麻雀，小蛇都被他們賦到了。正如劉勰所說：『至如草區禽族，庶品雜類，則觸興生情，因變取會，擬諸形容，則言務纖密；象其物宜，則理貴側附。斯又小制之區畛，奇巧之機要也。』（詮賦）然而這些作品雖多，却是魏晉賦中最沒有價值的文字，只能算是一種文字的遊戲。

（四）個性化與情感化　古典文學的漢賦作家是採取純粹客觀的態度，去描寫或是鋪陳外界的事物，正如建築工人建築一所打好了式樣的房屋一樣，因此在那裏不能表現作者的個性與情感。這種情形，東漢中葉漸漸起了變化，到了魏晉，無論文藝學術，都受了時代思潮的激盪，那變化更是明顯了。我們除了那些詠物的作品以外，在許多其他的作品裏，濃厚地呈現了個性化與情感化的傾向。這是魏晉賦最值得重視的地方。我們試讀曹植王粲阮籍潘岳孫綽陶潛的作品，便會感到在那些文字裏，作家的個性非常分明，情感的成分也是極其眞實的。他們或是表現人生的理想，或是歌誦道家的哲學，或者描寫自己的命運，或是敍述田園山水的樂趣，無論怎樣，他們是在抒寫自己的胸懷，發洩着自己的情感，分明的存在着作者的個性與生命，決非從前那種完全是爲人的態度了。這一點，我們要知道是由古典文學轉變到個人主義的浪漫文學的最重要的特徵。

曹魏期的代表作家，自然是曹植與王粲。曹植以過人的天才，複雜的思想，以及窮困的境遇，使他在賦的創作上，得到了廣大的成就。如感節，出婦，幽思，慰子，愁思諸篇，都是淸麗而又有情趣的好作品。短短的篇幅，充滿着濃厚的詩情，與那種堆積鋪張的漢賦，是全異其趣了。王粲本是建安七子的領袖，他文學的天才，是爲曹氏父子所推重的。他的登樓，思友，寡婦諸篇是他的代表作。從漢代王褒馮衍崔駰以來駢詞俳句的修辭風氣，已爲賦家所喜用，到了王粲，這技巧更進步了。在登樓賦裏是帶着最熟練最巧妙的形式而出現的。到了兩晉，這風氣更盛，陸機的作品，可爲這派的代表。

『彼凡人之相親，小離別而懷戀；況中殤之愛子，乃千秋而不見。入空室而獨倚，對牀幃而切歎。人亡而物在，心何忍而復觀。日晼晚而既沒，月代照而舒光。仰列星以至晨，衣霑露而含霜。惟逝者之日遠，愴傷心而絕腸。』（慰子賦）

這是曹植的慰子賦。全文十幾句，八十幾個字，沒有僻典奇字，只用着平淺的文句，抒寫自己的情感，令人讀了感着親切有味，與其說是賦，不如說是詩。無論從任何方面說，這完全不是漢賦的類型了。這樣的短賦，是魏晉賦中最普遍的形式，至於王粲的作品，我想不在這裏舉例了。

西晉期的作家如傅玄，張華，潘岳，潘尼，陸機，陸雲，夏侯湛，左思之流，都以賦名。然最能代表當日的潮流的，當以潘陸爲首。潘賦以情韻勝，陸賦以駢儷稱。自王粲以來，賦中使用駢辭儷句的技巧，到了陸機，更是進步了。讀他的文賦，豪士，浮雲以及演連珠諸篇，已經成爲駢四儷六的形體了。他當日在文壇上的聲譽似乎還在潘岳之上，然而我們對於他那種作品，是不能重視的。所可注意者，是他在中國駢文的發展史上，他却有重要的地位。潘岳的作品；能以清綺的辭句；表現細密的情感。辭雖不華麗，却淺淨爽利，別有情趣。我們讀他的閒居，秋興，悼亡諸賦，便可體會到他這種特有的風味。續文章志說：『岳爲文選言簡章，清綺絕倫。』（世說新語註引）又孫興公說：『潘文淺而淨，陸文深而蕪。』（文選註引）這些評語都是很確切的，同時，我們可以看出這兩家不同的作風。

左思的三都，爲魏晉賦中獨有的長篇，一時聲譽特盛，洛陽爲之紙貴。他自己爲反對漢賦的浮誇，在序中敍述他作賦的態度說：『相如賦上林，而引盧橘夏熟；揚雄賦甘泉，而陳玉樹青葱；班固賦西都，而歎以出比目；張衡賦西京，而述以游海若。假稱珍怪，以爲潤色，若斯之類，匪啻於玆。考之果木，則生非其壤，校之神物，則出非其所。於辭則易爲藻飾，於義則虛而無徵。且夫玉巵無當，雖寶弗用，侈言無驗，雖麗非經。而論者莫不詆訐其研精，作者大抵舉爲憲章，積習生常，有自來矣。余既思摹二京而賦三都，其山川城邑，則稽之地圖，其鳥獸草木，則驗之方志。風謠歌舞，各附其俗，魁梧長者，莫非其舊，何則？發言爲詩者，詠其所志也。升高能賦者，頌其所見也。美物者貴依其本，讚事者宜本其質。匪本匪質，覽者奚信？』他這種排斥虛誇尊重現實的創作態度，自然是對的，但他在體製上，仍是沿倣着漢賦的典型，一無改革。雖稽之地圖，驗之方志，然對於文學的價值，豪無補益。無論他用了多少氣力心血，三都只是班張的末流，漢賦的餘響，在賦史上是沒有多大的地位的。

東晉時期，因道家思想的成熟，加以佛學的興起，無論詩文辭賦，都添上一種平淡清新的自然風味。在王羲之孫綽陶潛的作品裏，這種風味，我們更能深切的體會到。孫綽的天台山賦，古人稱爲有仙心佛意之作。但其刻劃山水，描寫自然，表現了過人的技巧，而成爲寫景的佳構。

『誇穹隆之懸磴，臨萬丈之絕冥。踐莓苔之滑石，搏壁立之翠屏。攬樛木之長蘿，援葛藟之飛莖……既克躋於九折，路威夷而修通。恣心目之寥朗，任緩步之從容。藉萋萋之纖草，蔭落落之長松，覿翔鸞之裔裔，聽鳴鳳之嗈嗈。過靈溪而一躍，疏煩想於心胸。……陟降信宿，迄于仙都。雙闕雲竦以夾路，瓊台中天而懸居。珠閣玲瓏於林間，玉堂陰映於高隅。』（天台山賦）

看了這一段，我們便知道孫綽的寫景的技巧的細密與深刻，使他在魏晉的賦中，別成一格。後來謝靈運的山水文學，是沿着孫綽的系統而發展下去的，這一派是用巧密的手法，在刻劃山水的形勢，陶潛是用印象的手法，去襯托自然的意境。這是他們兩派作風不同之處。

陶潛是魏晉思想的淨化者，也是文學界最高的代表。他的作品，無論詩文辭賦，都保存着他特有的個性，和一貫的平淡自然的作風。歸去來辭一篇，不論古今無不一致承認爲千古的傑作。屈原以外，再沒有第二個作家，能像他那樣運用着辭賦的體製，抒寫着自己的胸懷的，使作者的個性活現，情趣充溢，而又沒有一點堆積鋪陳的惡習，造成純粹本色美的風格。其次如感士不遇賦，閒情賦，都是個性分明技巧新奇的作品。昭明以閒情一賦歎爲陶潛白壁之瑕，這實在是迂腐愚魯之見。閒情賦爲何而作，現雖不能明說，說那是一篇象徵主義的作品，是無可疑的。然其技巧的新奇，描寫愛戀的深刻，是從前未曾有過的一種新格調。在意境上說，他與歸去來辭自然是各異其趣。在技術上說，他確有不可埋沒的價值。

『願在衣而爲領，承華首之餘芬。悲羅襟之宵離，怨秋夜之未央。願在裳而爲帶，束窈窕之纖身。嗟溫良之異氣，或脫故而服新。願在髮而爲澤，刷玄鬢於頹肩。悲佳人之屢沐，從白水以枯煎。願在眉而爲黛，隨瞻視以閒揚。悲脂粉之尙鮮，或取毀于華粧。願在莞而爲蓆，安弱體於三秋；悲文茵之代御，方經年而見求。願在絲而爲履，附素足以周旋；悲行止之有節，空委棄於床前。願在晝而爲影，常依形而西東；悲高樹之多蔭，慨有時而不同。願在夜而爲燭，照玉容於兩楹；悲扶桑之舒光，奄滅景而藏明。……考所願而必違，徒契闊以苦心。擁前情而罔訴，步容與於南林。棲木蘭之遺露，翳青松之餘蔭。儻行行之有覿，交欣懼於中襟。竟寂寞而無見，獨悁想以空尋。……』（閑情賦）

歸去來辭是大家都讀過的，因此我在這裏只舉閑情賦的一段。作者的本意，雖掩藏在象徵的帷幕下，但這種追戀的寫法，對於後代戀愛文學的影響是很大的。我們在唐詩宋詞裏，時常看見這種形式的文字。由此看來，魏晉文學，雖以五言詩爲其代表，而辭賦一項，亦時多佳作。不僅如此，在中國辭賦史上，魏晉的賦，其文學的地位與價值，是並不在漢賦以下的。

二、南北朝　中國文學由魏晉而入六朝，最明顯的傾向，是唯美主義思潮的全盛。自王粲陸機以來，駢儷的風氣日濃，到了齊梁，再加以沈約，謝眺，王融一般人的聲律論的鼓吹，於是文學更加上一層束縛。沈約在宋書謝靈運傳裏說過。『五色相宣，八音協暢。由乎玄黃律呂，各適物宜。欲使宮羽相變，低昂舛節，若前有浮聲，則後須切響。一簡之內，音韻盡殊。兩句之中，輕重悉異。妙達此旨，始可言文。』這是永明體的文學宣言，也是晉宋以後一般文人的風尙。他們一面注意駢詞儷句，一面還要注意韻律與音節，這樣下去，使得文學日趨於唯美與淫靡。詩文是如此，辭賦更是如此。當日的賦，仍以短篇爲主體。長篇如謝靈運的山居，沈約的郊居，梁元帝的玄覽，庾信的哀江南諸作，不過寥寥數篇而已。在此數篇中，哀江南自然是代表的佳作，在形式方面，却有與詩歌溶合的明顯的傾向。在漢末趙壹的刺世嫉邪賦裏，這種傾向略有端緒，然只是一種偶然的現象，到了這時，因詩歌的興盛，無形中詩賦有合流的趨勢了。

『月似金波初映空，雲如玉葉半從風。恨九重兮久掩，怨三秋兮不同。爾乃傳芳醁，揚淸曲，長袖留賓待華燭。燭燼落，燭華明。花抽珠漸落，珠懸花更生。風來香轉散，風度焰還淸。本知龍燭應無偶，復訝魚燈有舊名。燭火燈光一雙炷，詎照離人兩處情。』

這是梁元帝的對燭賦，不要說兩漢，就是比起魏晉來，這作風是完全不同了的。無論從那方面看來，都像一首雜言的古體詩。

『碧玉小家女，來嫁汝南王。蓮花亂臉色，荷葉雜衣香，因持薦君子，願襲芙蓉裳。』（採蓮賦）

『金機玉鵲不成羣，紫鶴紅雉一生分。願學鴛鴦鳥，連翩恆逐君。』（鴛鴦賦）

『春日遲遲猶可至，客子行行終不歸。』（蕩婦秋思賦）

這都是梁元帝賦中所雜用的詩句，是完全脫離了賦味的詩句。江淹的作品裏，這種例子也很多。到了庾信這情狀更進步了。他的春賦蕩子賦，前後起結都是詩，造成一種新的體裁。

『宜春苑中春已歸，披香殿裏作春衣。新年鳥聲千種囀，二月楊花滿路飛。河陽一縣併是花，金谷從來滿園樹。一叢香草足礙人，數尺遊絲卽橫路。……百丈山頭日欲斜，三晡未醉莫還家，池中水影懸勝境，屋裏衣香不如花，』（庾信春賦）

『蕩子辛苦逐征行，直守長城千里城。隴水恆冰合，關山惟月明。……手巾還欲燥，愁眉卽剩開。逆想行人至，迎前含笑來。』（庾信蕩子賦）

前以詩起，後以詩結，詩賦合流的趨勢是非常明顯的。由楚辭而漢賦，是由詩而變爲散文的。到這時候，受着新詩興起的影響，賦的風格，由散文的再變而爲詩的了。這一點，我們可以看作是南北朝賦的一個重要的特徵。

因爲當日唯美主義的極盛，一般文人在修詞鍊句上，都下了極大的工夫，雕琢刻鏤，由鍊章鍊句至於鍊字，在他們的作品裏，我們可以時常看見那種巧密深刻的字句，因此當日的文學，一洗往日那種平淡自然的作風，或是激昂慷慨的氣質，而流于纖巧淫靡之途了。

『白楊早落，塞草前衰。稜稜霜氣，蔌蔌風威。孤蓬自振，驚沙自飛。灌莽杳而無際，叢薄紛其相依。』（鮑照蕪城賦）

『綠苔生閣，芳塵凝榭。……白露曖空，素月流天。……若夫氣霽地表，雲斂天末。洞庭始波。木葉微脫。菊散芳于山椒，雁流哀於江瀨。升清質之悠悠，降澂輝之藹藹。』（謝莊月賦）

『棹將移而藻挂，船欲動而萍開。爾其纖腰束素，遷延顧步。夏始春餘，葉嫩花初。恐沾裳而淺笑，畏傾船而斂裾。』（梁元帝採蓮賦）

『蔓草縈骨，拱木斂魂。』（江淹恨賦）

『春草碧色，春水綠波，送君南浦，傷如之何。』（江淹別賦）

『響羅衣而不進，隱明燈而未前。中步檐而一息，順長廊而迴歸，池翻荷而納影。風動竹而吹衣。薄暮延佇，宵分乃至。出闇入光，含羞隱媚。垂羅曳錦，鳴瑤動翠。來脫薄粧，去留餘膩。霑粉委露，理鬢清渠。落花入領，微風動裾。』（沈約麗人賦）

『釵朶多而訝重，髻鬟高而畏風。眉將柳而爭綠，面共桃而競紅。影來池裏，花落衫中。』（庾信春賦）

我們讀他們的全篇作品，時常不能感到滿意，但在這些文句裏，對於他們那種修辭練字的工夫，是不能不欽佩其技巧的高妙的。這種作品，自然是無關於實際的社會人生，但在唯美主義者的立場，他們是完成藝術上的任務了。

其次是當日作賦的題材，受了當日民間情歌以及當日宮體詩的影響，而偏重於描寫豔情與哀怨。這類的作品，因爲文字美麗，音韻調和，雖然內容是空洞無物，讀了仍使人歡喜。字句上好像是情感纏綿，哀怨交集，其實仔細一看，却完全是爲人造情，絕非是作者自己的眞實情感的表現。與屈原，宋玉，曹植，陶潛一類抒寫自己的胸懷的作品比較起來，是大大兩樣的。長篇鉅製的漢賦，與南北朝期的短賦，一樣是君主貴族的娛樂與遊戲，不過形式與情調稍有不同而已。代表這一類的作品，我們可以舉出謝莊的月賦，江淹的別賦，恨賦，泣賦，倡婦自悲賦，梁元帝的蕩婦秋思賦，鴛鴦賦，對燭賦，庾信的蕩子賦，傷心賦，春賦諸篇。我們讀的時候，確能因其美麗的文字的魔力所吸引，但讀完以後，是覺得什麼印象也沒有的。

『蕩子之別十年，倡婦之居白憐。登樓一望，唯見遠樹含烟。平原如此，不知道路幾千。天與水兮相逼，山與雲兮共色。山則蒼蒼入海，水則涓涓不測。誰復堪見鳥飛，悲鳴隻翼。秋何月而不淸，月何秋而不明。況乃倡樓蕩婦，對此傷情。於時露萎庭蕙，霜封階砌。坐視帶長，轉看腰細。重以秋水文波，秋雲似羅。日黯黯而將暮，風騷騷而渡河。妾怨回文之錦，君思出塞之歌，相思相望，路遠如何？鬢飄蓬而漸亂，心懷疑而轉歎。愁縈翠眉斂，啼多紅粉漫。已矣哉！秋風起兮秋葉飛，春花落兮春日暉。春日遲遲猶可至，客子行行終不歸。』（梁元帝蕩婦秋思賦）

不用說，在唯美派的作品中，這自然是最上等的，這確實是受了當日民間情歌及宮體詩的影響而興起來的一種宮體賦。他運用淸麗的辭句，描寫自然界的興榮衰謝，襯托出蕩婦的哀怨的心情，而引起讀者的共鳴。但我們稍一分析，便會瞭解這作品中缺少作者自己的情緒與個性，與漢賦那種描寫京殿遊獵的創作，態度是一致的，與其說是抒情賦，不如說是咏物賦還較爲確切。然而比起魏晉的詠物賦來，這些自然是另一種東西了。由此看來，辭賦到了此時，無論在內容形式以及辭句方面又起了明顯的變化。孫松友在述賦篇說：『左陸以下，漸趨整鍊，齊梁而降，益事妍華。古賦一變而爲駢賦。

江鮑虎步於前，金聲玉潤，徐庾鴻騫於後，繡錯綺交。固非古音之洋洋，亦未如律體之靡靡。』（國粹學報）他所說的古音洋洋，雖未必眞實，但以駢賦概括這時代，却很可代表當日文學潮流的趨勢，其意義也是非常確切的。

三、唐宋期　沿着六朝的駢體與聲律說的演進，於是古詩變成律詩，駢賦也進一步變爲律賦了。王銍四六話序云：『唐天寶十二載，始詔舉人策問，外試詩賦各一首，於時八韻律賦始盛。其後作者，如陸宣公，裴晉公，呂溫，李程猶未能極工，逮至晚唐薛逢宋言及吳融出於場屋，然後曲盡其妙。』律賦的作者只注意音韻的諧調，對偶的工整，情韻內容，一概不管，完全成爲文字的遊戲。與明清的八股文，是沒有一點分別了。那些作賦的題目，那更是千奇百怪，看了是要令人發笑的。大概古代的考試，都是這一類的情形，要這樣，才可以限制讀書人的思想。律賦的特點，是押韻的限制。出好一個題目，另限八個字的韻脚，你作賦押韻的時候，不能超出這幾個字的範圍。如王棨的沛父老留漢高祖賦是以『願止前驅，得申深意』八字爲韻的，辭賦到了這種程度，自然是完全失去了文學的價値，爲世人所鄙棄所輕視了。然歷代的君主，却最歡喜以此爲最高考試的工具。一直到清朝，還有試帖賦這一門功課。那指定依照次序的韻脚，限制更是嚴了。這也就是辭賦墮落的最重要的原因。

宋朝的律賦，我們還可看見很多，大概都是最高考試的優等成績，經朝廷保留下來的。如范仲淹的金在鎔賦，（金在良冶求鑄成器爲韻）歐陽修的應天以實不以文賦，（天應誠德豈尚文爲爲韻）宋祁的王畿千里賦，（畿大千里尊大王國爲韻）王安石的首善自京師賦，（崇勸儒學爲天下始爲韻）蘇軾的濁醪有妙理賦，（神聖功用無捷於酒爲韻）可稱爲當日律賦的代表作品，他們這幾個人，在中國文學史上，無論詩詞散文，都有極高的地位，但這些律賦，却令人讀了莫名其妙，眞不知道那裏面是在說些什麼。賦到了這時候，是入於最墮落最惡化的境地了。松友在述賦篇又說：『自唐迄宋，以賦造士，創爲律賦，用便程式。新巧以製題，險難以立韻。課以四聲之切，幅以八韻之凡。……然後銖量寸度，與帖括同科。』大凡一種文體，一用作君主時代的考試工具，除了墮落衰微以外，自然是沒有第二條路的了。

不用說，這種應付最高考試的律賦，自然不爲一般讀書人士所愛好。他們一過了那個關口，便要拋棄那機械的文體的。因此眞能代表唐宋的文學思潮的，還是受了那種古文運動的影響而形成的文賦。唐宋的古文運動，是散文與駢文的激烈鬬爭。韓柳倡之於唐，歐蘇繼之於宋，在這種潮流下，辭賦受其影響，而以散文的方法作賦，一變其駢律之惡習，而形成一種清新的賦體，這是必然的現象。這種文賦，比起漢魏六朝那些問答散文體的作品來，是更爲純化，而在創造的態度上，是帶有革命的重大意義了。

文賦雖盛於宋。然唐人早已開其端，在杜甫的幾篇賦裏，這種傾向，已很明顯。到了白居易的動靜交相養賦，那完全是一篇說理的散文了。『天地有常道，萬物有常性。道不可以終靜，濟之以動；性不可以終動，濟之以靜。養之則兩全而交利，不養之則兩傷而交病。……所以莊生曰智養恬，易曰蒙養正者也。』這是他開首的一節。他通篇是用着這種散文的句法寫成的。再如杜牧的阿房宮賦，也是韻散相間，一點也不整齊。這些作品，都是宋代文賦的先聲。一到了宋朝，這種趨勢更是明顯化了。如司馬光的交趾奇獸賦，歐陽修的秋聲賦，邵雍的洛陽懷古賦，蘇軾的前後赤壁賦，秋陽賦，蔡確的送將歸賦諸篇，都是這派的作品，而最能代表這派的特色的，是歐陽的秋聲，東坡的赤壁，好在這幾篇作品，是大家都讀過的，所以我在這裏也不抄寫了。

辭賦源於屈宋荀卿，一變而爲漢代鋪采摛文歌功誦德的古典賦，再變而爲寫志抒情描寫田園表現玄想的魏晉賦，三變而爲六朝的唯美主義的宮體賦，四變而爲唐宋的律賦與文賦。在這變遷的過程中，無不與當代的政治動向，學術思想以及文學的潮流發生密切的影響。辭賦到了宋代，我們雖不能說其變遷已到了止境，但卽有變化，也不過是那些技巧規律的微細節目，在賦的演進的歷史上，再沒有什麼值得敍述的重要的波瀾了。

第七章　漢代的詩歌

一　緒論

辭賦雖是漢代文學的主流，但他們却只表現了漢帝國的財富與威權，君主貴族的好尚，以及高級文士們的學識辭章。在那些作品裏，缺少了民衆的情感，與社會民生的狀態。因此，我們從那些文字裏，只能看見漢帝國的表面，無從瞭解當日全社會全民衆的生活面貌與心理情況。我們想知道當日的社會，不得不求之於漢代的詩歌。這裏所講的漢代的詩歌，並不是那些君主皇妃貴族文士們的擬古式的作品，而是那些樂府中收集的民歌，和那些無名作家的古詩。他們的詩的形式是新創的，文字是質樸的，題材都是普遍平凡的人事現象，使我們現在讀了，對於當日民衆的歡哀苦樂，還能親切地體會與共鳴。這些作品，比起那些華麗虛誇的辭賦來，却是最有價值的表現人生的社會文學。

兩漢的有名詩人是寂寞的。他們偶而作幾首詩，也無不是模擬詩經楚辭，形式既無新創之點，內容也是空洞無物，毫沒有什麼特色。我試舉幾首作例。

『大孝備矣，休德昭明。高張四懸，樂充宮庭。芬樹羽林，雲景杳冥。金文秀華，庶旄翠旌。』（唐山夫人房中歌）

『肅肅我祖，國自豕韋。黼衣朱黻，四牡龍旂。彤弓斯征，撫寧遐荒。總齊羣邦，以翼大

商。……』（韋孟諷諫）

這種詩不過是模擬雅頌，沒有一點新的生命。再如司馬相如的封禪頌，東方朔的誡子，張衡的怨篇，傅毅的迪志，宋穆的絕交，仲長統的述志，都是詩經的模擬。其中較好者，是仲長統的述志。然而他已經是到了天下大亂道家思想興起的建安時代了。

比摹擬詩經的作品較有生趣的，是楚辭式的詩歌。

『大風起兮雲飛揚，威加海內兮歸故鄉，安得猛士兮守四方！』（漢高祖大風歌）

『是耶非耶？立而望之，偏何姍姍其來遲！』（漢武帝李夫人歌）

『徑萬里兮渡沙漠，爲君將兮奮匈奴。路窮絕兮矢刃摧，士衆滅兮名已隤。老母已死，雖欲報恩將安歸。』（李陵別歌）

『秋素景兮泛洪波，揮纖手兮折芰荷。涼風凄凄揚棹歌，雲出開曙月低河，萬歲爲樂豈云多。』（漢昭帝淋池歌）

『陟彼北芒兮，噫。顧瞻帝京兮，噫。宮闕崔巍兮，噫。民之劬勞兮，噫。遼遼未央兮，噫。』（梁鴻五噫歌）

這些詩全是楚辭的嫡派，文字雖淸麗可喜，畢竟帶了濃厚的貴族文士的個人氣息，不能與表現社會生活的平民文學同列。在這些作家裏，武帝的文學天才是較高的。他還有瓠子歌秋風辭等篇，也都是這一類的作品。

我們如果把這些君主皇妃高級文士的詩篇作爲漢詩的代表，無論篇目內容，自然都是非常貧弱的。好在漢代的文人在那裏埋頭作賦的時候，却有許多無名的作家，在那裏作詩，由這些羣衆詩人的作品，在漢代的詩史上，塡滿了那空白的一頁。因他們的努力，由醞釀而達到一種新詩體的形成。這種新詩體成立以後，在中國的詩史上，開闢了一個新局面，於是詩經與楚辭，在形式上，同中國的詩歌便宣告了獨立。他們從前在詩歌中所保持的那種偶像尊嚴的地位，也由這些無名氏的羣衆詩人的作品，取而代之了。後代詩人擬古之作，也都以這些作品爲對象了。於是這一羣無名英雄的作品，成了我國詩歌的正統，古詩的典型。建立了一直到現在還沒有動搖的地位。因此我們敍述漢代詩歌的時候，是必得以那些樂府中所收集的民歌和那些無名氏的古詩爲其主體的。

二　樂府中的民歌

樂府詩是一種古代合樂的辭。廣義的說，最古的如詩經九歌，最近的如黨國歌辭以及電影上唱的漁光曲木蘭從軍歌等類，也都是樂府詩。不過樂府這個名稱的產生，却是起始於漢代。漢書禮樂志說：『漢房中祠樂，高祖唐山夫人所作也。

孝惠時使樂府令夏侯寬備其簫管，更名安樂世。』這裏所說的樂府令，只是周秦時代的樂官，並非後代的樂府官署。他所掌管的是那些郊廟朝會的貴族樂章，與民間的歌辭還沒有發生關係。直到文景之間，也不過禮官肄業而已。到了武帝時代，正式創立樂府官署，一面製作宗廟的樂章，一面收集民間的歌辭入樂，於是樂府詩便在文學史上發生了價值。

『至武帝定郊祀之禮……乃立樂府，采詩夜誦。有趙代秦楚之謳。以李延年爲協律都尉，多舉司馬相如等數十人，造爲詩賦，略論律呂，以合八音之調，作九章之歌。』（漢書禮樂志）

『自武帝立樂府而采歌謠，於是有趙代之謳，秦楚之風。』（藝文志）

『李延年善歌，爲新變聲。是時上方興天地諸祀，欲造樂，令司馬相如等作詩頌，延年輒承意絃歌所造詩，爲之新聲曲。』（李延年傳）

在這些史料裏，我們可以注意兩件事實。第一，樂府官署的設立以及民歌的收集，起於武帝。當時所採集的，據藝文志所載，有下列各地的民歌。吳，楚，汝南歌詩十五篇；燕代謳，雁門，雲中，隴西歌詩九篇；邯鄲，河間歌詩四篇；齊，鄭歌詩四篇；淮南歌詩四篇；左馮翊，秦歌詩三篇；京兆尹秦歌詩五篇；河東蒲反歌詩一篇；雒陽歌詩四篇；河南周歌詩七篇；周謠歌詩七十五篇；周歌詩二篇；南郡歌詩五篇。總共爲一百三十八篇。這樣大規模的收集民歌，對於中國文學的貢獻自然是極大的。可惜這些民歌沒有好好地保存下來，大都散失了，否則漢代的詩歌史料，自然更要豐富得多。漢哀帝時因爲他不歡喜這種俗樂，曾下令罷樂府官，將八百二十九人的樂府職員，裁去了四百四十一人，只留一部份人掌管郊廟燕會的樂章。但經過了一百多年的俗樂民歌的提倡，這些樂府官員的罷免，並不能阻止民歌勢力的發展。所以禮樂志中說：『然百姓漸漬日久，又不制雅樂，有以相變，豪富吏民，湛沔自若。』可知哀帝時樂府雖遭受挫折，並未中絕，就是俗樂民歌，仍爲一般豪富吏民所愛好。所以現存的樂府，無論貴族的或平民的，仍多哀帝以後的作品。

其次，我們要注意的，是樂府的成分，約有兩種。一爲貴族文人所作的詩頌辭賦，一爲民間的歌謠。如漢代有名的唐山夫人的房中歌鄒子司馬相如等的郊祀歌等是屬於前者，相和歌淸商曲及雜曲是屬於後者。鐃歌（亦名鼓吹）其樂譜來自外國，原爲軍中之樂，但據現存之歌辭觀之，大半爲民間之歌謠，大約是以民歌合軍樂者。惟上之回上陵二篇，似爲歌功頌德之作。或亦出自民間，未必爲宮庭貴族高級文士所爲。樂府詩在文學史上最有價値的，不是那些文士們的詩頌歌辭，而是從民間採集起來的歌謠。因房中歌郊祀歌一類的作品，雖是典雅富麗，却都是詩經楚辭的模擬，廟堂文學的殘骸，我們用不着去敍述他們了。

在當日的民歌中，有許多短的小詩。如江南可採蓮。

『江南可採蓮，蓮葉何田田，魚戲蓮葉間：魚戲蓮葉東，魚戲蓮葉西，魚戲蓮葉南，魚戲蓮葉北。』

這詩雖沒有深厚的內容，但其音調和諧，文字活潑，却正是民歌的本色。這種民歌，一定是江南少男少女採蓮時所唱的歌謠，一面工作，一面歌唱，我們可以體會到鄉村婦女生活的逍遙快樂的情境。再如公無渡河枯魚過河泣等篇，也都是有情感有風趣的小詩。

在辭賦家的作品裏，努力地在那裏鋪陳帝國的軍威武功的時候，人民却正在那裏痛恨戰爭，反對戰爭，如戰城南一首，就把這種情緒，表現得非常深刻。

『戰城南，死郭北，野死不葬烏可食。爲我謂烏：「且爲客豪，野死諒不葬，腐肉安能去子逃。」水深激激，蒲葦冥冥，梟騎戰鬬死，駑馬徘徊鳴。梁築室，何以南？何以北？（此三句似有脫誤）禾黍不穫君何食？願爲忠臣安可得？思子良臣，良臣誠可思。朝行出攻，暮不夜歸。』

這種描寫，情境既是悽慘，心情亦極哀怨。遍地死屍，烏啄獸食的景況，描成一幅荒涼恐怖的畫面，誠爲暴露戰爭罪惡最好的寫實詩。再如古詩中的十五從軍征一首，亦爲此類詩中的傑作。

『十五從軍征，八十始得歸。道逢鄉里人，家中有阿誰？遙望是君家，松柏冢纍纍。兔從狗竇入，雉從梁上飛。中庭生旅穀，井上生旅葵。烹穀持作飯，采葵持作羹。羹飯一時熟，不知貽阿誰？出門東向望，淚落霑我衣。』

此篇雖未入樂府，然完全是民歌的風格。在文字的技巧上以及詩歌的形式上，較前者都進步多了。那一定是時代較晚的作品，或許經過文人的潤飾也說不定。但其情緒內容，却眞正是民衆的社會的，決不是貴族文士的。詩中描寫一個在外面征戰六十五年的軍人，到了八十歲的高年，回到家鄉來，房屋破壞不堪，成了鳥獸的巢穴，親故凋零，一無所有，肚皮是餓了，於是採着野穀葵草煮着作羹飯，但是在這種情景之下，怎能吃得下去呢？出門望着天邊，眼淚不住地流下來了。這種苦境是當日千萬民衆的心情，那種眼淚也是千萬民衆積蓄在心頭的憤怒的血液。全篇沒有一句一字反對戰爭，而無字無句不是反對戰爭，就在這裏表現了文學的力量與作者的技巧。鹽鐵論中說：『今天下統一，而方內不安。徭役遠，外內煩。古者過年無徭，踰時無役。今近者數千里，遠者過萬里，歷二期而長子不還，父母憂愁，妻子詠歎。憤懣之情發於心，慕思之積痛骨髓。』由此可知當代的徭役給與人民多麼大的痛苦，而上面詩句中所表現的那種非戰的情緒，實在是全體民衆的呼聲。

後漢書仲長統傳中說：『豪人之室，連棟數百，膏田滿眼，奴婢千羣，徒附萬計。船車賈販，周於四方。廢居貯積，滿於都城，琦賂寶貨，巨室不能容。牛馬羊豕，山谷不能受。妖童美妾，塡乎綺室，倡謳妓樂，列乎課堂。』這是當日王公貴族巨商地主們的淫佚生活的寫眞。有錢有勢，過得多麼舒服。但下層民衆的生活是怎樣的呢？請看下面這幾首詩。

『出東門，不顧歸。來入門，悵欲悲。盎中無斗米儲，還視架上無懸衣。拔劍東門去，舍中兒女牽衣啼。他家但願富貴，賤妾與君共餔糜。上用倉浪天，故下當用此黃口兒。今非咄行，吾去爲遲。白髮時下難久居。』（東門行，後數句不甚可解。）

白髮的夫妻，幼小的孩子，家中窮得無飯無衣，不得不出門去謀生活。老妻捨不得離別，說出他家願富貴我等實願共餔糜的眞情眞愛的傷心話了。但爲了孩子，還是不得不離別的。

『婦病連年累歲，傳呼丈人前一言。當言未及得言，不知淚下一何翩翩。屬累君，兩三孤子，莫使我兒飢且寒。有過愼勿笪笞，行當折搖，思復念之。……』（婦病行）

『孤兒生，孤兒遇生，命當獨苦。父母在時，乘堅車，駕駟馬。父母已去，兄嫂令我行賈。南到九江，東到齊與魯。臘月來歸，不敢自言苦。頭多蟣虱，面目多塵土。大兄言辦飯，大嫂言視馬。上高堂，行趨殿下堂，孤兒淚下如雨。使我朝行汲，暮得水來歸。手爲錯，足下無菲。愴愴履霜，中多蒺藜。拔斷蒺藜，腸肉中，愴欲悲。淚下渫渫，淸涕纍纍。冬無複襦，夏無單衣。居生不樂，不如早去，下從地下黃泉。春氣動，草萌芽，三月農桑，六月收瓜。將是瓜車，來到還家。瓜車反覆，助我者少，啗瓜者多。願還我蒂，兄與嫂嚴，獨且急歸，當興校計。亂曰：里中一何譊譊，願欲寄尺書。將與地下父母，兄嫂難與久居。』（孤兒行）

或寫病婦的貧寒，或寫孤兒的苦楚。這種身無衣食還要汲水收瓜看馬燒飯的孤兒，正與當日富豪手下所豢養的那些奴婢的生活是一樣的。他受不住壓迫的痛苦，情願死了，到父母的懷抱裏去。在這些文字裏，呈現着一幅平民社會的生活圖，提出了嚴重的社會家庭的實際問題。這種種現象，是那些膏田滿野奴婢成羣的豪富們所鄙視的，也是那些描寫京殿遊獵的辭賦作家們所不描寫的，因此，我們更覺得這些作品的可貴了。沈德潛批評孤兒行說：『極瑣碎，極古奧，斷續無端，起落無迹。淚痕血點，結綴而成。』這話是極確切的。要有眞正平民的感情與實際下層生活的體驗，才能寫出這種淚痕血點結綴而成的社會詩來。

在當代的民歌中，也有些受有黃老以及神仙長生的思想，而歌誦着人生的理想的。這種詩歌，雖到了魏晉才大大地興盛起來，但在漢代，這種思想已在萌芽了。在張衡仲長統他們的作品裏，我們已有發見，如樂府詩中的善哉行，便是這一類的作品。

『來日大難，口燥脣乾。今日相樂，皆當喜歡。經歷名山，芝草翻翻。仙人王喬，奉藥一丸。自惜袖短，內手知寒。慚無靈輒，以報趙宣。月沒參橫，北斗闌干。親交在門，飢不及飡。歡日尙少，戚日苦多。何以忘憂，彈箏酒歌。淮南八公，要道不煩。參駕天龍，遊戲雲端。』

樂府古題要解說：『此篇言人命不可保，當樂見親友，且求長年術，與王喬八公遊也。』這種解釋是正確的。樂府詩集說善哉行是歎美之辭，那就是望題生義文不合題了。這一類的詩，大概是民間較有學識者所作，觀其內容，已超出衣食物質生活的社會問題，而求其精神的滿足與人生的意義與歸宿，文字亦整齊美麗，音韻均佳，在文學的技巧上，已是很進步的了。

關於男女問題，民歌中也有許多佳作。如有所思云：

『有所思，乃在大海南。何用問遺君，雙珠玳瑁簪。用玉紹繚之。聞君有他心，拉雜摧燒之，摧燒之，當風揚其灰。從今以往，勿復相思。相思與君絕，鷄鳴犬吠，兄嫂當知之。妃呼豨，秋風蕭蕭晨風颸，東方須臾高知之。（此句疑有脫誤）』

再如上邪云：

『上邪！我欲與君相知，長命無絕衰。山無陵，江水爲竭，冬處震震夏雨雪，天地合，乃敢與君絕。』

這都是民間的戀歌。在質樸的文字裏，迸裂着熱烈的情感，比起那些修飾美麗的情詩，更要

眞實動人。『妃呼豨』『上邪，』都是無意義的感歎辭，也正是民間的方言，在這種地方，恰好表現出民歌的本色，

再如豔歌行。

『翩翩堂前燕，冬藏夏來見。兄弟兩三人，流宕在他縣。故衣誰當補？新衣誰當綻？賴得賢主人，覽取爲吾組。夫壻從外來，斜倚西北盼。語卿且勿盼，水淸石自見。石見何纍纍，遠行不如歸。』

這種完整的五言，產生的時代自然是較晚了。但其風格，却仍是民歌的趣味。後面六句，寫得尤其活潑可喜。形容言語，都表現得有聲有色，而字句淺顯，如說話一般的自然，確是民歌中的上品。我們如果把這些作品，同漢代的辭賦比較對照，任何人都可看出雙方的明顯的差別。一種是上層階級的裝飾品，帶着濃厚的貴族色彩和古典的氣息。另一種是社會民生的表現，在質樸的文字裏，蘊藏豐富的情感與眞實的內容。有的描寫戰爭，有的表現飢寒，有的歌詠孤兒病婦的悲哀，有的描寫家庭男女問題的悲劇。這一切都有活躍的生命，有全民衆呼喊的聲音。在這種地方，我們覺得這些民歌更是可貴的。

樂府中的古辭雜曲，還有許多好作品。如張衡的同聲歌，繁欽的定情詩，辛延年的羽林郎，宋子侯的董嬌嬈諸篇，都已有作者的姓名，其文字的技巧格調，都不能列入民歌的範圍。其出生的時代，想必也很晚。並且這些詩，雖入樂府詩集，當時是否入樂，尚有可疑。張繁二篇，玉台新詠不言爲樂

府，唐人吳兢雖收入之，然吳爲唐人，去漢已遠，令人難信。辛宋兩篇，連吳兢亦未收入，更不可靠了。孔雀東南飛一篇，出生較遲，恐始終未曾入樂，後人或以其體裁相似，因而編入樂府了。郭茂倩說：『雜曲者歷代有之。或心志之所存，或情思之所感，或宴遊歡樂之所發，或憂愁憤怨之所興，或敍離別悲傷之懷，或言征戰行役之苦，或緣於佛老，或出於夷虜，兼收備載，故須謂之雜曲。』這樣看來，雜曲諸詩，說他們是受了樂府民歌的影響而產生是可以的，說那些作品全都是入樂的樂府詩就不可靠了。因此這些作品，只好留到後面再去敍述。

三　五言詩的成長

關於五言詩的起源，是文學史中一件最難解決的問題。而這問題的本身，在中國詩歌的發展史上，又極其重要。我們現在得用客觀的眼光，來處理這件事。先看古人的意見，再下批評。

一、起於枚乘　徐陵編玉台新詠時，在古詩十九首中指出青青河畔草等詩八首，再加蘭若生春陽一首，題爲枚乘雜詩。劉勰在明詩中也說：『古詩佳麗，或稱枚叔。孤竹一篇，則傅毅之辭，比采而推，兩漢之作乎？』可知說五言詩起於枚乘並非徐陵一人，在較前的劉勰時代，已有此種傳說。不過劉勰的態度較爲活動，以枚叔作詩爲傳聞，而以出自兩漢爲推想。枚乘是文景時代人，如果他那時就有這種完美的五言詩，不要說枚乘傳及藝文志中爲什麼不載，就是當代那些有名的文人，如司馬相如，王褒，揚雄之流，爲什麼都沒有這種作品，文學體裁的新起，本是一種風氣，一有人作，大家都作起來，於是便成一種潮流，決不會文景時代已產生完美的五言詩，忽然又中斷了，到了東漢末年，再又興盛起來。試看漢賦魏晉古詩唐詩宋詞的發展情況，都不是如此。這種情形在文學演進的公例上，是不大合理的事。

二、起於李陵　文選中有李陵詩三首。鍾嶸的詩品，於古詩以後，以李陵爲第一家。他在自序中說：『逮漢李陵，始著五言之目矣，古詩眇邈，人世難詳。……自王揚枚馬之徒，詞賦競爽，而吟詠靡聞。從李都尉迄班婕妤，將百年間，有婦人焉，一人而已。』李陵是武帝時代人，同枚乘前後同時，那時候的文士，偶爾作詩，無不是效法詩經楚辭的格調，李陵的別歌，就完全是楚辭式的雜言詩。觀現存的與蘇武詩三首，無論形式情調，都是五言詩成熟期以後的作品。決非草創期所能產生的。至於說李詩本傳不載漢志不錄，卽以此爲李未曾作詩之證，自然也不是有力的證據。因漢代史家，多是詳賦略詩，章學誠在校讎通義中，已詳言之。又摯虞文章流別云『李陵衆作，總雜不類，元是假託，非盡陵制，至其善篇，有足悲者。』摯虞是西晉時人，早於蕭統百餘年。可知李陵作詩之說，在魏晉年間已盛爲流行，並非起於文選。並且在西晉時代，李陵的作品流傳於人口者已經很多，已有總雜假託的現象。眞詩面目，無從辨識。由我們合理的推想，李陵的眞作品，恐怕就是別歌那一類的雜言楚辭體，而流傳到現在的與蘇武詩三首，反是後人僞託之作，因其藝術上的美妙，被世人傳誦，因而入於文選樓中了。這種推想，旣不違反李陵作詩之說，又不違反文學演進的歷史性，是較爲合理的。如果說與蘇武詩一定是出自李陵，這懷疑並非起於我輩，就是前人也早已言之了。劉勰在明詩中說：

『至成帝品錄三百餘篇，朝章國釆，亦云周備。而辭人遺翰，莫見五言。所以李陵班婕妤見疑於後代也。』可知劉勰時代，懷疑的人已經很多了。又蘇東坡答劉沔書中也說：『李陵蘇武贈別長安，而詩有江漢之語。……正齊梁間小兒所擬作，決非西漢人，而統不悟。』所舉的證據，雖極薄弱，而其觀點，却是合乎情理的。不過擬作時代，不會晚至齊梁，說是建安時代，較爲適當。其他如卓文君的白頭吟，宋書樂志太平御覽及樂府詩集皆云古辭，並無卓文君之說。首記其事者始於西京雜記，亦未著其辭。至宋末黃鶴注杜詩，始以雜記之事，傅會宋志之辭，後馮惟訥的古詩記因之。然此作之僞託，在馮舒的詩記匡謬中已辯明了。蘇武的詩同李陵的作品一樣不可靠，劉勰鍾嶸都沒有提到他，恐怕他這幾首詩的產生，還在李陵那幾首詩之後。至如文選玉臺同載的班婕妤的怨歌，其時代屬於成帝，自較枚乘李陵爲晚。但李善注引歌錄但稱古辭，劉勰亦謂見疑後代，恐亦爲後人代擬的。

三、兩漢有沒有五言詩　枚乘李陵們的作品，既有可疑，我們自然不能相信。我們要退一步問一問西漢究竟有沒有五言詩。古詩十九首中，有不有西漢的作品。我們的囘答是，西漢有五言詩，但是古詩十九首那樣完美的作品，西漢却沒有。李善文選注說：『詩云驅車上東門，又云遊戲宛與洛，此則辭兼東都，非盡乘作明矣。』鍾嶸詩品也說：『去者日以疎四十五首，雖多哀怨，頗爲總雜，舊疑是建安中曹王所製。』他們的意思，雖承認古詩十九首中有許多是東漢的作品，但同時也還相信有一部份是出自西漢的。到了現代，幾乎人人都斷定這些作品，全都是出自西漢以後了。這種斷定，我們也是同意的，然而其中却有一個難題，便是明月皎夜光那首詩無法解決。此詩見文選古詩第七。

『明月皎夜光，促織鳴東壁，玉衡指孟冬，衆星何歷歷。白露沾野草，時節忽復易。秋蟬鳴樹間，玄鳥逝安適。昔我同門友，高舉振六翮。不念携手好，棄我如遺跡。南箕北有斗，牽牛不負軛。良無磐石固，虛名復何益。』

看詩中寫秋蟬促織的哀鳴，玄鳥的飛去，明是一首寫秋天景象的詩。但『玉衡指孟冬』一句如何解釋呢？李善注云：『春秋緯運斗樞曰：北斗七星第五曰玉衡。上云促織，下云秋蟬，明是漢之孟冬，非夏之孟冬矣。漢書曰：高祖十月至霸上，故以十月爲歲首，漢之孟冬，今之七月矣。』這解釋非常精確，沒有法子推翻他。古代曆法，各有不同。夏以正月爲歲首，正月爲寅月，故稱建寅，又稱夏正。殷以夏曆十二月爲歲首，十二月爲丑月，故稱建丑，周以夏曆十一月爲歲首，十一月爲子月，故謂建子。秦以夏曆十月爲歲首，十月爲亥月，故稱建亥。漢初承秦制，仍用秦曆。故詩中所說的孟冬十月，正合夏曆的七月，恰是初秋的景象，這樣一來，詩的文句便沒有矛盾了。到武帝太初元年，才廢秦曆，改用夏曆。因此，便可證明這一首詩的出生，一定是在武帝改曆之前。那末，他不僅是西漢的作品，並且又是枚乘李陵時代的作品了。

在文學進化的歷史上，枚乘李陵的作品，我們是不能相信的，那末這一首詩，我們同樣不能相信。但在時令上，他却持着有力的證據。這又如何解釋呢？我想只有兩點。第一、此詩的原作，是出自武帝改曆以前，其形式字句，都是樂府民歌一類的雜言體，經過東漢建安文人的潤飾，才形成那樣完美的五言體。因此在時令上，還遺留着西漢初期的餘骸。我們試看宋志所載的豔歌何嘗，是一篇二十六句的長短不齊的雜言體，到了玉臺新詠裏，變爲十八句的純粹五言的古體詩，而以雙白鵠的題名出現了。其內容一點也沒有變，但在文字的技巧上，是完全不同了的。沈約到徐陵，相隔不滿七十年，（沈生於西曆四四一，徐生於西曆五〇七。）詩的形式與技巧，發生了這大的變化，這點是很可供我們參考的，如果宋志的豔歌何嘗散失了，我們只以玉臺新詠中的雙白鵠來作爲詩體的論據，那眞是危險之極。

其次，是政府宣佈改曆以後，這種事實還未遍及民間，因此民間還有沿用秦曆者。正如我們現在改用了陽曆多少年，多少詩人詞客，還正在那裏做除夕中秋人日花朝一類的作品。這種現象，還不知道要繼續幾十百年，至於鄉村僻縣，絕不知道有陽曆這一回事，那是無須多說的。這時候人民的教育程度與交通的便利，比兩千年前的漢朝，當然是進步多了，但情形還是如此，那末我們這種推測，雖有過於想像之嫌，不是完全不可能的。

我們雖是不承認枚乘李陵的作品，雖也不承認在西漢有古詩十九首那一類的詩歌。但我們仍是相信西漢時代已經有了五言詩。這種五言詩，是五言詩醞釀時代尙未完全成熟的作品，或是形式或是文字的技巧，都還帶有某種缺點或尙未發育完全的痕跡。我們要知道，西漢時代，是辭賦的全盛期，是新詩體的醞釀期。無論文士或是民間，都在那裏從事試驗創製新詩體的工作。有的模擬詩經，有的效法楚辭，也有合詩經楚辭兼而有之的。在樂府的民歌裏，這種試驗的現象也可以看得出。孤兒行婦病行兩篇，後段都以『亂曰』作結，明明是採用楚辭體。純粹四言的詩經體，本來就很多，不去說他。

至如那些雜言體中，時時有着連續七八句純粹五言的句子，活現出五言詩在試驗期醞釀期中的狀態。由試驗醞釀而達到一種定型體的完成，是需要一個長時期的努力。在那一個醞釀期中的作品，我們可以舉出下面這些史料來。

一　戚夫人歌（見漢書外戚傳呂后傳）

『子爲王，母爲虜。終日舂薄暮，相與死爲伍。相離三千里，當誰使告汝。』

二　李延年佳人歌（見李夫人傳）

『北方有佳人，絕世而獨立。一顧傾人城，再顧傾人國。寧不知傾城與傾國，佳人難再得。』

三　鐃歌中的上陵

『上陵何美美，下津風以寒。問客從何來，言從水中央。桂樹爲君船，青絲爲君笮。木蘭爲君櫂，黃金錯其間。……甘露初二年，芝生銅池中。仙人下來飲，延壽千萬歲。』（甘露爲宣帝年號，似爲宣帝時的作品）

四　成帝時民謠一首（見五行志）

『邪徑敗良田，讒口害善人。桂樹華不實，黃雀巢其顚。古爲人所羨，今爲人所憐。』

嚴格地說起來，這些都不能算是五言詩。但在那新詩體醞釀試驗的期間，這些都是重要的作品，由了他們，可以看出西漢時代的五言詩，無論形式和文字的技巧，究竟呈現着一種怎樣的狀態，他的發展，究竟到了一個什麼階段。在這種狀態下，是不是文景時代可以產生枚乘的詩，武帝時代可以產生李陵蘇武那一類的作品。我們只要稍稍對比一下，這答案就不會錯的了。

由西漢這種未成熟的五言體的演進，到東漢班固的詠史，是五言詩體正式成立的一件重要史料。我們雖不能說班固以前再沒有人做過這種工作，但我們却可以相信五言詩到了班固時代，還只完成其外表的形式，沒有達到蘇李古詩那樣的文采。詠史詩雖沒有多大的文學價值，却有重要的歷史價值，現在把他錄在下面。

『三王德彌薄，惟後用肉刑。太倉令有罪，就逮長安城。自恨身無子，困急獨煢煢。小女痛父言，死者不可生。上書詣闕下，思古歌鷄鳴。憂心摧折裂，晨風揚激聲。聖漢孝文帝，惻然感至情，百男何憒憒，不如一緹縈。』

這是歌詠孝女緹縈救父的故事。縈父犯罪當刑，自請入身爲宮婢，以贖父刑，文帝悲憐她，乃廢除肉刑律。這是一首短短的敍事詩，五言體的形式是完全成立了，但就藝術而論，相隔古詩十九首一類的作品還很遠。鍾嶸批評說：『班固詠史，質本無文，』這是不錯的。

班固以後，做這種新體詩的人自然就漸漸地多起來了。如張衡的同聲歌，秦嘉的贈婦詩，趙壹的疾邪詩，蔡邕的飲馬長城窟，酈炎的見志，孔融的雜詩，繁欽的定情詩，蔡文姬的悲憤詩，辛延年的羽林郎，宋子侯的董嬌嬈，都是有主名的完美的五言詩。其他如無名氏的古詩十九首以及擬託的蘇李詩一類的作品，大概也就在這時代產生了。由其文字的技巧，與五言詩的風格看來，這一批作品，是應該都出於詠史以後。在這裏，先舉張衡，秦嘉，蔡邕的詩作例，以明班固以後五言詩進展的情形。

『邂逅承際會，得充君後房。情好新交接，恐慄若探湯。不才勉自竭，賤妾職所當。綢繆主中饋，奉禮助烝嘗。思爲莞蒻席，在下蔽筐牀。願爲羅衾幬，在上衞風霜。洒掃清枕席，鞮芬以狄香。重戶結金扃，高下華燈光。衣解巾粉御，列圖陳枕張。素女爲我師，儀態盈萬方。衆夫所希見，天老教軒皇。樂莫斯夜樂，沒齒焉可忘。』（張衡同聲歌）

『人生譬朝露，居世多屯蹇。憂艱常早至，歡會常苦晚。念當奉時役，去爾日遙遠。遣車迎子還，空往復空返。省書情悽愴，臨食不能飯。獨坐空房中，誰與相勸勉。長夜不能眠，伏枕獨展轉。憂來如循環，匪席不可轉。』（秦嘉贈婦詩）

『青青河畔草，綿綿思遠道。遠道不可思，夙昔夢見之。夢見在我旁，忽覺在他鄉。他鄉各異縣，展轉不可見。枯桑知天風，海水知天寒。入門各自媚，誰肯相爲言。客從遠方來，遺我雙鯉魚。呼童烹鯉魚，中有尺素書。長跪讀素書，書中竟何如。上有加餐食，下有長相憶。』（蔡邕飲馬長城窟，此篇或作無名氏之古辭。蔡另有翠鳥，亦爲五言。）

由班固到蔡邕，在五言詩的藝術上的進步，有一條非常明顯的痕跡，由這一痕跡，我們更可瞭解文學演化的過程是漸進的，不是突變的。這些詩裏，古書中有的稱爲樂府，有的稱爲古詩，這些都無關重要，但我們要注意的，是張衡蔡邕之流都是作賦的古典文學的能手，但一作詩，就完全呈現着通俗文學的氣味，這無疑是受有當代樂府文學的影響的了。因了這種影響，使中國的詩歌，無論形式內容都得了新的生命，新的發展。胡適之氏說：『樂府這種制度在文學史上很有關係。第一、民間歌曲得了寫定的機會。第二、民間文學因此得有機會同文人接觸。第三、文人覺得民歌可愛，有時因文學上的衝動，忍不住要模倣民歌，因此他們的作品，便也往往帶着平民化的趨勢。』（白話文學史）這是說得極其確切的。我國的詩歌，自漢至唐，都脫離不了這種樂府文學的影響。

由上面的敍述，關於漢代五言詩的進展，我們可以得到一個結論。西漢是五言的試驗和醞釀時期，班固張衡時代是五言的成立期，建安前後是五言的成熟與興盛。這種論斷，在好古者看來，自然不會滿意，然而我們爲得要尊重文學進展的歷史性，是必得要如此的。順便，我要在這裏提一提七言詩的問題。七言詩的成立，較五言爲遲。武帝時的柏梁聯句，傳爲七言之祖。但此詩眞實性久有人懷疑。再如高祖的大風歌，李陵的別歌，漢昭帝的淋池歌，和張衡的四愁詩，形式雖近乎七言，但句中多用兮字補足，明明是楚辭體的雜言，但在這裏已經呈現着七言詩體的醞釀狀態了。到了曹丕的燕歌行，才形成純粹的七言體。不過當時作此種詩體者爲數不多。故漢魏兩晉時代，只可看作是七言的醞釀試作期，而其正式的成熟，不得不待之於南北朝了。

四　古詩十九首

詩經的主體雖是四言，但這種形式，究不便於抒寫情懷，和充分地表現作者的才性。鍾嶸也說過：『四言文約意廣，取效風騷，便可多得。每苦文繁而意少，故時罕習焉。』（詩品自序）這便是說四言體的缺點。五言詩雖祇多了一個字，但却有回轉周旋的餘地，詩的風韻與作者的才情個性，藉此可以多量的發揮。所以鍾嶸接着說：『五言居文詞之要，是衆作之有滋味者也。故云會於流俗。豈不以指事造形，窮情寫物，最爲詳切者耶？』因爲五言宜於指事造形，窮情寫物，所以詩中便有滋味，而那種形體便成爲衆人所趨的一種潮流了。因此，詩的由四言而變爲五言，是中國詩歌史上一種形式的進步。這種形式，一直到現在，繼續了二千多年。四言詩自詩經以後，兩漢魏晉雖偶有佳篇，然而畢竟是沒落了。我們明瞭了這一點，便知道古詩十九首在中國詩歌史上的地位，以及他們對於後代詩歌發展的影響，實遠在詩經以上。

古詩十九首是一羣無名作家的作品，正與國風的情形相同。他們產生的時代，大都在東漢建安，是五言詩成熟期的代表作。沈德潛說：『古詩十九首，不必一人之辭，一時之作。大率逐臣棄婦，朋友闊絕，遊子他鄉，死生新故之感。或寓言，或顯言，或反覆言。初無奇闢之思，驚險之句，而西京古詩，皆在其下。』(說詩晬語)古人對於古詩十九首的評論，沒有比這更精確的了。他說：『不必一人之辭一時之作，』認淸了作品的時代性與作家的羣衆性，比那些以爲某首屬於某人以某首屬於西漢的好古家來，他的見解既是聰明，態度又是謹愼。他所說的『無奇闢之思，驚險之句，』這正是那些作品的藝術的特色。古詩的好處，是看去無一奇字，無一奇句，然無字無句不奇，使你無一處可以增減。全體都是用着最平淺質樸的文句，表現深厚的感情與內容，使你讀了感着詩情濃溢親切有味。絲毫沒有詩經的古奧氣，沒有當日辭賦的貴族氣，也無六朝詩的淫靡雕琢氣。自然美與本色美勝過一切人工的粧抹與刻鏤，這便是古詩在藝術上的大成功。後代的陸機江淹之流，拚命地模倣，也只得其形貌，而無其神韻。在這種地方，更可顯出文學中所表現的時代性了。劉勰說：『觀其結體散文，直而不野；婉轉附物，怊悵切情，實五言之冠冕也。』（明詩）這批評是非常適當的。可惜這些作者的姓名都已失傳，我們無法知其生平歷史，難怪鍾嶸要發出『人代冥滅而淸音獨遠』的悲歎了。

古詩十九首，是東漢末葉大亂時代人民思想情感的表現。在那一個長期的混亂中，黨禍之變，黃巾之亂，以及那長年不斷的兵禍屠殺飢荒和瘟疫，不僅摧殘了全體人民的安居生活，連人民的思想信仰，也起了劇烈的動搖。在那一個亂雜的時代，夫婦的分離，家庭的隔絕，自然是最普遍的現象。因此在這些詩裏，有許多作品是表現離恨鄉愁和相思之痛苦的。

『行行重行行，與君生別離。相去萬餘里，各在天一涯。道路阻且長，會面安可知。胡馬依北風，越鳥巢南枝。相去日已遠，衣帶日已緩。浮雲蔽白日，遊子不顧返。思君令人老，歲月忽已晚。棄捐勿復道，努力加餐飯。』

『靑靑河畔草，鬱鬱園中柳。盈盈樓上女，皎皎當窗牖。娥娥紅粉妝，纖纖出素手。昔爲娼家女，今爲蕩子婦。蕩子行不歸。空牀難獨守。』

『涉江采芙蓉，蘭澤多芳草。采之欲遺誰？所思在遠道。還顧望舊鄉，長路漫浩浩。同心而離居，憂傷以終老。』

『庭中有奇樹，綠葉發華滋。攀條折其榮，將以遺所思。馨香盈懷袖，路遠莫致之。此物何足貴，但感別經時。』

『明月何皎皎，照我羅床幃。憂愁不能寐，攬衣起徘徊。客地雖云樂，不如早旋歸。出戶獨彷徨，愁思當告誰。引領還入房，淚下沾裳衣。』

『迢迢牽牛星，皎皎河漢女。纖纖擢素手，札札弄機杼。終日不成章，泣涕零如雨。河漢清且淺，相去復幾許。盈盈一水間，默默不得語。』

這都是描寫離恨鄉愁的傑作，後人幾無有出其右者。孔子所說的『思無邪，』以及溫柔敦厚的詩教，在這些作品裏算是實踐了。在這些詩的背後，在這些男女的情感和眼淚中，是隱藏着當日離亂社會的基礎的。這種基礎，是產生這些作品的根源。鹽鐵論中論徭役對於人民的痛苦說：『今近者數千里，遠者過萬里，歷二期而長子不還。父母憂愁，妻子詠歎。憤懣之情發於心，慕思之情痛骨髓』這便是這種離恨鄉愁的作品產生的說明。東漢末葉的情形，比起鹽鐵論的時代來，自然是更要惡劣了。所以我們對於這種作品，是要同戰城南十五從軍征那一類的作品同看的，若只看作是戀愛的豔體詩，而忽視其社會生活的基礎，那就是錯誤之極。

在這種社會生活起了全部動搖的時候，個人的信仰以及人生觀的理想，也就跟着發生變動了。人命成了草芥，死於兵禍，死於飢餓，死於黨爭，或是死於瘟疫，人生在世上究竟有什麼意義？從前維繫人心的那種舊道德的倫理現象，都漸漸崩潰了。在這種離亂時代，人生的意義實在是太虛無了。在這種虛無幻滅之感中，求神仙長生講藥石導養，都沒有什麼用處，還不如追求短時間的享樂，因此就產生一種享樂的今日主義。在古詩中，反映出這種人生觀的哲理詩，也有許多佳作。

『青青陵上柏，磊磊澗中石。人生天地間，忽如遠行客。斗酒相娛樂，聊厚不爲薄。驅車策駑馬，游戲宛與洛。洛中何鬱鬱，冠帶自相索。長衢羅夾巷，王侯多第宅。兩宮遙相望，雙闕百餘尺。極宴娛心意，戚戚何所迫。』

『廻車駕言邁，悠悠涉長道。四顧何茫茫，東風搖百草。所遇無故物，焉得不速老。盛衰各有時，立身苦不早。人生非金石，豈能長壽考。奄忽隨物化，榮名以爲寶。』

『驅車上東門，遙望郭北墓。白楊何蕭蕭，松柏夾廣路。下有陳死人，杳杳卽長暮。潛寐黃泉下，千載永不悟。浩浩陰陽移，年命如朝露。人生忽如寄，壽無金石固。萬歲更相送，聖賢莫能度。服食求神仙，多爲藥所誤。不如飲美酒，被服紈與素。』

『去者日以疏，生者日以親。出郭門直視，但見丘與墳。古墓犂爲田，松柏摧爲薪。白楊多悲風，蕭蕭愁殺人。思還故里閭，欲歸道無因。』

『生年不滿百，常懷千歲憂。晝短苦夜長，何不秉燭遊。爲樂當及時，何能待來茲。愚者愛惜費，但爲後世嗤。仙人王子喬，難可與等期。』

在這些詩裏，明顯地映出在當日離亂生活中產生出來的人生觀。人生的虛無幻滅之感，日漸加深，同時又感到長生之術神仙之事，都無法實現，自然會走到秉燭夜遊飲酒爲樂的享樂路上去。這種思想，到了魏晉，成爲思潮的中堅，在列子中的揚朱篇中，帶着更浪漫更放縱的色彩而出現了。古詩十九首以外，還有許多同樣詩體的好作品。如託名蘇李的詩篇，最值得我們注意。從其詩風上看來，其出生的年代，大約與古詩十九首前後同時。現在各舉一首作例。

『良時不再至，離別在須臾。屛營衢路側，執手野踟躕。仰視浮雲馳，奄忽互相踰。風波一失所，各在天一隅。長當從此別，且復立斯須。欲因晨風發，送子以賤軀。』（李陵與蘇武詩一）

『結髮爲夫妻，恩愛兩不疑。歡娛在今夕，燕婉及良時。征夫懷遠路，起視夜何其。參辰皆已沒，去去從此辭。行役在戰場，相見未有期。握手一長歎，淚爲生別滋。努力愛春華，莫忘歡樂時。生當復來歸，死當長相思。』（蘇武古詩）

蘇李的流落異域的境遇，他鄉的握別，本來就是最動人的詩材。這些詩不是他們本人所作，前面已有解說，但這些擬作者的文學天才的高越，實可與古詩十九首的作者們比肩，這些詩都是描寫別離前夜以及分手那一剎那的情景，既是眞實，而又哀痛，無一字一句不是血淚，無一字一句不是深情。這實在是古詩中的上品。難怪魏晉文人要不斷地模擬他們。再如悲與親友別，穆穆清風至，歲出城東門諸篇，也都是無名氏的古詩中的佳作，因其風格相似，在這裏不再抄錄了。

五　敍事詩

在中國的詩歌史上，成績最好的是抒情詩，作品最少而發達又較遲的是敍事詩。詩經的篇數雖是不少，除了祀神饗宴的樂章以外，大多數是抒情的短詩。惟有生民，公劉，綿綿瓜瓞，皇矣，大明諸篇，其體裁稍有不同，是記載民族英雄的傳說與歷史，稍具敍事詩的形式，然因其結果仍歸於祭祀歌誦那一條路上去，所以還不能算是純粹的敍事詩。到了楚辭漢賦，篇章擴大了，想像力也加强了，敍事的作品，應該可以產生了，然變來變去，仍是祭祀抒情和歌諷一類的東西。到了東漢，五言詩體成熟以後，純粹的敍事詩，才正式發展起來。

敍事詩也是起於民間。如孤兒行婦病行那一類的雜言體的民歌，可算是敍事詩的先聲。再如十五從軍征上山採蘼蕪諸篇，算是最成熟的敍事詩了，如上山採蘼蕪云：

『上山採蘼蕪，下山逢故夫。長跪問故夫，新人復何如。新人雖言好，未若故人姝。顏色類相似，手爪不相如，新人從門入，故人從閤去。新人工織縑，故人工織素，織縑日一疋，織素五丈餘，將縑來比素，新人不如故。』

全篇雖只八十個字，却用純客觀的敍事法，用幾句短短的對話，將那夫婦三人的生活性格本領以及那個小家庭的狀況全部表現了。那位丈大完全是一個功利主義者，那位棄婦本領既好，顏色也不惡，只以失了愛情，而不得不上山採野菜以度日了。下山的時候，偶然遇着過去的丈夫，一點也不表示反抗厭惡的情緒，還恭敬柔溫地長跪下去，在這裏正暗示着當代男權的尊嚴以及女子的奴隸道德，已經成了定型了。

再樂府中有艷歌羅敷行一首，（一名陌上桑）是藝術上更進一步的敍事詩。

『日出東南隅，照我秦氏樓。秦氏有好女，自名爲羅敷。羅敷善採桑，採桑城南隅。青絲爲籠系，桂枝爲籠鉤。頭上倭墮髻，耳中明月珠。湘綺爲下裙，紫衣爲上襦。行者見羅敷，下擔捋髭鬚，少年見羅敷，脫帽著帩頭，耕者忘其犂，鋤者忘其鋤。來歸相怨怒，但坐觀羅敷。使君從南來，五馬立踟蹰。使君遣吏往，問是誰家姝。秦氏有好女，自名爲羅敷。羅敷年幾何？二十尚不足，十五頗有餘。使君謝羅敷，寧可共載不？羅敷前致辭，使君一何愚。使君自有婦，羅敷自有夫。東方千餘騎，夫壻居上頭。何用識？夫壻白馬從。驪駒青絲繫，馬尾黃金絡。馬頭腰中鹿，盧劍可値千。萬餘十五府，小吏二十朝。大夫三十侍中郎，四十專城居。爲人潔白晳，鬑鬑頗有鬚。盈盈公府步，冉冉府中趨。坐中數千人，皆言夫壻殊。』

首段寫羅敷之美，開始鋪陳其裝飾，繼之以旁觀者的襯托。挑者見之，怠擔摸其鬚；少年見之，停步脫其帽；耕種者見之，停鋤停犂而忘其工作；到了家裏互相埋怨爲什麼坐着貪看那美婦人的容貌，使得田沒有犂，地也沒有鋤。由這種客觀的寫法，顯得羅敷的美麗達到了極致，比起沈魚落雁羞花閉月等類的抽象形容詞來，是又具體又生動又眞實得多了。中段敍使君見而愛其美，憑其官吏的高貴地位，於是遣使說媒了。末段再用力鋪陳其夫壻的美貌富足以及其官場的地位，給使君一個斬鐵截釘的拒絕，與首段鋪陳羅敷的美貌遙相呼應。結句十字，由旁觀者的語氣說出。言盡而意無窮，絲毫不雜主觀的批評，對使君不貶，對羅敷也不褒，而讀者心中自有褒貶。這是敍事詩中的無上佳作。

古今注云：『陌上桑出秦氏女子。秦氏邯鄲人，有女名羅敷，爲邑人千乘王仁妻。王仁後爲越王家令。羅敷出採桑於陌上，越王登台見而悅之，因引酒欲奪焉。羅敷乃彈箏作陌上桑歌以自明。』這故事雖不一定可靠，這歌雖不一定是羅敷自作，但我們相信當日一定有一個這一類的故事在社會上流行，於是民間文人乃作此歌以流傳之。其次如辛延年的羽林郎，宋子侯的董嬌嬈，都是從這種故事轉化出來的敍事詩。所以不同者敍述的次序起了變化，民歌的氣氛淡薄了。文人的氣氛加濃了而已。且舉辛延年的羽林郎爲例。

『昔有霍家奴，姓馮名子都。依倚將軍勢，調笑酒家胡。胡姬年十五，春日獨當罏。長裾連理帶，廣袖合歡襦。頭上藍田玉，耳後大秦珠。兩鬟何窈窕，一世良所無。一鬟五百萬，兩鬟千萬餘。不意金吾子，娉婷過我廬。銀鞍何煜爚，翠蓋空踟躕。就我求青酒，絲繩提玉壺。就我求珍肴，金盤鱠鯉魚。貽我青銅鏡，結我紅羅裾。不惜紅羅裂，何論輕賤軀。男兒愛後婦，女子重前夫。人生有新故，貴賤不相踰。多謝金吾子，私愛徒區區。』

採桑的羅敷，變成了當罏的美女，女主人的身分雖是變了，故事的內容與精神，以其作品中所要表現的那個女子的潔身自愛的那一點，還是沒有變。至如宋子侯的董嬌嬈，是用含蓄的隱語，象徵的手法，來詠歎花枝的美麗以及暴力摧殘的惡徒。作詩的動機，想必也是以這個故事爲其背境的。大凡一種流傳民間的故事，必有其流行的魔力。或因其節孝忠烈，或因其神奇鬼怪，在那些故事裏的男女主角，便成爲民間景仰者或是厭惡者的代表。於是這些故事，便成爲文學上的公衆材料。所以在一個題材之下，可以產生同樣情調的作品，原是無可懷疑的事。如魏左延年的秦女休行，是敍述女休報讐的故事，晉朝的傅玄，也有秦女休行一篇，其中的故事，雖有許多演變，而其母題的本身與其故事的眞精神，是沒有變的。

由這些短篇的敍事詩的演進，到了建安末年，長篇的敍事詩出現了。蔡琰的悲憤詩，與無名氏的孔雀東南飛，可稱爲長篇敍事詩的雙璧。蔡琰是蔡邕的女兒，在她父親那種教養之下，能成爲一個女作家的事，原是無可疑的。加以她的壯年被虜入胡，暮年別子還鄉的痛苦的境遇，原是最好的文學的材料。在她現存的作品裏，有悲憤詩二首，一爲楚辭體，一爲五言體。另一篇爲胡笳十八拍，也是楚辭體的。同一的題材，她爲什麼要寫三篇呢？在這裏對於這幾篇作品的眞實性，不得不加以簡略的推論。

胡笳十八拍中雖多通俗的句子，然大部分的技巧與格調，却不像漢代的詩。如八拍中的『爲天有眼兮何不見我獨漂流？爲神有靈兮何事處我天南海北頭？』如九拍中的『生倏忽兮如白駒之過隙，然不得歡樂兮當我之盛年。』這些風格的詩句，是要在鮑照時代的作品裏才有的，漢詩中却不易見。再如十拍中的『殺氣朝朝衝塞門，胡風夜夜吹邊月，』十七拍中的『去時懷土兮心無緒，來時別兒兮思漫漫。……豈知重得兮長安，歎息欲絕兮淚闌干，』這種琢練的技巧與格調，最早也在六朝，遲恐怕是到了隋唐了。

三篇中最爲眞實的，是那篇楚辭體的悲憤詩。第一、這篇詩的風格體裁，與當代的詩風相合，蔡邕是有名的辭賦家，女兒受他的教化，能作辭賦體的詩歌，也是極合理的事。其次，詩中敍事行文，全與蔡琰的身分相合，沒有後人擬托的痕跡。好像五言體的那一篇，開口便說『漢季失權柄，董卓亂天常，志欲圖篡弒，先害諸賢良，』蔡琰歸漢，離董卓年代極近，並且漢朝還沒有亡，她未必肯這麼大膽地說這些褒貶的話。因此有人疑爲不是蔡琰之作，却也合乎情理。或者是因爲她感受痛苦過深，對於國家的失權，亂臣的叛變，痛恨之極，竟此不顧一切地信筆直書，藉此以抒情洩憤，原不打算公諸世人的。這樣解釋，雖近於想像，原也是可能的事。三篇都是內容充實情感眞實的作品，而以五言體一篇，寫得尤爲自然生動。

『漢季失權柄，董卓亂天常。志欲圖篡弑，先害諸賢良。逼迫遷舊邦，擁主以自强。海內興義師，欲共討不祥。卓衆來東下，金甲耀日光。平土人脆弱，來兵皆胡羌。獵野圍城邑，所向悉破亡。斬截無孑遺，尸骸相撐拒。馬邊懸男頭，馬後載婦女。長驅西入關，廻路險且阻。還顧邈冥冥，肝脾爲爛腐。所略有萬計，不得令屯聚。或有骨肉俱，欲言不敢語。失意幾微間，輒言斃降虜。要當以亭刃，我曹不活汝。豈敢惜性命，不堪其詈罵。或便加棰杖，毒痛參幷下。旦則號泣行，夜則悲吟坐。欲死不能得，欲生無一可。彼蒼者何辜？乃遭此戹禍。邊荒與華異，人俗少義理。處所多霜雪，胡風春夏起。翩翩吹我衣，肅肅入我耳，感時念父母，哀歎無終已。有客從外來，聞之常歡喜。迎問其消息，輒復非鄉里。邂逅徼時願，骨肉來迎己。己自得解免，當復棄兒子。天屬綴人心，念別無會期。存亡永乖隔，不忍與之辭。兒前抱我頸，問母欲何之。人言母當去，豈復有還時。阿母常仁惻，今何更不慈。我尙未成人，奈何不顧思。見此崩五內，恍惚生狂癡。號呼手撫摩，當發復回疑。兼有同時輩，相送告別離。慕我獨得歸，哀叫聲摧裂。馬爲立踟躕，車爲不轉轍。觀者皆歔欷，行路亦嗚咽。去去割情戀，遄征日遐邁。悠悠三千里，何時復交會。念我出腹子，胸臆爲摧敗。既至家人盡，又復無中外。城郭爲山林，庭宇生荆艾。白骨不知誰，縱橫莫覆蓋。出門無人聲，豺狼嘷且吠。煢煢對孤景，怛咤糜肝肺。登高遠眺望，魂神忽飛逝。奄若壽命盡。傍人相寬大。爲復强視息，雖生何聊賴？託命於新人，竭心自勗勵。流離成鄙賤，常恐復捐廢。人生幾何時？懷憂終年歲。』

從董卓作亂被擄入胡敍起，一直寫到別兒歸國，還鄉再嫁爲止。條理謹嚴，十二年間的流離轉徙的生活，悲傷痛苦的心情，以及當代政治的紊亂，社會的動搖，一齊在這詩裏反映出來。成爲一首最有社會性與歷史性的作品。中間描寫胡人對於漢人的虐待，母子別離時候那種公義私情的衝突和悲喜交集的情感，以及她回家後所看見的那種荒凉悽慘的境象，和隱伏在心中的深沉的悲哀，是全篇寫得最有力最深刻最動人的文字。這種作品的生命，自然是要永存於人間的。

悲憤詩是描寫一個在政治紊亂內禍外患中遭受着犧牲的女子的悲劇，孔雀東南飛是表現一對犧牲於舊的家族制度與傳統的倫理道德下面的夫婦的悲劇。前者的環境較爲特殊，而後者却是我國最普遍的現象。二千年來，遭遇着仲卿蘭芝他們同樣的命運，而屈服於名教道統的壓力之下，或是偸生，或是自殺的，眞是不知道有多少。孔雀東南飛的作者，抓住這個全社會的青年男女所痛苦着的題材，用客觀的手法，敍事詩的體裁敍述出來，成為表現家庭問題與婦女問題的最有力的作品。

孔雀東南飛共三五三句，得一千七百六十五字。為中國五言敍事詩中獨有的長篇。此篇不見文選，劉勰鍾嶸的評論裏，都未提過，在現存的古籍裏，初見徐陵編纂的玉臺新詠。詩前有序云：『漢末建安中，廬江府小吏焦仲卿妻劉氏，為仲卿母所遣，自誓不嫁，其家迫之，投水而死。仲卿聞之，亦自縊於庭樹。時人傷之，為詩云爾。』在這序裏，人名地名，以及事實的內容，都記載得非常清楚，自然是當日社會上的一件實事。後面又說時人傷之而作詩，這詩人自然是建安時代的人，那末這首詩是漢詩是無疑的了。但到了近年，這詩的時代，又起了問題。首先提出來的，是梁啓超氏。他說：我國古詩從三百篇到漢魏的五言，大率情感主於溫柔敦厚，而資料都是現實的。像孔雀東南飛一類的作品，起於六朝，前此却無有。佛本行讚譯成四本，原來只是一首詩。……六朝名士幾於人人共讀。那種熱烈的情感和豐富的想像，輸入我們詩人的心靈中當然不少。孔雀東南飛一類的長篇敍事詩。也必間接受其影響的罷。』（印度與中國文化親屬之關係）後來陸侃如氏也附和此說，更以「青廬」為北朝結婚時的風俗，「龍子幡」為南朝的風尚，作為此詩出自六朝的證據。他們這種懷疑的精神是可貴的，但其議論却不精當。我們先批評梁氏的意見。

梁氏說孔雀東南飛的產生，是由於受了佛教文學的影響。這話完全是想像的。在這首詩裏，一點沒有佛教文學影響的影子。所謂佛教文學的影響，我們可以舉出最重要的兩點。一、是佛學的宗教思想，二、是佛教文學的想像力，與散韻夾用的形式。我們試看仲卿蘭芝的死，完全是受了傳統道德與家庭惡勢力的壓迫，所表現的完全是中國的舊宗教觀念，與舊倫理觀念。一點也沒有那種輪迴超度來生出世一類的佛教意識。其次，孔雀東南飛是一首純粹寫實的敍事詩，所描寫的全是一些平凡瑣碎的家庭實事，那裏可說是有佛教文學那種豐富浪漫的想像力。並且文體正是當日流行的五言詩，與悲憤完全相似，如何說六朝以前却無有。我們試反問一句，六朝又有什麼富於想像力的詩歌呢？這種議論，無論從那一點說，都是立脚不穩。至於梁氏所說的『佛本行讚譯成華文以後，也是風靡一時，六朝文士幾於人人共讀』這一節，胡適之氏批評得極好。他說：『這是毫無根據的話，這一類的故事詩，文字俚俗，辭意煩複，和六朝名士的文學風尚相去甚遠。六朝名士所能了解欣賞的，乃是道安慧遠支遁一流的玄理，決不能欣賞這種幾萬言的俗文長篇故事。法華經與維摩詰經一類的名譯也不能不待至第六世紀以後方才風行。這都是由於思想習慣的不同，與文學風尚的不同，都是不可勉强的。』（白話文學史）他這種評論，非常精當，就是梁氏看了，想也是贊同的罷。我們再看陸氏的話，所舉的事實，也不可靠。

「青廬」之俗，雖盛行於北朝，但漢末已有之。世說新語假譎篇云：『魏武少時，嘗與袁紹好爲遊俠。觀人新婚，因潛入主人園中，夜呼叫云：有偸兒賊。青廬中人皆出觀，』這種有力的證據，是無法推翻的。龍子幡是否爲漢制，雖不可考，但我們却無法證明這種風尚在南朝以前就沒有。如果只用這些薄弱的事實來證明孔雀東南飛是出於六朝，我們自然是不能承認的。

我們要注意的，是這種詩歌，在文學演進的歷史上，是否在建安時代有產生的可能。這答案是肯定的，有產生的可能。無論在文字的技巧上，音節的韻律上，詩體的發展上，都有這種可能。漢代的敍事詩，由雜言體的孤兒行婦病行，再進展爲純粹的五言短篇十五從軍征，上山採蘼蕪，再進展爲較長的陌上桑，羽林郎，悲憤詩，再進展爲最長的孔雀東南飛，這種進展是非常合理的事。再從技巧上看，全篇的文句，大都是質樸土俗，正適合當代民歌的格調。中間的鋪陳裝飾與對話的形式，在孤兒行陌上桑羽林郎諸篇中早已有之，並非孔雀東南飛的新創。中間只有『奄奄黃昏後，寂寂人定初』二句，稍有六朝人口氣，但這種民歌流傳社會，等到文人收集編寫，偶加潤飾，是常有的事。我們不能以此爲後人所作的藉口。再從韻律上說，首段支微灰魚韻通用，中段陽江冬蒸眞刪韻通用，與漢魏樂府的韻格相同，亦可作爲此詩出自建安黃初間的旁證。至於說其初見於玉臺新韻而不見於文選，文心，詩品諸書而遂疑爲晚出者，這是不明玉臺與文選諸書的性質的差別。玉臺偏於平民，文選諸書偏於典雅，故重於此者輕於彼，見於彼者棄於此了。據隋志：玉臺之前，有詩歌總集之名而散亡者亦甚多，如晉有荀綽之古今五言詩美文五卷，無名氏之古詩集九卷，昭明太子之古今詩苑英華十九卷，我們也無法證明在那些集子裏，就沒有孔雀東南飛那一首詩。這樣說來，這篇敍事詩的時代，放在建安黃初年間，是比較合理的。

悲憤詩雖受有民歌的影響，但還帶着濃厚的文人氣息。但孔雀東南飛却純是民歌的本色。他的好處，是能用通俗平淺的語言，敍述那些瑣碎的家事，一點不覺得粗鄙，反而顯得自然可愛。在那裏，把那幾個人的性格以及當日的家庭道德和男女問題的苦悶，全部反映出來。這不是宗教的或是命運的悲劇，而是無法避免的社會的悲劇。在這種地方，孔雀東南飛更增加其價值。王世貞說：『孔雀東南飛，質而不俚，亂而能整，敍事如畫，敍情若訴，長篇之聖也。』（藝苑巵言）在藝術的批評上，這是很恰當的。因爲他是古代民間最偉大的敍事詩，篇幅雖稍長，我仍是把他全抄在下面。

『孔雀東南飛，五里一徘徊。「十三能織素，十四學裁衣。十五彈箜篌，十六誦詩書，十七爲君婦，心中常苦悲。君既爲府吏，守節情不移。賤妾留空房，相見常日稀。鷄鳴入機織，夜夜不得息。三日斷五匹，大人故嫌遲。非爲織作遲，君家婦難爲。妾不堪驅使，徒留無所施。便可白公姥，及時相遣歸。」府吏得聞之，堂上啓阿母：「兒已薄祿相，幸復得此婦。結髮同枕席，黃泉共爲友。共事三二年，始爾未爲久。女行無偏斜，何意致不厚。」阿母謂府吏，「何乃太區區。此婦無禮節，舉動自專由。吾意久懷忿，汝豈得自由？東家有賢女，自名秦羅敷。可憐體無比，阿母爲汝求。便可速遣之，遣之愼莫留。」府吏長跪告：「伏惟啓阿母。今若遣此婦，終老不復取。」阿母得聞之，槌床便大怒：「小子無所畏，何敢助婦語。吾已失恩義，會不相從許。」府吏默無聲，再拜還入戶。舉言謂新婦，哽咽不能語：「我自不驅卿，逼迫有阿母。卿但暫還家，吾今且報府。不久當歸還，還必相迎取。以此下心意，愼勿違我語。」新婦謂府吏：「勿復重紛紜。往昔初陽歲，謝家來貴門。奉事循公姥，進止敢自專？晝夜勤作息，伶俜縈苦辛。謂言無罪過，供養卒大恩。仍更被驅遣，何言復來還？妾有繡腰襦，葳蕤自生光。紅羅複斗帳，四角垂香囊。箱簾六七十，綠碧青絲繩。

物物各自異，種種在其中。人賤物亦鄙，不足迎後人。留待作遣施，於今無會因。時時為安慰，久久莫相忘。」鷄鳴外欲曙，新婦起嚴妝。著我繡裌裙，事事四五通。足下躡絲履，頭上玳瑁光。腰若流紈素，耳著明月璫。指如削葱根，口如含珠丹。纖纖作細步，精妙世無雙。上堂拜阿母，阿母怒不止：「昔作女兒時，生小出野里。本自無教訓，兼愧貴家子。受母錢帛多，不堪母驅使。今日還家去，念母勞家裏。」却與小姑別，淚落連珠子：「新婦初來時，小姑始扶床。今日被驅遣，小姑如我長。勤心養公姥，好自相扶將。初七及下九，嬉戲莫相忘。」出門登車去，涕落百餘行。府吏馬在前，新婦車在後。隱隱何甸甸，俱會大道口。下馬入車中，低頭共耳語：「誓不相隔卿，且暫還家去。吾今且赴府，不久當還歸。誓天不相負。」新婦謂府吏：「感君區區懷。君既若見錄，不見望君來。君當作盤石，妾當作蒲葦。蒲葦紉如絲，盤石無轉移。我有親父兄，性行暴如雷。恐不任我意，逆以煎我懷。」舉手長勞勞，二情同依依。入門上家堂，進退無顏儀。阿母大拊掌：「不圖子自歸！十三教汝織，十四能裁衣。十五彈箜篌，十六知禮儀。十七遣汝嫁，謂言無誓違。汝今何罪過，不迎而自歸。」蘭芝慚阿母：「兒實無罪過。」阿母大悲摧。還家十餘日，縣令遣媒來。云「有第三郎，窈窕世無雙。年始十八九，便言多令才。」阿母謂阿女：「汝可去應之。」阿女含淚答：「蘭芝初還時，府吏見丁寧，結誓不別離。今日違情義，恐此事非奇。自可斷來信，徐徐更謂之。」阿母白媒人：「貧賤有此女，始適還家門。不堪吏人婦，豈合令郎君？幸可廣問訊，不得便相許」媒人去數日，尋遣丞請還。說有「蘭家女，承籍有宦官。云有第五郎，嬌逸未有婚。遣丞爲媒人，主簿通言語，直說太守家，有此令郎君。既欲結大義，故遣來貴門。」阿母謝媒人：「女子先有誓，老姥豈敢言。」乃兄得聞之，悵然心中煩。舉言謂阿妹：「作計何不量？先嫁得府吏，後嫁得郎君。否泰如天地，足以榮自身。不嫁義郎體，其往欲何云？」蘭芝仰頭答：「理實如兄言。謝家事夫壻，中道還兄門，處分適兄意，那得自任專？雖與府吏要，渠會永無緣。登卽相許和，便可作婚姻。」媒人下床去，諾諾復爾爾。還部白府君：「下官奉使命，言談大有緣。」府君得聞之，心中大歡喜。視曆復開書：「便利此月內。六合正相應，良吉三十日。今已二十七，卿可去成婚。」交語速裝束，絡繹如浮雲。青雀白鵠舫，四角龍子幡。婀娜隨風轉，金車玉作輪。躑躅青驄馬，流蘇金縷鞍。齎錢三百萬，皆用青絲穿。雜綵三百匹，交廣市鮭珍。從人四五百，鬱鬱登郡門。阿母謂阿女：「適得府君書，明日來迎汝。何不作衣裳，莫令事不舉。」阿女默無聲，手巾掩口啼，淚落便如瀉。移我琉璃榻，出置前窗下。左手持刀尺，右手執綾羅。朝成繡裌裙，晚成單羅衫。晻晻日欲暝，愁思出門啼。府吏聞此變，因求假暫歸。未至二三里，摧藏馬悲哀。新婦識馬聲，躡履相逢迎。悵然遙相望，知是故人來。舉手拍馬鞍，嗟歎使心傷。「自君別我後，人事不可量。果不如先願，又非君所詳。我有親父母，逼迫兼弟兄。以我應他人，君還何所望？」府吏謂新婦：「賀君得高遷。盤石方且厚，可以卒千年。蒲葦一時紉，便作旦夕間。

卿當日勝貴，吾獨向黃泉。」新婦謂府吏：「何意出此言？同是被逼迫，君爾妾並然。黃泉下相見。勿違今日言。」執手分道去，各各還家門。生人作死別，恨恨那可論！念與世間辭，千萬不復全。府吏還家去，上堂拜阿母：「今日大風寒，寒風摧樹木，嚴霜結庭蘭。兒今日冥冥，令母在後單。故作不良計，勿復怨鬼神。命如南山石，四體康且直。」阿母得聞之，零淚應聲落。「汝是大家子，仕宦於臺閣。愼勿爲婦死，貴賤情何薄？東家有賢女，窈窕豔城郭。阿母爲汝求，便便在旦夕。」府吏再拜還，長歎空房中，作計乃爾立。轉頭向戶裏，漸見愁煎迫。其日牛馬嘶，新婦入青廬。奄奄黃昏後，寂寂人定初。我命絕今日，魂去尸長留。攬裙脫絲履，舉身赴清池。府吏聞此事，心知長別離。徘徊庭樹下，自掛東南枝。兩家求合葬，合葬華山傍。東西植松柏，左右種梧桐。枝枝相覆蓋，葉葉相交通。中有雙飛鳥，自名爲鴛鴦。仰頭相向鳴，夜夜達五更。行人駐足聽，寡婦起徬徨。多謝後世人，戒之愼勿忘。』

第八章　魏晉時代的文學思潮

一　魏晉文學的社會環境

中國文學發展到魏晉，雖說在形體上沒有什麼新奇的創造，但文學的精神與作家的創作態度，都發生了大大的變化。最明顯的，是文學離開了實用的社會的使命，(無論是教訓的諷刺的或是歌誦的)而趨於浪漫的神秘的哲理的發展。換言之，就是由爲人的功用的文學，變爲個人的言志的文學。在這個轉變的過程中，文學的發展，漸漸地成爲獨立的藝術，而不爲任何外力指導拘束的明顯的現象。

我們要明瞭這種轉變的根源，不得不先事敍述當日的政治學術宗教以及人生觀的種種社會環境。這些社會環境，便是魏晉文學的土地肥料和氣候，他們在這裏，是發生着決定的作用的。在下面，我分作數點來說。

一、儒學的衰微　儒學在漢代雖盛極一時，到了魏晉，便呈現着極度衰微無力的狀態。其原因：一面是因其本身的墮落，無法維持青年們的信仰，其次便是受了時代環境的刺激，不得不把他的地位，讓之於新起來的思想。我們知道，漢武帝時代起來的儒家，雖頂着孔子的招牌，其學說的本質，已非孔子的眞面目了。後來又加進去陰陽五行的學說，讖諱符命的怪論，一同揉雜起來，於是當代的儒家，帶了濃厚的方士氣味，哲學也就成了迷信的宗教。如董仲舒，匡衡，翼奉，劉向們的作品裏，無不染了這種惡毒。翼奉說：『易有陰陽，詩有五際，春秋有災異，皆列終始，推得失，考天心，以言王道之危安。』這樣一來，幾本古書，都被他們迷信化神鬼化。連一部文學書的詩經，也在各詩中分配着五行五德天干地支種種怪名目，六情五性五際種種怪字眼，這全然成為一本推背圖了。在這種空氣之下，還有什麼哲學，還有什麼眞理，頭腦清醒一點的讀書人，自然對於這種學術狀態是不能滿意的。難怪桓譚，張衡，王充之徒，要起來反對的了。但這種迷信的哲學與破碎的經學，在政治的統制力量沒有崩潰以前，是不會動搖的。因爲那種哲學是君主政治的護身符，極爲君主所愛好所擁護。那種破碎的經學，却又是千萬士子求富貴利祿的門徑。班固在儒林傳贊內說得好：『自武帝立五經博士，開弟子員，設科射策，勸以官祿，訖於元始，百有餘年，傳業者寖盛，支葉蕃滋。一經說至百餘萬言，大師衆至千餘人，蓋祿利之路然也。』祿利之路，眞算是一針見血了。這種迷信哲學與破碎的經學，一等到君主專政的勢力動搖，與用人的制度一旦發生變化的時候，自然就要跟着動搖的了。曹操一當權，便採取法治政策，他所需要的人才，是那種有治國用兵之術的縱橫權謀之士，講德行學問重禮義名節的儒家徒，他看不起，他接二連三地下着求賢令求逸才令，都是表現他這種主張。顧炎武說：『孟德既有冀州，崇獎跅馳之士，觀其下令再三，至於求不仁不孝而有治國用兵之術者，於是權詐迭起，姦逆萌生。故董昭太和之疏，已謂當今年少不復以學問爲本，專以交通爲業。國士不以孝悌清修爲首，乃以趨勢求利爲先。……夫以經術之治節義之防，光武明章數世爲之而未足，毀方敗常之俗，孟德一人變之而有餘。』(日知錄兩漢風俗)這表面雖屬於曹操一人的風尙，而其根底却也是時代環境的必然趨勢。到了曹丕，對於他父親的法治政策，不大滿意，日夜追慕着漢文帝的無爲政治，所以他一做了皇帝，便接着下息兵詔，輕刑詔，禁復讎詔，薄稅詔等等重要的命令，無非是想把道家的思想應用到政治上去。加以他自己是一個天才詩人，時時感着人生無常，想把有限的生命，寄託到文學裏去。在典論論文，與王朗書，與吳質書裏，都流露出來這種意見。他的政治地位，雖是皇帝，他的本質，却是一個道家思想者的詩人。傅玄在舉清遠疏中說：『近者魏武好法術，而天下貴刑名；魏文慕通達，而天下賤守節。其後綱維不攝，而虛無放誕之論，盈於朝野，使天下無復淸議，而亡秦之病，復發於外矣。』在這種情況下，儒學自然是不能不趨於衰微，另一種新思想，必然是乘機而起了。魚豢在魏略儒宗傳序中說：『從初平之元（漢獻帝年號）至建安之末，天下分崩，人懷苟且，綱紀既衰，儒學尤甚。……正始中，有詔議圜丘普延學士，是時郎官及司徒領吏二萬餘人，雖復分布，在京師者尙見萬人，而應書與議者，略無幾人。又是時朝堂公卿以下四百餘人，其能操筆者，未有十人，多皆相從飽食而退。嗟乎！學業沉隕，乃至於此。』（全三國文）從初平到正始，不過六十年，儒學的衰微，到了這種地步，眞令人驚奇。宜乎魚豢大致其慨歎之辭了。

儒學的衰微，對於文學發展的影響，自然是很大的。儒家對於文學的態度，是要依照原道宗經的正統，不要偏於個人的藝術的路上去。正如荀子所說：『凡言不合先王，不順禮義，謂之姦言。』（非相篇）因此儒家主張文學裏要表現倫理道德，要發生勸導諷諭的實際功用。所以他們排斥非現實的事蹟，虛美的辭藻，和個人的空想與情感。每當儒學的理論在當代成爲威權的時候，文學的活動必受其指導批評與限制，個人主義的浪漫文學，因而無法抬頭。明瞭了這一點，便可知道魏晉儒學的衰微而文學得有自由發展的事，是極其合理的。

二、政治紊亂與人命的危險　東漢末葉起，政治上便發生了動搖。內面是宦官外戚的爭權，外面是黨禍與黃巾的屠殺，接着是董卓曹操的舉兵，三國的局面，因以形成。再接下去，便是曹丕司馬兩家的繼續篡奪，賈后之亂，八王之亂，再加以北方胡族的侵入，結果是懷帝愍帝相繼被虜，於是西晉便亡了。到了東晉，雖偏安一時，中經王敦，蘇峻，桓玄之亂，造成了劉裕篡位的機會，東晉也就在這時告了結束。在這兩百多年中，內禍外患，接踵而來，戰爭黨禍飢荒瘟疫，不知道死了多少人，不知道荒廢了多少田地，不知道離散了多少人的家庭。在那幾百年中，人口的銳減，與人民的遷徙的情形，在古史上，還可供給我們不少的材料。在這種社會生活根本起了搖動的時候，人民的頭腦思想也要跟着發生變動的事，那是自然的現象。傳統的道德，舊有的信仰，都不能維繫他們的心靈了。無論智識階級或平民階級，都有釀成新信仰新宗教的要求。爲要醫治那受了創傷的心靈，什麼老莊玄學，道佛宗教，便乘機而起了。在那種黨派對立與篡奪繼續的局面之下，文士是動輒得咎，命如雞犬。東漢末年黨禍的大屠殺，不僅封住了讀書人的口，連心也被摧殘得破碎了。再如漢末的孔融、禰衡、楊修、及魏、晉時代丁儀、丁廙、何宴、嵇康、張華、石崇、陸機、陸雲、潘岳、劉琨、郭璞等人的慘死，都令讀書人寒心的事。難怪郭泰、袁閎、申屠蟠之流，見漢室陵夷，住的住土穴，躲的躲樹洞，韜光遁世，養性全眞，都做了高士傳中的高士了。難怪魏晉的文士，故意裝聾賣啞，寄情酒色，或揮麈以談道佛，或隱田園而樂山水的了。在這種環境之下，文學的發展，必然是要走到個人的象徵的路上去，而現出濃厚的浪漫思潮。

三、老莊哲學的復活　在上面所述的那種紊亂的政治狀況之下，在那種社會生活全部發生動搖精神信仰全部起了變化的時候，一種新的思想自然要乘機而起的，這種新思想，便是老莊哲學的復活。老莊哲學本是一種亂世的產物，一種對於政治壓迫人性摧殘道德束縛過甚的反動。他們所要求的是淸靜逍遙自由與平等。他們看不慣也受不住一切人爲的法度與物質的文化，和那種虛僞的忠孝仁義的倫理道德觀念。他們理想着回到原始的無爭無慾的自然狀態去，追求着眞實的人性與人情。他們在意識上雖是積極地反抗現實，批評現實，但在行動上却是消極地逃避現實。所以他們的學說，只能解救一個人的精神，對於政治社會的改革，民生的救濟，却沒有好處。但是他們却有很高的智慧，細密的體驗與觀察，了解天地萬物是自生自化，並無所謂造物之主，也沒有有意志情感的天帝。因此那天人感應的迷信思想，也就站不住了。反對一切因襲的文物制度和傳統的倫理道德，於是在心靈上或是行爲上，都可以得到自由了。魏晉的玄學，就是這種老莊哲學的復活。宇宙觀政治論人生觀各方面，都是以這種思想爲根底。當時的名士，無不是在無爲無名逍遙齊物幾種觀念上用功夫。一方面是把經書玄理化，另一方面是把老莊書加以解釋和闡揚。何晏的論語集解，王弼的論語釋疑，郭象的論語體略，王弼韓康伯的注易，鍾會的周易盡神論，阮籍的通易論，或是詮釋，或是研究，都是一種經書玄學化的工作。至如老莊書的注釋和研究，那是魏晉讀書人的必修科目。據世說新語說，向秀郭象們注莊子的時候，當時注莊子的已經有了幾十家，經過兩晉，那數目自然是更多了。到了東晉，支道林們開始用佛學來解釋老莊，一時傳誦。我們試看當日史傳中稱揚某人的學問，總是以『精老莊，通周易』爲標準。因此老莊之學，一時披靡天下。當日名士，無不以談玄成名，乃至父兄之勸戒，師友之講求，都以推究老莊爲第一事業。在這種情境之下，儒學自然是日益衰微，玄談之風日盛，文藝的發展得着絕對的自由，而更呈現着浪漫的氣味。

四、人性的覺醒　在儒學衰微，道學興盛，政治紊亂，社會動搖的當代，自必有一種新人生觀的發展。儒家的人生哲學，是一種人生倫理化的人格主義。在個人方面是修身以感人，在政治方面是以德化治國平天下。心身家國是一貫的，都由倫理道德人格修養方面發生作用。所以人要做，身要修，免得一個人流於好逸惡勞寡廉鮮恥的自然本性上去。換言之，修身的哲學，便是要在一個自然本性的人身上，多加一點學問道德名節禮法的修養。這種修養愈是多，這人的身分就愈高，就愈文明，最後的階段，就是聖人。魏晉人的人生觀，恰好是這種思潮的反動，他們反對人生倫理化的違反本性，而要求那種人生自然化的優游生活。生活倫理化的結果，只是用許多人爲的制度法則，把人性人情壓制得不能動彈，日趨於虛僞束縛，一切陰謀詐力的罪惡，都由此而生。人生要有趣味，必得從這種虛僞束縛的生活中解脫出來，返到眞實自由生活的方面去。這種人生觀的特徵，便是人性的覺醒。人性覺醒以後，他們都在追求各種理想的生活。有的講淸靜無爲，有的講逍遙自適，有的講養生長壽，有的講縱慾賞樂，有的講田園隱逸，有的講樂天安命，他們的行爲理論雖有不同，而他們的根本要求是一致的。他們全都是求逸樂反傳統排聖哲非禮法的浪漫主義者。蔡元培氏說：『魏晉文人之思想，非截然舍儒而合於道佛也。彼蓋滅裂而雜揉之。彼以道家之無爲主義爲本，而於佛家則僅取其厭世思想，於儒家則留其階級思想及有命論。有階級思想，則道佛兩家之人類平等觀，儒佛兩家之利他主義，皆以不相容而去之。有有命論及無爲主義，則儒家之積善，佛家之濟度，又以爲不相容而去之，於是其所餘之觀念，自尊也，厭世也，有命而無可爲也，遂集合而爲苟生之惟我論矣。』（中國倫理學史）我們只要讀了僞託的列子和當日各家的文字，便知道蔡氏這種分析是極其精當的。

『寒食散之方雖出漢代，而用之者，靡有傳焉。魏尙書何晏首獲神效，由是大行於世，服者相尋也。』（世說新語注引寒食散論）

『阮籍嫂嘗歸寧，籍相見與別。或譏之，籍曰：禮豈爲我輩設耶？鄰家婦有美色，當壚沽酒。阮嘗詣飲，醉便臥其側。籍旣不自嫌，其夫察之，亦不疑也。兵家女有才色，未嫁而死，籍不識其父兄，徑往哭之，盡哀而還。』（晉書本傳）

『劉伶恆縱酒放達，或脫衣裸形在屋中，人見譏之。伶曰：我以天地爲棟宇，屋室爲褌衣，諸君何爲入我褌中。』（世說新語任誕篇）

『諸阮皆飲酒，咸至，宗人間共集，不復用杯觴斟酌，以大盆盛酒，圍坐相向，大酌更飲。時有羣豕，來飲其酒，阮咸直接去其上，便共飲之。』（晉書阮咸傳）

『謝鯤鄰家女有美色，鯤嘗挑之，女投梭折其兩齒，時人爲之語曰，任達不已，幼輿折齒。』（晉書本傳）『胡母輔之，謝鯤，阮放，畢卓，羊曼，桓彝，阮孚，散髮裸袒，閉室酣飲，已累日。光逸將排戶入，守者不聽，逸便於戶外脫衣，露頂於狗竇中，窺之而大叫，輔之驚曰，他人必不能耳，必我孟祖也。遽呼入，遂與飲，不捨晝夜，時人謂之八達。』（晉書光逸傳）

由那種新人生觀的理論，而變爲實際的行動，於是造成中國未曾有過的浪漫生活。至於王愷，石崇，賈謐們的縱慾賞樂，嵇康，郭璞們的講養生陰陽，王羲之陶淵明的寄情山水，都是那個時代環境的必然產物。干寶在晉紀總論裏說：『學者以老莊爲宗而黜六經，談者以虛僞爲辨而賤名檢，行身者以放濁爲通而狹節信；進士者以苟得爲貴而鄙居正。當官者以望空爲高而笑勤恪。』這確是浪漫思潮所造成的結果。葛洪也說：『蓬髮亂鬢，橫挾不帶，或褻衣以接人，或裸袒而箕踞。朋友之集，類味之遊，莫切切進德，誾誾修業，攻過弼違，講道精義。其相見也，不復敍離濶，問安否，賓則入門而呼奴，主則望客而喚狗。其或不爾，不成親至，而棄之不與爲黨。及好會則狐蹲牛飲，爭食競割，掣撥淼摺，無復廉耻，以同此者爲泰，以不爾者爲劣。終日無及義之言，徹夜無箴規之益。』（抱朴子疾謬篇。）這眞是一幅魏晉文人日常生活的寫實圖。我們都知道文學是生活的反映，現在生活的基礎，已經到了這種情狀，若想創造那種原道宗經的實用文學，自然是不可能的了。

五、道家佛學的傳佈　道家道教這兩個名詞在表面上雖有些混淆，但其本質却有明顯的差別。道家是代表老莊一派的哲學，道教雖也奉黃老，却是一種民間的迷信宗教。道教的起源，在這裏雖然無法敍述，但在西漢初期盛行一時的黃老，還是屬於道家，至於道教的形成，却始於東漢，一面因爲結合着當日的陰陽迷信的思想，一面襲取當日輸入的佛教形式，漸漸地組合起來。所以在明帝時代，黃老浮屠還是在一種混淆的狀態。明帝永平八年答楚王英的詔中說：『楚王英尊黃老之微言，尙浮屠之仁祠，潔齋三月，與神爲誓。』（後漢書本傳）到了桓帝，在皇宮中正式設立了黃老浮屠之祠。後漢書本紀論說：『飾芳林而考濯龍之宮，設華蓋以祠浮屠老子。』西域傳論佛教也說：『楚英始盛齋戒之祀，桓帝又修華蓋之飾。』皇帝信佛信道，臣僚士子都會跟着走這條路的。所以西域傳中說：『桓帝並祀佛老，百性稍有奉者，後遂轉盛。』適應着這種環境，於是譯經的事業與盛起來了。初期翻譯經典的如支讖安清之流，都是桓靈時代的人。道教也藉着社會動搖，民間困苦的絕好機會，在鄉村間宣傳推動，張陵的五斗米道，張角的太平道，應運而生，十幾年間，徒衆到了幾十萬，地方布滿了青徐幽冀荊揚兗豫八大州，造成歷史上有名的黃巾之亂。

佛學初來中國，多係口傳，國人尙難解其眞義，於是與當日流行的道教，彼此混雜，互相推演。當時信教者與傳教者，都未能將佛道二教分辨淸楚，多視出自一門。因爲當日那些託名黃老的方術道士，除講服食導養丹鼎符籙之外，也講神鬼報應祠祀之方，而佛徒最重要的信條爲神靈不滅輪廻報應之說，又奉行齋戒祭祀，故雙方容易調和，而成爲一種佛道不分的綜合式。等到漢代末年，有支讖，安淸，竺佛朔，康孟祥，竺大力諸人的譯經，有牟子討論佛義的理感論，於是佛教本身的意義漸漸顯明，從方術道士的手下，漸漸解脫出來而入於自立之途了，同時，道教在民間很快地發展起來，其基礎日趨穩固。到了魏晉，老莊哲學獨立發展，與道教徒假託黃老的道教分道而馳，一爲民間信仰的宗教，一爲當代學術思想界的正統了。但這種道教，對於當代的知識份子，也發生很大的影響。如正派的道士葛洪我們不必說，就是嵇康王羲之之流，也都是信仰道教的，其勢力的傳播，可知不僅在於民間了。在這種變化時期，佛學也脫離道士的附庸，而與老莊的玄學相輔而行，大爲清談之士所愛好，佛學的發展，又進展到一個新的階段。

魏晉是政治長在動搖人民生活最痛苦的時代，也就是最適合於宗教發展的時代。遁世超俗之風日盛，出家爲僧道的人也就多起來了。那二百多年的佛經翻譯，造成極盛的狀況。如支謙，竺法護，僧伽跋澄，曇摩難提，竺佛念，鳩羅摩什，曇無讖諸人，都有很好的成績。再如釋道安，支道林，釋慧遠之流，也都是當日最有名的高僧。他們不僅宣揚佛理，並且精通中國的哲學，所以爲時流所敬重。佛徒在漢末三國時代，在讀書界並沒有地位，到了西晉，漸露頭角，阮瞻庾凱與沙門孝龍爲友，桓穎與竺法深結交，開了名士僧人結交的風氣。到了東晉，此風日盛，僧人加入清談，士子研究佛理，我們只要看一看簡文帝門下出入的僧人無不是談客，那些名士文人，無不與佛徒往來的事，就可知道那時的情形了。

佛教文學在中國文學的形式與體裁上發生明顯的影響，雖起於唐朝，然在魏晉時代，他一方面助長新人生觀與浪漫思想的發展，同時，又給與文藝以精神上的影響的事，也是不可否認的。至於道教徒所倡導的練丹服藥以及求仙的事績，無論在詩歌小說方面，都現出濃厚的色彩，這是人人都知道的。

二　文學理論的建設

在儒學衰微的魏晉，接着起來的，是道家佛學的思想。乘着這個自由解放的好機會，文學也就向儒學宣告獨立。由漢代的諷刺的功用主義，變爲魏晉的個人主義，再變而爲南朝時代的唯美主義了。在這種文藝思潮變動的過程中，魏晉時代確是一座重要的橋梁。對於這個文學獨立運動首先發動的人，大家都知道是曹丕。他在那篇有名的典論論文內，發表了許多對於文學可貴的見解。他首先敍述了對於建安七子的作品的品評。在那些評論裏，完全脫了儒家的倫理實用觀念，只以氣勢與個性爲標準。其次他對於文學的對象，有離開六藝學術而注重純文藝的傾向。他說：『夫文本同而末異。蓋奏議宜雅。書論宜理，銘誄尙實，詩賦欲麗。』奏議書論是散文，銘誄詩賦是韻文。宜雅宜理尙實欲麗，說得雖是簡單，但由此也可看出他對文體的性質分辨得很是淸楚。他又說：『蓋文章經國之大業，不朽之盛事，年爵有時而盡，榮樂止乎一身。二者必至之常期，未若文章之無窮。是以古之作者，寄身於翰墨，見意於篇籍，不假良史之辭，不託飛馳之勢，而聲名自傳於後。』在這些話裏，已帶有藝術至上主義的傾向，對於純文學的發展，是要給予以重大影響的。

自曹丕開了論文的風氣，繼續着這種工作的人就多了。曹植的與楊德祖書，應瑒的文質論，都是論文的文字。不過這些沒有什麼新穎的理論，略而不談，我們現在要注意的，是西晉陸機的文賦。文賦雖是出於駢麗的賦體，讀了似乎有點模糊，但稍稍細心一點，他的中心思想還是可以看得清楚。

一、內容形式兩全　漢儒對於文學的觀念，着重內容，所以貴重義理。陸機覺得文章的內容雖是可貴，但其形式音律以及修辭的美麗也不可忽略。他說：『理扶質以立幹，文垂條以結繁。』又說：『辭程才以效伎，意司契而爲匠。』又說：『其會意也尙巧，其遣言也貴姸。暨音聲之迭代，若五色之相宣。』他在這裏不僅主張用意修辭要尙姸巧，就是在聲音方面，也要給以音樂的美感的。他這種思想，可以看作是齊梁時代聲律論的先聲。

二、情感與想像的重要　文學縱有美麗的形式與辭藻，若無眞實的情感，作品仍是沒有活躍的生命。故他說『遵四時以歎逝，瞻萬物而思紛。悲落葉於勁秋，喜柔條於芳春。……慨投篇而援筆，聊宣之乎斯文。』因時節事物的刺激，可以使人生出情感和藝術創作的衝動性，到這時候援筆作文，便可達到如他所說的『思風發於胸臆，言泉流於脣齒，文徽徽以溢目，音泠泠而盈耳』的境地了。若作者毫無情感的波動，而一定要無病呻吟，所得的結果，必定是他所說的『六情底滯，志往神留，兀若枯木，豁若涸流』的狀態了。情感以外，其次便是想像。文學雖貴於現實的取材，但必得經過想像力的組織與鍛鍊，始能達到藝術的成就。若專靠經驗與實感，就難免平凡與薄弱。陸機說：『罄澄心以凝思，眇衆慮而爲言。籠天地於形內，挫萬物於筆端。』作家們要有「精騖八極，心遊萬仞」的想像力，才能使作品發出過人的力量與光輝。

三、反模擬　文學的有永久生命，因爲它在表現方面，有它獨創的個性。抄襲模擬的東西，無論技巧怎樣高明，總無永久價值，不能爲人所重視，陸機對於這一點，說得最淸楚：『雖杼軸於予懷，怵他人之我先，苟傷廉而衍義，亦雖愛而必捐。』又說：『收百世之闕文，採千載之遺韻。謝朝華於已披，啓夕秀於未振。』所謂謝已披之華，啓未振之秀，就是要發古人之所未發，言前人之所未言，若一味模擬前人，就有一點傷廉衍義了。

陸機提出來的這幾點，都是文學上的重要問題，他完全離開儒家倫理觀念的束縛，從純文學的觀點，發出許多可貴的議論。他這種思想，對於當代文學發展的影響，自然是很大的。於是大家都承認文學是一種獨立的藝術，專門論文的著述，和文集編纂的書籍，也一天天地多起來了。李充的翰林論，摯虞的文章流別志論，文章流別集等書，一定是很重要的文獻，可惜早已失傳，我們無從窺察其內容了。陸機的文學思想，我們可以看作是文學建設的理論，但對於傳統的儒家文學觀，帶着革命的態度，加以破壞和攻擊的，是稱爲道教徒的葛洪。他雖是道教徒，但他同時又是一個學者，對於老莊的哲學瞭解很深，他能以老子的自然論與莊子的進化論，應用到文學觀念方面去。所以他的見解，擊破了儒家的傳統觀念，而發出淸新自由的理論了。

一、德行文章並重　儒家的傳統觀念，把德行看爲根本，文章看爲枝末。文章再做得好，也只是騁辭耀藻，無補救於得失。因此在儒家的眼裏，辭章是玩物喪志的小道，沒有什麼意義的。葛洪却大膽地推翻了這種理論。他說：『文章之與德行，猶十尺之與一丈，謂之餘事，未之前聞。……且夫本不必皆珍，末不必悉薄。譬若錦繡之因素地，珠玉之居蚌石，雲雨生於膚寸，江海始於咫尺爾。則文章雖爲德行之弟，未可呼爲餘事也。』（尙博篇）文章與德行，猶如十尺一丈，並無輕重之分。天地萬物各有其德行實用，也各有其文彩光輝。若只重其一面，而忽視另一面，這觀念自然是錯的。他還進一步說：『德行爲有事，優劣易見；文章微妙，其體難識。夫易見者粗也，難識者精也，夫唯粗也，故銓衡有定焉，夫唯精也，故品藻難一焉。』（尙博篇）德行見於行爲，大半是出於做作，容易討好。文學出於表現，大半由於天才，其術難精。故德行粗淺，而文學精深，由這點看來，文學的艱苦微妙，反在德行之上了。他所持的這種議論，確實是大膽的，把儒家作爲命根的德行看作是粗淺的東西，歷來不敢動搖的德本文末的傳統觀念，也被他推倒了。

二、文學是進化的　儒家還有一個傳統觀念，認爲什麼東西，都是今不如古，養成一種自卑的拜古心理。稱帝王必曰堯舜，稱聖人必曰周孔，稱文必講尙書，稱詩必道三百篇。他們的理由，是『古之著書者，才大思深，故其文隱而難曉。今文意淺力近，故露而易見。以此易見比彼難曉，猶溝澮之方江河，蟻垤之與嵩岱矣。』這種意見，葛洪覺得是大錯的。他在鈞世篇說：『蓋往古之士，匪鬼匪神，其形器雖冶鑠於疇曩，其精神布在乎方策。情見乎辭，指歸可得。』他首先要破壞那種盲目崇拜古人的心理。古人並不是鬼，也不是神，他也同我們一樣，是一個平凡的人。他們的作品的精神，我們還可以見其情意。這種民主的開明精神，是非常可貴的。至於說古文隱而難曉，今文露而易見，這不是古文優於今文的標準，反是今文優於古文的證據，並且古文的隱而難曉，只是時代變遷語言雜亂的原因，與才大思深絕無關係。今文淺顯美麗，正是文學進化的結果。故他說：『古書之多隱，未必昔人故欲難曉。或世易語變，或方言不同，經荒歷亂，埋藏積久，簡編朽絕，亡失者多。或雜續殘缺，或脫去章句，是以難知似若至深耳。』又說：『且夫古者事事醇素，今則莫不雕飾，時移世改，理自然也。』他用時代變遷說到文學的進化，用言語不同章句殘缺種種合理的見解，來說明古今文章不同的原因，極合進化論的科學原理，比起儒家那種盲目的拜古主義來，眞不知要高明多少倍了。

他根據這種文學進化論的原則，斷定今文不僅不劣於古文，今文反比古文進步。他說：『夫尙書者政事之集也，然未若近代之詔策軍書奏議之清富贍麗也。毛詩者華彩之辭也，然不及上林，羽獵，二京，三都之汪濊博富也。……其如古人所作爲神，今世所著爲賤，貴遠賤近，有自來矣。故新劍以詐刻加價，弊方以僞題見實也。是以古書雖質樸，而俗儒謂之墮於天也，今文雖金玉，而常人同之於瓦鑠也。』（鈞世篇）庸人俗士，自己不敢主張，只憑耳聞，不用眼力，於是演出凡古皆神無今不劣的見解。葛洪罵那些人爲俗儒，實在是痛快極了。他接着又說：『至於罽錦麗而且堅，未可謂之減於蓑衣，輜軿妍而又牢，未可謂之不及椎車也。若舟車之代步涉，文墨之改結繩，諸後作而善於前事，其功業相次千萬者，不可復縷舉也。世人皆知之快於曩矣，何以獨文章不及古耶？』（同上）他這種一步進一步的論斷，使得那些俗儒，是無法反攻的。現在許多衞道的先生們，愛用電燈電話，愛坐輪船汽車，一提到白話文就深惡痛絕，這情形不正是一樣嗎？葛洪的道書，雖不足重視，但他的文學理論，却有重要的價値。他依着文質並重和進化論的原則，擊破了儒家素所主張的德本文末和貴古賤今的兩個最堅固的壁壘。就因這一點，在魏晉的文學批評史上，葛洪建立了穩固的地位了。

三　魏晉文學的浪漫性

在上述的那種時代環境與文學理論的環境下，魏晉文學的發展，自然是要偏於個人的浪漫主義方面去的。因此那些作品，都是以當日流行的道家道教佛教各種思想爲其根底，完全離開現實的社會人生，充分地表現一種超然的神秘的浪漫情緒。由那些作品，很明顯的映出當代智識階級的心理意識。他們把老莊的無爲遁世，道教的神仙，佛教的厭世，各種思想一起揉雜起來，再借着古代許多神話傳說爲材料，描出各種各樣的玄虛世界。於是崑崙蓬萊成了他們歌詠的仙境，宓妃成爲理想的神女，人面獸身的西王母，變成了觀世音，王喬，羨門，赤松子，河上公這些仙人逸士，都成爲他們最高的人生理想了。山海經，穆天子傳變成了經典，郭璞也得用漢儒解經的工夫來加以註解了。以儒家名世的皇甫謐，也寫起高士傳來了。陶淵明也以讀山海經爲題材而作詩了。招隱遊仙成爲當代最流行的詩題了。我們可以說，魏晉文學，完全是當日那種玄學與宗教思想的反映，也就是當日那些淸談名士的浪漫生活和浪漫心理的反映。在那些作品裏，明顯地表現出當代文人的性情理想嗜好和行爲。間接地把那一個紊亂的時代，留下一個分明的影子。

在當代的詩文辭賦裏，表現老莊的哲理思想的，眞是觸目皆是。從仲長統的樂志詩起，再如曹植的玄暢賦，釋愁文，髑髏說，嵇康的秋胡行，酒會詩答二郭，與阮德如，述志詩諸篇都是。至如阮籍郭璞的詩，幾乎全部是道家的哲理與神仙隱士的思想織成的。再如張華，孫楚，陸機，石崇他們的詩篇裏，也時時露出道家的言語來，到了孫綽許詢，再加以佛理，詩就更枯淡無味了。詩品說：『永嘉時，貴黃老，稍尙虛談，於時篇什，理過其辭，淡乎寡味。爰及江表，微波尙傳。孫綽，許詢，桓，庾諸公詩，皆平典似道德論。』文心雕龍明詩篇也說：『自中朝貴玄，江左稱盛。詩必柱下之旨歸，賦乃漆園之義疏。』檀道鸞續晉陽秋也說：『正始中何晏王弼好莊老玄勝之談，而俗遂貴焉。至過江佛理尤盛。故郭璞五言始會合道家之言而韻之；詢及太原孫綽轉相祖尙，又加以三世之辭，而詩騷之體盡矣。』這些批評都相當確切。不過道家詩文，並非起於郭璞，在仲長統，曹植，阮籍，嵇康的作品裏，早已開始了。下面各舉一首爲例。

『大道雖淺，見幾者寡。任意無非，適物無可。古來繞繞，委曲如瑣。百慮何爲，主要在我。寄愁天上，埋憂地下。叛散五經，滅棄風雅。百家雜碎，請用從火。抗志山西，遊心海左。元氣爲舟，微風爲柂。敖翔太淸，縱意容冶。』（仲長統）

『絕聖棄學，遊心於玄默。絕聖棄學，遊心於玄默。遇過而悔，當不自得，垂釣一壑，所樂一國。被髮行歌。和者四塞。歌以言之，遊心於玄默。』（嵇康秋胡行）

除了道家的玄理以外，其次在詩文裏表現最普遍的，是那種神秘的空想的遊仙思想。在曹操的氣出唱，精列，陌上桑，秋胡行諸詩裏，已充滿了仙道的典故。阮籍的詠懷詩，到處都是王喬，羨門，赤松，河上的字眼。曹植有洛神賦，仙人篇，遊仙篇，遠遊篇，升天行。王粲陳琳都有神女賦，郭璞是以遊仙詩著名的，張華，張協，成公綏，何迢諸人，也都有遊仙詩。陸機有前緩聲歌，庾闡，帛道獻都有採藥詩。在這些作品裏，他們採雜着道家的思想與道教的迷信，再採用古代的神仙傳說和一切奇異神秘的材料，造成一個美麗空虛的仙界，由這種藝術的象徵的暗示性，一面作者可以寄託自己苦悶的靈魂，同時又可引導讀者走入那種離奇的幻境。這種詩實在是太多了，隨便舉幾首爲例。

『乘蹻追術士，遠之蓬萊山。靈液飛素波，蘭桂上參天。玄豹遊其下，翔鶡戲其巔。乘風忽登舉，彷彿見衆仙。』（曹植升天行）

『危冠切浮雲，長劍出天外。細故何足慮，高度跨一世。非事爲我御，逍遙遊荒裔。顧謝西王母，吾將從此逝。豈與蓬戶士，彈琴誦言誓。』（阮籍詠懷）

『遊仙聚靈族，高會層城阿。長風萬里舉，慶雲鬱嵯峨。宓妃興洛浦，王韓起太華。北徵瑤台女，南要湘川娥。肅肅霄駕動，翩翩翠蓋羅。羽旗棲瓊鸞，玉衡吐鳴和。太容揮高絃，洪崖發清歌。獻酬既已周，輕舉乘紫霞。總轡扶桑枝，濯足暘谷波。清輝溢天門，垂慶惠皇家。』（陸機前緩聲歌）

『京華游俠窟，山林隱遯棲。朱門何足榮，未若託蓬萊。臨源挹清波，陵岡掇丹荑。靈谿可潛盤，安事登雲梯。漆園有傲吏，萊氏有逸妻。進則保龍見，退則觸藩羝。高蹈風塵外，長揖謝夷齊。』（郭璞遊仙詩）

其次，便是表現那種避世的隱逸思想而促成田園山水文學的產生，如阮籍，陸機，張載，左思，閭邱冲的招隱詩，陸雲的逸民賦逸民箴，王羲之的蘭亭詩，陶潛的大部份詩篇，都是這一類的作品。

在魏晉文學中，這類作品，是最優秀的。因爲哲理詩過於枯淡，遊仙詩過於玄虛。只有這種文學看去似乎枯淡，却又豐腴，看去似乎玄虛，却又實在。在這些作品裏，脫離了現世的塵俗，表現一個合乎人情的境界。這一個境界，不像仙界那麼神秘玄妙，是一個人人能走得到能體會得到的自然境界，在那裏有美麗的畫意，有濃厚的詩情，有自由的人生，一切都顯示着純潔，一切都表現着自然，我們讀了陶淵明的歸田園居，歸去來辭和桃花源記這一類的作品，自然會產生出這一種心境。

『杖策招隱士，荒塗橫古今。巖穴無結構，邱中有鳴琴。白雲停陰岡，丹葩曜陽林。石泉漱瓊瑤，纖鱗或浮沉。非必絲與竹，山水有清音。何事待嘯歌，灌木自悲吟。秋菊兼餱糧，幽蘭間重襟。躊躇足力煩，聊欲投吾簪。』（左思招隱）

『仰視碧天際，俯瞰綠水濱。寥閴無涯觀，寓目理自陳。大矣造化工，萬殊莫不均。羣籟雖參差，適我無非新。』（王羲之蘭亭集詩）

詩人的心境，時時刻刻是矛盾的。就在那種苦悶衝突的情感裏，產生出藝術。他們有時要談玄虛的哲理，有時要追求玄妙的神仙，有時又感到這些境界過於空虛，還不如飲酒作樂，及時求歡。於是這種現世的快樂思想。在魏晉的文學裏，也呈現着濃厚的色彩。如阮籍劉伶們的醉酒，王愷石崇們的奢淫，以及楊朱篇中所表現的那種縱慾思想，正與這類的作品，取着一致的情調。

『對酒當歌，人生幾何？譬如朝露，去日無多。慨當以慷，憂思難忘。何以解憂，惟有杜康。』（曹操短歌行）

『盛固有衰不疑，長夜冥冥無期。何不馳驅及時，聊樂永日自怡。賫此遺情何之。人生居世爲安，豈若及時爲歡。世道多故萬端，憂慮紛錯交顏，老行及之長歎。』（陸機董桃行）

由上面這幾點看來，魏晉的文學，是離開社會的現實，趨於個人的浪漫的路上而發展着的。當代的文人，與其說住於現實的世界中，不如說是住於虛構的賞樂的或是自然的神秘的世界中。他們幾乎全都是空想家，他們的生活都變成夢幻一般的玄虛。在這夢幻的玄虛中，他們的靈魂有了寄托，他們的心境由積極變爲消極，由憤慨變爲玄默，由避人變爲避世，最後入於陶淵明的淨化了。但由這種文學作品所反映出來的社會意識時代心理，與當日流行的哲學思想宗教觀念以及文士的生活狀態是完全一致的事，我們是必得注意的。

四　魏晉的神怪小說

上述的那種浪漫神秘的文學思潮，在魏晉的小說裏，也得着同樣的表現。小說的形成，大都由於古代的神話傳說的演述。我國神話傳說最不發達，因此小說的形成，也非帶遲緩。這大概也是古代思想偏於現實主義而缺少浪漫精神所致。在莊子，楚辭，山海經，穆天子傳，淮南子諸書裏，雖包含了一些神話傳說的故事，但他們只可看做是小說的材料，還不能算作是小說。莊子所說的『飾小說以干縣令』（外物）其意是指瑣屑之言，與後代小說的意義不同。桓譚所說：『小說家合殘叢小語，近取譬喻，以作短書，治身理家，有可觀之辭。』（李善注文選引新論）這雖與水滸紅樓夢不同，我國古代小說，大都是這種樣子。到了班固的藝文志，雖特別看小說家不起，但在諸子略的末尾，附存其目。得小說十五家，共千三百八十篇，這數目不能說少。班固說：『小說家者流，蓋出於稗官，街談巷語，道聽途說之所造也。孔子曰：雖小道必有可觀者焉。致遠恐泥。是以君子弗爲也，然亦弗滅也。閭里小知者之所及，亦使綴而不忘，如或一言可采，此亦芻蕘狂夫之議也。』他下的小說定義，和桓譚很相像。他後面加上去的那一點批評，也正是我國二千年來正統派文人對於小說一般的意見。一直到了孽海花的作者，還不敢寫出眞姓名來，大概也就是『君子弗爲也』的原故。

漢代小說的篇目雖有那麼多，可是到梁時只有青史子一卷，到隋時連這一卷也佚了。然據班固所注，則諸書大抵或託古人，或記古事。小說史說『託人者似子而淺薄，記事者似史而悠謬者也。』這話是不錯的。由太平御覽所引的鬻子，大戴禮記所引的青史子的零篇看來，或言戰爭，或言禮制，實在還算不了小說。除此以外，現存的漢代小說，如託名東方朔的神異經，十洲記，託名班固的漢武帝故事，漢武帝內傳，託名郭憲的洞冥記，託名劉歆的西京雜記諸書，大都是魏晉人所作，前人早有定論。由此看來，論中國的小說，最可靠的時代，還得以魏晉爲開始了。

魏晉時代的神仙鬼怪小說，充分地表現了當代流行的神秘思想與宗教迷信。或出文人，或出教徒，無不以豐富的想像力，把古代的神話傳說材料，加以美化，加以靈性，寫得活躍生動。我國民族，自始親信巫術，秦漢以來，神仙之說又興，魏晉而後，小乘佛教，流入中土，三者滙流，而使鬼神傳說，盛極一時。自晉訖隋，鬼神志怪之書，層出不窮。這類書籍，有的是文人所寫，有的是教徒所寫。教徒寫的，固在自神其教；而文人寫的，也因他們確信鬼神的存在，寫人、述鬼、敍神，並無區別。所以敍述異事，與記載人間常事，並沒有那些是眞的，那些是假的觀念。

古書裏如山海經穆天子傳中所記載的各種現象。都只說其奇怪兇猛，但到了魏晉，經了一般文人方士的想像組織，都加以聰明的靈性，和美麗的面貌了。如西王母在山海經裏是一個人面獸身的可怕的怪物：

『西海之南，流河之濱，赤水之後，黑水之前，有大山，名曰崑崙之丘。有神，人面虎身，有文有尾，皆白處之。其下有弱水之淵環之，其外有炎火之山，投物輒然。有人戴勝虎齒豹尾，穴處，名曰西王母。此山萬物盡有。』（大荒西經）

這種人獸合成虎齒豹尾穴居野處的怪物，是很可怕的。但到了漢武帝故事，武帝內傳內，西王母變成人人愛的仙姑美女了。

『到夜二更之後，忽見西南如白雲起，鬱然直來，徑趨宮庭，須臾轉近。聞雲中簫鼓之聲，人馬之響。半食之頃，王母至也。縣投殿前，有似鳥集。或駕龍虎，或乘白麟，或乘白鶴，或乘仙車，羣仙數千，光耀庭宇。既至，從官不復知所在，唯見王母乘紫雲之輦，駕九色斑龍，別有五十天仙。……王母唯扶二侍女上殿。侍女年可十六七，服青綾之袿，容眸流盼，神姿清發，眞美人也。王母上殿，東向坐，著黃金褡襡，文采鮮明，光儀淑穆，帶靈飛大綬，腰佩分景之劍，頭上太華髻，戴太眞晨嬰之冠，履玄璚鳳文之舄，視之可年三十許，修

短得中，天姿掩藹，容顏絕世，眞靈人也。』（漢武帝內傳）

武帝內傳描寫漢武帝從初生到崩葬時的故事，是魏晉小說中較好的一篇。他已經脫離那種殘叢小語的形式，能用想像力把故事組織起來，成爲一個長篇。其中如叙王母下降一段，文字旣是美麗，描寫也甚細緻活潑，開後代傳記小說的先聲。但我們要注意的，除了文字與形式以外，便是從前那種人獸合一的王母，到了當代人的筆下，穿起了文化的衣冠，戴了珠寶的首飾，成了天姿掩藹容顏絕世的仙女，在這裏正表現了魏晉浪漫文學的眞精神。武帝故事的內容和這一篇大致相同，但在文字的技巧上，却比不上這一篇，大概武帝內傳是較遲的作品。

描寫神仙以外，寫鬼的也很多。列異傳三卷，隋志云魏文帝撰，其中都是叙鬼物奇怪之事。文中有甘露年間事，在文帝後，或後人有所增益。現此書已亡，法宛珠林，太平御覽諸書中，偶有引錄。

『南陽宗定伯年少時，夜行逢鬼，問曰，誰？鬼曰，鬼也。鬼曰，卿復誰？定伯欺之，言我亦鬼也。鬼問欲至何所，答曰：欲至宛市。鬼言我亦欲至宛市。共行數里，鬼言步行大亟，可共迭相擔也。定伯曰大善。鬼便先擔定伯數里，鬼言卿大重，將非鬼也。定伯復言我新死，故大重耳。定伯因復擔鬼，鬼略無重。如是再三。定伯復言，我新死，不知鬼悉何所畏忌？鬼曰，唯不喜人唾，……行欲至宛市，定伯便擔鬼至頭上，急持之。鬼大呼，聲咋咋索下。不復聽之，徑至宛市中，著地化爲一羊，便賣之。恐其便化，乃唾之，得錢千五百。』

（法宛珠林六）

再如干寶所撰的搜神記二十卷，自序云以「發明神道之不誣。」其中言鬼事者頗多，舉一條作例。

『阮瞻字千里，素執無鬼論，物莫能難，每自謂此理足以辨正幽明。忽有客通名詣瞻，寒溫畢，聊談名理，客甚有才辯，瞻與之言良久，及鬼神之事，反復甚苦，客遂屈。乃作色曰：『鬼古今聖賢所共傳，君何得獨言無？卽僕便是鬼。』於是變爲異形，須臾消滅。瞻默然，意色大惡，歲餘而卒。』（卷十六）

可知談神說鬼，文人們把它當成一件若有其事的來描寫，是在魏晉那個浪漫思潮極盛的時代開始的。於是後代繼續着這種發展一直到淸代的聊齋，可說是集神鬼的大成。從魏晉以後，神鬼的演述，便成爲小說中的一個重要部門了。

再如神異經，十洲記，洞冥記，張華的博物志，陶潛的搜神後記，荀氏的靈鬼志，祖冲之的述異記這些書，或存或亡，或有增刪，或已失名，但看其書題，便會瞭解其中的內容，無不是談神說鬼，敘述奇異的山川草木而已。他們的內容雖有些不同，然其表現的精神及其根本意識都是一致的。在當日的詩歌方面，所表現的是偏重於玄學的哲理與浪漫的人生觀，在小說裏，却把那些神鬼存在善惡報應的宗教觀念與迷信色彩，全都表現出來了。由這些地方，我們便可知道稱爲浪漫主義的魏晉文學的特色了。

第九章　魏晉詩人

一　建安詩人

建安雖是漢獻帝的年號，而這時候的政治大權，完全握在曹操的手裏，並且當時的文學領袖，都是曹家人物。建安七子，雖大都死於建安年間，除孔融以外，也都是曹家的幕客，因此建安文學，應屬之於曹魏的事，是較爲合理的。

建安時代，在政治上雖是極其紊亂，但在文學上却是非常光明。一方面固然是因爲時代環境的刺激與醞成，同時不得不歸功於那幾個政治領袖的愛才如命與提倡文學的風氣。文心雕龍時序篇說：『魏武以相王之尊，雅愛詩章，文帝以副君之重，妙善辭賦，陳思以公子之豪，下筆琳琅。並體茂英逸，故俊才雲蒸。仲宣（王粲）委質於漢南，孔璋（陳琳）歸命於河北，偉長（徐幹）從宦於青土，公幹（劉楨）徇質於海隅，德璉（應瑒）綜其斐然之思，元瑜（阮瑀）展其翩翩之樂。傲雅觴豆之前，雍容衽席之上。灑筆以成酣歌，和墨以藉談笑。』詩品也說：『曹公父子篤好斯文，平原兄弟（曹植封平原侯）蔚爲文棟。劉楨王粲爲其羽翼。次有攀龍托鳳，自致於屬車者，蓋將百計。彬彬之盛，大備於時矣。』在這裏我們可以知道建安文壇的盛況。武宣時代君主貴族的提倡辭賦，於是辭賦盛極一時，曹氏父子的於詩歌，個個能創作批評，再加以提倡獎勵，不怕沒有攀龍附鳳的文士。『彬彬之盛，大備於時，』這種現象，自然是沒有什麼可怪的了。於是『建安七子』『三祖陳王』都成爲文學上的習語了。(七子之名始見於典論論文。『今之文人，魯國孔融，廣陵陳琳，山陽王粲，北海徐幹，陳留阮瑀，汝南應瑒，東平劉楨，斯七子者，於學無所遺，於辭無所假，咸自以騁騏驥於千里，仰齊足而並馳。』三祖陳王，見於沈約謝靈運傳論：『至於建安，曹氏基命，三祖陳王，咸蓄盛藻。』三祖爲魏武帝曹操，文帝曹丕，明帝曹叡。陳王，曹植也。) 再加以邯鄲淳丁儀丁廙繁欽應璩諸人，於是造成了建安文學的極盛時代。

關於建安詩歌的特色，我們可以分作兩方面來講。第一，是詩歌的體裁與格律；其次，是詩歌的內容與精神。關於前者，有兩點值得我們注意：

一、樂府歌辭的製作　兩漢樂府文學的興起，在我國的詩歌史上開闢了一個新局面。一方面是促進五七言詩體的成立，另一方面是使文士階級的作品民衆化與社會化。這兩種現象，到了建安，格外明顯。當代詩人的主要事業都是用古樂府的舊曲，改作新辭，即是寫作純粹的五言古詩，亦無不受有樂府文學的影響。因爲這種影響，造成了文士詩的民歌化，樂府詩的文士化了。這一點，使得建安詩歌特別有生氣有光彩的事，我們是必得注意的。並且樂府到了建安，大都篇幅加長。如曹操之度關山，善哉行，秋胡行，氣出唱，曹丕之大牆上蒿行，曹植之鞞舞歌，名都，美女，白馬，驅車，棄婦諸篇，少者百數十言，長者至二三百言，爲兩漢樂府所少見者。文字亦稍見整鍊華美，這是樂府文士化的一種必然的趨勢。至於當代詩人的重要作品，幾乎都是那些倣製的樂府古辭，由此，我們更可知道樂府文學對於建安詩歌所發生的重大影響了。

二、七言詩體的正式成立　兩漢樂府或古詩，尙無純粹的七言體。柏梁聯句眞僞莫明，張衡四愁，尙非全體。到了曹丕的燕歌行，七言詩體才正式成立。在我國的詩史上，這是一件重要的事。燕歌行有兩篇，都是七言，今舉一首作例。

『秋風蕭瑟天氣凉，草木搖落露爲霜。羣燕辭歸雁南翔，念君客遊多思腸。慊慊思歸戀故鄉，君何淹留寄他方。賤妾煢煢守空房，憂來思君不敢忘。不覺淚下霑衣裳，援琴鳴絃發清商。短歌微吟不能長，明月皎皎照我床。星漢西流夜未央，牽牛織女遙相望。爾獨何辜限河梁。』

這完全是七言了。很奇怪的，這種七言體自曹丕成立以後，同時代的詩人，很少有這種作品。曹植的離友詩二首雖是七字一句，然也是楚辭體的作品，同燕歌行的體裁是兩樣的。便是兩晉，作這種詩的人也很少見，一直到了南北朝，才漸漸發展起來。由此可知一種新體裁由醞釀形成而至於興盛，確是需要一個長時代的進化，決不是一個短時代和幾個作家所能辦到的。

上面所說的，是關於建安詩歌的體裁與格律，現在要說到他們的內容與精神了。在這一方面，也有值得注意的兩點。

一、保存樂府詩中那種寫實的社會的色彩　就魏晉文學的全體說來，其作品的內容與精神，是離開實際的社會人生，而偏於浪漫玄虛的發展。但在建安時代的詩歌中，有一部份的作品，還能保存樂府詩中那種特有的寫實的社會的色彩。我想這原因有兩點，第一，是建安詩人是初期模倣樂府的時代，在他們的作品裏，還能承繼樂府一部份的寫實精神與社會文學的情調。其次，是在那個初步形成的大亂時代，一般文人尚未安於環境，尙未達到那種完全養性全眞的隔離階段。對於那種戰禍的痛苦與人民的離亂，不能完全閉着眼睛不管。無論見聞感觸，偶然表現於詩篇，便呈現着寫實的社會的色彩了。我們在曹氏父子建安七子的詩篇裏，很有不少描寫社會生活的作品。先看曹操的蒿里行：

『關東有義士，興兵討羣凶。初期會孟津，乃心在咸陽。……鎧甲生蟣虱，萬姓以死亡。白骨露於野，千里無鷄鳴。生民百遺一，念之斷人腸。』

再如他的苦寒行，卻東西門行也都是很好的作品。我們再看陳琳的飲馬長城窟行：

『飲馬長城窟，水寒傷馬骨。往謂長城吏，愼莫稽留太原卒。官作自有程，舉築諧汝聲。男兒寧當格鬬死，何能怫鬱築長城。長城何連連，連連三千里。邊城多健少，內舍多寡婦。作書與內舍，便嫁莫留住。善待新姑嫜，時時念我故夫子。報書住邊地，君今出語一何鄙。身在禍難中，何爲稽留他家子。生男愼莫舉，生女哺用脯。君獨不見長城下，死人骸骨相撐拄。結髮行事君，慊慊心意間，明知邊地苦，賤妾何能久自全。』

這是一首多麼悲痛的社會詩。人民徭役之苦，夫婦別離之情，在這些文字裏，寫得既極眞實，而又苦痛。再看王粲的七哀詩：

『西京亂無象，豺虎方遘患。復棄中國去，委身適荆蠻。親戚對我悲，朋友相追攀。出門無所見，白骨蔽平原。路有飢婦人，抱子棄草間。顧聞號泣聲，揮涕獨不還。未知身死處，何能兩相完。驅馬棄之去，不忍聽此言。南登灞陵岸，回首望長安。悟彼下泉人，喟然傷心肝。』

他在這裏所寫的民衆離亂的生活，眞是呈現着一幅有聲有色的難民的圖畫。在這圖畫的背後，是深深地反映着那個時代的影子的。再看阮瑀的駕出北郭門：

『駕出北郭門，馬樊不肯馳。下車步踟蹰，仰折枯楊枝。顧聞丘林中，噭噭有悲啼。借問啼者誰，何爲乃如斯？親母捨我沒，後母憎孤兒。饑寒無衣食，舉動鞭捶施，骨消肌肉盡，體若枯樹枝。藏我空屋中，父還不能知。上冢察故處，存亡永別離。親母何可見？淚下聲正嘶。棄我於此間，窮厄豈有貲。傳告後代人，以此爲明規。』

他們或寫征戰之痛苦，或寫社會的離亂，或寫難民的流浪，或寫孤兒的苦楚，都呈現着寫實的社會文學的特色，與樂府民歌的明顯的影響。在這裏正表現着建安時代的詩人，還沒有完全沈溺在酒藥山水裏，對於人生社會，不致於裝着不聞不見的模樣，至少，他們的眼睛耳朵，還沒有完全閉着。但這種情形，到了兩晉，就看不見了。老莊的玄理，道教的神仙，把他們同實際的社會人生完全隔離起來了。他們都住到另外一個世界去，那是一個玄虛美麗而又神秘的世界。

二、開兩晉浪漫文學之端　上面雖說在建安詩人的作品裏，有一部份還保存着寫實的社會的色彩。而另一部份却正是兩晉浪漫文學的先聲。浪漫的色彩在程度上雖比不上兩晉那麼濃厚，但在詩歌裏所歌詠的老莊玄學的思想與仙人高士的渴慕，以及人生無常的苦悶與暫時賞樂的觀念，却有不少。

本來這種傾向，在漢代張衡的思玄，髑髏二賦，樂府詩中的善哉行，以及仲長統的樂志詩裏，已見其端緒，到了建安詩人的作品裏，這種傾向是更明顯了。我們先看曹操的短歌行：

『對酒當歌，人生歲何？譬如朝露，去日苦多。慨當以慷，憂思難忘。何以解憂，惟有杜康。
青青子衿，悠悠我心。但爲君故，沉吟至今。呦呦鹿鳴，食野之苹。我有嘉賓，鼓瑟吹笙。
明明如月，何時可掇？憂從中來，不可斷絕。越陌度阡，枉用相存。契闊談讌，心念舊恩。
月明星稀，烏鵲南飛。繞樹三匝，無枝可依。山不厭高，水不厭深。周公吐哺，天下歸心。』

這首詩的氣魄雖極雄渾，但人生無常富貴如夢的悲哀，總是浸透着全篇的字句裏。四言詩自三百篇以後，有式微之歎，但到了仲長統，曹操很有幾篇好的四言作品，頗有復興之象，畢竟大勢已去，雖當代作者頗多，已無法與五言詩的主潮對抗，到了嵇康陶潛以後，四言詩就算是中絕了。曹公雖是一時英傑，但在他的作品裏，所表現的人生幻滅感與遊仙的思想却非常濃厚。如秋胡行，陌上桑，精列，氣出唱諸篇，幾乎滿了仙人玉女蓬萊，崑崙，赤松，王喬這一類的字跡。關於曹操的心理狀態，我們只能與秦皇漢武同看，比起阮籍，郭璞一流人來，究竟是兩樣的。在曹植的作品裏，這種色彩更是濃厚。無論辭賦雜文樂府古詩都有不少敘述老莊哲理和歌詠遊仙的文字，他是兩晉浪漫文學一個最重要的啓導者。可知在作品的內容與精神方面，建安的詩，一面保存着社會詩的寫實性，一面開啓着個人詩的浪漫性，這種變化遞嬗之跡，在文學的發展史上，都是極其重要的。

建安七子，以王粲劉楨爲首。詩品序說：『曹公父子篤好斯文，劉楨王粲爲其羽翼。』可知古人已有定評了。王粲（西曆一七七——二一七年）字仲宣，山陽高平人（今山東鄒縣西南）先依劉表，後入曹操的幕下。他以博洽著稱，有集十一卷，今存詩二十六首。上面所舉的七哀詩，是他的傑作。他的辭賦，已開駢儷華彩之風，在他的詩裏亦頗注重鍛字鍊句。如『山岡有餘映，巖阿增重陰。』（七哀詩之二）『曲池揚素波，列樹敷丹榮，』（雜詩，）『幽蘭吐芳烈，芙蓉發紅暉。』（雜詩之二）這些都不是漢詩的風格，已下開兩晉南朝的風氣了。詩品說他『發愀愴之詞，文秀而質羸。在曹劉間別構一體。方陳思不足，比魏文有餘。』這批評是很得體的。

劉楨（死於西曆二一七年）字公幹，東平人（今山東泰安）在七子中，他的詩名最盛。曹丕稱讚他說：『其五言詩，妙絕當時。』（與吳質書）詩品也說：『楨詩源出於古詩，仗氣愛奇，動多振絕，眞骨凌霜，高風誇尚。但氣過其文，雕潤恨少。然自陳思以下，楨稱獨步。』劉勰鍾嶸雖是這麼一致推崇他，但就其現存的十五首詩看來，並不能使我們覺得他的作品眞是妙絕當時。在這些詩裏，找不到七哀，飲馬長城窟那一類的社會詩，就是他的五言詩，也還比不上魏文帝那兩首雜詩。或許他有更好的作品，早已散亡了，也說不定。現舉詩一首以見其作風。

『秋日多悲懷，感慨以長歎。終夜不遑寐，敍意於濡翰。明燈耀閨中，淸風凄已寒。白露塗前庭，應門重其關。四節相推斥，歲月忽欲殫。壯士遠出征，戎事將獨難。涕泣灑衣裳，能不懷所歡。』（贈五官中郎將之三）

三祖俱以樂府見稱，武明二帝以四言見長，文帝則四言五言七言中俱有佳作。武帝長於才與氣，文帝長於情與韻。明帝有氣勢而弱才情，自爲三祖之末。詩品將武明二帝置於下品，批評說：『曹公古直，甚有悲涼之句。叡不如丕，亦稱二祖。』這於曹操雖覺不平，於曹叡却是合理的。曹丕在文學史上，自有其高貴的地位。文學批評由他開始，七言詩體由他創立。樂府詩外，他還能作極好的五言詩。試看他的雜詩第一首：

『漫漫秋夜長，烈烈北風涼。展轉不能寐，披衣起彷徨。彷徨忽已久，白露沾我裳。俯視清水波，仰看明月光。天漢回西流，三五正縱橫。草蟲鳴何悲，孤雁獨南翔。鬱鬱多悲思，綿綿思故鄉。願飛安得翼，欲濟河無梁。向風長歎息，斷絕我中腸。』

再如他的雜詩第二首及與君新結婚，都是極好的五言詩，這種詩，無論從那方面講，都在王粲劉楨之上。詩品評其鄙質，我倒覺得他的好處就在鄙質上面。因爲如此，所以他的樂府古詩，都能充分地保存古樂府的風格，平淡樸質，而情韻又極好。鍾嶸受了六朝華美文學的薰染，而薄其鄙質，這論見是不公平的。

在整個的建安詩壇上，能領袖羣倫而無愧色的，自然是曹植。（西曆一九二——二三二年）曹植字子建，先後封爲平原侯，東阿王，陳王，死後謚曰思，故世稱陳思王。由他的傳記以及其他的史料看來，我們知道他自小聰明，養育在那個文學空氣濃厚的家庭裏，十歲左右，便誦讀了詩論、辭賦數十萬言，十二歲那年，作了銅雀臺賦，使得他的父親大爲驚喜。也就在這幼小的年紀，同一個比他大十歲的甄夫人發生了戀愛。後來這位女人同曹丕結了婚，他晝思夜想廢寢忘餐，害起想思病來。不久，甄夫人死了，他那浪漫的哥哥送給弟弟一個她睡過的枕頭，曹植見而泣下，作感甄賦，就是那曹叡改名的洛神。由這些事實裏，我們知道他自幼便有良好的文學修養和詩人特有的那種殉情的浪漫的性格。但是他到了壯年，却遭逢着極不良的境遇。曹丕篡位以後，他無日不在壓迫困苦中討生活，有名的七步詩，是人人知道的故事。明帝卽位，待遇較佳，上表求試，想作一番事業，結果是一無成就。死時正是四十一歲的壯年。

由此，我們可以知道，曹植的作品，除了那公衆的時代環境以外，還有那種他自己特有的個人環境作基礎。由這兩方面的生活環境彼此調和混合，造成了他作品中分明的性格，高遠的意境與熱烈的感情。在曹丕篡位以前，他的生活比較自由舒適。所以反映在作品中的情感也比較平和，如三良，公宴，侍太子坐，以及贈送丁儀王粲徐幹諸詩，大半都是互相贈答唱和的應酬詩，雖呈露着他的才藻，却缺乏眞實的性情。曹丕稱帝以後，他感着壓迫日盛，他的幾位好朋友也都遇害了。在這時期他時常遷徙，骨肉之情，流浪之苦，才使他眞實地體驗到人生的悲痛。如他的吁嗟篇，浮萍篇，怨歌行，門有萬里客，磐石篇諸詩，或明寫或暗示，都是表現自己飄零的身世，而寄寓着沉痛的情感的。再如贈白馬王彪七首，更是悲憤交集。其中有詛咒，有諷刺，有悲傷，也有勸慰。在曹植的集子裏，這些都是最好的作品。無論在文字或是情感上，決不是侍太子坐那一類的應酬詩所可比擬的了。生活愈是壓迫，心境愈是追求自由與解脫。這種追求自由與解脫的心境，是曹植全體作品的基幹。他在野田黃雀行一詩裏，假想着黃雀自由飛舞的快樂心境，來解脫自己的苦悶。『拔劍捎羅網，黃雀得飛飛。……

飛飛摩蒼天，來下謝少年。』這種海濶天空的自由世界，自由心境，是曹植日夜追求而得不到的。由這種追求的苦悶，自然容易偏向到老莊的淸靜逍遙的路上去，也就容易入於游仙的境界了。他的理智中雖是師承儒道，想做一番愛國利民的事業，雖是反對方士的神仙觀念，但在他的潛意識，却充滿了老莊的思想與游仙的追戀。試看他的苦思行，升天行，仙人篇，遠遊篇，五遊詠，平陵東，桂之樹行，飛龍篇，都是這種虛無浪漫的作品。在他的辭賦雜文中，歌誦黃老之言的文字也很多。所以曹植的思想根底，確實是多方面的。儒道神仙，都包羅在他的頭腦裏。然而也就因為這種矛盾衝突錯綜複雜的意識，促成了詩人偉大的成就。

五言詩在建安時代雖已成熟，但到曹植的筆下才擴大其範圍，達到無所不寫的程度。無論抒情說理寫景祝頌象徵各種詩體，他的集子裏都有。在五言詩的發展史上，曹植的開拓工作，我們是不能忽視的。

『吁嗟此轉蓬，居世何獨然。長去本根逝，夙夜無休閑。東西經七陌，南北越九阡。卒遇回風起，吹我入雲間。自謂終天路，忽然下沉泉。驚飇接我出，故歸彼中田。當南而更北，謂東而反西。宕宕當何依，忽亡而復存。飄颻周八澤，連翩歷五山。流轉無恆處，誰知吾苦艱。願為中林草，秋隨野火燔。糜滅豈不痛？願與根荄連。』（吁嗟篇）

『明月照高樓，流光正徘徊。上有愁思婦，悲歎有餘哀。借問歎者誰，言是蕩子妻。君行踰十年，孤妾常獨棲。君若淸路塵，妾若濁水泥。浮沈各異勢，會合何時諧。願為西南風，長逝入君懷。君懷良不開，賤妾當何依？』（七哀）

『踟躕亦何留，相思無終極。秋風發微涼，寒蟬鳴我側。原野何蕭條，白日忽西匿。歸鳥赴高林，翩翩厲羽翼。孤獸走索羣，銜草不遑食。感物傷我懷，撫心長太息。』（贈白馬王彪之四）

曹植的好詩太多，上面選了三首作一個例。詩品說他『原出國風。骨氣奇高，詞采華茂。情兼雅怨，體被文質。粲溢今古，卓爾不羣。』這眞是推崇備至了。李夢陽序云：『植詩其音宛，其情危，其言憤切而有餘悲，殆處危疑之際者乎？』又王世貞云：『漢樂府之變，自子建始。』這兩家或從其作風立論，或從其體裁着眼，都有過人之處。是値得我們重視的。

二 正始到永嘉

正始是魏廢帝的年號，當日的政治實權已落在司馬氏的手裏，這與建安時代的政治情形是同樣的衰落，但在文化思想上，却又有同樣的光彩。兩晉的玄學，就在這時候建立起來，何王嵇阮一流的名士，都產生在這個時代。中國的文化思想，從這時起了一個大大的轉變。魏氏春秋說：『嵇康寓居河南之山陽縣，與之遊者，未嘗見其喜慍之色。與陳留阮籍，河內山濤，河南向秀，籍兄子咸，瑯琊王戎，沛人劉伶，相與友善，遊於竹林，號爲七賢。』建安七子與竹林七賢，前後遙相對照，是一件有趣味的事。但其間却有一點重要的差別。七子，是圍繞着當日的君主貴族，七賢是寄情於竹林酒樂之鄉，過其放浪自由的生活的。中間雖有山濤王戎從事政治，然亦無損於他們那一派人的特有風格。由這種地方，一面說明建安正始文人的生活思想的轉變，同時也就表示當日文學精神的轉變。老莊的玄學，由何宴王弼，嵇康阮籍一般人倡導鼓吹，於是道家思想日益興盛，便成為兩晉學術界的主流。因此當日的文學，連建安時代保存的那一點點寫實的社會的色彩也完全脫去，無論詩文辭賦，全都是那些虛無的道家言語。文學的表現方法，也多由寫實的變為象徵的，抒情的變為說理的了。文心雕龍說：『正始明道，詩雜仙心。何晏之徒，率多浮淺。惟嵇詩清峻，阮旨遙深，故能標焉。』（明詩）他這話是不錯的。竹林七賢中的山濤，向秀，王戎，阮咸四人沒有詩流傳下來，劉伶除那著名的酒德頌外，只傳下一篇北芒客舍的五言詩。何晏存詩二首，一為鴻鵠比翼遊，一為轉蓬去其根，確是浮淺不足稱。能作為正始詩人的代表的，自然只有阮籍嵇康了。

阮籍（西曆二一〇——二六三）字嗣宗，陳留尉氏人（今河南開封）是阮瑀的兒子，他賦性傲慢，胸懷高濶，愛酒喜樂，反對禮法，成為有名的浪漫者。他著有大人先生傳，達莊論，通易論諸文，盡力反對儒家的名教仁義，而歸於老莊的無為與逍遙。這些文字對於當日的玄學運動，發生極大的影響。錢大昕在何晏論中說：『典午之世，士大夫以清談為經濟，以放達為盛德。競爭虛浮，不修方幅，在家則喪紀廢，在朝則公務廢。……以是咎嵇阮可，以是罪王何則不可。』（潛研堂集卷一）他說的這些事實是對的，其實咎嵇阮罪王何都是不對的。當日那種浪漫的思想與生活的產生，完全是時代環境所造成，決非出於其本性。當魏晉交替，人命的屠殺極為慘酷。如何晏夏侯玄的誅族，鍾會的被殺，都是令人寒心的事。士處當世，對於現實的希望完全消滅，不得不由積極的救世的人生觀，變爲消極的避世的人生觀了。晉書阮籍傳說：『籍本有濟世志，屬魏晉之際，名士少有全者，籍由是不與世事，酣飮爲常。』可知他並不是無志之士，只因爲環境過於惡劣，又不願去做那種貪緣勢利的下賤行爲，只好縱酒取樂，而歸於頹廢一途了。他雖是連續地在司馬父子的手下做着官，那也只是一種無可奈何的明哲保身的方法，他的心境自然是痛苦的。如果他眞是愛富貴，司馬昭替他兒子司馬炎求親的時候，他何必要爛醉六十天，去裝聾賣啞呢？我們讀他的首陽山賦，知道他的心中還蘊藏着激烈的憤慨與熱烈的情感。他討厭那些高官大吏假借禮法的名義來陷害良人，所以他反對那種虛僞的禮法，他看見那些君主貴族的胡作亂爲，所以他鼓吹無爲，他受不了那種壓迫束縛的生活，所以他歌誦着淸靜逍遙的境界。這種種心情的結合，表現出來的是那有名的八十二首詠懷詩。

在那個動輒得咎的時代，說話作人固不容易，作詩作文也就很難。自己心中的憤恨和情感，只能用隱秘的象徵的語句表現出來，因此詠懷詩就蒙了一層晦隱的帷幕。顏延年說：『阮公身事亂朝，常恐遇禍。因茲詠懷，雖志在刺譏，而文多隱避。百代之下，難以情測。』詩品也說：『厥旨淵放，歸趣難求。』可知道這種象徵的表現法，也是時代造成的。他在第一首說：『徘徊將何見，憂思獨傷心。』這憂思傷心，便是詠懷詩的中心意境。他憂思宇宙間一切的幻滅，他傷心人事社會的離亂，他羨慕仙界的美麗而又同時感其虛無。他痛恨現實世界的惡劣而又無法逃避。這些心境的波潮，便是他要詠的懷抱。

『夜中不能寐，起坐彈鳴琴。薄帷鑒明月，淸風吹我衿。孤鴻號外野，翔鳥鳴北林。徘徊將何見，憂思獨傷心。』

『朝陽不再盛，白日忽西幽。去此若俯仰，如何似九秋。人生若塵露，天道邈悠悠。齊景升丘山，涕泗粉交流。孔聖臨長川，惜逝忽若浮。去者余不及，來者吾不留。願登太華山，上與松子遊。漁父知世患，乘流泛輕舟。』

『危冠切浮雲，長劍出天外。細故何足慮，高度跨一世。非子爲我御，逍遙遊荒裔，顧謝西王母，吾將從此逝。豈與蓬戶士，彈琴誦言誓。』

『儒者通六藝，立志不可干。違禮不爲動，非法不肯言。渴飲清泉流，饑食甘一簞。歲時無以祀，衣服常苦寒。屣履詠南風，縕袍笑華軒。信道守詩書，義不受一餐。烈烈褒貶辭，老氏用長歎。』

這些都是詠懷詩中意義比較明顯一點的作品，在這些作品裏，阮籍的傷時感事反禮法慕自由的心境，我們是可以體會得到的。在他的集子裏，沒有一首樂府，他是東漢建安以來，第一個用全力作五言的大詩人，五言詩到了他，地位更是穩固，藝術更是成熟了。

嵇康（西曆二二三——二六二年）字叔夜，譙國銍人。（今安徽宿縣西南）學問淵博，人品高尚。好老莊，稍染道教習氣，故常言養生服食之事。其反禮法愛自由，正與阮籍同，然才高識遠，一時有臥龍之稱。後因友人呂安事入獄，加以鍾會譖於司馬昭，遂遇害。本傳說他臨刑時，太學生三千人請以爲師，弗許，可知他當日在學術界的名望了。世人都妄譏阮嵇亂俗，而當此亂世，以嵇康那種樹下鍛鐵山中採藥的生活，尙不能免一死，明哲保身也就實在不容易了。

阮籍以五言專，嵇康以四言著。在他五十三首詩中，有二十五首是四言。並且好的作品，都在四言中。曹操以後，嵇康算是四言詩的健者。

『乘風高遊，遠登靈丘。託好松喬，攜手俱遊。朝發太華，夕宿神州。彈琴詠詩，聊以忘憂。』（贈秀才入軍十九首之十六）

『淡淡流水，淪胥而逝。汎汎柏舟，載浮載滯。微嘯淸風，鼓檝容裔。放櫂投竿，優遊卒歲。』（酒會詩七首之一）

這種詩的意境是多麼高遠純潔。劉勰說嵇詩淸峻，是非常精當的。淸是淸遠，峻是峻切。詩品亦說：『嵇詩頗似魏文，過爲峻切，訐直露才，傷淵雅之致。然託諭淸遠，良有鑒裁，亦未失高流矣。』所謂淸遠，就是一種空靈高潔的境界，可於上舉二詩中得之。至於峻切，我們可以看他的長篇幽憤詩。這一篇是他入獄所作，心境憤慨，情不能已，秉筆直書，自然是要脫其淸遠之氣而入於峻切一途了。然而在這長詩裏，却表現了詩人的眞實的人生觀。其他的五言詩與樂府諸篇，其中多言黃老神仙，詩的情韻，大爲減少。所謂個人主義的浪漫文學，曹植開其端緒，到了嵇阮，算是達到盛時了。

正始以後，接着就是太康。詩品云：『太康中，三張二陸兩潘一左，勃爾復興，踵武前王，風流未沫，亦文章之中興也。』三張舊說爲張載張協張亢兄弟，（但張亢不列詩品，詩亦不佳，應以張華爲是。）二陸爲陸機陸雲兄弟，兩潘爲潘岳潘尼叔姪，左爲左思。其外還有傅玄，何劭，孫楚，成公綏，夏侯湛，石崇諸人，都有作品，因此在兩晉，太康確是一個文風最盛的時期。這原因，便是司馬氏篡魏以後，這六七十年的分裂局面，暫時告一結束，而入於短期的統一。太康時代，勉强可算得是小康。於是一般文士又攀龍附鳳歌功誦德起來，都注意在文字的形式方面用工夫。阮籍嵇康詩中所表現的那種自由精神，那種清峻遙深的風格與意境也不可得了。

太康詩人的作品，實在沒有多大的價値。然而他們却有一個共同的特色，便是輕視內容與意境，而偏重辭藻。於是造成浮豔華美的風氣。這一點雖不足取，然對於南朝文學的發展，却有極大的影響。兩漢詩歌，篇目雖少，然皆文字質樸，內容充實。建安正始，辭華漸富，仍能注重內容意境，頗有兩漢遺風。至於太康，時會所趨，無論詩歌辭賦，都用心雕琢，注意辭藻。如陸機所擬的漢樂府古詩，全非漢代面目，滿篇駢詞儷句，完全是太康的流行體了。本來這種浮艷的風氣，由王粲開其端，到了陸機，才至於全盛。沈德潛批評他說：『意欲逞博而胸少慧珠，筆又不足以擧之，遂開出排偶一家。西京以來空靈矯健之氣不復存矣。降自梁陳，專工對仗，邊幅復狹，令閱者白日欲臥，未必非士衡爲之濫觴也。』這話是一點不錯的。我們試看他下面這些詩句：

『淸川含藻景，高岸被華丹。馥馥芳袖揮，泠泠纖指揮。悲歌吐淸響，雅舞播幽蘭。』（日出東南隅行）

『凝冰結重磵，積雪被長巒。陰雲隱巖側，悲風鳴樹端。不覩白日景，但聞寒鳥喧。猛虎憑

林嘯，玄猿臨岸歎。』（苦寒行）

『和風飛淸響，鮮雲垂薄陰。蕙草饒淑氣，時鳥多好音。』（悲哉行）

『南望泣玄渚，北邁涉長林。谷風拂修薄，油雲翳高岑。亹亹孤獸騁，嚶嚶思鳥吟。』（赴洛）

『振策陟崇丘，安轡遵平莽。夕息抱影寐，朝徂銜思往。』（赴洛道中）

這樣的詩句，眞是觸目皆是。對偶旣是工穩，文字亦極華美，而造句用字，更呈現着雕琢刻劃的痕跡與苦心。這種現象，在文學的藝術上講，無疑是進步的。但過於雕琢刻劃，有傷文學的眞美，有損於意境與情感，這一點是太康詩人的通病，也是他們的共同的特徵。如張華，潘岳，陸雲，潘尼的詩文，都是如此。張載張協雖較樸淨，然亦時現雕琢之跡。詩品評張華的詩說：

『其體浮艷，興託不奇。巧用文字，務爲姸冶。雖名高曩代，而疏亮之士，猶恨其兒女情多，風雲氣少。謝康樂云：張公雖復千篇，猶一體耳。』

又評陸機詩說：

『原出陳思。才高詞贍，舉體華美。氣少於公幹，文劣於仲宣。……然其咀嚼英華，厭飫澤膏，文章之淵泉也。』

李充翰林論評潘岳說：（初學記引）

『潘安仁之爲文也，猶翔禽之羽毛，衣被之綃縠。』

這些批評，都是說明太康詩歌的趨於辭藻雕飾的共同傾向。大都缺少漢魏詩的渾厚與意境。但他們也不能說完全沒有好詩。如張華的描寫當代淫侈生活的輕薄篇，陸機的贈弟，赴洛道中，潘岳的悼亡，張協的雜詩，還不失爲上等之作。他們作品最大的缺點，就是缺少作家的個性，只有時代共同的個性，謝康樂評張華詩說：『張公雖復千篇，猶一體耳。』這是他們這一羣詩人的最好的公評。

在這個偏重辭藻雕飾的空氣裏，只有左思一人，獨標異幟，出現於當日的詩壇，有卓然不羣之概。這是值得我們重視的。他現存的作品雖是不多，然都能脫去太康流行的風尙，頗有哀怨感傷諷諭寄託之致，尙能保存漢魏詩中那種渾厚的風格。詩品說他，『文曲以怨，頗爲精切，得諷諭之致，』這是不錯的。

左思字太冲，山東臨淄人。生卒年不詳，約生於三世紀中期，死於四世紀初年。博學能文，貌寢口訥，其妹左芬，亦有詩名。他作有三都賦，皇甫謐爲之序，一時豪貴競相傳寫，洛陽爲之紙貴。因此成了大名。但他的詩的價値，遠在他的辭賦之上。他的詠史，雜詩，嬌女詩都是好作品。

『皓天舒白日，靈景耀神州。列宅紫宮裏，飛宇若雲浮。峨峨高門內，藹藹皆王侯。自非攀龍客，何爲欻來游？被褐出閶闔，高步追許由。振衣千仞岡，濯足萬里流。』（詠史八首之五）

『杖策招隱士，荒塗橫古今。巖穴無結構，邱中有鳴琴。白雲停陰岡，丹葩曜陽林。石泉漱瓊瑤，纖鱗或浮沉。非必絲與竹，山水有淸音。何事待嘯歌，灌木自悲吟。秋菊兼餱糧，幽

蘭間重襟。躊躇足力煩，聊欲投吾簪。』（招隱之一）

『秋風何冽冽，白露爲朝霜。柔條旦夕勁，綠葉日夜黃。明月出雲崖，皦皦流素光。披軒臨前庭，嗷嗷晨雁翔。高志局四海，塊然守空堂。壯齒不恆居，歲暮常慨慷。』（雜詩）

這種渾厚的作風，高潔的境界，不是潘陸三張他們的詩中所能找到的。或借史事以寫懷，或託山水以寓意，或因時序以寄慨，這才是魏晉浪漫文學中的最上作品。這種詩風由左思開其端，到陶淵明集其大成，達到最高的表現。沈德潛說：『太沖胸次高曠，而筆力又復雄邁。陶冶漢魏，自製偉詞，故是一代作手，豈潘陸輩所能比埒！』這眞是知人之論了。

太康以後，詩史上有永嘉之稱。永嘉爲晉朝大亂之時。懷愍北去，典午南遷。當日詩人或寫家國之痛，其辭憤激而有餘悲，或抒逃世之情，其詩玄虛而有仙意。前者是劉琨，後者是郭璞。

劉琨（西曆二七一——三一八）字越石，中山魏昌人。（今河北省）年少有詩名，與石崇，歐陽建，陸機，陸雲之徒，並以文章事賈謐，時稱爲二十四友。永嘉元年爲幷州刺史，頗有聲望，後爲劉聰所敗，父母俱遇害。愍帝時拜大將軍都督，幷幽冀三州軍事，復敗於石勒。遂與幽州刺史鮮卑段匹磾聯婚立誓，共戴晉室，後以嫌隙爲段匹磾縊死，年四十八。我們看了他晉書中的傳記，知道他半生戎馬，很想做一番事業，只是大勢已去，遭逢着那困窮的境遇。發之於詩，令人有故宮禾黍之悲，英雄末路之感。在答盧諶書中，將他的思想心情說得非常清楚。他說：

『昔在少時，未嘗檢括。遠慕老莊之齊物，近嘉阮生之曠達。厚薄何從而生，哀樂何由而至？自頃輈張，困於逆亂，國破家亡，親友凋殘。塊然獨立，則哀怨兩集；負杖行吟，則百憂俱至。時復相與，舉觴對膝，破涕爲笑，排終身之積慘，求數刻之暫歡。譬由疾疢彌年，而欲一丸銷之，其可得乎？夫才生於世，世實須才。……天下之寶，固當與天下共之。但分拆之日，不能不悵恨耳。然後知聃周之爲虛誕，嗣宗之爲妄作也。』

可知劉琨原來的思想，也是屬於老莊一派。後來的現實生活與窮困的境遇，才使他起了轉變。在這種轉變與境遇裏，造成他那種哀感而又俊拔的作風。

『橫厲糾紛，羣妖競逐。火燎神州，洪流華域。彼黍離離，彼稷育育。哀我皇晉，痛心在目。』（答盧諶）

詩義雖是淺顯，其情感是非常眞實的。再有扶風歌一首，可稱是他的代表作。

『朝發廣莫門，暮宿丹水山。左手彎繁弱，右手揮龍淵。顧瞻望宮闕，俯仰御飛軒。據鞍長歎息，淚下如流泉。繫馬長松下，發鞍高岳頭。烈烈悲風起，泠泠澗水流。揮手長相謝，哽咽不能下。浮雲爲我結，歸鳥爲我旋。去家日已遠，安知存與亡。慷慨窮林中，抱膝獨摧藏。麋鹿遊我前，猨猴戲我側。資糧既乏盡，薇蕨安可食。攬轡命徒侶，吟嘯絕巖中。君子道微矣，夫子固有窮。惟昔李騫期，寄在匈奴庭。忠信反獲罪，漢武不見明。我欲竟此曲，此曲悲且長。棄置勿重陳，重陳令心傷。』

禾黍之悲，末路之感，表現得既深刻又沉痛，令讀者一面悲懷當日的離亂，同時又寄與作者以無限的同情。這種雄峻的詩風，在魏晉詩人裏是少見的。詩品說他，『善爲悽戾之辭，自有清拔之氣。既體良才，又罹厄運。故善叙喪亂，多感恨之詞。』這批評算是最確切了。

郭璞（西曆二七七——三二四）字景純，河東聞喜人。（今山西絳縣附近）先後入於殷祐王導的幕下，元帝時，爲尚書郎，後遇害於王敦，年四十九。據晉書的傳記，他是一個澈底的呼風喚雨捉鬼驅神的道士。但他的學問淵博，文彩斐然，無論辭賦詩章，俱爲一時名手。著書有爾雅注，方言注，穆天子傳注，山海經注，周易林，楚辭注等書，爲士林所重。魏晉的游仙文學，作者雖多，但不能不以郭璞爲極盛。他有游仙詩十四首，是其詩中的代表作。

『翡翠戲蘭苕，容色更相鮮。綠蘿結高林，蒙籠蓋一山。中有冥寂士，靜嘯撫清絃。放情凌霄外，嚼蘂挹飛泉。赤松林上遊，駕鴻乘紫煙。左挹浮丘袖，右拍洪崖肩。借問蜉蝣輩，寧知龜鶴年。』（遊仙）

『淸溪千餘仞，中有一道士。雲生梁棟間，風出窗戶裏。借問此何誰？云是鬼谷子。翹跡企穎陽，臨河思洗耳。閶闔西南來，潛波渙鱗起。靈妃顧我笑，粲然啓玉齒。蹇修時不存，要之將誰使。』（遊仙）

這種詩比起劉琨那種清剛之氣的作品來，正是道語仙心的玄虛文學的代表。但作者文才奇肆，尙能假玄語以託中情，還表現出詩中的高遠意境，所以在當日那種談玄說理的詩歌裏，郭璞的詩是比較可讀的。詩品說他『始變永嘉平淡之體，故爲中興第一。』劉勰說他『景純豔逸，足冠中興。』所謂

『變平談，』所謂『豔逸，』都是說明在當日『理過其辭平淡寡味』的詩風裏，他還能够保存一部份的辭藻與詩情。至如孫綽，許詢，桓溫，庾亮們的作品，詩既無情韻，體近乎偈語，那眞不能算是詩歌了。詩品說：『永嘉時，貴黃老，尙虛談，於是篇什，淡平寡味。爰及江表，微波尙傳。孫綽，許詢，桓，庾諸公詩，皆平典似道德論（何晏著有道德論）』世說注引續晉陽秋說：『過江佛理尤盛，……詢及太原孫綽，轉相祖尙，又加三世之辭，詩騷之體盡矣。』又沈約謝靈運傳論云：『在晉中興，玄風獨盛。爲學窮於柱下，博物止乎七篇。』可知當時的詩文，除老莊以外，再加以佛理，自然是更枯淡無味了。

許詢桓溫庾亮的詩不傳，孫綽的詩在殘存的文館詞林及漢魏六朝百三名家篇裏還保存着幾首。大概孫許二人各有特長。晉書本傳云；『綽與詢一時名流，或愛詢高邁，則鄙於綽；或愛綽才藻，而無取於詢。沙門支遁，試問綽；君何如許？』答曰：『高情遠致，弟子早已伏膺，然一詠一吟，許將北面矣。』可知許以品格稱，孫以文采勝。他的天台山賦雖雜有禪意，然刻畫極精，文字亦美麗。我們試看他的詩：

『大樸無像，鑽之者鮮。玄風雖存，微言靡演。邈矣哲人，測深鈎緬。誰謂道遠，得之無遠。……』（贈溫嶠）

『仰觀大造，俯覽時物。機過患生，吉凶相拂。智以利昏，識由情屈。野有寒枯，朝有炎鬱。失則震驚，得必充詘。……』（答許詢）

由這些詩句，很可看出當日玄理詩的趨勢，除了述道佛的哲理外，更要勉力擬古，於是都變成一種歌訣和偈語了。但是他的碧玉歌二首，却是最有情韻的，民歌式的短詩。因其風格全異，故後人疑爲僞託。如第二首云：『碧玉破瓜時，郎爲情顚倒。感君不羞赧，回身就郎抱。』詩雖是絕妙，但這種熱情大膽的寫法，同他的作風不合，似乎不是孫綽所爲，但亦無法證明耳。

這種玄虛的詩風，占領了整個的東晉詩壇。風會所趨，倣效日衆，於是當日的詩壇更是沉寂了。沈約云：『仲文始革孫許之風，叔源（謝混）大變太玄之氣。』然我們讀殷仲文的詩，玄氣未除，謝混之作，清新絕少，並不能使當日的詩壇發生變化，生出光彩。眞能獨樹一幟，卓然成家，一洗當日枯淡的風氣，使詩文重回於意境情韻者，是那位號稱五柳先生的陶淵明。

三　田園詩人陶淵明

陶淵明（西歷三七二——四二七據梁啓超氏考證）一名潛，字元亮，江西潯陽柴桑人。他不僅是魏晉時代的第一流詩人，並且是中國文學史上數一數二的大文學家，他的散文辭賦和詩歌都是第一流的。其作品個性的分明，情感的眞實以及人品的高潔，只有一個屈原，可以和他比擬。他的偉大處，是能將他的人生思想的全部，和他的作品溶成一片。在那裏活動着一個共同的生命，一個共同的靈魂，決不像其他的作家，作品和行爲分得開，令人在那空隙裏發揮着虛僞和做作。

他的曾祖陶侃做過大司馬，祖茂，父逸都做過太守，外祖孟嘉做過征西大將軍，照理他家應該是有錢的。但他却是一貧如洗，不得不躬耕養母，有時還窮得行乞。這就因爲他的祖先親戚都是清貧自守的好人。看他在命子詩中頌揚他的曾祖說『功遂辭歸，臨寵不忒。孰謂斯心，近而可得。』又說他的父親：『寄跡風雲，寘兹慍喜。』他曾替外祖作傳說：『行不苟合，言無夸矜，未嘗有喜慍之容。好酣飲，逾多不亂。至於任懷得意，融然遠寄，傍若無人。』可知他的祖先親戚，都是胸懷廣濶品格高尙的人物。陶淵明受了這種遺傳和家庭環境的陶養，所以能造成他那卓然獨立的人生。

他的人生最眞實。他想作官，就去找官做，並不以作官爲榮；他不愛作官，就辭職耕田，並不以退隱爲高；他窮了就去行乞，並不以行乞爲恥；有了錢就痛快地用，並不以此爲浪費。他心中有一個人生的高遠理想，那就是逍遙自適，凡與此有違反的，他不管飢餓與窮困，都要加以排除。歸去來辭序中說：『余家貧，耕植不足以自給。幼稚盈室，缾無儲粟。生生所資，未見其術。親故多勸余爲長吏，脫然有懷，求之靡途。會有四方之事，諸侯以惠愛爲德，家叔以余貧苦，遂見用於小邑。於時風波未靜，心憚遠役。彭澤去家百里，公田之利，足以爲潤，故便求之。少日，眷然有歸與之情。何則？質性自然，非矯厲所得。飢凍雖切，違己交病。嘗從人事，皆口腹自役。於是悵然慷慨，深愧平生之志。猶望一稔，當斂裳宵逝。尋程氏妹喪於武昌，情在駿奔，自免去職。仲秋至冬，在官八十餘日，因事順心，命篇曰歸去來兮。』他在這裏說的，沒有半點虛僞，一字一句，全是眞性情，眞心境的表現。絕不像那些身在江湖心懷魏闕的僞君子的口是心非，也沒有一點故鳴清高藉以釣名沽譽的做作。蘇東坡說他：『欲仕則仕，不以求之爲嫌，欲隱則隱，不以去之爲高，飢則扣門而乞食，飽則雞黍以迎客。古今賢之，貴其眞也。』朱子語錄說：『晉宋人物，雖曰尙清高，然箇箇要官職。這邊一面清談，那邊一面招權納貨。陶淵明眞個能不要，所以高於晉宋人物。』這些話都說得精當極了。他從前做過劉牢之劉敬宣的參軍，但自彭澤令辭官以後，就眞的隱了。日與樵子農夫相處，山水詩酒爲樂，悠悠地過了二十年的逍遙自在的生活。在這時期，產生了許多最好的作品。

他的退隱田園寄情山水，一方面固由他的愛好自由的性格，同時也是由於那時代的環境。東晉的政治本是紊亂黑暗，到了他的時代，更是糟了。司馬道子及其兒子元顯當權，招權納賄，朝政混濁不堪。那一般官僚士子，更是攀龍附鳳，無恥已極。後來桓玄篡位，劉裕起兵，不久東晉就亡了。陶淵明處在這種時代，既無力撥亂反正，又不能同流合汚。看見當日士大夫的無恥行爲，自然是痛心疾首。他在感士不遇賦序中說：『自眞風告逝，大僞斯興，閭閻懈廉退之節，市朝驅易進之心。』這話說得極明顯，也說得極憤慨。知道他對於當日的政治社會，起了激烈的厭惡，逼得他不得不另找寄託生命的天地。他說的『飢凍雖切，違己交病。』『我不能爲五斗米向鄉里小兒折腰，』這都是他內心的眞實告白，他實在不能再在那個政治環境下面生活了。後人說他在劉裕篡晉以後的作品，只書甲子，表示他恥事二姓的忠愛之情，這實在是腐儒所添的蛇足。他有廣濶的胸懷，高遠的理想，那就是桃花源記中所表現的無政府社會，自由自在的大同世界。他對於當日那種君主官僚政治的淫奢腐敗，早已深惡痛絕，不管司馬家也好，劉家也好，他都看作是魯衞之政，沒有什麼分別。在那種環境裏，無論是晉宋，無論什麼高官厚祿，都是留他不住的了。梁啓超氏說得好，『如果他在爭什麼姓司馬的姓劉的，未免把他看小了。』這一點是先儒所見不到的。

陶淵明是魏晉思想的淨化者，他的哲學文藝以及他的人生觀，都是浪漫的自然主義的最高表現。在他的思想裏，有儒道佛三家的精華而去其惡劣的習氣。他有律己嚴正肯負責任的儒家精神，而不爲那種虛僞的禮法與破碎的經文所陷；他愛慕老莊那種淸靜逍遙的境界，而不與那些頹廢荒唐的淸談名士同流；他有佛家的空觀與慈愛，而不沾染一點下流的迷信色彩。因此我們在他的作品裏，時時發現各家思想的精義，而又不爲某家所獨占。在這種地方，就正顯出他思想背境的豐富和他的作品的偉大。腐儒因此附會忠愛，佛道因此附會其修養，這都是一些近視眼，沒有看到陶淵明的思想的全體。朱子說了一句，『淵明之辭甚高，其旨出於莊老，』害得眞西山之流，苦口辯明。說『淵明之學，正自經術中來，故形之於詩有不可掩。如榮木之憂，逝水之歎也。貧士之詠，簞瓢之樂也。……又豈毁彝倫而外名教者，所可同日而語乎？』這與王逸的辨離騷，正可前後比美了。而另外一派道釋之士，在其詩裏尋得一章半句，或言其得道，或稱其會禪。這都是愚淺之見，不足爲訓的。陶淵明之所以爲陶淵明，就在他獨有的性格，時代的環境，以及各家思想的精華，混合調和而形成那種特殊的典型。這種典型不容許旁人模擬學習，也不受任何思想家派的限制。

陶淵明的作品，在作風上，是承受着魏晉一派的浪漫主義，但在表現上，他却是帶着革命的態度而出現的。他洗淨了潘陸諸人的駢詞儷句的惡習而反於自然平淡，又棄去了阮籍郭璞們那種滿紙仙人高士的歌頌眷戀，而入於山水田園的寄託，同時又脫去了嵇康孫綽們那種滿篇談玄說理的歌訣偈語，而敘述日常的瑣事人情。在兩晉的詩人裏，只有左思的作風和他稍稍有些相像。詩品說『他原出應璩，又協左思風力，』應詩傳者甚少，我們不容易見其淵源，至於說協左思風力，這是不錯的。我們讀過他的詠史招隱以後，再來讀陶詩，自然會體會到他們兩個的作風，確實有許多近似的地方。

他的作品，我們可分作兩期來看。他三十四歲那年辭去彭澤令而退居山林，可作這兩期的界限。前者在社會服務，爲飢餓奮鬬，對於當代政治社會，雖已感着厭惡，但他的人生主旨，還沒有達到決定的階段。在那些詩裏，也時時流露出來一種憤恨和熱情。同時飲酒的歌詠，詩中也極少見。我們在他的命子，懷古田舍，與從弟敬遠諸篇裏，都以名節互相勉勵，似乎還沒有離開現實社會的決心。詠荊軻一首恐怕也是這期的詩。『惜哉劍術疎，奇功遂不成。其人雖已沒，千載有餘情。』對於荊軻一流人物，表示深切的歎息，同時是寄寓着自己的憤慨的。這種詩句，不像他入山以後的作品。在藝術的價值上，他前期的作品，要以經曲阿，阻風於規林幾首爲最好。

『弱齡寄事外，委懷在琴書。被褐欣自得，屢空常晏如。時來苟冥會，婉孌憩通衢。投策命晨裝，暫與園田疎。眇眇孤舟逝，綿綿歸思紆。我行豈不遙，登陟千里餘。目倦川塗異，心念山澤居。望雲慚歸鳥，臨水愧遊魚。眞想初在襟，誰謂形跡拘。聊且憑化遷，終返班生廬。』（始作鎭軍參軍經曲阿）

『自古歎行役，我今始知之。山川一何曠，巽坎難與期。崩浪聒天響，長風無息時。久遊戀所生，如何淹在茲。靜念園林好，人間良可辭。當年詎有幾，縱心復何疑。』（庚子五月從

都還阻風於規林）

在這些詩裏，他所表現的，是爲着衣食的掙扎，不得不到社會上去服務，行李奔波，精神痛苦，而無時不作田園山水之想，正代表着他前期的心境與生活。另有歸田園居幾首，王雪山著栗里年譜以爲作於三十歲那年，但細觀其文字意境，俱不相合。應爲辭彭澤令以後所作。陶澍靖節先生年譜考異云：『景文之意，以墮地爲塵網，故繫此詩於年三十，說近釋氏。先生胸中無此塵網，當以仕途言之。』這話對極了。吳斗南的年譜，也以此數篇爲棄官後所作，這是無可疑的。

陶氏後期的作品最多，生活安定了，心境靜寂了，因此藝術的價値也最高。『問君何能爾？心遠地自偏。』這是他後期的心境的告白。『居止次城邑，逍遙自閑止。坐止高蔭下，步止華門裏。好味止園葵，大歡止稚子。』（止酒）這是他後期生活的寫眞。胡仔云：『坐止於樹蔭之下，則廣厦華堂吾何羨焉。步止華門之裏，則朝市深利吾何趨焉。好味止於噉園葵，則五鼎方丈吾何欲焉。大歡止於戲稚子，則燕歌趙舞吾何樂焉。』要達到這種心境和生活的階段，是要經過長期的矛盾奮鬬的心情和痛苦的人生經驗的。他在歸去來辭裏，坦白地描寫他這種心境生活的轉變的過程和愉快。經過了這一轉變，他由動的苦悶的世界，變爲定的逍遙自適的世界了。於是美麗的自然，酒與詩文，成爲他靈魂的寄託者了。旁人以此爲苦，他却以此爲樂了。他的最高貴的作品，就產生在這一個時代裏。

『少無適俗韻，性本愛丘山。誤落塵網中，一去三十年。羈鳥戀舊林，池魚思故淵。開荒南野際，守拙歸園田。方宅十餘畝，草屋八九間。榆柳蔭後簷，桃李羅堂前。曖曖遠人村，依

依墟里烟。狗吠深巷中，雞鳴桑樹巔。戶庭無雜塵，虛室有餘閒。久在樊籠裏，復得返自然。』（歸田園居）

『野外罕人事，窮巷寡輪鞅。白日掩荆扉，對酒絕塵想。時復墟曲中，披草共來往。相見無雜言，但道桑麻長。桑麻日已長，我土日已廣。常恐霜霰至，零落同草莽。』（同上）

『種豆南山下，草盛豆苗稀。晨興理荒穢，帶月荷鋤歸。道狹草木長，夕露霑我衣。衣霑不足惜，但使願無違。』（同上）

『結廬在人境，而無車馬喧。問君何能爾？心遠地自偏，採菊東籬下，悠然見南山。山氣日夕佳，飛鳥相與還。此中有眞意，欲辨已忘言。』（飲酒）

『秋菊有佳色，挹露掇其英。汎此忘憂物，遠我遺世情。一觴雖獨進，杯盡壺自傾。日入羣動息，歸鳥趨林鳴。嘯傲東軒下，聊復得此生。』（同上）

『迢迢百尺樓，分明望四荒。暮作歸雲宅，朝爲飛鳥堂。山河滿目中，平原轉渺茫。古時功名士，慷慨爭此場。一旦百歲後，相與還北邙。松栢爲人伐，高墳互低昂。頹基無遺主，遊魂在何方。榮華誠足貴，亦復可憐傷。』（擬古）

『人生無根蒂，飄如陌上塵，分散逐風轉，此已非常身。落地爲兄弟，何必骨肉親。得歡當作樂，斗酒聚比鄰。盛年不重來，一日難再晨。及時當勉勵，歲月不待人。』（雜詩）

『有生必有死，早終非命促。昨暮同爲人，今旦在鬼籙。魂氣散何之，枯形寄空木。嬌兒索

父啼，良友撫我哭。得失不復知，是非安能覺。千秋萬歲後，誰知榮與辱。但恨在世時，飲酒不得足。』（擬挽歌辭）

『荒草何茫茫，白楊亦蕭蕭。嚴霜九月中，送我出遠郊。四面無人居，高墳正蕉嶢。馬爲仰天鳴，風爲自蕭條。幽室一已閉，千年不復朝。千年不復朝，賢達無奈何。向來相送人，各自還其家。親戚或餘悲，他人亦已歌。死去何所道，託體同山阿。』（同上）

這些都是陶詩中的珠玉，他們的生命，是永恆的。任你放到任何時代任何國家，都是第一流的作品。因了這些詩，提高魏晉浪漫文學的地位，建立了田園文學的典型。昭明太子在陶集序中說：『其文章不羣，辭彩精拔。跌宕昭彰，獨起衆類。抑揚爽朗，莫之與京。橫素波而傍流，干青雲而直上。語時事則指而可想，論懷抱則曠而且眞。加以貞志不休，安道苦節。不以躬耕爲恥，不以無財爲病。……觀淵明之文者，馳競之情遣，鄙吝之意祛，貪夫可以廉，懦夫可以立。』這批評實在是確切的。鍾嶸將陶淵明列爲中品，古今文人頗多異議。但他批評說：『文體省淨，殆無長語。篤意眞古，辭興婉愜。每觀其文，想其文德。世歎其質直。至如『歡言酌春酒』（讀山海經）『日暮天無雲』，（擬古）風華淸靡，豈直爲田家語耶！古今隱逸詩人之宗也。』由這些話可知他對於陶的作品與人品，都是推崇備至的了。蘇東坡說：『淵明作詩不多，然其詩質而實綺，癯而實腴，自曹劉鮑謝李杜諸人，莫能及也。』這是最有見解最公平的評論。

第十章　南北朝與隋代的文學趨勢

一　唯美文學的興起

魏晉時代的浪漫文學，到了南北朝與隋的二百年間（四二〇——六一八），不僅沒有遇着發展的任何阻礙，並且在這時期中，無論學術思想的，政治的，以及外來文學的環境，都使得魏晉以來的神祕玄虛的浪漫文學，再走入絕對自由發展的機運，而形成中國文學史上未曾有過的唯美文學的極盛潮流。文學到了這時候，才眞的達到自覺的獨立新階段。一般人對於文學本身的意義與價值，認識得更爲清楚，同時文學對於藝術上的技巧問題也討論得更精密更細緻了。這種現象在文學本身的發展上，自然是一種顯明進步。雖說自隋唐以後，一般正統派的人們，開口就責備這個時代的文學的墮落淫靡，用力的加以排擊，這只是從功利的實用的文學思想上立論，想從藝術至上主義回到藝術功用主義的路上去，這一種轉變，是君主集權堅强有力和儒家思想恢復了威權以後所必有的現象。關於這些理論的是非，現在無法在這裏討論，不過有一點，我們必得注意，就是這二百年來的文學遺產，成爲唐代文學的豐富的基礎。在這些遺產裏，許多新的形式新的格律，都出現了，正等待着後人的完成發揚，因此，造成了唐代詩歌的獨盛。

我們現在萬不能囿於古人道統的偏見，把這個時代看作是中國文學史上的黑暗期，這個時代的文學發展實在是自由的光明的，而又是藝術的。任何作家都把文學當作一件藝術品，在那裏專心專意地創作，他們避開一切理論教訓歌誦宣傳的功利傾向，只承認美是文學上最高的意義。四六駢文，抒情的辭賦，美麗的小品文，豔綺的情詩，都成爲這時代獨有的產品。不用說，這些作品，我們並不能承認就是文學中的模範，他們有一個不可掩飾的重大的弊病，就是缺少社會的人生的意義與基礎。然而就其文學本身的發展上看來，他是進化的，藝術的，他有他不可磨滅的創造精神。

唯美文學能在這時期順利的發展，自必有其原因，要明瞭這些原因必得注意下列這些事件。

一、君主貴族對於文學的愛好與提倡　南朝四代的君主，在政治上雖沒有多大的建樹，但在文學上，却都有很好的成績。有的是愛好獎勵，有的能創作批評，造成了一時文學極盛的空氣。宋文帝的立儒玄文史四館，明帝的分儒道文史陰陽五科，在這裏都暗示着文學的地位趨於獨立，已經能同他種重要的學科並列了。至於當代宗室，如南平王休鑠，建平王弘，廬陵王義眞，江夏王義恭等，都以獎勵文學，招集文士著稱，成爲推動文學的重要力量。齊高帝及其諸子鄱陽王鏘，江夏王鋒，豫章王嶷。都以文學著名，竟陵王門下的八友，更是一時的俊彥。梁武帝父子，都是南朝時代的天才詩人，在中國歷史上，只有曹家父子和南唐的中主後主差可比擬。至於陳後主隋煬帝諸人都有優美的文學成績，這是大家都知道的事。在這兩百年濃厚的文學空氣中，君主臣僚的提倡與效法，競豔爭奇，圖名奪寵，文學的發展，是必然要離開社會人生的基礎，而走到唯美的路上去的。裴子野雕蟲論序說：

『宋明帝博好文章，才思朗捷。常讀書奏，號稱七行俱下。每有禎祥及行幸宴集，輒陳詩展義，且以命朝臣，其戎士武夫則請託不暇，困於課限，或買以應詔焉。於是天下向風，人自藻飾，雕蟲之藝盛於時矣。』

又南史文學論序云：

『自中原沸騰，五馬南渡。綴文之士，無乏於時。降及梁朝，其流彌盛。蓋由時主儒雅，篤好文章，故才秀之士，煥乎俱集。於時武帝每所臨幸，輒命羣臣賦詩。其文之善者賜以金帛，是以縉紳之士咸知自勵。』

又南史陳後主本紀說：

『後主荒於酒色，不恤政事。……江總孔範等十人預宴，號曰狎客。先令八婦人襞采箋，製五言詩，十客一時繼和，遲則罰酒。君臣酣宴，從夕達旦，以此爲常。』

在這種環境空氣裏，文學離開了民衆社會的描寫，輕視了爲人生的高尚的意義，而傾心於詞藻形式的美麗與音律的和諧的事，實是必然的趨勢了。

二、儒學衰微與淸談浮虛的風向的繼續　魏晉時代，儒家在思想界失去了信仰與指導人心的力量，風靡一時的是老莊的哲學，因此造成當日極盛的自然主義。南北朝時代，佛教獨盛，道家的思想相輔而行，儒學更是銷沉寂寞，無論在人生的倫理以及藝術的思潮上，都失去了指導的力量。當時的義疏之學，雖爲後代的經師所稱道，然而這些章句訓詁的學問，在思想的運動上，是沒有多大意義的。就是當日的義疏之學，也染了那種玄談駢麗的風氣。皮錫瑞論南朝的經學說：

『唐人謂南人約簡得其英華，不過名言霏屑，騁揮麈之清談，屬詞尚腴，侈雕蟲之餘技。如皇侃之論語義疏，名物制度，略而勿講，多以老莊之旨，發爲駢儷之文，與漢人說經，相去懸絕。』（經學歷史）

他這批評是非常確切的。南史儒林傳序說：『宋齊國學，時或開置，而勸課未博，建之不能十年，蓋取文具而已。是時鄉里莫或開館，公卿罕通經術。朝廷大儒，獨學而弗肯養衆，後生孤陋，擁經而無所講習。』由此可知宋齊兩代儒學銷沉的情形。梁武帝天監四年的開五館立國學，似乎是儒學復興的一件大事，然而這位佛教皇帝，仍然是一位清談名士，他的講孝經周禮，正如講三玄佛理一樣。趙翼說：『梁武帝崇尚經學，儒術由是稍振。然談義之習已成，所謂經學者，亦皆以爲談辯之資。……當時雖從事於經義，亦皆口耳之學，開堂升座，以才辨相爭勝，與晉人清談無異。……梁時於五經之外，仍不廢老莊，且又增佛義，晉人虛僞之習，依然未改，且又甚焉。』（二十二史劄記，六朝清談之習）可知梁武帝時代的講經，正不脫兩晉玄談的風氣，當時的佛學雖稱極盛，埋頭譯經苦學傳教者固不乏人，然一般名流文士的談佛，或是附和君主，或是自鳴清高，他們行爲的浪漫淫侈，貪圖富貴，眞出人意外，於是造成了極度柔靡虛浮的風氣。僧人參政，尼媪入宮，種種醜事都鬧了出來。宋書武二王傳謂義宣『後房千餘，尼媪數百。』又周朗傳說當時的佛徒『延姝滿室，置酒浹堂。』再如梁武帝時郭祖深上疏中說：『都下佛寺五百餘所，家極宏麗，僧尼十餘萬，資產豐沃……道人又有白徒，尼則皆畜養女，養女皆服羅紈，其蠹俗傷法，抑由於此。』（南史七十）荀濟上書武帝也說：

『僧妖佛僞，姦詐爲心。墮胎殺子，昏淫亂道。』（廣弘明集）我們明瞭了當日佛徒的內幕，於是那些信奉佛教的文人如謝靈運，顏延之，周顒，王融，沈約，江淹，徐陵，以及梁武帝父子之流，或是身居江湖，而心懷富貴，或是信奉佛理，而大寫情詩，或是口談清修，而沈溺酒色，那麽我們對於這種現象，也就不覺得有什麽驚異了。儒學衰落，在文壇上失去了監督指導的力量，而文學得有自由發展的良好環境。浮虛淫侈的惡習造成文學上的豔麗纖巧的風氣。李諤在上高祖書中說：『五教六行，爲訓人之本。詩書禮易，爲道義之門。故能家復孝慈，人知禮讓。正俗調風，莫大於此。其有上書獻賦，製誄鐫銘，皆以褒德序賢，明勳證理。苟非懲勸，義不徒然。降及後代，風教漸落，魏之三祖，更尙文詞。忽君人之大道，好雕蟲之小藝。下之從上，有同影響。競騁文華，遂成風俗。降在齊梁，其弊彌甚。貴賤賢愚，惟務吟詠。遂復遺理存異，尋虛逐微。競一韻之奇，爭一字之巧。連篇累牘，不出月露之形，積案盈箱，唯是風雲之狀。世俗以此相高，朝廷據茲擢士，祿利之路旣開，愛尙之情愈篤。於是閭里童昏，貴遊總丱。未窺六甲，先製五言。……以傲誕爲淸虛，以緣情爲勳績。指儒素爲古拙，用辭賦爲君子，故文筆日繁，其政日亂。良由棄大聖之軌模，構無用以爲用也。』

這正是儒家對於文學的正統理論，也是儒家得勢以後對於唯美文學有力的彈壓。他這種理論與彈壓的是非，我們現在無須批評，但他所說的因爲儒學的衰微與虛浮的習氣，造成了浪漫的唯美的文學風尙，確是實在的情形。

三、文學觀念的明晰 我國古人對於文學的觀念很不明晰，先秦時代所謂文學，即指一般的學術而言，兩漢有文學文章之分，界限略嚴。魏晉以來，論文者日多，體製漸備。文筆之稱，始於當時，然對於文學觀念的認識淸楚，文筆分辨的嚴密，以及對於純文學的重視，則有待於南朝。文心雕龍總術篇云：『今之常言，有文有筆，以爲無韻者筆也，有韻者文也。』又梁元帝金樓子立言篇云：『至於不便爲詩如閻纂，善爲章奏如伯松，若此之流，汎謂之筆。吟詠風謠流連哀思者謂之文。……筆，退則非謂成篇，進則不云取義，神其巧惠，筆端而已。至如文者，維須綺縠紛披，宮徵靡曼，脣吻遒會，情靈搖蕩。』從體製言，則文者爲韻文，筆者爲散文。從性質言，則文者爲純文學，筆者爲雜文學。故當日於文筆之外，復有『辭筆』『詩筆』之稱，辭詩二語，爲純文學的最好代表。到這時候，於是文學文章合而爲一，而其性質定義亦極分明，與經史哲學獨立存在，文學一語，再不含有學術六藝的廣泛意義了。觀宋文帝時代儒玄史文四館的並立，明帝時代儒道文史陰陽五科的分設，都是文學獨立發展的重要事實。

昭明太子在文選序中說：『若夫姬公之籍，孔父之書，豈可重以芟夷，加之剪截。老莊之作，管孟之流，蓋以立意爲宗，不以能文爲本……記事之史，繫年之書，所以褒貶是非，紀別異同，方之篇翰，亦已不同。若其讚論之綜輯辭采，序述之錯比文華，事出於沉思，義歸乎翰藻，故與夫篇什，雜而集之。』這是昭明選文的標準。在這標準裏，他辨別了經史子傳與文學的差異，大胆的把那些東西從文學的領域裏分開，免得彼此混淆。在文選中，雖是文筆兼收，然而並不違反文學的定義。由其詩賦的大量收集，更可看出他對於純文學的重視。再如徐陵的玉臺新詠，這傾向的明顯更無須多說了。

文學觀念的明晰以及對純文學的重視，是當代文壇上的重要現象。在這種現象中，作家自然是日求其製作的精美，研究家是日求其討論的細密了。或言體製，或敍源流，神思風骨之論，情采體性之篇，無不分辨精微，立論工巧。在這種環境之下，文學日趨於唯美的發展，實在是一種自然的趨勢。

四、聲律說的興起　中國文字的特質，是孤立與單音。因其孤立，宜於講對偶，因爲單音，宜於講音律。字句的對偶，在王褒，張衡，王粲，陸機諸人的詩賦裏試用日繁，演成六朝駢儷極盛之風。至於音律，古人亦頗注意，如司馬相如所謂『一宮一商，』陸機所謂『音聲之迭代』都是明證。不過這些都是說的自然音調的和諧，還沒有達到人爲的聲律的限制。周秦古音，大約只有所謂長言的平聲，與短言的入聲，迄於魏晉，聲韻之學漸興。曹魏李登曾作聲類十卷。（見隋書經籍志，今佚。玉函山房叢書中有輯文）魏書江式傳說：『晉世呂靜曾倣聲類，作韻集五卷，曰宮，商，角，徵，羽，各爲一篇。』又隋書潘徽傳中說：『李登聲類，呂靜韻集，始判清濁，才分宮羽。』可知魏晉時候，聲韻的研究，確有進步，已有清濁宮羽的分別了。大概那時候只以宮商之類分韻，還沒有四聲之名。宋齊以來，佛經轉讀之風日盛。蓋讀經不僅誦其字句，必須傳其美麗的有輕重節奏的聲音。慧皎在高僧傳中說：『自大教東流，乃譯文者衆，而傳聲者蓋寡。良由梵音重複，漢語單奇。若用梵音以詠漢語，則聲繁而偈迫，若用漢曲以詠梵文，則韻短而辭長。』這正說明單音的漢語，不容易傳達梵音的美妙。他又說：『若能精達經旨，洞曉音律，三位七聲，次而無亂。五言四句，契而莫爽。……動韻則揄靡弗窮，張喉則變態無盡，故能炳發八音，光揚七善。……故聽聲可以娛耳，聽語可以開襟。若然可謂梵音深妙，令人樂聞者也。』可知當日派曉音律的人，誦經的聲調之美，眞有繞梁不絕之狀了。他又說：『天竺方俗，凡是歌詠法言，皆稱爲唄。至於此土，詠經則稱爲轉讀。歌讚則號爲梵音。』中國語音既不適宜於佛經的轉讀與歌讚，欲達到此種目的則必須參照梵語的拼音，而求漢語適應的轉變，於是二字反切之學因以興起。反切盛行，聲音分辨乃趨於精密與正確，因此四聲得於此時成立。可知魏晉雖有人從事聲韻的研究，而至齊梁大爲興盛者，實受有佛經轉讀的影響。關於這一點，近人陳寅恪氏說得好。

『中國入聲，較易分別。平上去三聲，乃摹擬當日轉讀佛經之三聲而成。轉讀佛經之三聲，出於印度古時聲明論之三聲也。於是創爲四聲之說，撰作聲譜。借轉讀佛經之聲調，應用於中國之美化文，四聲乃盛行。永明七年二月二十日，竟陵王子良大集沙門於京邸，造經唄新聲，爲當時考文審音一大事，故四聲音之成立，適値永明之世，而周顒，沈約爲此新學說之代表人也。』（節錄四聲三問，清華學報）

由這一段文字的說明，使我們對於四聲說的成立，由於佛經轉讀的影響實無可懷疑。稱爲竟陵之友而又曾參預考文審音的如周顒，沈約之流，都精於聲律而提倡鼓吹的事，也一點不覺奇異了。周顒作四聲切韻，沈約作四聲譜，於是四聲之名稱正式成立，同時將此種發明應用到文學上去，創爲四聲八病之說，因此詩文的韻律漸漸形成，平仄的講求日益嚴密，而當日的作品，更成爲一種新面目了。南史陸厥傳說『永明時，盛爲文章。吳興沈約，陳郡謝眺，瑯琊王融以氣類相推轂，汝南周顒善識聲韻。約等文皆用宮商。將平上去入四聲以此制韻。有平頭，上尾，蜂腰，鶴膝。五字之中音韻悉異，兩句之內，角徵不同，不可增減，世呼爲永明體。』

又沈約謝靈運傳論云：『夫五色相宣，八音協暢，由乎玄黃律呂，各適物宜。欲使宮羽相變，低昂舛節。若前有浮聲，則後須切響。一簡之內，音韻盡殊；兩句之中，輕重悉異。妙達此旨，始可言文。』四聲八病（平頭上尾蜂腰鶴膝大韻小韻旁紐正紐）之說，現在看來，不過是講究韻律調和平仄，毫沒有什麼稀奇，但在當日，沈約諸人，視爲天地未發的精靈，前人未覩的祕寶。有人雖評其有誇大之嫌，然因這些發明，使中國文學改觀，詩歌變質，是無可否認的事。所以聲律論之興起，對於中國文學，實有重大的貢獻，劉勰在聲律篇中也承認聲律爲文學的重要原素。他持論精細，說明詳盡，也很可供我們的參考。於是一時『士流景慕，務爲精密，襞積細微，專相陵架。』（詩品）由元嘉時代極盛的詞藻雕琢之風，再加以聲病的限制，因此文學更趨於技巧與形式的唯美。駢文變爲四六，古詩變爲新體，書札序跋評論的雜文，也都趨於聲律化，駢儷化了。梁書庾肩吾傳云：『齊永明中，文士王融，謝眺，沈約，文章始用四聲以爲新變，至是轉拘聲韻，彌尚麗靡，復踰於往時。』聲律之說興，於是文學便入於新變之路，這是必然的趨勢，可知當日唯美文學的發達，聲律說的興起，實是最有力的原因。

二　新詩體的製作

在唯美文學的潮流裏，作家無不傾心於辭藻音律與形式的美麗。因此新詩體的製作，在當日是一件最可注意的事。五言古詩起於東漢，經過魏，晉，諸詩人的寫作，達到完全成熟的階段。七言古詩完成於魏文帝的燕歌行，兩晉作者無聞。到了南北朝，因對偶的風盛，聲律之說興，再加以樂府小詩的影響，於是在詩的形式上產生了各種各樣的新格律。王夫之撰古詩評選，第三卷名曰『小詩，』第六卷名曰『近體。』王闓運的八代詩選，卷十二至十四，收集自齊至隋的新詩體的作品，名爲『新體詩。』他們都注意到這些新格律的作品，是同漢，魏，兩晉的詩歌，發生了形式與內容的變化，是不得不把牠們分開了。不用說，這些新的格律，都在試驗醞釀的時期，還沒有達到精密成熟的階段，然而當日許多作家們的創造精神和那豐富的新式作品，充分地表現了詩歌的新生命的發展和作家們對於新詩體製作的努力。要經過這一階段，才可產生極盛一代的唐詩。可知從南北朝到隋唐之際的二百多年的新詩體的出現，是由漢魏古詩到唐代近體詩的一段重要的橋梁。

一、古詩的變體　古詩到了這時代，也發生變化。過去的詩，都是全篇一韻，到了沈約諸人，變爲兩句四句或是八句換韻，使詩的音調趨於和諧活潑，呈現出一種新氣象，這是前人所沒有的。蔡邕的飲馬長城窟起首八句雖有換韻，但非全篇。

『漠漠牀上塵，中心憶故人。故人不可憶，中夜長歎息。歎息想容儀，不言長別離。別離稍已久，空牀寄杯酒。』（沈約擬青青河畔草）

『汀洲采白蘋，日落江南春。洞庭有歸客，瀟湘逢故人。故人何不返，春華復時晚。不道新

知樂，且言行路遠。』（柳惲南曲）

前首兩句換韻，後首四句換韻，雖名爲五言古詩，無論形式音調與作風，都非漢魏詩的舊面目了。

曹丕的燕歌行，是全篇一韻。鮑照的七言古詩，雖全篇一韻者居多，然其中已有換韻者。例如：

『春風澹蕩俠思多，天色淨淥氣妍和。含桃紅萼蘭紫芽，朝日灼爍發園華。卷幌結幃羅玉筵，齊謳秦吹盧女絃，千金顧笑買芳年。』（代白紵曲）

沈約的七言古體，亦有換韻者。如

『蘭葉參差桃半紅，飛芳舞縠戲春風。如嬌如怨狀不同，含笑流盼滿堂中。翡翠羣飛飛不息，願在雲閒長比翼。佩服瑤草駐顏色，舜日堯年歡無極。』（白紵曲）

簡文帝的七言古體，亦有換韻者，如

『翻階蛺蝶戀花情，容華飛燕相逢迎，誰家總角歧路陰，裁紅點翠愁人心。天窗綺井曖徘徊，珠簾玉篋明鏡臺。可憐年紀十三四，工歌巧舞入人意。白日西落楊柳垂，含情弄態兩相知。』（東飛伯勞歌）

這種古詩變體的產生，可以看出也是受了聲律論的影響。韻的變換，無非是要在詩歌裏增加那種音調的和諧與美麗。所以這種古詩也可以看作是新體詩的。

二、長短體的產生　詩中長短句的雜用，並不新奇，古代的詩經，漢代的樂府中早已有之。但那些長短句的使用，只是一種自然的安排，却沒有形成一種規律。到了南朝，有規律的長短體出現了。最可注意的便是三句七言四句三言合成的江南弄。

『楊柳垂地燕差池。緘情忍思落容儀，紘傷曲怨心自知。心自知，人不見。動羅裙，拂珠殿。』（沈約）

『遊戲五湖採蓮歸，發花田葉芳襲衣。爲君豔歌世所希，世所希，有如玉。江南弄，採蓮曲。』（梁武帝蕭衍）

『金門玉堂臨水居，一嚬一笑千萬餘。遊子去還願莫疎。願莫疎，意何極。雙鴛鴦，兩相憶。』（簡文帝蕭綱）

沈約有江南弄四首，蕭衍有七首，蕭綱有三首，字句體裁全是相同，可知這在當時已成爲一種定體，決不是長短句的偶然雜用。這種形式的產生，自然是依照樂譜的製作。古今樂錄云：『武帝改西曲製江南上雲樂十四曲，江南弄七曲，』這事實想是可靠的。其上雲樂亦爲長短句體。如桐柏曲云：

『桐柏眞，昇帝賓。

戲伊谷，遊洛濱。

參差列鳳管，容與起梁塵。

望不可至，徘徊謝時人。』

梁啓超氏云：『凡屬於江南弄之調，皆以七字三句三字四句組織成篇。七字三句，句句押韻。三字四句，隔句押韻。第四句卽覆疊第三句之末三字，如憶秦娥第二句末三字『秦樓月』也。似此嚴格的一字一句，按譜塡詞，實與唐末之倚聲新詞無異。』（詞之起源）由此看來，他們這種長短句的製作，實爲後代詞體的權輿了。

三、小詩的勃興　小詩就是唐人的絕句，用四句的五言或七言，表現複雜的情感或美麗的風景，是中國詩歌中最精采的作品。推其源流，五言先於七言，在漢代樂府中，如枯魚過河泣已是五言四句的形式。曹植的集子內，也有幾首這樣的詩。到了兩晉，如陸機，傅玄，潘尼，張載，郭璞之流，都有此種作品，不過在質量上都非常貧弱，不能在詩壇上占着什麼地位，然而也可看出這種小詩暗中滋長的趨勢。劉宋時代，其體漸盛，如謝靈運，鮑照，謝惠連，謝莊，湯惠休諸人都在嘗試這種小詩的製作，作品雖是不多，在技巧上是比兩晉的較爲進步了。到了永明，小詩的進展，才達到了成熟的階段。如王儉，王融，謝朓，沈約諸人作品中，小詩的加多，與藝術的進步，是値得注意的。可以說五言小詩經過長期的滋長，到這時候算是正式成立了。

『自君之出矣，金鑪香不然。思君如明燭，中宵空自煎。』（王融自君之出矣）

『夕殿下珠簾，流螢飛復息。長夜縫羅衣，思君此何極。』（謝朓玉階怨）

這種美麗成熟的作品的出現，造成了小詩在中國詩歌史上的堅固地位。大家都承認了這種新體裁，於是由嘗試的態度，變爲努力的新創作了。因此到了梁陳隋諸代，形成了小詩的勃興。在梁武帝，簡文帝，陳後主諸人的作品中，小詩成爲他們的代表作。

七言小詩，發生較遲。鮑照集中，雖多七言，然四句體之小詩，則尚未有。湯惠休有秋風引一首，雖形體已具，然技巧不佳。詞云：

『秋寒依依風過河，白露蕭蕭洞庭波。思君末光光已滅，眇眇悲望如思何。』（秋風引）

至梁武帝父子，此體漸繁，格律雖尚未完成，然因試作者日多，自然會漸漸發達進步起來了。今舉簡文帝的一首作例：

『天霜河白夜星稀，一雁聲嘶何處歸。早知半路應相失，不如從來本獨飛。』（夜望單飛雁）

這一首詩比起湯惠休的秋風引來，無論從那一點看，都有明顯的進步。不僅意境好，辭句新，音律亦和諧悅耳，眞可看作是七言絕句的先聲了。此後作者日衆，形體乃定。於是七言小詩也在這時期漸漸發達起來了。小詩的出現，雖遠在漢末建安，略現形跡，但要等到南北朝時代，才達到興盛之途。這原因實由於東晉以來興起的樂府民歌的影響。如吳聲歌曲，西曲歌，都是這種小詩的形式。在橫吹曲辭內，也有些七言的歌謠。由這些樂府歌辭的流行與文人的接近，小詩形體的成立，是極自然的事。我們試看當日文人創作那種小詩的時候，十之八九是用樂府古題，並且在作品的編纂上，這些詩亦多入於樂府部份中，那就更可瞭解他們的性質及其來源了。

四、律體的漸漸形成　律體一面須講究韻律，同時更要講求對偶。五七言律詩，都是八句成章，中間二聯，必須對得工整。律詩絕句，本來是唐詩中的中堅，然而這種體裁，在南北朝時代，由嘗試的製作，達到快要成熟的階段。在謝莊的作品裏，如侍宴蒜山，侍東耕二首，已具備五律的雛形。自永明聲律論起來以後，王融，謝朓，沈約，范雲諸人，都在創作這種新體詩。可知這種體裁，在當時已成爲一種大家所努力的目標了。如范雲的巫山高云：

『巫山高不極，白日隱光輝。靄靄朝雲去，冥冥暮雨歸。巖懸獸無迹，林暗鳥疑飛。枕席竟誰薦，相望徒依依。』

雖說後面兩三句中的平仄稍有不調，但中間二聯對偶的工穩，辭句情韻的幽美，形式的整齊，眞可算是相當成功的五律了。這種詩體得了梁簡文帝的大量製作，在平仄上雖仍未達到美善之境，但在修辭與對偶上，已得了很大的進步。此後作者日多，作品日富，於是這種新形式，便成爲梁陳二代的主要詩體了。如何遜，陰鏗，徐陵，庾信諸人，幾乎在傾全力製造這種作品。五言律詩，到了這時候，可以說快要達到完全成熟的階段。

『佳人遍綺席，妙曲動鵾絃。樓似陽臺上，池如洛水邊。鶯啼歌扇後，花落舞衫前。翠柳將斜日，俱照晚粧鮮。』（陰鏗詠妓）

『度橋猶徙倚，坐石未傾壺。淺草開長埒，行營繞細廚。沙洲兩鶴迥，石路一松孤。自可尋丹竈，何勞憶酒壚。』（庾信詠屏風）

像上面這種作品，其內容雖是虛空不足道，然在其音律對偶以及辭藻方面，都有了唐律的風格。這些詩在中國詩體的發展史上，是要占着重要的地位的。至於七律，發生較遲，作者亦少。梁簡文帝的春情曲，末二句雖爲五言，然已可看作是七律的雛形。到了庾信的烏夜啼，已備具了七律的形體。

『促柱繁絃非子夜，歌聲舞態異前溪。御史府前何處宿，洛陽城頭那得棲。彈琴蜀郡卓家女，織錦秦川竇氏妻。詎不自驚長落淚，到頭啼烏恆夜啼。』

格調雖爲樂府，但形式確是七律。到了煬帝的江都宮樂歌，平仄對偶都得了大大的進步。七律算是初步告成了。至如庾丹的秋閨有望，已具備五言排律的形式，沈君攸的薄暮動絃歌，也略備七言排律的規模。由此看來南北朝時代的詩歌，是上承漢魏，下開唐宋，各種體裁都在這時期中，經過許多詩人的嘗試努力而漸漸地達於完成他們這種創造的精神與豐富的成績，是當代唯美文學者對於中國詩歌的重要貢獻，同時替唐代的詩歌播下良好的種子。

三　山水文學與色情文學

上面所講的，是在唯美文學運動中所產生的文學的新形式，現在要講的是當日文學的新內容了。我們試檢閱那二百年的許多作品，帶着活躍的生命與獨特的色彩而最惹人注目的，是描寫風景的山水文學和稱爲宮體的色情文學。山水的描寫與色情的表現，在往日的文學中並非沒有，但到了這時代，這兩種作品，呈現着勃興的氣象，發生出未曾有過的光輝，成爲當日文學中的代表了。

一、山水文學　政治的黑暗腐敗與社會的紊亂緊張，使得那些愛自由愛清靜想保持着純潔的靈魂的人們，發生對於現世的厭惡與對於自然界的愛好，由此避世隱居之風氣，和對於田園山林生活的依戀，漸漸地在文學內出現了。這種現象在左思王羲之們的作品裏，已露出了形跡，到了陶淵明，達到了極高的成就。但是陶淵明對於自然不是風景的描寫，却是意境的表現。不是客觀的寫實，而是主觀的寫意。我們讀他的作品，由幾句印象的詩句，襯托着一幅遠影的圖畫，然而不是寫實的圖畫。所以他對於山水風景，從沒有深刻細緻的描寫，只有印象的反映。因爲他整個的人生與自然界完全融爲一體，才能達到這個高妙的境地。嚴格地說來，陶氏的作品，只能算是田園生活與情趣的表現，不能算是山水風景的寫實。眞正對於山水風景加以客觀深刻的描寫的，是始於宋代的謝靈運。文心雕龍，明詩篇云：『宋初文運，體有因革，莊老告退，而山水方滋。儷采百字之偶，爭價一句之奇。情必極貌以寫物，辭必窮力而追新。』這幾句話，正說明當代山水文學的眞實情況，所謂百字之偶，一句之奇，極貌寫物，窮力追新，都是表現唯美文學者對於山水風景的客觀描寫的手法，如何傾其全力在求其形體辭句的美麗，其結果只得到形象刻劃的細微眞實，而缺少最重要的自然界的生命與情趣，在這地方，正表示着這種山水文學，與陶淵明的作品全異其趣的地方。

一面因爲政治社會生活的腐敗緊張，引起了一般人對於現世的厭惡，同時對於兩百年來盛極一時的遊仙哲理的玄虛文學，大家都感着過於空虛乏味，於是由仙界而入於自然界的山水詩文乘機而起的事，自是必然的趨勢。加之東晉末葉以來，文人名士與佛徒交遊之風極盛，深山絕谷，古廟茅亭，成爲文人佛徒出沒之地。遊踪所至，美景在目，心意所喜，發於詩文，於是描寫山水的文學便日益興盛了。如謝靈運謝朓諸人的作品，無不以山水之作見稱於時，而當代文人，十之八九都是與佛徒發生或深或淺的關係的事，是盡人皆知的。由此，可知當日文士佛徒交遊的風氣，也是促成山水文學興盛的一種原因。宋書謝靈運傳說：『出爲永嘉太守，郡有名山水，素所愛好，遂肆意遊傲，徧歷諸縣，動踰旬朔。民間聽訟，不復關懷。所至輒爲詩詠，以致其意焉。』又說：『尋山陟嶺，必造幽峻，巖障千重，莫不備盡。』在這裏正表示佛徒文人對於山水的愛好。他有一次遊始寧臨海一帶，從者數百，當地的太守疑爲山賊，幾乎鬧出禍事來，這是大家都知道的文壇軼話。在他這種生活的性情的環境之下，反映於他作品之中的，自然都是偏於山水的描寫。其作風雖過於琢鍊雕縟，有傷自然界的美境，這正是唯美文學潮流中文學技巧的當然現象。無論如何，他在山水文學中，確有堅定不搖的地位。試看他下面這些美麗的詩句：

『溯溪終水涉，登嶺始山行。野曠沙岸淨。天高秋月明。憩石挹飛泉，攀林搴落英。』（初去郡）

『剖竹守滄海，枉帆過舊山。山行窮登頓，水涉盡洄沿。巖峭嶺稠疊，洲縈渚連綿。白雲抱幽石，綠篠媚清漣。』（過始寧墅）

『出谷日尚早，入舟陽已違。林壑斂暝色，雲霞收夕暉。芰荷迭映蔚，蒲稗相因依。』（石壁精舍還湖中作）

或寫秋夜月明的幽境，或寫雲霧彌漫的景色，或寫雲石相倚水竹交映的圖畫，無不觀察細密，刻劃入微，雖無陶詩那種冲淡高遠之趣，而其描寫的工夫，却是盡其慘淡經營的能事了。他詩中描寫山水的佳句，眞是俯拾卽是，上面稍舉一二，以見一般。

謝朓爲永明詩人之雄，除小詩以外，其作品亦以寫景詩爲最好。如遊東田云：

『戚戚苦無悰，攜手共行樂。尋雲陟累榭，隨山望菌閣，遠樹曖阡阡，生煙紛漠漠。魚戲新荷動，鳥散餘花落。不對芳春酒，還望青山閣。』

遠景有遠景的寫法，近景有近景的寫法，他都能曲盡其妙，實在是成功之作，他如之宣城，望京邑，贈西府同僚，病還園示親屬，出藩曲，和徐都曹出新亭渚諸篇中，都有絕妙的寫景佳句，不必再舉了。謝靈運詩的作法，因爲過於客觀，詩中缺少自然界的意境與作者的生命，謝朓由客觀的寫法而又能表現主觀的情趣，所以他的作品的價值，是比大謝要更進一步了。

因爲大小二謝開了山水風景一派的詩風，於是同代詩人，都努力這方面的創作，都注意自然界的欣賞。在沈約，王融，何遜，蕭統，陰鏗，庾信，這些大詩人的集中，都有許多極美妙極細密的描寫山水風景的佳篇。這種好詩，實在太多，舉起例來，難免有遺珠之歎，只好請讀者自己去領略了。

在小品文方面，描寫山水的成績，並不劣於詩歌。因駢偶聲律盛行的風氣，因此當日的小品文，日趨於詩化與美化，造成了許多清麗無比的珠玉名篇，在山水描寫一方面，尤有獨特的成績。如陶宏景的答謝中書書云：

『山川之美，古來共談。高峯入雲，清流見底。兩岸石壁，五色交輝。青林翠竹，四時俱備。曉霧將歇，猿鳥亂鳴。夕日欲頹，沉鱗競躍。實是欲界之仙都。自康樂以來，未復有能與其奇者。』

再如吳均與宋元思書云：

『風煙俱淨，天山共色。從流飄蕩，任意東西。自富陽至桐廬，一百許里。奇山異水，天下獨絕。水皆縹碧，千丈見底。遊魚細石，直視無礙。急湍甚箭，猛浪若奔。夾岸高山，皆生寒樹。負勢競上，互相軒邈。爭高直指，千百成峯。泉水激石，泠泠作響。好鳥相鳴，嚶嚶成韻。蟬則千轉不窮，猨則百叫無絕，鳶飛戾天者，望峯息心。經綸世務者，窺谷忘反。橫柯上蔽，在晝猶昏，疎條反映，有時見日。』

再如吳均與顧章書云：

『僕去月謝病，還覓薜蘿。梅谿之西，有石門山者。森壁爭霞，孤峯限日。幽岫含雲，深谿蓄翠。蟬吟鶴唳，水響猿啼。英英相雜，緜緜成韻。既素重幽居，遂葺宇其上。幸富菊花，偏饒竹實。山谷所資，於斯已辦。仁智所樂，豈徒語哉？』

再如祖鴻勳與陽休之書云：

『吾比以家貧親老，時還故郡。在本縣之西界，有雕山焉。其處閒遠，水石淸麗。高巖四匝，良田數頃。家先有野舍於斯，而遭亂荒廢，今復經始。卽石成基，憑林起棟。蘿生映宇，泉流遶階。月松風草，緣庭綺合。日華雲實，旁沼星羅。檐下流煙，共霄氣而舒卷；園中桃李，雜松柏而葱蒨。時一牽裳涉澗，負杖登峯，心悠悠以孤上，身飄飄而將逝，不復自知在天地間矣。』

這種作品，是把詩歌中盛行的對偶與聲律應用於散文的最大成績。字句的淸麗，意境的高遠，成爲最優美的散文詩了。這種玲瓏精巧的山水文字是當代唯美文學潮流中獨有的上等產品。唐代的柳宗元，雖也以山水小品著稱，他所寫的，因過於險峻奇拔，令人可畏，不像這時代所表現的富於詩情畫意，令人發生一種親切懷慕的感情。再如當代酈道元的水經注，那內面包含着許多的山水小品文字，是世人熟知的事，現在不必多舉了。由此看來，山水文學在當代的文學中，確是占有重大的地位了。

二、色情文學　在當代伴着山水文學而發展起來另一支流，是稱爲宮體詩的色情文學。這種文學的特色，是在專心描寫女人的顏色衣服心靈舞態以及睡時酒後的種種情景，而至於肉體性慾的大膽表現。用最豔體的辭句，和諧的音律，增加這種作品的色情性與肉感性。再進一步而至於描寫男色，實在是盡其放蕩淫靡的能事了。

這種文學的產生。一面是受着新樂府的影響。如子夜歌子夜四時歌讀曲歌二百多篇詩中，全部是描寫男女的戀愛相思以及幽會的情感。在這些民歌裏，不只是表現着快樂哀怨的抒情，已有露骨的肉感的描寫。這一些新樂府歌辭，實在是民間色情文學的總滙。這種活潑的動人的情詩，一旦同文士們接近，便都喜其新穎淸麗，再加以貴族文人的荒淫的生活基礎，而大都從事這種豔體的製作了。讀了徐陵的玉臺新詠和卷首的那篇序文，便知道文士與民歌接近的關係了。其次，自宋至隋的二百年間，君主臣僚，大半都荒於酒色，流連聲伎。風俗的敗壞，生活的奢淫，都是產生色情文學的良好環境。『宋武與南郡王義宣諸女淫亂，義宣因此發怒，遂舉兵反。義宣敗後，帝又密取其女入宮，

假姓殷氏，拜爲淑儀。殷卒，帝命謝莊作哀冊文。』（宋書義宣傳與殷淑儀傳）

『明帝內宴，裸婦人而觀之，以爲歡笑。王皇后獨以扇障面。帝怒曰，外舍寒乞，今共爲樂，何爲不視。』（宋書王皇后傳）

『齊廢帝爲潘妃起神仙永壽玉壽三殿，皆飾以金壁。又鑿金爲蓮花。使潘妃行其上曰，步步生蓮花也。』（齊書本紀）

『陳後主自居迎春閣，張貴妃居結綺閣，龔孔二貴嬪居望仙閣。並複道交相往來。又有王李二美人，張薛二淑媛。袁昭儀何婕妤江修容等七人並有寵，遞代以遊其上。以宮人有文學者袁大捨等爲女學士，後主每引賓客，對貴妃等遊宴，則使諸貴人及女學士與狎客共賦新詩，互相贈答，採其尤豔麗者，以爲曲詞，被以新聲。選宮女有容色者，以千百數，令習而歌之。分部迭進，持以相樂，其曲有玉樹後庭花臨春樂等，大指所歸皆美張貴妃孔貴嬪之容色也。』（陳書本紀）

『後主荒於酒色，不卹政事。常使張貴妃孔貴人等八人夾坐，江總孔範等十人預宴，號曰狎客。先令八婦人擘采箋，製五言詩，十客一時繼和，遲罰酒，君臣酣宴，從夕達旦。』（本紀）

『煬帝不解音律，略不關懷。後大製豔篇，辭極淫綺。令樂正白明達造新聲，創萬歲樂……及十二時等曲。掩抑摧藏，哀音斷絕，帝悅之無已。』（隋書音樂志）

我們看了上面這些紀事，知道當日君臣的淫奢無度，眞是到了極點。然而我所舉者，不過一二而已，試看趙翼在二十二史箚記中，所記的宋齊陳多荒主及宋世閨門無禮二條，那種情形眞要令人驚異了。有了這種淫侈生活的基礎，再加以民間戀愛文學的影響，於是色情文學蓬勃地發展起來了。並且那些荒淫的君主，都是有才氣有文采的詩人，因此這種文學的代表者，都是那些風流皇帝，所謂詞臣狎客，不過附和效法而已。可知這種色情文學，正是當日宮庭現象的反映和上層階級淫侈頹廢的生活的表現。同時明顯地暗示着政治的極度腐化與國家基礎的動搖。在這種文學的背後，是藏着豐富的時代影子的事，我們是必得注意的。

這種文學在宋齊時代，作者已多。在湯惠休，鮑照，沈約，王融諸人的作品裏，已有專寫女人情態顏色的豔詩。如湯惠休的白紵歌云：

『少年窈窕舞君前，容華豔豔將欲然。爲君嬌凝復遷延，流目送笑不敢言。長袖拂面心自煎，願君流光及少年。』

這種輕靡淫豔的新詩，當時的文人，尚不大重視。故南史顏延之傳說：『延之詆惠休製作爲里巷中歌謠。』他所謂里巷歌謠，就是說這種作品過於樂府民歌化，有傷典雅的意思。到了簡文帝，他幾乎在傾全力做這種詩，用最美麗雕琢的辭句，來消滅那種民歌化的粗俗部分，造成富麗曲雅的風格，以便抬高這種文學的地位。到了他，宮體詩於是正式成立，同時宮體詩也離開了民歌的範圍，而屬於貴族詩的領域了。南史簡文本紀云：『帝辭藻豔發，然傷於輕靡，時號宮體。』又徐摛傳云：『屬文好爲新變，文體既別，春坊盡學之，宮體之號，自斯而始。』宮體之風成，作者益衆，於是這種詩便盛極一時了。在當代如庾肩吾，何遜，江淹的作品裏，這樣的詩是多極了。簡文帝的宮體，表面上雖極其典雅富麗，然其反面却暗示着强烈的肉感與情慾，成爲當日色情文學的代表。他是一個佛徒，集中言佛的文字多不可計，在史書的記載上，也沒有說他怎樣荒淫，但看他的作品，却可斷定他是一個色鬼。他的詩題，是見內人作臥具，贈麗人，詠內人晝眠，傷美人，倡婦怨情，詠舞，詠美人觀畫，美人晨粧，夜聽妓這些東西。由這些詩題，便會知道他所寫的，全是肉感與色情。試舉詠內人晝眠，一首作例：

『北窗聊就枕，南簷日未斜。攀鈎落綺障，插捩舉琵琶。夢笑開嬌靨，眠鬟壓落花。簟文生玉腕，香汗浸紅紗。夫壻恆相伴，莫誤是倡家。』

這種放蕩的肉慾的描寫，外面掩飾一層美麗辭藻的表皮，實在是最藝術的淫詩了。他不僅寫女人，還進一步描寫男色。如他的變童云：

『變童嬌麗質，踐董復超瑕。羽帳晨香滿，珠簾夕漏賒。翠被合鴛色，雕床鏤象牙。妙年同小史，姝貌比朝霞。袖裁連璧錦，牋織細橦花。攬袴輕紅出，迴頭雙鬢斜。嬾眼時含笑，玉手乍攀花。懷情非後釣，密愛似前車。定使燕姬妬，彌令鄭女嗟。』

這種惡劣的描寫，把詩的情韻完全毀滅，令人讀了發生一種極其不愉快的感情。色情文學到了這種地步，眞是墮落到無以復加了。然而在這裏，這種作品，正是這位佛徒皇帝的內生活的鏡子。在這鏡子裏，他的意識形態與生活形態，都照得淸淸楚楚，就是要掩飾也是沒有辦法的。

色情文學到了陳叔寶江總時代，完全變爲倡妓狎客一流的東西，如後主的玉樹後庭花，烏棲曲，三婦豔詞，東飛伯勞歌，江總的宛轉歌，閨怨篇，東飛伯勞歌，在意境及風格上，都肉感輕浮到了極點，眞是亡國之音了。隋書文學傳雖說煬帝非輕側之論，一變浮蕩之風，但在音樂志中，又說他『大製豔篇，辭極淫綺。』這位荒淫無度的君主，自然也是色情文學的重要作家。現在所傳的持檝篇，贈張麗華，懷韓俊娥以及望江南諸篇，當然是後人所僞託。但像春江花月夜，喜春遊歌，四時白紵歌之類，其淫豔的程度，並不弱於叔寶。在這種淫侈縱慾的情境之下，宜乎都要弄到身死國亡了。

『麗宇芳林對高閣，新妝豔質本傾城。映戶凝嬌乍不進，出帷含態笑相迎。妖姬臉似花含露，玉樹流光照後庭。』（陳叔寶玉樹後庭花）

『南飛烏鵲北飛鴻，弄玉蘭香時會同。誰家可憐出窗牖，春心百媚勝楊柳。銀床金屋掛流蘇，寶鏡玉釵橫珊瑚。年時二八新紅臉，宜笑宜歌羞更斂。風花一去杳不歸，祇爲無雙惜舞衣。』（江總東飛伯勞歌）

『步緩知無力，臉曼動餘嬌。錦袖淮南舞。寶袜楚宮腰。』（楊廣喜春遊歌）

在這些作品裏明顯地暴露了當日君主臣僚淫蕩生活的內幕，以及政治的腐敗黑暗。在那兩百年中，外族侵略之禍，身死國亡之痛，接連而起，實在是應該的了。趙慶熺金陵雜詩云：『南朝才子都無福，不作詞臣作帝王，』眞有無限的感慨了。

四 文學批評

在唯美文學極盛的潮流中，文體日益完備，作品日益豐富，文學的地位日益高漲，文學的形式辭藻日益講求的時代，於是論文的專家應運而生，批評作家與作品，辨別文體與討論創作方法的專書也就適應這潮流而出現了。那些文學論者，無論他們的態度對於當代的文風，是贊成或是反對，但是那時的文學批評的顯著進步，實由於唯美文學潮流的促進與刺激的事，是無可否認的。在沈約，蕭統，蕭繹，劉孝綽，裴子野，顏之推，李諤諸人的文字裏，對於文學，都發表了許多重要的意見，但獨成系統集中全力致身於批評事業而得到最大的成就的，是以文心雕龍與詩品馳名的劉勰與鍾嶸。他們倆個在中國過去二千年的文學批評史上的地位是無比的。這原因是在於他們用客觀精密的方法，與純正專心的態度，對於文學的體裁創作與批評，作了有系統的論述。絕不是後日那種或抒印象或傳軼事的詩話詞話一類的零亂雜碎的文字。章學誠在詩話篇說：『詩品之於論詩，視文心雕龍之於論文，皆專門名家勒爲成書之初祖也。文心體大而慮周，詩品思深而意遠。蓋文心籠罩羣心，而詩品深於六藝溯流別也。論詩論文而知溯流別，則可以探源經籍，而進窺天地之純，古人之大體矣。此意非後世詩話家流所能喻也。』……詩品文心專門著述，自非學富才優，爲之不易，故降而爲詩話，沿流忘源，爲詩話者，不復知著作之初意矣。』他以『探源經籍而可進窺天地之純，古人之大體』來稱贊文心詩品的價值，在我們現在看來，雖覺全無意義，但他所說文心體大慮周，詩品溯源流別，成爲批評專書的初祖，而後日的詩話一類，都是沿流忘源的話，實是很平允的論見了。

一　劉勰與文心雕龍

劉勰字彥和，東莞莒人。據梁書本傳，知道他博學家貧，篤信佛理，晚年燒髮出家，改名慧地。他一生的大部精力，都用在佛典的研究上。定林寺的經藏，是他撰定的，寺塔與名僧的碑誌，大半都是他的手筆。在梁朝他做過幾次小官，先是臨川王宏的記室，後外放作太末令，政聲很好，後又作仁威南康王的記室兼東宮通事舍人，故世稱劉舍人。大概因爲佛理與政治生活畢竟不能融洽，他還是燒了鬚髮正式出家，皈依於佛教的懷抱了。

文心雕龍作於齊代。時序篇說的『曁皇齊御寶，』是可靠的證據。由此可知這一本書，是他早年的著作，由徵聖，宗經，序志諸篇對於孔子六藝的話看來。我們可以推論到他作這本書的時候，恐怕還沒有信仰佛教，或者已在研究佛典，還沒有到堅深信仰的地步。所以在那些文字裏，沒有半點佛理的影子，而處處顯示進步派的儒家的理論來。我們更可進一步的推想，如果這本書不在他的早年完成，他晚年必定要放棄寫這一類書的計劃，卽使著作，他的意見也必有大加更改的事，是非常可能的。惟其如此，這本書倒顯出了他的特殊意義，因爲書中的理論，完全是出於文學批評者的立場，而沒有混雜宗教的主觀色彩，使這書更加純化，更值得我們重視了。

文心雕龍所討論的範圍，是非常廣泛的。全書五十篇，（缺隱秀一篇，今存四十九，）對於文體的流別，作品的批評與創造的方法都討論到了。他的篇名雖極其含混，次序雖極其紊亂，然而我們只要稍稍細心，他對於文學幾點重要的意見，我們還可看得清楚，爲清醒眉目，將全書整理如下。

一、全書序言　序志

二、緒論　原道，徵聖，宗經，正緯四篇

三、文體論　辯騷至書記二十一篇

四、創作論　總術，附會，比興，通變，定勢，神思，風骨，情采，鎔裁，章句，練字，聲律，麗辭，事類，養氣，夸飾十六篇

五、批評論　知音，才略，物色，時序，體性，程器，指瑕七篇

這種分類，自然有些勉强的地方。因爲作者在寫作這本書的時候，對於創作與批評的界限，沒有嚴密的畫分，因此各篇裏，時時有雙關互顧之處。如情采，通變，定勢，物色諸篇，對於創作與批評都有重要的見解，隨便放到那一部份都是可以的。然而在大體上講來，這樣的分類，是比原書零亂的次序，要清醒得多了。對於他各方面的理論，都要加以詳細論述的事，是中國文學批評史論者的工作，我在這裏，只能把他幾點對於文學的重要觀點，加以簡略的說明。

一、文質並重論　劉勰生於永明天監之間，正是講駢儷聲律的唯美文學的初盛時代。文學的發展，全都趨於形式雕飾的美，而缺乏內容的質。他在明詩篇說：『宋初文詠，體有因革：……儷采百字之偶，爭價一字之奇。情必極貌以寫物，辭必窮力而追新。』又在物色篇說：『自近代以來，文貴形似。窺情風景之上，鑽貌草木之中。吟詠所發，志惟深遠。體物爲妙，功在密附。』他對於當代文

學的新趨勢，看得很是淸楚。在這趨勢裏，有好處，也有弊病。好處是文學藝術的進步，弊病是文學缺少人生社會的內容而失去了它應有的使命。劉勰在這裏，一面是接收這種藝術進步的成績，同時又要挽回文學完全脫離人生社會的基礎的危險。要雙方能够調和顧到，處理適宜，才能達到文學理想的階段。他說的『鉛黛所以飾容，而盼倩生於淑姿；文采所以飾言，而辯麗本於情性。』（情采篇）正是上面那種合則雙美離則全傷的理論。鉛黛文采若用得過度，自然有害於淑姿情性，若用得恰到好處，則有增於顧盼辯麗之美，是不待言的了。最好的作家與作品，就是要善於使用鉛黛與文采，要能達到文不滅質，博不溺心的地步，那就無可非議了。所以他說：

『聖賢書辭，總稱文章，非采而何？夫水性虛而淪漪結，木體實而花萼振，文附質也。虎豹無文，則鞹同犬羊，犀兕有皮，而色資丹漆，質待文也。……故立文之道其理有三。一曰形文，五色是也。二曰聲文，五音是也。三曰情文，五性是也。五色雜而成黼黻，五音比而成韶夏，五情發而成辭章，神理之數也。』（情采）

『夫才量學文，宜正體製。必以情志爲神明，事義爲骨髓，辭采爲肌膚，宮商爲聲氣，然後品藻元黃，摛振金玉，獻可替否，以裁厥中，斯綴思之恆數也。』（附會）

所謂文附質，質待文，是說文質彼此扶持相得益彰之妙，絕無輕文重質的意見。因此他把形文聲文情文放在同等的地位，把情志事義看爲文學的神明與骨髓，辭采與聲律看作是文學的肌膚，二者不可偏廢，實是最公允的論見。在他的創作論裏，如聲律，麗辭，練字，鎔裁，風骨，事類諸篇，都可看作是當代唯美文學的理論。可知他的主要觀念，是要一面節制文采的過度以防內質的貧弱，同時又要防止內質的過度以防文采的枯淡。他在這裏既沒有儒家道德觀念的固執，也沒有惟美主義者的藝術至上的偏激。他是調和雙方的見解而取着文質並重的理論。因此說他是純粹自然美的主張者，或是載道文學的提倡者，都是膚淺之見，這是我們必得注意的。他在原道，序志二篇中所說的道只是天地自然的法則，與後代的文以載道的一家之道是完全不同的。天地山川之形象的調整，草木雲霞的顏色的美麗，林籟泉石的聲音的和諧，無不是由自然之道而生，無不是自然界的文采。人有心靈的活動，自然就有言語，有了言語，就有文學，可知文學本由自然之道而生，並無何等精微奧妙的地方。不過有天才的作家，能够表現得更爲美妙，而可流傳於後世。這種天才的作家，劉勰稱他爲聖人，所以他說『道沿聖以垂文，聖因文而明道。』就是這意思。原道一篇的重要點，只是說明文學的起源，是出於自然的道，而後人以載道之說附會之，實在是曲說了。徵聖一篇，也不過是說明孔子在中國文化界的崇高地位，在那裏並沒有把文學與道德的觀念結合起來。在宗經內，也只說明那幾種經書，是中國文學的源泉，這種意見，就是到現在我們也是贊成的。詩經和周易中的一部份爲我國最古的韻文，尙書春秋爲我國散文的始祖，這是誰也不能否認的，至於說『文能宗經，體有六義。一則情深而不詭，二則風淸而不雜，三則事信而不誕，四則義直而不回，五則體約而不蕪，六則文麗而不淫。』大半都是從作風與修辭技巧上立論，並不是從義理和道德的觀念上立論，是非常顯明的事。他這種意見，也是補救當代文風過於雕飾淫靡之一法，至如正緯一篇，更是無關宏旨，不必細說了。講到這裏，我們可以知道劉勰對於文學的主要觀念，是文質並重的中和論者，他不贊稱純粹的自然美，也沒有提倡載道的文學。後人斷章取義，曲解他的意見，所以我在這裏稍稍加以辯白了。當時的作家，如昭明太子，劉孝綽之流，在這方面也有同樣的意見。

『夫文，典則累野，麗亦傷浮，能麗而不浮，典而不野，文質彬彬，有君子之致。吾嘗欲爲之。但恨未逮耳。』（昭明太子答湘東王求文集及詩苑英華書）

『竊以屬文之體，鮮能周備。……深乎文者，兼而善之。能使典而不野，遠而不放，麗而不浮，約而不儉，獨善衆美，斯文在斯。』（劉孝綽昭明太子集序）

『典而不野，麗而不淫，』正是文質並重而又調和得宜的文學觀。這種觀念不是宋代的道學家所有的，也不是漢魏時代所能產生的。正是在六朝唯美文學的潮流中頭腦清楚的進步份子的文學思想。文心雕龍的作者。恰好是這派思想的代表。

二、文學與環境　劉勰以前的論文家，如曹丕陸機之流，都以天才爲文學的決定因素。以爲文質的變遷，作風的轉變，完全由於作家天才的作用。到了劉勰，他雖一面承認才性的重要，但他認爲文學的種種變化，主要是由於外面的社會環境。他在時序篇裏，告訴我們自古代以至宋齊之間的文學轉變，都有時代環境的鮮明色彩。他雖說沒有討論到經濟這一個重要觀點，然而他認爲政治宗教學術風俗各方面對於文學有決定的力量的事，是說得很正確的。在這種地方，劉勰實在是社會學論者的文學批評家，他的理論在今日看來，雖未達到精密之境，在幾種主要的觀點上，確已建立了文藝社會學的理論基礎，已經把世人視爲純粹出於天才創作的文學同複雜的社會環境，密切地聯繫起來了。

『時運交移，質文代變。古今情理，如可言乎？昔在陶唐，德盛化鈞。野老吐何力之談，郊童含不識之歌。有虞繼作，政阜民暇，薰風詩於元后，爛雲歌於列臣。盡其美者何，乃心樂而聲泰也。……逮姬文之德盛，周南勤而不怨。太王之化淳，邠風樂而不淫。幽厲昏而板蕩怒，平王微而黍離哀，故知歌謠文理，與世推移，風動於上，而波震於下者。春秋以後，角戰英雄。六經泥蟠，百家飇駭。方是時也，韓魏力政，燕趙任權，五蠹六蝨，嚴於秦令。唯齊楚兩國，頗有文學。……故稷下扇其淸風，蘭陵鬱其茂俗。鄒子以談天飛譽，騶奭以雕龍馳響。屈平聯藻於日月，宋玉交彩於風雲，觀其豔說，則籠罩雅頌。故知暐曄之奇意，出乎縱橫之詭俗也。爰至有漢，運接燔書。高祖尚武，戲儒簡學。雖禮律草創，詩書未遑。施及孝惠，迄於文景，經術頗興，而辭人勿用。賈誼抑而鄒枚沉，亦可知已。逮孝武崇儒，潤色鴻業，禮樂爭輝，辭藻競騖。柏梁展朝讌之詩，金堤製恤民之詠。徵枚乘以蒲輪，申主父以鼎食。買臣負薪而衣錦，相如滌器而被繡。遺風餘采，莫與比盛。……自獻帝播遷，文學蓬轉，建安之末，區宇方輯。魏武以相王之尊，雅愛詩章，文帝以副君之重，妙善辭賦，陳思以公子之豪，下筆琳瑯，並體貌英逸，故俊才雲蒸。觀其時文，雅好慷慨，良由世積亂離，風衰俗怨，並志深而筆長，故梗概而多氣也。……自中朝貴玄，江左稱盛，因談餘氣，流成文體，是以世極迍邅，而辭意夷泰。詩必柱下之旨歸，賦必漆園之義疏。故知文變染乎世情，興廢繫乎時序。原始以要終，雖百世可知也。』（時

序篇節錄）

他在這裏雖以政治環境爲立論的主點，然對於學術思想社會生活地方色彩對於文學的關係，也都討論到了。本來在古代君主集權時代，君主貴族的風尙與政治勢力，實爲學術文藝的主要推動力。他站在這種立場上，去觀察歷代文學變遷的趨勢，所得的結論都是很正確的。比起那種以天才來概括一切文學活動的理論來，他所提出來的『文變染乎世情，興廢繫乎時序』的意見，眞要高明萬倍，可稱爲一代的卓見了。

他除了討論這種共有的時代環境對於文學的關係以外，還注意到氣候時令與山川風景影響於作家與作品的自然環境。這些環境一面刺激作家的創作動機，同時又能鍛鍊作家的個性與作品的風格。他這種文學的物感說，應用於創作與批評兩方面，都是極重要的意見。他在物色篇說：

『春秋代序，陰陽慘舒，物色之動，心亦搖焉。蓋陽氣萌而元駒步，陰律凝而丹鳥羞，微蟲猶或入感，四時之動物深矣。……歲有其物，物有其容。情以物遷，辭以情發，一葉且或迎意，蟲聲有足引心，況淸風與明月同夜，白日與春林共朝哉。是以詩人感物，聯類不窮，流連萬象之際，沈吟視聽之區，寫氣圖貌，旣隨物以宛轉，屬采附聲，亦與心而徘徊。故灼灼狀桃花之鮮，依依盡楊柳之貌，杲杲爲出日之容，瀌瀌擬雨雪之狀，喈喈逐黃鳥之聲，喓喓學草蟲之韻。皎日嘒星，一言窮理。參差沃若，兩字窮形。並以少總多，情貌無遺矣。……若乃山林皐壤，實文思之奧府。略語則闕，詳說則繁，然屈平所以洞監風騷之情者，抑亦江山之助乎。』

由劉勰這種時代環境與自然環境的理論的出現，於是那些天才至上與心靈獨立活動的謬說，都站不住脚了。可知任何偉大的作家與作品，都受有這種環境的限制，任何玄妙的心靈活動，也不過是受了外界環境的影響而反映出來的一種精神現象。在批評一個作家與一種作品之前，在批評某種精神現象之前，必得要先求這種環境的瞭解，實是必要的事。這一點，實在是劉勰在文學批評上最重要的貢獻。

三、批評論的建立　因爲劉勰最懂得文學的性質與意義，所以他對於創作與批評的艱苦也瞭解得非常深切。他對於當代文學批評界的偏於主觀與印象以及未能達到求因明變的工作，感着不滿意。所以他在序志篇說：『魏典密而不周，陳書辯而無當，應論華而疏略，陸賦巧而碎亂，流別精而少巧，翰林淺而寡要。……並未能振葉以尋根，觀瀾而索源。』所謂不周無當寡要疏略等類的弊病，都是因爲沒有建立客觀的批評方法，只偏於主觀印象而流於散漫之故。不能尋根索源，因爲他們忽略了作品與環境的重要關係，而只就作家的才性與技巧本身上立論之故。他認爲要樹立精密的批評，必先要免去這些流弊。批評誠然是難事，如果批評家有公正的態度，廣博的學識，與客觀的批評標準，這種困難是可以克服的。因爲文學是個人情感與社會情感合流的表現，同時又是共有的時代精神的反映，並且文字構造的美妙與音調的和諧，都可加以人工的分析和說明，那末一個作家和一種作品，一定都有他的可以說明的客觀的價值。他說：『夫綴文者情動而辭發，觀文者披文以入情。沿波討原，雖幽必顯。世遠莫見其面，覘文輒見其心，豈成篇之足深，患識照之自淺耳。夫志在山水，琴表其情。況形之筆端，理將焉匿。故心之照理，譬目之照形，目瞭則形無不分，心敏則理無不達。』（知音篇）他在這裏說明文學批評完全是可能的事，爲要達到這種可能的階段，於是他建立了最有系統的客觀的批評論。

第一、批評家的修養　批評家不能專憑自己的直覺，必得有廣博學識的修養。有了深厚的修養，始可瞭解作品結構的微妙，藝術的優劣，以及因變的原委。才不至於鬧出以雉爲鳳信僞爲眞的笑話。所以他在知音篇說：『凡操千曲而後曉聲，觀千劍而後識器。故圓照之象，務先博觀。閱喬岳以形培塿，酌滄波以喩畎澮，無私於輕重，不偏於憎愛，然後能平理若衡，照辭如鏡矣。』

第二、批評家的態度　文人相輕的惡習，自古已然。若是批評家有了廣博學識的修養，而沒有公正的態度，只是黨同伐異，故作曲辭，那末這種批評，只是惡意的攻擊，或是不正的諂媚，不僅沒有好處，只有壞處。因此他們對於批評家的態度，提出最重要的三點。一、不能貴古賤今。二、不能崇己抑人。三、必得放棄主觀好惡的成見。關於這幾點，他在知音篇裏，都加以舉例的說明了。

第三、批評的標準　經過了上面兩種步驟，才達到最後批評的階段。因爲在批評上要避開主觀的偏見與印象的褒貶。他於是提出了六觀的標準。他說：『將閱文情，先標六觀。一觀位體，二觀置辭，三觀通變，四觀奇正，五觀事義，六觀宮商，斯術旣形，則優劣見矣。』位體是指文學的體製。他在定勢篇裏，已曾討論到一種體裁，應有適應這種體裁的作風。『情致異區，文變殊術。莫不因情立體，卽體成勢也。……是以模經爲式者，自入典雅之懿，效騷命篇者，必歸豔逸之華。綜意淺切者，類乏醞藉，斷辭辨約者，率乖繁縟。譬激水不漪，槁木無陰，自然之勢也』一觀位體，便是看那種體裁是不是與他文字的風格氣勢相合。二觀置辭，便是觀其修辭的美醜。三觀通變，是看其作品，是否出於模擬與抄襲。他認爲好的作品，應該作者獨出心裁，變古翻新。成爲自己的創作。在通變篇裏，對於這一點，他發表了很好的意見。四觀奇正，是說作品應該有新奇的特性與莊重的態度，若變爲陳腐而流於遊戲猥褻，這作品便不足觀了。事義是文學的內容，在附會篇裏，他看作是文學的骨髓，可知他對於文學內容的重視。六觀宮商，那便是文學的音樂性。他在聲律篇中，對此曾加以詳細的說明。由這六個標準，去客觀的品評文學作品的價值，比起那印象派的主觀批評來，所得的結論，自然是要正確得多了。中國古代的學問，任何方面都缺少方法與條理，缺少科學性與客觀性，所以劉勰這種批評論的建立，確實是值得我們重視的了。

在當日唯美文學的潮流中，作家俱注力於文學形式的講求，各種文體也日益完備，於是對於文體的辨別與源流的探討，也成爲論文家的主要工作了。曹丕論文，有奏議書論銘誄詩賦四科之說，爲文體問題的最初提出者，其後如桓範，陸機，摯虞諸人，俱有論述，惟著書今多不存，其詳不得而知。短論殘章，亦極簡略。到了齊梁時代，大家都很注意這個問題。蕭統在文選中將各種文體分爲三十八類，詩又分爲二十三子目，賦分爲十五子目，蘇軾病其編次無法，姚鼐譏其分體碎雜，章學誠也說他淆亂蕪穢，不可殫詰，這些評語自然是對的。但由此也可看出在唯美文學的潮流中，一般人對於文學的體裁正名別類的趨勢。因此，劉勰在文心雕龍裏，幾乎費去了一半的篇幅，專門討論各種文體的問題。他在這一方面，雖費了不少的氣力，然而我們現在看來，在全書裏，這是價值最低的一部份。因爲在那裏面，有幾點不可掩飾的缺點：一、文學的觀念不淸楚。二、次序雜亂。三、分類沒有統一性。四、議論時多牽强附會。凡是讀過那二十一篇文字的人，想都有那種感覺，我也無須在這裏細說了。但如明詩，辯騷，樂府，詮賦却是其中最精采的四篇，是讀者所公認的。不過這一部份的缺點，並無損於他在中國文學批評史上的地位。

二　鍾嶸與詩品

鍾嶸字仲偉，潁川長社人。生於齊，卒於梁承聖元年（西曆五五二。）因他最後做過晉安王的記室，故世人稱爲鍾記室。詩品，梁書名爲詩評，隋書經籍志兼稱詩評詩品，到現在詩評原名已無人知道，詩品成爲定名了。他在序中說：『今所寓言，不錄存者。』觀其書中，論及梁代文人甚多，沈約亦在中卷，沈卒於天監十二年，詩品之作，必在天監十二年以後。又梁書本傳說：『遷西中郎晉安王記室。嘗品古今五言詩，論其優劣，名爲詩評，頃之，卒官。』據梁書敬帝本記，承聖元年，封晉安王，二年，出爲江州刺史。』由此推想，詩品之作與鍾嶸之死，都在元帝承聖元年。已經到了梁朝的末期。文心雕龍作於齊代何年雖不可考，然早於詩品，至少也有半世紀的事，是無可疑的。

鍾嶸對於詩的批評的主要目的，是注意探討作家與作品的流別。他在這裏一面論述文學的進化現象，同時又論列各家的來源與變遷。所謂歷史的批評，雖由鍾嶸建立起來，然而在現在看來，他這種批評是失敗了的。他用了兩個最機械的方法：其一、他將從漢至齊梁時代的一百多個詩人，分爲上中下三品，由其個人的品評，而定其高下優劣。其次，他對於各家的作品，往往肯定其源出於某人與某體。他又標出國風，小雅，楚辭爲五言詩的三大源泉。他這兩種方法，都是錯誤的，由他這種方法，給予後代詩話家種種惡劣的影響。文學作家與作品的價值，我們可以用種種方法加以分析與說明，但決不能用八十分或六十分的機械標準去品定等第，因爲由於其主觀的成見，時常有最危險的錯誤。如劉楨，陸機，潘岳，張協的列於上品，魏文帝陶潛鮑照謝朓之列於中品，魏武帝之列於下品，都是大膽的武斷，不可原諒的錯誤，我們無論如何，是要提出强硬的抗議的。至如他論到各家的源流，更多附會可議之處。國風小雅本來就分不開，他指定某人出於小雅，某人出於國風，這是一種謬說。五言詩源出於兩漢的樂府，而形成無名氏的古詩十九首一類的作品，此後，製作日繁，技巧日進，作家受有楚辭的辭藻的影響，那是無可否認的事，若說某人的詩，是源出於楚辭，那又是一種偏見。建安詩的作風是一致的，他說王粲出於楚辭，曹植劉楨出於國風，阮籍，嵇康的作品的思想基礎是一致的，他說嵇康出於楚辭派的曹丕，阮籍則出於小雅。太康詩人，除左思外，其作風情調也是一致的，他說陸機出於國風派的曹植，潘岳張華又出於楚辭派的王粲。像這種牽强矛盾之處，到處都是，實在是詩品中最大的缺點。他的錯誤，是只以作品的形貌爲標準，而忽略了最重要的文藝思潮與共同的時代色彩。由此看來，鍾嶸對許多詩人等級的畫分，不足爲憑，而其源流的敍述，也是不可信的了。但是他在各家之下，對其作品的美點與弊病，時有精確扼要的評語，這是詩品中最精采的一部分。我們對於詩品的重視，也就只在這一部份。因了這一部份，使詩品得有較高的價值，而成爲中國代潮流的反抗也較爲激烈了。

文心雕龍著作的時代，駢儷聲病之風氣雖已流行，但到了詩品。這種風氣更是變本加厲，再加以浮艷的宮體詩盛極一時，於是詩風日卑，唯美文學的過度發展，造成了文學上極度的柔弱與貧血。鍾嶸處在這個時代，所以他對於當日文風的態度，比起劉勰來，較爲傾向於自然主義一方面，而對於時代潮流的反抗也較爲激烈了。

一、反對用典　他覺得奏議論說的散文，引用古事，自然難免。詩是精神情感的產物，用事用典，反有傷於詩歌的情韻。在當時謝靈運諸人的詩裏，誇示博學，經子文句，時時引用，自然就減少了詩的滋味。所以他說：『若乃經國文符，應資博古。撰德駁奏，宜窮往烈。至乎吟詠情性，亦何貴於用事。「思君如流水，」既是卽目，「高台多悲風，」亦惟所見。「清晨登隴首，」羌無故實，「明月照積雪，」詎出經史。觀古今勝語，多非補假，皆由直尋。顏延謝莊，尤爲繁密。於時化之。故大明泰始中，文章殆同書抄。任昉王元長等詞不貴奇，競須新事。遂乃句無虛語，語無虛字，拘攣補衲，蠹文已甚。』又說：『任昉博物，動輒用事，所以詩不得奇，少年士子，效其如此，弊矣。』可知他對於詩歌的創作，是主張情感的抒寫與自然的白描，反對典故的堆砌，這種意見，我們是贊同的。不過中國的詩人，能做到這一點的就眞是很少。章太炎辨詩篇說：『詩者與奏議異狀，無取數典之言。鍾嶸所以起例，雖杜甫猶有愧，』這話確是實情。

二、反對聲病　音樂性本是詩歌中的重要原素，他認爲詩人只應該注意自然的音律，能達到和諧悅耳的程度便够了，若加以種種人工的聲病的限制，那詩人便作了聲病的奴隸。而詩的自然美反有損傷了。所以他說：『曹劉殆文章之聖，陸謝為體貳之才。鋭精研思，千百年中，而不聞宮商之辨，四聲之論。或謂前達偶然不見，豈其然乎？嘗試言之。古曰詩頌，皆被之金竹，故非調五音；無以諧會。若「置酒高堂上，」「明月照高樓，」為韻之首。故三祖之詞，文或不工，而韻入歌唱，此重音韻之義也，與世之言宮商異矣。今既不被管絃，亦何取於聲律耶？齊有王元長者。嘗謂余云：「宮商與二儀俱生，自古詞人不知之……」元長創其首，謝朓沈約揚其波，三賢或貴公子孫，幼有文辨。於是士流景慕，務為精密，襞積細微，專相陵架。故使文多拘忌，傷其眞美。余謂文製本須諷讀，不可蹇礙。但令清濁通流，口吻調利，斯為足矣。』作詩自然是要重視聲律，像當日那種四聲八病，規矩極嚴，襞積細微，損傷才性，致文多拘忌，有傷眞美，眞是應該反對的。

三、反對玄風　魏晉以來，老莊之學，風靡一時，詩歌趨於玄虛與說理，造成枯淡無文的歌訣，詩中的一點情韻與滋味都被破壞無餘。鍾嶸對於這一點，表示很不滿意。他說：『永嘉時，貴黃老，稍尙虛談，於時篇什，理過其辭，淡乎寡味，爰及江表，微波尙傳。孫綽，許詢，桓庾諸公詩皆平典似道德論，建安風力盡矣。』詩歌做到都像道德論式的說理散文，佛經中的偈語，所謂風力情韻以及辭藻，自然都是一無所有的。

文學與環境的問題，在文心裏，劉勰已經建立了時代環境與自然環境的理論。到了鍾嶸，又提出了個人境遇的環境，彌補了劉勰的缺點。時代與自然環境對於作家與作品的影響，自然是非常重要，但個人的境遇，對於作品的風格與成就，也有很大的決定力。屈原的放逐，蔡琰的被虜，曹植的憂鬱，陶潛的隱居，都是個人特有的生活環境，而他們的作品，也就因了這種環境，產生出分明的個性與燦爛的光輝。所以他說：『若乃春風春鳥，秋月秋蟬，夏雲暑雨，冬月祁寒，斯四候之感諸詩者也。嘉會寄詩以親，離羣托詩以怨。至於楚臣去境，漢妾辭宮；或骨橫朔野，或魂逐飛蓬；或負戈外戍，殺氣雄邊；塞客衣單，孀閨淚盡；士有解佩出朝，一去忘返；女有揚娥入寵，再盼傾國。凡斯種種，感蕩心靈，非陳時何以展其義，非長歌何以騁其情。』他在這裏很重視個人環境對於文學的影響。唯物的感應說，始於劉勰，完成於鍾嶸，由時代自然的環境，再加以個人環境的補充，於是環境說的理論，更加完備，所謂社會學的文學觀念，也由此而確立。

當日的批評界，除劉勰鍾嶸二大家外，如沈約，蕭統，蕭繹，劉孝綽，蕭子顯，裴子野，顏之推，李諤諸人，俱有論文的意見發表，因爲他們都是單篇短語，不能獨成系統，打算不在這裏細講了。但如裴子野的雕蟲，顏之推的文章，李諤的上書，都是激烈的反抗唯美文學的思潮，輕視浪漫的作家與淫靡的作品，帶着儒家的論理與功用的觀念，作爲論文的基點，因此而成爲唐代文學界復古運動的先聲，道統文學的種子了。

五　小　說

唯美文學的色彩，在當日的詩文辭賦以及文學批評方面，都表現了濃厚的影子，在小說方面，這色彩却較爲稀薄。這原因是小說還沒有在文壇得到正式的地位，一般高級文人，少有製作，除了那種爲宗教的宣傳以外，其餘大都是出於遊戲好奇的態度，經心刻意把小說當做一種高尙的文學來創造的人可以說沒有。並且魏晉以來，小說還在初步發展的階段，所以在當代的小說界，無論在觀念形式以及技巧上，都欲求其與詩文平行進展的事，自然是不可能的。

小說的體裁與技巧，雖不能適應唯美文學的潮流，然按其內容，同當代士大夫的風尙與宗教的情緒，却是完全一致。這時代的小說，我們可以看出有兩個顯明的分野。一個是以兩晉以來盛極一時的淸談風氣曠達行爲爲基礎。正始之玄言，竹林的狂放，都爲藝林所追懷所景仰。這種風氣，至宋不衰。於是文人雅士，或記其言語，或述其行爲。殘叢小語，固無補於實用，軼事淸言，亦可發思古之幽情。這派小說的代表，是劉義慶的世說新語。另一派是以宗教思想爲基礎，尤以佛教爲主體。當日佛教大行，因果輪迴之說，震駭人心。文士教徒，或引經史舊聞以證報應，或言神鬼故實以明靈驗。如王琰之冥祥記，顏之推的寃魂志，是此派的代表。此外或轉寫佛經中的故事，或傳述道教的迷信，如吳均的續齊諧記一類的文字，自然是類屬於這一派的。

世說新語爲宋臨川王劉義慶所編撰。全書三十八篇，由後漢至東晉，凡高士言行，名流談笑，集而錄之，文字淸俊簡麗，趣味橫生。劉孝標作注。徵引廣博，所用書四百餘種，今多不存，故極爲藝林所珍重。今略引數則，以概其餘。

『何晏，鄧颺，夏侯玄，並求傅嘏交，而嘏終不許。諸人乃因荀粲說合之。謂嘏曰：夏侯太初，一時之傑士，虛心於子。而卿意懷不可，交合則好成，不合則致隙，二賢若穆，則國之休，此藺相如所以下廉頗也。傅曰，夏侯太初志大心勞，能合虛譽，誠所謂利口覆國之人。何晏鄧颺有爲而躁，博而寡要，外好利而內無關籥。貴同惡異，多言而妒前。多言多釁，妒前無親。以吾觀之，此三賢者皆敗德之人爾。遠之猶恐罹禍，況可親之耶，後皆如其言。』

（識鑒）

『劉伶病酒，渴甚，從婦求酒。婦捐酒，毀器，涕泣諫曰：君飲太過，非攝生之道，必宜斷之。伶曰：甚善，我不能自禁，惟當祝鬼神自誓斷之耳。便可具酒肉，婦曰：敬聞命。供酒肉於神前，請伶祝誓。伶跪而祝曰：天生劉伶，以酒爲名。一飲一斛，五斗解酲。婦人之言，愼不可聽。便引酒進肉，隗然已醉矣。』任誕

『王子猷居山陰。夜大雪，眠覺開室。命酌酒。四望皎然，因起彷徨，詠左思招隱詩。忽憶戴安道。時戴在剡，即便夜乘小船就之，經宿方至。造門不前而返。人問其故。王曰：吾本乘興而來，興盡而返，何必見戴！』（同上）

『山公與嵇阮一面，契若金蘭。山妻韓氏，覺公與二人異於常交。問公，公曰：「我當年可以爲友者，唯此二生耳。」妻曰：「負羈之妻，亦親觀狐趙。意欲窺之，可乎？」他日二人來，妻勸公止之宿，具酒肉，夜穿墉以視之，達旦忘反。公入，曰：「二人何如？」妻曰：「君才致殊不如，正當以識度相友耳。」公曰：「伊輩亦常以我度爲勝。」』（賢媛）

長則數行，短則幾句，然文字無不清俊簡麗，爲本書最大的特色。當日高士名流之音容笑貌，趣語奇行，都躍然紙上，這種富於現實性的記錄，較之那種言神誌怪的小說來，自然是要高明多了。他一直到現在還保有着活躍的生命，並不是偶然的事。在世說以前，晉人裴啓的語林，郭澄之的郭子，其體裁內容都與世說相似。書雖早亡，在太平廣記太平御覽藝文類聚諸書中，常可見其遺文。並且世說中之事實文字，間或與裴郭所記相同。因世說晚出，乃多纂輯舊文。後沈約有俗說三卷，體例亦倣世說，多記兩晉宋齊名人言行。此書已亡，在御覽類聚諸書中，時見徵引。文字淸麗，風趣亦佳，沈約本是齊梁間名士，此等文字自然是勝任愉快的了。

冥祥記爲宋王琰所作，寃魂志爲隋顏之推所作。後者現存，前者早佚，但於法苑珠林太平廣記二書中所存甚多，尚可見其面貌。所記多爲佛教史實及因果報應與經像顯效的故事。其內容外貌，與寃魂志相似，同爲釋氏輔教之書。今各舉一條作例。

『漢明帝夢見神人，形垂二丈，身黃金色，頂佩日光。以問羣臣，或對曰：西方有神，其號曰佛，形如陛下所夢，得無是乎？於是發使天竺，寫致經像。表之中夏，自天子王侯，咸敬事之。謂人死精神不滅，莫不瞿然自失。初，使者蔡愔將西域沙門迦葉摩騰等齎優塡王畫釋伽佛像，帝重之，如夢所見也。乃遣畫工圖之數本，於南宮淸涼台及高陽門顯節壽陵上供養。又於白馬寺壁畫千乘萬騎遶塔三匝之像，如諸傳備載。』（冥祥記，見法苑珠林十三）

『宋下邳張稗者，家世冠族，末葉衰微，有孫女殊有姿色。鄰人求聘爲妾，稗以舊門之後，恥而不與，鄰人憤之而焚其屋，稗遂燒死。其息邦先行不知，後知其情，而畏鄰人之勢，又貪其財而不言，嫁女與之。後經一年，邦夢見稗曰：汝爲兒子，逆天不孝，棄親就怨，潛同兇黨，捉邦頭以手中桃木刺之，邦因嘔血而死。邦死之日，鄰人見稗排闥直入，張目攘袂曰：君恃勢縱惡，酷暴之甚，枉見殺害。我已上訴，事獲申雪，却後數日，令君知之。鄰人得病，尋亦殂歿。』（寃魂志）

此種著作，當日尚多，但俱已早佚，遺文可考見者，尚有宋劉義慶之宣驗記，顏之推之集靈記與侯白之旌異記。然皆文筆不佳，內容思想，亦俱雷同。中國千餘年來士大夫以及民衆之迷信思想之流傳與普及，此等書實要擔負其責任。

誌怪小說，在文字方面較爲清麗者，爲吳均之續齊諧記與王嘉之拾遺記。王嘉雖是東晉人，但此書爲梁代蕭綺所錄。蕭序言書本十九卷，二百二十篇，當苻秦之季，典章散滅，此書亦多有亡。綺乃刪繁存實得十卷。故胡應麟（筆叢三二）說此書本爲綺撰，而託名王嘉的，話雖不可盡信，說此書以王嘉原作爲底本，經了蕭綺的刪補，而完成於梁代的事，是比較可靠的。吳均爲梁代詩人，詩風清俊，時人號稱吳均體，續齊諧記雖係言神誌怪之書，然其文字亦卓然可觀。其中許彥一篇，述一書生變法之事，極爲奇異。段成式在酉陽雜俎續集貶誤篇中，證明此故事，原出於佛經，經吳均漢化而寫成者。可知在當代的小說內，一面表揚佛教的思想，一面採用佛經中的故事，而擴展文學的材料，這種情形在詩歌裏雖極稀薄，而反映在小說上的，就明顯得多了。

今存拾遺記十卷，古起庖犧，近迄東晉，遠至崑崙仙山，俱有記述。書中雖多言怪異，然極少因果報應的臭味。並時敍人事及社會生活，文筆亦頗清麗，尤爲此書之特色。可知此書體例，乃合雜錄志怪二體而成，不過志怪的成分較多而已。嚴格地說來，上面敍述的這些作品，都不能算是小說，然而在中國小說初步發展的階段上，這些作品，我們也不可忽略。由這些作品，再進一步，便形成了唐代的神怪人事合揉的傳奇，那進展的痕跡是相當明顯的。

第十一章　南北朝與隋代的民歌及詩人

上篇　南北朝與隋代的民歌

從東晉南渡到隋代統一的這兩百多年中，不管中間的朝代有了多少變遷，南北始終成着對立的局面。在這長時期內，北方的漢人大量地南移，邊陲的外族大量地深入，造成種族間的長期鬬爭。中國固有的文化，開始當然是遭受着重大的打擊，久而久之，他却能運用深厚的根基，使外族屈服同化，而得到最後的勝利。到了北魏，他們禁胡語廢胡服，改漢姓，娶漢女，並且還正禮樂，立學校，做起崇經尊孔的事業來，較之南朝，反更爲復古了。表面的文化制度雖日趨於調和統一，但因經濟基礎的懸殊，地理環境的差異，以及物質勞動生活的種種不同，南北民族的精神心理，是呈現着極其分明的兩種色彩。南方的情感是柔弱的，偏於個人的享樂，北方的情感是雄壯的，偏於社會的勞動。這兩種色彩，在當日的民歌裏，反映得極其明顯。在這一點，民間的歌謠，較之文人的作品來，是遠富於地方性與社會性的。

一　南方的民歌

南方民衆因地理物質環境的優裕，養成一種柔弱的性情與享樂的人生觀。他們的餘暇精神，全集中於戀愛的追逐，這種精神狀態，反映在歌謠裏，便是子夜歌一類的委婉曲折的情詩。他們都是用着短小的形式，自然的音調，歌詠着男女戀愛過程中的種種情態。或寫得戀的喜悅，或寫失戀的悲傷，或寫幽會的情狀，或寫相思的心境，或寫遲暮，或寫別離，無不美妙自然，淸麗可喜。然而他們的內容，總是千篇一律，好像人生除了戀愛以外，再沒有什麼可歌可詠似的，比起東漢的民歌如戰城南孤兒行一類的富於社會性的作品來，他們實在是呈現着一種不可掩飾的缺點。南方民歌的代表，一是江南的吳歌，一是荆楚一帶的西曲。吳歌豔麗而柔弱，西曲浪漫而熱烈。其內容雖同爲男女戀愛的描寫，其作風却有不同的情趣。然在其文字與表現的態度方面講，都是很濃厚地保存着民間文學的眞面目，這是很可寶貴的。

吳歌　樂府詩集說：『吳歌並出江南。東晉以來稍有增廣。其始皆徒歌，旣而被之管弦。蓋自永嘉渡江之後，下及梁陳，咸都建業，吳聲歌曲，起於此也。古今樂錄曰：「吳聲十曲，一曰子夜，二曰上柱，三曰鳳將雛，四曰上聲，五曰歡聞，六曰歡聞變，七日前溪，八日阿子，九日丁督護，十日團扇。」又有七日夜女歌，長史變，黃鵠，碧玉，桃葉，長樂佳，歡好歌，懊惱，讀曲，亦皆吳聲歌曲也。』可知吳歌極繁，包羅亦廣，上所舉者，上柱鳳將雛二種已佚。然尙有神絃歌諸曲，想也是屬於吳歌的。

吳歌以子夜讀曲篇目最多，文筆最好，今各舉數首，以概其餘。

大子夜歌

歌謠數百種，子夜最可憐。慷慨吐清音，明轉出天然。
絲竹發歌響，假器揚清音。不知歌謠妙，勢聲出由心。

子夜歌　（共四十二首）

宿昔不梳頭，絲髮披兩肩。婉伸郎膝上，何處不可憐！
始欲識郎時，兩心望如一。理絲入殘機，何悟不成匹。
朝思出前門，暮思還後渚。語歡向誰道，腹中陰憶汝。
擥枕北窗臥，郎來就儂嬉。小喜多唐突，相憐能幾時？

子夜四時歌　（共七十五首）

羅裳迮紅袖，玉釵明月璫。冶遊步春露，豔覓同心郎。
春林花多媚，春鳥意多哀。春風復多情，吹我羅裳開。
明月照桂林，初花錦繡色。誰能不相思，獨在機中織？
朝登涼台上，夕宿蘭池裏。乘風采芙蓉，夜夜得蓮子。
情知三夏熱，今日偏獨甚。香巾拂玉席，共郎登樓寢。
輕衣不重綵，飇風故不涼。三伏何時過，許儂紅粉裝。
秋夜涼風起，天高星月明。蘭房競妝飾，綺帳待雙情。
自從別歡來，何日不相思。常恐秋葉零，無復連條時。

寒鳥依高樹，枯林鳴悲風。爲歡顦顇盡，那得好顏容。

塗澀無人行，冒寒往相覓。若不信儂時，但看雪上跡。

子夜四時歌在文字的藝術上，比子夜歌更爲進步，其中一定有許多是當代文人的擬作。如『果欲結金蘭』一首，本爲梁武帝作品，可知梁代文人之作，已有雜入在內的了。大概子夜歌當日風行一時，擬者頗衆，故又有子夜警歌變歌等新曲。唐書樂志說：『子夜歌者晉曲也。晉有女子名子夜，造此聲，聲過哀苦。』又樂府解題說：『後人乃更爲四時行樂之詞，謂之子夜四時歌。又有大子夜歌，子夜警歌，子夜變歌，皆曲之變也。』他這裏所說的『後人』大都是文士名流，恐怕不是出自民間的。

子夜歌以外，存曲最多者爲讀曲歌，共八十九首。宋書樂志說：『讀曲歌者。民間爲彭城王義康所作也。』又古今樂錄說：『讀曲歌者，元嘉十七年袁后崩，百官不敢作聲歌，或因歌讌，只竊聲讀曲細吟而已。』然按其內容，全爲民間言情道愛之作，與子夜相同。不過形式較爲雜亂，修辭較爲粗率，因爲如此，反而更能代表民歌的本質與風趣。所謂彭城王袁后的傳說，都是一種附會。當代的樂府歌辭，前人每喜以故事穿鑿。如鬼歌子夜少帝情死種種的鬼話神談，都是不可信的。

讀曲歌

花釵芙蓉髻，雙鬢如浮雲。春風不知著，好來動羅裙。

百花鮮，誰能懷春日，獨入羅帳眠。

芳萱初生時，知是無憂草，雙眉畫未成，那能就郎抱。

打殺長鳴雞，彈去烏臼鳥。願得連冥不復曙。一年都一曉。

這類天眞浪漫的描寫，熱烈情感的表現，純樸自然的作風。在古典詩人的作品裏是看不到的。因了他們這種特質，一面確立着他們本身在詩歌史上的地位，同時對於當代的詩壇，給予着清新的生命與重要的影響。我們讀了這些作品，便會知道梁陳宮體文學以及小詩形體的來源了。子夜讀曲以外，還有碧玉懊儂華山畿數十篇，彼此情趣大略相同，這裏不再舉例了。此外有神絃歌十一曲十八首，大都爲江南一帶民間的祀神歌。曲中歌詠的神靈，男女都有，姿態美麗，心意纏綿，富於浪漫的風情，由此可知當日民間多神信仰的風俗，以及浪漫的宗教情緒，這些詩歌的作風，同古代楚民族的九歌很有些相像。例如：

『白石郎，臨江居，前導江伯後從魚。

積石如玉，列松如翠，郎豔獨絕，世無其二。』（白石郎曲）

『開門白水，側近橋梁。小姑所居，獨處無郎。』（清溪小姑曲）

前一首用玉石翠松的背景來象徵那位男神的美麗，後一首用淸幽的環境，來暗示女神的貞潔。短小的章句，樸質的文字，造成高遠無比的境界，眞是民歌中最好的作品。

西曲　南方的民歌，最重要的除吳歌以外，便是西曲。西曲即荆楚西聲。樂府詩集說：『西曲歌出於荆郢樊鄧之間，而其聲節送和，與吳歌亦異，故因其方俗謂之西曲云。』可知西曲是湖北西部一帶的歌謠，而以江漢二水爲主，所以在那些作品裏，充滿着水上船邊的情調以及旅客商婦的別情。在表情方面，較之吳歌要勇敢熱烈，沒有吳歌中那種特有的嬌羞細膩的姿態。大概歌唱起來，在音調方面，也必有這種差別。樂府詩集所說其聲節送和與吳歌亦異的話，想是可靠的。據古今樂錄說西曲共有三十四曲，今讀樂府詩集，當代文士們的擬作，雜在裏面的頗多。如烏夜啼，烏棲曲，估客樂，楊叛兒諸曲中，很多簡文帝劉孝綽梁武帝梁元帝徐陵庾信們的作品。至於襄陽蹋銅啼白附鳩二曲，民間原作已完全失傳，只存梁武帝沈約吳均們的擬作，但那些無名氏的篇章，想都是出自民間的。

三洲歌

送歡板橋灣，相待三山頭。遙見千幅帆，知是逐風流。

風流不暫停，三山隱行舟。願作比目魚，隨歡千里遊。

青陽度

青荷蓋綠水，芙蓉披紅鮮。下有並根藕，上生並頭蓮。

安東平

吳中細布，闊幅長度。我有一端，與郎作袴。

那呵灘

聞歡下揚州，相送江津灣。願得篙櫓折，交郎到頭還。

孟珠

陽春二三月，草與水同色。道逢遊冶郎，恨不早相識。
望歡四五年，實情將懊惱。願得無人處，回身與郎抱。

石城樂

布帆百餘幅，環環在江津。執手雙淚落，何時見歡還？

莫愁樂

聞歡下揚州，相送楚山頭。探手抱腰看，江水斷不流。

烏夜啼

可憐烏臼鳥，强言知天曙。無故三更啼，歡子冒闇去。

尋陽樂

雞亭故儂去，九里新儂還。送一却迎兩，無有暫時間。

這些都是民歌中的珍品。大膽的表情，巧妙的比喻，天眞的描寫，活躍的表現出旅客情婦們的生活心理狀態。商人重利，思婦多情，是西曲歌的情感基礎。由這些作品的背後所反映出來的商業經濟的繁榮，是可作爲這類歌謠的社會基礎的。在這些民歌中，不論吳楚，他們在辭句的表現上，有一個共同點，那便是歡喜用雙關的隱語。以『梧子』雙關『吾子，』以『藕』雙關『偶』，以『絲』雙關『思』，以『蓮』雙關『憐』，以『匹』雙關『配』，這種表現法，也可以算是當日民歌的一種特徵，在漢魏的歌謠裏，是沒有見過的。

二　北方的民歌

北方的遊牧民族，因着經濟基礎的薄弱以及種族地理的種種關係，民衆的生活動態與情感各方面，是形成與南方不同的色彩的。南方的特性，是柔弱的，女性的，個人的；北方的特性，恰好成一個對照，是尙武的，男性的，社會的。這種不同的特性，在當日的民歌裏，反映得非常明顯。如鮮卑族的敕勒歌云：

『敕勒川，陰山下。天似穹廬，籠蓋四野。
天蒼蒼，野茫茫，風吹草低見牛羊。』

這種蒼蒼茫茫的氣象，是北方獨有的偉大的自然背境。要有這特殊的背境，才能產生這種富於地方色彩的詩歌。比起南方歌謠中所歌詠的『春林花多媚，春鳥意多哀。』的氣象來，完全是兩個天地了。生在這種環境之下的人民的生活情感，自然另有一種形象與氣質。如魏書所載的李波小妹歌云：

『李波小妹字雍容，褰裙逐馬似卷蓬。左射右射必疊雙。婦女尙如此，男子安可逢！』

這正是北方女子的典型，一種男性的尙武的力量，活躍地表現出來，比起『婉伸郎膝上，何處不可憐，』『恃愛如欲進，含羞未肯前。』的江南少女來，那剛强柔弱之分，眞是再明顯也沒有了。樂府詩集雖無北歌之目，然梁鼓角橫吹曲，實卽北方的歌謠。中間雖偶有吳歌化的作品，然大部份却是呈現着北方的民間色彩，決非南人所能爲。古今樂錄云：『梁鼓角橫吹曲有企喻，瑯琊王，鉅鹿公主，紫騮馬，黃淡思，地驅樂，雀勞利，慕容垂，隴頭流水等歌三十六曲。』再加以胡吹舊曲和折楊柳，隔谷，幽州馬客吟等歌曲，共六十六曲，這數目總算不少，可惜亡佚的很多，現存者只有企喻等歌二十一種了。今略舉數例於下。

折楊柳歌

腹中愁不樂，願作郎馬鞭。出入擐郎臂，蹀坐郎膝邊。

遙看孟津河，楊柳鬱婆娑。我是虜家兒，不解漢兒歌。

健兒須快馬，快馬須健兒。跸跋黃塵下，然後別雄雌。

捉搦歌

誰家女子能行步，反著裌禪後裙露。天生男女共一處，願得兩個成翁嫗。

黃桑柘屐蒲子履，中央有絲兩頭繫。小時憐母大憐婿，何不早嫁論家計。

瑯琊王歌

新買五尺刀，懸着中梁柱。一日三摩娑，劇於十五女。

東山看西水，水流盤石間。公死姥更嫁，孤兒正可憐。

企喻歌

男兒欲作健，結伴不須多。鷂子經天飛，羣雀向兩波。

前行看後行，著處鐵裲襠。前頭看後頭，齊著鐵鉦鉾。

男女可憐蟲，出門懷死憂。尸喪狹谷中，白骨無人收。（此首傳爲苻融詩）

折楊柳枝歌

門前一株棗，歲歲不知老。阿婆不嫁女，那得孫兒抱。

敕敕何力力，女子臨窗織。不聞機杼聲，只聞女嘆息。

問女何所思？問女何所憶？阿婆許嫁女，今年無消息。

紫騮馬歌

燒火燒野田，野鴨飛上天。童男娶寡婦，壯女笑殺人。

地驅樂歌

青青黃黃，雀石頹唐。搥殺野牛，押殺野羊。

驅羊入谷，白羊在前。老女不嫁，蹋地喚天。

側側力力，念郎無極。枕郎左臂，隨郎轉側。

摩捋郎鬚，看郎顏色。郎不念女，各自努力。

此外如隴頭歌黃淡思與幽州馬客吟諸篇，或爲高古的四言詩，或爲柔靡的吳歌，我想或是北方文人的作品，或爲南人描寫北地風光者，亦未可知。總之在這幾篇作品裏，在修辭和情調上，文人的氣息很是濃厚，已經很少北方民歌的本色了。我們試看上面所舉的那些作品，知道北方的歌謠，與南方的比較起來，有兩個不同的特色。一是內容方面，北方的偏重於社會生活。如瑯玡王歌中所表現的孤兒與戰爭，企喻歌中所表現的尙武精神，紫騮馬歌所表現的婚姻制度，地驅樂歌中所表現的畜牧生活，可以看出他們所歌詠的題材，是較爲廣泛，較爲切近人事而富於社會性了。其次，在表現方面，北方的情感多是直線的說明的，沒有南方那種隱曲象徵的手法。北方人並不是不講戀愛，他們不把戀愛看作是一種藝術，或是一種神秘的把戲。他們同吃飯穿衣一樣，看作是一件簡單的事體，毫沒有那種嬌羞隱藏的態度。『老女不嫁，蹋地喚天。』『枕郎左臂，隨郎轉側。』這種直率眞爽的氣概和行爲，決非南方女人所能有。梁啓超氏在中國韻文中所表現的情感內論北歌說：『他們生活異常簡單，思想異常簡單，心直口直，有一句說一句。他們的情感是沒遮攔的，你說好也罷，說壞也罷，總是把眞面孔搬出來。』搬出眞面孔，不留餘味，在詩的藝術上講，本是一種弊病。若是站在歌謠的立場，却又不能不承認這是一種特色。因爲這樣，把民間的生活情感，表現得更眞切更活躍，更有生命和力量。

我們現在要討論的，是人人讀過的木蘭辭。木蘭辭是北方民間敍事詩的傑作，他同孔雀東南飛，成爲南北民間文學的兩大代表。前者是剛强的男性的社會喜劇，後者是柔弱的女性的家庭悲劇。這兩種完全相反的性格，由着雙方極其適合的文字格調表現出來，得到圓滿的效果。在這兩篇作品裏，都塗滿了非常鮮明的地方色彩，並且反映出剛柔各異的男女性情以及南北不同的家族生活與社會意識的影子。兩篇詩都是無名氏的作品，後來經過了文人的潤飾，故文句中頗有雕琢刻鍊的痕跡。

關於木蘭辭的時代，古人早有討論。如後村詩話，藝苑巵言，俱有成於唐代之說。近人主張唐代者更多。其所持理由，不出下列三點：

一、樂府詩集有唐人韋元甫擬作木蘭辭一篇。並且解題中說：『按歌辭有木蘭一曲，不知起於何代也。』後人因疑木蘭辭原作，亦出自韋元甫之手。

二、歌中的「策勳十二轉，」爲唐代官制。「明駝」爲唐代驛制。

三、「萬里赴戎機」以下四句，似唐人詩格。

其實這些理由，並不能推翻木蘭辭是北朝時代的作品。我們試讀原歌與韋元甫的擬作，便知道這中間有一種顯然不同的色彩。原歌的民間趣味多麼濃厚，那種樸質俚俗的語調，天眞浪漫的描寫，是文人學不到的。擬作則無處不現出雕飾做作的痕跡，一望而知是出自兩人之手了。至於唐代的制度與詩格的混入，那是民間歌謠遭受後人改削潤色的證明，並不是原作出於唐代的證明。原歌的前六句，同折楊柳枝歌中的『敕敕何力力』六句，差不多完全相同。這是木蘭辭出於民間的重要證據。若出自後代的文人，決不會這樣抄襲的了。並且，我們還可推測此詩的年代，同折楊柳枝歌相隔一定不遠。因此，我們敢說木蘭辭的原作是成於北朝，後來經了隋唐人的修飾，在文字上加了一些華美的辭藻。幸而還有不少的白話保存着，這是很可喜的。

『唧唧復唧唧，木蘭當戶織。不聞機杼聲，唯聞女歎息。問女何所思，問女何所憶？女亦無所思，女亦無所憶。昨夜見軍帖，可汗大點兵。軍書十二卷，卷卷有耶名。阿耶無大兒，木蘭無長兄。願爲市鞍馬，從此替耶征。東市買駿馬，西市買鞍韉。南市買轡頭，北市買長鞭。旦辭耶孃去，暮宿黃河邊；不聞耶孃喚女聲，但聞黃河流水聲濺濺。旦辭黃河去，暮宿燕山頭；不聞耶孃喚女聲，但聞燕山胡騎聲啾啾。萬里赴戎機，關山度若飛。朔氣傳金柝，寒光照鐵衣。將軍百戰死，壯士十年歸。歸來見天子，天子坐明堂。策勳十二轉，賞賜百千强。可汗問所欲，「木蘭不用尚書郞；願借明駝千里足，送兒還故鄉。耶孃聞女來，出郭相扶將；阿姊聞妹來，當戶理紅妝；小弟聞姊來，磨刀霍霍向猪羊。開我東閣門，坐我西閣牀；脫我戰時袍，著我舊時裳。當窗理雲鬢，對鏡帖花黃。出門看火伴，火伴皆驚惶。同行十二年，不知木蘭是女郞。雄兎脚撲朔，雌兎眼迷離。兩兎傍地走，安能辨我是雄雌。』

這幕喜劇的事實，當然不會全是眞情。但當日北方的女兒，改扮男裝上馬殺賊的事，是毫無問題的。試看李波小妹歌中所表現的那種騎馬如飛左射右射的少女，比起南方的男子漢來，眞眞是要英武多了。在這一首歌裏，雖是敍述一件美麗的故事，這故事的背後，却有健全的現實性與社會基礎。本來民間的敍事詩，大都是一種集體的創作。由傳寫而改削，經過長期的演變，始漸漸地形成一種固體。在這種演變中，文字與故事，自然也跟着趨於美化與複雜。因爲這種豔麗故事的流傳，於是一些好事的文人，發生種種的傳說，什麼姓花，姓朱，姓木，複姓木蘭的姓名問題，什麼安徽湖北河南的籍貫問題，異說紛紜，鬧不淸楚。這些都是無稽之談，沒有一顧的價値。我們只要知道木蘭是一個北方英武的女性的象徵就够了。

下篇　南北朝與隋代的詩人

關於這兩百多年的詩歌趨勢，以及內容與形體方面，在上一章的二三節裏，已約略的敍述過了。我現在在下面想簡單地介紹幾個當代的代表詩人。這一時期的政治變動極其頻繁，朝代時改，但文學的思潮都是一貫的。因此我們要盡力避免煩瑣的敍述，將注意力集中於幾個代表的作家，由此而可得到一個當代詩歌發展史的綱領。

三　南朝的詩人

劉宋一代，雖國祚不長，然文風特盛。君主皇族如劉義隆（文帝），劉駿（孝武帝），劉義慶（臨川王），劉義恭（江夏王）諸人，俱有文采。元嘉時代，作家輩出，如何承天，顏延之，謝莊，謝靈運，謝惠連，謝晦，鮑照，湯惠休之徒，各以文名。當日聲譽最大的，是顏延之與謝靈運。詩品說：『謝客為元嘉之雄，顏延年為輔。』沈約也說：『江左獨稱顏謝。』可知在齊梁時代，一致公認他們倆是元嘉詩壇的代表。但是我們現在看起來，這評論並不可靠。

顏延之（西曆三八四—四五六）字延年，瑯琊臨沂人（今南京附近）。他的作品，貴族氣太重，應詔詩連篇累牘，看去令人生厭。因為他過於雕琢堆積，字句因而晦澀，詩的情趣消滅殆盡。他有名的五君詠，也是枯淡無味，缺少一種詩的生機。就是那篇被謝晦傅亮們所稱許的北使洛的五言詩，也平庸極了。

謝靈運（西曆三八五—四三三）陳郡陽夏人。（河南太康附近），晉謝玄之孫，初襲封康樂公，故世稱謝康樂。幼時寄養於杜冶家，族人因名曰客兒，故世又稱爲謝客。他是一位貴族子弟，自幼受着良好的教育，博覽羣書，加以家產豐裕，莊園壯麗，過着非常優美的生活。結交僧徒，喜遊山水，但因身在江湖，心懷魏闕，又浪漫成性，態度狂妄，因此弄得流徙廣州，死於非命，還只是四十九歲的壯年。他的作品，開山水寫實一派，其價值當然遠在顏延年之上，我在上章論山水文學的時候已說過了。他的缺點，是用駢偶的句子去粉飾自然，用雕鏤過甚的文筆，去刻畫山水，所得到的是山水險怪的形貌，而缺少自然界的高遠意境。同時他歡喜在詩裏誇耀他的博學，時常把經子中的文句，生吞活剝地引用進去，造成當日詩人用典抄書的惡習。因此種種，謝靈運的詩，難有佳篇，常有妙句。如『池塘生春草』，『明月照積雪』，都是傳誦人口的好言語。葉夢得在石林詩話中說：『池塘生春草，園柳變鳴琴。世人多不解此語爲工，蓋欲以奇求之耳。此語之工，在無所用意，猝然與景相遇。備以成章，不假繩削。詩家妙處，當須以此爲根本。而思苦言艱者，往往不悟。』這話說得精當極了。謝詩雖有這些不可掩飾的缺點，然而他在詩歌史上，却也有相當的地位。因了他的作品，消滅了兩晉以來盛極一時的遊仙文學，造成山水文學的新潮，他這種功績，我們是不能輕視的。

顏謝作品中的那種雕琢駢儷和用典的習氣，實是元嘉詩人的通病。詩品評謝詩云：『尚巧似而逸蕩過之，頗以繁蕪爲累。』又評顏詩云：『尚巧似。……又喜用古事，彌見拘束。』又評鮑照詩云：『貴尚巧似。』又序中論用典云：『顏延謝莊，尤爲繁密，於時化之。故大明泰始中，文章殆同書抄。』由這些評語看來，可知巧似繁蕪雕琢用典，是元嘉體的共同傾向。換言之，他們的詩過於講求外形，因而缺少情味，這弊病是無法掩飾的了。

在這種生氣衰弱的詩壇，能以自由放縱的筆調，對人生的各方面加以描寫而形成雄俊的作風來的，却是那位『才秀人微』的鮑照。他的辭賦和五言詩，那種雕琢淫靡的氣習，與顏謝本無上下。詩品說他『貴尚巧似』。齊書文學傳說他『雕藻淫豔，傾炫心魄，』都是指他的五言詩或辭賦而言。但他的代表作品，却是那種雜體的樂府歌辭。在那些歌辭裏，他純熟地運用着五七言的長短句，民歌的語調，把他自己對於人生各方面的觀念，眞實地傾吐出來，帶着濃厚的浪漫情調，打破了當代那種死氣沉沉的詩風。並且從曹丕作過以後，就成爲絕響的七言詩，到了他才能運用自如，展開了發展的成熟的機運。在七言詩的發展史上，他占着重要的地位。

鮑照，字明遠，東海人（今江蘇灌雲縣），生卒年未詳。幼年家庭貧窮，壯年官場不得志，最後做過臨海王子頊的參軍，故世稱爲鮑參軍。後子頊事敗，鮑亦爲亂軍所殺。他的妹妹鮑令暉，是當代的女詩人，鮑照曾比他作左芬。詩品也稱讚她的詩，『嶄絕淸巧，』看她現存擬古詩兩首，確是一個有才情的女作家。鮑照的境遇，是艱困的，情感是熱烈的，因此他一面對於時世是感着憤激，對於人生是感着幻滅，反映着他這種心境的，是他的代表作行路難十八首。（一作十九首）今舉幾首在下面。

『瀉水置平地，各自東西南北流。人生亦有命，安能行歎復坐愁。酌酒以自寬，舉杯斷絕歌路難。心非木石豈無感，吞聲躑躅不敢言。』

『君不見河邊草，冬時枯死春滿道。君不見城上日，今暝沒盡去，明朝復更出。今我何時當得然，一去永滅入黃泉。人生苦多歡樂少，意氣敷腴在盛年。且願得志數相就，牀頭恆有沽酒錢。功名竹帛非我事，存亡貴賤付皇天。』

『對案不能食，拔劍擊柱長歎息。丈夫生世會幾時，定能蹀躞垂羽翼。棄置罷官去，還家自休息。朝出與親辭，暮還在親側。弄兒床前戲，看婦機中織。自古聖賢盡貧賤，何況我輩孤且直。』

『君不見少壯從君去，白首流離不得還。故鄉窅窅日夜隔，音塵斷絕阻河關。朔風蕭條白雲飛，胡笳哀極邊氣寒。聽此愁人兮奈何？登山望遠得留顏。將死胡馬跡，能見妻子難。男兒生世轗軻欲何道，綿憂摧抑起長歎。』

他的生活心境，在這些詩裏，全盤托出。他一面感着懷才不遇的悲傷，同時又感着人生無常功名富貴的無味，情願辭官回家，同妻室子女去過點自由的生活。因爲他的心境只得到陶淵明的一面，所以不能走到那種安定清靜的境界。因此在他的詩裏，時多憤激之詞，而缺少冲淡自然之趣。再有梅花落一首，也是比喻人生的，寫得極好。

『中庭雜樹多，偏爲梅咨嗟。問君何獨然，念其霜中能作花，露中能作實，搖蕩春風媚春日。念爾零落逐寒風，徒有霜華無霜質。』

在這些詩裏，我們可以看出來鮑照有極高的才情，自由的心境，原非那種五言體所可限制。所以七言或是雜體，他却能運用自如，變化百出，適宜他的情性。一用五言，便覺拘束，毫無生氣了。

他這種作風，後代高適，岑參，李白一流人，都受他的啓發和影響。其次，他這種樸質的文句，民歌式的語調，同當代元嘉體的正統詩風，是完全相反的。顏延之看他不起，詩品中的說他『傷清雅近險俗，』都是不足怪的。加之他生活貧賤地位低微，因此湮沒當代而屈居顏謝之下了。再同鮑照的作風相似，一樣受人輕視的，是那位原爲僧徒後來還俗的湯惠休。如他的代白紵歌，秋風，秋思引諸篇，都是活潑淸新的作品。顏延之鄙薄他的詩爲委巷中歌謠，不知道他的好處，却正在這一點。

齊梁二代的詩風，更趨於形式的講求。因聲律說的興起與民間樂府的顯著影響，於是近似律體絕句的新體詩，因而生產，表現色情的宮體文學，因而興盛。關於這種思潮的起伏流變，我在上章裏，已約略地敍述過了。

齊永明時代在文學界最負盛名的，是竟陵八友。齊武帝第二子竟陵王蕭子良性愛文學，招納名士，一時文人都集於他的門下。王融，謝朓，任昉，沈約，陸倕，范雲，蕭琛，蕭衍八人聲譽最隆，時人稱爲竟陵八友。這種情形，與建安七子游於曹家門下有些相像。不過竟陵王雖禮才好士，他本人的文釆並不高明。八友中謝王二人在齊代被殺，後來蕭衍篡齊稱帝，其餘六人都由齊入梁了。因此齊梁二代，在南朝的文學史上只是一個段落。

八友中任昉陸倕工於文筆，餘人俱有詩名。聲譽最高者是沈約與謝朓。然在詩的成就上，謝高於沈，這是前人的定評。所以永明體的詩人，自以謝朓爲代表。謝朓字玄暉(西曆四六四——四九九，)陳郡陽夏人（河南太康），高祖拔爲謝安之弟，祖母爲范曄之姊，母爲宋長城公主，他正同謝靈運一樣，是一個貴族子弟。因教育環境良好，他青年時代就有文名，加以美風姿，性豪放，故時人俱喜與之交遊。不幸東昏侯廢立之際，因反覆不決，致下獄死，年僅三十六。

他的作品一面繼承着謝靈運的山水詩風，所以他有許多好的寫景詩，同時又運用着新起的聲律，所以他的詩顯得清新和諧。但他在山水的描寫上，沒有謝靈運那種苦心刻劃的痕跡，還能表現出一點作者的性情與自然界的意境，他在聲律與辭藻的運用上，善於鎔裁，不流於淫靡的地步。因此他的山水詩與新體詩，都能保持着他那種清綺俊秀的風格，而成爲當代詩人的代表。

『江路西南永，歸流東北騖。天際識歸舟，雲中辨江樹。旅思倦搖搖，孤遊昔已屢。旣歡懷祿情，復協滄洲趣。囂塵自茲隔，賞心於此遇。雖無玄豹姿，終隱南山霧。』（之宣城郡出新林浦向板橋）

『灞涘望長安，河陽視京縣。白日麗飛甍，參差皆可見。餘霞散成綺，澄江靜如練。喧鳥覆春洲，雜英滿芳甸。去矣方滯淫，懷哉罷歡宴。佳期悵何許，淚下如流霰。有情知望鄉，誰能鬒不變。』（晚登三山望京邑）

『秋夜促織鳴，南鄰擣衣急。思君隔九重，夜夜空佇立。北窗輕幔垂，西戶月光入。何知白露下，坐視階前濕。誰能長分居，秋盡冬復及。』（秋夜）

『落日高城上，餘光入繐帷。寂寂深松晚，寧知琴瑟悲。』（銅雀悲）

『綠草蔓如絲，雜樹紅英發。無論君不歸，君歸芳已歇。』（王孫遊）

在這些詩裏，確有一種清新的趣味，圖畫般的美景，細微的情致。五言小詩，格調更高，完全是唐絕的風味。難怪李白狂傲一世，却要再三贊美他。可是他的詩情雖好，詩才却不甚高，所以他的佳句極多，佳篇頗少。詩品評他的詩說：『一章之中，自有玉石。然奇章秀句，往往警遒。善自發詩端，而末篇多躓，此意銳而才弱也。』這話說得恰當極了。如贈西府同僚詩中的起聯云：『大江流日夜，客心悲未央，』觀朝雨的起聯云：『朔風吹夜雨，蕭條江上來，』這都起得多麼高遠，多麼雄渾，然結下去的句子都柔弱不堪，不能造成一篇完美的好詩。鍾嶸說他意銳才弱，實在是對的。

梁武帝（蕭衍字叔達），昭明太子（蕭統字德施，武帝長子），簡文帝（蕭綱字世纘，武帝第三子），元帝（蕭繹字世誠，武帝第七子）父子四人，都擅長文學，與曹氏父子相仿。並且四人俱喜佛教，但除昭明以外，無不是豔曲連篇，促成宮體文學的大盛。他們的作品，是以模擬江南民歌的小詩見長，再加以香膩的表情，細密的描寫，使民歌加上了富貴綺麗的色彩。例如：

『恃愛如欲進，含羞未肯前。朱口發豔歌，玉指弄嬌絃。』（子夜歌）

『朱絲玉柱羅象筵，飛琯逐節舞少年。短歌流目未肯前，含笑一轉私自憐。』（白紵辭，上二首梁武帝作）

『楊柳亂成絲，攀折上春時。葉密鳥飛礙，風輕花落遲。城高短簫發，林空畫角悲。曲中無別意，併是爲相思。』（折楊柳）

『別來顦顇久，他人怪容色。只有匣中鏡，還持自相識。』（愁閨照鏡）

『遊子久不返，妾身當何依。日移孤影動，羞覩燕雙飛。』（金閨思，上三首簡文帝作）

『昆明夜月光如練，上林朝花色如霰。花朝月夜動春心，誰忍相思不相見。』（春別應令，梁元帝作）

他們父子的作風是一致的。在那些作品裏，內感淫濫的實在太多，上面幾首，雖較爲含蓄，然仍是一種靡靡之音。位爲人君，不務政事，一面沉迷於佛教，一面又專寫其豔詩，弄到亡國殺身，想也不是偶然的了。此外如江淹，劉孝綽，王筠，吳均，何遜，丘遲，張率，周興嗣，徐摛，庾肩吾諸人，俱以文名。其中江淹善於擬古，庾徐爲宮體文學的翹楚，何遜吳均的作品，較有一種清新的趣味，頗爲難得。何遜字仲言，生卒年不詳，山東郯人。吳均字叔庠（西曆四六九——五二〇）吳興故鄣人，（今浙江安吉附近。）今將他倆的詩，各舉一首作例。

『暮煙起遙岸，斜日照安流。一同心賞夕，暫解去鄉憂。野岸平沙合，連山遠霧浮。客悲不自己，江上望歸舟。』（何遜慈姥磯）

『君留朱門裏，我至廣江濆。城高望猶見，風多聽不聞。洗蘋方繞繞，落葉尙紛紛。無由得共賞，山川間白雲。』（吳均發湘州贈親故別）

他倆的詩裏，雖也有不少的豔篇，但像上面這種清新的作品，也還不少。在當代宮體文學的狂潮中，這種作品，不能不算是一種淸正之音。同時從永明時代提倡的新體詩，到了他們的手裏，有了很大的進步，在形式以及音調的技巧上，又在謝眺沈約之上。

宮體文學到了陳代，有了陳後主和江總，陳瑄，孔範一流人的推波助瀾，更是淫豔之極。風格日卑，靡靡之音日盛，眞是成爲狎客文學了。如江總詩句云：『步步香飛金薄履，盈盈扇掩珊瑚唇，』（宛轉歌）『未眠解着同心結，欲醉那堪連理杯，』（雜曲）『翠眉未畫自生愁，玉臉含啼還是笑。角枕千嬌薦芬香，若使琴心一曲奏。』（秋日新寵美人應令）陳後主詩云：『含態眼語懸相解，翠帶羅裙入爲解。』（烏棲曲）『轉態結紅裙，含嬌拾翠羽。』『轉身移佩響，牽袖起衣香，』（舞媚娘）『妖姬臉似花含露，玉樹流光照後庭。』（玉樹後庭光）在這些詩句裏，完全是表現一種肉感性慾的低級趣味，而外面又包掩着一層美麗的文字表皮，詩的格調到這時候，確實是低落極了。不過在陳後主那許多民歌式的小詩中，却也有不少的好作品，這是我們不能一概抹煞的。這位風流天子的詩才，幾乎在梁氏父子之上，只就藝術而論，他確有一種過人的技巧與才情。

在律體方面，陰鏗徐陵的成就較高。陰鏗字子堅，姑臧人，（今甘肅武威縣）。生卒不詳。他的詩句，很受杜甫的贊賞。徐陵字孝穆（西曆五〇七——五八三）郯人（今江蘇丹徒）。他的作品，雖以豔體著稱，有那種『念君今不見，誰爲抱腰看』的肉感句子，然在律體方面，確有很好的詩。例如：

『征塗轉愁旆，連騎慘停鑣。朔氣淩疏木，江風送上潮。青雀離帆遠，朱鳶別路遙。唯有當秋月，夜夜上河橋。』（徐陵秋日別庾正員）

『大江一浩蕩，離悲足幾重。潮落猶如蓋，雲昏不作峯。遠戍唯聞鼓，寒山但見松。九十方

稱半，歸途詎有蹤。』（陰鏗晚出新亭）

這些詩已有唐律的風格。自永明時代的聲律論盛行以及江南民歌在詩壇上發生影響以來，到了這時候，無論律體絕詩，在平仄上雖尚未盡善，但在風格方面都得到完美的成績了。

四 北方的詩人

講到民歌，南北本可分庭抗禮；並且雙方的作品，也都能充分地表現南北不同的地方色彩與民衆的生活情調。但一般文人的作品，北方就遠不如南方。雖說魏文帝極力提倡文學，與羣臣聯句作詩，但究因基礎貧弱，在那種遊牧民族的統治下，想建立優美的藝術成績來，自然是一件難事。在當日少數的文人裏，不是南人入北，便是北人模倣南風，眞能創作代表北地風光的作品的作家，眞是少見。就是膾炙人口的魏胡太后的楊白花，也是一種南化的色情詩。詩云：

『陽春二三月，楊柳齊作花。春風一夜入閨闥，楊花飄蕩落誰家。含情出戶脚無力，拾得楊花淚沾臆。秋去春來雙燕子，願銜楊花入窠裏。』

胡太后是魏宣武帝之妾，子明帝卽位，稱太后臨朝，逼通楊華（本名白花，）楊懼禍，逃入梁朝。胡太后很戀愛他，作楊白花歌，使宮女歌唱，音調非常悽惋，這詩可看作北方貴族文學受了民歌影響的代表。情感極其熱烈，而能用哀怨曲折的象徵句法表現出之，自然是後魏一代的傑作。至如蕭綜（梁武帝第二子，後奔魏），高允，溫子昇等，（晉代溫嶠之後，祖父恭之始遷北方。）雖以詩名，然俱無特色，不足敍述。

北齊文學界最負重名的，是邢邵（字子才河間人）和魏收（字伯起鉅鹿人），他倆與溫子昇齊名，世有北地『三才』之目。然他倆的作品，現存者不多，小詩稍有情趣。例如：

『綺羅日減帶，桃李無顏色。思君君未歸，歸來豈相識。』（邢邵思公子）

『春風宛轉入曲房，兼送小宛百花香。白馬金鞍去未返，紅妝玉筯下成行。』（魏收挾琴歌）

這種詩一看便知道是受南方宮體文學的影響。毫無北方的氣概。邢邵的詩還有一種敦厚之趣。魏收這一個人的行爲，本來是卑鄙淫蕩，所以反映在詩中的情感也就俗而低了。邢魏以外，裴讓之（字士禮），蕭愨（字仁祖）的詩中，常有佳趣與佳句，今各舉一首作例：

『夢中雖暫見，及覺始知非。展轉不能寐，徙倚獨披衣。悽悽曉風急，晻晻月光微。空室常達旦，所思終不歸。』（裴讓之有所思）

『清波收潦日，華林鳴籟初。芙蓉露下落，楊柳月中疏。燕幃湘綺被，趙帶流黃裾。相思阻音息，結夢感離居。』（蕭愨秋思）

這些詩當然也是宮體文學的化身。不過前篇確有一種清遠之趣，敦厚哀怨，沒有那種香豔的惡氣味。後篇三四二句，自是極好言語，顏之推評爲蕭散，誠爲確論。後二句雖柔弱不稱，而此十字，也就很可寶貴了。

看了上面這些北方詩人的作品，知道無論形式內容，都受了南方詩歌的感化，南方那種唯美文學的思潮，已侵入了北方文壇的領域。到了北周，因此有些人起來反抗，提倡復古的運動。北史文苑傳說：『周氏創業，運屬陵夷。纂遺文於既喪，聘奇士如弗及。是以蘇亮蘇綽之徒，咸奮鱗翼，自致青紫。然綽之建言，務存質朴。遂糠粃魏晉，憲章虞夏。雖屬辭有師古之美，矯枉非適時之用，故莫能常行焉。既而革車電邁，渚宮雲撤。梁荊之風，扇於關右，狂簡之徒，裴然成俗。流宕忘反，無所取裁。』可知雖有蘇綽們的提倡復古，但仍是抵不住南方的唯美思潮。當日庾信，王褒以及王克，劉穀，宗懍，殷不害一大批人的入北，實爲助長這種思潮的最大原因。於是北方的文壇，倒要讓王褒庾信們來代表了。他倆是都是在南方的文學環境鍛鍊慣了的，但到了北方以後，他們的作品，確帶了北方那種清貞剛健的情調，而放出異樣的光彩。

王褒字子淵，瑯玡人，是王融的本家。年六十四歲，生卒年不詳。梁元帝降西魏，王褒隨入長安，便高官厚祿地歸順於北方了。他的樂府詩，格調頗高，那種壯健之氣，確能超出前人格調之外。如高句麗燕歌行諸篇，可爲其代表作。燕歌行作於梁時，對於關塞寒苦之狀，已能曲盡其妙，難怪他一到北方，他的五言詩也變爲悽切雄渾之辭了。例如：

『關山夜月明，秋色照孤城。影虧同漢陣，輪滿逐胡兵。天寒光轉白，風多暈欲生。寄言亭上吏，送客解雞鳴。』（關山月）

『秋風吹木葉，還似洞庭波。常山臨代郡，亭障繞黃河。心悲異方樂，腸斷隴頭歌。薄暮臨

征馬，失道北山阿。』（渡阿北）

庾信（西曆五一三——五八一）字子山，河南新野人，是庾肩吾的兒子。詩文與徐陵齊名，稱爲『徐庾體。』元帝時，聘於西魏，不久梁亡，遂留長安。後周陳通好，南北流寓之士，各許還其舊鄉，唯庾信與王褒留而不許。他在那種環境之下，位雖通顯，亡國之痛，懷鄉之情，是時時侵襲着他的胸懷的。然而這種情感，又不能眞切地暴露，只能含蓄曲折地表現出來，因此在他的作品裏，有一種深沉的憂鬱，哀怨的愁情，再塗上那種北方特有的地方色彩，於是更顯出一種蒼茫剛健的情調了。他在哀江南賦中說：『信年始二毛，卽逢喪亂，藐是流離，至於暮歲。燕歌遠別，悲不自勝。楚老相逢，泣將何及。畏南山之雨，忽踐秦庭，讓東海之濱，遂餐周粟。』這正道出他晚年悲苦的心境。他的好作品，都在這種心境之下寫成的。

『蕭條亭障遠，悽慘風塵多。關門臨白狄，城影入黃河。秋風別蘇武，寒水送荆軻。誰言氣蓋世，晨起帳中歌。』（詠懷二七首之一）

『昔日謝安石，求爲淮海人。彷彿新亭岸，猶言洛水濱。南冠今別楚，荆玉遂遊秦。儻使如楊僕，甯爲關外人。』（率爾成詠）

『扶風石橋北，函谷故關前。此中一分手，相逢知幾年。黃鶴一反顧，徘徊應愴然。自知悲不已，徒勞減瑟絃。』（別周尙書宏正）

『陽關萬里道，不見一人歸。唯有河邊雁，秋來南向飛。』（重別周尙書）

『玉關道路遠，金陵信使疏。獨下千行淚，開君萬里書。』（寄王琳）

這些詩比起他在南方所作的那種毫無內容只圖藻飾的詠屏風諸詩來，無論在那方面，都顯出不同的情調。他心中蘊藏着無限的隱痛與深沉的鄉愁，通過他作品的全體，完全一變他往日的風格。可知自然與個人環境對於文學的影響，是多麼有力與分明。如果他的生活，不遭受這段流落的境遇，舒舒適適地老在南方做着官，那麼他的作品，永遠是同徐陵們一流罷。北周書本傳評他說：『其體以淫放為本，其詞以輕險為宗。故能誇目侈於紅紫，蕩心踰於鄭衛。昔揚子雲有言，詩人之賦麗以則，詞人之賦麗以淫，若以庾氏方之，斯又詞賦之罪人也。』如專論詞賦，這些話還說得過去，若論到詩，還以杜甫說他老成，說他清新的話，較為公允。平心而論，在中國詩歌史上，由六朝入唐，鮑照，謝眺，陰鏗，庾信諸人，是幾座重要的橋梁。這些人努力創造的成績，都是後代詩歌發展的基礎。

五　隋代的詩人

北周時代蘇綽的復古運動雖告失敗，但已埋伏一種反南方唯美思潮的種子。到了隋文帝統一南北，他鑒於南朝政治的腐敗與國勢的柔弱，覺得那種靡靡之音的豔體文學，實在是造成這種局勢的根源。於是蘇綽埋下的那顆種子，到了這時候又發育起來了。隋書音樂志中說：『開皇二年，顏之推上言，禮樂崩壞，其來自久，今太常雅樂，並用胡聲。請馮梁國舊事，考尋古典。高祖不從曰，梁樂亡國之音，奈何遣我用耶？』文帝的態度是非常明顯的。對於音樂是如此，對於文學也是如此。北周時代失敗的復古運動。到了他，運用政治的壓力實行起來了。泗州刺史司馬幼之因爲文表華豔，付所司治罪。李諤又上書痛論南朝文學的墮落淫靡，有害政治人心，應通令禁止，違者嚴加治罪。他這篇文字，正與李斯請禁私學的奏議相似，文帝看了却大以爲然，於是把此奏書頒示天下。想藉此轉移當日文學的傾向。但隋書文學傳又說：『高祖初統萬機，每念斵雕爲樸，發號施令，咸去浮華。然時俗詞藻，猶多淫麗，故憲章執法，屢飛霜簡。』可知那種已成之風，積重難返，然而那種復古運動，在當日的文壇，也不是全無反響。我們試讀楊素的詩篇，便可看出一點影子。楊素雖是一位武將，文采却也很高。隋書木傳說他：『論文則詞藻縱橫，語武則權奇間出，』又評他的詩說：『詞氣宏拔，風韻秀上，』這些話並不是溢美之辭。他的詩雖也講求對偶和詞藻，但絕無南方那種脂粉輕薄的氣味，處處顯出一種質樸的情趣，在當日總算是難得的。

『居山四望阻，風雲竟朝夕。深溪橫古樹，空巖臥幽石。日出遠岫明，鳥散空林寂。蘭庭動幽氣，竹室生虛白。落花入戶飛，細草當階積。桂酒徒盈樽，故人不在席。日暮山之幽，臨風望羽客。』（山齋獨坐贈薛內史）

再如他的出塞篇中有句云：『荒塞空千里，孤城絕四鄰。樹寒偏易古，草衰恆不春。』這都不能不算是有力量有風骨的好詩句。此外同楊素唱和的虞世基和薛道衡的詩中，也偶然有清遠俊拔的句子。例如：

『霜烽暗無色，霜旗凍不翻。耿介倚長劍，日落風塵昏。』（虞世基出塞）

『絕漠三秋暮，窮陰萬里生。夜寒哀笛曲，霜天斷雁聲。』（薛道衡出塞）

『入春才七日，離家已二年。人歸落雁後，思發在花前。』（薛道衡人日思歸）

薛道衡尚有『空梁落燕泥』的名句，傳隋煬帝妬其才，因而被害。此句在昔昔鹽詩中。全詩二十句。大都對湊而成，詩實不佳。煬帝性雖殘忍，未必這麼好管閒事。此說出隋唐嘉話，不可盡信。

隋煬帝（楊廣）的浪漫行爲，却遠在陳後主之上。隋書文學傳雖說他初習藝文，有非輕側之論；又說他雖意在驕淫，而詞無浮蕩，那是被他幾篇裝門面的作品騙了。（如冬至受朝，擬飲馬長城窟等），他的眞實形貌，並不是如此的。隋書本紀說：『所至惟與後宮留連耽酒，惟日不足。招迎姥媼，朝夕共肆醜言。又引少年令與宮人穢亂，不軌不遜，以爲娛樂。』又音樂志上說：『煬帝矜奢，頗玩淫曲。御史大夫裴蘊知其情，奏括周齊梁陳樂工子弟及人間善聲調者，凡三百餘人，並付太樂。倡優獶雜，咸來萃止。』在這種環境下，文帝提倡的復古運動，自然是要消聲匿跡，梁陳的色情文學，自然是又要在他的手下繁盛起來了。他雖是一個這樣的荒君淫主，然而詩才頗高。在隋代短短的三十幾年中，他確是當日詩壇的代表。他的作品，以樂府歌辭爲佳。在那些歌辭裏，正暴露着他那種淫侈生活的眞面目。他善於運用七言體，翻作樂府的新聲。字句綺麗，音調和諧，是他的特色。

『揚州舊處可淹留，臺樹高明復好遊。風亭芳樹迎早夏，長皐麥隴送餘秋。淥潭桂檝浮青雀，果下金鞍躍紫騮。綠觴素蟻流霞飲，長袖清歌樂戲州。』（江都宮樂歌）

『黃梅雨細麥秋輕，楓樹蕭蕭江水平。飛樓綺觀軒若驚，花簟羅帷當夜清。菱潭落日雙鳧

舫，綠水紅妝兩搖漾。還似扶桑碧海上，誰肯空歌採蓮唱。』（四時白紵歌）

『暮江平不動，春花滿正開。流波將月去，潮水帶星來。』（春江花月夜）

他這種豔詩，雖寫得較爲含蓄，然按其實質，並不在簡文帝陳後主之下。君主所好，自然有臣僚們起來附和。於是盧思道王胄那一流人的作品，也都染上這種風氣了。在這種淫歌狂舞的聲浪中，接着也就來了殺身亡國的慘禍，和梁陳那些浪漫君主，總算是同一命運。

第十二章　唐代文學的新發展

一　緒說

自三國到南北朝，在政治上足足有三百年的混亂局面。在這長期中，漢胡民族的血統合流，外國的宗教哲學藝術以及器具飲食各方面的輸入，無論在身體精神方面，都加入了一種新生命，造成了民族本質的變化。把這個外形的混亂局面加以統一，承受這新民族的基礎而成立着集權的中央政府的，是開創隋帝國的楊堅。在這久亂之後，若好好地休養生息按步就班地做下去，隋帝國的生命是可以稍稍長久的。政治文化的工作，也可以在他們的手下建設起來。無奈一到了煬帝，便形成那種內部過於荒淫外部過於浪費的重症，於是那基礎毫不穩固的帝國生命，便因此斷送了。舊唐書食貨志說：『隋文帝因周氏平齊之後，府庫之實，庶事節儉，未嘗虛費。開皇之初，議者以比漢代文景，有粟陳貫朽之積。煬帝即位，大縱奢靡，加以東西行幸，輿駕不息。征討四夷，兵車屢動。……數年之間，公私罄絕。財力既殫，國遂亡矣。』可知文帝時代，社會經濟已大好轉。若煬帝對於當日恢復過來的社會生產力不那樣根本予以破壞摧殘，隋帝國的生命，決不會那麼曇花一現的了。在這種情勢下，眞能接受和發揚那種新民族的實力，在文化的建設上，創造出偉大的成就來的，不得不待之於繼隋而起的唐朝。

由貞觀到開元這將近百年的休養生息，經煬帝一手破壞無餘的社會經濟與勞動生產力，又恢復轉來，而達到高度的繁榮。在這種繁榮中，唐帝國因此建立了穩固的基礎。於是文教武功以及新民族的實力，都得以充分地發揚光大。由唐代所設的六都護觀之，中國當日的勢力，東北至朝鮮滿洲，西至天山南北路及中亞細亞，北至內外蒙古，南至印度支那，這種情形是遠在秦漢以上了。由儒釋道三教的並盛，與祆教摩尼教回教的流佈，形成思想界的活躍與自由。因陸海交通的頻繁，運河長江的便利，直接促進國內商業與國際貿易的發達，間接促進本國文化與外族文化的交流。當日如日本新羅百濟高昌吐蕃諸邦，都派遣僧徒學子來唐留學，極一時之盛。從秦漢以來，唐朝是第一個强大有力的帝國，是東亞文化的代表。民族具有一種創造的精神與少壯的力量，再加以外族文化的激盪交流，於是音樂繪畫雕刻建築各方面，都呈現着活躍的進步。文學在這種現狀下，自然也跟着這偉大的時代潮流，而現出新鮮的生命與情調。

詩是唐代文學的代表，這是人人所知道的。詩以外如古文運動，傳奇的興起，變文的出現，詞的形成，都是唐代文學的新發展。詞的產生，在中國韻文史上開闢了一個新局面，是一件很重大的事，所以關於他的起源和發展，將在另一章裏獨立敍述。再如北齊時代受着外族樂舞的影響而出現的『代面』『撥頭』與『踏搖娘』以及唐代的『參軍戲，』自然都是戲曲史上的重要材料，究因成就尙微，只好等到討論宋元戲曲的時候，再來敍述。

二 唐詩興盛的原因

唐朝是中國詩歌史上的黃金時代。形式方面，無論古體律絕，無論五言七言，都由完備而達全盛之境。內容的擴大，派別的分立，思潮的演變，呈現着萬花撩亂的景象。宋計有功撰唐詩紀事，所錄凡一千一百五十家，清康熙年間所編纂的全唐詩，所錄二千三百餘家，詩四萬八千九百餘首。這數目眞是可驚。在這些書裏，上至帝王貴族文士官僚，下至和尙道士尼姑妓女，都有作品。可知詩歌在唐朝，成爲一種最普遍的文學體裁，不只是少數的高級文士的專利品。詩在唐朝這麼興盛地發達起來，自必有種種相依相附的原因。我在下面想解答這一個困難的問題。

一、詩歌本身進化的歷史性　文學雖是人類的精神生產，然其本身，却也正如一種有機體的生物，他的發展也可以看出由形成至於全盛衰老以及殭化的過程。在這種發育的過程中，他的形式與內容，取着一致的狀態。某一種文學，在某一個時代的興衰狀況，其外在的原因，固然是複雜多端，然其本身進展的過程，也是非常重要的事。四言詩萌芽於周初，全盛於西周與東周之際，而衰於秦漢。後代雖偶有作者，即使費盡了心力，終無法挽回那已成的衰頽。辭賦的命運也是如此。五言古詩起於東漢，盛於魏晉南北朝，到了唐代也沒有什麼特殊的光彩了。然而七言古詩以及律絕的新體詩，在六朝時代才開始形成，帶着嫩草青芽的新生命，正等待着下代的園丁來培植發揚。天才的作者，正好在這塊園地內大顯身手，來完成詩歌本身尙未完成的生命。加之辭賦一體久已僵化，旁的新文體尙未產生，於是文人的創作，全部集中精力於詩歌，因此造成那種光華燦爛的成就。然而經過了那三百年許多天才的努力，詩又到了衰老殭化的晚期，詞體逐漸形成，於是到了五代宋朝，詩的地位就不能不讓之於詞了。王國維氏說：『文體通行既久，染指遂多，自成習套。豪傑之士，亦難於其中自出新意，故遁而作他體，以自解脫。一切文體所以始盛中衰者，皆由於此。』（人間詞話）我們可以知道文體本身的興衰現象，在文學的發展史上，是占着重要的地位的。明乎此，那些貴古賤今的謬說，也就不攻自破了。

二、政治的背景　在君主集權的時代，政治的勢力，給予文學發展以重要的影響。因爲當日的文學，全掌握在官僚士大夫的手裏，這些人都是承奉着君主的心理，以此干祿得寵。漢代的賦，建安時代的詩，梁陳時代的宮體文學，我們都可看出政治與文學交互的直接影響。有唐一代幾個有權力的皇帝，無不愛好文藝音樂，提倡風雅。太宗先後開設文學館弘文館，招延學士，編纂文書，倡和吟詠。高宗武后，更好樂章，常自造新詞，編爲樂府。中宗時代，君臣賦詩宴樂，更時有所聞。

『中宗正月晦日，幸昆明池賦詩，羣臣應制百餘篇。殿前結綵樓，命昭容（上官婉兒）選一首爲新翻御製曲。從臣悉集其下。須臾紙落如飛，各認其名而懷之。』（唐詩紀事）

『神龍之際，京城望日盛燈影之會。金吾弛禁，特許夜行。貴族戚屬及下俚工賈，無不夜遊。車馬駢闐，人不得顧。王主之家，馬上作樂以相誇競，文士皆賦詩一章，以紀其事。』（大唐新語引見謝無量著中國大文學史）

到了玄宗，這種風氣更盛，他自己是詩人樂師兼優伶，在新舊唐書的音樂志禮樂志內，有不少他與臣妃倡和共爲歡樂的記載。他那種浪漫荒淫的程度，並不亞於陳後主與隋煬帝。幾乎步他們的後塵，遭了亡國殺身之禍，幸虧祖宗們那百年來的經營，替唐帝國建立了較爲穩固的基礎，因此得苟延殘喘地在動搖中又維持了一百多年的帝國生命。其他帝后，亦多愛好文學，提獎後進。如憲宗召白居易爲學士，穆宗徵元稹爲舍人，皆是以詩識拔。文宗因愛好詩歌，特置詩學士七十二人。白居易死後，宣宗作詩云：『綴玉聯珠六十年，誰敎冥路作詩仙。浮雲不繫名居易，造化無爲字樂天。童子解吟長恨曲，胡兒能唱琵琶篇。文章已滿行人耳，一度思卿一愴然。』當日的君主，這樣敬禮詩人，一面是增加詩人的聲譽，同時又給青年作家以重大的引誘與刺激。『上有好者，下必有甚焉，』這種現象是沒有什麼可奇怪的。加之唐代以詩取士，於是詩歌一門，成爲文人得官干祿的終南捷徑，而成爲明清兩代的制藝，作爲當日青年們的必修科目了。幼年時代起就從事詩歌的學習與訓練，這種事蹟，在唐代詩人的傳記裏，是常常記載着的。在這種環境下，詩的興盛發達與普及，自是必然的現象。考試時因爲格於那種歌誦的官樣文章與形式的限制，自然難得有精采的作品，但這種考詩的制度，提倡作詩的風氣加强技巧的訓練，那是無疑的。升菴詩話引胡子厚云：『人有恆言曰：唐以詩取士，故詩盛。此論非也。詩之盛衰，係於人之才與學，不因上之所取也。』王世貞也說：『人謂唐以詩取士，故詩獨工，非也。凡省試詩鮮有佳者。』他們這種過於重視天才的意見，是極不可信的。全唐詩序說：『蓋唐當開國之初，卽用聲律取士，聚天下才智英傑之彥，悉從事於六藝之學，以爲進身之階，則習之者固已專且勤矣。而又堂陛之唱和，友朋之贈處，與夫登臨讌集之卽事感懷，勞人遷客之逐物寓興，一舉而託之於詩，雖窮達殊途，而以言乎攄寫性情，則其致一也。』這種尊重事實的意見，較之胡王諸人的觀念論，是要通達公允得多了。

三、詩人地位的轉移　唐詩的特色之一，是其內容包含的豐富。由那些內容，我們可以看出當日社會生活與詩人生活的變動與複雜。在那些作品裏，無論自然山水，戰場邊塞，農村商賈，宮妃貴妾以及尼姑妓女的生活，政治的現狀，歷史的故事，貧富懸殊的情形，婦女問題的提出，以至於人生哲理、離別愛情，無不加以描寫。因此擴大了詩的境界，加强了詩的生命，抬高了詩的地位，豐富了詩的內容。這種進步的現象，是唐以前的詩歌所沒有的。這便是因為往日的詩壇，除了少數的民歌以外，幾乎全是掌握在君主與貴族的手裏。他們都是養尊處優，缺少人情世故的體驗，不瞭解人生的實在狀況，尤其缺少下層痛苦民衆的情感與意識。他們拿起筆，自然只能傾心於古典文學的辭藻與形式，專表現他們那種特有的狹隘的宮庭風景與貴族的上等生活。漢賦我們不必去說他，試看古詩十九首的作者，比較接近民間，因此在那些作品裏，還能透露一點現實社會的消息。但一到建安，詩歌立刻落在曹氏父子的手裏，那詩的趣味就兩樣了，在藝術上雖有了不能否認的進步，但他們筆下的高尙的技術，漸漸地同實際的社會與民衆的生活一天天地隔離了。其間如王粲陳琳的生活經歷較為複雜，實地的體會了一點社會人生的苦痛，因此在七哀與飲馬長城窟諸詩中，微微露出來了一點民衆的聲音與離亂生活的影子。到了兩晉南北朝，門閥之風極盛，朝廷與文壇，幾乎盡為貴族子弟與君主所占據。

這些貴族子弟與君主，總是附和一起，談玄大家談玄，信佛大家信佛，做色情詩大家做色情詩。他們的生活，同民衆相隔千萬里，民衆的痛苦，他們不能瞭解，也無從瞭解。在這種情狀下，他們的作品的內容自然是貧薄，詩的情感，自然是只限於那特殊階級的情感，由兩晉的遊仙文學，梁陳的宮體文學看來，便可瞭解那作品中的內容是如何的單調，更可瞭解那特殊階級的生活情感，同民衆的生活情感，是隔着多麼遠的距離。同時也可知道那些同民衆社會絕緣的君主貴族，也只能寫那種虛無縹渺的仙詩和那些女色肉香的豔曲。六朝詩人，只有陶潛鮑照出身最爲貧窮，因此在他們的作品裏，時時吐露出現實社會的色彩與農村田園的音容。在這裏與其用天才來解釋，不如用社會人生的實際體驗的生活基礎來解釋。這種體驗不是那些君主貴族可以用爵位與金錢換得來的，一定要自己確確實實地走過那一段路程，才可以得到。到了唐代的詩人，這情形就兩樣了。那一批有名的作家，都不是君主貴族的特殊階級，大半是出自民間，他們都有豐富的民衆生活，與現實社會的體驗。我們試檢閱一下高適，岑參，王昌齡，李白，杜甫，孟郊，張藉，元稹，白居易諸人的歷史，便會知道他們都是從窮困與流浪中奮鬬出來的。他們有的雖經過科舉的考試或貴人的推薦而入了官場，但他們的情感意識，仍是民衆的情感與意識。民間的疾苦，他們見過聽過並且也經驗過，只有他們才能够瞭解才能够在作品中表現出來。於是詩的內容日益豐富，詩的意義與境界日益高遠，不像從前那樣只限於某一部分的窄狹範圍了。從君主貴族掌握的詩壇，轉移到民間詩人的手裏，實在是使唐詩發達起來光輝起來的一個重要原因。

四、新民族的創造力　自五胡亂華到隋唐一統的那幾百年中，是漢胡民族血統的大混流時代。當日的政權，雖是南北對立，但文化與血液的交流激盪，一刻也不曾停止。到了唐代，這種新民族算是醞釀形成，無論人民的氣質藝術的風格，都呈現出一種新型態新力量來，把這種新民族的精力，反映於政治軍事或是文學各方面，自然都會產生出一種强烈的創造精神與動人的光彩。近人常以混血兒的關係來說明李白那種驚人的性格，並不是無理的事。梁啓超氏說：『五胡亂華的時候，西北有好幾個民族加進來，漸漸成了中華民族的新份子。他們民族的特色，自然也有一部份溶化在諸夏民族的裏面。不知不覺間便令我們的文學頓增活氣，這是文學史上的重要關鍵，不可不知。這種新民族的特性，恰恰和我們的溫柔敦厚相反，他們的好處，全在伉爽直率。……經過南北朝幾百年民族的化學作用，到唐朝算是告一段落。唐朝的文學用溫柔敦厚的底子，加入許多慷慨悲歌的新成分，不知不覺便產生出一種異彩來。盛唐各大家爲什麼能在文學史上占很重要的位置呢？他們的價值在能洗却南朝的鉛華靡曼，參以伉爽直率，却又不是北朝粗獷一路。』（中國韻文裏所表現的情感）他從南北民族的混合，來說明文學上的新風格與新精神的產生，確是拔時流的卓見。唐詩風格的複雜，氣勢的雄奇，創造精神的豐富，生命力量的充足，我們都要從這種地方來求解答。

上面所述的幾點，雖未必完備，但我却認爲是促進唐詩興盛發達的重要因素。其他許多不關重要的枝節問題，我打算不再細說了。至於詩歌發展的趨勢，各種思潮的起伏，以及代表作家代表作品的介紹，在下面幾章裏，我將加以較爲詳細的敍述。

三　古文運動

中國文學觀念的轉變，起於建安，經過陸機，葛洪，劉勰，蕭統，鍾嶸諸人的發揮討論，伴着那思想自由的時代，於是那長期文學發展，達到了獨立的藝術的階段，純文學占了正統的地位，無論文章辭賦，也都趨於聲律形式與辭藻的美化，他們是完全離開了教化的實用的立場了。在這一個唯美文學的潮流中，雖也有裴子野，蘇綽，李諤諸人的反抗，究竟風氣已成，沒有收到多大的效果。所謂眞正的文學改革是不得不待之於唐朝了。關於詩壇的革命，留着在後面再說。現在所要講的是由柳冕韓愈柳宗元諸人所代表的那種一面攻擊六朝的文風，一面建設貫道的實用的散文運動。

中說是否爲王通所撰，久已成疑。卽使出其門人或其子孫，總還是一本初唐人的作品。在那裏面所表現的文學觀念，我們可看作是排擊六朝文學，建立教化實用文學的先聲。

『言文而不言理，是天下無文也。王道從何而興乎？』（王道篇）

『古君子志於道，據於德，依於仁，而後藝可遊也。』（事君篇）

『薛收曰：吾嘗聞夫子之論詩矣。上明三綱，下達五常，於是徵存亡，辨得失，故小人歌之以貢其俗，君子賦之以見其志，聖人采之以觀其變。今子營營乎馳騁乎末流，是夫子之所痛也。』（天地篇）

『學者博誦云乎哉，必也貫乎道；文者苟作云乎哉，必也濟乎義。』（天地篇）

在這些話裏，他的主旨是輕視文學的藝術價值，尊重教化倫理的實用。一則說『王道』，再則說『志於道』『貫乎道』，可知文以載道的觀念，實由中說的作者開其端緒。再如唐初的史家，如李百藥（北齊書）魏徵（隋書）姚思廉（梁陳書）令狐德棻（周書）李延壽（南北史）諸人，在檢討前代的興衰治績時，一致承認六朝的淫靡文風，給予政治以最不良的影響。於是都借着文苑傳文學傳的序文，來攻擊六朝文學的風氣，同時又發揮那種宗經尊聖助教化切實用的文學理論。

『永明天監之際，太和天保之間，洛陽江左，文雅尤盛。彼此好尚，雅有異同。江左宮商發越，貴於清綺；河朔詞義貞剛，重乎氣質。氣質則理勝其詞，清綺則文過其意。理深者便於時用，文華者宜於詠歌，此南北詞人得失之大較也。若能掇彼清音，簡茲累句，各去所短，合其兩長，則文質彬彬，盡美盡善矣。梁自大同之後，雅道淪缺，漸乖典則，爭馳新巧。簡文湘東啓其淫放，徐陵庾信分路揚鑣。其意淺而繁，其文匿而彩。詞尙輕險，情多哀思。格以延陵之聽，蓋亦亡國之音乎？』（北史文苑傳序及隋書文學傳序）

『夫文學者蓋人倫之所基歟？是以君子異乎衆庶。昔仲尼之論四科，始乎德行，終乎文學，斯則聖人亦所貴也。』（陳書文學傳論）

『易曰：觀乎天文以察時變，觀乎人文以化成天下。傳曰：言身之文也。言而不文，行之不遠。故堯曰則天，表文明之稱，周云盛德，著煥乎之美。然則文之爲用亦大矣哉！上所以敷德教於下，下所以達情志於上。大則經緯天地，作訓垂範，次則風謠歌頌，匡主和民。或離讒放逐之臣，塗窮後門之士，道轗軻而未遇，志鬱抑而不伸。憤激委約之中，飛文魏闕之下，奮迅泥滓，自致青雲，振沉溺於一朝，流風聲於千載，往往而有。是以凡百君子，莫不用心焉。』（隋書文學傳序）

他們的態度語氣雖有輕重之別，但其主旨，却都是鄙薄六朝文學的華靡無用，要另外建立一種切於實用的文學來。窮其源必趨於復古，論其用必合於人倫教化。他們雖都是哲學家歷史家，由他們這些理論看來，知道在初唐時代的學術界，要求文學改革的呼聲，已是很普遍的了。

唐代的古文運動，世人只注意韓愈柳宗元，然為韓柳之先驅者，實是柳冕。柳字敬叔，貞元中官福州刺史，全唐文中錄其文。他的文學觀念，完全否認文學的藝術價值，而歸根於敎化與倫理，正式建立了儒家的文學理論。因此，他對於屈原宋玉以下的詩文辭賦，一概在擯棄輕視之列，只看作是一種毫無價値的文字遊戲。他說：

『文章本於敎化，形於治亂，繫於國風。故在君子之心為志，形君子之言為文，論君子之道為敎。易云：觀乎人文以化成天下，此君子之文也。自屈宋以降，為文者本於哀豔，務於恢誕，亡於比興，失古義矣。雖揚馬形似，曹劉骨氣，潘陸麗藻，文多用寡，則是一技，君子不為也。』（與徐給事論文書）

『自成康沒，頌聲寢，騷人作，淫麗興。文與敎分而為二。敎不足者强而為文，則不知君子之道，知君子之道者則恥為文。文而知道，二者兼難。兼之者大君子之事，上之堯舜周孔也，次

之游夏荀孟也。下之賈生董仲舒也。』（答徐州張尙書論文書）

『君子之文必有其道，道有深淺，故文有崇替。時有好尙，故俗有雅鄭。雅之與鄭，出乎心而成風。昔游夏之文，日月之麗也，然而列於四科之末，藝成而下也。苟文不足，則人無取焉。故言而不能文，非君子之儒也。文而不知道，亦非君子之儒也。』（答衢州鄭使君論文書）

他在這裏正式建立了道統文學的理論，他把文學敎化與儒道合而爲一，其餘如藝術本身上的技巧辭藻，都看作是枝葉，因此堯舜周孔成爲文學家的正統，屈原曹植陶潛都不能同賈誼董仲舒並列了。於是改變了好幾百年的文學觀念，重又回到了古代那種文學與學術不分的階段，純文學的地位，又被那幾部經書壓倒了。他基於這種理論，反對政府以詩取士，反對政府重用文人，他覺得應當尊經術重儒敎，才是正當的辦法，他說：

『進士以詩賦取人，不先理道；明經以墨義考試，不本儒意；選人以書判殿本，不尊人物；故吏道之理天下，天下奔競而無廉恥者，以敎之者末也。』（與權德輿書）

『相公如欲變其文，卽先變其俗。文章風俗，其弊一也。變之之術，在敎其心，使人日用而不自知也。伏維尊經術，卑文士。經術尊，則敎化美，敎化美，則文章盛，文章盛則王道興，此二者在聖君行之而已。』（謝杜相公論房杜二相書）

他這種理論，不僅爲韓柳所本，也就成爲中國一千餘年來儒家道統文學的定論。純文學因此永遠不能翻身，貴古賤今之說，尊聖宗經之論，也深深刻入讀書人士的腦中而不能動搖了。經史一類的雜文學，成爲文學界的正統，詩詞小說戲曲等類的作品，只能在文學界屈處於妾婢的地位了。柳冕的理論，在復古運動中，算是相當圓滿的，但他究不能得到較高的成績，而竟爲後人所忽視者，其原因是在他只有理論，沒有創作。他不能依照他的理論，創造出那樣的貨色來。他自己說：

『小子志雖復古，力不足也。言雖近道，辭則不文。雖欲拯其將墜，末由也已。』（答荆南裴尚書論文書）

『老夫雖知之不能文之，縱文之不能至之。況已衰矣，安能鼓作者之氣，盡先王之教。』（與滑州盧大夫論文書）

他這種坦白的態度，是非常可愛的。『言雖近道，辭則不文。』正是說明他創作的力量不够。因此唐代古文運動的完成，不得不待之於韓柳了。韓柳的成功，便是因爲他們有理論，一面有創作的成績，有了成績，理論才不至於落空，才能得到世人的信仰與擁護。李漢講韓愈做古文時候的情形說：『時人始而驚，中而笑且排，先生志益堅。其終，人亦翕然而隨之以定。』（昌黎先生集序）可知當日在那個運動中，時人對他或加譏笑，或加排擊，然他能以堅定的自信心，勇往直前，一面以理論宣傳，一面以作品示人，終於得到最後的勝利。李漢說他『先生於文，摧陷廓淸之功，比於武事，可謂雄偉不常者矣。』他這幾句話，並沒有誇張。韓愈在當日對於根深蒂固的駢文陣線的宣戰，新散文的建立，確有一種百折不回的奮鬬精神，確有一種摧陷廓淸的功績與雄偉不常的力量。他能繼柳冕之後而成爲古文運動的總代表，並不是偶然的。

韓愈字退之，（西曆七六八——八二四年）河南南陽人。他自己雖以孟子自比，認爲是儒學系統的繼承人，但他的行爲品格，却實在不大高尙。胡適之氏說得好：『當他諫迎佛骨時，氣概勇往，令人敬愛。遭了挫折之後，他的勇氣銷磨了，變成一個鄙卑的人。他在潮州時上表謝恩，自述能作歌誦皇帝功德的文章，「雖使古人復生，臣亦未肯多讓。」並勸皇帝定樂章，告神明，封禪泰山，奏功皇天，這已是很可鄙了。他在潮州任內，還造出作文祭鱷魚，鱷魚爲他遠徙六十里的神話，這更可鄙了。他在袁州任內，上表說他的境內，有「慶雲現於西北……五彩五色，光華不可遍觀……斯爲上瑞，實應太平。」這眞是阿諛獻媚之極，把他患得患失的心理完全托出了。』（白話文學史）這種公平而又嚴厲的責備，韓派看了雖不舒服，也是無法辯護的。不過我們也不能因此就輕視他在散文運動中的業績。他在中國的散文史上與文學思想史上，確是占有着重要的地位。因了他，擊倒了六朝的駢文，提高了散文的地位，推翻了前代的唯美思潮，主張文學與儒道結合爲一，確定了教化實用爲文學的最高目的，完成了儒家的文學理論，而成爲後代論文界的權威。

韓愈的學術思想是尊儒排佛，他的文學觀念是復古明道。因此，他極不滿意六朝以來的學術空氣與華豔無質的文風。他主張思想要回到古代的儒家，文體也回到那些樸質的經典。他在進學解中，列舉五經子史之書，是他的文學的模範。所謂非三代兩漢之書不敢觀，便是這種意思。又因爲反對六朝文學中那種色情香豔的內容，所以他主張文學爲貫道之器。文學離開了倫理道德便沒有價値，離開了教化便沒有功用。他在答李翊書中說：『行之乎仁義之途，遊之乎詩書之源，無迷其途，無絕其源，終吾身而已矣。』仁義詩書合而爲一，便是文道合而爲一。因文見道，因道造文，二者是並重的，分不開的。這便是韓愈的文教主義，故他說：

『愈之所志於古者，不惟其辭之好，好其道焉爾。』（答李秀才書）

『愈之爲古文，豈獨取其句讀不類於今者耶？思古人而不得見，學古道則欲兼通其辭。通其辭者，本志乎古道者也』（題歐陽生哀辭後）

『讀書以爲學，纘言以爲文，非以誇多而鬬靡也。蓋學所以爲道，文所以爲理也。苟行事得其宜，出言得其要，雖不吾面，吾將信其富於文學也。』（送陳秀才彤序）

在這些文字裏，可以看出韓愈的主張，是爲道而學文，爲道而作文，文成爲道的附庸，文學的藝術技巧，都因爲道的表現而存在。文學不能離開道而獨立，只是與道相輔而行的枝葉。

柳宗元論文的意見，雖不與韓愈盡同，但他因爲散文創作的優美成績，成爲韓愈古文運動的有力支持者。韓立論過於偏重道，柳則較爲重文，然在文體的反六朝與復古這一點上，他倆却是一致的。韓所論的道，是儒家的道，是人倫道德的道，是先聖先賢所講的治國平天下的道。柳本好佛，雖論文也主宗經，而其思想範圍則較韓愈爲廣汎爲通達，所以他論文的意見，也沒有韓愈那麼狹隘那麼固執。看他說：

『始吾幼且少，爲文章以辭爲工。及長乃知文者以明道，是固不苟爲炳炳烺烺，務采色誇聲音而以爲能也。……本之書以求其質，本之詩以求其恆，本之禮以求其義，本之春秋以求其斷，本之易以求其動，此吾所以取道之原也。參之穀梁以厲其氣，參之孟荀以暢其支，參之莊老以肆其端，參之國語以博其趣，參之離騷以致其幽，參之太史以著其潔，此吾所以旁推交通而以之爲文也。』（答韋中立論師道書）

『辱書及文章，辭意良高，所嚮慕不凡近，誠有意乎聖人之心。然聖人之言，期以明道，學者務求諸道而遺其辭。辭之傳於世者，必由於書，道假辭而明，辭假書而傳，要之之道而已矣。道之及，及乎物而已耳。』（報崔黯秀才書）

柳氏雖一再以『明道』爲言，然而他對於道的解釋，較韓愈所說的要廣泛得多。他覺得一面要在古書裏求聖人之道，同時又要求其辭。求諸辭而遺其道固然不可，只求諸道而遺其辭，也是不可。所以道在柳宗元的眼裏，變爲二元的了。一是古人所講的道德的道，一是古人作文的藝術之道。他所說的取道之原，是本書以求質，本易以求動，參孟荀以暢其支，參老莊以肆其端，這一類都是說的作文之道。那是非常明顯的。可知柳氏對於文學復古的見解，一面是反對華靡淫薄的空文，一面是要在古代典籍中去求作文的道理，而不像韓愈那樣以聖賢自居，把文學完全看作是倫理道德的附庸。韓愈所說的『行事得其宜，出言得其要，』也是文學的見解，在柳宗元看來，是決不會承認的。在這種地方，可以看出韓愈隔宋代道學家的見解，只有一箭之遙，而柳宗元却仍不失爲一個文學家的風度。

韓柳以後，繼有李翶皇甫湜的提倡古文。他們也是一面鼓吹，一面創作。他倆的注力方面雖不一致，然對於六朝文體的攻擊，散體文的建立，是取着同一的態度。到這時候，古文運動得到了初步的完成。駢文的地位，不得不讓之於平實樸質的散文了。當代興起的許多精采的散文短篇小說，也就是這一個運動的間接產物。到了晚唐雖又有一度唯美思潮的傾向，如孫樵劉蛻諸人，仍是繼承着這個運動的餘緒。一到了北宋，散文大形發展，完成了韓柳未竟的功業，得了文壇的正統地位，連辭賦一類的作品，也變爲散文的形式了。

唐代古文運動的興起，在文學的發展史上，自然是一種必然的趨勢。中國文學自建安到初唐這幾百年中，完全是朝着藝術的唯美的路上走的。其好處是純文學得到了獨立的生命與地位，而其壞處是文學離開了現實社會人生的基礎，而流於外形的美麗與空洞的內容。一種思潮走到極端，自然會生出一種反動。其次唐代君主集權的勢力相當穩固，衰落了幾百年的儒家思想漸漸地擡頭，於是宗經徵聖王道教化的種種觀念，適應着當代的政治環境，而造成明道的實用的文學的要求。我們從這兩點看來，便知道這種運動，雖完成於韓柳，然其前因後果，是有着一種時代的意義的。

這一次的運動，對於中國後代文學界所發生的影響，有壞處也有好處。壞處方面，我提出下面最重要的幾點：

一、因復古之說，忽視文學的進化原理，造成後代貴古賤今的頑固觀念。

二、由明道而走到載道，過於重視文學的實際功用，於是文學成爲倫理道德的附庸，失去了藝術的生命與美的價值。

三、過於重視古文，因此經史哲學都成爲文學的正統，純文學的詩歌小說戲曲降爲末流，因而系亂了文學與學術的觀念。

這些缺點，是無可掩飾的，在過去的文學界，發生種種惡劣的影響，也是非常明顯的事。然而他們也有些好處。

一、因爲他們提倡那種平淺樸質的散文，於是那種不切實用的空虛華美的駢文遭受了打擊而趨於衰落。這一點，在他們當日的態度，確實是革命的。

二、因爲他們主張文學的實用主義，使文學與人生社會發生聯繫，一掃過去那種極端的個人主義與浪漫主義的思潮。如元白一派的社會詩運動，一面固然是受了杜甫的作品的感動，同時一定也受有他們理論的啓示與影響。

三、因爲他們傾心於散文的創作，散文得到了很好的成績。在韓愈，柳宗元，李翺，皇甫湜諸人的集子裏，確有許多明白流暢文法完整的散文作品。尤其是柳宗元的山水小品，刻劃精巧，文字細密，是當日散文運動中的最高收穫。再如當代的傳奇文，也可以說是這一個運動的副產物。

我們不能因爲有了上列那些缺點，就否認他們的功績。無論對於何種運動，我們都應該有一種客觀的認識。在歷史的工作上，這種態度，尤爲必要。

四　短篇小說的進展

嚴格地說起來，我國六朝時代的小說，還沒有成形。這並不是因其內容的荒謬，而是因其形式與描寫的拙劣與貧弱。六朝的作品，只是一些沒有結構的殘叢小語式的雜記，敍事沒有佈置，文筆亦極俗淺，實在還算不得小說。中國的文言短篇小說，在藝術上發生價值，在文學史上獲得地位，是起於唐代的傳奇。那些傳奇，建立了相當完滿的短篇小說的形式，由雜記式的殘叢小語，變爲洋洋大篇的文字，由三言兩語的記錄，變爲非常複雜的故事的敍述。在形式上注意到了結構，在人物的描寫上，注意到了個性。內容也由志怪述異而擴展到人情社會的日常材料。於是小說的生命由此開拓，而其地位也由此提高了。最要緊的，是作者態度的改變。因爲到了那時候，文人才有意的寫作小說，把他看作是一件文學作品。不像從前那樣，多出於方士敎徒之手，作爲輔敎傳道之書了。當日的作者，如元稹，沈下賢，陳鴻，白行簡，段成式之徒，都是一時的名士。他們把小說看作是一種新興的文學體裁，都在那裏用心地寫作，從這時候起，小說算是擠入了中國文學界的園地了。明胡應麟說：『變異之談，盛於六朝，然多是傳錄舛訛，未必盡幻設語，至唐人乃作意好奇，假小說以寄筆端。』(筆叢)所謂『作意好奇，以寄筆端，』乃成爲有意的創作。這種態度，不是六朝人所有的。又宋人洪容齋批評唐代的小說云：『小小事情，悽惋欲絕，洵有神遇，而不自知者，與詩律可稱一代之奇。』他能從藝術的觀點，認識小說的價値，並與詩歌並舉，這不能不算是一種卓見了。

唐代散文小說的興盛，在小說本身的發展上，自有其歷史的原因，然間接地受有當日古文運動的影響的事，也是很顯然的。韓柳的古文運動，一面是要充實文學的內容，一面是提倡樸質的文體。散文在敍事狀物言情的運用上，自然是遠勝於駢文。在白話文未入小說的領域以前，這種平淺通俗的散體，自然最適合於小說的表現。大歷元和的小說作者，都在那個古文運動的潮流中，接受着這種文體，用之於抒寫世態人情而得到了成功。並且當日的小說作者，多少都與古文運動者發生着關係，沈既濟是受着蕭穎士的影響，沈亞之是韓愈的門徒，至於元稹陳鴻諸人更不必說了。古文運動最大的功勞，是文體的改變。文體的改變，間接地促進小說的成就。這一點自然是古文運動者所沒有料到的，然在整體上看起來，唐代的傳奇文的興起，不能不看作是古文運動的一個支流。

初唐間的小說，有王度的古鏡記，無名氏的白猿傳。其內容雖仍是六朝志怪一流，然篇幅較長，文字亦較爲華美，演進之跡甚明。王度爲王通之弟，王績之兄。述一古鏡服妖制怪的種種故事，事跡荒謬。白猿傳作者失名，述梁將歐陽紇之妻，其貌絕美，爲白猿精奪去。歐陽紇聚徒入深山幽谷尋得之，妻已受孕。後生一子，貌絕似猿。此子卽後享盛名之歐陽詢。此文雖涉怪異，或係詢之仇人故意中傷之作；其創作之動機，與其他志怪諸篇自有不同，然其文字却遠在古鏡記之上。寫深山之景，猿精與諸婦女之言語動作，都活動可愛，可見作者確有很好的文采。決非低級文人所爲。

武后時有張文成者，（張鷟）撰游仙窟一卷，爲一人神相愛的小說，作者自敍奉使河源，道中投宿某家，乃爲仙窟，受兩仙女十娘五娘的溫情款待，共宿一夜而去。文體是華美的駢文，而又時雜淫褻的言語，故世稱爲淫書。唐書上說張文成『下筆輒成，浮豔少理致。其論著率詆誚蕪穢，然大行一時，晚進莫不傳記。』讀游仙窟後，覺得這評語，眞是確切極了。世人或謂此篇之作，影射作者與武后戀愛的故事。帝后之尊，猶如仙界，故託仙女以寄其情意，此說亦頗有理。此書在中國久已失傳，却保存在日本，大概在唐代就傳過去了。並且在古代的日本文學界，是一本大家愛好的讀物，還有不少註釋的本子。據鹽谷溫說，紫式都的源氏物語，是受了這書的影響（見中國文學概論講話）。近年來傳囘中國，由新書局校點印行，已成爲一本通行的書了。

唐代散文小說的興盛，却在開天以後，從大曆到晚唐，作者蔚起，盛極一時。如陳玄祐，沈既濟，李吉甫，許堯佐，白行簡，李公佐，元稹，陳鴻，蔣防，沈亞之，李朝威，牛僧孺，房千里，段成式，薛調，皇甫枚，裴鉶，柳埕，杜光庭，袁郊諸人，俱有作品。其內容不專拘於志怪，諷刺言情歷史以及俠義各方面都有所表現。於是這些作品同當日的社會生活發生着密切的關係，而呈現出明顯的時代意義了。

諷刺小說　諷刺小說可以沈既濟的枕中記，李公佐的南柯太守傳爲代表。唐代以詩賦取士，造成那些詞人才子熱烈地追求富貴功名的慾望。我們試看王維的歌唱鬱輪袍，李白的上韓荆州書，杜甫的進鵰賦獻三大禮賦，便知道功名利祿的觀念，是唐代讀書人的人生哲學。李杜輩尙且如此，其他的人也就可想而知。枕中南柯的作者，就用着這種社會心理爲基礎，寫出這種强烈的諷刺小說了。

沈既濟蘇州吳人。經學淵博，大曆中召拜左拾遺，史館修撰，貞元中爲禮部員外郎，撰建中實錄，世人稱有史才。其所作枕中記，或題呂翁。述一落魄少年，於邯鄲道中之旅舍，遇一道士呂翁，自歎其窮困之苦，呂翁**探一枕與之**。**少年**遂入夢，先娶妻崔氏，貌美而賢，後又舉進士，做大官，破戎虜，位至宰相，封公賜爵，子孫滿堂，其婚親皆天下望族。後年老，屢辭官不許，尋以病終。至是少年欠伸而醒，見身仍在旅舍，主人蒸黍尚未熟也。

李公佐字顓蒙，隴西人，嘗舉進士。生於代宗時，至宣宗時猶在。小說今存四篇，以南柯太守傳爲最著。傳中述淳于棼某日因酒醉，二友扶臥東廡下。淳于就枕，卽入夢境。登車入古槐樹之大穴，旣而山川城郭，儼然在目。乃大槐安國也。旣至，國王厚禮遇之，先以公主妻之，後爲南柯太守三十年，政聲甚著。人民都歌頌他，立碑建祠紀念他。先後生五男二女，家庭生活極爲幸福。又因屢遷高位，煊赫一時，後因與外族交戰敗績。公主又死，因而失勢。至是國王忌其變心，乃送之歸，及醒，見二友濯足榻畔，殘日餘樽，宛然在目。而夢中情境，若度一世。後令僕人掘槐穴，見蟻羣無數，其中泥土的形狀，與夢中所見歷之山川城郭無殊，乃知夢中所到者，爲一蟻國。淳于因悟人生無常，富貴虛幻，遂入道門。

在這兩篇的作品裏，作者的用意及手法，都是一致的，作品的社會心理的基礎，也是一致的。他們同樣用虛幻的象徵的描寫，來描寫富貴功名以及人生的幻滅，給當代沉迷於利祿的人生觀一種强烈的諷刺，也可說是一種解脫。在這一點，故事的虛幻，雖近於志怪，然在心理的發展上，却有極現實的基礎。有些人把這種作品歸之於神怪一類，與古鏡記同列，那眞是可笑之極了。同時作者對於人生的態度與人生意義的認識，也是相同的。富貴功名旣是虛幻，人生不得不求一個眞正的歸宿，這個歸宿，便是佛道思想所組合成的一種淸靜自然的生活。枕中記的結段說：

『生蹶然而興曰：豈其夢寐也？翁謂生曰：人生之適，亦如是矣。生憮然良久，謝曰：夫寵辱之道，窮達之運，得喪之理，死生之情，盡知之矣。此先生所以窒吾欲也，敢不受教，稽首再拜而去。』

又南柯太守傳的末段說：

『生感南柯之玄虛，悟人世之倏忽，遂栖心道門，絕棄酒色。……公佐編纂成傳，以資好事。雖稽神語怪，事涉非經。而竊位著生，冀將爲戒。後之君子，幸無以南柯爲偶然，無以名位驕於天壤間云。前華州參軍李肇贊曰：貴極祿位，權傾國都。達人視此，蟻聚何殊。』

在這兩個收場裏，很明顯地表現出作者的用意和他們的人生觀。當日的佛道思想，成爲一般達人逸士的理想歸宿。李肇那十六個字的贊語，正是這兩篇作品的主旨的說明。由此我們可以知道這種作品，一面是深刻地對於當日的功名病患者加以諷刺，一面是將那種自然主義的人生哲學加以表揚。這兩種思想都有現實的社會基礎。因其文字的美麗，故事的曲折，佈局的整嚴，描寫的動人，使作者的目的，得到了極大的效果。枕中記外，沈旣濟尙有任氏傳一篇，亦爲諷刺之作，文字極有情致。寫一女狐精殉節的故事，其用意爲對於當代淫蕩浪漫婦女的譏諷。借禽獸之貞操道德，責罵人類的無品。作者在篇末感歎地說：『異物之情也有人焉。遇暴不失節，徇人以至死。雖今婦人，有不如者矣。惜鄭生非情人，徒悅其色而不徵其情性。向使淵識之士，必能揉變化之理，察神人之際，著文章之美，傳要妙之情，不止於賞玩風態而已。』可知他的小說，都是有意之作。若只以言神志怪目之，而忽視社會的意義，那就有負作者了。李公佐除南柯太守傳外，尚有古嶽瀆經，廬江馮媼傳，謝小娥傳三篇。前二篇無甚特色，後者爲一俠義小說，容後論之。

愛情小說　愛情小說多以現實的人事爲題材，與取材於神怪者全異其趣。才子佳人的離合，妓女秀才的結識，因此演出種種可歌可泣的故事。文人以淸麗之筆，描摹體會，所以格外動人。此類作品頗多，如蔣防的霍小玉傳，白行簡的李娃傳，元稹的鶯鶯傳，房千里的楊娼傳，皇甫枚的飛煙傳都是，前三篇尤爲此中之代表作。

蔣防字子徵，義興人，歷官翰林學士及中書舍人。霍小玉傳寫詩人李益同名妓先合後絕的故事，是一幕失戀的悲劇。小玉是一個衰敗貴族的愛女，同李益有白首之盟。後李益別娶盧氏，小玉因此憂傷而死。情節雖極簡單，然文筆寫得楚楚動人，不失爲一篇美妙的作品。白行簡字知退，是名詩人白居易的弟弟。李娃傳是一幕喜劇，同霍小玉傳恰好成一個對照。傳中述某生戀一娼女名李娃者，後因窮困，爲女所棄，遂流落爲歌童。其父爲顯官，見之，怒其有辱門楣，鞭之幾死，棄之路旁。後李娃感其情，與之結婚，從此努力讀書，得登科第，授成都府參軍，適是時其父爲劍南採訪使，因此父子和好如初。此篇情節複雜，人生之變化，亦多波瀾曲折，故極合小說體裁。加以作者文筆高妙，寫得委宛動人，遂成爲愛情小說中之佳品。他另有三夢記三則，是一種隨筆體的雜錄，不能算作小說。

愛情小說中最膾炙人口者，爲元稹之鶯鶯傳。此傳亦名會眞記，寫張生和鶯鶯的私戀而終至於訣絕的悲劇。這故事在中國的讀書界是人人皆知，這裏無須再說。傳中的張生就是作者自己，那是無疑的。所以故事的發展，心理的活動，都有實際的經驗，決非出於虛構，因此寫得格外眞實動人。加以作者美麗的文筆，更增加了這作品的藝術價値。例如他寫初看見鶯鶯的情狀：

『久之，乃至。常服睟容，不加新飾。垂鬟接黛，雙臉銷紅而已。然顏色艷異，光輝動人。張驚爲之禮，因坐鄭旁，以鄭之抑而見也。凝睇怨絕，若不勝其體者。』

在這幾句裏，把鶯鶯的體態美貌以及他的心理狀態，都寫得活躍如畫了。再看他寫幽會的情形：

『俄而紅娘捧崔氏至，至，則嬌羞融冶，力不能運支體。曩時端莊，不復同矣。是夕，旬有八日也。斜月晶瑩，幽輝半床，張生飄飄然，自疑神仙之徒，不謂從人間至矣。』

用月光的冷潔的背境，來襯托這位夜奔的美女，用極其簡麗的文句，畫出一個又羞又冶的狀態，完全不是那一次的端莊嚴肅的面貌了。同時把許多淫褻的事，一齊掩藏在文字的後面，令人只感到幽美，而不感到鄙俗，實在是非常成功的。再看他寫鶯鶯的個性：

『大略崔之出人者，藝必窮極，而貌若不知。言則敏辯，而寡於酬對。待張之意甚厚，然未嘗以詞繼之。時愁艷幽邃，恆若不識，喜慍之容，亦罕形見。異時獨夜操琴，愁弄悽惻，張竊聽之，求之則終不復鼓矣。』

只有幾句話，把這女人的個性畫得活現。她這種個性，成爲她人生觀的基礎，也就成爲她的悲劇的重要因素了。像她這種弱不勝衣工愁善病不露才不爭寵自怨自苦的女子，便成爲後代中國小說中的女性典型了。

唐代的愛情小說，多寫妓女才人的悲歡離合的故事，這也是有其社會的背境的。唐代商業發達，國內國際的貿易，交往頻繁。長安揚州諸地，更爲繁盛，在這種交通便利經濟繁榮的狀況下，唐代妓女之盛，稱爲空前。有的重利，有的愛才。重利的與富商逢迎，愛才的與文人來往。當日那些詩人進士之流，年輕貌美，又前途遠大，最爲當日妓女所歡迎。開元天寶遺事云：『長安有平康坊者，妓女所居之地，京都俠少，萃集於此。兼每年新進士，以紅牋名紙，遊謁其中，詩人謂此坊爲風流藪澤。』又宋張端義云：『唐人尚曠好醉，唐人尚文好狎。』（貴耳集）這種環境，正是產生妓女才人戀愛故事的好環境，我們讀唐人的集子，到處都會碰到歌詠妓女的詩歌，如王昌齡，李白，李益，杜牧，李商隱諸人，都是以狎妓著名的。明瞭了這種實際社會的狀況，就一點也不足怪了。這些作品的內容，並不完全出於文人的想像，他是具有現實生活的基礎的。文學的發展，同社會生活的發展，是取着同一的步驟，而形成不可分離的聯繫。

歷史小說　歷史小說，多取材於史料，再加以編排鋪設，與正史不同，同那些志怪言情之作亦異。唐代天寶之亂，最能擾動人心。推其禍源，總以玄宗的荒淫，貴妃的驕奢，楊國忠的專權，高力士的跋扈種種現象，而構成安祿山的變亂。於是這些人物的事跡，遂成爲詩歌小說的好題材。如郭湜的高力士外傳，姚汝能的安祿山事跡，陳鴻的長恨傳，東城老父傳，吳兢的開元昇平源及無名氏的李林甫外傳，都是屬於這方面的作品。其中以陳鴻的兩篇爲最佳。

陳鴻字大亮，白居易之友。長恨傳爲白氏的長恨歌而作。傳中敍貴妃入宮，祿山之亂，馬嵬之變以至道士求魂爲止。其中雖雜有神仙方士的謬說，然這正反映當代的宗教思想，一點也沒有損失這篇作品的社會性與眞實性。傳中寫貴妃得寵後，其兄弟姊妹俱煊赫一時，旣眞實而又充滿了諷刺。

『叔父昆弟皆列位淸貴，爵爲通侯。姊妹封爲國夫人，富埒王宮，車服邸第，與大長公主侔矣。而恩澤勢力，則又過之。出入禁門不問，京師長吏爲之側目。故當時謠詠有云：「生女勿悲酸，生男勿喜歡。」又曰：「男不封侯女作妃，看女却爲門上楣。」其人心羨慕如此。』

在這一段內，輕輕地把當日的裙帶政治的眞面目，暴露無遺。天寶之亂，遲早是必然的了。同時把當日的人民心理，也表現得非常眞切。我們讀了杜甫的麗人行，再看這一篇，眞有無限的感慨。作者在篇末說：『意者不但感其事，亦欲懲尤物，窒亂階，垂於將來者也。』這是長恨傳的本意。表面雖說是懲尤物，側面就是罵皇帝，這用意是非常明顯的。

東城老父傳是寫鬬鷄童賈昌一生的歷史。在他的歷史中，正映出玄宗的荒淫與天寶的亂象。貴妃以顏色得寵，賈昌以鬬鷄承歡，都越過了政治的正軌。作者極力從正面鋪寫，從側面暗示着當日政治的黑暗。

『玄宗在藩邸時，樂民間淸明節鬬鷄戲。及卽位，治鷄坊於兩宮間，索長安雄鷄，金毫鐵距高冠昂尾者千數，養於鷄坊。選六軍小兒五百人，使馴擾教詞。上之好之，民風尤盛。諸王世家，外戚家，貴主家，侯家，傾帑破產市鷄，以償鷄値。都中男女，以弄鷄爲事，貧者弄假鷄。帝出遊，見昌弄木鷄於雲龍門道旁，召入，爲鷄坊小兒，衣食右龍武軍。……後爲五百小兒長。

加之以忠厚謹密，天子甚愛幸之。金帛之賜，日至其家。開元十三年，籠鷄三百，從封東岳。父忠死太山下，得子禮奉尸歸葬雍州，縣官爲葬器喪車，乘傳洛陽道。十四年三月，衣鬭鷄服，會玄宗於溫泉。當時天下號爲神鷄童。時人爲之語曰：「生兒不用識文字，鬭鷄走馬勝讀書。賈家小兒年十三，富貴榮華代不如。能令金距期勝負，白羅繡衫隨軟轝。父死長安千里外，差夫持道輓喪車。」……上生於乙酉鷄辰，使人朝服鬭鷄，兆亂於太平矣，上心不悟。』

玄宗既淫於女色，又荒於遊樂，把國家大事，全拋之腦後，政變之禍，自然難免，在這兩篇中的民歌裏，充分地表現了民衆對於君主的責罵，以及當日政治的腐敗與社會秩序的紊亂的憤懣。民衆革命的火把，已經舉在手中了。因此一聲兵變，潼關京都相繼失陷，逼得貴妃只好上弔，神鷄童也只好改名換姓遁入空門了。這種小說的材料，雖是歷史的，因爲都是當代的實事，所以都帶有很濃厚的時代性與社會性。

俠義小說　俠義小說是以俠士的義烈行爲爲主，而加以政事愛情的穿插，更顯得故事情節的複雜。唐代中葉以後，藩鎮各據一方，私蓄游俠之士以仇殺異己。於是俠士之風盛行一時。如元和十年宰相武元衡的被刺，開成三年宰相李石的被刺，首者出於平盧節度使李師道所遣，後者爲宦官仇士良所主使，這都見於正史的記載。歐洲中世紀騎士活躍於社會，因此產生描寫騎士生活的小說。唐代俠義小說的產生，同樣有着這種社會生活的基礎是無疑的。但因爲表現俠士的特別技能，所以常有種種超現實的描寫，如騰雲駕霧之術，神刀怪劍之事，與當日神仙術士一流的宗教思想，發生密切關係，因此這一類小說的作者，往往是佛道的信徒。如杜光庭之爲道士，段成式之信佛，裴鉶之好神仙，是大家都知道的事。

俠義小說前有許堯佐的柳氏傳，李公佐的謝小娥傳，後有薛調的無雙傳，裴鉶的崑崙奴傳，聶隱娘傳，袁郊的紅線傳，杜光庭的虬髯客傳。段成式有劍俠傳一書行世，是明人僞託之作。但在段氏的酉陽雜俎裏，有盜俠一門，敍述劍俠故事的共有九則。段氏爲宰相文昌之子，兼爲當代的美文家，故其文筆淸麗而有情致。雜俎雖似博物志一流，龐雜萬象，然其中亦時有佳作。可知到了晚唐，是俠義小說的最盛時代了。

在這些作品中，從藝術的價値上講，以杜光庭的虬髯客傳爲最佳。此篇敍述紅拂私奔與李靖創業的故事，時代雖回到隋朝，而其社會意識的基礎却正在晚唐。作者一面是以當日盛行的俠士爲主體，一面又在唐末離亂之際，夢想着新英雄的出現，把這種現象結合起來，於是產生了這一篇好作品。在形式上他有了嚴整的佈局，適當的剪裁。而對於人物的個性，有了更進一步的深刻的描寫，紅拂李靖虬髯三個主人翁的個性，都寫得分明而又生動。李公子是一個陪角，偶然出現，把他的身度，也寫得恰到好處。情節的穿插，事體的起伏，富於變化曲折的波瀾，更能引人入勝。唐以前的小說，都不注重結構，都只能敍事而不注重描寫人物，到了虬髯客傳，這種缺點全都沒有，無論從那一點看，它可以算得是一篇最成功的短篇小說。

關於唐代的小說，重要者已如上述。其他志怪之作尚多，其中文字亦優美可誦者，有陳玄祐的離魂記，李朝威的柳毅傳，無名氏的靈應傳，尤以離魂，柳毅二篇爲有名。其次以傳奇之文，會爲專集者，唐代亦多。牛僧孺之玄怪錄，乃最著者。此錄原爲十卷，今已佚，在太平廣記中尙存三十三篇，可見其大概。然其造文立意，大都故作虛幻，不近人情。至於世間所傳的周秦行紀一篇，是李德裕的門客韋瓘託牛名而作，因以構陷者。其行爲固可鄙，而其文字亦不見佳。『他如武功人蘇鶚有杜陽雜編，記唐世故事，而多誇遠方珍異。參寥子高彥休有唐闕史，雖間有實錄，而亦言見夢升仙，固皆傳奇，但稍遷變。至於康駢劇談錄之漸多世務，孫棨北里志之專敍狹邪，范攄雲溪友議的特重歌詠，雖若彌近人情，遠於靈怪，然選事則新穎，行文則逶迤，固仍以傳奇爲骨者也。』(周樹人中國小說史略）這些作品雖仍以傳奇爲骨，但要稱爲短篇小說自然是不可以的。

還有一件事，我們要注意的，便是唐代的傳奇，對於後代戲曲界的影響。這些傳奇中的故事，都成爲後代戲曲的題材。如沈旣濟的枕中記，演爲元馬致遠的黃粱夢，明湯顯祖的邯鄲記。陳玄祐的離魂記，演爲元鄭德輝的倩女離魂。李公佐的南柯太守傳，演爲湯顯祖的南柯記。李朝威的柳毅傳。演爲元尙仲賢的柳毅傳書及李好古的張生煮海。元稹的鶯鶯傳，演爲董解元王實甫的西廂。陳鴻的長恨傳，演爲元白仁甫的梧桐雨，清洪昇的長生殿，這些都是最著名的作品。其他如蔣防之霍小玉，裴鉶之崑崙奴，杜光庭的虬髯客，袁郊的紅線，後代曲家，亦多取材。經了這些戲曲家的努力傳佈，於是唐代的小說內容，成爲最普遍的民間故事了，同時這種作品也曾影響過日本的文壇。像游仙窟風行於日本古代讀書界的事，在上面已略略說及。其他作品對於日本古代的文學，也發過很深的關係。據拙堂文話上說：『物語草紙之作，在於漢文大行之後，則亦不能無所本焉。枕草紙多沿李義山雜纂，伊勢物語從唐本事詩章台柳來者。源氏物語其體本南華寓言，其說閨情蓋自漢武帝傳及唐人長恨歌傳霍小玉傳諸篇得來。』這種語出自日人之口，自然是更可靠了。

五　唐代的變文

一　變文的發現

變文同卜辭一樣，是近幾十年來才出現的重要文獻。有了他們，許多歷史學者文學史學者，對於古代許多困難問題，得到了新的消息與解決的途徑。關於卜辭的發現對於我國原始文學的暗示，在本書第一章裏，已大略說過，現在要討論的是唐代的變文。

七十幾年前（一九〇七年五月），一位匈牙利的地理學家叫做史丹因的（A. Steine），帶了一位姓蔣的翻譯，到了甘肅的極西部敦煌。他聽說敦煌千佛洞的石室裏，藏有無數的寫本書籍和圖畫寶物，他於是設法引誘千佛洞的王道士出賣這批寶藏。後來這計劃成功了，他買去了二十四箱寫本和五箱圖畫和古董。這些都是中國古代文化史上的重要文獻，是一種無價之寶。後來這消息法國人知道了，漢學大家伯希和（Paul Pelliot）也到中國來搜求，他也弄去了不少。不久中國官廳知道了這件事情，行文到甘肅去提起這些寫本，但所得者大半爲佛經，好的材料，都到了英法的博物院圖書館中去了。此中的漢文寫本，現藏在倫敦的有六千卷，藏在巴黎的有一千五百卷，藏在北平的也有六千多卷，私人亦偶有收藏，然爲數極少。近年來注意這種文獻的人，日多一日，或到英法的圖書館博物院去抄寫去照相，或到北平去研究，或將已得的材料加以校印，或發表專篇的論文，於是這埋藏了將近一千年的古代寫本，漸漸地在我們的眼前露面了。如羅振玉氏編印的敦煌零拾，陳垣氏的敦煌刼餘錄，劉復的敦煌掇瑣諸書，雖篇目不多，然在研究敦煌文獻的工作上，已是可寶貴的必備的典籍了。敦煌的寫本，因有些有題跋，可以考出年代最古者爲西曆五世紀初年，最晚者十世紀末年。其內容除了十分之九的佛經和少數的道教經典以外，頗多在中國失傳的文學作品。如王梵志的詩，韋莊的長詩秦婦吟，以及許多民間的歌詞和小說。其中最重要的，却是我們現在要討論的變文，變文是一種韻散夾雜的新體裁，是一種在唐代以前的正統文學中未曾見過的新體裁。因這些變文，直接產生後代的彈詞寶卷一類的民衆文學，同時對於宋元的小說戲曲，也給予以間接的影響，使我們對於這些作品的形式上的發展，得到重要的說明。因此變文本身的藝術價値不甚高，然而他在中國文學史上，却有相當重要的地位。

二　變文的來源

變文也不是偶然出現的，他有他的來源，和他在社會上的實際功用。他的來源是佛經，他的功用是傳敎。所以這種作品初期的產生，並無多少文學的意義，不過是一種宗敎的附庸，宗敎的宣傳品。後來這種體裁在民間頗爲流行，於是作者漸變其宗敎的內容，代以史料故事的敍述，於是就成爲一種民間通俗文學的新格式了。

佛經翻譯的工作，在中國過去的文化界上，是一件空前的偉大事業，年代繼續將近千年之久，譯品保存着的，到現在還有一萬五千多卷。這種大量地將外國的思想文學移植到中國來，在中國的哲學界文學界要發生重大的影響的事，那是無可疑的。但這種影響，先顯露於哲學思想方面，在東晉南北朝的思想界，佛教的思想交織着道家的哲學，占領了當日高級士大夫的頭腦，這種情形，在前面幾章裏，已大略說過了。但在文學的形式文字與想像方面，發生明顯的影響，却是起始於唐朝。六朝文人在作品中雖偶然採用幾個佛經中的名詞，那算不得是佛教文學的眞正影響。我們試看弘明集高僧傳的文字，全是當日流行的駢體。就是當代那些信佛的君主貴族的詩賦裏，也都是表現着香豔的色情，沒有一點佛教的趣味。至於那些言因果輪回的神怪小說，他們的性質，本來是輔教之書，那是應當別論的。胡適氏說：『佛經文學不曾影響到六朝的文人，也不曾影響到當時的和尚。我們只看見和尚文學的文士化，而不看見文士文學的和尚化。』（白話文學史）他這意見，我們是完全贊同的。所以在兩晉南北朝時代，我們要注意的，是佛教給予當日士大夫的思想和人生觀方面的影響，促進浪漫思潮的興起。到了唐朝及唐代以後，才正式看得出佛教文學給予中國文學在形體上修辭上以及構想上的種種影響，促進許多新文學形體的出現。

佛經的翻譯，可分爲三期。第一期從後漢至西晉，爲譯經的幼稚時代，內容方面不一定可信，文字多取本國流行的文體，眞正譯文的體裁還沒有建立。宋贊寧高僧傳三集中云：『初期則梵客華僧，聽言揣意，方圓共鑿，金石難和。盌配世間，擺名三昧，咫尺千里，覿面難通。』這是譯經第一期的眞實情狀。如安清，支讖，支謙，竺法護諸人，實爲此期之代表人物。支謙竺法護本爲外人，因久居中土，故又通漢語，所以他們的譯作，在第一期中是最好的了。第二期從東晉到南北朝，爲譯經的全盛時期。據唐代開元釋教錄所述，當代的譯者九十六人，譯品多至三千一百五十五卷。而最重要的是當日的譯者，無論其爲中外，能兼通漢語梵文者甚多，一面能將佛教的經典作有系統的眞實的介紹，同時又確立一種翻譯的文體。這種文體，不求其華美，只求其切合原意。於是在文句的組織構造上，多傾向梵化，而語體亦夾雜其間，因此釀成一種新文體。這種新文體同當日流行的駢文與古文，都不相同。如北方的鳩羅摩什，曇無讖，南方的佛陀跋陀羅，寶雲諸人，是此期的重要譯家。第三期爲唐代，代表的譯者，是那位將畢生的精力獻之於佛教傳佈的玄奘。他孤征求法，歷十七年。回國後，在十九年內譯出經典一千三百三十卷。他在死前的一月，仍是執筆不停。這種偉大的精神，是我國民族的光榮。但佛教到這時代，重要的經典俱已譯出，主要的工作已由介紹而入於佛教哲學的創立了。

佛經中有許多有文學價値的。如法護譯的普曜經，是一篇極好的釋迦牟尼的傳記。鳩羅摩什譯的維摩詰經，簡直是一部小說。法華經內的幾則美麗寓言，也都有文學的趣味。曇無讖譯的佛所行讚經，是佛教詩人馬鳴的傑作，他用韻文敍述佛一生的故事。譯者用五言無韻詩體移植到中國來，成爲一篇九千三百句四萬六千多字未曾有過的長篇敍事詩。再如寶雲譯的佛本行經，四五七言合用，文字更覺生動。在這些佛教文學的作品裏，表現了兩個特色。第一是富於想像，其次是散韻並用的體裁。這兩點都很顯著地影響於中國後代的文學。中國作品一向是缺少想像力，故很難產生偉大的浪漫文學。佛教文學則不然。他們能够用一點小事，變化百出，上天下地，無奇不有。那種超時間超空間的幻想能力，眞是驚人。他們的腦裏，不知道有多少世界，有多少層天，有多少層地。他們的想像無窮盡，他們的創作也是無窮盡。一寫就是幾十卷，就是幾萬字一篇的長詩。這些想像，自然不近情理，不合於現實，但在一向缺少這種能力的中國文學，却正需要這種精神。這種精神的輸入，無疑給予中國文學很大的解放。我們讀了古代的山海經，穆天子傳和六朝時代的許多志怪小說，再去讀後代的西遊記封神傳，便會知道印度文學的浪漫精神，在中國的小說裏發生了多大的作用。

其次，中國文學的體裁是單純的。散文是散文，韻文是韻文。像韓詩外傳那種前面散文後面引兩句詩的樣子，那只是一種解說詩義的方式，並不能成爲一種文體。但佛經裏却很多散韻夾雜並用的體裁。他每每於散文敍述之後，再用韻文重述一遍。這韻文叫做偈，偈大概可以唱，這容易使人記憶。並且佛經的眞義時常包含在這些偈裏，而其文學的趣味，也往往較散文部分爲豐富。普曜經，法華經，喩鬘經裏面，都有這種文體。這種體裁對於通俗唱本與戲曲的運用上，是非常需要的。所以這種文體傳到中國以後，對於後代的彈詞平話戲曲的發達，都有直接或間接的影響。我們現在所講的變文，便是接受這種影響而在中國第一次出現的新文體。

變文最初的出現，是把他當做一種佛教通俗化的宣傳品。當日的經典雖說譯出了這麼多，要佛教深入於民間，專靠這些經典是不行的，加以當日印刷沒有發明，一切文獻都靠寫本，所以經典的傳佈也就非常困難，要克服這種困難，不得不在宣傳的方法上想法子。一面要注意把佛經變成通俗有趣的故事，使民衆容易了解，同時也增加音樂的歌唱成分，使民衆容易記得。在南北朝時代，佛徒除譯經外，在傳教方面，有所謂轉讀梵唄唱導的種種方法，這些方法的應用，無非是想把佛教普遍到民間去，但是佛教的深入民間，同時也就是佛教文學的深入民間。由佛教文學的民間化，接着就會產生民間文學的佛經化了。所謂轉讀，是用一種正確的音調與節奏，去朗誦佛教的經文。在這裏就釀成平上去入的四聲與沈約們的聲律論，這些事在前面已說過了。梵唄是一種讚誦的歌唱，高僧傳說：『天竺方俗，凡是歌詠法言，皆稱爲唄。至於此土，詠經則稱爲轉讀，歌讚則稱爲梵音。』可見在印度，轉讀與梵唄只是一門，到了中國才分爲二類。當時所稱的梵唄，想就是現在基督教徒所唱的讚美詩。這些梵唄的內容與功用，自然都是宣傳佛教的教義，但久而久之，這些梵歌在民間的口裏唱得太熟了，流行得太普遍了，於是便有人依擬其形式代以他種內容而出現的民歌。如歎五更，十二時，女人百歲篇一類的俚曲，正是這種作品。至如南宗讚，太子入山修道讚等篇，我們可以看作是梵唄俗歌化以後的一種遺形。

唱導是一種佛道的演講和說法的制度。慧皎在高僧傳中說：『唱導者蓋以宣唱法理，開導衆心也。昔佛法初傳，於時齊集，止宣唱佛名，依文教禮。至中宵疲極，事資啓悟，乃別請宿德升座說法或雜序因緣，或旁引譬喩。其後廬山慧遠道業貞華，風才秀發，每至齋集，輒自升高座，躬爲導首，廣明三世因果，却辯一齋大意。後代傳受，遂成永則。』可知這種制度在東晉末年就有了，到了南北朝，宮庭民間都很盛行。慧皎又敍述導師唱導的情形說：『談無常則令心形戰慄，語地獄則怖淚交零，徵昔因則如見往業，覈當果則已示來報，談怡樂則情抱暢悅，敘哀戚則灑淚含酸。於是闔衆傾心，舉堂惻愴。五體輸席，碎首陳哀，各各彈指，人人唱佛。』在這兩段文字裏，可以看出導師所講的，主要的目的是宣傳佛道。對於貴族階級所用的導文，是要華麗典雅，對於民衆，不得不求其通俗。因爲要引起聽衆的興趣，不得不『雜序因緣，旁引譬喻，』也不得不在無常地獄昔因當果怡樂哀戚各方面，增加多少敍述和描摹，在這種情況之下所產生的結果，一面是經文的通俗化與故事化，一面是經文的擴大化。由這種情形漸漸演變下去，變文就適應這種環境而產生了。變文裏有講有唱，有描寫，有譬喻，是一種極好的對於民衆的宣傳品。樂府雜錄說：『長慶中俗講僧文敍，善吟經，其聲宛暢，哀感動人。』這裏所說的俗講僧，想就是導師的遺形。唐趙璘因話錄中說：『有文淑僧者，公爲聚衆譚說，假托經論，所言無非淫穢鄙褻之事，不逞之徒，轉相鼓扇扶樹，愚夫冶婦，樂聞其說，塡咽寺舍，瞻禮崇拜，呼爲和尚教坊。』文淑和文敍是否卽爲一人，不得而知，但他們都是沿着導師制度變化而來的俗講僧是無疑的。他們所講的，一定就是那種變文，最初的變文，只限於演述佛事，到後來史事豔聞也都講起來了，於是變文成爲一種民間文學的新體裁。趙璘所說『假托經論，所言無非是淫穢鄙褻之事，』想就是指此而言。

三　變文的形態類別以及對於後代文學的影響

變文或有稱爲佛曲，俗文和講唱文者。或因其內容，或因其性質，或因其功用，俱各有理由。名稱雖殊，其體則一。並且各寫本的篇名，多用變文二字，故稱以變文較爲妥當。變者卽佛經變相之意，與俗文之通俗化之義相同。其形式爲散韻夾雜體，然其構成的方式，亦有數種。

一、先用散文講述經義，再用韻文重行歌唱一遍，如維摩詰經變文的持世菩薩卷。

二、只用散文作爲引子，以韻文來詳細地敍述。這種形式，散文韻文在內容上沒有重複之處。很像後來彈詞戲曲中的白與唱的組合。如大目乾連冥間救母變文。

三、散文韻文交雜並用，不可分開，成爲一種混亂的形式。如伍子胥變文。

至於韻文的體裁，都是以七言爲主體，其中偶有雜以三言五言或六言的。五言六言的雜用，見於八相變文是一種不大常見的例子。散文的體裁，有用普通散文的，有用語體的，也有用駢文的。前兩種頗多硬生之處，而駢體却極圓熟。維摩詰經變文及降魔變文中間的幾段駢文，確是非常華麗，知道這兩篇的作者，決不是普通的和尙，或出於當日文士的手筆，亦未可知。試看下面的一小段。

『波旬自乃前行，魔女一時從後。擎樂器者宣宣奏曲，響聒淸霄；爇香火者灑灑煙飛，氳氳碧落。競作奢華美貌，各申窈窕儀容。擎鮮花者共花色無殊，捧珠珍者共珠珍不異。琵琶絃上，韶合春鶯，簫管聲中，聲吟鳴鳳。杖敲揭鼓，如拋碎玉於盤中，手弄秦箏，似排雁行於絃上。輕輕絲竹，太常之美韻莫偕；浩浩唱歌，胡部之豈能比對。妖容轉盛，豔質更豐。一羣羣若四色花敷，一隊隊似五雲秀麗。盤旋碧落，宛轉淸霄。遠看時意散心驚，近覩者魂飛目斷。從天降下，若天花亂雨於乾坤。初出魔宮，似仙娥芬霏於宇宙。天女咸生喜躍，魔王自己欣歡。』（維摩詰經變文持世菩薩卷）

這種熱鬧華麗的描寫，很影響中國後代的長篇小說。我們讀水滸傳，金瓶梅，西遊記的時候，每逢戰爭風景的場面，或是宮殿美女和性慾的描寫，總是突如其來的加入一段爭奇鬭豔的駢文。從前我們總覺得這種體裁放在白話小說裏有些奇怪，其實他們是從變文裏取法去的。這自然是一種惡劣的影響。大概那些作者都歡喜用這種方法來表現自己的才學和辭章，都這麼相沿地用着不改了。

關於變文的類別，我們可以因其內容分爲二種：一、演述佛事。二、演述史事與雜事。

第一類的變文，可以維摩詰經變文，降魔變文和大目乾連冥間救母變文爲代表。維摩詰經他本身就是一部富有文學趣味的小說式的經典。三國時支謙譯出，後來鳩羅摩什又加以重譯，到了隋唐，爲他作注疏的也有好幾家。可見這部經典，在中國極爲一般人所重視。經中敍述居士維摩詰生病，釋迦佛吩咐他的門徒去問病。他的門徒舍利弗，大目乾連，大迦葉，須菩提，富樓那諸人。訴說維摩詰的本領過人，都不敢去。釋迦佛又叫彌勒菩薩，光嚴童子，持世菩薩諸人去問病，他們一樣不敢去。最後只有文殊師利一人，擔負這個重任，肯去問病。後來文殊與維摩詰見了面，維摩詰果然大顯神通。這種故事說出來，自然是平淡無味，然而因其想像的豐富，描寫的生動，看去却很有趣味。維摩詰經變文的作者，就是把這部經典通俗化擴大化。他再加以想像和鋪敍，在第二十卷的首節，將十四個字的經文，演爲五百七十字的散文，七十二句的韻語。於是這部變文的全量，總要多出原經幾十倍了。可惜我們今日無法見其全本，然只就其所見的零卷看起來，他在變文中，恐怕是第一部偉大的著作。巴黎國家圖書館所藏的第二十卷，才敍到釋迦叫持世菩薩去問病。敦煌零拾所載的持世菩薩問疾第二卷，才敍到魔王波旬欲以美女破壞持世的道行。北平圖書館所藏的文殊問疾第一卷，才敍到文殊去問病的事。可知我們所見到的，只是全篇中極小的一部份。我現在試舉文殊問疾中的一段作例，看看變文究竟是一種什麼面目。

『經云：佛告文殊師利，汝行詣維摩詰問疾。

『言佛告者，是佛相命之詞。緣佛於會上，告盡聖賢五百聲聞八千菩薩，從頭遣問，盡曰不任。皆被責呵，無人敢去。酌量才辯，須是文殊。其他小小之徒，實且故非難往，失去妙德，亦是不堪。今仗文殊，便專問去。於是有語告文殊曰：

『三千界內總聞名，皆道文殊藝解精。體似蓮花敷一朵，心如明鏡照漂淸。常宣妙法邪山碎，解演眞乘障海傾。今日筵中須授敕，與吾爲使廣嚴城。

『於是菴園會上，勅喚文殊。「勞君暫起於花台，聽我今朝敕命。吾爲維摩大士，染疾毗耶，金粟上人，見眠方丈。會中有八千菩薩，筵中見五百個聞聲，從頭而告，盡遍差至佛無人敢去。舍利子聰明第一，陳情而若不堪任。迦葉是德行最尊，推辭而爲年老邁。十人告盡，咸稱怕見維摩。吾又見告於彌勒，兼及持世上人。光嚴則辭退千般，善德乃求哀萬種。堪爲使命，須是文殊。敵論維摩，難偕妙德。汝今與吾爲使，親往毗耶。詰病本之因由，陳金僊之懇意。汝看吾之面，勿再推辭。領師主之言，便須受敕。況乃汝久成證覺，果滿三祇。爲七佛之祖師，作四生之慈父。來辭妙喜，助我化緣。下降婆娑，爾現於菩薩之相。你且身嚴瓔珞，光明而似月舒空；

頂覆金冠，淸淨而如蓮映水。一名超於法會，衆望難偕；詞辯迴播於筵中，五天讚說。慈悲之行，廣布該三途六道之中；救苦之心，遍施散三千界之剎內。當生之日，瑞相千般。表菩薩之最尊，彰大士之無比。而又眉彎春柳，舒揚而宛轉芬芳；面若秋蟾，皎潔而光明晃曜。有如斯之德行，好對維摩。且爾許多威名，好過丈室。況以居士見染纏痾，久語而上算，不任對論，多應虧汝。勿生辭退，便仰前行。傾大衆速別菴園，逞威儀早過方丈。龍神盡敎引路，一伴同行，人天總去相隨，兩邊圍繞。到彼見於居士，申達慈父之言。道吾憂念情深，故遣我來相問。」佛有偈讚文殊。

『牟尼會上稱宣陳，問疾毗耶要認眞。受敕且須離法會，依言勿得有辭辛。維摩丈室思吾切，臥病呻吟已半旬。望汝今朝知我意，權時作個慰安人。』

又有偈告文殊曰：

『八千菩薩衆難偕，盡道文殊是辯才。身作大僊師主久，名標三世號如來。神通解滅邪山碎，智慧能銷障海摧。爲使與吾過丈室，便須速去別花台。』

『（平側）世尊會上告文殊，爲使今朝過丈室。傳吾意旨維摩處，申問慇懃勿得遲。前來會理衆聲聞，個個推辭言不去。皆陳大士維摩詰，盡道毗耶我不任。衆中彌勒又推辭，筵內光嚴申懇款。八千大士無人去，五百聲聞沒一個。汝今便請速排諧，萬一與吾爲使去。威儀一隊相隨逐，銜敕毗耶問淨名。菩薩身爲七佛師，久證功圓三世佛。親辭淨土來凡世，助我宣揚轉法輪。

巍巍身若一金山，蕩蕩衆中無比對。眉分皎潔三秋月，臉寫芬芳九夏蓮。堪爲丈室慰安人，便依吾敕赴前程。便請如今離法會。若逢大士維摩詰，問取根由病作因。文殊德行十方聞，妙德神通百億悅。能摧外道皆歸正，能遣魔軍盡隱藏。依吾告命速前行，依我指蹤過丈室。慇慇慰問維摩去，巧着言辭問淨名。（經）是詩聖主震春雷。萬億龍神四面排。見道文殊親問病，人天會上喜哈哈。此時便起當筵立，合掌顒然近寶台。由讚淨名名稱煞，如何白佛也唱將來。』

開始只有兩句經文，由作者演成這麼一大篇文字。散文中有普通散文，有白話，也有很好的駢體。韻文中有相當成格的律詩，有很通俗的韻語。維摩詰經變文都是由這種形式組織起來的。看他對於文殊的面貌性情及才幹的鋪寫，很有點像小說了。在第二十卷的末尾有題記云：『廣正十年八月九日在西川靜眞禪寺寫此第二十卷，文書恰遇抵黑書了。不知如何得到鄉地去。年至四十八歲，於州中寃明寺開講，極是溫熱。』由這題記看來，文字不大純熟，加以篇中別字也不少，似乎這位僧人只是這變文的抄寫者，不見得就是作者。由那些駢文看來，作者的舊文學的素養，是相當高的。廣正十年是後漢天福十二年（西歷九四七年），如果這推測不錯，那末這篇作品的時代，一定是在晚唐或是以前了。

降魔變文篇幅雖短，但文字頗流麗生動。敍述須達多爲南天竺舍衛城大國的賢相。他因爲替兒子求親，遇見了佛僧，因此誠心信佛，得見如來。如來叫他慈善好施，廣建廟宇。並派舍利弗與他同行，隨時幫助。後因買地建廟，與國王的六師發生惡感，遂起爭鬪。後卒降服妖魔，同歸佛敎。篇中寫六師和舍利弗鬬法的大段，爲全篇的精采處。西遊記的許多鬬法場面，想卽本於此篇。前有序文一段，中云：『伏維我大唐漢朝聖主，開元天寶聖文神武應通皇帝陛下，化越千古，聲超百王，文該五典之精微，武析九夷之肝胆。八表惣無爲之化，四方歌堯舜之風。加以化洽之餘，每弘揚於三教。』由此看來，降魔變文的作者雖不可考，其時代則在玄宗年間。玄宗時代的變文已如此成熟，其初期的作品，恐怕在初唐時就有了。

大目乾連冥間救母變文敍述佛弟子大目乾連救母出地獄的故事。這故事見於佛經經律異相，在唐代已很流行。王定保摭言中云：『張祜憶柘枝詩曰：鴛鴦繡帶抛何處，孔雀羅衫屬阿誰？白樂天呼爲問頭。祜曰：明公亦有目連經。長恨詞云：上窮碧落下黃泉，兩處茫茫皆不見。此不是目連訪母耶？』又太平廣記亦有此條，字句稍異。『祜亦嘗記舍人目連變。白曰：何也？曰：上窮碧落，此非目連變何耶？』所謂目連訪母，目連變，想都是指的這篇變文。那末在元和年間，這篇變文在社會已很流行了。到了後代。戲曲寳卷多取此爲題材，一直到現在，目連救母還成爲民間最普遍的佛教故事。篇中極力鋪寫地獄界的悽慘景象，人生因果輪回的報應，由此暗示佛力的偉大與信佛的善果。在佛教的宣傳上，在從前的迷信時代，這確是一篇最有力的作品。對於地獄界的描寫，表現出作者想像力的豐富與創造的精神，而成爲後代長篇小說中描寫『幽冥界』『閻羅殿』的範本。

關於演述佛事的變文，除上述的三種以外，還有地獄變文，父母恩重變文，八相成道變文諸種現俱藏北平圖書館。醜女緣起藏巴黎。有相夫人升天變文，見敦煌零拾。這些大都殘闕不全，在這裏不必再講了。大概這些演述佛事的變文，在民間極爲流行，於是有人依其格式，換其內容，將古代的歷史故事演述進去，因此非佛教故事的變文就因之而起了。如舜子至孝變文，列國傳，明妃傳諸篇都是（俱藏巴黎倫敦）。在內容方面是史事化，在趣味方面，是更通俗化了。舜的故事見於史記及劉向的孝子傳。變文的作者把這故事擴大，增加了許多想像，極力鋪寫後母對於他的虐待。而每次都是帝釋來救他，在這一點，仍是與佛教有關。最後一次，因爲後母和瞽叟把舜帝壓在井裏，因此他們的眼睛就瞎了，窮得沒飯吃。舜在井底遇了救，便隱居歷山耕田，收成很好。後來在商人的口裏，聽見父母窮困的慘狀，便回家去救他們。結果把父母的眼睛也醫好了。父親到那時才覺得一切事情都是後妻作怪，想殺掉他，舜又苦口求免。自此一家安樂，天下傳名，堯帝知道了，以二女嫁之，把帝位也讓給了他。篇中對於後母的毒辣，舜帝孝心的誠篤，在描寫上都很成功。

列國傳是寫伍子胥的故事，明妃傳是寫王昭君的故事。雖未以變文名篇，也是變文的體裁。可知到了唐代末葉，變文一面是演述佛經，一面在演述中國古代的史事，而成爲一種民間的文學了。不過無論其內容如何，大都帶有很濃厚的宣傳和教化作用。伍子胥的故事是壯烈的，王昭君的故事是哀怨的，都是民間文學的最好材料。作者運用豐富的想像，在史事以外，增加了許多枝葉，使這故事更發生小說的趣味，而成爲文學的作品了。另有西征記一卷，（見敦煌掇瑣，）內面敍述當日與外族的戰事，既非佛經，亦非古史，只是一種社會的時事。可見變文體裁已經確立，其內容亦日趨變化擴大，決非拘於佛經與古代史事了。其他如季布歌，董永傳一類的七字唱本（藏倫敦，）都是承襲變文的體裁，而產生的民間歌曲。與列國傳的伍子胥，明妃傳的王昭君，都是同一部門。讀其文句，看其體裁，與長恨歌，連昌宮詞一類的古詩，絕非同源。同文殊問疾，目連救母中的韻文一比較，語氣格式，都很相像。可知這些唱本，都是變文流行民間以後的產物，在血統上，決不是純粹的國貨。

變文對於後代中國文學的影響，有幾點重要的事實，我寫在下面。

一、寶卷彈詞一類的民間通俗作品，是變文的嫡派兒孫。

二、在中國的長篇小說中，時時雜着一些詩詞歌賦或是駢文的敍述，是變文體裁的轉用。

三、中國的戲曲，由唱白兼用，在演劇的藝術上，始得一大進步。這種體裁的形成，自然是受有變文的啓示和影響。由鼓詞諸宮調而至於雜劇，其演進的痕跡是很顯然的。

由此看來，唐代變文，他本身的藝術雖沒有很高的價值，然在中國文學各種體裁的發展史上，却有相當重要的地位。可惜這些材料有的遠在國外，有的沒有整理出來，而現在出版流行者爲數不多，無法加以詳細研究，這眞是不幸的事！

第十三章　初唐的詩壇

初唐百年的詩壇，有兩種顯著的現象。其一，是六朝華麗詩風的承繼，其次是律詩運動的完成。這兩種現象，同當日掌握着詩歌大權的宮庭詩人的身分與趣味，都極相適合。那些封公拜相的宮庭詩人要用詩去歌功誦德，要同皇帝唱和應制，作起詩來自然要注重規律，誇耀辭藻，因此那些作品，都帶了濃厚的富貴氣息，缺少個人的情感與社會的生命，而成爲一種雍容華貴的臺閣體的典型。如虞世南，楊師道，上官儀，沈佺期，宋之問以及文章四友諸公，都是那些宮庭詩人的好代表。當時在文壇頗享盛名的四傑，雖官位低微，也浸染在那種詩風的潮流裏，終難於振拔。然究因其創作的動機與個人環境的不同，其作品之價值，也遠在那些宮庭詩人之上。講到律詩的完成，上官儀和沈宋之流，確是盡了相當的功績，因此在唐詩的歷史上，我們也無法塗去他們的名字。至如王績王梵志們的作品，雖在當日的詩壇，另成一種格調，然只是隱之田園，書於土壁，對於當日的正統詩風，是沒有什麼影響的。

一　宮體詩的餘波

李唐建國初年，一切文物制度，都是繼承陳隋舊業。當日文士詩人陳叔達，袁朗，楊宗道，虞世南，孔紹安，李百藥諸子，俱為陳隋舊人。他們的作風，決不能因為在政治上換了一個皇帝，便能立刻有所改變。因此在他們的作品裏，仍是充分地表現着陳隋宮體的餘影。無論詩的格調與內容，只是徐陵庾信一派的繼續，一點也沒有呈現出唐詩的特殊氣象。例如：

『洛城花燭動，戚里畫新蛾。隱扇羞應慣，含情愁已多。輕啼濕紅粉，微睇轉橫波。更笑巫山曲，空傳暮雨過。』（楊師道初宵看婚）

『寒閨織素錦，含怨斂雙蛾。綜新交縷澁，經脆斷絲多。衣香逐舉袖，釧動應鳴梭。還恐裁縫罷，無信達交河。』（虞世南中婦織流黃）

『自君之出矣，明鏡罷紅妝。思君如夜燭，煎淚幾千行。』（陳叔達自君之出矣）

這種作品，無論從那一點看，都是陳隋時代的餘響，絲毫沒有異樣的情調。李百藥的秋晚登古城，晚渡江津，雖稍有古意，然其妾薄命，火鳳詞，戲贈潘徐，詠螢火諸篇，其香豔淫靡，並不在上列諸詩之下。這些遺老遺少的作品是這種情形，原不足怪，就是唐太宗和他的幹部臣僚，同樣也沉溺在這種宮體的詩風裏。據全唐詩話所載：『帝（太宗）嘗作宮體詩，使虞世南賡和，世南曰：聖作誠工，然體非雅正，上有所好，下必有甚焉，恐此詩一傳，天下風靡，不敢奉詔。』虞世南主張詩要雅正，似乎是不滿意前代的宮體，但他本人的作品，酷慕徐陵，時有側豔之篇，上面所舉的中婦織流黃一首，便是好例。太宗文采頗高，然其所作，大都是花草點綴精巧細密之詞，王世貞評他的詩無丈夫氣，是不錯的。如采芙蓉，翠微宮，詠風，詠雪，秋日效庾信體諸篇，完全是承受前代宮體詩的風格，這是極明顯的事。再如李義府，長孫無忌，亦多宮體之作。例如：

『嬾整鴛鴦被，羞褰玳瑁床。春風別有意，密處也尋香。』（李義府堂堂詞）

『阿儂家住朝歌下，早傳名。結伴來游淇水上，舊長情。玉佩金鈿隨步遠，雲羅霧縠逐風輕。轉目機心懸自許，何須更待聽琴聲。』（長孫無忌新曲）

在當日的宮庭詩人中，惟有魏徵的作品，情調稍稍兩樣。其暮秋言懷，述懷兩篇，確有淸正之音。然其作品絕少，無力改變當日的風氣。由此看來，在初唐的初期，宮體的餘波，還保存着極大的勢力。一些作家，大都是以徐陵庾信爲模範，不能跳出那種香豔華靡的風氣，而有所創造。並且這些人都是皇親貴族高官學士，如長孫無忌爲文德皇后之兄，楊師道尙桂陽公主，封安德郡公，魏徵封鄭國公，其他諸人，都居顯職。他們日夜圍繞着皇帝，因此集中多爲應制奉和的詩篇。在這種環境下，要他們在詩歌上有所改革，自然是無望的。葉燮在原詩中云：『唐初沿卑靡浮豔之習，句櫛字比，非古非律，詩之極衰也。』如果只就這些宮庭詩人的作品看來，說是詩之極衰，並不爲過。幸而在這些正統的宮庭詩人之外，還有民間的詩人，完全離開當日浮靡的詩風，眞眞實實地寫下許多格調特異的作品。在唐代初期的沉寂的詩壇中，增加了不少的生氣。這派詩人的代表，是王績與王梵志。

二　王績與王梵志

王績字無功，絳州龍門人（山西河津西，約當西曆五九〇到六五〇年）是文中子王通之弟。他生性浪漫，愛自由，喜酒如命。在隋代曾爲六合丞，以嗜酒劾去。隋末大亂，乃還故里，度其隱居生活，與隱者仲長子光相善。唐武德初年，他以原官待詔門下省，時省官例，日給良酒三升。其弟王靜問他待詔快樂否，他說俸祿雖薄，三升美酒差可戀耳。後來由三升加到一斗，故時人號爲斗酒學士。貞觀初，以足疾罷歸，欲定長住之計，而困於貧。當日太樂署史焦革家善釀酒，王績自請爲太樂丞，選司以非士職，不許，他再三請求，始授之。不到數月，焦革死，焦妻袁氏時常送好酒給他。一年多後，袁氏又死。他歎息說，是天不許我喝好酒呀，到此他無所留戀，便棄此小官而還鄉了。他述焦革釀酒法爲酒經一卷，采杜康儀狄以來善酒者爲酒譜一卷，並立杜康廟，以革配享，集中有祭杜康新廟文。另有醉鄉記一篇，爲其理想世界的描寫，與陶潛的桃花源記相似。

王績雖是酒鬼，他並不糊塗，他是一個有學問有品格愛自由的個人主義者。他的思想是以道家的無爲清靜與逍遙齊物爲根底，追求着一種適性的自由生活。他反對一切束縛身心的制度與名教。因此他對於孔子，只取其『善人之道不踐跡』與『無可無不可』這兩句格言。他說：『聖人者非他也。順適無閡之名，卽分皆通之謂。卽分皆通，故能立不易方，順適無閡，故能遊不擇地。……吾受性潦倒，不經世務。屛居獨處，則蕭然自得，接對賓客，則薾然思寢。……而同方者不過一二人，時相往來，並棄禮數。箕踞散髮，玄談虛論，兀然同醉，悠然便歸，都不知聚散之所由也』（答程道士書）這是他的人生觀的眞實的自白。因此，他對於周孔的名教表示嘲諷，而對於嵇阮陶潛一流人，大寄其景仰之心情。

『百年長擾擾，萬事悉悠悠。日光隨意落，河水任情流。禮樂囚姬旦，詩書縛孔丘。不如高枕臥，時取醉消愁。』（贈程處士）

『阮籍醒時少，陶潛醉日多。百年何足度，乘興且長歌。』（醉後）

『且逐劉伶去，宵隨畢卓眠。不應長賣卜，須得杖頭錢。』（戲題卜鋪壁）

『阮籍生涯懶，嵇康意氣疎。相逢一醉飽，獨坐數行書。』（田家）

阮籍嵇康劉伶畢卓陶潛這一些人，都是兩晉的道家思想者，或爲浪漫的酒徒，或爲淸高的隱士，恰好是王績腦中的理想人物，而對於周孔的被囚於詩書禮樂，表示着譏諷，這是王績的思想與生活的根底，也正是他的作品的根底。因此飲酒成爲了他的人生哲學，咏酒成爲了他作品的主要題材。他的飲酒哲學，並不是要以酒來造成他的浪漫情調，其實是要以酒精來麻醉頭腦，借此取得片刻的糊塗，遮掩當日現實社會的黑暗與人類的醜惡。

『此日長昏飲，非關養性靈。眼看人盡醉，何忍獨爲醒。』（過酒家）

這四句詩是他的飲酒哲學的最好解釋。『非關養性靈』這五個字是說得非常明顯的，全社會全人類的種種紊亂與醜態，他實在看不過眼，聽不進耳，就是躲到深山幽谷去，也無法絕緣，最好的法門，只好借酒精來麻醉了。他這種消極而又嚴肅的避世態度，同那些借酒鳴高，借隱獵官的僞浪漫者與僞善者們比較起來，是全異其趣的。由於隋末社會的紊亂與君主官吏的荒淫與醜態，造成他這種思想和生活，造成他這種作品。在我們現在看來，覺得在他的作品裏所表現的情緒，過於消極，缺少革命奮鬬的精神，然而作爲一個浪漫主義者的立場看來，他的作品在當日的詩壇，却又是最革命的了。如果在潘岳陸機以後，覺得陶潛作品出現的可貴，那末在齊梁陳隋的宮體詩以後，有王績的作品，也是一樣的可貴。在藝術的價値上，王績，雖比不上陶潛，然在其作品的情調與對當日的詩風的反抗，却是一致的。在這一點，王績在初唐詩壇的地位，是存在着不可搖動的重要性。

因爲王績是絕對的個人主義者，所以要在他的作品裏，去尋求社會生活的表現是無望的，然而也就因此，他却完全洗盡了宮體詩的脂粉氣息，充分地表現了他個人的生活和情感，在這裏，他的作品和他的思想和生活打成了一片，沒有一點虛僞，沒有一點做作，眞實地呈現了作者的面目。他集中的張超亭觀妓，詠妓和辛司法宅觀妓三首詩，帶着宮體的香豔氣，全唐詩說是盧照鄰的作品，我想是不錯的。因爲去了這三篇詩，王績集中的詩，作風就完全一致了。

『東皋薄暮望，徙倚欲何依。樹樹皆秋色，山山唯落暉。牧人驅犢返，獵馬帶禽歸。相顧無相識，長歌懷采薇。』（野望）

『浮生知幾日，無狀逐空名。不如多釀酒，時向竹林傾。』（獨酌）

『北場芸藿罷，東皋刈黍歸。相逢秋月滿，更値夜螢飛。』（秋夜喜遇王處士）

這些詩是陶淵明的承繼者，也就是王維孟浩然作品的先聲。如野望一首，完全是唐律的格調，比起徐陵庾信們的詩篇來，不要說內容是全異其趣，就是在聲律體裁方面，也更爲進步更爲成熟了。這種律詩，一到了王績的手裏，因爲他創作的態度生活的環境，同那些宮庭詩人不同，也就變成浪漫的作品了。到了王維孟浩然，同樣的運用這種律體去表現自然的浪漫生活，而得到了極好的成績。

在東皐子集裏除了那些詩篇以外，還有幾篇散文，也是表現他的生活思想的重要作品。如答馮子華處士書，答程道士書，答刺史杜之松書，五斗先生傳，自撰墓志都是。在這些文字裏，都坦白地說明他的對於現實社會的態度，人生的理想以及他那種浪漫生活的情況。他的自撰墓志，正如陶淵明的自祭文自挽詩一樣，並非故作達語，確實是一篇眞實的自白。我現在把他抄在下面作一個結束。

『王績者，有父母，無朋友。自爲之目，曰無功焉。或問之，箕踞不對，蓋以有道於己，無功於時也。不讀書，自達理。不知榮辱，不計利害。起家以祿位，歷數職而一進階。才高位下，免責而已。天子不知，公卿不識，四十五十而無聞焉。於是退歸，以酒德遊鄉里，往往賣卜，時時著書。行若無所之，坐若無所據。鄉人未有達其意也。嘗耕東皐，世號東皐子。身死之日，自爲銘焉。曰有唐逸人，太原王績。若頑若愚，似矯似激。院止三逕，堂惟四壁。不知節制，焉有親戚。以生爲附贅懸疣，以死爲決疣潰癰。無思無慮，何去何從。壠頭刻石，馬鬣裁封。哀哀孝子，空對長松。』

王績以外，同樣在齊梁詩風的潮流中，獨標一格而在民間出現的，是那沉晦了六七百年的王梵志。據馮翊的桂苑叢談（唐代叢書初集）中說：

『王梵志，衞州黎陽人也。黎陽城東十五里有王德祖者，當隋之時，家有林檎樹，生瘿大如斗。經三年，其瘿朽爛，德祖見之，乃撤其皮，遂見一孩兒抱胎而出，因收養之。至七歲能語。

問曰：誰人育我？及問姓名，德祖具以實告，因林木而生，曰梵天，後改曰志。我家長育，可姓王也。作詩諷人，甚有義旨，蓋菩薩示化也。』

這些神話式的材料，雖不可信，然而他却給我們幾個重要的暗示。一、王梵志的籍貫是河南黎陽（今河南濬縣）。二、他是生於隋代的。三、他必是一個佛徒，因有作詩諷人，是菩薩示化的神話。因爲這個原故，所以他的詩大半是屬於說理的格言，有些很像佛經中的偈語，而其內容都是表現人生的幻滅以及貧窮的快樂的生活。詩格的來源與生活的基礎，雖與王績不同，然在其以平淺的語言作詩，追求自由浪漫的生活，這些觀點上，他倆完全是一致的。因此除去那些純粹的說理詩以外，有些描寫個人的生活的詩句，却往往同王績的作品，有相似的情調，這就是浪漫的情調。例如：

『吾有十畝田，種在南山坡。青松四五樹，綠豆兩三窠。熱卽池中浴，涼便岸上歌。遨遊自取足，誰能奈我何！』

『草屋足風塵，牀無破氈臥。客來且喚入，地鋪稿薦坐。家裏元無炭，柳麻且吹火。白酒瓦鉢藏，鐺子兩脚破。鹿脯三四條，石鹽五六課。看客只寗馨，從你痛罵我。』

這完全是以語體的文句，來白描自己的生活和心境，從樸質淺顯中，能表現出眞情實意，所以成爲好詩。王梵志在詩史上能够占一席地位，是要靠這種詩的。前一首顯然是當日流行的律體，一到了他的手裏，也完全解放得成爲一首民歌，沒有半點富貴氣味，也沒有一點拘束做作的痕跡，可知任何文學的體裁的本身並沒有罪過，最重要的是作家的態度。我們看了王績王梵志的律體，便懂得這點道理了。然而在王梵志的存詩中，這種好詩並不多，主要的却是那些偈文式的格言詩。例如：

『世無百年人，强作千年調。打鐵作門限，鬼見拍手笑。

城外土饅頭，餡食在城裏。一人喫一個，莫嫌沒滋味。

梵志翻着襪，人皆道是錯。乍可刺你眼，不可隱我脚。』

作者的心境自然是非常空靈，但這麼表現出來，却只是格言，而缺少那種詩情與人間味。令人讀了，既感不到喜悅，也感不到悲傷，這些作品在詩歌的藝術價值上，自然是不高的。然比起東晉那些佛徒詩人如孫綽許詢之徒，用古典的文體，莊嚴的態度所寫的那些說理詩來，他這種平淺通俗而又帶有諷刺味的作品，是大爲進步的了。

王梵志及其作品，宋朝以後，雖沉晦無聞。然在唐宋間却頗流行。歷代法寶記中無住語錄引過他的詩，北宋黃山谷也很推崇他的詩，南宋人的詩話筆記裏，（如費袞的梁谿漫志，陳善捫蝨新話等，）也時常記述他的故事。但宋朝以後，這位詩人便完全淹沒了。敦煌文庫的出現，他的作品，也有幾卷雜在裏面。現巴黎圖書館藏有王梵志詩三殘卷，伯希和另藏別本一卷，有日本羽田亨影印本。這四個殘卷的年代，都是十世紀中葉，可見王梵志的作品，在唐末五代年間的流行。由我們現在的推想，他的作品，在當日一定是佛教的副宣傳品，而爲一般佛徒所必讀，因此得同那些佛教經典，一同保存在那作爲佛教藏書室的石洞裏。自從胡適之氏寫白話文學史時，替這位詩人大大地表揚一番以後，於是王梵志這個名字，漸爲世人所知，同時在初唐詩壇，獲得了一個與王績同等的地位。

寒山子是王梵志詩派的直接繼承者。他的時代，我們無法確定。據寒山詩集的後序，說他是貞觀時人，據太平廣記寒山子一條，又說他是大曆年間人，總之因爲他那種超人的地位，極容易被後人塗上仙人菩薩的神話色彩，而掩沒其生活歷史的眞實性。他是天台山的一個隱居者，有人說他是和尚，也有人說他是道士，不過由他現存的詩看來，其中戒殺禮佛的文字有那麼多，說他是和尚，似乎較爲可靠。他的詩，也全是採用通俗的語體，因爲多半偏於說理，也都流於偈文式的格言。拾得詩有云：『我詩也是詩，有人喚作偈。詩偈總一般，讀時須子細。』可知這一派人的詩，是被人喚作偈的。詩偈不分，正是梵志寒山們的作品的共同特徵。不過因爲他描寫的範圍較廣，而又時時能加以自然意境的表現，因此他的詩，不如王梵志的枯淡，而有一種情韻和滋味。例如：

『千雲萬水間，中有一閑士。白日遊青山，夜歸巖下睡。忽爾過春秋，寂然無塵累。快哉何所依，靜若秋江水。』

『自樂平生道，煙蘿石洞間。野情多放曠，長伴白雲閑。有路不通世，無心孰可攀。石牀孤夜坐，圓月上寒山。』

『閑遊華頂上，日朗晝光輝。四顧晴空裏，白雲同鶴飛。』

『閑自訪高僧，煙山萬萬層。師親指歸路，月掛一輪燈。』

這些作品自然是寒山集中的佳作。好處是有自然界的意境，有詩人的性情，一點不覺得枯淡，字裏行間，處處顯出一種高遠空靈的情趣。可是在他的集中這種詩並不多。多的，還是那些白話體的說理詩。

『東家一老婆，富來三五年。昔日貧於我，今笑我無錢。渠笑我在後，我笑渠在前。相笑儻不止，東邊復西邊。』

『人吃死猪肉，猪吃死人腸。猪不道人臭，人反道猪香。猪死拋水裏，人死掘地藏。彼此莫相食，蓮花生沸湯。』

他用白話作詩是有意的，他反對當日詩風的講格律聲病，也是有意的。他在他的詩裏，明顯地表示他作詩的意見。

『有個王秀才，笑我詩多失。云不識蜂腰，仍不會鶴膝。平側不解壓，凡言取次出。我笑你作詩，如盲徒詠日。』

『有人笑我詩，我詩合典雅。不煩鄭氏箋，豈用毛公解。不恨今人稀，只爲知音寡。若遣趁宮商，余病莫能罷，忽遇明眼人，卽自流天下。』

『五言五百篇，七字七十九。三字二十一，都來六百首。一例書岩石，自誇云好手。若能會我詩，眞是如來母。』

由這些話，可知寒山子對於當日詩風的反對的態度。他也明知道他這種不解平側不會蜂腰鶴膝的作品，不會爲世人所重視，只好書之於岩石土壁，以待如來母來賞識了。不用說，他這種猜測並沒有錯誤，他們這一派的白話詩，除了那些佛徒隱士們聊作爲修養性靈的吟誦以外，在那些宮庭詩人的眼裏，是要看作土俗不堪的東西的。

三　上官儀與四傑

王績王梵志們的作品，在初唐時期，毫無傷損或是阻礙正統詩風的發展與進行。當日的宮庭詩人，正在努力詩的格律的完成工作。在這種工作中，上官儀是一個必得注意的人。上官儀是陝州陝人。貞觀初進士，太宗每屬文，遣儀視稿。私宴未嘗不預。所爲詩綺錯婉媚，人多效之，謂爲上官體。他的地位以及他的作風，正是宮庭詩人的典型。在他這種環境下，所謂綺錯婉媚，便是他的詩最高成就。在他現存的詩中，十之八九是應制之作，這種詩的價値，自然是很低的。然而他却在律體的構成上，留下着一點工作，這便是六對八對的當對律的創立。

什麼是六對：

一、正名對　天對地，日對月。

二、同類對　花葉對草芽。

三、連珠對　赫赫對蕭蕭。

四、雙聲對　綠柳對黃槐。

五、疊韻對　放曠對徬徨。

六、雙擬對　春樹春花對秋池秋月。

什麼是八對。

一、的名對　與正名對同。

二、異類對　風織池間字對蟲穿草上文。風蟲池草俱異類。

三、雙聲對　同前雙聲對。

四、疊韻對　同前疊韻對。

五、聯緜對　與連珠對同。

六、雙擬對　同前雙擬對。

七、回文對　如『情新因意得，意得逐情新。』

八、隔句對　如『相思復相憶，夜夜淚沾衣。空歎復空泣，朝朝君來歸。』（見詩苑類格）

在十四對中，去其重者五，剩下來的只有九種了。這九種對法，六朝詩人，大都已經應用，到了上官儀始正式歸納起來，給以定名，於是這些法門，便成為後人作律詩的一種定法了。在上官儀本人的詩中，雖很少這種完美的律詩，但是他這種規律的創立，對於律詩的發展，是很有關係的。並且這種法門，在用詩考試的制度上，却是一個最好評定甲乙的標準。

與上官儀同時，其作風雖繼承齊梁，而又不能歸之於宮庭詩人的羣中，在當日詩壇中却占有重要的地位的，是所謂初唐四傑了，四傑是王勃（字子安王績的姪孫），楊炯（陝西華陰人），盧照鄰（字昇之，幽州范陽人，今河北大興。）和駱賓王（婺州義烏人，今浙江義烏）。他們都是七世紀下半期最有才氣的作家。王勃因溺水驚悸而死，年不滿三十，盧照鄰因苦於病投水而死，年方四十，駱賓王因政治運動失敗而逃亡，也只有四十多歲，楊炯境遇較好，得以善終，亦不過五十多歲，可知四傑諸人，都爲生活環境所困，在少壯時期，就丟棄了人生，不容許他們在文字上有更高的造就，這是非常可惜的。

四傑的詩，我們都知道是上承六朝的遺風，不脫那種富貴華麗的氣息，歡喜創作當日流行的律詩。但在我們現在看來，他們的代表作品，却是那些樂府體的小詩和七言歌行。那些詩，雖有一部分仍脫不了宮體詩的香豔的餘影，但他們很能在那種曲折變化的描寫中，用婉轉的音調、通俗的言語，顯出作者過人的才氣，同時或在詩的意境上，或在詩的作風上，表現着濃厚的浪漫情調。這一點，是四傑和當日宮庭詩人最重要的差別。

王勃是一個才學俱富的詩人，他的代表作品，是那三十幾首五言小詩。不錯，他的五律七古，呈現着濃厚的六朝氣息，但他這些小詩，却都是眞實性情之作，文字樸質，意境高潔，頗有王績詩的趣味。例如：

『抱琴開野室，攜酒對情人。林塘花月下，別是一家春。』（山扉夜坐）

『丘壑經塗賞，花柳遇時春。相逢今不醉，物色自輕人。』（林泉獨坐）

『亂煙籠碧砌，飛月向南端。寂寂離亭掩，江山此夜寒。』（江亭夜月送別）

『長江悲已滯，萬里念將歸。況屬高風晚，山山黃葉飛。』（山中）

『九日重陽節，開門有菊花。不知來送酒，若箇是陶家。』（九日）由這些作品，才可看出作者的眞實心境。自然風景的歌詠，自由閑適生活的愛好，呈現着濃厚的浪漫情緒。這正是王績的家風。至於傳誦千古的滕王閣序一類的騈文，和那些分韻唱和的詩歌，却都是誇展才學的應酬作品，在文學的價値上，自然是要在這些小詩之下了。

盧照鄰在四傑中是身世最苦的一個。他活躍的生命，完全被病魔所征服，加以貧窮不堪，終於投水而死。因此他的作品，時多悲苦之音。試讀他的五悲釋疾諸篇，便會體會到作者的哀傷的心境。他借用最適合於表現愁苦的騷體，來反覆曲折地歌唱自己的沉痛的感情。他自號爲幽憂子，是最適合不過的。幽憂是他的人生的象徵，也就是他的作品的象徵。他在釋疾文的序中說：

『余羸臥不起，行已十年，宛轉匡床，婆娑小室。寸步千里，咫尺山河。每至冬謝春歸，暑闌秋至。雲壑改色，烟郊變容。輒輿出戶庭，悠然一室。覆幬雖廣，嗟不容乎此生，亭育雖繁，恩已絕乎斯代，賦命如此，幾何可憑。今爲釋疾文三篇，以貽諸好事。』

這是盧照鄰晚年生活心境的自白。不僅功名富貴是無望了，連活下去的心事也沒有了。因此他在那絕望的狀態下，發出了最後的哀歌。

『歲將暮兮歡不再，時已晚兮憂來多。東郊絕此麒麟筆，西山秘此鳳凰柯。死去死去今如此，生兮生兮奈汝何。』

『歲去憂來兮東流水，地久天長兮人共死。明鏡羞窺兮向十年，駿馬停驅兮幾千里。麟兮鳳兮，自古吞恨無已。』

詩中的情感，確實是作者獨有的眞實情感，一點不虛僞，一點不做作，讀去令人感着無限的同情。他到這時候，自然是無暇講雕琢講格律，只是隨筆直書，而成爲這種變體了。這種作品，正如屈原的懷沙一樣，我們是要看爲作者的絕筆的。

盧照鄰的律詩雖也不少，然他的代表作却是七言歌行。行路難長安古意二篇，確是他的得意之作。在這些詩中，字句上雖仍殘存着宮體詩的影子，但那種鄙俗的脂粉氣却全然沒有，格調也就高得多了。如行路難云：

『君不見長安城北渭橋邊，枯木橫槎臥古田。昔日含紅復含紫，常時留霧亦留煙。春景春風花似雪，香車玉轝恒闐咽。若個遊人不競攀？若箇娼家不來折？娼家寶襪蛟龍帔，公子銀鞍千萬騎。黃鶯一一向花嬌，青鳥雙雙將子戲。千尺長條百尺枝，月桂星榆相蔽虧。珊瑚葉上鴛鴦鳥，鳳凰巢裏雛鵷兒。巢傾枝折鳳歸去，條枯葉落任風吹。一朝憔悴無人問，萬古摧殘君詎知！人生貴賤無終始，倏忽須臾難久恃。誰家能駐西山日？誰家能堰東流水？漢家陵樹滿秦川，行來行去盡哀憐。自昔公卿二千石，咸擬榮華一萬年。不見朱唇將玉貌，唯聞青棘與黃泉。金貂有時須換酒，玉麈恒搖莫計錢。寄言坐客神仙署，一生一死交情處。蒼龍闕下君不來，白鶴山頭我應去。雲間海上邈難期，赤心會合在何時？但願堯年一百萬，長作巢由也不辭。』

在這一篇長歌裏，他所表現的，只是富貴無常與人生的幻滅。其中雖有不少的華麗字眼，然在整體上看來，却很通俗明白，毫無艱深之病，有許多句子，全是語體，因爲用得極其自然，一點不覺得粗俗。再有長安古意一篇，字數較多，其內容與此篇大略相似，不過鋪寫得更爲熱鬧，似乎令人有一種輕浮淫靡之感。其中如『得成比目何辭死，願作鴛鴦不羨仙，』是膾炙人口的名句。這種詩想必是盧照隣病前之作，否則作品中的顏色，決沒有這麼華麗鮮明。由這些，我們可以看出作者壯年時代的煥發的才情和活躍的生命的力量。

駱賓王是一個獻身政治運動的實際行動者。武后朝時，他曾以言事得罪，後徐敬業舉兵，他爲其府屬，有名的討武氏檄文，卽出自他的手筆。這一篇同滕王閣序，是四傑的駢文中最流行最通俗的兩篇文字。因爲他有這種性格，他的作品，較有豪俠英俊之氣。古人雖多稱道其帝京疇昔諸篇，然其佳作，還是那幾首小詩。

『城上風威險，江中水氣寒。戎衣何日定，歌舞入長安。』（在軍登城樓）

『此地別燕丹，壯士髮衝冠。昔時人已沒，今日水猶寒。』（易水送人）

寥寥二十個字，表現胸中許多懷古傷時的感慨。音調的雄渾，氣魄的悲壯，同王勃那種描寫自然的景色和悠閑的心情的作品比起來，是全異其趣了。這種格調，同那獻身革命的作者的身分是極其適合的。其外如代郭氏答盧照隣，代贈道士李榮諸篇，是長篇的七言歌行，同盧照隣的行路難長安古意有相似的風格，並且在那詩裏，也一樣運用通俗的語體，帶着濃厚的民歌色彩。可知這一點，是他們共有的一種特徵。

楊炯負才自傲，自謂過於王勃。現集中文多詩少。其詩大半爲律體。七言沒有，五絕僅一首。可知他在詩的創作上，旣沒有前三人範圍的廣泛，也沒有他們那種脫俗的精神。卽就詩才而論，亦較王盧爲弱。至於當日張說所說：『盈川文如懸河，酌之不竭。優於盧而不減於王。恥居王後信然，愧在盧前謙也。』這明明是指他文章而言，若只論詩，他在四傑中的地位，是不得不屈居於末座了。

律詩在四傑的集中，是占着相當重要的部分的。由其數量之多，可知他們對於這種新體詩的製作，都曾下過不少的力量。他們這種詩比起前人所作的，雖較爲老成，然在格律與技巧上看來，較之陰何徐庾諸家，其進步亦極有限。句的平仄算是諧協了，然一章的平仄，却沒有達到完全諧協的地步。如王勃的重別薛華，杜少府之任蜀州，楊炯的有所思，盧照隣的張超亭觀妓，駱賓王的秋日送別，獄中聞蟬諸篇，算是他們五律詩中在格律上最完整的作品。然而這也只是少數，就是在王績的集子裏，這種作品也是有的，如野望贈程處士兩首，便是最好的例。不過不常見而已。可知由王績到四傑，律詩在格律上還在進展的階段。然而我們並不能因此就埋沒四傑對於律詩的努力的功績。由他們大量的創作，促成律詩的發育成長的事，是顯然的。如王勃的杜少府之任蜀州，駱賓王的獄中聞蟬，便是最成功的作品。詩云：

『城闕輔三秦，風煙望五津。與君離別意，同是宦遊人。海內存知己，天涯若比鄰。無爲在歧路，兒女共沾巾。』

『西陸蟬聲唱，南冠客思侵。那堪玄鬢影，來對白頭吟。露重飛難進，風多響易沉。無人信高潔，誰爲表予心！』

這些詩同王績的野望，可算是初唐律詩中的代表作，無論從那一點講，都脫盡了六朝的風味，而完全是正格的唐音了。杜甫詩云：『王楊盧駱當時體，輕薄爲文哂未休。爾曹身與名俱滅，不廢江河萬古流。』可知在杜甫時代，四傑的作品，已不爲時人所滿。本來像他們那些華麗雕琢的駢體排律，實在沒有什麼價值，不過在初唐到開元天寶的過渡時代，四傑的作品，還是有其存在的地位與意義。杜甫所說的『不廢江河萬古流』的評語，是應該從這一點來解釋的，陸時雍說：『王勃高華，楊炯雄厚，照鄰清藻，賓王坦易，子安其最傑乎？調入初唐，時帶六朝錦色。』（詩鏡總論）評四傑者甚多，此數語較爲公允。

四　沈宋與文章四友

沈佺期字雲卿，河南內黃人，宋之問字延清，山西汾州人。其時代同爲七世紀下期至八世紀初，約當西曆六五〇到七一二年。他倆人格卑鄙，傾心諂媚武則天張易之，以圖富貴。據宋之問傳說：『於時張易之等烝淫寵甚，之問與閻朝隱，沈佺期，劉允濟等傾心媚附。易之所賦諸篇，盡之問朝隱所爲，至爲易之奉溺器。』在這些話裏，活現出這些典型宮庭詩人的醜態。所以他們那些應制詩，自然沒有什麼價值。然而他們能夠在詩史上占一席地位的，並不在其作品本身的藝術，而在其詩體的完成。這種詩體，便是五律和七律。他們完成這種工作，並非由於特出的天才，實賴於詩體進化的歷史性。自齊梁以來，這種新體詩，經過無數詩人的試驗製作，時時在進步成長的發育中，到了初唐，加以上官儀的六對八對說的提倡，以及四傑們的大量寫作，成熟的機運，自益接近了。到了沈宋，接收着前人培植的基礎，再加以鍛鍊，於是便達到完全成熟的階段。由五律的成功，再轉變到七言方面去，也一樣得到了完成。這在中國詩史上，確實是一件大事。從此以後，這種體裁便成爲詩中的正格，一千餘年來，保持着不曾動搖的地位。許多第一流的詩人，都把自己的才情與生命，寄托在這種體裁的詩裏。並且，因此在詩壇上，呈現着古體與近體的明顯的分野。

『十年通大漠，萬里出長平。寒日生戈劍，陰雲拂旆旌。飢烏啼舊壘，疲馬戀空城。辛苦皐蘭北，胡霜損漢兵。』（沈佺期被試出塞）

『倚櫂望茲川，銷魂獨黯然。鄉連江北樹，雲斷日南天。劍別龍初沒，書歸雁不傳。離舟無限意，催渡復催年。』（宋之問渡吳江別王長史）

『盧家少婦鬱金堂，紫燕雙棲玳瑁梁。九月寒砧催木葉，十年征戍憶遼陽。白狼河北音書斷，丹鳳城南秋夜長。誰謂含愁獨不見，更敎明月照流黃。』（沈佺期古意呈補闕喬知之）

『江雨朝飛浥細塵，陽橋花柳不勝春。金鞍白馬來從趙，玉面紅妝本姓秦。妬女猶憐鏡中髮，侍兒堪感路旁人。蕩舟爲樂非吾事，自歎空閨夢寐頻。』（宋之問和趙員外桂陽橋遇佳人）

由這些作品，可知律詩到他們的手裏，是完全成熟，後人再無須修改了。不管這些詩的格調是如何的低，宮體的氣味是如何的濃厚，他們在詩史上，總是有相當地位的。新唐書宋之問傳說：『漢建安後迄江左，詩律屢變，至沈約庾信以音韻相婉附，屬於精密。及宋之問沈佺期又加靡麗，回忌聲病，約句準篇，如錦繡成文，學者宗之，號曰沈宋。』王世貞藝苑卮言說：『五言至沈宋始可稱律。律為音律法律，天下無嚴於是者。知虛實平仄不得任情，而法度明矣。二君正是敵手。』又胡應麟詩藪說：『五言律體兆自梁陳，唐初四子靡縟相矜，時或拗澀，未堪正始。神龍以還，卓然成調。沈宋蘇李合軌於前，王孟高岑並馳於後。新製迭出，古體攸分。實詞章改革之大機，氣運推遷之一會也。』他們對於沈宋的批評，都能從其詩體的完成上立論，是極其公正的。要這樣，對於他們的評價，才不會有過高過低的褒貶，同時也不至於違背文學發展的時代性。

與沈宋同時，其作風亦相似者，尚有所謂文章四友的李嶠蘇味道，崔融和杜審言。李蘇位極公相，顯赫一時。凡朝庭重要文書，俱出其手筆，實是宮庭的御用文人。他們集中，五律最多，可知他們都是沈宋律詩運動中的重要推行者。李嶠作律詩一百六十餘首，偏於詠物，天文地理禽魚花草以及文具用品，無不詠到，成為唐代第一個詠物詩人，而其作品全無情趣，只是一種遊戲文字。他的七古汾陰行，為傳誦人口之作，然統觀全體，亦係雜湊成篇。只其結尾數句，頗有詩味。唐明皇歎為真才子似乎太過。蘇崔二人的詩，亦俱平庸無可述者。只有杜審言的作品，在四友中是較好的。他是湖北襄陽人，字必簡，為大詩人杜甫之祖。集中五律占去大半，然佳作極少。七律有兩三首，情味亦劣。其代表作，不得不推那幾首七言小詩。

『知君書記本翩翩，爲許從戎赴朔邊。紅粉樓中應計日，燕支山下莫經年。』（贈蘇書記）

『遲日園林悲昔遊，今春花鳥作邊愁。獨憐京國人南竄，不似湘江水北流。』（渡湘江）

這種詩有情感，有境界，表現得很細密很溫厚，自然是上等的作品。比起他那些故作華麗的律詩來，這種詩是好得多了。不過在詩體的形成上，我們要注意一件事，便是五言排律，到了杜審言，得到了進步的發展。這種詩，上官儀四傑沈宋諸人都已作過，多是六韻八韻的短篇。至杜所作，有長至二十韻者（如贈崔融），有長至四十韻者（如和李大夫嗣眞奉使存撫河東），這種鋪陳終始排比聲韻的長篇排律，本來是詩人的魔道，其弊病遠過於八句的律詩。不過後人爲誇耀才學，每喜用這種體裁。如杜甫白居易諸大詩人，也時有此體。然因其過於平滯，加之處處要受到韻律及對偶的限制，自然是不容易討好的。

律體的最後完成，便是齊梁以來新體詩運動的最後完成。在初唐詩壇的百年中，雖有王績王梵志們的新異的作品，然其主要的詩潮，全是傾向於律體完成的工作。如上官儀四傑以至沈宋及四友諸人，都是這工作的努力者。就是王績王梵志，也曾試用過這種體裁去表現他們那種浪漫的生活和心境。因其思想與環境的不同，在作風上發生了差別而已。由此看來，律體的完成，是可以作爲初唐詩壇的結束的。同時，也就是六朝詩風的一個結束。陳子昂雖倡言復古，其實是一種詩壇的反動與革命，在廣義的立場上，他的復古運動，確實是唐代浪漫詩運動的先聲。因爲這一點，陳子昂的論述，是要歸之於下一期的了。

第十四章　浪漫詩的產生與全盛

一　緒說

八世紀上半期的四五十年間，無論當日的人生觀與文學的潮流，都呈現着自由浪漫的濃厚色彩。從唐代開國，經過了一百多年的安定，雖在政治的內部，隱伏着無數的危機，然表面却是富庶繁華的太平盛世。一般知識人士，都未曾着眼於社會上的種種問題，全集中於個人的歸宿與人生的理想。兩晉以來的自然主義與佛教思想的調和結合而釀成的禪宗運動，到此時也漸漸地成熟了。這一個運動，無非是打破一切的儀式法規，而追求絕對自由心靈的活動與創造。加以道教爲唐代的國教，因此助長當日隱逸之風。科舉考試固然是干祿的正路，隱居山林，同時也是成名獵官的捷徑。因此有許多聰明人不去應試，住在深山幽谷等他名氣大了，自然有州郡來推薦他，朝庭來徵辟他。有了這種思想所趨社會所重的背景，於是隱逸之風盛極一時。如盧藏用爲左拾遺，鄭普思爲秘書監，葉靜能爲國子祭酒，吳筠爲翰林待詔，都是走的這條路。唐書盧藏用傳說：『司馬承禎嘗召至闕下，將還山，藏用指終南山曰：「此中大有佳處。」承禎徐曰：「以僕觀之，仕宦之捷徑耳。」』最後一句，點破了當日隱士的秘密，同時也就是眞隱士對於假隱士的譏諷。隱士的眞假與人格的高下，我們不去管他，但是他們那種生活的環境與田園山水的情趣，要影響於文學的色彩與作風的事是無疑的。王維的居輞口，孟浩然的隱鹿門，儲光羲的隱終南，顧況的隱茅山，都可以看出他們那種生活環境與自然界的情趣，作了他們文學作品的決定的因素。在這種境遇下，便形成着繼承陶淵明那一派的田園詩。其次因人生思想的轉變，與自由生活的追求，而日趨於放縱與享樂，輕視一切的禮法與規律，狎妓飲酒，避世逃禪，在生活與思想上，呈現出極度的解放與浪漫。如杜甫的飲中八仙歌云：

『知章騎馬似乘船，眼花落井水底眠。汝陽三斗始朝天，道逢麴車口流涎，恨不移封向酒泉。左相日興費萬錢，飲如長鯨吸百川，銜杯樂聖稱避賢。宗之瀟灑美少年，舉觴白眼望青天，皎如玉樹臨風前。蘇晉長齋繡佛前，醉中往往愛逃禪。李白斗酒詩百篇，長安市上酒家眠。天子呼來不上船，自稱臣是酒中仙。張旭三杯草聖傳，脫帽露頂王公前，揮毫落紙如雲煙。焦遂五斗方卓然，高談雄辯驚四筵。』

這是當日知識份子浪漫生活的暴露。其中有親王宰相，有佛徒道士，有詩人畫家，這範圍算是相當的廣了。杜甫在這裏的描寫，雖只就其飲酒一項，然而由這些詩句裏，我們可以參透他們人生觀的全部。他們的眼裏沒有皇帝王公，沒有禮法名教，唯一的中心，便是個人的放縱與自由。由這種極端的放縱與自由的人生觀，反映到文學的創作上，自然是打破格律，反對摹擬，而形成那種變動自由的浪漫詩風了。開元天寶的詩壇，能够那麼有生氣有力量，有各種各樣的顏色與聲音，便是由於當日那種浪漫的人生觀與生活基礎反映出來的浪漫情調。

二　陳子昂與吳中四士

在初唐的律詩運動與六朝的華靡詩風的潮流中，在詩壇成爲有意識的覺醒，首先竪着革命的旗幟，以復古爲號召的，是陳子昂。復古這個口號，在外表上雖有些模糊，然究其實情，却實在是對於當日的格律文學擬古文學的一種反動。他所要求的，無非是要排斥那種嚴格的形式與虛美的表皮，要在詩裏有興寄，有骨肉，有作者個人的生命與情感。他說：

『文章道弊五百年矣。漢魏風骨，晉宋莫傳，然而文獻有可徵者。僕嘗暇時觀齊梁間詩，采麗競繁，而興寄獨絕，每以永歎，竊思古人，常恐逶迤頹靡，風雅不作，以耿耿也。昨於解三處，見明公詠孤桐篇，骨端氣翔，音情頓挫，光英朗練，有金石聲。遂用洗心飾視，發揮幽鬱。不圖正始之音，復覩於茲，可使建安作者，相視而笑。』（修竹篇序）

粗粗看去，這些話似乎是儒家的載道觀念的理論，其實是完全不同的。他所攻擊的，是那些表現色情的宮體詩，是那些采麗競繁而毫無情感生命的唯美文學。他正如李白一樣，把這些作品，看作是『綺麗不足珍』的東西。他所贊美的骨端氣翔，音情頓挫，正是浪漫詩歌的特質。他所推重的建安正始之音，也正是個人主義的浪漫文學的情調。可知他的主張，非屬於載道，而是近於言志。李白也說過：『梁陳以來，豔薄斯極，將復古道，非我而誰？』（孟棨本事詩引）他倆的生活思想，雖完全不同，然在詩界的復古這一點上，意義却是一致的。其名爲復古，實在却是創新。表面上似乎是保守，實際却是革命。因此，在這個運動的本質及其精神上講，陳子昂實在是唐詩轉變的一個要點，也就是唐代浪漫詩的先聲。因此，他雖與沈宋同時，其時代雖是屬於七世紀末年，而我們是要把他放在這一章來敍述的。

陳子昂字伯玉（西曆六五六——六九八年）四川梓州射洪人。他的詩現存者雖不多，却都能一掃當日那種宮體豔情的餘影，保存他特有的風格。最著者爲感遇詩三十八首。在這些詩裏，他實現了他的鄙薄齊梁詩風的主張，拋棄了新體詩的格律與文句的雕飾，而以平淺的字句，直抒自己的懷抱，近似阮籍的詠懷的風格，他所講的興寄，所景仰的正始之音，在這些詩裏，可以看到一點。

『蘭若生春夏，芊蔚何青青。幽獨空林色，朱蕤冒紫莖。遲遲白日晚，嫋嫋秋風生。歲華盡搖落，芳意竟何成。』（感遇之二）

『白日每不歸，青陽時暮矣。茫茫吾何思，林臥觀無始。衆芳委時晦，鶗鴂鳴悲耳。鴻荒古已頹，誰識巢居子。』（感遇之七）

感遇詩以外，他還有許多好詩。例如：

『南登碣石館，遙望黃金台。丘陵盡喬木，昭王安在哉！霸圖悵已矣，驅馬復歸來。』（燕昭王）

『自古皆有死，徇義良獨稀。奈何燕太子，尙使田光疑。伏劍誠已矣，感我涕沾衣。』（田光先生）

『前不見古人，後不見來者，念天地之悠悠，獨愴然而涕下。』（登幽州臺歌）

這些詩絕無宮體詩的脂粉氣，也沒有新體詩的駢麗富貴氣，只是用自然的音調，樸實的言語，自由的格律去表現個人的感情，然而詩中却蘊藏着一種高遠的意境與豪放的氣慨。正具備着他所說的那種『骨端氣翔音情頓挫』的特色。他所提倡的復古，在這裏得到了正確的解釋與證明。無疑的他是想以浪漫的作風去變更古典的作風，而灌輸文學以清新自由的生命。唐書本傳說：『唐興，文章承徐庾餘風，天下祖尙。子昂始變雅正。』韓愈也說：『國朝盛文章，子昂始高蹈。』他們這些評語，並非溢美之辭。在唐詩的發展史上，陳子昂是結束初唐百年間的齊梁詩風，下開盛唐的浪漫詩派，由此可見他的地位的重要了。

子昂以外，蘇頲，張說，張九齡俱以詩名。其詩雖稍近古雅，究以宮庭詩人的環境，（蘇頲封許國公，張說封燕國公。朝廷大作，多出其手，時號燕許大手筆）故集中樂章之作，應制之篇，觸目俱是。張說謫居岳州以後，其詩格較高，時多悽惋之音。張九齡身居相位，故其五律也帶着很濃厚的臺閣氣，惟其感遇詩十二首，作風與子昂相近。故後人論初唐詩之轉變者，每以陳張並稱，即因此故。今舉二首作例：

『蘭葉春葳蕤，桂華秋皎潔。欣欣此生意，自爾爲佳節。誰知林棲者，聞風坐相悅。草木有本心，何求美人折。』

『江南有丹橘，經冬猶綠林。豈伊地氣暖，自有歲寒心。可以薦嘉客，奈何阻重深。運命唯所遇，循環不可尋。徒言樹桃李，此木豈無陰！』

陳子昂所說的齊梁詩『采麗競繁興寄都絕』的弊病，在這種詩裏，是革除得乾淨了。峴傭說詩云：『唐初五言古，猶紹六朝綺麗之習。惟陳子昂張九齡直接漢魏，骨峻神疎，思深力遒，復古之功大矣。』劉熙載藝概亦云：『唐初四子紹陳隋之舊，才力迥絕，不免時人異議。陳射洪張曲江獨能起一格，爲李杜開先，豈天運使然耶？』這些評語，都很能認淸文學進展的時代性。

陳張以外，在唐詩浪漫運動的初期盡着相當的力量的，是吳中四士。四士是賀知章，張旭，包融和張若虛。他們在當日的詩壇並無大名，然在現在看來，他們的詩歌，却是浪漫運動初期中的重要產品。他們的思想雖不盡同，生活的情調，却有一個共同的傾向，那便是禮俗規律的厭惡與自由閑適的追求。賀知章字季眞，浙江會稽人，是一個位居相位後爲道士的狂人。史書上說他淸淡風流，晚節尤放曠，遨嬉里巷，自號『四明狂客』。張旭蘇州人，是草書大家。嗜酒如命，每醉後號呼狂走乃下筆，世呼爲『張顚』。他倆都是醉中八仙歌內的人物。包融潤州人，張若虛揚州人，也都是性愛山水，喜與道士山人來往，故得與賀張齊名。或稱『狂客』，或稱『張顚』，可知他們的生活與人生觀是一個澈底的浪漫主義者。由這種生活與人生觀的根底，反映到他們的文學創作上，自然是要呈現出濃厚的浪漫情調來的。同時，由他們那種愛好自由的個性，那種拘束於規則的律詩，他們是看不起的，因此在他們的詩中，律體是少極了。小詩與長歌，是他們的代表作。

『主人不相識，偶坐爲林泉。莫謾愁沽酒，囊中自有錢。』（賀知章題袁氏別業）

『離別家鄉歲月多，近來人事半銷磨。唯有門前鏡湖水，春風不改舊時波。』（賀知章回鄉偶書之一）

『旅人倚征櫂，薄暮起勞歌。笑攬清谿月，清輝不厭多。』（張旭清谿泛舟）

『隱隱飛橋隔野煙，石磯西畔問漁船。桃花盡日隨流水，洞在清谿何處邊。』（張旭桃花谿）

『武陵川徑入幽遐，中有雞犬秦人家。先時見者爲誰耶？源水今流桃復花。』（包融武陵桃源送人）

『春江潮水連海平，海上明月共潮生。灩灩隨波千萬里，何處春江無月明。江流宛轉遶芳甸，月照花林皆似霰。空裏流霜不覺飛，汀上白沙看不見。江天一色無纖塵，皎皎空中孤月輪。江畔何人初見月？江月何年初照人？人生代代無窮已，江月年年祇相似。不知江月待何人，但見長江送流水。白雲片片去悠悠，青楓浦上不勝愁。誰家今夜扁舟子？何處相思明月樓？可憐樓上月徘徊，應照離人粧鏡台。玉戶簾中捲不去，擣衣砧上拂還來。此時相望不相聞，願逐月華流照君。鴻雁長飛光不度，魚龍潛躍水成文。昨夜閑潭夢落花，可憐春半不還家。江水流春去欲盡，江潭落月復西斜。斜月沉沉藏海霧，碣石瀟湘無限路。不知乘月幾人歸，落月搖情滿江樹。』（張若虛春江花月夜）

這些詩完全跳出了初唐的範圍，自成一種格調。賀知章所寫的還鄉感慨，所歌詠的酒杯中的人生，張旭包融所描寫的深山幽谷的自然情趣，處處都有一種高遠的意境，毫無那種富貴塵俗的氣息。

張若虛的歌行，用着最美麗最和諧然而又是最通俗的文句，來歌詠富於玄理的自然現象，中間夾雜閨情離恨，使全篇增加哀怨纏綿的成分，一破哲理詩的平淡枯寂。因其善於變化反復，造成詭譎恢奇的波瀾，使這詩在感染性上，得到了成功的効果。由此說來，他們的作品雖是不多，然在浪漫詩的初期，他們都是不可忽視的人物。

三　王孟詩派

在唐代的浪漫詩歌中，有一些人專注力於自然山水的歌詠，鄉村生活的描寫；用疏淡的筆法，造成恬靜的詩風的，是王維代表的田園詩派。這一派人的人生觀與生活動態，雖是浪漫的，但同那些享樂縱慾的澈底浪漫主義者又大有不同。他們只是失意於現實的人世，或滿意於富貴功名以後，帶着閑適淸靜生活的追求的慾望，避之於山林與田園，想在那裏找到一點心境上的慰安。不管他們是佛徒，或是道士，無論宗教的名義上有什麼分別，而其思想的根底，只是道家的自然主義和陶淵明那種逃出現實的樊籠的人生哲學。他們的浪漫情緒，並不如那些縱慾享樂者的激昂熱烈，他們的理想的生活是淸閑與幽靜，時時刻刻在追求一種怡然自樂的心境。因此，他們並不反抗禮俗與規律，只寂寂地避開煩擾的現世，社會上一切的民生疾苦，戰影烽煙，都無法引起他們的注視與描寫，因爲他們另有一個美麗的天地，一個極樂的世界，這天地與世界，便是偉大的自然現象與農夫樵子的田園生活。這一派詩自陶淵明開創以來，絕響於齊梁陳隋的色情文學的狂流中。到了初唐的王績，重露出過一點光影，然而那光影也極微弱，隨卽被當日的詩風吹散了。到了八世紀，因這一派的作家輩出，作品的豐富與藝術的成熟，形成田園詩的極盛時代，而成爲浪漫詩中的主要支流了。如王維，孟浩然，儲光羲，裴迪，丘爲，綦毋潛，常建，劉長卿，祖詠，都在這方面有很好的成績。時代稍遲一點，其作品也是屬於這個系統的，還有元結韋應物柳宗元顧況諸人。在這一派中，能領袖羣倫，堪稱諸家的代表的，自然是王維。

王維　王維字摩詰（西曆七〇一——七六一）山西太原祁人，其父遷家於蒲，（今山西永濟縣，）遂爲河東人。他同王勃一樣，是一個早熟的作家。史家稱他九歲知屬辭，或許不是誇張。現其集中尙存着幾首少年時代的作品，如題友人雲母障子詩，過秦王墓詩，爲十五歲作；洛陽女兒行，十六歲作；九月九日憶山東兄弟，十七歲作；桃源行李陵詠諸篇，十九歲作。其中洛陽女兒行桃源行二章，是藝術完全成熟的作品，絕無半點幼稚氣，可知他的才情，實在是過人的。他十九歲赴京兆府試，中了第一名的解頭，二十一歲舉進士，調大樂丞，年紀靑靑便做起官來了。唐詩紀事引集異紀云：『維未冠，文章得名，妙能琵琶。春之一日，岐王引至公主第，使爲伶人，進主前。維進新曲，號鬱輪袍，並出所爲文。主大奇之，令宮婢傳教，召試官至第，諭之作解頭登第。』世人因以此病其人品，這種觀念是錯誤的。當日樂歌極爲發達，君主貴族都提倡獎勵。加之王維在那時正是一個十九歲的少年，富貴功名的慾望，自然是很强烈，有人替他幫忙，他也就順水推舟地接受這個好機會，後人有作文替他辯誣的，這眞是小題大做了。天寶十一年，他拜文部郎中，遷給事中，時弟縉爲侍御史，同爲時人所景仰。舊唐書本傳說：『維以詩名盛於開元天寶間。昆仲宦遊二都，凡諸王駙馬豪右貴勢之門，無不拂席迎之，寧王薛王待之如師友。』這是他在宦途中最得意的時代。可是這時代並不長久，天寶十四年，安祿山反，陷長安，維爲賊所獲，服藥下痢，僞稱瘖病。被拘禁於古寺中，曾有凝碧詩一章，寄其感慨。詩云：『萬戶傷心生野煙，百官何日再朝天。秋槐花落空宮裏，凝碧池頭奏管絃。』後來亂平，因以此詩減罪。他受了這次的挫折，生活思想上發生了極大的轉變，領悟到富貴功名的無味，現實社會的擾亂，漸漸地趨於道家的養性全眞的人生哲學，和佛家的厭世主義，而皈依於大自然與佛學的懷抱，造成他晚年的閑適生活，和許多有名的歌詠自然的作品。舊唐書本傳說：『兄弟俱奉佛，居常蔬食，不茹葷血。晚年長齋，不衣文綵。在京師日飯十數名僧，以玄談爲樂。齋中無所有，唯茶鐺藥臼經案繩床而已。退朝之後，焚香獨立，以禪誦爲事。』這正是他晚年生活的寫照。後得宋之問的藍田別墅，在輞口，山水奇勝。日與道友裴迪浮舟往來，彈琴賦詩，以此自樂。他在與裴迪書中，描寫那地的風景和他個人的生活心境極好。書云：

『夜登華子岡，輞水淪漣，與月上下。寒山遠火，明滅林外。深巷寒犬，吠聲如豹。村墟夜舂，復與疏鐘相間。此時獨坐，僮僕靜默，每思曩昔攜手賦詩，步仄徑臨清流也。當待春中卉木蔓發，春山可望，輕鯈出水，白鷗矯翼，露濕青皋，青雉朝雊，斯之不遠，倘能從我遊乎。』

這是一幅活畫，是一首散文詩，文字的清潔，意境的高遠，是山水小品中的傑作。要有他那種晚年的生活的背境，才能寫出此等文字。他就在這種閑適的心情之下，靜靜地離去了人間，年紀是六十一歲。（舊唐書說卒於乾元二年七月——西曆七五九——但其集中有謝弟縉新授左散騎常侍狀一文，尾署年月，爲肅宗上元二年五月四日——西曆七六一——舊唐書所說的乾元二年，想係上元二年之誤，現依其作品改正之。」

王維是一個詩樂圖畫的兼長者，眞可稱爲一個多才多藝的藝術家，他的山水畫和他的田園詩，發生了密切的聯繫。蘇東坡說他『詩中有畫，畫中有詩，』眞是一點也不錯。畫和詩在名義上雖不同，然在作家的心情與意境的表現上是一致的。新唐書本傳說：『維工草隸，善畫，名盛於開元天寶間，……畫思入神。至山水平遠，雲勢石色，繪工以爲天機獨到，學者所不及也。』他的畫以山水爲代表，正如他的詩以田園詩爲代表是一樣。他自己說過：『凡畫山水，意在筆先。』（畫學秘訣。）『意在筆先』是他繪畫的秘訣，也就是他作詩的秘訣。意就是一種意象或境界，使讀者觀者可以在他的作品中，得到一種神悟的情味。這一派的手法，同寫實派的手法完全兩樣。他有雪中芭蕉一幀，極負盛名，這正證明他的藝術是着重於意境的象徵，而不是刻劃的寫實。他的詩的特色，也就在這一點。他的時代，正是李思訓父子代表的古典畫派極盛的時代，這一派的特色，是用着細密刻劃的筆法，遵守着嚴密的格律，塗着濃烈的青綠金碧的顏色，呈現着繁茂淫靡的富貴氣息。這一種畫，同當日宮庭詩人所寫下來的駢麗雕琢的詩歌，正是同一典型。到了王維，始以蕭疏淸淡的水墨畫與之對抗，開浪漫畫派之風，而成爲南宗之祖。如宋之董源米芾，元之倪瓚黃公望，明之董其昌，這些大家，都是他的承繼者。因爲他愛山水，愛高潔，愛佛，所以山水雪景及佛像成爲他畫中的主要題材，可知一個藝術家的生活心境，同他的作品，發生多麼密切的聯繫。

我們先瞭解王維在繪畫上的作風與成就，再來讀他的詩，是較爲方便的。因爲他在繪畫與作詩的造境與用筆上，是取着同一的態度。這態度便是拋棄謝靈運李思訓們的寫實，而採用陶淵明的寫意。他所追求的，是人人懂得而又是人人寫不出的一種高遠的意境，他鄙視那種維妙維肖的形象，因爲在那形象裏只有外貌而沒有靈魂，後人稱道他作品有神韻有滋味，便是指的這一點。他的詩一句一字拆下來解釋，自然是空淺無物，然而在整體上，却是懸掛在腦袋中的一副山水田園畫，令人感着一種悠然神往的情趣。

『空山不見人，但聞人語響。返景入深林，復照青苔上。』（鹿柴）

『秋山歛餘照，飛鳥逐前侶。彩翠時分明，夕嵐無處所。』（木蘭柴）

『木末芙蓉花，山中發紅萼。澗戶寂無人，紛紛開且落。』（辛夷塢）

『人閑桂花落，夜靜春山空。月出驚山鳥，時鳴春澗中。』（鳥鳴磵）

『荆溪白日出，天寒紅葉稀。山路元無雨，空翠濕人衣。』（山中）

『君自故鄉來，應知故鄉事。來日綺窗前，寒梅着花未？』（雜詩）

五言小詩，因字句過少，在詩體中，最難出色。而王維以其過人之才，在這方面得到了最高的成就。他用二十個字，表現那一霎那的自然現象，無論一塊石，一溪水，一枝花，一隻鳥，都顯現着活躍的靈魂，而同作者的生活心境，完全調和融洽，於是自然與人生結成不可分離的整體。每首詩只是在那裏表現自然界的景物，而無處不有作者的地位與性情，所謂畫筆禪理與詩情三者的組合，成就了這些小小的文字畫。最後一首，是可以作爲抒情詩的。他抒的情，是那麼恬淡，那麼超然，眞有一種特妙的理趣。見了鄉人，不問民生的疾苦，不問親友的狀況，只關心到窗前的梅花，可知這派詩人，除了他個人以外，對於現實的社會，是完全閉住眼了。他自己說：『晚年惟好靜，萬事不關心。』（酬張少府）所謂萬事不關心，是自然詩人對於現實社會的共同態度。安史之亂的社會影子，不能在這位詩人的筆下露出面來，在這裏正好得到一個解答。他另有送別一首，情趣與此很相近。詩云：

『下馬飲君酒，問君何所之？君言不得意，歸臥南山陲，但去莫復問，白雲無盡時。』

他所表現的一樣是淡漠與恬靜的情緒。在這些詩裏，作者對於人生似過於冷靜，然而他有時却又寫得極其纏綿。例如：

『渭城朝雨浥輕塵，客舍青青柳色新。勸君更盡一杯酒，西出陽關無故人。』（送元二使安西）

『送君南浦淚如絲，君向東州使我悲。爲報故人顦顇盡，如今不似洛陽時。』（送別）

這詩的情調，自然是兩樣的，我想這必是較早之作。到了他晚年的作品，這種殉情的色彩，哀傷的調子，完全被他那種空淡的心境洗刷得乾乾淨淨了。

五絕以外，王維的五律也有許多好作品。律詩因對偶平仄的限制，本不適宜於浪漫心情與一霎那的自然現象的表現，但王維的天才，却能駕馭這種格律的拘束，運用自如，使他的律詩和他的絕句一樣，現出那一種淡遠閑靜的風格，毫沒有一點做作湊合的痕跡。律詩到了王維的手裏，算表現出最高的技巧了。

『中歲頗好道，晚家南山陲。興來每獨往，勝事空自知。行到水窮處，坐看雲起時。偶然值林叟，談笑無還期。』（終南別業）

『寒山轉蒼翠，秋水日潺湲。倚杖柴門外，臨風聽暮蟬。渡頭餘落日，墟里上孤煙。復值接輿醉，狂歌五柳前。』（輞川閒居贈裴迪）

『淸川帶長薄，車馬去閒閒。流水如有意，暮禽相與還。荒城臨古渡，落日滿秋山。迢遞嵩高下，歸來且閉關。』（歸嵩山作）

『晚年惟好靜，萬事不關心。自顧無長策，空知返舊林。松風吹解帶，山月照彈琴。君問窮通理，漁歌入浦深。』（酬張少府）

這些詩在他的五律中，自然是最好的作品，然按律詩的平仄，其中不合者頗多。他並不因一字一句的不協律，便損失他原有的意境，去改換他的字句，這便是浪漫詩人的眞精神。在他的律詩中，還有許多美麗淸秀的句子。如『明月松間照，淸泉石上流；』（山居秋暝）『白雲迴望合，靑靄入看無；』（終南山）『泉聲咽危石，日色冷靑松；』（過香積寺）『江流天地外，山色有無中；』（漢江臨眺）『大壑隨階轉，羣山入戶登；』（韋給事山居）『時倚簷前樹，遠看原上村。』（輞川閑居）有的寫得冷靜，有的雄渾，有的隱約，也有的細密，然其滋味都是長遠無窮，令人神往。

他的五言或六言的古詩，有許多描寫田園生活極好的作品。在那些作品裏，現出桃花源似的世界。試舉幾首作例：

『言入黃花川，每逐青谿水。隨山將萬轉，趣途無百里。聲喧亂石中，色靜深松裏。漾漾汎菱荇，澄澄映葭葦。我心素已閑，清川澹如此。請留盤石上，垂釣將已矣。』（青谿）

『斜陽照墟落，窮巷牛羊歸。野老念牧童，倚杖候荊扉。雉雊麥苗秀，蠶眠桑葉稀。田夫荷鋤至，相見話依依。卽此羨閑逸，悵然吟式微。』（渭川田家）

『採菱渡頭風急，策杖村西日斜。杏樹壇邊漁父，桃花源裏人家。』（田園樂）

『萋萋春草秋綠，落落長松夏寒。牛羊自歸村巷，童稚不識衣冠。』（同上）

這些詩同他前面那種專寫山水意境的詩不同。在那種詩裏，只有作者個人與自然界的結合，只有作者一個人的心靈的波動，作者成了主體。在這些詩裏，田園生活成為主體，用山水風景作為襯托，而作者變成為一個旁邊的欣賞者了。前者是靜的，後者是動的，然而在作風上，一樣是出於畫筆禪理與詩情的集體表現。而成為最有神韻的名篇了。劉熙載云：『王摩詰詩好處，在無世俗之病。世俗之病，如恃才騁學，做身分，好攀引皆是。』（詩概）這話說得最深刻。他早年的長歌樂府和那些應制的七律，雖難免有世俗之病，在作為他的代表作的山水田園詩，却全是出於直寫白描，自然流露，確實沒有半點騁才學做身分好攀引的痕跡，前人評其詩者，多以『清逸』『曠淡』『味長』為言，其故卽在此。

孟浩然　孟浩然（西曆六八九——七四〇）湖北襄陽人。他與王維並稱，爲當日自然詩人的兩大代表。但他的心境與作品的情調，與王維都有不同之點。王維是一個貴族的隱士，是一個飽嘗了富貴功名的滋味而皈依於山水的懷抱的退隱者，所以他能够心安理得，無論他的心境和作品的情調，都能達到純然恬靜與平淡的境界。孟則不然，他四十歲前，雖受了當日隱逸的風氣，在鹿門山住了那麼多年，山水看得太久了，富貴功名的慾望，在他的心裏，漸漸滋長起來，身在江湖，心懷魏闕，正好說明孟浩然的心理。他有了這種心境，因此他的作品的情調，就沒有王維那麼恬靜與平淡，時露憤慨與嗟怨。所以他到了四十歲，還跑到京城去考進士，落了第還表示極度失望的感情，在這裏暴露了孟浩然的眞面目。

『八月湖水平，涵虛混太清。氣蒸雲夢澤，波撼岳陽城。欲濟無舟楫，端居恥聖明。坐觀垂釣者，徒有羨魚情。』（臨洞庭上張丞相）

『北闕休上書，南山歸敝廬。不才明主棄，多病故人疏。白髮催年老，青陽逼歲除。永懷愁不寐，松月夜窗虛。』（歲暮歸南山）

『寂寂竟何待，朝朝空自歸。欲尋芳草去，惜與故人違。當路誰相假，知音世所稀。祇應守寂寞，還掩故園扉。』（留別王維）

第三篇詩是孟浩然自己的供辭。他在這裏無法掩藏那種熱心富貴榮華的心境。在這些供辭內，孟浩然的隱士的聲價，不得不打相當的折扣。羨魚之情的表露，明主之棄的哀怨，知音之稀的嗟歎，年華易老的悲傷，都是表示他心境的塵俗與雜亂。他離開陶淵明的世界，固然是遙遠得很，就是對於王維的心地也還隔着相當的距離。他有詩云：『嘗讀高士傳，最嘉陶徵君，日躭田園趣，自謂羲皇人。』（仲夏歸南園寄京邑舊遊）『歸來臥青山，常夢遊淸都，漆園有傲吏，惠我在招呼。』（與王昌齡宴黃十一）這都是他追求功名失敗以後，所謂『祇應守寂寞，還掩故園扉』的晚年的心境的表露，然按其實際，他心中是隱藏着一種懷才不遇人生失意的隱痛的。李白贈他的詩有『白首臥松雲，迷花不事君』之句。前語確是實情，後語却有點假了。

我上面所說的，是對於孟浩然的人生進一步的認識，但並不是完全抹煞他的詩歌的價值。他是五言體的專長者，在他的二百六十幾首詩中，七言各體，一共不到二十首，可見他對於五言方面的努力。例如：

『北山白雲裏，隱者自怡悅。相望試登高，心隨雁飛滅。愁因薄暮起，興是淸秋發。時見歸村人，沙行渡頭歇。天邊樹若薺，江畔洲如月。何當載酒來，共醉重陽節。』（秋登蘭山寄張五）

『夕陽度西嶺，羣壑倏已暝。松月生夜涼，風泉滿淸聽。樵人歸欲盡，煙鳥棲初定。之子期宿來，孤琴候蘿逕。』（宿業師山房待丁大不至）

『故人具雞黍，邀我至田家。綠樹村邊合，青山郭外斜。開軒面場圃，把酒話桑麻。待到重陽日，還來就菊花。』（過故人莊）

『移舟泊煙渚，日暮客愁新。野曠天低樹，江淸月近人。』（宿建德江）

這些詩自然是最成熟的作品，但我們有一點必須注意，便是他雖有意學陶詩，他的山水詩的表現法，却是近於謝靈運。謝詩是過於刻劃用力，在人的眼前時時露出輪廓分明的痕跡。這種痕跡也常常出現於孟浩然的詩裏，尤其是五古。我們試讀他的彭蠡湖中望廬山，夜泊宣城界，宿天台桐柏觀諸篇，便更能體會出謝詩的面目。陶詩着力於寫意，謝詩着力於寫貌，一個是坐着不動的隱士，隨着心境的變化去寫自然界的變化。一個是動的旅行家，各地有各地的山水，不得不以各地的山水面目爲主體，因此傾於寫實了。孟浩然四十歲前後，遍遊江南西北各地的名勝，也是屬於動的生活，其山水詩的作風近於大謝，我想這是一個最大的原因。在他早年和晚年的靜止的生活裏所寫出來的詩裏，謝的顏色就較爲稀淡了。杜甫在遣興詩中批評他云：『賦詩何必多，往往凌鮑謝。』這老人的眼光是深刻的。

儲光羲　王孟以外，在這一派的詩人中能卓然自立的，是儲光羲。（西曆七〇〇？——七六〇？）他是山東兗州人，開元進士，做過幾次小官，退隱終南，後復出，遷監察御史。安祿山亂，陷賊，事平下獄，後貶至馮翊，尋卒。他有遊茅山詩五首，表白他愛好自然追求閑適的心境，但他集中描山寫水之作並不多見，詩亦不佳，其弊病在山水的表現中，時時夾雜玄理，因此把自然的境界破壞了。他的特色，是努力於田園生活的描寫。農夫樵子漁父牧童，都成了他作品的重要題材，他在這方面，曾下過精密的觀察，與細微的表現，得到了很大的成就。在他的集子裏，有樵父詞，漁父詞，牧童詞，采蓮詞，采菱詞，釣魚灣，田家卽事，田家雜興，田家卽事答崔二東皋作諸篇，都是他在這方面努力的成績。

『垂釣綠灣春，春深杏花亂。潭淸疑水淺，荷動知魚散。日暮待情人，維舟綠楊岸。』（釣魚灣）

『梧桐蔭我門，薜荔網我屋。迢迢兩夫婦，朝出暮還宿。稼穡旣自種，牛羊還自牧。日旰懶耕種，登高望川陸。空山足禽獸，墟落多喬木。白馬誰家兒，聯翩相馳逐。』（田家雜興八首之七）

『種桑百餘樹，種黍三十畝。衣食既有餘，時時會親友。夏來菰米飯，秋至菊花酒。孺人喜逢迎，稚子解趨走。日暮閑園裏，團團蔭榆柳。酩酊乘夜歸，涼風吹戶牖。淸淺望河漢，低昻看北斗。數甕猶未開，明朝能飲否？』（同上之八）

這些詩的情味既佳，表現又眞實活潑，自然是田園詩中的上品。但我們要注意的，作者雖努力於鄉村農民生活的觀察與描寫，然而他所看到所寫到的，只是和平與快樂的一面，對於農民的疾苦與窮困的另一面，作者完全放過了。於是他所寫出來這一場面，成爲作者的理想社會，同作者的心境生活，發生了密切的聯繫。因此雖說他所描寫的，是那些農村的題材，但仍然是不能歸之於社會詩的範圍了。這原因，全在作者的表現態度，只是個人的，而不是社會的。因了這種態度，所以這派詩人雖都是身經安史之亂，而出作品並沒有時代的反映。因爲在他們的心靈中理想中，都另有一個天地，另有一個世界。

劉長卿及其他　劉長卿（七一〇——七八〇）字文房，河間人。前人歸之於中唐，其實他在開元天寶間，已享盛名。專長五言，有五言長城之稱。他在詩的表現方面，範圍雖極廣泛，而其代表作品，都是屬於田園山水的描寫。其集中與禪師上人贈送之作特多，由此也可知他的愛好與心境。他的五言絕句，其意境的高遠，表現的細微，可與王維比肩。試讀下面幾首。

『日暮蒼山遠，天寒白屋貧。柴門聞犬吠，風雪夜歸人。』（逢雪宿芙蓉山主人）

『悠悠白雲裏，獨住青山客。林下畫焚香，桂花同寂寂。』（寄龍山道士許法稜）

『蒼蒼竹林寺，杳杳鐘聲晚。荷笠帶斜陽，青山獨歸遠。』（送靈澈上人）

『空洲夕煙斂，望月秋江裏。歷歷沙上人，月中孤渡水。』（江中對月）

造意用字，無不精微妥貼。句句有畫意，句句有詩情，又句句有作者的個性與心境，看去好像寫得太容易太平淺，然在容易平淺中，却是滋味無窮。即炎夏讀之，亦有寒冷之意。與王維輞川集諸章，同爲自然詩中的傑作。他的五律，有人鄙薄他有語意雷同之短。（見高武仲中興間氣集劉長卿詩評，）在他那樣多的作品裏，找出幾個雷同的例子，是極容易的事。我們不能便因此抹煞他律詩的價值。在他的律詩中，確有許多好作品。例如：

『寂寞江亭下，江楓秋氣班。世情何處淡，湘水向人閑。寒渚一孤雁，夕陽千萬山。扁舟如落葉，此去未知還。』（秋杪江亭有作）

『東林一泉出，復與遠公期。石淺寒流處，山空夜落時。夢閑聞細響，慮淡對清漪，動靜皆無意，唯應達者知。』（和靈一上人新泉）

王維的心境是愛靜，他在詩裏所表現的是靜的境界。劉長卿所愛的是閑，對於一切的態度是淡，所以在他的詩裏，所表現的是閑與淡的境界。閑是閑適，淡是淡薄，這都是道家人生觀的眞髓。在他上面這些詩裏，都是這種人生觀的表現。我在最後舉出他一首寫得最幽靜最美麗的七言小詩。

『寂寂孤鶯啼杏園，寥寥一犬吠桃源。落花芳草無行處，萬壑千峯獨閉門。』（題鄭山人幽居）

這些人以外，還有裴迪丘爲綦毋潛祖詠常建元結諸人，其作風與王孟相近，都可歸於這一個集團。其中如祖詠的七律的風格稍近高岑，元結的樂府的旨趣，已有寫實派的社會詩的傾向了。

韋應物與柳宗元　開天時代，由王孟諸家的努力而形成的自然詩派，並沒有因爲安史之亂與社會詩的興起而完全消滅。到了中唐，得到韋應物柳宗元諸人的作品，使得這一派的詩風，頗有中興之象。其中尤以韋柳爲二大家。其時代雖較王孟爲晚，因其作風的系統，所以也附論在這裏。

韋應物（西曆七三五？——八三〇？）陝西長安人。在生做個幾任官。終於蘇州刺史，故世稱爲韋蘇州。白居易說他的五言『高雅閑淡，自成一家。』蘇東坡有詩云：『樂天長短三千首，却遜韋郎五字詩。』可知韋應物是長於五言，同當日的劉長卿，並稱爲五言的雙璧。他的詩是以描寫山水田園爲主體，其風格以澹遠淸雅著稱。陳師道後山詩話云：『右丞蘇州，皆學於陶。』又張戒歲寒堂詩話云：『韋蘇州詩韻高而氣清，王右丞詩格老而味長，皆五言之宗匠。然互有得失，不無優劣。以標韻觀之，右丞詩格老而味遠，不逮蘇州；至其詞不迫而味甚長，雖蘇州亦不及也。』他在這裏雖似乎有抑韋之嫌，然在唐代的自然詩人裏，他承認了王韋比肩的事是顯然的。在王孟儲諸人之後，在同一的作風中，同一的題材中，他能追踪而上，卓然自立，在這裏更可顯出韋應物的天才。史書上說他性高潔，所在焚香掃地而坐。唯顧況劉長卿之儔，得廁賓客，與之酬唱。其詩閑澹簡遠，人比之陶潛。在這裏正說明這位詩人的生活與心境。不錯，陶淵明是他所景仰的。無論在人生觀上在作風上，他都有意學陶。擬古詩十二首，效陶體，效陶彭澤，雜體五首諸篇，都是他有意學陶的證明。他另有與村老對飲詩一首云：

『鬢眉雪色猶嗜酒，言辭淳朴古人風。鄉村年少生雜亂，見說先朝如夢中。』

在這四句裏，畫出了這位詩人對於現實的雜亂社會的眞實態度。他並非不瞭解，並非不看見，他却能用另一種心境，另一種態度去對付，使得那種雜亂塵俗的世態，不致於擾亂那平靜的生活。因為如此，他不必到深山幽谷去，也不必到農村田園去，他就在他的衙門裏，一樣能歌詠自然，一樣能表現田園。他自己說：『雖居世網常清靜，夜對高僧無一言。』（縣內閑居贈溫公）這種心境，不是那些隱終南隱鹿門的高士們所能得到的。因為他有這種高遠空靈的心境，所以他的做官生活，毫無損傷他的閑澹簡遠的作風。他的許多傑作，都出之於衙門中的辦公棹上，是沒有什麼可怪的。

『今朝郡齋冷，忽念山中客。澗底束荆薪，歸來煮白石。欲持一瓢酒，遠慰風雨夕。落葉滿

空山，何處尋行跡。』（寄全椒山中道士）

『吏舍跼終年，出郭曠淸曙。楊柳散和風，靑山澹吾慮。依叢適自憩，緣澗還復去。微雨靄芳原，春鳩鳴何處。樂幽心屢止，遵事跡猶遽。終罷斯結廬，慕陶直可庶。』（東郊）

『田家已耕作，井屋起晨煙。園林鳴好鳥，閑居猶獨眠。不覺朝已晏，起來望靑天。四體一舒散，情性亦忻然。還復茅簷下，對酒思數賢。束帶理官府，簡牘盈目前。當念中林賞，覽物遍山川。上非遇明世，庶以道自全。』（園林宴起寄昭應韓明府盧主薄）

『獨憐幽草澗邊生，上有黃鸝深樹鳴。春潮帶雨晚來急，野渡無人舟自橫。』（滁州西澗）

上非明世，以道自全，這是韋應物的人生觀的全部。他沒有那種採藥求仙的道士氣，也沒有佛家那種厭世觀，更沒有那種狂客顚子的放縱態度，他只是一個潔身自愛養性全眞的小官吏。因此他一面能焚香靜坐，一面又能處理繁雜的公務，而得到很好的政聲。可知他的人生觀的基礎，是藏着儒道兩家的素質的。

柳宗元（西曆七七三——八一九）字子厚，山西河東人。他是唐代的散文大家，與韓愈並稱。他的詩的成就極高，亦不在韓愈之下。因爲他晚年貶居永州柳州，得以放浪山水之間，加以性愛佛理，所以他的詩文的品格高遠，毫無塵俗之氣。不過他的山水之作，非出於陶，而頗近大謝。其行文造句，時多刻劃之痕，險峻之氣，其山水散文是如此，山水詩也是如此。我們試讀他的初秋夜坐贈吳武陵，晨詣超師院讀禪經，巽上人以竹間自採新茶見贈酬之以詩，界圍巖水簾，法華寺石門精舍，遊朝陰巖遂登西亭，湘口館瀟湘二水所會，登蒲州石磯，與崔策登西山諸篇，便知道他的山水詩，全非寫意，而在用力刻劃其形貌。因其文筆的精鍊，故時多美句。然其小詩，多爲表現一霎那的自然現象，一反其刻劃之風，富於澹遠閑雅之趣。例如：

『千山鳥飛絕，萬徑人踪滅。孤舟簑笠翁，獨釣寒江雪。』（江雪）

『宿雪散州渚，曉日明村塢。高樹臨清池，風驚夜來雨。余心適無事，偶此成賓主。』（雨後曉行獨至愚溪北池）

『漁翁夜傍西巖宿，曉汲清湘燃楚竹。煙銷日出不見人，欸乃一聲山水綠。迴看天際下中流，巖上無心雲相逐。』（漁翁）

他另有田家三首，詩題雖與儲光羲所用者相同，然其態度則相反。儲所寫者只有農家生活的和平與快樂的一方面，而柳則寫其困苦。故第一首有句云：『竭茲筋力事，持用窮歲年。盡輸助徭役，聊就空自眠。』第二首云：『蠶絲盡輸稅，機杼空向壁。里胥夜經過，雞黍事筵席。各言官長峻，文字多督責』則已近於社會詩。柳的時代，本爲寫實派文學的全盛時期，其作品受有這種風氣的傳染，原是合理的事。可知同一的題材；在相反的態度下，作風的差異能有這麼遠的距離，這是很可注意的。在同一的狀況下，顧況的集中，有很多好的山水詩，同時他又很注意社會詩的寫作。我想凡是讀過他的作品的人，都會承認這種事實的。這便是作者的個性與文藝思潮的時代性的混合表現。

由上面的敍述，我們對於王維代表的自然詩派的特徵，可以概括成爲下列幾點：

一、他們的詩體，以五言爲主。
二、他們的風格是恬靜淡雅，而無奔放雄渾之風。
三、他們的題材，大多是山水風景的描寫與田園生活的表現。
四、他們都是自然主義的人生觀，愛清靜閑適與自由，只求其個人心境的安適，避開現實社會的接觸與暴露，而成爲浪漫派詩人中的高蹈者。

四　岑高詩派

在當日浪漫詩歌的潮流中，同自然詩派的作風詩體以及描寫的題材完全相反，同時又能建樹着對立的陣容，加強着浪漫詩的生命與光彩的，是以樂府歌詞與雄放作風著稱的一派。這裏所說的樂府詩，並不是指的完全依照樂府的古題與曲譜而寫的樂章，他是含有較爲廣泛的意義的。這意義便是說那些作家，採用樂府民歌的精神與語調，拋棄格律的遵守，適用長短不拘變化自由的文句，去表現他們的題材，使得他們在詩體上形成了不同的風格。在這種情狀下，他們用樂府古題所作的新詞，固然是樂府，就是那些用這種精神與語調所寫成的普通的詩篇，也可歸之於同一範圍。在音樂性上，雖然是缺少樂府應有的基礎，然在精神上，這基礎是極其豐富而穩固的。

初唐年間，沈宋劉希夷諸人，也曾創作樂府，但他們所用的大都是五言律體，於是樂府詩的生命與特徵完全消滅，只存一個名目，完全變成一首駢偶華麗的律詩了。到了開天的浪漫時代，新文學運動的興起，古典格律文學的衰歇，於是樂府歌詞也發生了轉變，而成爲浪漫詩歌中一支重要的軍隊了。在這一支流中，有岑參，高適，李頎，崔顥，王昌齡，王之渙，王翰諸人的作品，形成了與自然詩派旗鼓相當的陣容。他們的人生觀都是現實的，無意於山水與田園的特別愛好。道家的人生哲學與佛家的厭世思想，似乎都沒有使他們沾染，他們都很年青，富於進取，心境是快樂的，雄放的，痛快地玩，痛快地喝酒，痛快地做事，沒有一點暮年的消沉，也沒有一點隱士高人的氣味。他們都有一股熱情與力量，無論是作事與作詩，都能現出一種雄放濃烈的生氣。他們的生命是跳動與活躍，因此他們的作品也是跳動與活躍。他們歡喜用七言的長歌，去描寫塞外的風光，驚人的戰事，以及各種不平凡的人事現象。在這種地方，顯出了浪漫精神的兩方面。自然詩人是靜的退守的高蹈者，他們這一派是動的進取的創造者。由於這基礎的差別，他們的人生與作風，畫了一條明顯的界線。

岑參　岑參新舊唐書俱無傳，據杜確岑嘉州集序，知爲河南南陽人，天寶三年進士，做過安西節度判官，關西節度判官，虢州長史，嘉州刺史，晚年入蜀依杜鴻漸，即死於蜀。其時代約爲西曆七二〇——七七〇。岑參本是一個英氣勃勃富於進取的人，很看不起那些窮愁潦倒的白面書生，所以他在失意時代，常常自己歎息：

『終日不得意，出門何所之。從人覓顏色，自歎弱男兒。』（江上春歎）

『蓋將軍，眞丈夫，行年三十執金吾。』（玉門關蓋將軍歌）

『問君今年三十幾，能使香名滿人耳？』（送魏升卿擢第歸東都）

『丈夫三十未富貴，安能終日守筆硯！』（銀山磧西館）

對於自己是歎息，對於旁人是羡慕，這同陶派詩人的態度是完全兩樣的。後來他果然得志了，先後做了安西和關西的節度判官。安西是現在的新疆，關西是陝西和甘肅。那裏有大風，大熱，大冰雪，有千里無人煙的廣大沙漠，有偉大悲壯的戰爭，和異國情調的胡樂。他到過天山，到過輪台，到過雪海，到過交河，這種同中原絕異的景象，給他一種新刺激新生命新情調。他的心境與詩境，都由此展開，他不能運用拘束的律體或是幽靜的作風，去表現這偉人雄奇的場面。他不得不採用那種自由變動的體裁，去適應自然界的偉大與雄奇，於是他的作風大變了。

『澗水吞樵路，山花醉藥欄。』（初授官題高冠草堂）

『舟中饒孤興，湖上多新詩。』（送王昌齡赴江寧）

『朝回花底恆會客，花撲玉缸春酒香。』（韋員外家花樹歌）

這是他三十歲前後所作的詩，寫得這麼美麗，這麼閑適，就放到孟浩然劉長卿的集子裏，也是可以的。但他到了安西關西以後，他的作品，完全變了一個面目。

『北風捲地白草折，胡天八月卽飛雪。忽如一夜春風來，千樹萬樹梨花開。散入珠簾濕羅幕，孤裘不煖錦衾薄。將軍角弓不得控，都護鐵衣冷猶著。瀚海闌干百丈冰，愁雲慘淡萬里凝。中軍置酒飲歸客，胡琴琵琶與羌笛。紛紛暮雪下轅門，風掣紅旗凍不翻。輪台東門送君去，去時雪滿天山路。山迴路轉不見君，雪上空留馬行處。』（白雪歌送武判官歸京）

『君不見走馬川行雪海邊，平沙莽莽黃入天。輪台九月風夜吼，一川碎石大如斗，隨風滿地石亂走。匈奴草黃馬正肥，金山西見煙塵飛，漢家大將西出師。將軍金甲夜不脫，半夜軍行戈相撥，風頭如刀面如割。馬毛帶雪汗氣蒸，五花連錢旋作冰。幕中草檄硯水凝。虜騎聞之應膽懾，料知短兵不敢接，車師西門佇獻捷。』（走馬川行奉送出師西征）

『火山突兀赤亭口，火山五月火雲厚。火雲滿山凝未開，飛鳥千里不敢來。平明乍逐胡風斷，薄暮渾隨塞雨回。繚繞斜吞鐵關樹，氛氳半掩交河戍。迢迢征路火山東，山上孤雲隨馬去。』（火山雲歌送別）

『灣灣月出掛城頭，城頭月出照涼州，涼州七里十萬家，胡人半解彈琵琶。琵琶一曲腸堪斷，風蕭蕭兮夜漫漫。河西幕中多故人，故人別來三五春。花樓門前見秋草，豈能貧賤相看老？一生大笑能幾回？斗酒相逢須醉倒。」（涼州館中與諸判官夜集）

在這些詩裏，他完全是運用樂府民歌的精神與語調，去描寫塞外的風光與戰場的情形，完成未曾有過的險怪雄奇的風格。那些風光與情境，都不是輞口，鹿門，終南的山水裏所能找得到的，他所用的那些字句，也不是王孟的筆下所能找得到的。這雖是一面要歸於岑參的天才，但最重要的我們還不能不歸之於他那種特有的自然環境與生活環境。如果他也是王維的泛舟唱和的道友，悠悠地過着一生，任他有如何高遠的想像力創造力，這些作品是不能產生的。元辛文房唐才子傳云：『參累佐戎幕，往來鞍馬烽塵間十餘載，極征行離別之情。城障塞堡，無不經行，博覽史籍，尤工綴文。屬辭清尙，用心良苦。詩調特高，唐興罕見此作。』他從作者的生活環境與自然現象去說明其作風特色的構成，是極其合理的，他於七言長歌之外，七言小詩也有很好的作品，且舉兩首作例：

『故園東望路漫漫，雙袖龍鍾淚不乾。馬上相逢無紙筆，憑君傳語報平安。』（逢入京使）

『梁園日暮亂飛鴉，極目蕭條三兩家。庭樹不知人去盡，春來還發舊時花。』（山房春事）

一寫鄉情，一寫春事，題材與環境不同，他的體裁也變爲短小，風格也顯得纏綿與幽靜了。

高適（西曆七六五年死）字達夫，渤海蓨人。（今河北滄州，）他不得志時是一個狂放不羈的上等流浪者。舊唐書本傳說他：『不事生產，客梁宋，以求丐取給。』唐詩紀事引商璠云：『適性落拓，不拘小節，恥預常科，隱跡博徒，才名自遠。』可見他浪漫的性情和生活。他晚年官運亨通，由河西節度使哥舒翰的書記，做到劍南西川節度使，代宗時召爲刑部侍郎，進封渤海縣侯，食邑七百戶。所以舊唐書說他『有唐以來，詩人之達者，唯適而已。』在他早年求丐自給的時候，是想不到有這麼好的晚景的。

他的軍事生活與邊陲的環境，使得他的作風都與岑參相近。新舊唐書都說他『年五十始爲詩，即工。以氣質自高。每一篇已，好事者輒爲傳誦。』他本是一個才情卓絕的人，青年時代另有雄心大志，看不起文墨，不高興弄這玩意兒，但他的基礎是早已有了的。所以後來一動筆，不到數年，便爲好事者所傳誦了。

『漢家煙塵在東北，漢將辭家破殘賊，男兒本是重橫行，天子非常賜顏色。摐金伐鼓下榆關，旌旗逶迤碣石間。校尉羽書飛瀚海，單于獵火照狼山。山川蕭條極邊土，胡騎憑陵雜風雨。戰士軍前半死生，美人帳下猶歌舞。大漠窮窮塞草肥，孤城落日鬬兵稀。身當恩遇常輕敵，力盡關山未解圍。鐵衣遠戍辛勤久，玉筯應啼別離後。少婦城南欲斷腸，征人薊北空回首。邊風飄颻那可度，絕域蒼茫無所有。殺氣三時作陣雲，寒聲一夜傳刁斗。相看白刃雪紛紛，死節從來豈顧勳。君不見沙場征戰苦，至今猶憶李將軍。』（燕歌行）

『古城莽莽饒荆榛，驅馬荒城愁殺人。魏王宮觀盡禾黍，信陵賓客隨灰塵。憶昨雄都汨朝市，軒車照耀歌鐘起。軍容帶甲三十萬，國步連營五千里。全盛須臾那可論，高臺曲池無復存。遺墟但見狐狸跡，古地空餘草木根。暮天搖落傷懷抱，撫劍悲歌對秋草。俠客猶傳朱亥名，行人尚識夷門道。白壁黃金萬戶侯，寶刀駿馬塡山丘。年代凄涼不可問，往來唯見水東流。』（古大梁行）

『君不見芳樹枝，春花落盡蜂不窺。君不見梁上泥，秋風始高燕不栖。蕩子從軍事征戰，蛾眉嬋娟守空閨。獨宿自然堪下淚，況復時聞烏夜啼。』（塞下曲）

『營州少年愛原野，孤裘蒙茸獵城下。虜酒千鍾不醉人，胡兒十歲能騎馬。』（營州歌）

這些都是樂府歌詞中的上等作品，其氣象似乎比不上岑參的奔放，然其詩中的人情味，却較優於岑。他在寫邊塞的景像，戰爭的場面下，同時又顧到征夫的疾苦，少婦的情懷，故能於高壯的風格裏，還呈現出哀怨之音。令人讀了，覺得悠長有味。岑高詩的差別，我想就在這一點。營州歌寥寥四句，正是北方民歌的本色，與李波小妹歌折楊柳歌諸篇，恰好是同一面目。胡適之說：『高適詩出於鮑照。』這誠不錯，但北朝的樂府民歌也給予他以影響的事，我們也是必得注意的。

岑高以外，李頎崔顥也是當日樂府歌詞的重要作家。李頎是雲南東川人，開元十三年進士，官新鄉尉，其事蹟不詳。他的詩的題材雖很廣泛，同上人禪師來往很密，然其代表作，還是那幾篇用樂府體歌詠戰爭現出與岑高作風相近的七言歌行。崔顥汴州人，開元十一年進士。舊唐書說他『有俊才，無士行，好蒱博飲酒，及遊京師，娶妻擇有貌者，稍不愜意即去之，前後數四。』可知他也同高適一樣是一個浪漫者。他的詩雖多豔篇，然却都是樂府民歌的本色，絕無齊梁宮體的富貴氣味。後來他一出塞外，頗多寫戰爭的詩，其風格亦變爲雄放。河嶽英靈集評他說：『顥年少爲詩名陷輕薄，晚節忽變常體，風骨凜然。一窺塞垣，說盡戎旅。』這話是不錯的。在他現存的詩裏，也可看出這分明的界限。他的七律黃鶴樓一首，使李白擱筆，嚴羽至稱爲唐代七律壓卷之作。然平仄對偶俱有不合，這正表現浪漫詩人對於格律的反抗。今將二家的詩各舉數例。

『白日登山望烽火，昏黃飲馬傍交河。行人刁斗風沙暗，公主琵琶幽怨多。野營萬里無城郭，雨雪紛紛連大漠。胡雁哀鳴夜夜飛，胡兒眼淚雙雙落。聞道玉門猶被遮，應將性命逐輕車。年年戰骨埋荒外，空見葡萄入漢家。』（古從軍行李頎）

『男兒事長征，少小幽燕客。賭勝馬蹄下，由來輕七尺。殺人莫敢前，鬚如蝟毛磔。黃雲隴底白雲飛，未得報恩不得歸。遼東小婦年十五，慣彈琵琶解歌舞。今爲羌笛出塞聲，使我三

軍淚如雨。』（古意李頎）

『高山代郡東接燕，雁門胡人家近邊。解放胡鷹逐塞鳥，能將代馬獵秋田。山頭野火寒多燒，雨裏孤峯濕作煙。聞道遼西無鬬戰，時時醉向酒家眠。』（雁門胡人歌崔顥）

『昔人已乘黃鶴去，此地空餘黃鶴樓。黃鶴一去不復返，白雲千載空悠悠。晴川歷歷漢陽樹，芳草淒淒鸚鵡洲。日暮鄉關何處是，煙波江上使人愁。』（黃鶴樓崔顥）

崔顥那首律詩的前四句，完全是樂府的精神和民歌的語氣，是一點也沒有把他當作律詩做的。如果一定要叫作律詩，只可說是樂府體的律詩。然其氣象的雄渾，格調的高古，正可與高岑的七言歌行比肩。難怪李太白也要望之而卻步了。

王昌齡王之渙王翰諸人的風格，雖可歸於岑高一派，然他們在詩歌上的成就，却與岑高稍有不同。岑高是長於七言歌行，採用樂府古詞的精神與語調，去改變他們的詩體，其作品的精神，是樂府性的，然不一定是音樂性的。王昌齡們的作品，是以絕句擅長，絕句卽是當日可歌的樂府。樂工可以入樂，妓女可以歌唱，我們試看薛用弱集異記所載的旗亭會唱的故事，便知道他們的作品，是當日伶官妓女口中最流行的歌詞。

王昌齡字少伯，陝西長安人，一說江寧人。晚節狂放，貶爲龍標尉，後還鄉爲閭丘曉所殺。王之渙，山西并州人，天寶間與高適王昌齡齊名。王翰字子羽，晉陽人，直言喜諫，因事貶道州司馬。關於他們的事蹟，我們知道很少，大概都是落拓不羈狎妓飲酒的浪漫者。他們現存的詩篇雖說很少，然都是精美之作，成爲開天時代絕句中的名篇，眞可以說是以少勝多了。

『秦時明月漢時關，萬里長征人未還。但使龍城飛將在，不敎胡馬渡陰山。』（王昌齡出塞）

『大漠風塵日色昏，紅旗半掩出關門。前軍夜戰洮河北，已報生擒吐谷渾。』（王昌齡從軍行）

『黃河遠上白雲間，一片孤城萬仞山。羌笛何須怨楊柳，春風不度玉門關。』（王之渙出塞）

『葡萄美酒夜光杯，欲飮琵琶馬上催。醉臥沙場君莫笑，古來征戰幾人回？』（王翰涼州詞）

寥寥四句的絕詩，呈現着這麼雄偉的氣魄，自是難能。風格與高岑近似，而其神韻滋味則遠過之。在絕詩的成就方面，王昌齡較爲廣泛。他除長於描寫邊塞戰爭以外，亦善於表現宮閨離別之情。例如：

『奉帚平明金殿開，且將團扇共徘徊。玉顏不及寒鴉色，猶帶昭陽日影來。』（長信秋詞）

『閨中少婦不知愁，春日凝妝上翠樓。忽見陌頭楊柳色，悔敎夫壻覓封侯。』（閨怨）

『寒雨連江夜入吳，平明送客楚山孤。洛陽親友如相問，一片冰心在玉壺。』（芙蓉樓送辛漸）

因題材不同，而其表現的手法變爲細密，情感亦變爲哀怨。字句明白如話，其情意却悠長深遠，滋味無窮，達到絕句中最上等的境界，眞可稱爲傑作了。沈德潛云：『龍標絕句深情幽怨，意旨微茫，令人測之無端，玩之無盡。』（唐詩別裁）唐代七絕，能與王昌齡比肩者，只有李白一人。

由上面的敍述，他們這一派的特徵，可以概括成爲下列幾點：

一、他們都長於七言。

二、作風奔放雄偉，以氣象見長，絕無恬靜淡遠之趣。

三、他們的題材，集中於邊塞風光的描寫與戰爭的歌詠。

四、他們的人生觀是現世的，生活是浪漫的，沒有儒家的拘謹，也沒有道家的閑適，而近於個人主義的享樂派。因爲這一點，他們與自然派詩人一樣，同現實社會的實際生活是離開的。因此安史大亂中的民間疾苦，在他們的作品中，看不見一點痕跡。

五　浪漫派的代表詩人李白

在上述的浪漫文學中，無論在詩的體裁、內容或其作品的風格上，兼有王孟岑高二派之長，集浪漫文學的大成，使這一派的作品呈現着空前的光彩，而成爲浪漫派的代表詩人的，是前人稱爲詩仙的李白。在他的作品裏，有澹遠恬靜的山水詩，有氣象雄偉的樂府詩，無論五言七言長篇短篇，他都寫得極好，幾乎任何體裁任何題材，他都無須選擇。前人加於詩歌上面的種種格律，都被他的天才擊得粉碎。在中國過去的詩人內，從沒有一個有他這麼大胆的勇氣和創造性的破壞。在他的眼裏，任何規律，任何傳統和法則，都變成地上的灰塵，在他天才的力量下屈服了。他是當代浪漫生活浪漫思想浪漫文學的總代表。他的心境，極其複雜矛盾，幾乎不可分析。他愛豪俠，對於張良，荊軻，朱亥，高漸離，豫讓，郭隗等人，時時流露着景仰讚歎之情。他愛道士神仙，鍊過大丹，受過道籙，同道士們來往非常密切。他又極愛老子，也時時想過一點閑適清靜的生活。然而他又是一個澈底的縱慾享樂者，他對過去未來全不關心，只追求現世的快樂與官能的滿足，而造成他那種酒徒色鬼的頹廢生活。同時他又是殉情主義者，他的情感的豐富與熱烈，任何詩人都比他不上。他中年流浪在金陵時，想念他的妻兒，在秋浦歌內說：『欲去不得去，薄遊成久遊。何年是歸日，雨淚下孤舟。』別朋友的時候，他寫着『桃花潭水深千尺，不及汪倫送我情』的句子。這種熱烈的情感，是李白一切作品的原動力。因為他有這種複雜矛盾的心情和性格，所以他在作品裏表現出來的顏色與作風，時而濃烈，時而淡遠，時而恬靜，時而雄放，我們決不能用某種題材與某種風格來限制他的作品。他自己承認他是狂人，（廬山謠中云我本楚狂人，）這是非常恰當的。狂是他人生全部的象徵，也就是他作品全部的象徵。狂字在這裏絕無半點罪惡的意味，是一種勇於破壞追求自由的浪漫精神的最高表現。中國過去的思想家藝術家文學家，都缺少這種偉大的精神，因此文化思想，老是呈現着平淡無奇的停滯狀態。李白在這方面是一個成功者，同時也是一個犧牲者。

中國詩人的籍貫，未有如李白之紊亂者，有金陵，山東，隴西，四川，西域諸說。東南西北相差就是幾千萬里。這原因是李白一生到處流浪，四海為家，容易使人發生錯誤。其次是一般人把他的祖籍和他個人的生長地分辨不清，因此異說紛紜，千年來竟無定論。現在我們也無須作那繁瑣的考證，只就新舊唐書本傳，李陽冰魏顥曾鞏的李白詩序，劉全白范傳正的李白墓碑諸篇，加以參考比較，得一較爲可信的結論，李白的祖籍是隴西成紀人，（今甘肅天水附近）隋末其祖先以罪徙西域。（新唐書說是西域，范碑云被竄於碎葉，李序又云謫居條支，地點不同，其祖因罪徙居西方的事，想是可靠的。）到了唐神龍初年，（七〇五—六年）他的父親遁還四川，而劉范二人俱謂是廣漢，成都古今記說是綿州，新唐書說是巴西。地點雖又各有不同，至於逃回四川的事想又是可靠的，因四川和西域一帶很接近，易於遷徙。隴西雖是他的故鄉，因爲是犯罪之徒，回故鄉恐有不便，他的遁川，是很合理的）大概因爲四川對於他們是客地，所以他父親就自名爲客了。然而在這裏發生兩個疑問，一、是李白生於西域，還是生於四川？二、是李白的母親是漢人，還是胡人。這兩個疑問沒有靠得住的史料來解答，只能憑着推想來說明。因爲他的生年各說不一，很難根據。如果依李華所作的墓誌，假定他生於大足元年（西曆七〇一年）那麼他是生於西域，到神龍初年逃到四川時，他已有五歲了。至於他的血統，說他是胡漢的混血兒，是非常可能的。他的祖先從隋末到唐初的神龍，在西域住了一百年，生兒育女，同胡婦發生關係，是必然的事。由此看來，李白的祖籍是甘肅，生於西域，長於四川，是一個胡漢的混血兒，說他是混血兒，並無半點惡意。六朝以來，南北民族血統的大交流，是人人都知道的事。二十五歲以前，他就生長在四川，因此在他的詩文裏，時時把四川當作故鄉，把司馬相如揚雄一些人當作同鄉來歌詠的事，也是很合理的。至於山東金陵都是他中年寄寓之地，或是他的遠祖的籍貫，如果因此就說他是山東人，或是金陵人，那是絕不可信的了。他自己所寫的『學劍來山東』『我家寄東魯』的詩句，都是最好的例證。

他在四川的少年時代，是讀書學劍，同那些俠客道士隱居岷山，遊峨眉，養成那麼不事生產性喜流浪的狂遨豪俠的性格。故鄉的寂寞，畢竟留不住這位雄心勃勃的青年，二十五歲以後，他於是仗劍去國，在江南河北一帶流浪了很久，是他『徧干諸侯，歷抵卿相』的時期。他到過襄漢，金陵，揚州，汝梅，雲夢，安陸，山東，太原，浙江各處。在雲夢娶故相許圉師家的孫女爲妻，在并州識郭子儀，在山東時，與孔巢父，韓準，裴政，張叔明，陶沔爲友，酣歌縱酒，隱居徂徠山竹溪，時號爲竹溪六逸。後來又由山東囘到江浙，同道士吳筠做了好朋友，一同住在嵊縣，這時候他是四十歲了。他這十幾年，看過不少的名山勝水，交了不少的各種各樣的朋友，用去了不少的金錢（在揚州不到一年就散去了三十餘萬金，想是他岳家的）娶了妻生了兒女，所謂王侯卿相也會見了不少，他的生活一天一天地豐富，詩名也一天天地高了。後來吳筠被召入京，薦白於玄宗，因此他也入長安。那時賀知章讀了他的詩，歎爲天上謫仙人。玄宗很優遇他，有詔供奉翰林。他在長安三年，仍是一樣度着浪漫的生活，相傳有龍巾拭吐御手調羹力士脫靴貴妃捧硯種種的風流故事。在這時候，他做了好些典雅美麗的歌辭。最膾炙人口的，便是那在沉香亭子詠芍藥的清平調。他後來囘憶這時候的情形說：『昔在長安醉花柳，五侯七貴同杯酒。氣岸遙臨豪士前，風流肯落他人後！夫子紅顏我少年，章臺走馬着金鞭。文章獻納麒麟殿，歌舞淹留玳瑁筵。』（流夜郎贈辛判官）又說：『翰林秉筆囘英盼，麟閣崢嶸誰可見。承恩初入銀臺門，著書獨在金鑾殿。龍駒雕鐙白玉鞍，象牀綺席黃金盤。當時笑我微賤者，却來請謁爲交歡。』（贈從弟南平太守之遙）在這些句子裏，可見他當日的得意狀態。他本可由此一帆風順，做起大官來，但他那種浪漫的行爲和思想，使得皇帝和近臣都有些怕他，不敢相信他，因爲他自己實在不是一種廊廟之材，於是又離開長安，再度着流浪漂泊的生活。但此後他潦倒流離，漫無定跡，生活是很困苦的。江南江北，他都走到了。『萬里無主人，一身獨爲客。』（淮南臥病書懷）『一身竟無託，遠與孤蓬征。』（鄴中贈王大）這是他離開長安以後的飄泊無依的生活的告白。『一朝謝病遊江海，疇昔相知幾人在？前門長揖後門關，今日結交明日改』（贈從弟）『欲邀擊筑悲歌飲，正值傾家無酒錢。』（醉後贈從甥高鎭）自己一落魄，朋友也變了，窮得酒錢也付不出來，這位浪子詩人，大概到了這時候，才稍稍懂得一點現實人生的意義。在這種窮困內，想起多年不見的妻，想起嬌女平陽小兒伯禽來了。想起三年前在家時自己手植的桃樹，現在長得樓一樣高，開着美麗的花，自己仍是流浪在外，兒女折着花枝玩耍時，看不見爸爸，要流着眼淚的罷。我們的詩人，到這時往日的豪氣完全消失，沉入於哀傷的情感裏，寫出『何年是歸日，雨淚下孤舟』的傷感纏綿的句子了；但是他這種靈性的出現，只是臨時的，對於他的性格和生活，絲毫沒有改變。他一弄到兩個錢，又去狎妓喝酒，什麼都忘記了。『蘭陵美酒鬱金香，玉碗盛來琥珀光。但使主人能醉客，不知何處是他鄉。』（客中作）這才是他的本性，他的眞面目。他就是這樣子，流浪了不少時候。天寶十四年，安祿山反，李白已經五十五歲了。次年他隱居廬山，作了許多好詩。當時永王璘起兵，招李白入幕，今讀其永王東巡歌十一首和在水軍宴贈幕府諸侍御諸篇，知道他的附和永王，大半是自動的。因爲在那些詩裏，充滿着希望和喜悅，決非被壓迫者的感情。後人以此誣李白爲不忠，這都是迂腐之見。由我們現在看來，當日的敵人是安祿山，誰打勝了誰做皇帝，爲什麼擁護哥哥就是忠，擁護弟弟就是叛逆，我想李白這種違反尊君的傳統觀念，正是他的浪漫精神的表現。但是永王璘畢竟是失敗了，我們的詩人，也因此獲罪而要處死刑，恰好碰着他從前救過的郭子儀出力救他，因此流於夜郎，走到巫山，遇赦放歸，他那時候，已是五十九歲的高年了。後來他依當塗令李陽冰，往來宣城歷陽間，愛賞青山，敬亭山，采石磯一帶的風景。年紀大了，心境也沉靜了，在那時候寫了好些恬靜淡遠的山水小詩，六十二歲。死於當塗。（西曆七六二年）王定保摭言說他入水捉月而死，那是靠不住的。他的後代非常凋零，他死後四十餘年，范傳正訪得他兩位孫女，都嫁給極窮困的農夫。他的大兒子伯禽，也在貞元八年不祿而卒，那孫女又說：『祖父遺囑要葬在青山，因貧窮無力，厝在龍山，現在小墳一堆也已坍毀了。』這情形眞是够凄凉了。好在范傳正做了一件痛快的事，把他的墳遷葬青山，了却他的心願，同時又接濟那兩位孫女一點錢財。

由此看來，李白的一生是最平凡的，也是最不平凡的。所謂最平凡的，他一生沒有做過一點正經事；所謂最不平凡的，他是什麼事也做過，什麼生活也嘗過。那最平凡的生活，使得他不能成爲廊廟之器，但是那最不平凡的生活，使得他成爲最偉大的詩人。他是天才，浪子，道人，神仙，豪俠，隱士，酒徒，色鬼，革命家。這一切的特性，都集合地在他的詩歌裏表現出來。他的腦中有無限的理想，但任何理想都不能使他滿足，他追求無限的超越，追求最不平凡的存在。他的感情變動得非常迅速，他能領略人生及自然界的種種滋味，他厭惡現實的鄙俗與規律的束縛。他把孔孟那一般人，看作是禮教的奴隸，是人間的笨漢。他說：

『我本楚狂人，狂歌笑孔丘。』（廬山謠）

『魯叟談五經，白髮死章句。問以經濟策，茫如墮煙霧。足着遠遊履，首戴方頭巾。緩步從直道，未行先起塵。……君非叔孫通，與我本殊倫。』（嘲魯儒）

這些方巾氣十足的秀才儒生，他當然是看不上眼。就是那食蕨的夷齊，挨餓的顏回，他覺得也無多大意義。他所要求的是現世的縱慾享樂。他說：『君愛身後名，我愛眼前酒。飲酒眼前樂，虛名復何有？』（笑歌行）『且樂生前一杯酒，何須身後千載名。』（行路難）他這種排聖賢，反禮法，圖快樂，厭虛名的觀念，同列子中的楊朱哲學是一致的。並且由晉人創造的這種縱慾享樂的思想，到了唐朝的李白，實是完全實踐了。只有李白才眞是晉人創造的楊朱。

李白的作品的最大特色，就是在那中國詩人未曾有過的雄放的氣象。這一半由於他的天才，一半也由於他的個性。他本身就是一個英氣勃勃狂放不羈的人，他作起詩來，便不屑於細微的雕琢與對偶的安排，他用着大刀闊斧粗枝大葉的手法與線條，去塗寫他心目中的印象和情感。無論是長詩或是短詩，一到他的手裏，好像一點不費氣力似的，一點不加思考似的，便隨隨便便地寫成了。然而在他的詩裏，（尤其是他的七言歌行）都有一種排山倒海萬馬奔騰的氣勢，讀了只能使人驚奇和贊歎。因此他對於那費盡心力加意推敲而作詩的杜甫，要發出嘲諷的聲音了。『飯顆山前逢杜甫，頭戴笠子日卓午。借問別來太瘦生，總謂從前作詩苦。』這情形在李白看來確是可笑的。杜甫對於李白的狂性與過人的天才，也深深地認識。在他的集中寄贈李白和提起他的詩，共有十五首。如『衆人皆欲殺，吾意獨憐才，』『冠蓋滿京華，斯人獨憔悴，』『筆落驚風雨，詩成泣鬼神，』『余亦東蒙客，憐君如弟兄，』『三夜頻夢君，情親見君意。』在這些句子裏，一面看出杜甫對李白的天才的傾倒，同時又表現他倆的深厚友誼。這兩位同時的千古大詩人，是沒有半點相輕的惡習氣的。

李白作詩是這種浪漫的態度；又有那樣高的才情，當然齊梁以來的那種小家氣味，他是看不上眼的。所以他說：『梁陳以來，豔薄斯極，沈休文又尙以聲律；將復古道，非我而誰？』他又說：『自從建安來，綺麗不足珍。』他雖說要復古，其實是革命的創新。他的工作，是把數百年來加於詩歌的種種規律，擊得粉碎，在他的一千多首詩中，律詩不到一百首，並且這些律詩，也不完全遵守規則。趙翼說得好：『才氣豪邁，全以神運，自不屑束縛於格律對偶與雕繪者爭勝。』這批評正道出這位浪漫詩人的眞精神。

樂府的精神與語氣的運用，到了李白算是達到了最成熟最解放的階段。在他的集中，樂府詩有一百四十幾篇，其他的詩（除了少數的律詩古詩以外）也都是樂府的變形。他從樂府裏得到最純熟的訓練與良好的技術和意境，在他的各種作品裏，充分地表現了這種新精神。在這一點岑高崔李之流都比不上他。胡適之氏說：『樂府到了李白，可算是集大成了。他的特別長處有三點。第一，樂府本來起於民間，而文人受了六朝浮華文體的餘毒，往往不敢充分運用民間語言與風趣，李白認淸了文學的趨勢，他是有意用清眞來救綺麗之弊的。所以他大膽地運用民間的語言，容納民歌的風格，很少雕飾，最近自然。第二，別人作樂府歌辭，往往先存了求功名的念頭，李白卻始終是一匹不受羈勒的駿馬，奔放自由。故能充分發揮詩體解放的趨勢，爲後人開不少生路。第三，開元天寶的詩人作樂府，往往勉强作壯語，說大話，仔細分析起來，其實很單調，很少個性的表現。李白的樂府有的是酒後放歌，有時是離筵別曲，有時是發議論，有時是頌贊山水，有時上天下地作神仙語，有時描摹小兒女情態，體貼入微。這種多方的嘗試，便使樂府歌辭的勢力，侵入詩的種種方面。兩漢以來無數民歌的解放的作用與影響，到此才算大成功。』（白話文學史）他這一段批評非常精當，所以我全抄在這裏。

『長安一片月，萬戶擣衣聲，秋風吹不盡，總是玉關情。何日平胡虜，良人罷遠征。』（子夜秋歌）

『白帝城邊足風波，瞿塘五月誰敢過。荆州麥熟繭成蛾，繰絲憶君頭緒多。撥穀飛鳴奈妾何。』（荆州歌）

『長相思，在長安。絡緯秋啼金井欄。微霜凄凄簟色寒。孤燈不明思欲絕，卷帷望月空長歎。美人如花隔雲端。上有青冥之長天，下有綠水之波瀾。天長地遠魂飛苦，夢魂不到關山難。長相思，摧心肝。』（長相思）

『玉階生白露，夜久侵羅襪。卻下水晶簾，玲瓏望秋月。』（玉階怨）

『五陵年少金市東，銀鞍白馬度春風。落花踏盡遊何處，笑入胡姬酒肆中。』（少年行）

『牀前明月光，疑是地上霜。舉頭望明月，低頭思故鄉。』（靜夜思）

這些樂府小品，或寫主觀的情感，或出於客觀的表現，鄉愁閨怨，豔曲民歌，都能隨題抒寫，體貼入微，無不是精美絕倫的妙品。然而由其雄偉的氣象的表現，形成格律的自由，充分地發揮那浪漫文學的眞精神的，是那些長篇的歌行。例如：

『噫吁嚱危乎高哉，蜀道之難難於上青天。蠶叢及魚鳧，開國何茫然。爾來四萬八千歲，乃與秦塞通人煙。西當太白有鳥道，可以橫絕峨眉巓。地崩山摧壯士死，然後天梯石棧方鈎連。上有六龍迴日之高標，下有衝波逆折之迴川。黃鶴之飛尙不得過，猨猱欲度愁攀緣。青泥何盤盤，百步九折縈巖巒。捫參歷井仰脅息，以手撫膺坐長歎。問君西遊何時還，畏途巉巖不可攀。但見悲鳥號古木，雄飛從雌繞林間。又聞子規啼夜月，愁空山。蜀道之難難於上青天，使人聽此雕朱顏。連峯去天不盈尺，枯松倒挂倚絕壁。飛湍瀑流爭喧豗，砯崖轉石萬壑雷。其險也若此，嗟爾遠道之人，胡爲乎來哉？劍閣崢嶸而崔嵬，一夫當關，萬夫莫開。所守或匪親，化爲狼與豺。朝避猛虎，夕避長蛇。磨牙吮血，殺人如麻。錦城雖云樂，不如早還家。蜀道之難難於上青天，側身西望長咨嗟。』（蜀道難）

『海客談瀛洲，煙濤微波信難求。越人語天姥，雲霓明滅或可覩。天姥連天向天橫，勢拔五岳掩赤城。天台四萬八千丈，對此欲倒東南傾。我欲因之夢吳越，一夜飛渡鏡湖月。湖月照我影，送我至剡溪。謝公宿處今尙在，綠水蕩漾淸猿啼。脚着謝公屐，身登青雲梯。半壁見海日，空中聞天雞。千巖萬壑路不定，迷花倚石忽已暝。熊咆龍吟殷巖泉，慄深林兮驚層巔。雲青青兮欲雨，水澹澹兮生煙。列缺霹靂，邱巒崩摧。洞天石扇，訇然中開。青冥浩蕩不見底，日月照耀金銀臺。霓爲衣兮風爲馬，雲之君兮紛紛而來下。虎鼓瑟兮鸞迴車，仙之人兮列如麻。忽魂悸以魄動，怳驚起而長嗟。惟覺時之枕席，失向來之煙霞。世間行樂亦如此，古來萬事東流水。別君去兮何時還？且放白鹿青崖間。欲行卽騎向名山。安能摧眉折腰事權貴，使我不得開心顏。』（夢遊天姥吟留別）

要在這些詩裏，才眞能看出李白過人的才情。揮毫落紙，眞有橫掃千軍的氣概。在那些長短參差的字句裏，顯得自然，在那些時時變換的音韻裏，顯得調和，在絕無規律中，又顯出法則。詩做到李白，算眞是達到革命的大建設，他能從詩經楚辭樂府以及中國古代許多古典文學中吸取其精華，而創造一種新形式新格調，使後人無法模擬無法學習。歐美人常以極度誇張，想像豐富，情感熱烈，不守規則，爲浪漫文學的重要特徵，在李白的作品裏，這幾點都實踐了。所以我們稱他爲浪漫派的代表詩人，是很適當的。至於這些詩的風格，確與岑高一派相近，然其氣魄之大，實駕他們而上之。他又不像岑高們只能寫這種奔放雄偉的詩，有時他的心境沉靜了，環境改變了，他的筆調又變成王孟一類的恬靜淡遠了。例如：

『對酒不覺暝，落花盈我衣。醉起步溪月，鳥還人亦稀。』（自遣）

『衆鳥高飛靜，孤雲去獨閒。相看兩不厭，只有敬亭山。』（敬亭獨坐）

『暮從碧山下，山月隨人歸。卻顧所來徑，蒼蒼橫翠微。相攜及田家，童稚開荆扉。綠竹入幽徑，青蘿拂行衣。歡言得所憇，美酒聊共揮。長歌吟松風，曲盡河星稀。我醉君復樂，陶然共忘機。』（下終南山過斛斯山人宿置酒）

『問余何事栖碧山，笑而不答心自閑；桃花流水杳然去，別有天地非人間。』（山中問答）

這時的李白，變成一個幽靜的隱士的心境，狂情浪態，一點影子也沒有了。他整個的人生與自然界完全同化，他的心靈變得這麼清淨，筆致變得這麼秀雅了。這一類的作品，放到王孟一派的自然詩中，是非常調和而又毫無愧色的。我上面所說的李白的作品，是兼有岑高與王孟二派的特長，而集浪漫文學的大成的話，是一點也沒有誇張的了。同時王昌齡一流人所擅長的絕句，李白也是拿手好戲，其成就並不在昌齡之下。沈德潛謂唐代絕句，只有王李二人之作，堪稱神品，這話並非溢美之辭。佳篇實在過多，且舉數首作例：

『剗卻君山好，平鋪湘水流；巴陵無限酒，醉煞洞庭秋。』（陪侍郎叔遊洞庭醉後作）

『天下傷心處，勞勞送客亭。春風知別苦，不遣柳條青。』（勞勞亭）

『朝辭白帝彩雲間，千里江陵一日還。兩岸猿聲啼不住，輕舟已過萬重山。』（早發白帝城）

『楊花落盡子規啼，聞道龍標過五溪。我寄愁心與明月，隨君直到夜郎西。』（聞王昌齡左遷龍標遙有此寄）

『故人西辭黃鶴樓，煙花三月下揚州，孤帆遠影碧空盡，唯見長江天際流。』（黃鶴樓送孟

浩然之廣陵）

『峨眉山月半輪秋，影入平羌江水流。夜發清溪向三峽，思君不見下渝州。』（峨眉山月歌）

這些詩的好處，是有神韻，有滋味，有意境，同時又有氣勢，絕無纖弱平滯之病。絕句最難達到的境界，李白諸作，都達到了。沈德潛說：『七言絕句以語近情遙含吐不露爲主。只眼前景口頭語，而有絃外音，味外味，使人神遠。』李白的絕詩，確是做到這地步了。

李白是屈原陶潛以後的大詩人，他與杜甫稱爲唐代詩壇的雙璧。然他們兩個因其思想生活以及性格俱各有不同，所表現於作品者，無論風格內容，以及對於社會人生的態度亦全異。如果我們說李白是浪漫主義的個人派，那末杜甫恰好成一個對照，是寫實主義的社會派了。我們明瞭了這一點，就不必以李白的歌詠風花酒色與杜甫的憂民憂國而强定其優劣了。羅大經說：『李太白當王室多難，海宇橫潰之日，作爲詩歌，不過豪俠使氣，狂醉於花月之間耳。社稷蒼生，曾不繫其心膂。其視杜陵之憂國憂民，豈可同年語哉！』他這種意見，可作爲千年來正統派評論李杜優劣的代表，其中雖含有多少道理，然也是一面之辭。我們在批評之前，如果先澈底了解他倆對於藝術與人生的態度的差別，那就不會有什麼偏袒和武斷了。

第十五章　社會詩的興衰與唯美詩的復活

一　緒說

文學思潮的起伏變動，時代的影響，固然是關係重大，然作家的個性與思想也占着很重要的因素。如梁陳到初唐以來格律浮豔的詩風，轉變爲開天時代的浪漫主義，其中我們固然承認當日的政治現象與時代的影子是重要的原因，但同時也不能忘記那幾位作家在個性與思想上所表現的特色，因爲他們有那種特色，所以他們和杜甫同處着一樣的時代，同樣呼吸着長安的政治空氣，李白寫出來的是清平調，杜甫寫出來的是麗人行兵車行，那作品的內容與風格的分別是多麼大。他們又同樣遭遇着安祿山的大亂，王維寫的是輞川的山水，隱士的心情，杜甫寫的是三吏三別。那作品的內容與風格的分別，又是多麼大。在這種地方，正可看出把時代看作是決定文學思潮的唯一因素，是一件危險或是武斷的事。其次，所謂文學的思潮，便是一種風氣，這種風氣初起來，是新興的革命的，許多人都跟着他走，努力發現他的特點。過了不少的時候，這種思潮漸漸地生出流弊，又爲新人所厭惡，另有一種思潮在暗中醞釀成長，待到成熟的機運，終於帶着新興革命的姿態而出現了。這種興衰的自然律，放在任何事物上都是一致的。王維李白一派的浪漫詩發展到了極度，自然會又有一種新的思潮起來代替。這種新思潮，便是起於杜甫而完成於白居易的寫實主義的社會詩風。

在杜甫的集中，他雖也常表示文學的意見，但都偏於詩歌藝術的批評，對於文學思想方面，從沒有發表過明顯的主張，由他對於庾信陰鏗李白等的贊美，對於四傑的辯護，由他所寫下來的『句不驚人死不休，』『新詩改罷自長吟』那些詩句看來，說他是一個藝術至上主義者也是可以的。他沒有明顯地反對過六朝的詩風，也沒有鄙薄過浪漫派的作品，似乎他在文學上是一個沒有思想的人，其實這只是一種膚淺之見。我們要知道，他雖說沒有在文字裏明目張膽地宣傳過什麼主義，但他那一千五百多首詩歌，却正是他的文學思想的重要說明。他重視創作，遠過於宣傳，要改變文學的風尚，他覺得創作比宣傳的力量大。他的前後的作風是一致的，正如李白的作風，前後是一致的。雖說他們在作風上，是形成兩個絕不相容的極端，杜甫要把詩歌來表現實際的社會人生，一掃宮體詩人所歌詠的色情，與浪漫詩人所憧憬的神奇與超越，他的取材，是政治的興亡，社會的雜亂，飢餓貧窮的苦痛，戰事徭役的罪惡，都是黑暗的暴露與同情的表現。因爲如此他的作品變成了歷史，變成了時代生活的鏡子。但是他又沒有載道主義者的狹隘與頑固，他在那表現社會人生的態度之下，又非常重視藝術的生命與價值。因此無論古典派浪漫派作品中的藝術特色，他都能欣賞接受，而加以贊歎。所以專從藝術上講，他是近於藝術至上主義者，若從文學思想上講，他却是最眞實的寫實主義者。杜甫以後，寫實主義成爲詩壇的主潮。在當代許多詩人的作品裏，或多或少，尤其在『新樂府』一類的文體下，對於民間的疾苦，社會的悲劇，人生的遭遇，都有最深刻的描寫。到了白居易，這種思潮，才變成有意識的運動，才正式標明『文章合爲時而著，歌詩合爲事而作』的主張。不過，社會詩派到了白居易，也如浪漫派到了李太白一樣，呈現著盛極而衰的趨勢，在詩壇中已暗伏著另一種思潮；那便是李賀李商隱諸人所領導帶著濃厚宮體色彩的唯美文學的復活。唐代三百年的詩壇，也就由他們而告結束。

二　杜甫的生平思想及其作品

杜甫比李白小十一歲，生於睿宗先天元年（西曆七一二），死於大歷五年（西曆七七〇年），是中國詩史上數一數二的大詩人。他一生經歷着玄宗肅宗代宗三朝，這五十幾年中，是唐朝由太平盛世轉入於極危險極搖動的大時代。前有安史的大亂，後有吐蕃的入寇，京城陷落，天子蒙塵，至於刺史邊將的小禍患，更是多不勝舉，整個社會長年在戰事與飢餓的威脅中，杜甫的生活與作品，便成了這社會生活的歷史，成爲那時代的實錄了。因此，我們要瞭解他的詩，必得先要知道他的時代環境和生活狀況。他不是一個超越現實神遊世外的仙人隱士，他是一個深入社會的現實主義者。

杜甫字子美，湖北襄陽人。（因其曾祖遷居河南鞏縣，故又稱鞏人）武后中宗朝的有名詩人杜審言是他的祖父。他父親杜閑雖也做過小官，但到杜甫時，家境是很貧窮了。關於少年青年時代的生活，在壯遊詩，進鵰賦表，進封西嶽賦表諸文中，略知大概。他自己說少小多病，貧窮好學，是很可靠的。他在二十歲前，便在那貧窮多病的環境下，用功讀書，打下了學問的基礎。七歲會做詩，九歲寫得很好的大字，十四五歲便能與當時文士酬唱。大家都很推賞他，說他像班固和揚雄。他雖是貧窮多病，志氣却很不小，他覺得蟄居家園終無出頭，於是弱冠之年，便南遊吳越了。這一遊大概有三四年，王謝的風流，吳越的霸業，對於這位青年一定有多少刺激。他正想坐着海船，去看看日本，因爲這一個夢沒有實現，他晚年覺得很是遺恨。二十四歲，赴京兆考進士，沒有考取，心裏很不舒服，於是放蕩於山東山西河南一帶，同李白高適一流的浪漫詩人往還唱和，那時的生活，他自己也承認是淸狂放誕，想是相當浪漫的。在這種生活的環境下，他所遺留下來的作品，無論從藝術的社會的觀點上，都還沒有發揮什麼驚人的特色。如遊龍門奉先寺陪李北海宴歷下亭諸詩，其中雖也有佳句，在他的集子裏，都不能算是代表作品。他在齊趙之間流浪了八九年，在事業與作品上，都沒有重要的成績。三十四五歲的時候，又到長安，其間雖偶然回到河南去過，但在長安住了八九年。在這幾年中，是他鬱鬱不得志，生活窮困，細心觀察社會和他的作風轉變的重要時期。他前後進鵰賦三大禮賦封西嶽賦，無非是道其貧困，誇其學問，想找一個官做。結果，只叫他『待制集賢院，命宰相試文章。』到了四十四歲那年，授他一個河西尉的小官，他怕折腰趨走，辭不赴任，後來改爲率府參軍，仍是非常窮困。不僅自己時在凍餓之中，連他寄寓在陝西奉先的幼子也餓死了。在他這種窮苦的環境下，不容許詩人的眼睛不直視現實。一個這麼有學問有品行的人，連衣食問題也不能解決，連兒女也不免於餓死，這是一種什麼政治，什麼社會。當日貴妃姊妹的荒淫，楊家宰相的威勢，君主宮庭的宴樂，民衆的痛苦，一一都映到詩人的眼裏，刺激他，壓迫他，憤怒他，使他無法逃避這種現實題材的表現。所謂『朱門務傾奪，赤族迭罹殃，國馬竭粟官，官雞輸稻粱。』(壯遊)是他眼中的朝庭現象。所謂『朱門酒肉臭，路有凍死骨。』(自京赴奉先)『甲第紛紛厭粱肉。』(醉時歌)是他眼中的貴族生活。所謂

『彤庭所分帛，本自寒女出。鞭撻其夫家，聚斂貢城闕，』（自京赴奉先）是暴戾官吏壓迫貧民的悲劇。麗人行是表現貴妃姊妹的華貴與聲威，兵車行是民衆苦於戰禍徭役的叫喊。在這八九年的窮困生活裏，養成了他細微的觀察力，他能夠穿透其表皮，而深入其核心，對於當日號稱爲太平景象的天寶盛世的內幕，他得到了深確的認識。他了解了自己的貧窮和千萬民衆的苦痛，都是那些淫蕩女人貪汚宰相風流皇帝所造成的罪惡。他那雙銳敏的眼睛，把種種黑暗的現象看得淸淸楚楚，他知道了當日的太平盛世，裏面已經是腐爛不堪，只要外面一有動作，那腐爛的內容便會暴露出來的。從此，他的作品便失去了浪漫與光明，全爲那黑暗與離亂的顏色塗滿了。在這時期，他寫成了好幾篇佳作，如麗人行，兵車行，自京赴奉先縣詠懷諸篇，使他在寫實主義的社會詩派，得到了穩固的地位。

果然，就在他到奉先去看妻兒的那一年，（天寶十四年，他四十四歲）安祿山反了。那勢子來得非常兇猛，接着就是破潼關，陷長安，楊國忠被殺，楊貴妃自縊，玄宗幸蜀，眞是弄得天翻地覆。這次事變先後延長八年之久，被禍的地方，波及於陝西，河南，山西，直隸，山東一帶，是唐代歷史上一件最嚴重的事變。在這幾年中，我們的詩人，始終與禍亂相終始，國破家亡，人殺盡了，屠戮到雞狗，房屋摧毀殆盡，滿眼都是堆着白骨，一切的痛苦經驗，他嘗過，一切的殘酷的現象，他看過。於是他的社會詩的題材更加豐富，寫實的藝術也更進步了。肅宗卽位靈武時，他想去靈武，不料途中陷於賊手，於是獨居長安，長安的離亂現象，成爲他的好詩材。如哀王孫，哀江頭，春望諸篇，是他這時的代表作。次年，（肅宗至德二年，他四十六歲。）他逃到鳳翔，拜見肅宗，給他一個左拾遺的諫官。他當時有喜達行在所三首，敍述他從賊中逃出的情形和心境，又眞實又哀痛。讀他的『生還今日事，問道暫時人。』『死去憑誰恨，歸來始自憐』這些句子，便可體會到他的悲傷了。再有述懷一首，一面寫離亂，一面寫鄉愁，較之前三首，是更爲沉痛的。後來因房琯事獲罪，得赦省家。當日他的家眷住在鄜州。他的北征與羌村，便是這時候的傑作。羌村第一首云：

『崢嶸赤雲西，日脚下平地，柴門鳥雀噪，歸客千里至。妻孥怪我在，驚定還拭淚。世亂遭飄蕩，生還偶然遂。鄰人滿牆頭，感歎亦歔欷。夜闌更秉燭，相對如夢寐。』

這寫得多麼眞實，多麼悲苦。在北征那篇長詩內，對於旅途中的慘狀，戰場上的情況，家中妻兒的貧窮，更有詳細眞實的描寫，因爲那顏色過於黑暗，在讀者的心靈上，是要感着重量的壓迫和一種苦痛的或是不愉快的感情。就在那年的冬天，長安收復了，他從鄜州到長安來，再任左拾遺。外面雖仍是大亂未平，長安一帶，秩序總算是恢復了。他在那短期的安居中，同王維賈至岑參諸人唱和，生活較爲安適，作風也較爲華麗典雅。如曲江，奉陪鄭駙馬韋曲，曲江對酒諸篇都是。在那些詩裏，有『細推物理須行樂，何用浮名絆此身。』『酒債尋常行處有，人生七十古來稀』的充滿着浪漫情緒的句子。（見曲江）如果杜甫就從此飛黃騰達地做着大官下去，他的寫實主義的社會詩，恐怕就要在這時候告一個結束。不料他這種生活繼續到不過半年，又貶爲華州司功。司功是知事下面的一個小官，事體多，官位低，錢又少，於是又使得他鬱鬱不歡了。在華州時，曾回河南，沿途見民間被迫徵兵之苦，產生了三吏三別諸詩的傑作。不久又回華州，碰着長安一帶起了大飢荒，他便棄官去秦州。後又到同谷。他原想同谷是一塊好地方，不知道那裏也是鬧飢荒，他在那裏更苦，靠着樹根草皮過活，幾乎餓死。他的秦州雜詩二十首和乾元中寓居同谷縣作歌七首是他那時候最好的作品。讀他的『中原無書歸不得，手脚凍皴皮肉死，』『此時與子空歸來，男呻女吟四壁靜，』這些句子，那凍餓的情形眞是非常悽慘的。

同谷縣這麼苦，他自然不能久住，於是便南行入川，到了成都，得了朋友的資助，費了兩年的經營，在城西建一草堂住了下來，生活得了暫時的安定。他那時候已是四十八九的年紀了。後來嚴武爲劍南節度使，他鄉遇故知，彼此都感着一種慰藉，杜甫這時候的生活較爲舒適，心境也較爲平淡。在他當日的作品裏，如賓至，江村，客至諸篇，又現出逍遙恬靜的風格。在『不嫌野外無供給，乘興還來看藥欄，』『老妻畫紙爲棋局，稚子敲針作釣鈎，』『肯與鄰翁相對飲，隔籬呼取盡餘杯，』這些句子裏所表現的情感與趣味，完全沒有從前那種淒楚憤怒之音了。不過他這種安居生活，僅僅過了兩年多，又遇着西川兵馬使徐知道的叛變，於是又因避亂而開始流浪。他東奔西走地到過梓州（今三台縣治）通泉（今射洪縣治）漢川（今廣漢）閬州（今閬中）各處，後來因爲嚴武再鎭劍南，他又攜家重回成都。在他的草堂一篇裏，寫他這次的回成都，高興得好像回故鄉一樣。

代宗永泰元年，嚴武死，給杜甫一個重大的打擊，在他的生活上，失掉了憑藉。他那時候是五十四歲了。他於是再帶着飄泊流浪的心，離開成都，準備出川。他由戎州（今宜賓縣治）渝州（今重慶）忠州雲安（今雲陽縣）而至夔州。他在那裏做了許多懷古的律詩。秋興八首也是他這時候有名的作品。他在夔州住了不到兩年，忽然又想起湖南來了。我今不樂思岳陽，大概是想去找他那位在郴州做官的舅舅崔偉，五十七歲那年，乘舟出峽，由江陵公安而至岳州，次年再至湘潭，後因避亂至耒陽，傷食而死，正是五十九歲。新舊唐書都說他因受水阻，十日不得食，後縣令具舟迎之，大食牛肉白酒，一夕暴卒。這事前人多不信，現在看來是最合科學的，十日不食，消化器官都衰弱不堪，應該吃一點容易消化的米粥鷄湯一類的東西好好調養，但我們的詩人，沒有近代的醫學常識，大吃其牛肉，當然是要送命了。說李白投江捉月而死，那自然是神話，說杜甫傷食而死，却是非常合理的事實。

由上面的敍述看來，我們可知杜甫的一生，始終展轉於窮困的生活裏。從他個人的不良境遇，得到對於全民衆的痛苦的體會觀察與同情。由他個人的飢餓避亂的經驗，認識了人生的實在情況。這一種寶貴的經驗，細密的觀察與豐富的同情，成爲他的寫實主義的社會詩的重要基礎。這一切，都是那些寄心於田園與山水的隱逸詩人們所看不見。就是看見了也是不願意寫在他們的作品裏面的。這原因，我們又不得不歸之於他們的思想的差別。我們都知道，自魏晉南北朝以來，因老莊佛學的盛行，造成那種浪漫的自然主義的人生觀，造成那種避世的隱逸風氣，造成那種輕世務逃現實的潮流。到了開天時代，這一種風氣幾乎成爲上等讀書人的共同傾向，人人都敬佛愛道，在文集裏充滿了同山人禪師贈答的作品，好像非如此都不足以表現自己的淸高，就在這種情況下，促成了浪漫文學的特盛。但是杜甫在這一個潮流中，都能擺脫一切，卓然自立，由他的家庭傳統與貧困的境遇，養成他那種堅定的現實主義的人生觀。他一點沒有染上佛道神仙的色彩，是一個眞眞實實的儒教徒。他的十三世祖杜預，在晉朝那種黃老淸談的玄學中，是以左傳的專門研究（著有春秋左氏經傳集解）而成爲儒家的大師。就是杜預的父親杜恕，也是一個尊儒學貴德行重名節的善良君子。在他的體論內，遺下了許多可貴的意見。杜甫能時時眷懷着堯舜的盛世，處處流露着景仰孔子的憂民救世的精神，形成了他那種儒家的人生觀，有一半不能不歸之於他的家風和遺教。在他的集子裏，他始終是以儒家自命。他不像阮籍陶潛李白一輩人，眼中只有老莊赤松王喬一流的人物。他崇拜聖賢，遵守禮法，忠君愛國，關懷政事。無論他怎樣窮苦，怎樣失意，他不絕望，不怨恨，總覺得萬事是有希望的，人力是有用處的，他決不逃避，不超越，他脚踏實地一步一步地向前面走。他自己在進鵰賦表中說：『自先君恕預以降，奉儒守官，未墜數業。』又在詩中說：『乾坤一腐儒』（江漢），『儒生老無成』（客居），『干戈浚老儒』（舟中），由這些坦白的口供，可見他是一個最堅定的儒家思想者。雖說他有時也寫過『儒冠多誤身，』（奉贈韋左丞丈）『儒術於我何有哉？孔丘盜跖俱塵埃，』的詩句，那只是窮極無聊時的一種憤恨，他這種心情我們是可以完全理解的。

因爲他有這種現實主義的儒家思想爲其根底，所以他沒有變成個人主義者的浪漫詩人，而變爲全民衆全社會的代言人了。由他這種思想的基礎，而產出一種豐富的同情，無論對於君國，對於家室兒女，對於朋友路人，以至於草木房屋和蟲鳥，都被他那種同情心所籠罩，這正是儒家所說的『老吾老以及人之老，幼吾幼以及人之幼』的仁者之心。『減米散同舟，路難思共濟，』（解憂）『蟲鷄於人何厚薄，吾叱奴人解其縛，』（縛鷄行）『焉得鑄甲作農器，一寸荒田牛得耕，』（蠶穀行）『安得廣厦千萬間，大庇天下寒士俱歡顏，風雨不動安如山。』（茅屋爲秋風所破歌），讀着這些句子，我們便可體會到這位詩人博愛襟懷的廣大了。他是以己之苦，度人之苦，以己之心，度人之心，他無時無刻不在注意全社會全人生。在這種態度下，他不能以陶潛的潔身自愛爲滿足，也不能以李白那種縱慾的快樂生活爲滿足。他念念不忘他的君國民生，絕不是有意要這麼做作，想博到一個好名聲，他的心中確實是充滿着這些現實的思想。他到死還在期望着天下太平，好讓大家過一點安樂日子。我們明白了這一點，就覺得那些以忠君愛國四個字去抬高杜甫身價的人，固然是迂腐，然以此去鄙薄他的，也就更膚淺了。

他雖有溫厚的同情心，却沒有熱烈的感情。他不是屈原式的殉情主義者。因此他無論遇着多大的困難，受着多大的寃屈，他都能够逆來順受，而不會步屈子的後塵，投江自殺。又因爲他的思想是現世的，他也不能在虛無空渺的神仙世界找着快樂。因此，他能用他的理智，去細細地觀察人生社會的實況，從自己的生活經驗，去體會旁人的苦樂。他雖極其重視藝術的美的價值，但是同時他也非常重視藝術的功用。『文章一小技，於道未爲尊，』『斯文憂患餘，聖哲垂彖繫。』這是他偶然流露出來的對於文學的意見。由他的生活境遇和現實思想的結合，使他推倒了個人主義的浪漫文學，而成爲社會主義的寫實文學的大師了。

杜甫論四傑的詩說：『王楊盧駱當時體，輕薄爲文哂未休，』又憶李白詩說：『國人皆欲殺，吾意獨憐才。』由這幾句話看來，我們可以知道，在杜甫時代，四傑的華麗詩風與浪漫派文人的生活態度很爲一般人所不滿意，已經有許多新人，正在暗中醞釀一種新文學運動。這種新文學運動的主要目的，一面是推倒六朝文學的華麗與浪漫文學的空虛，一面是社會文學的建立。元結在乾元三年選集沈千運，孟雲卿，于逖，張彪，趙微明，王季友，元季川七人的詩二十四首，名曰篋中集，他在序中宣佈他的文學主張說：

『風雅不興，幾及千歲。溺於時者，世無人哉？嗚呼，有名位不顯，年壽不將，獨無知音，不見稱頌，死而已矣，誰云無之？近世作者更相沿襲，拘限聲病，喜尚形似，且以流易爲辭，不知喪於雅正，悲哉！彼則指詠時物，會諧絲竹，與歌兒舞女生汚惑之聲於私室可矣。若令方直之士大雅君子聽而誦之，則未見其可矣。吳興沈千運獨挺於流俗之中，強攘於已溺之後，窮老不惑，五十餘年，凡所爲文者皆與時異。故朋友後生稍見師效，能似類者有五六人……』

這可以看作是當日新文學運動的一篇宣言。他在這裏把那些拘限聲病喜尚形似的初唐詩和那些會諧絲竹寄情酒色的浪漫文學一概罵倒，要求着一種有內容有寄託的新文學的產生。在那七人裏，杜甫同王季友張彪孟雲卿都有來往，他尤其佩服孟雲卿。他說：『李陵蘇武是吾師，孟子論文更不疑，』可知孟雲卿對於文學的意見，杜甫是完全同意的。他那些意見現在雖說看不見了，我想同篋中集序中的理論，大略是近似的罷。在他的作品裏，有下面這一類的句子：

『大方載羣物，生死有常倫。虎豹不相食，哀哉人食人。』（傷時）

『秋成不廉儉，歲餘多餒飢。顧視倉廩間，有糧不成炊。』（田園觀雨兼晴後作）

這與杜甫所寫的『朱門酒肉臭，路有凍死骨。彤庭所分帛，本自寒女出，』一類詩的風格，是完全相似的。其他諸人的作品，流傳下來的不多，其中雖無特色，也無時流的弊病。至於元結自己，他雖以山水詩著稱，却是一個有心作新樂府描寫時事的詩人。在他的集子裏，如憫荒詩，貧婦詞，舂陵行，賊退示官吏諸篇，都是他在這方面的表現。我們試看他的貧婦詞：

『誰知苦貧夫，家有愁怨妻。請君聽其詞，能不爲酸悽！所憐抱中兒，不如山下麑。空念庭前地，化爲人吏蹊。出門望山澤，回頭心復迷。何時見府主，長跪向之啼！』

這一類的作品，明明是受了沈千運孟雲卿一派人的影響，明明是要實踐他在篋中集序中所宣言的文學理論。在這種地方，他和杜甫的思想完全是一致的。還有一個和他們同時，但死得較晚的顧況（約生於西曆七二五年，死於八一五年），雖說他晚年歸隱茅山，自號華陽眞隱，度其高人逸士的生活，寫了不少閑淡的山水詩，但他同元結一樣，也是一個關心世務，有意用新樂府體來表現社會時事的人。他的補亡訓傳十三章，就是他在這方面的嘗試。不過因爲他運用殭化的四言體去寫新樂府，所以他在文學上的成就，還比不上元結。他的囝一篇，却是值得我們注意的。

『囝生閩方。閩吏得之，乃絕其陽。爲臧爲獲，致金滿屋。爲髡爲鉗，如視草木。天道無知，我罹其毒，神道無知，彼受其福。郎罷別囝，吾悔生汝。及汝既生，人勸不舉。不從人言，果獲是苦。囝別郎罷，心摧血下。隔地絕天，及至黃泉。不得在郎罷前。』（原註：囝哀閩也。囝音蹇。閩俗呼子爲囝。父爲郎罷。）

他在這裏大膽地採用土語方言，用寫實的筆法，去描寫社會上無人注意的貧民問題，實在是非常可取的。其他如上古，築城，持斧，我行自東諸章，雖都不能算作好詩，然在那些詩裏，却都表現着作者對於現實世界的不滿，和那種憂民傷亂的社會感情。由此看來，在杜甫的時代，文學的風氣，確呈現着一種轉變的趨勢，所謂舊文學的改革，新文學的建立，已成爲一種羣衆運動。和杜甫前後同時的沈千運孟雲卿元結顧況之徒，都是這運動中的一員。可知杜甫在當日並不是孤立的，文壇上有不少的同調，都在從事這種工作。就是在當時稱爲代表齊梁之風的作家李嘉祐的律詩裏，也有『貧妻白髮輸殘稅，餘寇黃河未解圍。』（題靈台縣東山村主人）『若問行人與征戰，使君雙淚定霑衣』（送皇甫冉）的句子。可知在那個大亂的時代，除了隱身於深山幽谷以外，作者是不容易完全避開現實的了。不過那些人雖都有改革文學的決心與見解，究缺少創作的偉大才力，因此都變成了這個運動中的無名英雄，只好讓這位『讀書破萬卷，下筆如有神』的杜甫來擔當這重大的任務，享千古的盛名了。但那些無名英雄，我們也不能因此就輕視他們忘記他們。

在敍述杜甫的生活與思想以後，現在可以看看他的作品了。他的作品，在藝術上得到成就，在思想上形成那種寫實主義的社會詩歌的特色，實是開始於他寄寓長安的那幾年。他那時候已是四十左右的人，人生的經驗日益豐富，觀察力日益細密，藝術的修養，也日趨於完善之境，就在那時候，產生了好些傑作。如兵車行，醉時歌，麗人行，秋雨歎，自京赴奉先縣詠懷五百字諸篇，都是這時期的代表作品。由這些詩，確定了他寫實主義的作風，在浪漫的個人主義的文學潮流中，開闢了社會文學的新天地。在下面試舉兵車行麗人行作例。

『車轔轔，馬蕭蕭，行人弓箭各在腰。耶孃妻子走相送，塵埃不見咸陽橋。牽衣頓足攔道哭，哭聲直上干雲霄。道旁過者問行人，行人但云點行頻。或從十五北防河，便至四十西營田。去時里正與裹頭，歸來頭白還戍邊。邊亭流血成海水，武皇開邊意未已。君不聞漢家山東二百州，千村萬落生荆杞。縱有健婦把鋤犂，禾生壠畝無東西，況復秦兵耐苦戰，被驅不異犬與鷄。長者雖有問，役夫敢申恨！且如今年冬，未休關西卒。縣官急索租，租稅從何出？信知生男惡，反是生女好。生女猶得嫁比鄰，生男埋沒隨百草。君不見靑海頭，古來白骨無人收。新鬼煩寃舊鬼哭，天陰雨濕聲啾啾。』（兵車行）

『三月三日天氣新，長安水邊多麗人。濃態意遠淑且眞，肌理細膩骨肉勻。繡羅衣裳照暮春，蹙金孔雀金麒麟。頭上何所有，翠微㔩葉垂鬢脣。背後何所見，珠壓腰衱穩稱身。就中雲幕椒房親，賜名大國虢與秦。紫駝之峯出翠釜，水精之盤行素鱗，犀筯厭飫久未下，鑾刀縷切空紛綸。黃門飛鞚不動塵，御廚絡繹送八珍。簫鼓哀吟感鬼神，賓從雜遝實要津。後來鞍馬何逡巡，當軒下馬入錦茵。楊花雪落覆白蘋，靑鳥飛去銜紅巾。炙手可熱勢絕倫，愼莫近前丞相嗔』（麗人行）

兵車行是寫民衆的苦於徭役，麗人行是寫貴妃姊妹的奢淫。一出於哀痛，一出於憤恨，將大亂前的宮庭內幕與社會實況，完全暴露無遺，在這裏是透露着禍亂將臨的消息的。天寶十四年，在大亂的前夕，他到奉先去看他的妻兒時，寫下那篇詠懷的五言長詩，其中對於政治民生的黑幕更是盡情地加以宣佈和描寫，暗示着危機更益急迫。果然，過了不久，安祿山舉起了叛變之旗了。

從安史之亂到他入蜀的那四五年中，是他生活史上最苦痛的時期。個人的流離轉徙，妻兒的飢餓以至於死亡，戰事的恐怖，人民死骨的暴露與房屋破壞的情況，大飢荒大毀滅的種種悲慘現象，使得他更深一層觀察社會體會人生，同時也使他的藝術更趨於圓熟。他最偉大的作品，都產生在這個時代。如春望，哀江頭，哀王孫，喜達行在所，述懷，北征，羌村，新安吏，潼關吏，石壕吏，新婚別，垂老別，無家別，秦州雜詩，月夜憶舍弟，空囊，同谷縣作歌諸篇，都是這時期的代表作。這一時期的作品，因爲他所描寫都是出於個人的實際經驗，所以作品的顏色，較之麗人行那時的作品來，是更要悲慘更要黑暗，而寫實的手法，也更爲深刻了。

『國破山河在，城春草木深。感時花濺淚，恨別鳥驚心。烽火連三月，家書抵萬金。白頭搔更短，渾欲不勝簪。』（春望）

『羣鷄正亂叫，客至鷄鬭爭。驅鷄上樹木，始聞扣柴荆。父老四五人，問我久遠行。手中各有攜，傾榼濁復清。莫辭酒味薄，黍地無人耕。兵革既未息，兒童盡東征。請爲父老歌，艱難愧深情。歌罷仰天歎，四座淚縱橫。』（羌村三之一）

『暮投石壕村，有吏夜捉人。老翁踰牆走，老婦出門看。吏呼一何怒，婦啼一何苦。聽婦前致詞，三男鄴城戍。一男附書至，二男新戰死。存者且偷生，死者長已矣。室中更無人，惟有乳下孫。孫有母未去，出入無完裙。老嫗力雖衰，請從吏夜歸。急應河陽役，猶得備晨炊。夜久語聲絕，如聞泣幽咽。天明登前途，獨與老翁別。』（石壕吏）

『兔絲附蓬麻，引蔓故不長。嫁女與征夫，不如棄路旁。結髮為君妻，席不煖君牀。暮婚晨告別，無乃太忽忙。君行雖不遠，守邊赴河陽。妾身未分明，何以拜姑嫜，父母養我時，日夜令我藏。生女有所歸，鷄狗亦得將。君今往死地，沈痛迫中腸。誓欲隨君去，形勢反蒼黃。勿為新婚念，努力事戎行。婦人在軍中，兵氣恐不揚。自嗟貧家女，久致羅襦裳。羅襦不復施，對君洗紅妝。仰視百鳥飛，大小必雙翔。人事多錯迕，與君永相望。』（新婚別）

『四郊未寧靜，垂老不得安。子孫陣亡盡，焉用身獨完。投杖出門去，同行為辛酸。幸有牙齒存，所悲骨髓乾。男兒既介冑，長揖別上官。老妻臥路啼，歲暮衣裳單。孰知是死別，且復傷其寒。此去必不歸，還聞勸加餐。土門壁甚堅，杏園度亦難。勢異鄴城下，縱死時猶寬。人生有離合，豈擇衰老端。憶昔少壯日，遲迴竟長歎。萬國盡征戍，烽火被岡巒。積屍草木腥，流血川原丹。何鄉為樂土，安敢尚盤桓。棄絕蓬室居，塌然摧肺肝。』（垂老別）

『有弟有弟在遠方，三人各瘦何人强。生別展轉不相見，胡塵暗天道路長。東飛駕鵝後鶖鶬，安得送我置汝旁。嗚呼！三歌兮歌三發，汝歸何處收兄骨。』（乾元中寓居同谷縣作歌七首之一）

他這些詩全是以個人的實際經驗與民間的疾苦為題材，充分地發揮了寫實主義的特色，建立了穩固的社會文學的基礎。他讀了元結的詩說：『當天子分憂之地，效漢官良吏之目。今盜賊未息，知民疾苦。得結輩十數公，落落然參錯天下爲邦伯，萬物吐氣，天下少安可得矣。不意復見比興體制微婉頓挫之詞。』（同元使君春陵行序）他這樣稱贊元結的爲人及其作品，這便是因爲他們的思想以及對於文學的見解相同的原故。這相同點，是浪漫的態度與作風的放棄，寫實的比興的社會文學的建立。他在這方面最大的成就，是新樂府的創造。楊倫說：『自六朝以來，樂府題率多模擬剽竊，陳陳相因，最爲可厭。子美出而獨就當時所感觸，上憫國難，下痛民窮，隨意立題，盡脫去前人窠臼，苕華草黃之哀不是過也。樂天新樂府秦中吟等篇，亦自此出。』這話是很對的。浪漫詩人，專取古樂府歌辭中的精神與語調，造成浪漫的形式與音律，杜甫則採取古樂府描寫社會民生疾苦的態度，完成了他的社會詩的功績。

從他入蜀入湘以至於死，在那一十年中，他的生活雖仍是流離轉徙，但狀況已較爲平定。加之他已近老年，心境亦趨於淡漠。詩中雖仍多關懷時事之作，然其情感的表現，則頗含蓄悠遠，已沒有前期的那種火氣了。同時回憶懷古之篇特多，在律體上大用其心力，有由內容而轉回於藝術美的傾向。這種情形，都適應於他年齡的進展。他自己說過『老去漸於詩律細』的話，這正是他這個時代的作品的特色。他許多有名的律詩，大都產生在這個時代。如蜀相，爲客，狂夫，野望，江村，野老，南鄰，出郭，恨別，客至，江亭，水檻遣心，客夜，九日登梓州城，登牛頭山亭子，登樓，宿府，閣夜，詠懷古迹，旅夜書懷，白帝，秋興，登高，登岳陽樓諸篇，是他律詩中最有名的作品。愛詩的人，大都是熟讀過的。

『萬里橋西一草堂，百花潭水卽滄浪。風含翠篠娟娟靜，雨裛紅蕖冉冉香。厚祿故人書斷絕，恆飢稚子色凄涼。欲塡溝壑唯疏放，自笑狂夫老更狂。』（狂夫）

『野老籬前江岸迴，柴門不正逐江開。漁人網集澄潭下，賈客船隨返照來。長路關心悲劍閣，片雲何意傍琴臺？王師未報收東郡，城闕秋生畫角哀。』（野老）

『去郭軒楹敞，無村眺望賒。澄江平少岸，幽樹晚多花。細雨魚兒出，風輕燕子斜。城中十萬戶，此地兩三家。』（水檻遣心）

『伊昔黃花酒，如今白髮翁。追歡筋力異，望遠歲時同。弟妹悲歌裏，朝廷醉眼中。兵戈與關塞，此日意無窮。』（九日登梓州城）

『白帝城中雲出門，白帝城下雨翻盆。高江急峽雷霆鬬，翠木蒼藤日月昏。戎馬不如歸馬逸，千家今有百家存。哀哀寡婦誅求盡，慟哭秋原何處村。』（白帝）

『歲暮陰陽催短景，天涯霜雪霽寒宵。五更鼓角聲悲壯，三峽星河影動搖。野哭幾家聞戰伐，夷歌數處起漁樵。臥龍躍馬終黃土，人事音書漫寂寥。』（閣夜）

『昔聞洞庭水，今上岳陽樓。吳楚東南坼，乾坤日夜浮。親朋無一字，老病有孤舟。戎馬關山北，憑軒涕泗流。』（登岳陽樓）

在這些詩裏，我們可以看出杜甫的晚年，已失去了前時代的那種憤怒與鬬爭的態度，而現出濃厚的感傷和偶然在他生活中出現的那種恬淡閑適的情調了。但專就藝術上講，是呈現着更細密更老練的技巧的。由這些詩篇說他傾心於格律的完整以及藝術技巧的講求，却是很顯然的事。『老去漸於詩律細』這一句話，對於他晚年的詩風，作了一個正確的說明。因爲如此，所以許多後代的詩人，都掩住了他的社會文學的眞精神眞價値，專從他的藝術技巧方面，學習取法，韓愈是如此，黃山谷也是如此，就連那作風與思想和杜甫完全相反的李義山，也被人稱爲杜甫的嫡派了。我們如果明瞭了其中的眞實情況，這現象是一點也不足怪的。但是我們千萬不要忘記，杜甫的代表作品，都是用的白話化的淺言語，都是民歌式的樂府體。只有他才眞是民衆的代言者，只有他才眞是完成了平民詩人的使命。對於杜甫在文學上的評價，如果輕視了他在這方面的功業，那捨本逐末的錯誤，眞是無可補救了。

三　杜詩的影響與張籍

杜甫以後，在文學史上，有所謂『大曆十才子』之稱。據新唐書文藝傳中的盧綸傳，十才子是盧綸，吉中孚，韓翃，錢起，司空曙，苗發，崔峒，耿湋，夏侯審，和李端。後人也有去韓翃，崔峒，夏侯審，而加進郞士元李益李嘉祐的（見江鄰幾雜誌）。究竟誰是才子誰不是才子，我們現在可以不必管他，只是這一批人在作品的風格上，大致相同，沒有分明的强烈的個性表現，所以都不能成爲第一流的大詩人。但其中如錢起郞士元，確有些很好的作品，我們是不得不注意的。

在這一批人的作品裏，雖說沒有直接繼承杜甫文學的精神，在社會文學方面再開拓再創造，追求更大的收穫，但他們的詩風確實一反浪漫派的空虛放誕，而歸於平實的境地與嚴肅的態度。高仲武評錢起詩云：『芟齊宋之浮游，削梁陳之靡嫚。』這一點是他們共有的特色。在耿湋盧綸的集中，也有些描寫社會離亂之作，足見他們也並不是完全閉住眼睛，不管世事的人。

『老人獨坐倚官樹，欲語潸然淚便垂。陌上歸心無產業，城邊戰骨有親知。餘生尙在艱難日，長路多逢輕薄兒，綠水青山雖似舊，如今貧後復何爲？』（耿湋路旁老人）

『傭賃難堪一老身，皤皤力役在青春。林園手種唯吾事，桃李成陰歸別人。』（耿湋代園中老人）

『行多有病住無糧，萬里還鄉未到鄉。蓬鬢哀吟古城下，不堪秋氣入金瘡。』（盧綸逢病軍人）

或寫傷兵的苦痛，或寫工人的貧窮，或寫戰後老人的悲哀，作者在這方面完全是用客觀的寫實的態度，來表現社會民衆的感情，是一點也沒有個人的浪漫的色彩的。這種作品在他們的集子裏雖說很少，然而在這裏也可以看出當日的時代與杜甫的文學，對於這些作家，不是完全沒有影響的。再在和他們同時的戴叔倫的集裏，也有很好的描寫社會民生的作品。我們試看他的女耕田行和屯田詞。

『乳燕入巢笋成竹，誰家二女種新穀。無人無牛不及犂，持刀斫地翻作泥。自言家貧母年老，長兄從軍未娶嫂。去年災疫牛囤空，截絹買刀都市中。頭巾掩面畏人識，以刀代牛誰與同。姊妹相攜心正苦，不見路人唯見土。疏通畦隴防亂苗，整頓溝塍待時雨。日正南岡午餉

歸，可憐朝雉擾驚飛。東鄰西舍花發盡，共惜餘芳淚沾衣。』（女耕田行）

『春來耕田遍沙磧，老稚欣欣種禾麥。麥苗漸長天苦晴，土乾确确鉏不得。新禾未熟飛蝗至，青苗食盡餘苦莖。捕蝗歸來守空屋，囊無寸帛瓶無粟。十月移屯來向城，官教去伐南山木。驅牛駕車入山去，霜重草枯牛凍死。艱辛歷盡誰得知，望斷南天淚如雨。』（屯田詞）

這一類的作品，眞可與杜甫的兵車行三吏比美。女耕田行一篇，尤可稱爲特出。杜甫所說的『縱有健婦把鋤犂，禾生隴畝無東西，』雖是沈痛，還沒有這篇寫得眞實和活躍。因爲大戰亂大災疫，哥哥從軍去了，牛也死了，家裏只剩着老母和兩位少女，在無可奈何之中，只好含羞賣絹買刀來耕田地，維持衣食。對着明媚的春光，自傷身世，這種由大亂反映出的鄉村風景，由貧苦反映出的少女情懷，在這篇作品裏得到最高的表現。屯田詞一章，一面描寫農民的窮困，同時又表現當政的人對他們的種種壓迫，在這裏暗示着民間的悲苦生活，是非常眞切的。在這種情況之下，可知杜甫的社會文學的風氣，確實在當代的詩壇發生了不小的影響。許多作家都受了他的感動，對於文學的態度，很明顯地是趨於嚴肅化與社會化了。我們只要看看號稱苦吟詩人技巧詩人的孟郊韓愈的作品，也有織婦辭，寒地百姓吟（孟郊）和歸彭城，此日足可惜（韓愈）那種富於現實性的詩歌，就在那個以宮體詩著名的王建，也有水夫謠，田家行，去婦那一類攻擊租稅力役制度和代言棄婦的窮苦心境的社會文學，我們更可看出杜甫給與當代文壇的明顯影響了。

在這種社會文學的運動中，無論在思想上作風上，都能直接繼承杜甫的系統，而成爲杜白之間的代表作家的是那位瞎眼詩人張籍，他字文昌，東郡人（今河北濮陽附近，），新唐書又說他是和州烏江人。約生於西曆七六五年死於八三〇年。他眼睛有病，五十歲時還做着太祝的窮小官。所以孟郊寄他的詩，有『窮瞎張太祝』之句。他後來做過水部員外郎，時人稱他爲張水部，晚年爲國子司業，故又稱爲張司業。他的作品雖以五言律詩聞名，但最大的成就，却是用樂府的體裁，去開拓社會詩的生命。他是最崇拜杜甫的。雲仙雜記說：『張籍取杜甫詩一帙，焚取灰燼，副以膏蜜，頻飲之曰：令吾肝腸從此改易。』（唐馮贄撰，但四庫總目謂此書爲王銍所僞託）。這一段故事的眞實性雖可懷疑，但張籍對於杜甫的欽佩和對於杜詩的愛好，是極可信的。他許多樂府詩的創作，同杜甫所用的手法，是完全一致的。並且他的態度更客觀，所取的社會題材，也更廣泛。他和孟郊韓愈雖相交最久，友誼最深，但他的文學却不能歸之於孟韓所代表的那怪僻一派，他實在是杜甫的社會文學的直接繼承人。所以那主張『詩歌合爲事而作』的白居易，讀了他的作品，要大加贊歎，稱爲『舉代少其倫』的了。他認文學是社會與人生的表現，是描寫民生疾苦的最好工具，我們應該用一種嚴肅的態度對付他，萬不可無病呻吟，言之無物。也不可專事歌寫風情花草，同現實離開，更不可出於遊戲，去損傷文學的尊嚴與功用。他遺韓愈書中云：『君子發言舉足，不遠於理，未嘗聞以駁雜無實之證爲戲也。』在這裏正表示他對於文學的態度的認眞。

『羌胡據西州，近甸無邊城。山東收租稅，養我防塞兵。胡騎來無時，居人常震驚。嗟我五陵間，農者罷耕耘。邊頭多殺傷，士卒難全形。郡縣發丁役，丈夫各征行。生男不能養，懼

身有姓名。良馬不念秣，烈士不苟營。所願除國難，再逢天下平。』（西州）

『九月匈奴殺邊將，漢軍全沒遼水上。萬里無人收白骨，家家城下招魂葬。婦人依倚子與夫，同居貧賤心亦舒。夫死戰場子在腹，妾身雖存如晝燭。』（征婦怨）

『築城處，千人萬人抱杵。重重土堅試行錐，軍吏執鞭催作遲。來時一年深磧裏，盡著短衣渴無水。力盡不得休杵聲，杵聲未定人皆死。家家養男當門戶，今日作君城下土。』（築城詞）

他在這裏極力暴露戰爭的罪惡與人民所受於力役的痛苦。把鄉村的離亂生活和孤兒寡婦的心境，和盤托出，寫得最眞實又沉痛。所謂願除國難，再逢太平的希望，正是無辜的民衆的眞情眞意。如關山月，妾薄命，遠別離，隴頭行，塞上曲，董逃行諸篇，都是這方面的好作品。

『老農家貧在山住，耕種山田三四畝。苗疏稅多不得食，輸入官倉化爲土。歲暮鋤犁傍空室，呼兒登山收橡實。西江賈客珠百斛，船中養犬長食肉。』（山農詞）

『金陵向西賈客多，船中生長樂風波。欲發移船近江口，船頭祭神各澆酒。停杯共說遠行期，入蜀經蠻誰別離。金多衆中爲上客，夜夜籌緡眠獨遲。秋江初月猩猩語，孤帆夜發瀟湘渚。水工持檝防暗灘，直過山邊及前侶。年年逐利西復東，姓名不在縣籍中。農夫稅多長辛苦，棄業寧爲販賣翁。』（賈客樂）

『山頭鹿，角芟芟，尾促促。貧兒多租輸不足，夫死未葬兒在獄。旱日熬熬蒸野岡，禾黍不

收無獄糧。縣官唯憂無軍食，誰能令爾無死傷？』（山頭鹿）

他在這些詩裏，一面大膽地批評政府對於農民的壓迫，一面又極力描寫農民生活的苦痛與商人的富裕奢淫。商人是帶着百斛的珠，舒舒適適地東西逐利，自己的生活不必說，養着貓犬，也是天天吃魚吃肉的。農人們一年到頭做着不停，所得的結果，是夫死未葬兒在獄。在這裏形成兩個階級兩種生活極悲慘的對照。很明顯的，他在這種作品裏，他提出一個非常嚴重的社會問題，這便是商人的抬頭，商業資本的發展，同統治階級互相勾結，是加重農民的剝削，促進農村生活的破產，而成爲社會擾亂的根源。這意義正如晁錯所說：『商賈大者積貯倍息，小者坐列販賣。操其奇贏，日遊都市。乘上之急，所賣必倍。故其男不耕耘，女不蠶織，衣必文繡，食必粱肉。因其富厚，交通王侯，力過吏勢，以利相傾。千里敖遊，冠蓋相望。乘堅策肥，履絲曳縞。此商人所以兼併農人，農人所以流亡也。』（見前漢書食貨志）這種情形實在是社會上最嚴重的問題，張籍能看到這一點，並能在作品中用藝術的形式表現出來，而成爲最富於現實性的問題文學，是非常可貴的。更因政府所施之虐政，對民衆一點也不加體恤愛惜。打起仗來要徵兵，窮了要催稅。戰亂平後，做官的還是做官，百姓的生死存亡，就無人理了。在他的廢宅行一篇裏，很坦白地發出了這種不平之聲。所謂『亂後幾人還本土，唯有官家重作主，』這眞是說得再沉痛也沒有了。

其次，他在另一方面，又注意到婦女問題。前人的詩，雖多歌詠婦女之作，大半都把婦女作爲花草一般地描寫，或寫其美貌，或寫其相思之情。從沒有人想到婦女在社會上應有的地位，和她們的生活與道德的問題。他在妾薄命別離曲諸篇裏，都代替女子喊寃訴苦，覺得女子有她們的生活要求，有她們的青春快樂，男子長年在外面，把女子放在家裏守活寡，實在是最不道德的。『男兒生身自有役，那得誤我少年時？』（別離曲。）這一個理由，在現在的美國，早可以到法庭去請求離婚了。他在這方面的代表作，我們不得不舉他的離婦。

『十載來夫家，閨門無瑕疵，薄命不生子，古制有分離。託身言同穴，今日事相違。念君終棄捐，誰能長在茲。堂上謝姑嫜，長跪請離辭。姑嫜見我往，將決復沉疑。與我古時釧，留我嫁時衣。高堂拊我身，哭我於路陲。昔日初爲婦，當君貧賤時，晝夜常紡績，不得事蛾眉。辛勤積黃金，濟君寒與飢。洛陽買大宅，邯鄲買侍兒。夫婿乘龍馬，出入有光儀。將爲富家婦，永爲子孫資。誰謂出君門，一身上車歸。有子未必榮，無子坐生悲。爲人莫作女，作女實難爲。』

這是一篇可與孔雀東南飛比美的家庭悲劇詩。至於悲劇的程度，這篇却遠在孔雀東南飛之上。孔雀東南飛中的兩主角雖是死了，但在情感的發展與心靈的滿足上，他們是得着勝利的滿足的。但離婦篇的主角，是一個才貌雙全的女子，嫁給一個窮光蛋的丈夫，經她辛勤的工作，創立家業，買了房屋，買了車馬，可以做富家之婦，過一點快樂生活了，不料因一個不生兒子的問題，逼得她離開家庭，去過那種最苦痛最黑暗的生活。男人在外面胡嫖亂蕩，弄到一身惡劣的病，生不下兒子，每每不責備自己，總是叫妻子滾蛋，這是天下最不公平最不人道的事。而社會上却全承認這是最合理的法律，最公平的道德，一千多年來，從沒有攻擊或是懷疑過這種制度，實在是極可笑的。因此也就不知道有多少女人在這條法律下，犧牲了她的幸福。『爲人莫作女，作女實難爲，』眞是女人心中無可奈何的叫喊。作者能在這方面注意到從未爲人所注意的問題，加以描寫和提出，而變爲婦女的同情者與代言人了。再如董公詩，表示當政的人應當有憂民救世的心懷，天下方可太平，學仙一篇，更是盡力攻擊當日流行的仙道風氣，都是切中時弊。詩雖不甚佳，都無一點遊戲態度和駁雜無實之病。白居易讀他的詩說：

『張君何爲者？業文三十春。尤工樂府詩，舉代少其倫。爲詩意如何？六義互鋪陳。風雅比興外，未嘗著空文。讀君學仙詩，可諷放佚君。讀君董公詩，可誨貪暴臣。讀君商女詩，可感悍婦仁。讀君勤齊詩，可勸薄夫敦。上可裨教化，舒之濟萬民。不可理情性，卷之善一身。始從青衿歲，迨此白髮新。日夜秉筆吟，心苦力亦勤。時無采詩官，委棄如泥塵。恐君百歲後，滅歿人不聞。……言者志之苗，行者文之根。所以讀君詩，亦知君爲人。如何欲五十，官小身賤貧。病眼街西住，無人行到門。』

商女勤齊二篇，張籍集中不載，想已亡佚，果然應了白氏『恐君百年後，滅歿人不聞』的話。據張司業集序中說：『自皇朝多故，屢經離亂。公之遺集，十不存一。』由此可知他的作品遺失必然很多，決不止商女，勤齊二篇，這眞是可惜的事。至於白氏在最後所描寫他的窮病蕭條的慘狀，就是我們現在讀了，對於這位偉大的社會詩人，也是要寄着無限的同情的。

四　元白的文學思想與作品

由八世紀中葉到九世紀上半期，是唐代文學甚至於是中國文學史上一個大變動的時期。由六朝派以及浪漫派的詩風，變爲杜甫張籍元稹白居易的社會詩，由駢文變爲韓愈柳宗元的古文。詩與文在藝術的形式上雖有不同，但在這次運動的本質以及思想的根底，完全是一致的。無論他們是如何措辭立說，其根本主張，無非是要排擊唯藝術的唯美的個人文學，而要建立爲人生的功利的社會文學。要把文學作爲改造社會補察時政導化人生的工具，不只是一種歌詠風情山水的娛樂品。杜甫張籍們的詩歌，韓柳們的古文，都是向着同一的思潮前進的。這一種思潮的發展，在詩歌方面，到了元稹白居易，才正式完成，才正式建立有系統的文學主張。

元稹字微之，(西曆七七九——八三一年)河南洛陽人。家貧，由艱苦中奮鬬出來。穆宗時曾作宰相，後與裴度不容，罷相而去。後歷任同州，越州，鄂州刺史，和武昌節度使，死於武昌，年五十三。白居易字樂天(西曆七七二——八四六年)下邽人，(今陝西渭南。)自幼聰慧，刻苦讀書，有口舌成瘡手肘成胝的苦況。二十七歲以進士就試，擢甲科，授秘書省校書郎。後歷任忠州，杭州，蘇州，同州刺史，後授太子少傅，進封馮翊縣開國侯。死時年七十五歲，在唐代詩人裏，除顧況以外，他也算得是一個長命的詩人了。元白在官場中雖都身居要職，然都不是富貴家子弟，同樣是從貧苦的鄉村中奮鬬出來的。在他們的少年生活中，早已體驗了貧窮的實況，與農村的艱苦。後來到了政界，由那種荒亂衰敗的現象，更促成他們那種憂民救世改造社會人羣的現實思想。在元稹的敍詩寄樂天書中，痛言當日的政治社會的紊亂，使得他到了那種『心體悸震，若不可活』的緊張狀態。在這種危機日迫的時勢中，有志氣有思想的青年們，自然都想有所改革，有所作爲。他們一方面在政治思想上主張尊重民意，建立一個順從民意的穩固政府。要做到『設敢諫之鼓，建進善之旌，立誹謗之木，工商得以流議，士庶得以傳言』的程度，國家才有復興的希望。在元白合作的七十五篇的策林裏，我們可以看到他們對於政治的積極的意見。同時，他們要利用文學來作爲一種改造社會人羣的工具，來作爲傳達民意抨擊政治的武器，文學的意義，只是達到了藝術上的成就，決不能算滿足，最重要的是要使他達到社會的實用的功能。他們檢查過去的作品，能實踐着這種任務的，是少而又少。因此，他們對於過去那種格律的唯美的色情的山水的浪漫的作品，一概加以攻擊，發表激烈的宣言了。

『夫文尚矣，三才各有文。天之文三光首之，地之文五材首之，人之文六經首之。就六經言，詩又首之。何者？聖人感人心而天下和平。感人心者莫先乎情，莫始乎言，莫切乎聲，莫深乎義。詩者根情苗言，華聲實義。上至聖賢，下至愚騃，微及豚魚，幽及鬼神。羣分而氣同，形異而情一，未有聲入而不應，情交而不感者。聖人知其然，因其言，經之以六義，緣其聲，緯之以五音。音有韻，義有類，韻協則言順，言順則聲易入。類舉則情見，情見則感易矣。……洎周衰秦興，採詩官廢，上不以詩補察時政，下不以歌洩導人情。乃至於諂成之風動，救失之道缺，於時六義始刓矣。國風變爲騷詞，五言始於蘇李。蘇李騷人，皆不遇者，各繫其志，發而爲文，故河梁之句，止於傷別，澤畔之吟，歸於怨思。徬徨抑鬱，不暇及他耳。然去時未遠，梗概尚存。……於時六義始缺矣。晉宋已還，得者蓋寡。以康樂之奧博，多溺於山水，以淵明之高古，偏於田園，江鮑之流，又狹於此。……於時六義寖微矣。陵夷至於梁陳間，率不過嘲風雪弄花草而已。噫，風雪花草之物，三百篇中豈捨之乎？顧所用何如耳。設如「北風其涼，」假風以刺威虐也。「雨雪霏霏，」因雪以愍征役也。「棠棣之華，」感華以諷兄弟也。「采采芣苢，」美草以樂有子也。皆興發於此，而義歸於彼。反是者可乎哉？然則「餘霞散成綺澄江淨如練」之什，麗則麗矣，吾不知其所諷焉。故僕謂嘲風雪弄花草而已，於是六義去矣。唐興二百年，其間詩人不可勝數。……詩之豪者稱李杜，李之作已奇矣，人不逮矣。索其風雅比興，十無一焉。杜詩最多，可傳者千餘首，……然撮其新安吏石壕吏潼關吏塞蘆子留花門之章，「朱門酒肉臭，路有凍死骨」之句，亦不過十三四，杜尚如此，況不逮杜者乎。』（白居易與元九書）

在中國過去的文壇，這是一篇最大膽最有力量的文學運動的宣言，在這篇文字裏，他對於往日的古典文學格律文學大膽地批評破壞，同時對於新文學又加以理論的建設。杜甫張籍有這種意見，沒有說出來。韓愈柳宗元有這種意見，雖是說出來了，但是說得太含糊太做作，時時夾雜着道統聖賢的不切實的理論，反而使他們的文學主張掩藏了。只有白居易說得又平淺又有條理，使人一望就可領略他的要點。這一篇宣言，可以代表八世紀中葉到九世紀初期那將近百年的社會文學運動最成熟的主張。我們從這些文字裏，可以得到幾個要旨。

一、他承認文學有最高的意義與價値，決不是一種遊戲的無用的消遣品。他的重要使命，是要補察時政洩導人情，因此文學的基本組織，應該是以情爲根，以義爲實，以言爲苗，以聲爲華。要這樣才可以文質並重，一面既不致於違棄文學的使命，同時又可顧到文學的藝術價値。

二、自三百篇以後，中國的文學漸漸地離開他的重要的使命，而趨於唯美的個人的浪漫的路上走。這種趨勢，一個時代比一個時代利害，到了南朝末年，成了只是一種『嘲風雪弄花草』的狀態，不僅徐庾四傑之流，他們看不起，就連謝靈運陶淵明們的山水田園詩，他們也認爲是無用的。因此之故，他們對於李白並不重視，唯有對於杜甫張籍們的作品，大致其贊歎之詞。在這方面，他們的批評，實是基於文學思想的立場，並不是完全以藝術的價値爲標準的。元稹在杜甫墓誌銘內，極力揚杜抑李，引起後人許多辯護的紛爭，這眞是庸人自擾，如果明瞭了他們那種文學思想的立場，這一些辯護的紛爭，都是多餘的了。元稹在敍詩寄樂天書中說：『得杜甫詩數百首，愛其浩蕩津涯，處處臻到，始病沈宋之不存寄興，而訝子昂之未暇旁備矣。』他這種說明，正與他的文學思想的立場相合。再他在樂府古題序中，對於古代的文學，也作了和白居易同樣意見的評論。所以他們稱讚杜甫的作品，不如後代格律詩人只取其律詩，而取其三吏三別兵車麗人的樂府，不取其『紅稻啄餘鸚鵡粒，碧梧棲老鳳凰枝，』而只取其『朱門酒肉臭，路有凍死骨』之句，這正是以情義爲根本聲言爲枝葉的理論的實踐。

三、他們的文學主張既是如此，對於過去的文學又是這麼不滿意，於是便下了改革文學的決心。

白居易說：『僕常痛詩道崩壞，忽忽憤發，或食輟哺，夜輟寢，不量才力，欲扶起之。』這正與當日李白反六朝詩風韓愈反駢文的氣概與決心相同。他在寄唐生詩中云：『不能發聲哭，轉作樂府詞。篇篇無空文，句句必盡規。……非求宮律高，不務文字奇。惟歌生民病，願得天子知。』又在新樂府序中說：『其辭質而徑，欲見之者易喻也。其言直而切，欲聞之者深戒也。其事覈而實，使采之者傳信也。其體順而肆，可以播於樂章歌曲也。總而言之，爲君爲臣爲民爲物爲事而作，不爲文而作也。』他這態度非常明顯，文學的第一義，是要達到其社會實用的功能，所以不求文字宮律的奇美，只求其內容的充實與表現的諷刺的意義，因此便達到他的『文章合爲時而著，歌詩合爲事而作』的結論。元稹和他的意見是同一的。他在和李校書新題樂府序中說：『予友李公垂（李紳）貺予新樂府題二十首，雅有所謂，不虛爲文。予取病時之尤急者列而和之，蓋十二而已。昔三代之盛也，士議而庶人謗。又曰：世理則詞直，世忌則詞隱，予遭理世，而君盛聖，故直其詞以示後，使夫後之人謂今日爲不忌之時焉。』他在這所說的雖有曲折與掩藏，但其理論，正是白居易所說的文學合爲時事而作的見解。

元白不是空言文學改革的人，他們都有許多創作，來實踐他們的理論。白居易的諷諭詩一百五十多篇，是他在這方面最大的成績。其中尤以秦中吟十首，新樂府五十首，爲他社會詩中的傑作。元稹也有樂府古題十九首（和劉猛及李餘的），新題樂府十二首（和李紳的），都是描寫民生疾苦的作品。寫實主義的社會文學，到了元白達到了極高度的發展，擴大描寫的範圍建立文學的理論，算是開拓杜甫張籍諸人未曾發掘的園地了。我在下面，選錄幾篇元白的作品來看看。

『織婦何太忙，蠶經三臥行欲老。蠶神女聖早成絲，今年絲稅抽徵早。早徵非是官人惡，去歲官家事戎索。征人戰苦束刀瘡，主將勳高換羅幕。繰絲織帛猶努力，變緝撩機苦難織。東家頭白雙女兒，爲解挑紋嫁不得。簷前嫋嫋游絲上，上有蜘蛛巧來往。羨他蟲豸解緣天，能向虛空織羅網。』（元稹織婦詞）

『牛吒吒，田确确，旱塊敲牛蹄趵趵，種得官倉珠顆穀。六十年來兵蔟蔟，月月食糧車轆轆。一日官軍收海服，驅牛駕車食牛肉。歸來收得牛兩角，重鑄鋤犁作斤劚。姑舂婦擔去輸官，輸官不足歸賣屋。願官早勝讎早覆，農死有兒牛有犢，誓不遣官軍糧不足。』（元稹田家詞）

『意氣驕滿路，鞍馬光照塵。借問何爲者，人稱是內臣。朱紱皆大夫，紫綬或將軍。誇赴軍中宴，走馬去如雲。罇罍溢九醞，水陸羅八珍。果擘洞庭橘，鱠切天池鱗。食飽心自苦，酒酣氣益振。是歲江南旱，衢州人食人。』（白居易輕肥）

『帝域春欲暮，喧喧車馬度。共道牡丹時，相隨買花去。貴賤無常價，酬直看花數。灼灼百朵紅，戔戔五束素。上張幄幕庇，旁織笆籬護。水洒復泥封，移來色如故。家家習爲俗，人人迷不悟。有一田舍翁，偶來賣花處。低頭獨長歎，此歎無人諭。一叢深色花，十戶中人賦。』（白居易賣花）

『新豐老翁八十八，頭鬢鬚眉皆似雪。玄孫扶向店前行，左臂憑肩右臂折。問翁臂折來幾年，兼問致折何因緣。翁云貫屬新豐縣，生逢聖代無征戰。慣聽梨園歌舞聲，不識旗槍與刀劍。無何天寶大徵兵，戶有三丁點一丁。點得驅將何處去，五月萬里雲南行。聞道雲南有瀘水，椒花落時瘴煙起。大軍徒涉水如湯，未過十人二三死。村南村北哭聲哀，兒別耶孃夫別妻。皆云前後征蠻者，千萬人行無一回。是時翁年二十四，兵部牒中有名字。夜深不敢使人知，偷將大石鎚折臂。張弓簸旗俱不堪，從茲始免征雲南。骨碎筋傷非不苦，且圖揀退歸鄉土。此臂折來六十年，一肢雖廢一身全。至今風雨陰寒夜，直到天明痛不眠。痛不眠，終不悔，且喜老身今獨在。不然當時瀘水頭，身死魂飛骨不收。應作雲南望鄉鬼，萬人塚上哭呦呦。老人言，君聽取，君不聞開元宰相宋開府，不論邊功防黷武！又不聞天寶宰相楊國忠，欲求恩幸立邊功。邊功未立生人怨，請問新豐折臂翁。』（白居易新豐折臂翁）

『杜陵叟，杜陵居，歲種薄田一頃餘。三月無雨旱風起，麥苗不秀多黃死。九月降霜秋早寒，禾穗未熟皆青乾。長吏明知不申破，急斂暴征求考課。典桑賣地納官租，明年衣食將如何？剝我身上帛，奪我口中粟。虐人害物卽豺狼，何必鉤爪鋸牙食人肉！不知何人奏皇帝，帝心惻隱知人弊。白麻紙上書德音，京畿盡放今年稅。昨日里胥方到門，手持勑牒牓鄉村。十家租稅八九畢，虛受吾君蠲免恩。』（白居易杜陵叟）

這些詩的意義是無須解釋的。他們在每一篇裏，都有一個中心點，有的是暗罵，有的是明擊，對於暴虐政府加於民衆的種種壓迫，以及富有者與貧苦者對立的種種不平狀態，作者盡力地加以描寫和暴露。他們處處是站在民衆這一面，替民衆呼號叫喊，一切的情感，無論是怨恨或是憤怒，都是全民衆的，而不是個人的。他們時時站在客觀的地位，把藝術的作品，同社會人生的內容聯繫起來。在文學的成就上，白居易是遠勝於元稹的。元稹雖取着同樣的題材，但在表現上，總有些艱苦的弊病，缺少一種平民文學的通俗性。白居易用他那最淺顯的文字，活躍的描寫，和諧的音律，使他任何一篇作品，都能達到成功。蘇東坡說的『元輕白俗』，專就藝術的觀點說，這話却是相當深刻的。我們如果把俗看作是一種通俗性，那倒是白居易的社會詩的最大特色。這一點，就是杜甫張籍也還比不上他。社會詩歌被後人的輕視，也就在這一個俗字。宮庭貴族詩人，都是不歡喜自己的作品走上這一條路的。

白居易是一個活了七十五歲的長壽詩人。他隨着年齡的衰老，加以政治的失望，使得他的晚年，轉變爲高人隱士的恬靜生活。這一點和杜甫顧況的晚年心境與作風，呈現着同樣的情調。他自己在池上篇的序中說：『酒酣琴罷，又命樂童登中島亭，合奏霓裳散序，聲隨風飄，或凝或散，悠揚於竹煙波月之際者久之。曲未竟，而樂天陶然石上矣。』他晚年好釋老之學，與僧如滿結香火社，往來香山之間，自稱香山居士。這情形與王維孟浩然有點相似了。在他的集中，有閒適一類，他自己說是知足保和吟玩情性之作，正與他晚年的心境相似。這些作品同他的諷諭詩比較起來，便是社會性的缺少，個人性的加多，由熱烈的鬬爭與攻擊，變爲平和的閑澹的情調了。他的閑居詩云：『肺病不飲酒，眼昏不讀書。端然無所作，身意閑有餘。鷄栖籬落晚，雪映林木疏。幽獨已云極，何必山中居。』看他肺也病了，眼也昏了，人到了這種境界，自然會失去壯年時代的積極精神，而歸於『栖心釋梵，浪跡老莊』的地步了。但我們並不能因此就輕視他壯年時代在文學界奮鬬的精神與創就的功業。他將他自己的詩，分爲諷諭，閒適，感傷，雜律四類。他認爲除了一二兩類値得保存以外，其餘都應該刪棄，在這裏，正表現出他對於文學的觀念。

在元白時代，同努力於社會詩歌運動的，還有劉猛李餘李紳唐衢諸人，可惜他們的詩都不傳了。李紳現存有昔遊詩三卷雜詩一卷，元稹所和他的樂府詩不在其內。由他的憫農詩看來（全唐詩話），知道他確是元白的嫡派。如『四海無閑田，農夫猶餓死。』『誰知盤中餐，粒粒皆辛苦』之句，明顯地顯出他的社會詩派的作風。其次還有一個與元白唱和頗多而又與白齊名的詩人，是劉禹錫。他的作品是七絕五律著名，而其內容與態度都與寫實的社會文學不相類似。他作品的特色，是能運用民歌的精神與語氣，使他的小詩發生一種新情調新生命。如楊柳枝詞竹枝詞踏歌詞，是他在這方面的代表作。

五　孟韓的詩風

在杜甫到元白這個社會詩運動的主要潮流中，另有幾位詩人，在作風上別成一派，他們不過於重視文學的社會使命與功用，而較偏於藝術的技巧，並且對於後代的詩壇也曾發生極大的影響的，是由孟郊韓愈代表的奇險冷僻的一派。賈島盧仝馬異劉叉諸人，都是這派的同志。

孟郊字東野（西曆七五一——八一四年），浙江湖州武康人，一說洛陽人。他窮苦一世，生活非常悽涼。一再下第，到了五十左右，才登進士，晚年兒子死去，更給他一層打擊。中間雖有李觀，韓愈，李翱諸人用力薦他，也只做到一個判官。他有贈崔純亮詩云：『食薺腸亦苦，强歌聲無歡。出門卽有礙，誰謂天地寬。』這正畫出這位窮苦詩人的心境與生活，他沒有陶潛李白那種達觀的心懷，於是在他的詩裏，時時發出那種慘顏無歡的哀鳴，滿紙寒酸的苦語了。

孟郊的詩，傾心於藝術的技巧，對於用字造句，費盡苦心。他要務去陳言，立奇驚俗。這種詩的好處，是能救平滑淺露之失，而其弊病，却又冷僻艱澀，缺少詩的情韻與滋味。但他的作詩態度是嚴肅的是認眞的。杜甫所說的『語不驚人死不休，』正是他們這一派人努力的目標。

『臥冷無遠夢，聽秋酸別情。高枝低枝風，千葉萬葉聲。淺井不供飲，瘦田長廢耕。今交非古交，貧語聞皆輕。』（秋夕貧居述懷）

『孤骨夜難臥，吟蟲相喞喞。老泣無涕洟，秋露爲滴瀝。去壯暫如剪，來衰紛似織。觸緒無新心，叢悲有餘憶。詎忍逐南帆，江山踐往昔。』（秋懷十五首之一）

『惡詩皆得官，好詩空抱山。抱山冷殑殑，終日悲顏顏。好詩更相嫉，劍戟生牙關。前賢死已久，猶在咀嚼間。以我殘杪身，清峭養高閑。求閑未得閑，衆誚瞋虤虤。』（懊惱）

『無子抄文字，老吟多飄零。有時吐向床，枕席不解聽。鬪蟻甚微細，病聞亦淸冷。小大不

自識，自然天性靈。』（老恨）

在這些詩裏，一面可以看出他的窮困寒苦的生活，一面可以看出他的作品的風格。我們讀過了四傑沈宋王孟高岑李杜諸家的作品，再讀孟郊的詩。覺得他的造句用字，確實有一種不同的地方。這不同處，並不在於深刻與細微，而在於奇險與錯亂。他歡喜用難字與險韻，一也。他故意造成不和諧的音調，二也。不用那些現成的形容詞副詞與名詞三也。因爲有這些特點，所以他的詩，確實另成一格。唐詩的發展，專從藝術的技巧上講，到了孟郊，是呈現一種明顯的轉變，讀他的詩好像吃橄欖，初咬在口裏，覺得有點苦，慢慢咀嚼，其中確也有些滋味。我們帶着吃橄欖的態度去讀孟郊的詩，才會懂得他的好處。

將孟郊的詩風更變本加厲而加以惡化的，是和他並稱的韓愈。韓愈本以散文著名，他的詩前人雖大加稱頌，然按其實際，他不僅比不上李杜，也還比不上孟郊張籍和白居易。孟郊的詩還可讀，還可領略，韓愈的詩有大半簡直不是詩。前人每以韓愈爲唐詩中的一大家，這或許因其文興八代道繼孟軻的傳統觀念所造成。他有天才與氣魄，缺少的便是性情。詩中沒有性情，便沒有生命，沒有神味。他們這一派人都有這個缺點，而以韓愈爲尤甚。他的元和聖德詩，南山詩，陸渾山火，月蝕詩，都是他最賣氣力的長篇，都是惡劣不堪，一點也沒有詩的情趣。在這些詩裏，我們看出他的作詩的方法，有下列幾點：

一、用作散文的方法作詩，因此詩中充滿了沒有詩情的散文字句。如南山中連用或字五十一句，那完全是散文，並且重複零亂已極，把那詩的和諧性與統一性完全破壞了。他不懂得這一點，故意要標新立異，生硬而不自然地安排在那裏，結果只好走上失敗的一條路。南山中歷敍山石草木，月蝕中歷敍四方神祇，譴瘧鬼中歷敍醫師祖師符師，那種鋪張排比的形式，完全是司馬相如揚雄作賦的手法。他們的賦我們已經厭惡了，放到詩裏，自然是更討厭的。這種例子不知有多少。

二、用奇字，造怪句。韓愈是一個熟讀尙書詩經和說文解字的文人。他做起詩來，拚命地用奇字奇韻。明明是一句最平淺的意思，他偏要用那些古怪字眼，令人讀時要去翻字典。至於他的造句，更和旁人不同。在陸渾山火詩裏，有『虎熊麋豬逮猿猨，』『水龍鼉龜魚與黿，』和『燖煨炰燻孰飛奔』這種惡劣的句子。人家的五言，多半是上二下三，他偏用上三下二或上一下四的拗句。如『有窮者孟郊』（薦士）和『乃一龍一豬』（符讀書城南）。人家的七言通常是上四下三，他偏要造上三下四的怪體，如『子去矣時若發機』（送區弘南歸）他以爲這樣可以增加他的詩的藝術價值。其實眞正的好詩，要在平淺順暢的字句裏，表現高遠的意境與眞實的情感。他又不明瞭這一點，一味奇險怪僻，結果是把詩的生命毀滅盡了。孟郊的詩之所以勝他，就是因爲孟郊沒有走到險怪的極端。至如那幾篇兩人合作的聯句長詩（城南聯句鬬鷄聯句等篇），那簡直是有閑文人的文字遊戲，是沒有半點意義的，而前人反稱道不置，那眞是胡說。

韓愈稱贊孟郊的詩說：『東野動驚俗，天葩吐奇芬。』（醉贈張秘書）所謂吐奇驚俗，正是他自己所努力的目標，他在每一篇詩裏，都想做到這一點。他在薦士中批評孟郊的詩，說過『橫空盤硬語，妥帖力排奡』的話。我想這十個字拿來評韓愈自己的作品，是最適當的了。這話的原意雖是贊歎，但在我們現在看來，其中也有多少暴露惡劣的意味的。如果做詩眞的做到硬語盤空的地步，那詩的味道，也就可想而知了。趙翼說：『至昌黎時，李杜已在前，縱極力變化，終不能再闢一徑。惟少陵奇險處尚有可推擴。故一眼覷定，欲從此闢山開道，自成一家。此昌黎注意所在也。然奇險處，亦自有得失。蓋少陵才思所到，偶然得之，而昌黎則專以此求勝，故時見斧鑿痕跡，有心與無心異也。』他這種分析與批評，確是精當。宋人沈括說韓詩只是押韻之文，格不近詩(苕溪漁隱叢話引)，明人王世貞也說韓愈不長於詩，宋人稱爲大家，直是勢利。這種話雖說爲韓愈崇拜者所不喜，但完全以客觀的地位來寫文學史的人，是應該以他倆的意見，作爲批評韓詩的定論的。不過王世貞所說的宋人勢利的話，也未必盡然。我們要知道，宋詩自黃山谷起，都是走的奇險怪僻的一路，他們在前人裏找到韓愈這一個同調，自然是要大捧其場的。

話雖是這樣說，韓詩也並非沒有他的特色。他因爲用作文說話的方法來作詩，可以免除那種駢體做作的姿勢，和那些輕薄浮艷的濫調。不過他所走的路過於極端，因此損傷了詩的生命，反於比不上孟郊的作品了。總之，他在文學史上的地位，散文高於詩歌，這是誰都不能否認的。

『山石犖确行徑微，黃昏到寺蝙蝠飛。升堂坐階新雨足，芭蕉葉大梔子肥。僧言古壁佛畫好，以火來照所見稀。鋪床拂席置羹飯，疏糲亦足飽我飢。夜深靜臥百蟲絕，淸月出嶺光入扉。天明獨去無道路，出入高下窮煙霏。山紅澗碧紛爛漫，時見松櫪皆十圍。當流赤足踏澗

石，水聲激激風生衣。人生如此自可樂，豈必拘束爲人鞿！嗟哉吾黨二三子，安得至老不更歸。』（山石）

『纖雲四卷天無河，清風吹空月舒波。沙平水息聲影絕，一杯相屬君當歌。君歌聲酸辭且苦，不能聽終淚如雨。洞庭連天九疑高，蛟龍出沒猩鼯號。十生九死到官所，幽居默默如藏逃。下床畏蛇食畏藥，海氣濕蟄薰腥臊。昨者州前搥大鼓，嗣皇繼聖登夔皐。赦書一日行萬里，罪從大辟皆除死。遷者追回流者還，滌瑕蕩垢清朝班。州家申名使家抑，坎軻祗得移荊蠻。判司卑官不堪說，未免棰楚塵埃間。同時輩流多上道，天路幽險難追攀。君歌且休聽我歌，我歌今與君殊科。一年明月今宵多，人生由命非由他。有酒不飲奈明何？』（八月十五夜贈張功曹）

這是韓集中最通順流暢的好詩，也是後代宋詩派所崇奉所摹擬的範本。不過這樣的詩，在他的集中是很少的。他們的好處是清新而不險怪，雄俊而不艱澀。沒有陸渾山火南山諸篇中的弊病。在這些詩裏，我們可以看出他心中有無限的感慨，有眞實的情懷，因此便暢所欲言地寫下去，沒有一點嬌揉做作的痕跡，正如他散文中的祭十二郎文一樣。等到他寫城南聯句，鬬鷄聯句，元和聖德詩，陸渾山火，月蝕，譴瘧鬼諸篇時，心中本無情感的衝動，只想在文字上，爭奇鬬勝標奇立異，於是大掉其書袋，大翻其字書，結果是硬語連篇醜態百出了。

孟韓以外，這一派的要角，還有一個賈島。他的境遇，也是一生窮困，和孟郊很相像。他字浪仙，范陽人（今河北北平附近），初爲僧，名無本，韓愈勸之還俗，屢舉進士不第，文宗時爲長江主薄，故世人稱爲賈長江。他的詩很像孟郊，充滿了寒酸枯槁的情調，韓愈詩中的那種氣魄，在他倆的詩中都缺少，這大概與他們的生活境遇有關。前人所說的『郊寒島瘦』，不僅說明了他倆詩的風格，並且把他倆的生活狀態也說盡了。又有人把淸奇僻苦四字來形容他們的詩，也是非常精當的評語。賈島是一個藝術至上主義者，他作詩的態度是認眞而又刻苦。據唐遺史載：島赴京考試，於驢上吟『鳥宿池邊樹，僧敲月下門。』遇着京尹韓吏部，沒有讓路。洎擁至馬前，則曰：欲作敲字，又欲作推字，神遊詩府，致冲大官。愈曰作敲字佳矣。由這一則故事，知道他是一字不苟，刻苦推求，眞是想吐奇驚俗了。他自己也說『二句三年得，一吟雙淚流。知音如不賞，歸臥故山秋。』這是他做出『獨行潭底影，數息樹邊身』兩句得意之作以後（送無可上人），寫下來的感想，這是何等認眞的態度。孟郊長於五古，韓愈長於七古，賈島則以五律著名。我選錄幾首在後面。

『閑居少隣並，草徑入荒園。鳥宿池邊樹，僧敲月下門。過橋分野色，移石動雲根。暫去還來此，幽期不負言。』（題李凝幽居）

『倚杖望晴雪，溪雲幾萬重。樵人歸白屋，寒日下危峯。野火燒岡草，斷煙生石松。却迴山寺路，聞打暮天鐘。』（雪晴晚望）

『天寒吟竟曉，古屋瓦生松。寄信船一隻，隔鄉山萬重。樹來沙岸鳥，窗度雪樓鐘。每憶江中嶼，更看城上峯。』（題朱慶餘所居）

『圭峯霽色新，送此草堂人。麈尾同離寺，蛩鳴暫別親。獨行潭底影，數息樹邊身。終有煙霞約，天台作近鄰。』（送無可上人）

這些詩眞可算得是淸奇僻苦的作品，但是因爲他過於刻劃，過於求新求奇，所以總是佳句多而佳篇少。偶因得一二佳句，其餘的部分便湊合成篇，每每令人有一種前後不稱的感覺。孟郊的詩是如此，賈島的律詩更是如此。就在上面所舉的這幾首裏，這種情形也是顯然的。但韓愈對於他倆個，却是推崇備至。他有詩云：『孟郊死葬北邙山，日月星辰頓覺閒。天恐文章中斷絕，再生賈島在人間。』這可以算得是眞正的知音者了。由孟韓這一派的奇險怪僻，再變本加厲地演變下去，便產生盧仝劉叉馬異諸人的怪體。我們讀了盧仝的月蝕，與馬異結交詩，覺得他們的詩，眞是走入了魔道。如果一定要指出他們的長處，那便是大膽。劉叉自問詩云：『酒腸寬似海，詩膽大如天』，眞是道出他們自己的特性了。

六　唯美詩的復活與唐詩的結束

我在上面說過，文學思潮的發展，並不是形成着一條直線的形勢。他正如一條河流，浩浩蕩蕩地流了一回，逢着了阻礙，便又發生轉變，而成爲另一形勢了。我們試看從魏晉南北朝以至初唐盛唐的文學思潮發展的情形，都可明瞭這種轉變的路線。浪漫派文學由盛而衰以後，接着起來的，便是寫實主義的社會文學。這一派的文學，由杜甫張籍到元白，算是發達到最高的程度，作品有走到過於通俗平淺的傾向，有過於輕視藝術價值的傾向，於是漸漸地爲一般重視藝術的青年們所不喜，就在這種情勢之下，一種新的文學思潮，又在暗中醞釀成長了。韓愈孟郊賈島們的技巧主義，也就是對於元白那一派的通俗文學的反抗。白居易自己也說：『今僕之詩，人所愛者，悉不過雜律詩與長恨歌已下耳。時之所重，僕之所輕。至於諷諭者，意激而言質，閑適者，思澹而詞迂。以質合迂，宜人之不愛也。』（與元九書）。在這幾句話裏，正可看出當日的文壇，對於寫實主義的社會文學，已發生了反動。白居易自己最滿意的重內質的諷諭詩，次滿意的尙澹遠的閑適詩，都不爲時人所重，時人所愛者，反是他自己所不歡喜的那些有宮體色彩的長恨歌，和那些美麗工整的律體詩了。這原因在什麼地方呢？簡單地說，那便是文學思潮的轉變，因而作家們的創作傾向與批評家們的觀點，都趨於另一途徑了。因此在社會詩歌的運動中得了最堅固的地位的元白，到了晚唐，已被人大加攻擊了。杜牧作李戡的墓誌，引李戡的話道：『自元和以來，有元白者纖艷不逞，……流於民間，疏於屛壁，子父母女，交口教授。淫言媟語，冬寒夏熱，入人肌骨，不可除去……』元白的裨教化歌疾苦的文學主張，完全不爲時人所瞭解，並且還要加他們以淫言媟語纖艷不逞的罪名。這種情形，看來似乎有些奇異，如果我們明瞭了晚唐文學的趨勢，是社會文學的反抗與唯美文學的復活以後，這就一點也不覺得可怪了。他們對於文學的新要求，和元白們正是相反的。

一、他們認爲文學有獨立的生命，不是一種改良社會人生的工具。

二、文學最高的成就是美，美的價值就是藝術的價值。

三、因此作者應該注意作品的形式，文字的雕琢與音律的和諧，不必管其內容和功用。

白居易在文學上的要求，是要『篇篇無空文，惟歌生民病』，是要『非求宮律高，不務文字奇』，在這裏正好和那一羣新起者的主張，作了一個完全相反的對照。就在這種情勢之下，晚唐的詩歌，復活了梁陳的宮體色情，更加以冷艷化，採取了孟韓的技巧主義，更加以細密化，披上唯美主義者的香豔衣裳，塗滿了象徵神秘的情調，踏上了新興的大路，於是從杜甫到白居易這一百年來的寫實主義的社會文學，不得不趨於沒落之途。

領導這一個新文學運動而得着最好的成績的，是開始於李賀，而完成於李商隱。其他如杜牧李羣玉溫庭筠段成式韓偓諸人，也都是這一派的同調。李賀字長吉，生於河南昌谷，唐宗室鄭王之後，是一個多才多感只活了二十七年的短命詩人（西曆七九〇——八一六）。因爲他出身貴族，養尊處優，自然不會像杜甫，張籍，元稹，白居易那些自窮困中奮鬬出來的詩人那樣，能够瞭解社會的實況和人生的艱苦。並且他二十七歲就死了，對於世事人生的經驗與閱歷，是非常貧乏的。他的生活，正如紅樓夢中的賈寶玉，是一個風姿美貌才情煥發的貴公子。

『賀每旦日出，騎弱馬，從小奚奴，背古錦囊。遇所得投囊中，未始先立題然後爲詩，如他人牽合課程者。及暮歸，足成之，非大醉弔喪，日率如此。』（新唐書）

『寒食諸王妓遊，賀入座，因采梁簡文詩調，賦花遊曲，與妓彈唱。』（花遊曲序）

在這裏恰好說明了這位貴公子的生活狀態和他作品的來源。衣食不愁，終日無事，騎着小馬，帶着書童，到處閒逛，偶有所得，便寫幾句詩，有時候同王侯遊宴，在那種場面下，自然是不管家國大事和民生問題，只想着如何遊玩快樂，妓女唱曲，樂工彈琴，美人勸酒，才子歌詩，這一套把戲是我們想得到的。在這種環境下。叫他如何去寫社會的離亂和民生的疾苦，自然只能取法於梁簡文帝一類的色情文學，而寫花遊曲一類的宮體了。杜甫張籍們血肉淋漓的社會詩歌，白居易那種明白如話的作品，在這位貴公子的眼裏，自然是看不起的。他自有他的生活情調，他自有他努力的方向，他要寫的是貴公子夜闌曲，蘇小小歌，宮娃歌，洛妹眞珠，屏風曲，夜飲長眠曲，胡蝶飛，房中思，鄭姬歌，美人梳頭歌一類的作品。我們只要看了這些題目，其內容也就知道大半了，在這些作品裏，除了運用着最美麗的文字去描寫肉慾與色情以外，內容是什麽也沒有的。但是這種作品，却最適合李賀的貴族身分與情調。因爲他只有寫這種詩的生活基礎。他是眞正的貴族詩人，他用的字眼與題材，都是貴族的字眼與題材，因此在他的集子裏，充滿了古代宮殿故事的描寫與女人的歌詠。

這種詩容易流於輕薄浮滑，格卑調弱。必須有極高的才情，才能够在藝術上得到相當的成就。但在這一點，李賀却能以他過人的才氣，險怪而又豔麗的文詞，完成了他在這方面的工作。他有一種特殊的技巧，善於選用最冷僻幽奇的字眼，構造最巧妙的文句，去掩藏那肉感淫慾的色情。使讀者只覺得他的作品的美麗與精致，無意去分析他的內容了。這一點，簡文帝陳後主江總之流，都遠比不上他。宋景文稱他爲鬼才（見文獻通考），嚴羽稱他的詩爲鬼仙之詞（見滄浪詩話），便是指他這種冷僻險怪的風格。並且在他的詩裏，歡喜用鬼字，如『嗷嗷鬼母秋郊哭』（春坊正字劍子歌），『秋墳鬼唱鮑家詩』（秋來），『鬼燈如漆點松花』（南山田中行），『鬼雨灑空草』（感諷），『寒雲山鬼來座中，呼星召鬼歆杯盤』（神泣），讀了這些句子，確令人發生一種鬼氣陰森之感。

『西施曉夢綃帳寒，香鬟墮髻半沈檀。轆轤咿啞轉鳴玉，驚起芙蓉新睡足。雙鸞開鏡秋水光，解鬟臨鏡立象牀。一編香絲雲撒地，玉釵落處無聲膩。纖手却盤老鴉色，翠滑寶釵簪不得。春風爛熳惱嬌慵，十八鬟多無氣力。粧成鬖髿欹不斜，雲裾數步踏雁沙。背人不語向何處，下階自折櫻桃花。』（美人梳頭歌）

『琉璃鍾，琥珀濃，小槽酒滴眞珠紅。烹龍炮鳳玉脂泣，羅幃繡幕生香風。吹龍笛，擊鼉鼓。皓齒歌，細腰舞。況是青春日將暮，桃花亂落如紅雨。勸君終日酩酊醉，酒不到劉伶墳上土。』（將進酒）

『桐風驚心壯士苦，衰燈絡緯啼寒素。誰看青簡一編書，不遣花蟲粉空蠹。思牽今夜腸應直，雨冷香魂弔書客。秋墳鬼唱鮑家詩，恨血千年土中碧。』（秋來）

在這些詩裏，我們可以看出李賀的特殊的風格。是幽細纖巧，在文句的構成與字眼的選用，確是盡其雕飾的能事。他有樂府的精神，李白的氣勢，齊梁宮體的情調，再加以孟韓一派的險怪，互相融和，而成爲他一種特有的作風，使他在中國唯美詩歌的地位上，占着極重要的地位，如果用元白的文學理論來估量他的作品，那眞是空空然一無所有。只就藝術的立場來說，他的作品確是最藝術的最美麗的了。在晚唐兩個取着他同一傾向的代表作家李商隱與杜牧，對他是推崇備至，正如元白崇拜杜甫一樣。李商隱有李賀小傳，杜牧有李長吉詩序，他們都一致贊歎這位詩人的絕代才華，悼惜他的短命。杜牧批評他的詩說：

『雲煙綿聯，不足爲其態也；水之迢迢，不足爲其情也。春之盎盎，不足爲其和也；秋之明潔，不足爲其格也。風檣陣馬，不足爲其勇也。瓦棺篆鼎，不足爲其古也；時花美女，不足爲其色也。荒國陊殿，梗莽丘隴，不足爲其恨怨悲愁也；鯨呿鼇擲，牛鬼蛇神，不足爲其虛荒誕幻也。……』

他所說的，完全是形容他的作品的藝術美，是一點也沒有觸及到文學的內容和功用的。元白的贊賞杜甫，却正是相反，在這種地方，正顯示出因爲文學派別的不同，於是對於文學價值的認識，也就發出各樣不同的見解。但站在客觀的地位來寫文學史的人，必得要分析各派的立場，理解各派的特色，才可得到比較公平的結論。明乎此，杜牧那樣五體投地的稱贊李賀，也就一點不覺得可驚可怪。同時，陶潛李白杜甫白居易李賀都可以得到各人應得的地位，也無須勉强去品評他們的優劣了。

杜牧字牧之，（西曆八〇三——八五二年）京兆萬年人（今陝西長安附近），太和二年進士，時人稱爲小杜，以別杜甫。他的詩沒有李賀那種陰森怪僻的氣味，但同樣歡喜寫宮體寫色情。故其集中特多色彩鮮明，辭藻華麗之作。我們試讀他的張好好，華清宮揚州，見劉秀才與池州妓別，不飲贈官妓，代吳興妓春初寄薛軍事，舊遊，懷鍾陵舊遊，閨情，贈別，詠襪，宮詞諸篇，便知道他作品中所表現的色情與香艷，是多麼的濃厚。他本是一個色鬼，一生風流自賞，問柳尋花，他幾首有名的絕句，大半都是青樓妓女的歌詠。社會民間的疾苦，在這種風流才子的眼裏，是從來不肯注意的，只有那一種浪漫香艷的故事，才是唯美詩人的好題材。

『細柳橋邊深半春，纈衣簾裏動香塵。無端有寄閑消息，背插金釵笑向人。』（娼樓戲贈）

『才子風流詠曉霞，倚樓吟住日初斜。驚殺東鄰繡窗女，錯將黃暈壓檀花。』（偶作）

『落魄江湖載酒行，楚腰纖細掌中輕。十年一覺揚州夢，贏得青樓薄倖名。』（遣懷）

『自恨尋芳到已遲，昔年曾見未開時。如今風擺花狼藉，綠葉成陰子滿枝。』（歎花）

『青山隱隱水迢迢，秋盡江南草未凋。二十四橋明月夜，玉人何處教吹簫？』（寄揚州韓判官）

『娉娉嫋嫋十三餘，豆蔻梢頭二月初。春風十里揚州路，捲上珠簾總不如。』（贈別）

在這些美麗的詩句裏，表現了什麼呢？眞是什麼也沒有的，但他們在藝術上的成就，却使得讀者歡喜他歌詠他。他們的流行，遠在杜甫張籍白居易諸人的新樂府之上。作者用着淸麗的文句，巧妙的表現，給與嫖客妓女以高潔的靈魂與情感，把那些靑樓歌舞之地，也寫得格外淸潔了。我們可以說，這些作品是中國最上等的嫖客文學。然而也就在這些文學裏，呈現着作者的生活基礎和他的文學傾向。

『十頃平湖堤柳合，岸秋蘭芷綠纖纖。一聲明月採蓮女，四面珠樓卷畫簾。白露煙分光的的，微漣風定翠湉湉。斜暉更落西山影，千步虹橋氣象兼。』（懷鍾陵舊遊）

『閑吟芍藥詩，悵望久顰眉。盼眄迴眸遠，纖衫整髻遲。重尋春晝夢，笑把淺花枝。小市長陵住，非郎誰得知？』（舊遊）

這些律詩的風格和內容，同上面的絕句是一樣。但文字的香艷則遠過之。讀了他這些詩，覺得他們厭惡元白的作品，而反加以『淫言媟語』的罪名，確實有點好笑了。當日有一位學賈島的詩人喻鳧，拿着詩去見杜牧，杜不見他。喻鳧走出來歎息說：『吾詩無綺羅鉛華，宜其不售也。』這兩句話眞算是知己知彼了，所謂『綺羅鉛華』，不僅是杜牧的詩的特徵，也是色情文學的唯美派的共同特徵。

李商隱與杜牧同時，是晚唐唯美文學的健將。他字義山，懷州河內人，今河南沁陽附近。（西曆八一二——八五八年）他的詩雖與李賀杜牧同一趨勢，但其中有一個不同之點，便是李商隱最愛用怪僻的典故，含蓄的言語，去襯寫香艷的故事，使人讀了只覺其文字美音調美，而不知道他的意義。因此註家輩出，往往一詩有各種各樣的意見。愛其詩者，謂其男女花草的歌詠，無不有君子小人憂時憂國的寄寓，比興有如三百篇，忠憤有如杜甫。惡其詩者謂義山才高行劣，其詩都是帷房淫暱之詞，實是詩壇之罪人。因此愛其詩者，稱他爲唐代一大家，可與李杜比美，惡其詩者，甚至於削去他在文學史上應得的地位，這種態度都未免過於偏激。他的文學是個人的浪漫的唯美的，他的眼睛同他的筆，從沒有觸及現實社會的諸現象。唐末李涪說他的作品，『無一言經國，無纖意奬善，』（釋怪）這是無可辯護的事實。但他在藝術上的成就，確有驚人的成績。我們不能因此而完全忽視他的作品的藝術與美的價值。在晚唐唯美文學的運動中，他是一個最成功者，他給與文壇的影響，不僅晚唐，並及於宋初的半世紀。

他和杜牧同樣，是一個才人，又是一個色鬼。唐書本傳說他『詭薄無行』，王世貞稱他爲浪子，這都沒有寃枉他。但是他的女性對象，却不是杜牧所賞識的那些青樓中的妓女，是那些尼姑宮妃和高等官僚家裏的姬妾。這一些女子，不是幾個錢就能達到目的，是要帶着秘密的戀愛的姿態而活動着的。李義山一生，就糾纏在這種戀愛的生活裏，他許多有名的作品，也都成爲這種生活和情感的表現。他同那些特殊階級的女人戀愛，不便在作品中明顯地直陳出來，因此只好運用古籍中許多冷僻而又適合於他那種戀愛狀態的典故，塗滿着象徵神秘的色彩，寫成許多無題一類的艷詩，而成爲後人不容易瞭解的詩謎了。前人說他作詩，每首每句俱有君國的寄託，那實在是故意穿鑿附會，非常可笑的。元好問論詩絕句云：『望帝春心託杜鵑，佳人錦瑟怨華年。詩家總愛西崑好，獨恨無人作鄭箋。』大概讀過李義山詩集的人，個個都有這種感覺，一面是不懂他，一面又愛他的美。

近人蘇雪林女士著李義山戀愛事跡考一書，對於李義山的私生活，有很詳細的說明，使我們對於他的作品的內容，得到更深切的了解。大概他寫女道士的戀情，歡喜用洪崖蕭史王子晉崔羅什青女素娥的典故，在環境方面則以碧城，玉樓，瑤臺，紫府來襯托寺廟的境界。寫宮妃貴妾時，歡喜用襄王宋玉赤鳳秦宮曹植韓壽賈女宓妃趙后諸人的浪漫故事，在環境方面，則以古代的宮殿來襯寫其境界的富麗堂皇。我們懂得這種秘密，再去讀他的錦瑟，重過聖女祠，無題，曲池，碧城，玉山，牡丹，一片，可歎，聖女祠，春雨，深宮，曲江，離思，擬意諸詩，便可領略其中的情味了。那些詩的表面雖掩飾着重重的煙霧，而其內容，無非是寫着對於尼姑宮女的追戀的情愁，絕無什麼大道理。

『松篁臺殿蕙蘭幃，龍護瑤窗鳳掩扉。無質易迷三里霧，不寒長着五銖衣。人間定有崔羅什，天上寧無劉武威。寄問釵頭雙白燕，每朝珠館幾時歸？』（聖女祠）

『白石巖扉碧蘚滋，上清淪謫得歸遲。一春夢雨常飄瓦，盡日靈風不滿旗。萼綠華來無定所，杜蘭香去未移時。玉郎會此通仙籍，憶向天階問紫芝。』（重過聖女祠）

『帳臥新春白袷衣，白門寥落意多違。紅樓隔雨相望冷，珠箔飄燈獨自歸。遠路應悲春晼晚，殘宵猶得夢依稀。玉璫緘札何由達，萬里雲羅一雁飛。』（春雨）

『颯颯東風細雨來，芙蓉塘外有輕雷。金蟾齧鎖燒香入，玉虎牽絲汲井回。賈氏窺簾韓椽少，宓妃留枕魏王才。春心莫共花爭發，一寸相思一寸灰。』（無題）

我們讀了這些詩，便知道李義山寫戀愛詩手腕的高妙。在中國古代的詩人裏，對於這一方面的成就，幾乎無人比得上他。他的長處，是香艷而不輕薄，清麗而不浮淺。無論描寫什麼境界，他都能選擇那種最適合於某種境界的文字與典故，因此增加他藝術的美麗與情感的表達。再在表情的細微與用字的深刻方面，他也有獨到之處。在他許多絕句裏，更能發揮這種特色。

『雲母屏風燭影深，長河漸落曉星沉。嫦娥應悔偷靈藥，碧海青天夜夜心。』（嫦娥）

『遠書歸夢兩悠悠，只有空床敵素秋。階下青苔與紅樹，雨中寥落月中愁。』（端居）

『竹塢無塵水檻清，相思迢遞隔重城。秋陰不散霜飛晚，留得枯荷聽雨聲。』（宿駱氏亭寄懷崔雍崔袞）

『尋芳不覺醉流霞，倚樹沈眠日已斜。客散酒醒深夜後，更持紅燭賞殘花。』（花下醉）

這是李義山絕句中的最上等作品，他們的價值，絕不在王昌齡李白之下。所不同者，在王李的詩裏，充滿熱烈的青春生命與雄奇的氣勢。李義山的詩，傾於纖巧與細弱，呈現着濃厚的缺月殘花的遲暮的情調。所謂『枯荷聽雨聲』『紅燭賞殘花』的境界，便正是這種遲暮的情調的最高表現。但在表情的幽細與深刻上講，則遠非王昌齡李太白所能及。在這裏正好表示唯美文學者的藝術特色，以及晚唐文學的氣象。杜牧有詩云：『停車坐愛楓亭晚，霜葉紅於二月花。』李義山也有詩云：『夕陽無限好，只是近黃昏。』在這種美麗而又纖弱的句子裏，說明唐詩到了他們，已失去李杜時代那種壯年的白日的熱力和氣魄，已臨到秋暮冬初的晚景了。點綴着晚秋的霜葉。迫近黃昏的夕陽，雖呈現幽細冷艷的美景，但是無論怎樣，已是趨於衰弱沒落之途了。這一種詩句，這一種景物，都是晚唐文學情調的最好象徵。唐代數百年的詩壇，也就由他們告了結束。其他如溫庭筠段成式李羣玉韓偓唐彥謙諸人都是努力於唯美文學的同志，但他們的成就，都比不上杜牧與李商隱，所以不必多講了。至於溫庭筠，是詞勝於詩，留在下一章再說。

唯美文學的運動，在當時並不只限於詩歌，就在散文方面，由韓柳鼓吹的古文，也趨於衰落，駢文又現出復活的現象來。當日流行的三十六體（李商隱溫庭筠段成式皆行十六故曰三十六），是指着詩文一般的情形而言，這一個潮流，一直延長到宋初，由楊億錢惟演劉筠諸人所代表的西崑體，正是這派文學最後的光芒。等到後來梅堯臣蘇舜欽歐陽修蘇東坡諸人的出現，這一派文學才銷聲匿跡。由此看來，在唐代文學思潮的發展上，從初唐的格律古典文學，變爲王維李白所代表的浪漫文學，再變爲杜甫張籍白居易所代表的社會文學，最後由李賀李商隱所代表的唯美文學閉幕，在這一條主要潮流的發展線下，其中雖還存在着不少的小波小浪，但對於主要潮流的行進，並無傷損與妨害。我在這幾章所敘述的，都是以這個主流爲主體，因此，許多不重要的小詩人。都在這種情勢之下犧牲了。

第十六章　晚唐五代的詞

一　詞的起源與成長

詩歌發展到了唐代末年，無論古體律絕，長篇短製，都達到了最成熟的階段。後代雖仍有不少人從事製作，已難顯出什麼驚人獨創的成就。在文學演進的公例上，一種文體達到了這境地，因其本身的和外部的種種原因，不得不將其地位讓之於一種新起的體裁。我們試看由四言而古體而近體，更可明瞭這種文體的興衰和轉變的因果性。由八世紀後期到十世紀初期，是中國詩史上一個轉變的時代。這種轉變，便是由詩而變爲詞。

廣義的說，詞就是詩。不過就其發生的性質上，比起詩來，詞與音樂是發生更密切的聯繫。在初期的階段，他沒有獨立的詩的生命，只是音樂的附庸。在這一點，他與樂府詩很相近似。不過古樂府多爲徒歌，後由知音者作曲入樂，而詞是以曲譜爲主，是先有聲而後有辭的。由這一點，詞的音樂生命，更重於樂府詩了。歐陽炯稱詞爲「曲子詞」，王灼稱爲「今曲子」，宋翔鳳說：『宋元之間，詞與曲一也。以文寫之則爲詞，以聲度之則爲曲。』（樂府餘論）在這些地方，便可顯出詞的眞實性質。因此，古人有稱詞爲詩餘、樂府或長短句的。如蘇軾的東坡樂府，賀鑄的東山寓聲樂府，秦觀的淮海居士長短句，辛棄疾的稼軒長短句，廖行之的省齋詩餘，吳則禮的北湖詩餘等等。這些題名，或就形式言，或就性質言，或就文體變質言，都有他們自己的理由，我們不必評論其是非。但在這裏，我們很可以看出，這種新起的詞體，當初的作者，沒有把他看作是一種與詩平行的新體裁，而只當作是詩的附庸的事，是很顯然的。不過後來經過了五代、宋朝諸家的大量製作，得到了極優美的成績。無論在形式上、風格上，都顯然同詩有明確的界限與獨立的生命。於是詞這一種體裁，便接替唐詩的地位，在中國的韻文史上，成爲五代、兩宋的代表作品了。

但是詞這種體裁，究竟怎樣產生的呢？在什麼時候，萌芽與成長起來的呢？我在下面，要囘答這些問題。

關於詞的起源的理論，古人有各種各樣的說法。要之，以詞出於樂府與由於唐代的近體詩變化而來的兩說最爲有力。王應麟困學紀聞云：『古樂府者，詩之旁行也。詞曲者，古樂府之末造也。』近人王國維氏也說：『詩餘之興，齊梁小樂府先之。』（戲曲考源）這種議論，他們都認識了詞與樂府的共同性，因此歸於一個源流了。其次便是說詞出於唐代的近體詩，以爲詞的產生的過程，是由律詩絕句變化出來。方成培云：『唐人所歌，多五七言絕句，必雜以散聲，然後可被之筦絃。如陽關必至三疊而後成音，此自然之理也。後來遂譜其散聲，以字句實之，而長短句興焉。故詞者，所以濟近體之窮，而上承樂府之變也。』（香研居詞麈）宋翔鳳也說：『謂之詩餘者，以詞起於唐人絕句，如李白之清平調，卽以被之樂府。旗亭畫壁諸唱，皆七言絕句，後至十國詩，遂競爲長短句。自一字兩字至七字，以抑揚高下其聲，而樂府之體一變，則詞實詩之餘，遂名曰詩餘。』（樂府餘論）詩餘這名字雖不大方，這兩種說法表面雖似不同，其實內容却是一致。他們都承認詞有兩個要素：一、詞本身的性質是詩；二、詞的功能是音樂。漢魏的樂府，固然是樂府，唐代可歌的近體詩也是樂府。李白的清平調和旗亭畫壁諸唱是詩，漢魏的樂府又何嘗不是詩。明乎此，說詞出於樂府也可，說出於近體詩也可，就是再遠一點，說是與周頌國風同流，也無不可了。

不過，詞和詩雖有這種淵源，但在形式上畢竟是不同的。他這種形體的構成，不只是一種文體的自然變化，實依賴着外部的動力，這種動力，便是音樂的適合性。這一種適合性，並不是那種樂府與音樂的平行狀態，是音樂爲主，歌辭爲附庸的征服狀態。就在這一種環境下，產生了在外表上似乎是不整齊，其實是比詩更要整齊更要嚴格的詞了。

『詩之外又有和聲，則所謂曲也。古樂府皆有聲有詞，連屬書之，如曰賀賀賀、何何何之類，皆和聲也。今管絃之中，纏聲亦其遺法也。唐人乃以詞塡入曲中，不復用和聲。』（沈括夢溪筆談）

『古樂府只是詩，中間却添許多泛聲，後來怕失了泛聲，逐一添個實字，遂成長短句，今曲子便是。』（朱子語類一四〇）

這裏所說的和聲與泛聲，性質雖未必全同，但在歌唱的時候，都是補足詩的文句的缺陷的事實，是無疑的。因爲樂府詩中可歌者，無論是古體、近體，都是整齊的五言、六言或是七言，但樂譜長短曲折，變化無窮，用那種長短一律的字句去歌唱時，自然是感着不能盡其聲音之美妙，因此只好加添

一些字進去，於是便產生了泛聲與和聲。如上留田行云：（瑟調，傳爲曹丕作）

『居世一何不同，上留田。富人食稻與粱，上留田。貧賤一何傷，上留田。祿命懸在蒼天，上留田。今爾歎惜，將欲誰怨，上留田。』

在這一首歌裏，連雜着「上留田」六處，在意義上毫無用處，在歌唱時，想必非此不可，這些「上留田」便是和聲了。古代樂府裏，這種和聲是很多的。如董逃歌中之「董逃」，月節折楊柳歌中之「折楊柳，」在意義上都是廢物，在音樂上都是重要的和聲，歌唱時萬不可廢它。至於梁武帝的江南弄七首，每首各有和辭，文句亦淸麗有詩意，是由和聲變爲和辭，是由無意義的和聲，變爲有詩意的和辭了。如江南弄和云：「陽春路，娉婷出綺羅，」採蓮曲和云：「採蓮渚，窈窕舞佳人，」可知他塡寫這些和辭時，一面是依聲，一面又注重詞，不像「董逃」「上留田」那一類的土俗了。

再如詩體過於齊整，樂譜過於繁長者，專添一些和聲，還不能歌唱，因此只好將詩句改頭換面，長短其句，以就其曲拍，於是文字增多了，句子也變成長短不齊的形式，這種削足適履的辦法，自然是爲了音樂的束縛。如古詩云：

『生年不滿百，常懷千歲憂。晝短苦夜長，何不秉燭遊。爲樂當及時，何能待來茲。愚者愛惜費，但爲後世嗤。仙人王子喬，難可與等期。』

這一首很完美的好詩，是無可增減的，但一變爲樂府詩的西門行，文句就完全兩樣了。

『出西門，步念之。今日不作樂，當待何時。（一解）夫爲樂，爲樂當及時。何能坐愁怫鬱，當復待來茲？（二解）飲醇酒，炙肥牛，請呼心所歡，可用解愁憂。（三解）人生不滿百，常懷千歲憂。晝短苦夜長，何不秉燭遊。（四解）自非仙人王子喬，計會壽命難與期。自非仙人王子喬，計會壽命難與期。（五解）人壽非金石，年命安可期。貪財愛惜費，但爲後世嗤。（六解）』

由詩的藝術上看，自然是後不如前，但在音樂的效能上，想必一定要像後面這樣子，才可以歌唱。朱彝尊說：『古詩是古西門行裁剪而成者』，這是因爲他只注意詩的藝術而忽略了樂府詩的音樂效能的緣故。不用說，像上面所舉的上留田、西門行一類的作品，是不能算爲詞的，但與詞的界限却是很相近了。詞的構成，也就在這同樣的形態下成立的。在上面所舉的那些因爲適應音樂而加添或是長短其字句的例中，恰好證明了夢溪筆談和朱子語類中所講的由詩入樂必用和聲泛聲的理論。但在那些詩裏，仍是有和聲的，所以還不能算是詞，一定要如沈括所說等到「唐人以詞塡入曲中，不復用和聲」的時候，詞的形體才正式成立。也正如朱子所說『逐一添個實字，遂成長短句』了。詞體正式成立的狀態，必得一面有完全的音樂效能，同時在文句的組織上，又完全成爲一個整體的藝術品，而在外表看不出一點有增補的痕跡。如唐玄宗的好時光云：

『寶髻「偏」宜宮樣，「蓮」臉嫩，體紅香。眉黛不須「張敞」畫，天敎入鬢長。莫倚傾國貌，嫁取「箇」有情郎。彼此當年少，莫負好時光。』

如果唐玄宗寫作這些辭句時，是完全依照當日的樂譜而長短其句的，那無疑的這是一首最成功的詞。雖說其中有「偏」「蓮」「張敞」「箇」等字，也可以看作是泛聲和聲的襯字，但痕跡並不明顯。並且把這些字放了進去，反而增加了這一首詞的藝術性，絕不像古樂府中那些和聲和辭，是破壞藝術性的。如果好時光的原作眞是一首五言八句詩，入樂時再由樂工加添這幾個襯字進去，那麼原作雖是詩，現在的好時光確實也是詞了。因爲他一面有音樂的效能，同時又有詞的形體與格調，和整體的藝術性，絕沒有像上留田、西門行那種原形畢露的樣子。我想無論什麼人看，都會承認這首長短體的好時光，比起那五言八句的詩來，無論在音調和描寫的藝術點上，是要好得多的。可知好時光這個例子，確能使我們充分地瞭解詩詞變化的過程以及詩詞分野的界限了。

唐代的近體雖然多可歌，但作詩的人只是爲詩而作詩，並沒有想到要拿去合樂。用那些詩譜入樂調，是樂工們的事。樂調的變化是無窮的，它有長短高低剛柔種種的分別，但詩人們的作品，無論五言六言和七言，都是一樣的齊整，一樣的字數，在古代的文獻裏，雖載着許多妓女伶工歌唱近體詩的故事，但我們可以知道，同樣是一首七絕或五絕，那樂調是完全不同的。李白的淸平調，王維的渭城曲，王之渙的涼州詞，雖同爲七絕，歌唱時的調子，自然是各不相同。當時樂工們雖增加些和聲泛聲，這畢竟是一種不方便的事，是樂譜與歌詞分離時代的補救辦法。後來音樂效能的要求增加了，樂譜與歌詞漸漸接近而聯繫起來，於是那些通曉音律的詩人，放棄了純粹作詩的動機，而成爲依譜作曲的工作，這種工作便是後人所謂的塡詞。這種工作並不是起於詩人，在敎坊和音樂衙門裏，是早已有了的，不過那些詞句或失之古典的模擬（如朝廷的樂章），或失之粗俗淺陋（如妓女們唱的情歌），因此不能構成一種在韻文上的新體裁。要等到詩人們從事這種工作，產生出來的成績，一面有音樂的效能，一面又不失去詩的藝術性時，詞才能成爲一種新興的體裁，漸漸的在文壇上形成與詩並立的地位。全唐詩中論詞云：『唐人樂府元用律絕等詩，雜和聲歌之。其并和聲作實字，長短其句以就曲拍者爲塡詞。』這幾句說明詞的構成，算是最簡明的了。不過我們要知道，按曲塡詞的事，在樂府教坊與民間，都是早有的事，但等到有名的詩人們來做這種工作時，詞這種體裁，才能發生文學的價值，才能在中國的韻文史上佔立着地位。

詞是怎樣產生的，有了上面的說明，我們大概可以明瞭了。現在要討論的是詞體的萌芽和它正式成立的時代。我在上面說過，漢魏的樂府詩，雖與詞的性質有些近似，但在調與字方面，完全沒有定格定數的形式，算不得依拍塡詞，只能算是因詩入樂。但到了齊梁間之小樂府，句法字數確能有一定的形式。如梁武帝的江南弄云：

『衆花雜色滿上林，舒芳耀綠垂輕陰，連手蹀躞舞春心。

舞春心，臨歲腴。中人望，獨踟躕。』

據古今樂錄，此曲爲武帝改西曲所製，共有七篇：一爲江南弄，二龍笛，三採蓮，四鳳笙，五採菱，六遊女，七朝雲。同時沈約也有四篇，調格字句全同，並同有轉韻。可知江南弄一調已爲定格，諸家所作，都是依其調而爲辭者，與往日之樂府詩不同，確實是晚唐五代之詞的雛形了。梁啓超氏在詞之起源中說：『觀此可見凡屬於江南弄之調，皆以七字三句、三字四句組織成篇。七字三句，句句押韻，三字四句，隔句押韻。第四句「舞春心」，即覆疊第三句之末三字。如憶秦娥調第二句末三字「秦樓月」也。似此嚴格的一字一句，按譜製調，實與唐末之倚聲新詞無異。梁武帝復有上雲樂七曲，此七曲字數句法亦同一，惟內中有兩首於首四句之三字句省去一句，是否傳鈔脫落，不得而知。此外如沈約之六憶詩，隋煬帝全依其譜爲夜飲朝眠曲，僧法雲之三洲歌，徐勉之送客歌，皆有一定字句，此種曲調及作法，其爲後來塡詞鼻祖無疑。故朱弁曲洧舊聞謂『詞起於唐人，而六代已濫觴也。』由此看來，塡詞的萌芽確起於齊梁間，而梁武帝在這種嘗試的塡詞工作中，是一位最重要的代表。不過我們要注意，在江南弄七曲每首的後面，都附有和辭二句，還保存着樂府詩的一部份遺形，因此還不能算是嚴格的詞，但我們把這些作品，看作是由詩入詞的過渡橋梁，却是非常適合的，同時說六朝是詞的萌芽時代，也無可疑。楊愼說：『塡詞必溯六朝者，亦探河窮源之意也。』他這意見，我們是贊同的。

隋唐初年，詞還在醞釀時代。煬帝的夜飲朝眠曲完全具備着詞的形式。就是他和王胄同作的紀遼東，觀其換韻法和長短句的組織，也是詞的形體了。樂府詩集列爲近代曲辭之冠，想不是無意的。據孟棨本事詩云：

『韋庶人頗襲武氏之風軌，中宗漸畏之。內宴唱迴波樂詞。有優人詞曰：「迴波，爾時栲栳，怕婦也是大好。外邊只有裴談，內中無過李老。」韋后意色自得，以束帛贈之。』又云：『沈佺期以罪謫，遇恩復官秩，朱紱未復。嘗內宴，羣臣皆歌迴波樂，撰詞起舞，因是多求遷擢。佺期詞曰：「廻波，爾似佺期，流向嶺外生歸，身名已蒙齒錄，袍笏未復牙緋。」中宗即以緋魚賜之。』

在這記事裏，可知廻波樂已成為定格的曲調。前後兩首的用韻與字句的長短組織也完全相同，這是依曲塡詞的明證。上文所說的羣臣撰詞起舞，可知當日塡詞的人，不只沈佺期一人，是大家都能塡的，不僅文人能作，就是優人也能作了。因此可以斷定，「依曲拍為句」的這種工作，並不開始於劉禹錫、白居易，在隋唐初年，這種現象便已經有了。不過有一件事我們不要忽略，像沈佺期這種人，當日詩壇的大手筆，談他的詩，確實覺得典雅華貴，但他的廻波樂詞，為什麼這樣粗鄙呢？這便是他只注意音樂的要素與歌唱的效能，絕沒有重視這種體裁，沒有重視詞的本身的藝術，而把它當作是一種新詩體來創作的緣故。也就是他只把它當作是樂曲的表演，作為內庭宴會的餘興，一點也沒有考慮到要作為詩的欣賞的，因此同優人所作的是同一淺俗了。然而這種情形，正是塡詞的初期的必然現象。這一種東西，不能稱為嚴格的詞的原因，也就在乎此。因此，一定要等到劉禹錫、白居易們的作品出來，（一面是音樂的，一面又是詩的，）詞體才正式成立，詞才在韻文史上有地位。

中國的音樂，自西晉五胡亂華到隋唐統一，是一個劇變的時代。國樂在這時代漸次淪亡，外樂因軍事通商和傳教的各種關係，大量地輸入。這些外樂不僅聲調與國樂不同，就是所用的樂器，也大都兩樣，加以那種樂調繁複曲折，變化多端，令人感到悅耳新奇，於是這種胡樂便盛行於朝廷，而漸漸地也傳佈於民間了。隋唐音樂志下云：

『開皇初，置七部樂。一曰國伎，二曰清商伎，三曰高麗伎，四曰天竺伎，五曰安國伎，六曰龜茲伎，七曰文康伎。……及大業中，煬帝乃定清樂、西涼、龜茲、天竺、康國、疏勒、安國、高麗、禮畢，以爲九部，樂器工伎，創造既成，大備於茲矣。…西涼者起苻氏之末，呂光等據有涼州，變龜茲聲爲之。至魏周之際，遂謂之國伎。今曲項琵琶、豎頭箜篌之徒，並出自西域，非華夏舊器。楊澤新聲、神白馬之類，生於胡戎，胡戎歌，非漢魏遺曲，悉與書史不同。……龜茲者，起於呂光滅龜茲，因得其聲。至隋有西國龜茲、齊朝龜茲、土龜茲等凡三部。開皇中，其器大盛於閭閈。時有曹妙達、王長通、李士衡等，皆妙絕絃管，新聲奇變，朝改暮易，持其音技，估衒王公之間，舉時爭相慕尚。高祖病之，謂羣臣曰，聞公等皆好新變，所奏無復正聲，此不祥之大也。……公等親賓宴飲，宜奏正聲，聲不正，何可使兒女聞也？帝雖有此勑，而竟不能救焉。……』

『唐武德初，因隋舊制，用九部樂。太宗增高昌樂，又造讌樂而去禮畢曲，其著令者十部，而總謂之「讌樂」。聲詞繁雜，不可勝紀。凡讌樂諸曲，始於武德貞觀，盛於開元天寶，其著錄者十四調，二百二十二曲。』（樂府詩集）

又杜佑論「清樂」中云：

『自周隋以來，管絃雜曲將數百曲，多用西涼樂，鼓舞多用龜茲樂，其曲度皆時俗所知也。唯彈琴家猶傳楚漢舊聲，及清調瑟調蔡邕五弄調，謂之九弄。』（通典）

在這些記事裏，把那三百年來國樂淪亡外樂輸入的情形，說得非常明顯。同時，無論君主臣僚以及民衆，都喜歡那種新聲，於是胡樂盛行於宮庭貴族之間而又普及於民衆，造成了顏之推上書中所說的「太常雅樂，並用胡聲，」以及「胡樂大盛於閭閻」的狀態了（隋書音樂志）。到了這時，所謂國樂的楚漢舊聲，已被胡樂的新聲完全擊敗，而漸趨於淪亡，剩有幾個老調，成爲彈琴專家的絕技了。音樂起了這麼大的變化，與音樂發生最密切關係的詞，就在這種環境下發育滋長起來。舊唐書音樂志說：『自開元以來，歌者雜用胡夷里巷之曲。』胡夷便是上面所說的那些外樂，里巷是指的民間的歌曲。音樂經了這種混雜同化，自然是變得更爲繁複了。如漁歌體的漁歌子，船夫曲的欸乃曲，民間情歌體竹枝詞、楊柳枝詞諸調，想都是里巷曲中最通行的。劉禹錫說：『里中兒聯歌竹枝，吹短笛，擊鼓以赴節，歌者揚袂起舞，以曲多爲賢。聆其音中黃鐘之羽，卒章激訐如吳聲。雖傖儜不可分，而含思宛轉，有淇澳之艷。』（竹枝詞序）。在這幾句話裏，說明里巷樂曲雖是樂耳可聽，但其詞句却很粗劣，於是文人就在這時候產生了改作或是倣作新詞的動機。那種胡樂民曲交雜流行於世，歌唱者與作詞者都無不受其影響，於是促成嚴格的詞的發展的機運。李白的時代雖有產生詞的可能，但他自己的作品是可疑的。雖說尊前集收他的詞十二首（連理枝一，清平樂五，菩薩蠻三，清平調三。），全唐詩收十四首（除清平樂、清平調八首外，又有菩薩蠻一，憶秦娥一，桂殿秋二，連理枝二。），但除清平調三絕句外，在他本人的集中和樂府詩集內，都沒有這些作品。玄宗時人崔令欽的教坊記附錄的曲名表中，雖有菩薩蠻調名，但唐末蘇鶚的杜陽雜編中說：『大中初，女蠻國貢雙龍犀。……其國人危髻金冠，瓔珞被體，故謂之菩薩蠻，當時倡優遂製菩薩蠻曲，文士亦往往聲其詞。』可知菩薩蠻曲創於大中初年（約當西曆八五〇年）。那末生於開元天寶時代的李白要塡菩薩蠻的詞是不可能的了。關於教坊記中的曲調又如何解釋呢？我想胡適氏的推斷是合理的。他說：『教坊記中的曲名表，我却不能認爲是原書的原文，不能認爲全是開元教坊的曲目。我疑心此表曾經後人隨時添入新調，此種表本只供人參考，以多爲貴，添加之人意在求完備，不必是有心作僞。』（詞的起源） 至於其他如淸平樂、桂殿秋、連理枝諸詞，在古今詞話、漁隱叢話、筆叢諸書裏，前人已有辨僞的說明，那自然是更不可信了。不過，菩薩蠻、憶秦娥二詞，雖非出自李白，但其藝術的價値是很高的，正如李陵、蘇武的古詩一樣，雖爲後人僞託，但其文學藝術的本身，仍有存在的價値，故抄錄在下面。

『平林漠漠煙如織，寒山一帶傷心碧。暝色入高樓，有人樓上愁。 玉階空佇立，宿鳥歸飛急。何處是歸程？長亭更短亭！』（菩薩蠻）

『簫聲咽，秦娥夢斷秦樓月。秦樓月，年年柳色，灞陵傷別。 樂遊原上淸秋節，咸陽古道音塵絕，音塵絕，西風殘照，漢家陵闕。』（憶秦娥）

胡應麟疑此二作爲溫庭筠所爲，嫁名太白者。但溫詞風格華豔婉約，與上詞之高古淒怨者不類。細味憶秦娥詞句，頗寓國破城春故宮禾黍之感，想爲唐亡以後之作，大概出自五代時唐末遺民的手筆。無論從形式組織及藝術的成就上說，這種成熟的作品，決非產生於塡詞的初期，決非產生於溫庭筠以前，想是無可疑的事。

李白的作品雖不可靠，但在李白生時的八世紀，塡詞確已漸漸地由於醞釀而成熟了。詩人依着胡夷里巷的曲譜而作長短句的人，也漸漸地多了。如張志和、張松齡、顧況、戴叔倫、韋應物諸人，都是與李白先後同時的，在他們的作品裏，確實有了依曲拍爲長短句的詞了。最有名的是張志和（西曆七三〇——八一〇）的五首漁父詞（見尊前集）。今舉一首作例。

『西塞山前白鷺飛，桃花流水鱖魚肥。靑箬笠，綠簑衣，斜風細雨不須歸。』

張志和字子同，金華人，雖也做過小官，後來厭惡那種煩瑣，便放浪江湖，自號煙波釣徒，日與山水漁樵爲友。他這種愛自由愛自然的人生觀，反映到文學上，正與王維、孟浩然們所代表的自然詩派相合，因此在漁父詞裏，充分地表現出他的瀟洒出塵的人格，和那種恬淡閑雅的作風。同時，我們還可想到，漁父詞這一個曲調，一定是當日漁人們流行的民間里巷之曲，而經他依曲拍作詞而被傳於後世，成爲最普通的詞調了。西吳記云：『志和有漁父詞，刺史顏眞卿、陸鴻漸、徐士衡、李成矩遞相唱和。』（詞林紀事引）由這兩句話，可知在張志和時代塡詞的風氣，在文人階級裏，已是很流行的了。他的哥哥張松齡也有漁父一首，詞旨風格，同他的弟弟很相近似。

其次我們要注意的，是戴叔倫（西曆七三二——七八九）和韋應物（西曆七三五？——八三〇？）的作品。他們的詞可靠的，戴有調笑令一首，韋有同調二首。戴詞云：

『邊草，邊草。邊草盡來兵老。山南山北雪晴，千里萬里月明。明月，明月。胡笳一聲愁絕。』

韋詞云：

『河漢，河漢。曉挂秋城漫漫。愁人起望相思，塞北江南別離。離別，離別，河漢雖同路絕。』

寫江湖的放浪生活，喜用漁父，寫邊塞別離的俱用調笑，可知文人塡詞的初期所用的詞調不多，同時也可看出漁父一調是出自民間，調笑聲律的急促高昂，及其表現的內容，似是出於胡樂了。但在藝術的成就上說，這種作品，都是很成熟的詞，與詩的形體，全然是獨立的了。其餘如元結的欸乃曲五首，雖是模倣船歌的作品，但形式爲七絕，顧況的漁父引，爲六言三句，韋應物的三台，爲六言絕句，這些都不能算是嚴格的詞。王建是以作宮詞出名的，他是晚唐宮體文學的先導。在他那許多宮詞中，大都是表現色情，描摹美人的姿態與心理。他現存調笑令四首，其作風與他的宮體詩相同，都是寫失寵美人的哀怨的。其中以「團扇」一首最有名，今錄之於下：

『團扇，團扇，美人並來遮面。玉顏憔悴三年，誰復商量管絃？絃管，絃管，春草昭陽路斷。』

詞調雖是一樣，但所表現的內容與風格，同戴叔倫、韋應物之作完全不同了。然而王建這一種宮體式的豔體，正是晚唐唯美文學的色彩，和李商隱、杜牧之、溫庭筠們的詩詞的作風是一致的，同時也就是花間詞派的先聲。

劉禹錫（西曆七七二——八四二）白居易（西曆七七二——八四六）是詞體形成期的最後代表。

詞體到這時候，經了許多先驅者的努力嘗試，已漸漸地變爲一種有文學生命的新詩體，從事這工作的人日衆，詞調也日益加多，作品也日見優美了。白居易有憶江南三首，花非花一首，如夢令二首，長相思二首。劉禹錫有憶江南二首，紇那曲二首，瀟湘神二首，拋球樂二首（全唐詩）。依照文體發展進化的公例，詞這種文學到了劉白時代，有這些調子，有這些作品，原是可能的事。不過他倆的詞，除憶江南外，其餘的都不見其本集，因此有人表示懷疑，這態度雖是謹愼，但我却很難相信那許多作品全是後人僞託的。否則，比劉白只晚死二十年左右的溫庭筠，在詞的質量上便有那麼好的成就的事，也令人覺到有點可奇了。

『江南好，風景舊曾諳。日出江花紅勝火，春來江水綠如藍。能不憶江南？』（憶江南白居易）

『春去也，多謝洛城人。弱柳從風疑舉袂，叢蘭挹露似霑巾。獨坐亦含嚬。』（憶江南劉禹錫）

這種作品一面是有音樂的效能，一面是又有詩的藝術的生命的。詞要到這時候，才能離開詩獨立起來，成爲一種韻文的新體裁。劉禹錫作憶江南時，註云：『和樂天春詞，依憶江南曲拍爲句。』這是詩人依曲塡詞的第一次口供。由這種情形看來，他塡詞的動機決非出於遊戲，而是帶着嚴肅的創作的態度了。要這樣，詞才可以向着發展興盛的路上前進。胡適說：『塡詞有三個動機：一、樂曲有調而無詞，文人作歌詞塡進去，使此調更容易流行。二、樂曲本已有了歌詞，但作於不通文藝的伶人倡女，其詞不佳，不能滿人意，於是文人給他另作新詞，使美調得美詞，而流行更久遠。三、詞盛行之後，長短句的體裁漸得文人的公認，成爲一種新詩體，於是文人常用長短句體作新詞。形式是詞，其實只是一種借用詞調的新體詩。這種詞未必不可唱，但作者並不注重歌唱。』（詞的起源） 他這種推斷是極合理的。唐及五代的塡詞，大都不出一二兩項動機，到了兩宋的詞，正如上文所說『未必不可唱，但作者並不注重歌唱，只是一種借用詞調的新體詩』了。

二　晚唐的代表詞人溫庭筠

到了晚唐，塡詞的風氣，更是普遍了。君主詩人以及沒有詩名的文士，都有這種作品，藝術上較之劉白也進步了，詞調也增加了。詞這種體裁，呈現着蓬勃發展的機運。段成式、鄭符、張希復、有閑中好，這些作品雖較爲平庸，但到了皇甫松、司空圖、韓偓、唐昭宗（李曄）們的作品，是現出明顯的進步了。皇甫松是皇甫湜之子，生卒未詳，花間集所載諸詞人，俱稱其官銜，獨於皇甫松只稱爲先輩，想必他是沒有做過官了。他是睦州新安人（浙江建德附近），其他事蹟均不可考。花間集載其詞十二首，全唐詩共十八首。除采蓮子、抛球樂、浪淘沙、怨回紇、楊柳枝諸調爲五七言詩外，成爲長短句者，有天仙子、摘得新、夢江南諸調。在他這些作品裏，可稱爲代表的，是摘得新和夢江南。

『酌一巵，須敎玉笛吹。錦筵紅蠟燭，莫來遲。繁紅一夜經風雨，是空枝。』（摘得新）

『蘭燼落，屛上暗紅蕉。閑夢江南梅熟日，夜船吹笛雨瀟瀟，人語驛邊橋。』（夢江南）

用最淸麗的字句，來寫紅情綠意的場面，而其中又寄寓着哀怨的感慨，雖側豔而不淫靡，確是成功之作。夢江南意境更高，設境遣詞尤勝，誠可與溫飛卿比肩。司空圖字表聖（西曆八三七——九〇八），爲有名的詩品的作者。他人品高逸，朱全忠稱帝，召他爲官，他遂不食而死。他有酒泉子詞一首，是寫他晚年退休的心境的。

『買得杏花，十載歸來方始拆。假山西畔藥欄東，滿枝紅。　旋開旋落旋成空。白髮多情人更惜，黃昏把酒祝東風，且從容。』

韓偓字致光，他本是晚唐時代寫色情詩的好手。所以他的詞生查子和浣溪紗，都是這種豔情之作。

『侍女動妝奩，故故驚人睡。那知本未眠，背面偷垂淚。　嬾卸鳳凰釵，羞入鴛鴦被。時復見殘燈，和煙墜金穗。』（生查子）

『攏鬢新收玉步搖，背燈初解繡裙腰。枕寒衾冷異香焦。　深院不關春寂寂，落花和雨夜迢迢，恨情殘醉却無聊。』（浣溪紗）

唐昭宗李曄（西曆八六七——九〇四）是唐代末年一位最可憐的皇帝，身死朱全忠之手。但他却多才多藝，愛好文學。全唐詩中云：『帝攻書好文，而承廣明寇亂之後，唐祚日衰。遺詩隻韻，皆其播遷所致也。』由此可見他的愛好文藝的性情，和他創作的環境了。他現存詞四首。巫山一段雲二首，遺詞雖稍覺華豔，尚不輕浮。如『殘日豔陽天，苧蘿山又山』等句，意境尚佳。菩薩蠻二首，爲其感傷國事之作，哀怨淒涼，恰好映出一位國運無可挽回的君主的絕望的心境。今舉一首於下：

『登樓遙望秦宮殿，茫茫只見雙飛燕。渭水一條流，千山與萬丘。遠煙籠碧樹，陌上行人去。安得有英雄，迎歸大內中。』

溫庭筠 由上面這些作品看來，知道詞到了晚唐，確實是成熟了。但稱為當代詞家的代表的，却是那位風流浪漫才華煥發的溫庭筠。溫字飛卿，山西太原人（西曆八二〇——八七〇？），在文壇上與李義山、段成式齊名，俱以華麗之筆描寫豔情，一時風靡，號為三十六體。我在上一章裏論晚唐唯美文學的時候說過，晚唐唯美文學的作者，大都是生活浪漫，流連樂妓的才人。杜牧之、李義山是如此，溫庭筠更是如此。舊唐書文苑傳說他：『士行塵雜，不修邊幅。能逐絃吹之音，為側豔之詞。』令狐綯說他『有才無行』，這都是可靠的。因為他生活浪漫，文筆又好，日與優人妓女來往，確實是給他一個產生詞的最好環境。同時在那環境中所創造出來的作品，除了描寫女人的姿態與情戀以外，想要去找到其他表現人生社會的思想與意識，自然是要失望的。詞這種作品，在最初的階段，本來就是一種上流階級的享樂品。正如花間集序所說：『綺筵公子，繡幌佳人。遞葉葉之花牋，文抽麗錦，舉纖纖之玉指，拍案香檀。不無清絕之詞，用助嬌嬈之態。』詞的創造的動機及其功用，在這裏說得最明顯。公子哥兒的享樂，倡家妓女的賣唱，浪子才人的賣弄才華，這一切都造成詞這種作品成為華豔的色情的唯美文學了。溫庭筠的面貌，雖是奇醜，時人稱為溫鍾馗，但他那絕出的才華，和他那種多情多感的浪漫天性，使他在詞這一方面，得到了極高的成就。在晚唐時代，有了李賀、杜牧之、李商隱、段成式諸家的宮體詩和駢文，再加着他的豔詞進去，造成了唯美文學的極盛。他們這種影響，不僅及於五代，就連宋初半世紀的文壇，也還承受着這種風氣。

溫庭筠有握蘭、金荃二集，均已散亡，現存於花間集者尚有六十餘首。由此，我們可知他是一個努力塡詞的人。現存的還有六十幾首，散亡的想必更多，他的作品的豐富也就可想而知了。前人見其詞中多寫女人香草，每每加以寄託比興的解釋，實在是多餘的。他本是一個才子式的浪人，正因他寫那些女人香草，反覺得眞切。孫光憲北夢瑣言云：『溫詞有金荃集，蓋取其香而軟也。』又香又軟，是他的生活情感的寫實，一定要說他某詞有家國之痛，某詞有興亡之感，那反而不盡情了。

在他的六十餘首詞中，包括着菩薩蠻、更漏子、南歌子、淸平樂、訴衷情以下十九調。晚唐的詞人，用調最多的，無過於他了。他的作品，當以菩薩蠻、更漏子、夢江南諸詞爲代表。在這些詞裏，充分地表現出他的唯美文學的彩色和描寫女人的態度以及女人心理的技術。

『小山重疊金明滅，鬢雲欲度香腮雪。嬾起畫蛾眉，弄妝梳洗遲。照花前後鏡，花面交相映。新貼繡羅襦，雙雙金鷓鴣』（菩薩蠻）

『玉樓明月長相憶，柳絲裊娜春無力。門外草萋萋，送君聞馬嘶。畫羅金翡翠，香燭銷成淚。花落子規啼，綠窗殘夢迷。』（同上）

『星斗稀，鐘鼓歇，簾外曉鶯殘月。蘭露重，柳風斜，滿庭堆落花。虛閣上，倚欄望。還似去年惆悵。春欲暮，思無窮，舊歡如夢中。』（更漏子）

『玉爐香，紅蠟淚，偏照畫堂秋思。眉翠薄，鬢雲殘，夜長衾枕寒。　梧桐樹，三更雨，不道離情正苦。一葉葉，一聲聲，空階滴到明。』（同上）

這些詞的顏色，雖是非常濃豔，但這種濃豔的色彩，與詞中的內容，都很調和。他詞中所寫的離情相思，大半都是妓女倡婦的代言代訴。他寫詞的手法，是將許多可以調和的顏色景緻物件放在一處，使他們自己組織配合，形成一個意境，一個畫面，讓讀者自己去領略其中的情意。他這手法是成功了的，不過，他塗的顏色過於濃豔，擺進去的珠寶，過於繁多，覺得是太富貴了，有時反令人有一種鄙俗之感。在他的詞裏，到處都是『金』『玉』『畫羅』『繡衣』『翡翠』『鴛鴦』『鳳凰』『紅淚』這一類的字眼，無論寫容貌、寫用具、寫景物，都離不了它們。在當代的唯美文學中，這種字眼本來是常見的，如李賀、李商隱、杜牧之的宮體詩中，也用了些，不過沒有像他用得這麼多。所以溫庭筠的詞，我們讀二三首，覺得豔麗可喜，多讀下去，頗有一種同一個滿身珠寶滿面脂粉的妓女並坐的感覺，這種地方，確實是他的不能掩飾的弱點。王國維云：『「畫屏金鷓鴣」飛卿語也，其詞品似之。』（人間詞話），這眞是知人之論。

雖如此說，溫詞中許多優美的句子，我們是不應該輕視的。如菩薩蠻中的『花落子規啼，綠窗殘夢迷。』『人遠淚闌干，燕飛春又殘。』更漏子中的『一葉葉，一聲聲，空階滴到明』等句，意境是多麼高遠，表情是多麼細緻，辭句是多麼美麗，描寫又是多麼深刻。這種言語，在後代許多大詞家的作品裏，也是不常見的。再看他的夢江南。

『千萬恨，恨極在天涯。山月不知心裏事，水風吹落眼前花。搖曳碧雲斜。』

『梳洗罷，獨倚望江樓。過盡千帆皆不是，斜暉脉脉水悠悠。腸斷白蘋洲。』

描寫的內容雖是相同，但他表現的方法，完全去了前面那種濃豔的襯托。而以細密的心理描寫，婉約的筆調出之，情意更覺活躍，顏色也就素淡得多了。周濟評溫詞爲嚴妝的美女（介存齋論詞雜著），這固然精當，但我們要知道，他的詞，蛾眉淡掃的時候，是更覺嫵媚的。在晚唐的詞壇，在中國的詞史上，溫庭筠是有重要的地位的。他的重要性，有下列的幾點：

一、溫氏以前，詩人雖有塡詞者，但都以詩爲主，把塡詞只當作一種嘗試，故作品不多。溫雖也以詩名，他却是一個專力塡詞的人，詞的成就，遠在其詩之上。詞到了他，形成了一種正式的文學體裁，在韻文史上離開了詩，得到了獨立的生命。

二、溫氏以前的詞，無論形式風格，多與詩相近似。到了溫庭筠，在修辭和意境上，才形成詩詞絕異的作風。

三、他是詩詞過渡期的重要的橋樑。因了他的作品，上面結束了唐詩，下開五代宋詞發展的機運。前人稱他爲「花間鼻祖」（見王士禎花草蒙拾），我們從文體的演進史上，看這評語，並非是溢美之辭。

三 民間的詞

我在上面說過，在詩人正式塡詞之前，樂署倡家，是早已有了這種東西的。他們主要的目的，是在入樂與歌唱，所以在辭句上，免不了俚俗與粗淺。正如劉禹錫所說的民間的竹枝詞傖儜不雅一樣。又沈義父樂府指迷云：『秦樓楚館所歌之詞，多是教坊樂工及鬧井做賺人所作。只緣音律不差，故多唱之。求其下語用字，全不可讀。甚至詠月却說雨，詠春却說涼。如花心動一詞，人目之爲「一年景」。又一詞中，顚倒重複。如曲遊春云：「賒薄難藏淚」，過云：「哭得渾身無氣力」，結又云：「滿袖啼紅」，如此甚多，乃大病也。』他所說的是宋代的情形，而我們可以知道唐代的秦樓楚館所歌之詞，教坊樂工及鬧井做賺人之作，自必更是如此。一詞之中，雖有顚倒重複，下語用字，雖是傖儜不雅，然那些却正是民間文學的本色。因爲在文字上有這些缺點，詩人們才起來補救他，這就是詩人塡詞的一個重要的動機。在文學史的研究上，這種顚倒重複，傖儜不雅的民間作品，我們却不可忽視。

敦煌文庫的發現，在中國古代文化的研究上，是很重要的。關於變文的一部分，我在上卷裏已略略的叙述過了。現在在這裏，要講一講敦煌石室發現的民間詞。這些作品除我們熟知的雲謠集雜曲子三十首外（彊村遺書），還有羅振玉敦煌零拾所收的七首，劉復敦煌掇瑣所收的二首，以及日本橋川醉軒所傳的四首。數量雖不算多，然在民間詞的考察上，無疑是很重要的文獻。由了他們，我們很可以看出秦樓楚館所歌，教坊樂工及鬧井做賺人所作的詞的面影。

『作客在江西，寂寞自家知。塵土滿面上，終日被人欺。朝朝立在市門西，風吹淚點雙垂。

遙望家鄉長短，此是貧不歸。』（長相思三之一，見敦煌零拾）

『叵耐靈鵲多瞞語，送喜何曾有憑據？幾度飛來活捉取，鎖上金籠休共語。比擬好心來送喜，誰知鎖我在金籠裏？欲他征夫早歸來，騰身却放我在青雲裏。』（鵲踏枝二之一，見敦煌零拾）

『悔嫁風流婿，風流無準憑。攀花折柳得人憎。夜夜歸來沉醉，千喚不應。廻覷簾前月，鴛鴦帳裏燈，分明照見負心人。問道些須心事，搖頭道不曾。』（南歌子敦煌掇瑣）

字句的俚俗，情意的淺露，語體的夾用，這都可以看出是民間之作。這種詞的生命，雖與社會羣衆極其接近，然而在詩人看來，是不會滿意的。當日因爲偶然的機會，寫在破紙上或心經的紙背上，得以留傳後世，這似乎是沒有經過上級文人的潤飾。像雲謠集雜曲子諸作，在文字的藝術上，比上面這些小曲，雖仍不免有俚俗之跡，但已是進步多了。看他冠以「雲謠集」之名，再加以「共三十首」之原註，我們便可推想這些民間詞，是經過文人們編輯整理過的。因此在文字上是雅麗多了。原作兩本，藏於倫敦博物院及巴黎國家圖書館，但俱不完全，後經朱祖謀氏整理，去其重複，恰合三十首之原數，現刊於彊村遺書中。

『怨綠窗獨坐，修得爲君書。征衣裁縫了，遠寄邊虞。想得爲君貪苦戰，不憚崎嶇。終朝沙磧裏，已憑三尺，勇戰奸愚。豈知紅臉，淚滴如珠。枉把金釵卜，卦卦皆虛。魂夢天涯無暫，歇枕上長噓。待卿廻故日，容顏憔悴，彼此何如？』（鳳歸雲

『燕語啼時三月半，煙蘸柳條金線亂。五陵原上有仙娥，攜歌扇，香爛漫，留住九華雲一片。犀玉滿頭花滿面，負妾一雙偷淚眼。淚珠若得似珍珠，拈不散，知何限，串向紅絲應百萬。』（天仙子）

風格雖仍是民歌，但文字却較為修鍊，完全沒有上面那些小曲所現露出來的粗俗的氣息，這自然是經過文人的手的。並且詞中長調頗多，如傾杯樂長一百十一字，內家嬌長一百零四字，拜新月長八十六字，鳳歸雲長八十四字，在溫庭筠的作品裏，從沒有見過這樣的長調。這樣看來，上面那些俚俗小曲，或可相信是中唐時的民間作品，惟雲謠集中諸作，想必是出自溫庭筠以後了。但是，我們把這些詞看作是北宋慢詞的先聲，却是很合理的。可知在小令很流行的晚唐五代，民間已有多人從事慢詞的製作了。

四　五代詞的發展與花間詞人

歷史上所稱的五代，雖在國號上共換了五次，但在時期上，只佔有半世紀（西曆九〇七年——九六〇年）。這一時期的政局的動搖紛擾，略似於三國與南北朝。五代雖稱為正統，但當日遠處邊陲的藩鎮强豪，看見那些中原勇士南面稱王，自然也免不了眼紅，於是各處也就都立起國號做起皇帝來。由朱全忠、李存勗、石敬瑭、劉知遠、郭威五人主演的五代以外，另有前蜀（王建）、後蜀（孟知祥）、北漢（劉崇）、南漢（劉隱）、荊南（高季興）、楚（馬殷）、吳（楊行密）、南唐（李昪）、吳越（錢鏐）、閩（王審知）十國。五代中國運頂長的是後梁十一年，最短的要算僅僅四年的後漢了。十國都因爲離開中原過遠，得以苟延，因此壽命也有延至六七十年者，這一些你倒我起的政治局面，正如一場殺進殺出的舞台戲。在那一種混亂的局面下，在那一羣强盜刼奪的局面下，文化學術的衰歇，思想藝術的淪亡，自是必然的現象。但在當日作爲享樂的工具的詞，適應於那種女樂聲伎的荒淫環境的詞，却又得着發展的機運，而大量滋長起來了。我們試看當代的君主那一個不是淫蕩奢侈流連聲色的荒君。當代的詞人又那一個不是狎妓宿倡浪漫無行的浪子。像後唐莊宗雖是一介武夫，然精音律，善度曲，日與俳優爲伍，結果是爲伶人所殺，並將他的身體雜入樂器之中一同焚化了。然他的詞是好的。如夢令云：『曾宴桃源深洞，一曲清歌舞鳳。長記別伊時，和淚出門相送。如夢如夢，殘月落花煙重。』風流蘊藉，一往情深，雖是才人，究非廊廟之器。再如蜀主王衍的醉妝詞云：『者邊走，那邊走，只是尋花柳。那邊走，者邊走，莫厭金杯酒。』這六句詞，活畫出一幅五代十國土皇帝的荒淫的面影。無論這邊走，只是尋花問柳，無論那邊走，只是端着金杯喝酒。尋花問柳時，端着杯子喝酒時，自然是少不了「一曲清歌舞鳳」的。這樣下去，國自然會亡，文化學術自然要衰歇，同聲色緊緊聯繫着的詞，自然也乘機而起了。詞的發達，恰好建立在這一個荒淫的生活基礎上，恰好供給那些貴族享樂的藝術的需要。

『初莊宗（李存勗）爲公子時，雅好音律，又能自撰曲子詞。其後凡用軍，前後隊伍皆以所撰詞授之，使揭聲而歌之，謂之御製。』（五代史本紀）

『北夢瑣言云：「蜀主裹小巾，其尖如錐。宮妓多衣道服，簪蓮花冠，施胭脂夾臉，號醉妝。」自製醉妝詞。又嘗宴於怡神亭，自執板歌後庭花思越人曲。』

『溫叟詩話云：「蜀主孟昶，令羅城上盡種芙蓉，盛開四十里，語左右曰，以蜀爲錦城，今覩之眞錦城也。」嘗夜同花蕊夫人避暑摩訶池上，作玉樓春詞。』（詞林紀事引）

『後主（李煜）善屬文，工書畫，性驕侈，好聲色，又喜浮圖高談，不恤政事。』（新五代史）

『金陵盛時，內外無事，明僚親舊，或當讌集，多運藻思爲樂府新詞，俾歌者倚絲竹歌之，所以娛賓而遣興也。』（陳世修陽春集序）

『韋莊以才名寓蜀，王建割據，遂羈留之。莊有寵人，資質豔麗，善詞翰，建聞之，託以教內人爲詞，强莊奪去。莊追念悒悒，作荷葉杯、小重山詞，情意悽怨。』（古今詞話）

馮延巳也是一個有才無行的浪人。當時他爲五鬼之一。孫晟當面罵他說：『僕山東書生，鴻筆藻麗十不及君，詼諧飮酒百不及君，諂佞險詐，累劫不及君。』（十國春秋）

在這些記事裏，充分地暴露出當日君主臣僚的荒淫，和那些作家的浪漫生活的背境。爲妓女宮娥們所唱的詞，正是他們所需要的，恰如他們需要女人珠寶一樣。再進一步，拿着這種新詩體，來作爲歌功頌德的工具，如供奉內廷的毛文錫，自然會作出「近天恩」（柳含烟）和「堯天舜日」（甘州遍）一類的大作了。

詞在這種環境下發展，他的風格自然是繼承溫庭筠的豔麗，而集中於婦女情慾的表現，形成色情文學的極盛了。這情形和梁陳時代的宮體詩，遙相對照，而對於肉感的暴露的濃烈性，實遠過於那時的宮體詩。在五代的詞壇最能代表這種形態的，是花間集中的作品。我們知道塡詞的風氣，到了五代是非常普遍，並且已由中原推廣到西蜀江南一帶，同時作爲五代詞壇的代表區域，不在中原，而在西蜀與南唐。因爲中原戰亂頻仍，人民多避難他去。四川江南成爲苟安之局，加以天時和麗，物質豐饒，歌樂素稱興盛，君主又都愛好文藝，因此詩人詞客，俱聚集於此，而造成當代兩個文化的中心。後蜀趙崇祚所編的花間集，正是西蜀詞的好代表。花間共收十八家，其中溫庭筠、皇甫松已在上面敍述外，其他如韋莊、薛昭蘊、牛嶠、牛希濟、毛文錫、歐陽炯、顧敻、魏承班、鹿虔扆、閻選、尹鶚、孫光憲、毛熙震、李珣、張泌（全唐詩以泌爲南唐人，胡適主張花間集中的張泌，應該是蜀人，此說極合理，從之。）諸人，或是蜀產，或仕於蜀，同四川沒有發生關係的，就只有和凝一個，然而他的詞的風格，同花間正相適合，所以我們研究的時候，是無須分開來的。

花間集的作家與作品雖有那麼多，但除了一二例外，他們的作品，都有一個共同的格調與作法，大都是用着豔麗的辭句，濃厚的顏色，集全力去描寫女人的美態裝飾，相思的情緒，以及肉感性慾的强烈暗示，在這種地方，一面是反映着當代宮庭和上流社會的淫侈生活，一面也是承受着溫詞的影響。不用說，那種千篇一律的作品，多談了是要感着厭倦的。我現在選錄幾首在下面。

『玉樓冰簟鴛鴦錦，粉融香汗流山枕。簾外轆轤聲，斂眉含笑驚。　柳陰烟漠漠，低鬢蟬釵

落。須作一生拚，盡君今日歡。』（牛嶠菩薩蠻）

『晚逐香車入鳳城，東風斜揭繡簾輕。慢回嬌眼笑盈盈。　消息未通何計是？便須佯醉且隨行。依稀聞道太狂生。』（張泌浣溪紗）

『相見休言有淚珠，酒闌重得敍歡娛。鳳屏鴛枕宿金鋪。　蘭麝細香聞喘息，綺羅纖縷見肌膚。此時還恨薄情無。』（歐陽炯浣溪紗）

『一爐龍麝錦帷旁。屏掩映，燭熒煌。禁樓刁斗夜初長。　羅薦繡鴛鴦，山枕上，私語口脂香。』（顧夐甘州子）

『雪霏霏，風凜凜，玉郎何處狂飲？醉時想得縱風流，羅帳香幃鴛寢。　春朝秋夜思君甚，愁見繡屏孤枕。少年何事負初心，淚滴縷金雙袵。』（魏承班滿宮花）

『粉融紅膩蓮芳綻，臉動雙波慢。小魚銜玉鬢釵橫，石榴裙染象紗輕，轉娉婷。　偷期錦浪荷深處，一夢雲兼雨。臂留檀印齒痕香，深秋不寐漏初長，儘思量。』（閻選虞美人）

『梁燕雙飛畫閣前，寂寥多少恨，懶孤眠。曉來閑處想君憐。紅羅帳，金鴨冷沉煙。　誰信損嬋娟，倚屏啼玉筯，濕香鈿。四支無力上鞦韆。羣花謝，愁對艷陽天。』（毛熙震小重山）

『披袍窣地紅宮錦，鶯語時轉輕音。碧羅冠子穩犀簪，鳳凰雙颭步搖金。　肌骨細勻紅玉軟，臉波微送春心。嬌羞不肯入鴛衾，蘭膏光裏兩情深。（和凝臨江仙）

在這樣細緻的技巧與美麗的詩句裏，表現了一些什麼呢？說來說去總不外是一個女人。這些女人無論她的面貌衣飾寫得怎樣出色，情感寫的怎樣纏綿，但都患着一種共同的病症，那便是肉的飢餓與性的滿足的强烈的要求，因此一切的環境，都在强調這一方面的暗示，冷夜長宵，園中的花草，天空中飛的雙燕雙蝶，水中遊的交頸鴛鴦，繡花的枕被，一切無非是在暗示着肉慾的渴慕和女人的色情狂的濃烈。再進一步的，甚至於寫出男女幽會的情態，連聲音動作也都顯露出來，如歐陽炯的浣溪紗，那眞可以算是中國淫詞的代表了。再如張泌的浣溪紗，顧敻的荷葉杯諸作，大膽地描寫了釘梢的浪子和偷情的女人的種種醜態。在那些作品裏，從沒有接觸到關於婦女的社會問題。在一本花間集裏，全被這些色情的氣味塗滿了，像鹿虔扆臨江仙的感傷離亂，李珣漁歌子的歌誦自然，那眞是鳳毛麟角了。就是在他們兩人的作品中，豔詞仍是要佔去其大半數的。不過他們寫得較爲含蓄而已。如李珣的一首浣溪紗，寫得細密清麗，而不流於輕薄淫淺，確是花間詞中的好作品。

『晚出閑庭看海棠，風流學得內家粧。小釵橫戴一枝芳。　鏤玉梳斜雲鬢膩，縷金衣透雪肌香。暗思何事立殘陽。』（李珣浣溪紗）

『金鎖重門荒苑靜，綺窗愁對秋空。翠華一去寂無蹤。玉樓歌吹，聲斷已隨風。　煙月不知人事改，夜闌還照深宮。藕花相向野塘中。暗傷亡國，淸露泣香紅。』（鹿虔扆臨江仙）

前一首雖仍是豔體，但已經寫得很婉約，至於後首的境界更是高遠，詞格更是莊重，情感更是凄怨，完全脫了花間詞風的籠罩，可與李後主晚年之作比肩了。鹿李二家，在西蜀詞壇，作品雖不算多，但對於他們，我們確是應該另眼相看的。

韋莊 在花間集裏，作品的內容雖仍是脫不了言情說愛，但在作風上，却一拋溫庭筠的濃豔與富貴的氣息，帶着疏淡秀雅的筆調，成爲當代詞壇的重鎭，給與後代詞風以重大的影響的，是那位稱爲「秦婦吟秀才」的韋莊。韋字端己，陝西杜陵人（西曆八五五——九一〇）。唐乾寧元年進士，幼敏能詩。二十八九歲時，到長安去應考，恰碰着黃巢的兵亂，他將當日耳聞目見的社會離亂情形，寫成一篇長有一千六百餘字的秦婦吟。這篇詩在當日雖很有名，但在浣花集裏沒有載，是久已失傳了。近年敦煌文庫發現，得有兩種五代人的寫本，因此得復傳於世。在晚唐唯美文學的潮流中，這確是一篇難見的寫實的社會文學的傑作。

篇幅之長，可與孔雀東南飛比美。他把當日戰亂中的人民生活，婦女的被調戲奸淫，難民的流離轉徙，大火災，大搶刼，繁華化爲烏有，富翁變爲窮人，再加以那些靦顏事仇、朝秦暮楚的新貴，寫得更是活躍如畫。借一個陷賊三年逃難出來的秦婦的口述，將那種悽慘的現象，一幕幕地映出，眞如一捲時事影片，想着現在戰爭區域的情形，同這正是一樣。在文字的技術上，比起杜甫、白居易、張籍的作品來，雖似乎稍弱，但在作品的意識上，同杜甫諸家的社會詩，却正是一個類型。並且他描寫得較爲瑣細，因此反而更增加他作品的眞實性。但我們讀他的浣花集，却大致是適合着晚唐的唯美作風，像這一種暴露社會暗面用寫實的手法而稱爲社會問題的作品，簡直沒有，這原因是他的性格，本是「洛陽才子」一類的浪漫者，加以他後來入蜀的良好的物質環境，使他的作品趨於唯美文學的發展了。在思想性格以及對於文學的理解各方面，他自然是遠不如杜甫、白居易、張籍諸先輩的深沉與堅定。因此在那兵亂的環境中，耳聞目見了種種的慘狀，寫成了那篇秦婦吟。後來一到了江南西蜀，就轉入於花叢紅袖的懷抱，而反於悔恨從前秦婦吟的寫作，於是他的作風，完全變爲浪漫的情詞了。

長安亂後，他攜家避地江南，在將近十年的長期中，他的足跡走遍了大江南北。江南一帶的繁華安定，使這位才子忘記了秦婦吟中的離亂苦況，而入於風流浪漫的生活。在他那些菩薩蠻裏，反映出他當日沈溺酒色的生活狀態。他那次再到長安去考取進士時，已是四十左右的人了。中進士後，任校書郎數年，後入蜀依王建。及朱全忠篡唐自立，他便勸王建即位，自己做了宰相。前蜀開國的一切典章制度，都是他定的。卒於成都，年在六十以上。

韋莊以情詞聞名，但他所描寫的背境，與那些專寫歌姬妓女，專寫肉感性慾者不同，在他的生活過程上，確有一種情愛的葛藤，因此出現於他作品的情感較之旁人所表現者，要較爲高貴。同時在修辭與表現的技巧上，脫離溫庭筠派的富貴濃豔，和張泌、牛希濟式的輕薄。用着清疏淡雅的字句，白描的筆法，再加以纏綿婉轉的深情，使他在花間集中，卓然成爲與溫庭筠對立的一派。據古今詞話所說：「他的愛人被王建奪去以後，他追念悒怏，作詞多悽怨之音。」我們讀他的作品，覺得他這次的失戀，對於他作品的影響很大。他的幾首代表作，完全用這件事體作爲中心，或是回憶往日的歡情，或是傷感現在的落寞，或是希冀未來的復活，因爲種種心理，都是出於實際的體驗，所以在情感方面，表現得格外眞切，而修辭造句，也無須憑藉金銀珠寶那些富貴字眼的裝飾，而出於白描，反而顯得更眞情更實感了。

『夜夜相思更漏殘，傷心明月倚欄干。想君思我錦衾寒。咫尺畫堂深似海，憶來唯把舊書看。幾時攜手入長安？』（流溪紗）

『紅樓別夜堪惆悵，香燈半掩流蘇帳。殘月出門時，美人和淚辭。琵琶金翠羽，絃上黃鶯語。勸我早還家，綠窗人似花。』（菩薩蠻）

『四月十七，正是去年今日，別君時。忍淚佯低面，含羞半斂眉。不知魂已斷，空有夢相隨。除却天邊月，沒人知。』（女冠子）

『昨夜夜半，枕上分明夢見，語多時。依舊桃花面，頻低柳葉眉。半羞還半喜，欲去又依依。覺來知是夢，不勝悲。』（同上）

『別來半歲音書絕，一寸離腸千萬結。難相見，易相別。又是玉樓花似雪。暗相思，無處說，惆悵夜來煙月。想得此時情切，淚沾紅袖黦。』（應天長）

侯門似海，愛人變作嫦娥，消息難傳，蕭郎成爲路客。在上面這些詞裏，或爲憶往，或爲傷今，全是表現那種纏綿曲折的失戀深情。他所用的都是最通俗最質樸的言語，沒有一點濃豔的顏色，沒有一點珠寶的堆砌，成爲白描的聖手，高遠的詞格了。王國維氏以「畫屏金鷓鴣」一句象徵溫庭筠的詞品，「絃上黃鶯語」一句象徵韋莊，眞是最精確了。一個是濃豔富貴，一個是清麗秀雅，在他倆的作風上，這界限是非常明顯的。

五　南唐詞人

西蜀南唐同爲當代的文藝重心。南唐流傳下來的作品與作家雖說不多，其地位與價值，並不在西蜀之下。因爲南唐沒有趙崇祚那一類的人去收集保存，因此所傳者就寥寥無幾了。看陳世脩序陽春集說：『金陵盛時，內外無事。親朋讌集，多運藻思爲樂府新詞，俾歌者倚絲竹歌之。』在這種環境下，詞家與作品的產生，想是不少於西蜀的。加以當日中原大亂，南唐尙能偏安一隅，一直等到宋人統一，江南始有兵禍，物質地理的環境，也都適宜於那種豔體情詞的滋長。由此推想，當日一定還有許多好作家好作品，都隨時代而淪亡了。但南唐流傳下來的幾人，如李璟、李煜、馮延已們，却都是詞壇上最成功的第一流作家。上可代表晚唐五代的全詞壇，下開兩宋歌詞發展的機運。在中國的詞史上，他們都有重要的地位。

李璟（西曆九一六——九六一）字伯玉，徐州人。李昪的長子，南唐保大元年，昪卒，他卽位，是爲中主。他的用人行政及軍事才略，都非常平庸，因此他父親費了大力創造出來一個好好的南唐基礎，不到十幾年，就弄到不可收拾的局面。等到後周的軍隊進駐揚州，他知道事勢危急，便獻江北諸地，並且歲貢數十萬，去了帝號，奉周正朔，畫江南爲界，簡直成了後周的藩屬了。他在政治軍事上，雖是這麼失敗，但他却有極高尙的文藝修養與造就。馬令南唐書說：

『嗣主美容止，有文學。甫十歲，吟新詩云：「棲鳳枝梢猶軟弱，化龍形狀已依稀。」人皆奇之。』

『帝音容閑雅，眉目如畫。好讀書，能詩，多才藝。』（十國春秋）

『元宗嘗戲延巳曰：「吹皺一池春水，」干卿何事？延巳對曰：「未如陛下「小樓吹徹玉笙寒」特高妙也。」元宗悅。』（南唐書）

在這些記事裏，活畫出李璟是一個天眞的詩人，無論他的性情才氣與嗜好，都是一個詩人。直率天眞而又風趣，叫他在政治軍事上有所作爲，叫他同當日那些北方蠻子去講兵弄武，爭城奪地，自然是要失敗的。看他同馮延巳問答，更可看出當日君臣間的風雅，和對於文藝的愛好與提倡了。

『菡萏香銷翠葉殘，西風愁起綠波間。還與韶光共憔悴，不堪看。　細雨夢回雞塞遠，小樓吹徹玉笙寒。多少淚珠何限恨，倚闌干。』（攤破浣溪紗）

『手卷眞珠上玉鈎，依前春恨瑣重樓。風裏落花誰是主，思悠悠。　青鳥不傳雲外信，丁香空結雨中愁。回首綠波三峽暮，接天流。』（同上）

中主流傳下來的作品，雖只有三首，然而由此也很可看出他的卓絕的詩才，和他那種一致的委婉哀怨的作風。表情是那麼細微，用字是那麼清新，花間集中的濃豔色彩與肉感的强烈性，是一點也沒有的。王國維說他的「菡萏香銷，西風愁起」二句，大有衆芳蕪穢美人遲暮之感，這恰好說明了他的詞格和在他作品中現露出來的高潔的情感。他雖愛好藝術，却不是一個專沉溺於酒色的糊塗蟲。他很天眞，對於時事也很有感慨，江表記說他「每北顧，忽忽不樂」，可見他心情的哀怨。在上面那幾首詞裏，我們能體會到他那種沉痛深切的傷時感事的心情。南唐詞格之高於西蜀，正在這種地方。

馮延己（西曆九〇三？——九六〇？）一名延嗣，字正中，江蘇廣陵人。他一生官運亨通，由秘書做到宰相，看孫晟罵他諂佞險詐詼諧飲酒，又稱他鴻筆藻麗（見十國春秋），可知他是一個生性浪漫有才無行的人。但他在詞的成就上，却是五代的一個大家，同韋莊李煜成爲當代詞壇的三大巨星。他的作品，在宋初已多散佚，陳世修編輯的楊春集，共得詞一百十九首，但其中雜入溫庭筠、韋莊、李煜、歐陽修以及花間詞人之作，眞可信爲馮作的，還不到一百首。百首左右雖不算多，但在五代詞人中，他的作品要算是最豐富的了。其詞雖亦多言閨情離思，然其造句用字，俱淸新秀美，絕無浮豔輕薄之習。而又一往情深，感人的力量最爲眞切。蝶戀花、采桑子諸闋，堪稱古今情詞的傑作。

『馬嘶人語春風岸，芳草綿綿，楊柳橋邊，日落高樓酒旆懸。　舊愁新恨知多少，目斷遙天，獨立花前。更聽笙歌滿畫船。』（采桑子）

『蕭索淸愁珠淚墜。枕簟微涼，展轉渾無寐。殘酒欲醒中夜起，月明如練天如水。堦下寒聲啼絡緯。庭樹金風，悄悄重門閉。可惜舊歡攜手地，思量一夕成憔悴。』（蝶戀花）

『幾日行雲何處去？忘却歸來，不道春將暮。百草千花寒食路，香車繫在誰家樹？　淚眼倚樓頻獨語。雙燕來時，陌上相逢否？撩亂春愁如柳絮，悠悠夢裏無尋處。』（蝶戀花：別作歐陽修）

我們讀了這些作品，便可體會到他的作風與溫庭筠完全不同，與以白描見稱的韋莊，却有些相像。不過他在寫情方面，較之韋莊要更曲折，更天眞，更深入，同時又更含蓄。在他作品中所表現出來的情感，一點沒有怨恨和追悔，也沒有希望和期待，只是把一切的苦痛放在自己的肩上，不怨天不尤人地承受着。因此顯得格外纏綿動人，使讀者生出無限的同情。他的詞給與北宋諸家的影響，實較花間爲大。近人馮煦評他：『鼓吹南唐，上翼二主，下啓歐晏。實正變之樞紐，短長之流別。』（唐五代詞選序），王國維也說：『正中詞雖不失五代風格，而堂廡特大，開北宋一代風氣。』（人間詞話），在這裏，正確地說明了他在中國詞史上的地位。

李煜 最後，我們要討論的是李煜（西曆九三七——九七八）。他初名從嘉，字重光，……李璟的第六子。他即位時，南唐已奉宋正朔，窮處江南一隅之地。宋朝時時對他壓迫欺侮，他的大政方針，只是用金銀財寶去犒師修貢，以謀妥協。宋史說：『煜每聞朝廷出師克捷及嘉慶之事，必遣使犒師修貢。其大慶節更以買宴爲名，別奉珍玩爲獻。吉凶大禮，皆別修貢。』這樣看來，當日的南唐，已是宋主的附庸。不過他這種結歡修貢，絕不是一個禦寇圖存的根本方法。並且宋主也決不能以此珍玩爲滿足，一有機會和力量，他是要渡江的。果然開寶七年，宋將曹彬伐南唐，次年冬，陷金陵。南唐的軍隊一點抵抗的力量也沒有，就是後主自己，事前全不知道。等到兵臨城下，內外隔絕時，他還在淨居寺聽和尚講經。到這時候，他只有兩條路可走，一是自殺殉國，一是肉袒出降。結果他是走了第二條路。

他不是一個政治家，同他父親一樣，沒有一點政治的手腕和軍事的才略。但他却是一個最善良的人。他的心像赤子一樣的天眞幼稚，他完全缺少實際的人生經驗，他把全世界的人，都看得同他一樣的善良，一樣舒適。他不懂得人間的爭奪殘殺壓迫和欺侮。他的情感完全是主觀的，也是幼稚的。花謝了，月缺了，他可以流淚歎息，在他並不是無病呻吟。這種無常之感，確實使他的心情悲傷萬分。他也從沒有把君主看得如何高貴，在他的眼裏，君主和宮娥的地位，並無高低。因此他亡國時，還要對宮娥揮淚。他心慈情厚，多才善感，這些都是使他成爲大詞人的要素，同時也是他在政治軍事上失敗的原因。

他的文學環境是非常優良的。除了那個多才多藝的父親外，還有兩個富於文藝修養的弟弟（韓王從善與吉王從謙）。更難得的，是有那兩位貌美情深又精於音律的夫人（大小周后）。這兩姊妹圍繞着他，使他在初期的創作上，發生極大的影響，給他不少的藝術空氣與熱烈的感情。他孕育於這種文藝的家庭環境裏，生長於那種快樂美滿的宮庭生活裏，自然會造成賈寶玉式的性格，而成爲多情善感的公子王孫的典型。唐音戊籤說：『少聰慧，善屬文。惟好聚書，宮中圖籍之物，鍾王墨跡尤多。置澄心堂於內苑，延文士居其間。……著雜說百篇，時人以爲可繼典論。兼善書畫，又妙音律。』他眞是風流儒雅，實在不能算是一個暴君。可惜他獨遭遇着羣雄爭奪的萬難時代，最後是做了亡國的俘虜，毒藥的犧牲者了。但無論怎樣，比起陳後主、隋煬帝來，他是可愛得多的。

後主的詞，因他前後生活環境的劇烈變動，在作風上，在意識上，都劃出前後兩期的明顯的分野。這年代的界限，雖很難嚴密的規定。但我們用開寶七年以前作爲前期，由開寶七年到他的死作爲後期，想是相當合理的。

雖說在他父親時代，就臣服於後周（他那時是二十二歲），到了他自己，又成了宋主的附庸，國勢日弱，在政治軍事上毫無自主之力。但他的妥協外交，一直維持到開寶六年。在這一時期中，他仍不失爲一國之主，過着很美滿歡娛風流浪漫的生活。十國春秋說：『常於宮中製銷金紅羅幕壁，而以白金釘，瑇瑁押之，又以綠鈿刷隔眼中，障以朱綃，植梅於其外。』又詞苑云：『後主宮中，未嘗點燭。每夜則懸大寶珠，光照一室。』（詞林紀事引），又清異錄云：『李煜居長秋，周氏居柔儀殿。有主香宮女，其焚香之器曰把子蓮、三雲、鳳折腰、獅子等凡數十種。』（南唐書注引），在這裏我們可以看出他生活的富麗豪華。同時，也可以知道他很懂得生活的趣味，處處能將生活加以詩化和美化，他確是一個雅人，不是一個俗漢。在這種生活藝術化的環境裏，自然不能缺少那兩位多才多情的女性（大小周后）。

『昭惠國后周氏，小名娥皇。通書史，善歌舞，尤工琵琶。……故唐盛時，霓裳羽衣最爲大曲。亂離之後，絕不復傳。后得殘譜，以琵琶奏之。於是開元天寶之遺音復傳於世。』（陸游南唐書）

『南唐大周后卽昭惠后，嘗雪夜酣讌，舉杯屬後主起舞。後主曰：汝能創爲新聲則可。后卽命箋綴譜，喉無滯音，筆無停思，名邀醉舞破。又恨來遲破亦昭惠作。二詞俱失，無有能傳其音者。』（歷代詩餘）

這樣一個女藝術家，同着那樣一位多才善感的詩人，同住在那種舒適豪華的宮庭裏，那眞是錦上添花了。小周后是昭惠的妹子，在後主的創作上，她也給予着很大的動力。由後主詞中所表現的那位少女的影像，確是一個熱情大膽的女性，她姐姐病了，進來服侍湯藥，便手提金鞋，以襪代步，在霧重月昏的晚上，同後主享受着幽會之樂，那時候，她正是盈盈十五的年華。試想，我們的詞人，生活於這種豪華富麗風流浪漫的生活裏，他耳聞目見的，他心靈所感受的，他表現於作品中的，自然都是他那種生活的反映。

『晚妝初了明肌雪，春殿嬪娥魚貫列。鳳簫吹斷水雲間，重按霓裳歌遍徹　臨春誰更飄香屑，醉拍闌干情味切。歸時休放燭花紅，待踏馬蹄淸夜月。』（玉樓春）

『花明月黯飛輕霧，今朝好向郞邊去。衩襪步香階，手提金縷鞋。　畫堂南畔見，一晌偎人顫。奴爲出來難，敎君恣意憐。』（菩薩蠻）

『晚妝初過，沈檀輕注些兒個。向人微露丁香顆，一曲淸歌，暫引櫻桃破。　羅袖裛殘殷色可，杯深旋被香醪涴。繡牀斜凭嬌無那。爛嚼紅茸笑向檀郞唾。』（一斛珠）

這種作品，同他前期的生活情感，正是一致。他的心境是快樂的，生活是美滿的，他沒有感慨和悲傷，全部的顏色和聲調，都是調和輕快，充滿着青春的享樂，和活躍的生命。在表面上，雖似乎有些浮薄，然而在描寫的技巧上，却是寫實的深刻的，比起花間集的豔詞來，他要顯得自然，顯得實在。他所寫的放誕風流的少婦，情竇初開的少女，無不刻畫入微，恰到好處。但這種好的境遇，是不能永久繼續下去的，不久，愛兒瑞保死了，嬌妻大周后也死了，雖說小周后的繼立，稍能給他一點安慰，但妻兒的奄化，給他精神的打擊是很重的。一花一草，都會引起他的哀感。加以外侮日急，接着是曹彬的過江，金陵的淪陷，於是肉袒出降，全家北徙，宋太祖封他爲違命侯，穿戴着白衣紗帽，忍受着人世間最難堪的俘虜生活。他攜家北上，回望着南京的城郭，做了一首非常沉痛的詩。

『江南江北舊家鄉，三十年來夢一場。吳苑宮闈今冷落，廣陵臺殿已荒涼。雲籠遠岫愁千片，雨打歸舟淚萬行。兄弟四人三百口，不堪閑坐細思量。』（渡江中望石城泣下）

他做了俘虜以後，精神物質雙方所受的痛苦與侮辱，是不待言的。宋史說：「太平興國二年，煜自言其貧。」又他與故宮人書云：「此中日夕以淚洗面。」（避暑漫抄引）在這些話裏，我們可以想像他精神物質上所受的痛苦到了什麼地步。但是他的心並沒有死，他的情感更是眞摯，發之於詩詞，自然都是家國之痛，傷今憶往之情，這些東西在宋朝人的眼裏，覺得是一種叛逆。因此就遭了宋太宗的毒手，用着牽機藥結果了他的生命。那時正是七月七日的晚上，他剛好是四十二歲的壯年。

他後期的生活環境，較之前期的美滿自由來，是要判若雲泥的。從一個最幸福藝術的空氣裏，墮入於一個死裏求生尙不可得的地獄界。他現在才體會到人間的爭奪殘酷險詐自私以及一切的罪惡，在他那天眞的心靈上，愈加感到往日生活的優美，故國江山的可愛，自由的幸福，和過去種種錯誤的追悔了。任你如何追悔，如何回憶，總沒法挽回你現在的惡運，一切成了空，一切都趨於毀滅，在這種最沉痛而又是絕望的情感中，產生出來的作品，是他那幾首在藝術上達到最高成就的永傳不朽的小詞。

『林花謝了春紅，太怱怱。無奈朝來寒雨晚來風。　胭脂淚，留人醉，幾時重？自是人生長恨水長東。』（相見歡）

『人生愁恨何能免，銷魂獨我情何限。故國夢重歸，覺來雙淚垂。　高樓誰與上，長記秋晴望。往事已成空，還如一夢中。』（子夜歌）

『簾外雨潺潺，春意闌珊。羅衾不耐五更寒。夢裏不知身是客，一晌貪歡。　獨自莫凭欄，無限江山。別時容易見時難。流水落花春去也，天上人間。』（浪淘沙）

『春花秋月何時了，往事知多少。小樓昨夜又東風，故國不堪囘首月明中。　雕欄玉砌應猶在，只是朱顏改。問君能有幾多愁？恰似一江春水向東流。』（虞美人）

王國維說：『詞至後主，眼界始大，感慨遂深。』就是指他後期的作品說的。在這些作品中，漾露着沉痛與哀傷的情感，我們到現在讀了還要下淚。如在政治上的錯誤，肉袒出降的無恥，和他種種失節的行爲，我們受了他這些情感的包圍，而全部加以原恕了。就在這種地方，顯出他的天眞，顯出他藝術上的成就。不用說，李後主是一個徹底的主觀詩人，他的眼光，他的心，從沒有直視過現實，沒有關心過社會種種的現象和問題，但他却將他自己的生活形態和心理狀態，一點不隱藏不掩飾地和盤托出了。中國的詩人，能將自己的生活和他的作品發生這樣密切的聯繫的，除李煜以外，只有屈原、陶潛和李清照。他們從沒有說過一句假話，自己的生活是如何，心境是如何，就那麼樣眞實地描寫下來，成爲最眞實的作品了。在那些作品中，無一不充滿着作者的個性情感，和血肉淋漓的生命。他自從出降而至於死，過着那種非人世所能堪的苦痛，但他從來沒有怨恨過誰，也沒有怨恨過自己，他覺得一切的罪惡，一切的苦，降臨到他的身上，似乎是無可避免的。這種情狀，在他幾乎成了一種宗教的情緒。王國維說：『後主儼有釋迦、基督擔荷人類罪惡之意』，這話是說得深刻極了，但恐怕不是常人所能瞭解的。

後主的詞，無論寫豔情，寫感慨，全是素描，不加雕飾。用着最明淺、最清麗的句子，最調和的音調，表達最深厚曲折的感情。他在小詞的藝術上，達到了無可超越的境地。他有唐五代諸詞人的長處，沒有其短處，因此他成了當代詞壇第一個偉大的代表。